騎士団長殺し

HARUKI MURAKAMI

〔日〕村上春树 著

刺杀骑士团长

林少华 译

上海译文出版社

KISHIDANCHO-GOROSHI Vol.1 ARAWARERU IDEA-HEN
by Haruki Murakami
Copyright © 2017 Harukimurakami Archival Labyrinth
All rights reserved.
Originally published in Japan by SHINCHOSHA Publishing Co., Ltd., Tokyo.
Chinese (in simplified character only) translation rights arranged with
Harukimurakami Archival Labyrinth, Japan
through THE SAKAI AGENCY and BARDON CHINESE CREATIVE AGENCY LIMITED.

KISHIDANCHO-GOROSHI Vol.2 UTSUROU METAFUA-HEN
by Haruki Murakami
Copyright © 2017 Harukimurakami Archival Labyrinth
All rights reserved.
Originally published in Japan by SHINCHOSHA Publishing Co., Ltd., Tokyo.
Chinese (in simplified character only) translation rights arranged with
Harukimurakami Archival Labyrinth, Japan
through THE SAKAI AGENCY and BARDON CHINESE CREATIVE AGENCY LIMITED.

Cover Imagery by Noma Bar / Dutch Uncle

图字：09－2017－924号

图书在版编目(CIP)数据

刺杀骑士团长/(日)村上春树著；林少华译.—
上海：上海译文出版社,2023.5（2025.2重印）
ISBN 978－7－5327－9308－2

Ⅰ.①刺… Ⅱ.①村… ②林… Ⅲ.①长篇小说－日
本－现代 Ⅳ.①I313.45

中国国家版本馆 CIP 数据核字(2023)第 054564 号

刺杀骑士团长
［日］村上春树/著　林少华/译
责任编辑/姚东敏　装帧设计/张志全工作室

上海译文出版社有限公司出版、发行
网址：www.yiwen.com.cn
201101　上海市闵行区号景路 159 弄 B 座
上海雅昌艺术印刷有限公司印刷

开本 890×1240　1/32　印张 22.75　插页 6　字数 553,000
2023 年 6 月第 1 版　2025 年 2 月第 2 次印刷
印数：20,001—23,000 册

ISBN 978－7－5327－9308－2
定价：108.00 元

本书中文简体字专有出版权归本社独家所有，非经本社同意不得连载、摘编或复制
如有质量问题，请与承印厂质量科联系．T：021－68798999

目 录

第 1 部　显形理念篇

引言　3

1　假如表面似乎阴晦　6
2　有可能都到月球上去　17
3　不过是物理性反射罢了　36
4　远看，大部分事物都很美丽　47
5　气息奄奄，手脚冰凉　60
6　眼下，是无面委托人　73
7　无论好坏都容易记的姓氏　80
8　改变形式的祝福　93
9　互相交换各自的碎片　102
10　我们拨开又高又密的绿草　115
11　月光把那里的一切照得很漂亮　126
12　像那位名也没有的邮递员一样　136
13　眼下，那还不过是假设罢了　144
14　但是，奇妙到如此地步的奇事是第一次　155
15　这不过是开端罢了　165
16　比较美好的一天　180
17　为什么看漏了这么关键的事　190
18　好奇心杀死的并不仅仅是猫　197

19	在我的身后看见什么了	212
20	存在与非存在交相混淆的瞬间	227
21	虽然小，但砍下去肯定出血	236
22	请柬还好端端活着	245
23	大家真的都在这个世界上	254
24	仅仅收集纯粹的第一手信息而已	271
25	真相将带给人何等深的孤独	282
26	不可能有比这更好的构图	293
27	尽管样式记得真真切切	299
28	弗朗茨·卡夫卡热爱坡路	306
29	那里边可能含有的不自然要素	315
30	那上面怕有相当大的个体差异	326
31	或者过于完美亦未可知	339
32	他的专业技能大受重视	347

第 2 部　流变隐喻篇

33	差不多和喜欢眼睛看不见的东西一样喜欢眼睛看得见的东西	351
34	那么说来，最近没有测过气压	364
35	那个场所保持原样就好了	377
36	根本就不谈比赛规则	389
37	任何事物都有光明面	404
38	那样子根本成不了海豚	417
39	以特定目的制作的假容器	430
40	那张脸不可能看错	444
41	只在我不回头看的时候	447

42	掉在地板上碎了，那就是鸡蛋	455
43	那不可能作为单纯的梦了结	469
44	类似人之所以成为那个人的特征那样的东西	479
45	有什么即将发生	491
46	坚固的高墙让人变得无力	501
47	今天可是星期五？	510
48	西班牙人不晓得爱尔兰海湾航行方法	520
49	充满和它数量相同的死	536
50	那要求牺牲和考验	550
51	此其时也	553
52	头戴橙色尖帽的人	566
53	也许是拨火棍	576
54	永远是非常长的时间	584
55	那是明显违反原理的事	594
56	似有若干必须填埋的空白	606
57	我迟早要做的事	619
58	好像在听火星上美丽运河的故事	627
59	在死把两人分开之前	639
60	如果那个人有相当长的手	650
61	必须成为有勇气的聪明女孩	665
62	那带有深奥迷宫般的情趣	677
63	但事情不是你想的那个样子	689
64	作为恩宠的一种形态	701

村上春树年谱	709
《刺杀骑士团长》音乐列表	715

第 1 部　显形理念篇

引　言

今天从短暂的午睡中醒来时，眼前有个"无面人"。他坐在我躺着的沙发对面一把椅子上，以一对没有面孔的虚拟眼睛直呆呆盯视我。

男子是高个头，打扮同上次见时一个样。戴一顶宽檐黑色帽子，把无面的面孔遮去一半。依然身穿颜色灰暗的长风衣。

"来找你画肖像。"无面人确认我分明醒来之后，这样说道。声音低沉，缺乏起伏和温润。"你答应过我的。记得的吧？"

"记得。不过那时哪里也没有纸，没办法画你。"我说。我的声音也同样没有起伏和温润。"作为代价，我把企鹅护身符给了你。"

"啊，那个现在我带到这里来了。"

说着，他笔直地往前伸出右手。他的手非常长，手里攥着企鹅塑料玩偶，是作为护身符拴在手机上的。他把它扔在玻璃茶几上，"咚"一声轻响。

"还给你好了，你怕是需要这个的吧！这小小的企鹅会成为保护神，保护它周围的关键人物。只是，作为交换，我想请你画我的肖像。"

我困惑起来。"可你催也没用。我从没画过没有面孔的人的肖像。"

我的喉咙干得沙沙作响。

"听说你是个出色的肖像画家。再说，什么事都是有第一次的。"无面人说道。说罢笑了——我想是笑了——那类似笑声的什么好像从洞穴深处传来的空洞的风声。

他摘下遮掩半边面孔的黑色帽子。应该有脸的地方没有脸，那里缓缓旋转着乳白色的雾气。

我站起身，从画室拿来速写簿和软芯铅笔。然后坐在沙发上，准备画无面人的肖像。可是从哪里动笔好呢？从哪里捕捉发端好呢？我无由得知。毕竟那里有的仅仅是无。一无所有，到底该如何造型呢？何况，包含着无的乳白色雾气一刻不停地改变着形状。

"最好抓紧。"无面人说，"我不可能在这个场所停留多久。"

心脏在胸腔发出干涩的声响。没多少时间，必须抓紧。问题是我握着铅笔的手指一直静止在虚空中，无论如何也不想动，就好像从手腕到指尖彻底麻掉了。如他所说，我有几个必须保护的人。而说起我能做的，唯独绘画而已。然而我横竖画不出这个"无面人"的面孔。我无计可施，兀自瞪视那里雾气的转动。"对不起，时间到了。"无面人稍后说道，白色河雾般的气从无面的口中大大吐了出来。

"等等，只要再等一会儿……"

男子重新戴上黑帽，再次隐去半边面孔。"迟早再来找你一次！那时你怕也能够把我的相貌画下来了。在那之前，这个企鹅护身符先放在我这儿好了！"

无面人消失，一如雾气被突来的疾风扫荡一尽。他一瞬间消失在空中。剩下的唯有无人坐的椅子和玻璃茶几。玻璃茶几上并没有企鹅护身符留下来。

恍若一场短梦。但我清楚知道这不是梦。倘若是梦，我生存的这个世界本身就该整个化为一场梦。

或许迟早我总会画出无面的肖像。如同一个画家得以画出名为《刺杀骑士团长》那幅画。但是,在画出之前我需要时间。我必须把时间拉向自己这边。

1　假如表面似乎阴晦

那年五月至第二年的年初，我住在一条狭长山谷入口附近的山顶上。夏天，山谷深处雨一阵阵下个不停，而山谷外面大体是白云蓝天——那是海上有西南风吹来的缘故。风带来的湿乎乎的云进入山谷，顺着山坡往上爬时就让雨降了下来。房子正好建在其分界线那里，所以时不时出现这一情形：房子正面一片明朗，而后院却大雨如注。起初觉得相当不可思议，但不久习惯之后，反倒以为理所当然。

周围山上低垂着时断时续的云。每当有风吹来，那样的云絮便像从前世误入此间的魂灵一样为寻觅失去的记忆而在山间飘忽不定。看上去宛如细雪的白亮亮的雨，有时也悄无声息地随风起舞。差不多总有风吹来，没有空调也能大体快意地度过夏天。

房子又小又旧，但院子相当宽敞。放手不管，院子里的绿色杂草就长得蓬蓬勃勃，里面像藏猫猫似的住着猫的一家。园艺师来割草的时候，便不知搬去了哪里。想必不再宜居的缘故。那是领着三只小猫的一只条纹母猫。神情严肃，很瘦，瘦得足以说明活着的艰辛。

房子建在山顶上。走上面朝西南的阳台，可以约略看见杂木林间闪出的海——只有洗脸盆里的水那样的面积。浩瀚太平洋的小小残片。据相识的房产中介介绍，纵使那么一点点面积，能看见海和不能看见海，地价也是大不相同的。不过作为我，海看得见也好看不见也好，怎么都无所谓。远远看去，海的残片只能看成颜色黯然的铅块。人们何以非看海不可呢？我无法理解。对于我，莫如说更中意打量周围山上风光。山谷对面的山，表情随着季节的不同、气候的不同而栩栩如生变化多端——只消将其一天天的变化留在心底就足够有趣。

那个时候，我同妻的婚姻生活一度归零。倒是在正式离婚协议书上也签名盖章了，但后来因种种缘由，归终又重新开始婚姻生活。

无论在哪种意义上都是不容易理解的。就连当事者都很难把握因果之间的关联。勉强用一句话表达前因后果，或许用得上"破镜重圆"这个惯常说法。但这两次婚姻生活（所谓前期与后期）之间，有九个多月的时间，一如在悬崖峭壁上开凿的运河豁然开着一个深口。

九个多月——作为离别时间是长是短，自己难以判断。事后回顾起来，既觉得仿佛是近乎永恒的时间，又似乎相反，短得令人意外，稍纵即逝。印象每天都不一样。为了简单说明实物尺寸，时常在拍摄对象旁边放一盒香烟什么的，而在我的记忆影像旁边放置的香烟盒，却好像随着当时的心情而自行伸缩。看来，在我的记忆围墙的内侧，一如事物、事象之类变化不止，或者就好像与之对抗似的，本应一成不变的尺度也处于变化之中。

话虽这么说，并不意味我的所有记忆统统那样胡乱地为所欲为，擅自伸缩不止。我的人生基本上是平稳的、整合性的，作为大体通情达理的东西运行至今。只是，仅就这九个月来说，确乎陷入了无论如何也解释不通的混乱状态。对于我，那期间在所有意义上都是例外的、非同寻常的时间段。置身其间的我，好比在风平浪静的大海正中游泳时忽然被来历不明的巨大漩涡卷了进去的游泳选手。

　　回想那期间发生的事情（是的，现在我正在一边回溯距今几年前发生的一连串事项一边写这篇文章），感觉上，事物的轻重、远近及其关联性之所以往往摇摆不定而沦为不确定的东西，逻辑的顺序之所以趁我一眼照看不到的间隙而迅速前后倒置，其原因想必也在这里。尽管如此，我还是尽我所能，系统性地、按部就班地讲述下去。或许归终无功而返，可我还是打算拼命扑在自行构建的假设性尺度之上，一如筋疲力尽的游泳选手扑住偶然被潮水冲来的一截树干。

　　搬到这座房子后最先做的事，是买了一辆二手车。原先开的车前不久开坏了，作为废车处理了，有必要再买一辆。在地方城市，尤其独自一人住在山顶，车就成了用于日常购物的必需品。我去到小田原市郊一家丰田二手车销售中心，发现一辆分外便宜的卡罗拉旅行车。推销员说是浅灰蓝色，其实车的色调一如憔悴不堪的病人的脸。行驶距离虽然不过三万六千公里，但由于过去有事故记录，以致大幅降价。试开了一下，刹车和轮胎似乎无碍。应该不会频繁利用高速公路，所以足矣。

　　租房子给我的是雨田政彦。在美大和他是同班。虽然大我两岁，但对于我是少数合得来的朋友之一，大学毕业后也时不时见面。他毕业后放弃绘画，在一家广告代理公司工作，从事平面设计工作。得知我和妻分开独自离家后暂时没有去处，就说他父亲的房子空着，问我能否以看家的形式住进去。他的父亲雨田具彦是很有名的日本画画家，在小田原郊外山中拥有兼作画室的房子，夫人去世后约十年来始终一个人在那里悠然度日。但前不久确认得了认知障碍症，于是住进伊豆高原一家高级护理机构，房子已经空几个月了。

"毕竟孤零零建在山顶上,场所很难说方便,但在安静方面百分之百有保证。对于绘画,环境再理想不过。让你分心的东西也一概没有。"雨田说。

房租几乎只是名义上的。

"谁也不住,房子就荒废了,乘虚打劫或火灾什么的也让人担心。只要有谁住进去,我也就放心了。不过,若说完全白住,你怕也不释然。根据我这边情况,可能简单打声招呼就让你搬出去。"

我没有异议。本来我拥有的东西只够装一辆小卡车。叫我搬,明天就可搬来。

搬来这房子是在五月连休结束后。房子固然是不妨以农舍称之的西式小平房,但空间一个人生活绰绰有余。位于不算矮的山顶上,杂木林簇拥四周。准确占地面积多大,雨田也不清楚。院子里长着高大的松树,粗壮的树枝伸向四方。这里那里点缀着庭石,石灯笼旁边长着气派的芭蕉树。

如雨田所说,安静这点毫无疑问是安静的。不过现在回想起来,让人分心的东西很难说完全没有。

同妻分手住在山谷的差不多八个月时间里,我同两位女性有了肉体关系。哪一位都是人妻。一位比我小,一位比我大。两人都是我教的绘画班的学生。

我抓住机会打招呼约她们(一般情况下我基本不敢。我这人怕见生人,本不习惯这样做),她们没有拒绝。为什么不晓得,对当时的我来说,把她们诱到床上是十分简单的事,也似乎合情合理。对自己教的学生进行性诱惑,这几乎没让我感到内疚,而觉得同她们具有肉体关系,就像在路上向偶然擦肩而过的人问时间一样无足为奇。

最初发生关系的，是一位二十六七岁，高个头，眼睛又黑又大的女子。乳房小、细腰、宽额头，头发漂亮，一泻而下。相比于体形，耳朵偏大。或许不能说是一般人眼中的美女，而脸型却是画家想画一画的有特征的令人兴味盎然的那一类（实际上我是画家，实际上给她画过几幅速写）。没有孩子。丈夫是私立高中历史老师，在家打老婆。情形似乎是在学校无法行使暴力，就在家里发泄相应的郁闷。但毕竟没往脸上打。把她脱光一看，身上到处是淤青和伤痕。她不愿让人瞧见，脱完衣服相互拥抱时总是关掉房间所有照明。

她对性交几乎没有兴致。那里总是湿度不够，每次进入都说痛。即使花时间慢慢爱抚甚至使用润滑剂也不见效果。痛得厉害，很难平复。因为痛而不时大声呻吟。

尽管这样，她还是想和我性交。至少不讨厌那么做。这是为什么呢？也许她是为了寻求痛感，或者为寻求快感的没有也未可知。抑或寻求以某种形式接受惩罚。人在自己的人生上面寻求的东西委实五花八门。不过她在那里不寻求的东西只有一个，那就是亲密性。

她不喜欢来我这里，或者不喜欢我去她家，所以我们时常用我的车开去多少离开些的海边情侣用的宾馆，在那里做爱。两人在家庭餐馆前宽阔的停车场碰头，大体在午后一点多进入宾馆，三点前离开。那种时候她总是戴一副大大的太阳镜，无论阴天雨天。但有一次她没赶来约会场所，教室里也没再露面——同她的短暂而几乎没有高潮的性事就此终了。和她的性爱交往，加起来也就四五次，我想。

其后发生关系的一位人妻是有着幸福家庭生活的。至少看上去过的是没有任何不满足的家庭生活。那时她四十一岁（记忆中），比我大五岁。小个头,长相端庄,衣着总那么优雅得体。每隔一天就去健身房做瑜伽,腹部全然没有赘肉。而且开一辆红色迷你库柏(MINI Cooper)。刚买的新车,晴天从很远就能看见它闪闪发光。有两个女儿,两个上的都是湘南费用不菲的私立学校。她本人也是从那所学校毕业的。丈夫经营一家公司,没问是什么公司(当然也不是很想知道)。

至于她何以没有轻易拒绝我露骨的性诱惑,缘由不得而知。也许那一时期我身上带有类似特殊磁性的东西,而把她的精神(不妨说)作为质朴的铁片吸附过来。或者同精神、磁性什么的毫无关系,而是她纯粹寻求肉体刺激而我"碰巧是位于身边的男人"亦未可知。

不管怎样,那时的我能够把对方寻求的东西——无论那是什么——作为理所当然的东西毫不迟疑地奉献出来。最初阶段,看上去她也极为自然而然地享受同我的这种关系。就肉体领域来说(即使此外没多少可说的领域),我和她的关系委实一帆风顺。我们把这一行为坦率地、毫不做作地完成下来,那种毫不做作几乎达到抽象水准——其间我悄然意识到这点,心里多少生出诧异之念。

不料想必她中途清醒过来了吧,一个阳光钝钝的初冬清晨她打来电话,以如同朗读什么文件的声音说道:"我想往下我们最好不要见面了,见也没有出路。"或许不是原话,但意思是这样的。

的确如其所言。别说出路,实际上我们连根据地都几乎无从谈起。

美大上学时代,我大体是画抽象画的。一口说是抽象画,其范围却是很广的。关于形式和内容,我也不知怎样解释才好,总之是"不受束缚地自由描绘非具体意象的画"。曾在画展上得过几次小奖,在美术杂志也发表过。对我的画给予评价和鼓励的老师和同伴，多少也是有的。即使将来不能被寄予厚望，但作为画画人的才能还是说得过去的，我想。但我要画的油画，大多情况下需要大幅画布，要求使用大量颜料。理所当然，创作费用也高。而且自不待言，购买无名画家的大幅抽象画装饰自家墙壁的奇特人物出现的可能性也无疑近乎零。

单单画自己喜欢的画当然生活不下去。这么着，为了获得活命口粮，大学毕业后我开始接受预订画肖像画。也就是把诸如公司老总啦学会大腕啦议会议员啦地方名流啦等或可称为"社会栋梁"（粗细诚然有别）之人的形象一个个具象地画下来。这方面需求的是有厚重感和沉稳感的现实主义画风。那是足以挂在会客厅和总经理办公室墙上的绝对实用性的绘画。亦即，作为工作，我必须画同作为画家我个人所追求的完全处于对立面的画幅。就算补充说是出于无奈，那也决不至于成为艺术家性傲慢。

专门受理肖像画委托的小公司位于四谷。因了美大时代老师的私人性介绍，我在形式上成了那里的专属签约画家。固定薪水固然没有，但只要画出一定数量，维持年轻单身男人一个人活命的收入还是有的。支付西武国分寺铁路沿线的狭小公寓的租金，获取一日三餐——如果可能——时不时买一瓶廉价葡萄酒，偶尔同女友们看一次电影，便是这种程度的简朴生活。只要在确定时间段集中完成肖像画来确保某种程度的生活费，往下一段时间就一股脑儿画自己想画的画——这样的生活持续了几年。不用说，画肖像画对于我是维持生计的权宜之计，无意长此以往。

不过纯粹作为劳动来看，画所谓肖像画则是相当轻松的作业。大学时代我在搬家公司打过一阵子工，也做过便利店的店员。相比之下，画肖像画的负担，无论肉体上还是精神上都轻得多。只要掌握了要领，接下去无非同一程序的反复罢了。没过多久，画一幅肖像画就花不了多长时间了，和用自动操纵装置开飞机没什么两样。

可是，这活计不温不火持续做不到一年之间，我意外得知自己画的肖像画似乎受到了高度评价。顾客的满意度也好得不得了。事关肖像画结果，若顾客时有抱怨，那么理所当然，就不再有任务派到自己头上。或者专属合同都会明确取消。相反，如果评价好，任务就会增多，一幅一幅的报酬也多少有所提升。肖像画世界便是如此严峻的世界。没想到，尽管我仍同新手无异，可任务还是一件件纷至沓来。报酬也算得上水涨船高。负责我的人对我的作品也表示欣赏。委托人里边甚至有人评价说"这里独辟蹊径"。

至于我画的肖像画何以得到如此高的评价，我自己并无想得起来的情由。作为我，并没有投入多少热情，不过是一件接一件完成公司分配的任务罢了。老实说，自己迄今画了怎样的人物，如今一个都想不起长什么样了。话虽这么说，毕竟我是志在当画家的，一旦手握画笔面对画布，那么无论哪一种类的画，都不能画成毫无价值的画。果真那样，势必玷污自己本身的画魂，贬损自愿从事的职业。我提醒自己，纵使画不出值得自豪的作品，也不能画成足以让自己蒙羞的东西。这或许可以称为职业伦理。虽然作为我仅仅出于"不能那样做"的心理。

还有一点，画肖像画时，我自始至终贯彻自己的做法。首先，我不以实有人物为模特作画。接受委托之后，我必定同Client（肖像画要画的人物）面谈。请对方拿出一个小时左右的时间，两人单独面对面交谈。只是交谈。速写什么的一概免除。我一再提问，对方予以回答。例如何时何处生于怎样的家庭、送走怎样的少年时代、入读怎样的学校、做怎样的工作、自己有怎样的家庭、怎样达到现在的地位等等。日常生活和兴趣也会谈及。部分人会主动谈起自己，而且相当热心（想必是因为谁都不想听这个的吧）。预定一个小时的面谈变成两个小时、三个小时的时候也是有的。谈完借得五六枚其本人抓拍的照片——日常生活中自然拍摄的普通抓拍照片。根据情况（不是经常性的），用自己的小型相机从几个角度拍几张面部特写。仅此而已。

"不用摆姿势老老实实坐着吗？"不少人放心不下地问我。他们从决定请人画肖像画时开始就认定无论谁都要遭遇如此情形。就是说，他们想象的是在相关电影中熟悉的场景：画家——时至今日不至于有人戴贝雷帽的吧？——以高深莫测的神情手拿画笔面对画布，模特在他面前泥塑木雕似的正襟危坐。身体动一下都不行。

"你想那样做吗？"我反问道，"当绘画模特，不习惯的人可是相当难熬的。必须长时间保持一个姿势，百无聊赖，肩也相当酸痛。如果你希望那样，我当然可以满足你……"

无需说，百分之九十九的画主都不希望做那样的事。他们几乎全都是年富力强的大忙人，或是退休的高龄者。如果可能，自然想免除那种无谓的苦役。

"这么见面听你讲话已经足够了。"我这么说道以让对方放心，"劳你亲自当模特也好不当也好，同作品的效果毫无关系。如果有不满意的地方，我负责重画就是。"

往下大约用两个星期完成肖像画（颜料干透倒是需要几个月）。我所需要的，较之眼前的本人，更是鲜明的记忆（本人的存在有时甚至帮倒忙）、作为立体姿态的记忆。只要将其原封不动移去画布即可。看来，我似乎天生充分拥有这种视觉性记忆能力。而且，这种能力——或许不妨称为特殊技能——对于作为职业性肖像画家的我来说，成了足够有效的武器。

在这种作业当中，一大关键是要对画主多少怀有亲爱之情。所以我要在一个小时左右的初次面谈中力争在画主身上多发现——哪怕多一个也好——可能使自己怀有共鸣的元素。其中当然也有实在难以让人怀有那种元素的人物。如果要我以后一直同此人进行个人交往，有的很可能使我打退堂鼓。不过，作为在有限场所只是临时产生关联的"来访客"，在画主身上发现一两个可爱资质，并不是多么困难的事。如果再往深处窥探，任何人身上都必有某种闪烁光点的东西。假如表面似乎阴晦（阴晦的可能居多），那么就用抹布拂去。这是因为，那种心情会在作品中自然而然渗透出来。

如此一来二去之间，我不知不觉成了专门画肖像画的画家。甚至在这特殊的小世界变得小有名气。趁结婚之机，我取消了同四谷那家公司的专属合同，转而通过专做绘画生意的代理商，开始以更有利的条件接受肖像画委托。经纪人是个比我大十来岁的野心勃勃的干练人才，劝我独立做更重要的事情。自那以来，我画了许多人的肖像画（大多是财经界、政界人士。据说在那个领域都是著名人物，而我几乎谁的名字都不知道），获得了不坏的收入。不过，并不意味成了这一领域的"大家"。肖像画世界同所谓"艺术绘画"世界，其构成截然有别。同摄影家世界也不一样。专注于人物写真的摄影师获得社会好评并因此知名的诚然不在少数，但这种情况不会出现在肖像画家身上。所画作品走向外部世界的例子也少而又少。既不会在美术刊物上发表，又不会点缀于画廊。不外乎挂在哪里的会客室的墙上，往下任其蒙尘被人遗忘罢了。即使有人偶尔认真观赏（估计时间多得无法打发），也不至于问起画家的姓名。

时不时觉得自己仿佛绘画界的高级娼妓。我驱使技术尽可能不负良心地圆满处理所定程序，而且能够让顾客满意。我具备这样的才能，乃是职业性高手，却又不仅仅是机械性按部就班地进行。心情也是相应投入的。收费绝不算便宜，但顾客们一一照付，毫无怨言。盖因我接受的对象都是根本不在乎所付款额的人。而且，我的手腕以"小道消息"口口相传，顾客因之不断来访。预约日程总是排得满满的。但是，我自身方面不存在欲望这个东西，哪怕一星半点!

　　这是因为，不是我自愿当上如此类型的画家、如此类型的人的。我只是被种种样样的情由挟裹着而不觉之间不再为自己画画罢了。婚后必须考虑生计的稳定诚然是一个起因，但不仅仅如此。实际上我想我在那之前就已经对"为自己画画"不再怀有多么强烈的愿望了。婚后生活可能不过是借口而已。我已经到了很难说是年轻人的年龄，某种——类似胸中燃烧的火焰的什么——似乎正在从我身上消失，我正在一点点忘却以其热度温暖身体的感触。

　　对于这样的自己本身，想必早就应该在哪里当机立断，早就应该采取某种措施。而我却一步步拖延下来。比我先了断的是妻。那时我已三十六岁。

2 有可能都到月球上去

"非常对你不起，我恐怕不能和你一起生活了。"妻以沉静的语声开口道。接下去是长时间沉默。

这是完全突如其来、始料未及的通告。对方忽然来了这么一句，我找不到应该出口的话语，静等她继续下文。虽然我不认为下文会柳暗花明，但当时的我除此以外别无所能。

我们隔着厨房餐桌相对而坐。三月中旬一个星期日的午后。下月中旬将迎来我们第六个结婚纪念日。那天一大早就冷雨飘零。接得她这一通告我最初采取的行动，是把脸转往窗口确认雨势。静谧安然的雨。几乎没风。然而还是带来足以一下下砭人肌肤的寒意。寒意告诉人们春天还远在天边。雨幕深处，橙色的东京塔隐约可见。空中一只飞鸟也没有。鸟们大概在哪里的屋檐下乖乖避雨。

"不问理由？"她说。

我轻轻摇头，既非 Yes 也不是 No。不知说什么好，念头全然浮现不出，仅仅条件反射地摇头而已。

她身穿紫藤色宽领薄毛衣。白色贴身背心柔软的吊带在她凸出的锁骨旁边闪现出来，仿佛特殊菜肴使用的特殊品种意大利面。

"倒是有一点想问，"我半看不看地看着那条吊带，好歹这样说道。我的声音硬邦邦的，明显缺乏温润和前瞻性。

"如果我能回答。"

"那可意味责任在我？"

她就此思索片刻。而后像久久潜入水中的人那样把脸探出水面，缓缓地大口呼吸。

"直接性的没有，我想。"

"直接性的没有？"

"我想没有。"

我测试她话语微妙的音调，一如把鸡蛋放在手心确认其重量。

"就是说间接性的有？"

妻没有回答我的提问。

"几天前快亮天的时候做了个梦。"她转换话题，"一个活生生的梦，现实和梦境的界线都快分不清了。睁眼醒来时，我这么想来着，或者莫如说这么确信来着：已经再不能和你一起生活下去了。"

"什么梦？"

她摇摇头。"对不起，梦的内容没法在这里说。"

"梦这东西是个人的所有物？"

"有可能。"

"梦中我可出场了？"我问。

"不，你没在梦中出场。所以，即使在这个意义上，你也没有直接性责任。"

出于慎重，我把她的发言概括了一下。在不知说什么好时概括对方的发言，似乎是我的一向的嗜好（无须说，这往往让对方心焦意躁）。

"就是说，你在几天前做了一场活生生的梦。梦醒时分，确信再不能和我一起生活了。但梦的内容不能告诉我。因为梦是个人性质的东西。是这么回事吧？"

她点点头："嗯，是那么回事。"

"可是，这等于什么也没解释。"

她把双手放在桌面上,俯视眼前的咖啡杯,仿佛里边有神签什么的浮现出来,她正在读取上面写的语句。从她眼神看来,语句相当富于象征性、多义性。

对于妻,梦总是具有莫大意义。她每每根据所做的梦决定行动或改变判断。可是,哪怕再看重梦,也不能只因做了一场活生生的梦就把长达六年的婚姻生活的重量彻底归零。

"梦当然不过是个扳机罢了,"她像看出我的心思似的说,"那个梦只是使得很多事情重新浮出水面。"

"扣动扳机,子弹出膛。"

"什么意思?"

"对于枪,扳机是关键因素,不过是扳机罢了——这一说法怕是不确切的,我觉得。"

她什么也没说,定定看着我的脸。似乎没能很好理解我要表达的意思。其实我本身也没能很好理解。

"你在和谁交往?"我问。

她点头。

"而且和谁上床?"

"嗯,倒是觉得非常对你不起……"

和谁?多久了?想必是应该这样问下去的,但我对那种事不是很想知道,也不太想考虑。所以我再次移目窗外看持续下雨的光景。为什么对此一直浑然不觉呢?

妻说:"不过那只是许许多多事情中的一个罢了。"

我环视房间。本应是长期看惯了的房间,不料已经变为我所陌生的异乡风景。

不过一个罢了?

不过一个罢了究竟意味什么呢?我仔细思考起来。她同除我以外的某个男人上床,而那只是许许多多事情中的一个罢了。此外到底还有什么名堂？

妻说："我几天内去别的地方，你什么也不用做。因为是必须由我承担责任的事，所以离开的当然是我。"

"离开这里后的去处已经定了？"

她没有回答。估计去处已有打算。大约早就做好种种准备才提出来的。想到这里，一种在黑暗中一脚踩空般强烈的无力感袭上身来。事情在我不知晓的地方稳步推进。

妻说："离婚手续越快越好。如果可以，希望你予以配合。话倒像是说得自私自利……"

我不再看雨，看她的脸。并且再次感慨：即使六年时间里生活在同一屋檐下，我对她也几乎没有了解。一如一个人每天晚上都仰望空中的月亮也对月亮一无所知。

"对你只有一个要求。"我开口道，"只要答应这个要求，往下悉听尊便。离婚协议书也默默盖章就是。"

"什么要求？"

"我从这里离开，而且就在今天。希望你留下来。"

"今天？"她吃惊地说。

"不是越快越好吗？"

她就此思索片刻。而后说道："如果你愿意那样的话。"

"这是我的意愿。此外别无意愿。"

这确实是我不矫饰的心情。如果能不一个人在这三月冷雨中留在这残骸般的凄凉场所，做什么都在所不惜。

"车带走。可以的？"

也用不着问。那是一辆结婚前我从朋友手中以形同白给的价格转让来的手动挡二手车，行驶距离早已超过了十万公里。何况，反正她也没有驾驶执照。

"绘画用品和衣服什么的，必要的东西过后来取。不碍事的？"

"倒是不碍事。可是,过后是指过多长时间呢?"

"这——,不好说。"我说,我还没有考虑往后如何的意识余地。就连脚下的地面都岌岌可危。此刻站在这里都竭尽全力。

"可能不会在这里待很长时间。"她难以启齿似的说。

"有可能都到月球上去。"我说。

看样子她没有听清。"你说的什么?"

"什么也算不上,没什么了不得的。"

这天夜里七点之前,我把随身物品塞进大大的塑革运动包,扔进红色"标致"205两厢车的后备厢。眼下要用的替换衣服,洗漱用具,几本书,日记。登山时总是带在身上的简易露营用品。速写簿和作画用的套装铅笔。此外还要带什么?全然想不出。也罢,不够的,在哪儿买就是。我扛起运动包走出房间时,她仍然坐在厨房桌前。咖啡杯仍然放在桌面上,她仍以和刚才同样的眼神往杯里盯视。

"嗳,我也有一个请求。"她说,"这么分手了也能照样以朋友相处?"

她要表达什么呢?我理解不好。穿完鞋,肩扛运动包,一只手搭在门拉手上,我看了她一会儿。

"以朋友相处?"

她说:"如果可能的话,但愿能时不时见面说话……"

我还是把握不好她的意思。以朋友相处?时不时见面说话?见了说什么呢?简直像是出谜语。她到底想对我诉说什么?意思莫非是对我并不怀有恶劣情感?

"这——,怎么说呢……"我说,往下再也找不出词儿来。纵使站在这里思考一个星期,怕也找不出词儿来。只好直接开门,走到门外。

至于离家时自己穿的什么衣服，根本没放在心上。即便睡衣外面披着浴袍，想必自己也无动于衷。后来在高速公路服务站的卫生间站在穿衣镜前才得以明白，我的行头是：工作用的毛衣、花哨的橙色羽绒服、蓝牛仔裤、工装靴，头上戴一项旧绒帽。到处开线的绿色圆领毛衣上印有白色颜料遗痕。穿的东西里面，唯有蓝牛仔裤是新的，其鲜艳的蓝色格外显眼。整体上诚然相当杂乱，但并不至于异常。后悔的，至多是忘了围巾。

把车从公寓地下停车场里开出时，三月的冷雨依然无声无息下个不停。"标致"的雨刷发出老人干咳般的声音。

去哪里好呢？心里全然没着落。于是漫无目标地沿着都内①道路随心所欲跑了一阵子。从西麻布十字路口沿外苑西街朝青山开去，由青山三丁目右拐驶往赤坂，拐来拐去之间，最后到四谷。继而开进闪入眼帘的加油站，加了满满一箱。油压和气压也顺便请加油站检查了，还加了玻璃水。往下很可能跑长途，跑去月球也未可知。

用信用卡付了款，再次上路。下雨的周日夜晚，路面空旷。打开 FM 广播，无聊的闲扯太多了，人们的语声太刺耳了。CD 播放器有雪儿·克罗②最初的专辑。我听了三四首，然后关掉。

回过神时，已经跑上目白大街。往哪个方向跑呢？判断很花时间。不久，得知是从早稻田朝练马方向跑去。沉默让人难耐，于是重新打开 CD 播放器，听了几首雪儿·克罗。而后再次关掉。沉默

---

① 都内：指东京都内。
② 雪儿·克罗（Sheryl Crow, 1962— ），美国著名摇滚女歌手，多项格莱美奖得主，善于创作并演唱具有鲜明另类风格的歌曲，歌词常具有女权主义色彩。

过于安静，音乐过于吵闹。但还是沉默好些。传来耳畔的，只有雨刷老化的橡胶发出的沙哑声、车轮碾过雨淋湿的路面持续不断的"啾啾"声。

如此沉默当中，我想象妻被别的男人搂在怀里的光景。

这点儿事，我想本该早些察觉才是。为什么就没有想到呢？我们已经好几个月没有做爱了。即使我主动，她也找种种理由拒绝。不，在那之前她就有一段时间对性行为没有兴致了。也罢，那种时期我想也是有的。日复一日的工作忙累了，再说也有身体问题。可是不用说，她同别的男人上床来着。那是从什么时候开始的呢？我检索记忆。大概四五个月前吧，也就那样。距今四五个月前，也就是十月或十一月。

问题是去年十月或十一月发生什么了呢？我完全想不起来。这么说来，就连昨天发生什么都几乎无从想起。

为了不看漏信号灯，我一边注意不要同前车的刹车灯离得太近，一边持续思考去年秋天发生的事。精神太集中了，以致脑芯都有些发热。为了配合交通流势，我的右手下意识地换挡。左脚随之踩下离合器踏板。再没有比这时候更让我觉得开手动挡车难能可贵的了。除了就妻的性事思来想去，还必须熟练使用手脚——若干物理性作业施加在自己身上。

十月和十一月到底发生了什么？

秋日黄昏。一张大床。哪里一个男人脱去妻的衣服——如此光景在我脑海中浮现出来。我想起她的白色贴身背心的吊带，想那下面粉红色的乳头。本来不情愿一一想这东西，问题是一旦启动，就怎么也切不断想象的链条。我叹息一声，把车停进眼睛看到的高速公路停车场。我打开驾驶位车窗，大口吸入外面湿润的空气，花时间调整心脏的律动。然后下车，照样戴着编织帽，伞也不打地穿过细雨，走进餐馆，在里面卡座座位上弓身坐下。

餐馆很空。女服务生走了过来。我点了热咖啡和火腿奶酪三明治。而后喝着咖啡闭目合眼，让心情平静下来。我想方设法把妻同其他男人相互搂抱的场景从脑海中驱逐出去。而那场景偏偏不肯消失。

我去卫生间用香皂一再洗手，再次打量照在洗面台前镜子里的自己的脸。眼睛看上去比平时小，有血丝，如被饥饿慢慢夺去生命力的森林里的动物。憔悴，恓惶。我用毛巾擦手擦脸，随后用墙上的穿衣镜检查自己的装束。照在里面的，是一个身穿沾有颜料的寒酸毛衣的三十六岁疲惫的男人。

往下我要去哪里呢？我看着自身形象心想。或者莫如说要先问"我到底是从哪里来的呢"？这里是哪里？不，更要问的是"我到底是谁"？

我一边注视镜子里的自己，一边考虑画一幅自己本身的肖像画。假如画，究竟会画成怎样的自己呢？我能对自己本身多少怀有——哪怕一点点——类似温情那样的东西吗？能从中发现某种闪烁光点——哪怕一点——的什么吗？

我没能得出结论，就那样返回座位。刚喝完咖啡，女服务生来了，我又要了一杯。我求她给我一个纸袋，把没碰过的三明治装了进去。再过一阵子肚子也会饿的。但现在什么也不想吃。

离开高速公路服务站，仍旧沿路笔直行进。不久，关越道入口指示牌闪入眼帘。直接上高速往北走好了！北方有什么固然不知晓，但我觉得反正往北比往南好些。我想去清冷洁净的场所。尤为重要的是，北也罢南也罢，总之要远离这座城市，哪怕远离一点点也好。

打开车上手套箱，里面有五六张 CD。其中一张是意大利音乐家合奏团演奏的门德尔松的八重奏。妻喜欢听着这首音乐兜风。虽是弦乐四重奏整个编入两个的奇妙合成，但旋律优美动听。妻告诉我，曲是门德尔松才十六岁时创作的。神童！

你十六岁做什么来着？

我想起当时来了。十六岁时，我正对班上一个女孩如醉如痴。

和她交往来着？

哪里，话都几乎没有说过，只是远远看着罢了。没有打招呼的勇气。回到家画她的素描来着，画了好几幅。

过去就做差不多一样的事，妻笑道。

啊，我做的事一向差不多少。

啊，我做的事一向差不多少。我在脑袋里重复当时自己说的话。

我把雪儿·克罗的CD从播放器中取出，随后放入现代爵士四重奏的专辑。《金字塔》。我一边听着米尔特·杰克逊惬意的布鲁斯独奏，一边在高速公路径直往北开去。不时在服务区休息片刻，来一次长时间小便，连喝几杯热的黑咖啡。此外几乎整个夜晚都手握方向盘。一直沿行车道行驶，只在超越车速慢的卡车时进入超车道。居然不困。全然不困，甚至觉得困意一生都不会来访。这么着，天亮前我到了日本海。

到达新潟后，右拐沿海边北上。从山形进入秋田县，从青森县开往北海道。高速公路一概不用，慢悠悠沿普通公路行进。在所有意义上都不是急匆匆的旅行。到了夜间，找一家便宜的商务酒店或简易旅馆住进去，倒在小床上睡觉。值得庆幸的是，无论怎样的场所，亦无论怎样的床铺，我大体都能马上入睡。

第二天早上，从村上市①附近给经纪人打电话，告诉他往下一

---

① 日本新潟县最北部的一个城市，面向日本海。

段时间没办法从事画肖像画的工作了。虽然有几幅还没画完的委托画,但作为我无论如何也不处于能工作的状态了。

"那不好办啊!毕竟已经接受了委托。"他声音僵硬地说道。

我向他道歉。"可是别无他法。好好跟对方说说好吗?就说遇上交通事故了什么的。别的画家也是有的吧?"

经纪人沉默有顷。迄今为止我从未误过交画期限。在工作方面我并非不负责任的性格这点他也一清二楚。

"往下要因故离开东京一段时间。那期间没办法工作,抱歉!"

"一段时间,多长时间?"

我回答不上来。就关掉手机,找一条合适的河流,把车停在桥上,将那小小的通讯装置从车窗甩了出去。对不起,只能请你死心塌地,只能请你认为我去月球了。

在秋田市内我顺路去银行,用 ATM 机提出现金,确认账户余额。我个人户头上还有一定数量的余额。信用卡还款也从那里扣除。看来还可以就这样旅行一阵子。并非每天要花多少钱。汽油钱、饭钱、商务酒店住宿钱,如此而已。

在函馆郊外一家奥特莱斯购得简易帐篷和睡袋。初春的北海道寒冷远未退去,防寒内衣也买了。如果所到之处附近有开放野营地,就在那里支帐篷睡觉——一切都是为了尽量节约开支。雪还硬硬的没有融化,夜晚寒气袭人。也是因为一直在小得透不过气来的商务酒店睡觉的关系,帐篷里面让人觉得清清爽爽自由自在。帐篷下面是坚固的大地,帐篷上面是无垠的天空,天空中闪烁着无数星辰。此外一无所有。

往下三个星期,我开着"标致"在北海道盲目地转来转去。四月到来了,但那里雪融还要等一等。尽管如此,天空的颜色还是眼看着发生变化,植物的芽苞开始绽裂。若有小小的温泉乡镇,就住进那里的旅馆,慢慢泡澡、洗头、刮须,吃较为像样的饭食。可是一上体重计，体重还是比在东京时掉了五公斤。

不看报纸，不看电视。车内音响的广播也在到达北海道后坏了调调，不久什么也听不见了。世上发生了什么，自己一无所知，也不很想知道。在苫小牧①一次走进投币式自动洗衣店，集中洗了脏衣服。等待洗完时间里，进入附近一家理发店理发，胡子也刮了。那时在理发店电视机上久违地目睹了 NHK② 的新闻。或者莫如说，即使闭上眼睛，播报员的声音也不由分说地进入耳朵。那里播报的一系列新闻，从头到尾都和我了不相干，总好像是别的行星上发生的事。或者仿佛某人适当捏造出来的。

唯一作为同自己有某种关联的事加以接受的，是北海道山中独自采蘑菇的七十三岁老人死于熊袭这则新闻。播报员说，从冬眠中醒来的熊，由于肚子饿得发慌，非常危险。我因为时不时睡在帐篷里，又兴之所至地一个人在森林里散步，所以熊袭的是我也无足为奇。袭的碰巧不是我，偏巧是那位老人。但不知何故，这则新闻并没有听得我涌起对老人的同情心，也未能推想那位老人可能体验的痛楚、惊惧和震撼。或者不如说较之老人，反倒对熊产生了共鸣。不，我想恐怕不是共鸣，莫如说是接近同谋意识的东西。

我是不正常的，我一边盯视镜子中的自己一边思忖。也低低发出声来。脑袋似乎多少出了毛病。最好别这样靠近任何人，至少眼下一段时间里。

四月也到后半期的时候，寒冷也有些让我受够了。于是离开北海道，转往内地。从青森到岩手、从岩手到宫城，沿着太平洋岸边行进。伴随南下过程，季节一点点过渡到真正的春天。这期间我依然不断地思考妻，思考妻和那只现在恐怕在哪里的床上搂着她的无

---

① 苫小牧：位于北海道西南部的城市。
② NHK：日本广播协会（电视台、电台）。

名手臂。本来不情愿思考这玩意儿，但此外应思考的事一件也想不出来。

最初遇见妻，是眼看就到三十岁的时候。她比我小三岁，在四谷三丁目一家小建筑事务所工作。拥有二级建筑师资格，是我当时相处的女朋友的高中同届同学。头发又直又长，妆也化得淡。总的说来长相给人以稳重印象（不久得知性格并不如印象那样稳重，此是后话）。同女朋友约会的时候，不知在哪家餐馆被人介绍给我，我几乎当场就和她堕入情网。

她长相并不引人注目。说得上的欠缺诚然找不见，却也没有令人眼前一亮的地方。长睫毛、细鼻梁，相对说来个头不高，长及肩胛骨的头发剪得很好看（她对头发十分在意）。厚墩墩的嘴唇右端近旁有颗不大的黑痣，随着表情的变化而动得不可思议——那种地方约略给人以性感印象，但那也是"需格外注意才看得出"的程度。一般看来，我当时交往中的女朋友要漂亮得多。尽管如此，只看一眼我就简直像突遭雷击一般被她夺走了心魂。那是为什么呢？花了几个星期我才想到原因。不过那是某个时候一下子想到的——她让我想起了死去的妹妹，简直历历在目。

两人在外观上并不相似。倘比较两人的照片，人们可能说"岂非一点都不像？"。唯其如此，起初我也才未觉察到。她所以让我想起妹妹，不是因为具体脸形相像，而是因为其表情的变化、尤其眼睛的转动和光闪给我的印象近乎神奇地像得一模一样。恰如过往的时间因了魔法或者什么在眼前复苏过来。

妹妹同样小我三岁，天生心脏瓣膜有问题。小时做过几次手术。手术本身是成功的，但后遗症执拗地留了下来。至于后遗症属于自然痊愈性质的，还是日后会引起致命问题的，这点医师也不清楚。归终妹妹在我十五岁那年死了。刚上初中，短暂的人生中，妹妹始终同遗传因子性缺陷抗争不止,可是并未失去积极开朗的性格。直到最后也没抱怨和唉声叹气,总是周密地计划下一步做什么。自己将死去一事没有列入她的计划之内。天生聪明,学校成绩一直出类拔萃(比我好得多)。意志坚强,决定的事无论发生什么都不苟且。就算兄妹间有什么摩擦——委实少而又少——最后总是我让着她。最后阶段身体已经相当瘦弱了,而眼睛仍一如往常鲜活水灵,充满生机。

我被妻吸引也恰恰由于她的眼睛。那是眼睛深处可以窥见的什么。从最初看见那对眸子时开始,我的心就剧烈摇颤。话虽这么说,也并不是想通过把她弄到手来让死去的妹妹得以复原。即使有那样的追求,前面等待我的也唯有失望——这点儿事作为我也想象得出。我追求的,或者我需要的,是那里具有的锐意进取的光闪,是用以求生的实实在在的热源那样的东西。那是我所熟悉的东西,又是我大约缺少的东西。

我巧妙地问出她的联系方式,找她约会。她当然吃惊、犹豫。不管怎么说,我毕竟是她朋友的恋人。但我没有简单退下阵去。我说,只是想见面说话,见面说话即可,别无他求。我们在安静的餐馆里吃饭,隔着餐桌说这说那。交谈之初是战战兢兢别别扭扭的,但很快变得有声有色。我想知道的关于她的事项堆积如山,话题不成问题。我得知她的生日同我妹妹的生日只差三天。

"给你来一张速写不介意的?"我问。

"现在、这里?"说着,她四下环顾。我们坐在餐馆桌旁,刚要了甜点。

"不等甜点上来就能画完的。"我说。

"那倒不介意……"她半信半疑地应道。

我从包里掏出总是带在身上的小型速写簿,用 2B 铅笔迅速画她的脸。不出所料,甜点上来前就画完了。关键部位当然是她的眼睛。我最想画的也是她的眼睛——眼睛深处横亘着超越时间的深邃世界。

我把速写给她看了。她似乎中意这幅速写。

"非常生动！"

"你本身是生动的嘛！"我说。

她心悦诚服地久久注视速写，就好像看到了自己不知晓的自身。

"如果中意，献给你。"

"真的给我？"

"当然，无非速写罢了。"

"谢谢！"

之后幽会了几次，归终我们成了恋人关系。水到渠成。只是，我的女朋友似乎在好友把我夺走这件事上深受打击。我想她大概把同我结婚纳入视野的。气恼也情有可原（作为我，倒是横竖不大可能同她结婚的）。不仅如此，妻那边当时也有交往中的对象，事情没那么简单收场。此外也存在若干障碍，但大约半年过后我们到底成了夫妻。婚宴规模很小，只是几个朋友聚在一起。我们在广尾一座公寓楼里安顿下来。公寓楼是她叔父的，以较为便宜的租金租给我们。我把狭小的一间作为画室，在那里正式继续画肖像画工作。对我来说，那已不再是临时打工。一来婚后生活需要稳定收入，二来除了画肖像画我也没有获得像样收入的手段。妻从那里乘地铁去位于四谷三丁目的建筑事务所上班。势之所趋，留在家里的我把日常家务包揽下来。那对我完全不成其为痛苦。本来我就不讨厌做家务，再说也可用来转换画画当中的心情。至少，相比于每天去公司被动处理事务性工作，在家里做家务远为轻松快乐。

最初几年间的婚姻生活，我想对双方都是安稳而充实的。日常生活很快生出令人快意的节奏，我们自然而然投身其间。周末和节假日我也不再画画，两人一起去这去那。有时去看美术展，有时去郊外远足，也有时只是漫无目标地在城里东游西逛。我们拥有亲密交谈的时间，双方交换信息也已成了两人的宝贵习惯。发生在各自身上的差不多所有的事都不隐瞒，相互畅所欲言。交换意见，发表感想。

不过，我这方面只一件事没能向她全盘托出。那就是我为她吸引的最大理由：妻的眼睛让我真真切切想起死于十二岁的妹妹的眼睛。假如没有那对眼睛，我不至于那般执着地对她甜言蜜语。而我觉得此事还是不说为好，实际上直到最后也只字未提。那是我对她怀有的唯一秘密。至于她对我怀有怎样的秘密——应该是怀有的——我不得而知。

妻的名字叫柚①，做菜用的柚。在床上抱在一起时，我不时开玩笑叫她"酸橘"，在耳边悄声低语。每次她都笑笑，但生气也半是真的。

"不是酸橘，是柚。相似，但不一样。"

事情到底什么时候开始朝糟糕方向流去了呢？我手握方向盘，从这个高速公路服务站到下一个高速公路服务站、从这家商务酒店到下一家商务酒店不断移行。移行之间我一直就此思索不止。但无法认定潮水变化的临界点。我始终认为我们如鱼得水。当然，一如世间所有夫妻，有几个实质性悬而未决的问题，也曾为此发生口角。具体说来，要不要小孩对我们是最大的悬案。但在必须做最后决定阶段到来之前，还有一段过渡时间。除去这个问题（好比一时束之高阁的议题），我们基本过的是健全的婚姻生活。无论精神上

---

① 柚：ゆず，汉字写作"柚"或"柚子"。不同于作为汉语的柚子，译为汉语应为"香橙"、"蟹橙"。果肉多汁，很酸。

还是肉体上都配合默契。直到最后的最后我都大体深信不疑。

何以会乐观到这个程度呢？或者莫如说何以愚蠢到这个地步呢？我的视野中肯定有类似天生盲点那样的东西。我总好像在看漏什么。而那个什么又总是至关重要的事。

早上送妻上班，之后闷头画画，画一上午。午饭后在附近散步，顺便购物。傍晚准备晚饭。每周两三次去附近体育俱乐部游泳池游泳。妻下班回来，做好饭端上桌。一起喝啤酒或葡萄酒。"今天加班，饭在公司附近适当吃吃。"——若有这样的电话，就一个人对着餐桌简单对付一顿。为期六年的婚姻生活，大体如此日复一日。这么着，我这方面也没什么不满。

建筑事务所工作忙，她时常加班。我一个人吃饭的次数逐渐多了起来。回家已近深夜时分的时候也是有的。"近来工作增加了。"妻解释说，"一个同事突然离职，必须由我填空。"但事务所总是不肯进新人。深夜回家的她常常筋疲力尽，淋浴完就直接睡了过去。做爱次数因此减少了许多。工作处理不完，休息日也偶尔去公司。对她的这种解释，我当然照单全收。没有任何必须怀疑的理由。

但是，或许并没有什么加班。我独自在家吃饭过程中，说不定她正在哪里的宾馆床上同新恋人欢度唯独两人的甜蜜时光。

相对说来，妻属于社交型性格。看上去老老实实，但脑袋瓜转得快，机灵，在某种程度上需要社交场面。而那种社交场面基本是我所无法提供的。因此，柚每每同要好的女性朋友们在哪里吃饭（她有很多朋友），或者下班后和同事们去喝酒（她比我酒量大）。对于柚这样单独行动一人乐在其中，我不曾抱怨过。可能反倒鼓励过她。

细想之下，妹妹和我的关系也大同小异。我向来懒得外出，放学回来总是单独闷在房间里看看画画。相比之下，妹妹是社交型性格，好说好动。所以在日常生活上我们两人的兴趣和行动一致的时候似乎没有多少。但我们充分理解对方，尊重各自的禀性。作为那个年代的兄妹，我们或许是很罕见的，却也认认真真说过很多话。二楼有晾衣台，无论夏天冬天两人都上到那里说话，百说不厌。我们尤其喜欢说离奇的事情。不时交换滑稽事例，笑得前仰后合。

倒也不是说因此之故，但我本身对于同妻的这种关联性确实有心安理得的地方。我把婚姻生活中自己的职责——作为沉默寡言的辅助性伙伴的职责——视为自然、自明之物接受下来。可是柚有可能不是这样。对她来说，同我的婚姻生活未必没有某种意犹未尽的东西。毕竟妻同妹妹是截然不同的人格和存在。而且，自不待言，我已不再是十几岁的少年。

星移斗转，进入五月的时候，日复一日没完没了地开车到底让我感到疲惫。握着方向盘无休无止地反复思考同一问题也让我厌烦起来。质疑无一不是重复，回答永远是零。由于持续坐在驾驶位不动的关系，腰也开始痛了。"标致"205本来是大众车型，座席也并非多么优质，悬架也眼看着疲惫不堪。况且，由于长时间持续注视路面的反光，眼睛深处也开始慢性作痛。回想起来，已经至少一个半月几乎没得休息，就好像被什么追赶似的一味奔跑不止。

我在宫城县和岩手县分界线附近的山中发现一处土里土气的小小的温泉疗养所。决定在此中断行车。那是位于深涧尽头的无名温泉，有供当地人疗养用的可以久住的旅馆。收费也便宜。还可以在共用厨房自己做简单的饭菜。我在那里尽情泡温泉，尽兴睡大觉。消除开车的疲劳，歪在榻榻米上看书。书也看腻了，就从包里取出素描簿画画。生出想画画的心情也是时隔许久的事了。最初画院子里的花草树木，其次画旅馆院子里养的兔们。虽是简简单单的铅笔素描，但大家看了都很佩服。还应邀为周围人画了面部速写——一起住的人、在旅馆做工的人、仅仅从我面前走过的人，不可能再次相会的人。如果有人喜欢，就把画的画送其本人。

我想我差不多该返回东京了。长此以往，哪里也抵达不了。再说我还想画画。不是画别人委托的肖像画，也不是简单的素描，而是想久违地好好沉下心来画之于自己本身的画。能否顺利无由得知，但反正只能迈出第一步。

我打算就势开着"标致"纵贯东北地区返回东京。不料在国道六号线的磐城市①前头，车寿终正寝了。燃油管有了裂纹，引擎根本发动不了。迄今几乎从未检修过。没检修亦无怨言。唯一幸运的是，车动不了的地方碰巧是有热心修理工的车库附近。那位修理工说，在这里很难弄到老型号"标致"零件，邮寄又花时间。何况，就算能修，其他部位也怕很快就出问题。风扇皮带也危险了，刹车片也几乎磨损到了极限。悬架也吱呀作响。"不说坏话，最好就地安乐死！"路上朝夕相伴的一个半月，仪表显示行车距离近十二万公里——这样向"标致"告别固然有些凄凉，但也只能把它留下来了。你是替我断气了，我想。

作为帮我处理车的谢礼，我把帐篷、睡袋和野营用品赠给了那位修理工，最后画完"标致"205的素描，我扛起一个运动包，乘常磐线返回东京。从车站给雨田政彦打电话，简单讲了现在的处境和缘由：婚姻生活受挫，外出旅行一段时间，返回东京了。眼下无家可归。问他有没有能让我住下的地方。

"既然那样，倒是有正合适的房子。"他说，"是我父亲一直独自住的房子，但父亲住进伊豆高原一家护理机构，已经空了一段时间。家具和生活用品一应俱全，什么也不用准备。作为场所虽然不

---

① 位于福岛县南部的城市，是福岛县内人口最多、面积最大的核心城市。

便，但电话还能用。如果这样可以，就住些日子如何？"

求之不得，我说。的确求之不得！

如此这般，我在新的场所的新的生活开始了。

3　不过是物理性反射罢了

在小田原郊外山顶的新家安营扎寨几天后，我跟妻取得联系。跟她联系非打至少五回电话不可。公司工作忙，似乎仍回家很晚。或者和谁在外面约会也未可知。但不管怎样，那都已和我无关。

"嗳，现在你在哪儿？"柚问我。

"在小田原雨田家安顿下来。"我说。接着简单介绍了住到那里的经过。

"给你手机打了好几次电话。"

"手机已经没了。"我说。我的手机眼下可能正在日本海随波逐流。"是这样，近期我想去那边收拾自己的日常用品，可以的？"

"这房间的钥匙你有的吧？"

"有。"我说。也想连同手机一起甩到河里去来着，但考虑可能要我返还，就一直带着。"不过你不在的时候擅自闯入房间不合适的吧？"

"这里不是你的家吗？有什么不合适的！"她说，"可这么长时间你到底在哪里干什么来着？"

一直旅行了，我说。一个人持续驾车的事，在冷地方转来转去的事，途中汽车呜呼哀哉的事——我简单概括了以上经过。

"总之是平安无事喽？"

"我活着，"我说，"死的是车。"

柚沉默有顷。而后说道："近来梦见你了。"

3 不过是物理性反射罢了

我没问什么梦。不特想知道出现在她梦中的我。所以她也没往下讲。

"房间钥匙留下。"我说。

"作为我怎么都无所谓，随便好了。"

我说回去时把钥匙放进信箱。

停顿片刻。之后妻开口了："嗳，第一次约会时你给我画速写来着，记得？"

"记得。"

"时不时抽出那幅速写看，画得实在是好。感觉就像看真正的自己似的。"

"真正的自己？"

"嗯。"

"不是每天早上都用镜子看自己脸的吗？"

"不是一回事。"柚说，"镜子里的自己，不过是物理性反射罢了。"

放下电话后我走去卫生间往镜子里看。那里照出我的脸。正视自己的脸已是时隔很久的事了。她说镜子里的自己不过是物理性反射罢了。不过那里照出的我的脸，看上去好像不过是在哪里分叉的自己的假想残片罢了。那里存在的，不是我所选择的自己，甚至物理性反射都不是。

两天后的偏午时分，我开着卡罗拉旅行车前去广尾公寓收拾自己的日常用品。这天也一大早就下雨下个不停。把车停进公寓楼地下停车场，停车场有一股往常的雨日气味。

乘电梯上去开门，差不多时隔两个月进入公寓房间，总好像自己成了非法入侵者。这里是我送走将近六年生活的地方，本应边边角角都再熟悉不过。然而现在门内出现的是不包括我的风景。厨房水槽堆着餐具，但那全是她使用的。卫生间晾着洗涤物，但晾的衣服全是她自己的。打开电冰箱看了看，里面放的全是没有印象的食品。大部分是可以直接食用的成品。牛奶也好橙汁也好，都是和我买的厂家不同的东西。冷冻舱里塞满冷冻食品。我基本不买冷冻食品。不到两个月时间里实在有太多的东西完成了蜕变。

我产生强烈的冲动，很想清洗水槽里堆的餐具，很想把洗涤物取下叠好（如果可能，还想熨烫），很想把电冰箱里的食品归拢整齐。但我当然没那么做。这里已是他人的住处，不应我来插手。

要带的东西里边，最占地方的是绘画用品。一个装有画架、画布、画笔和颜料的大纸壳箱子。原本我就是不需要多少衣服的人，总穿同样的衣服也不以为意。没有西装没有领带。除却一件冬天穿的厚风衣，基本可以用一个大手提箱网罗一尽。

几本还没看的书，大约一打CD，喜欢用的马克杯，游泳衣和泳镜，泳帽。说起姑且要用的，顶多就这些了。这些即使没有也就没有好了，不至于走投无路。

看卫生间，我的牙刷和一套刮须刀、乳液、防晒霜、护发素等原封不动剩在那里。没开封的安全套盒子也原样剩在那里。但我没心思把这些零零碎碎的玩意儿特意带去新居，由她适当处理好了。

把以上东西装进汽车后备厢，我折回厨房往水壶注水烧开，用袋装茶沏了红茶，坐在餐桌前喝着。喝喝茶什么的不碍事吧？房间里一片岑寂。静默给空气以些微重量，就好像一个人独坐海底。

我一个人在这房间里待了约三十分钟。这时间里无人来访，电话铃也没响。唯独电冰箱的恒温器停了一次启动一次。我在静默中侧耳倾听，像垂放测量水深的铅坠儿一样察看房间动静。无论怎么看都是单独生活的女性的房间。平时工作忙，连做家务的工夫都几乎没有。杂事趁周末休息集中处理。随意四下打量，大凡能看到的东西无不是她个人用品。看不出其他人的蛛丝马迹（甚至我的蛛丝马迹都几乎无处可寻)。男人不至于到这里来,我想,他们大概在别处约会。

一个人待在这房间当中,有一种自己被人注视的感触——倒是说不好——觉得有谁通过隐形摄像机监视自己。但那当然是不可能的。妻对机械类全然没有感觉。就连遥控器电池自己都换不了。不可能设置和操纵隐形摄像机,她没那么乖巧。无非自己神经过敏而已。

尽管这样,还是有一架虚拟摄像机在我待在这房间时间里一一摄录我的行动,我作为被如此摄录的存在行动着。多余的事、不得体的事一概没做。没有拉开柚的写字台抽屉查看里面的东西。虽说知道她在装有连裤袜等物件的衣箱抽屉深处保存着小日记本和重要信件,但我碰都没碰。笔记本电脑的密码我也晓得(当然,如果还没更换的话),但我盖也没开。那一切都已和我无关。我只洗了自己用过的红茶杯,用抹布擦了收进餐具橱,关掉灯。随即站在窗前观看一会儿外面连绵的雨。橙色东京塔在远处若隐若现。而后把房间钥匙投进信箱,开车返回小田原。大致一个半小时的路程,而感觉上就好像当天去了异邦当天返回。

翌日,我给经纪人打电话,告诉他自己到东京了,可是对不起,不打算再画肖像画了。

"肖像画不会画第二次了,是这个意思吧?"

"大概。"我说。

他没多说什么,接受了我的通告。没怎么抱怨,类似忠告的话也没有出口——他了解我一旦说出什么就再不后撤。

"不过,要是还想做这项工作,请随时联系就是,随时欢迎!"

"谢谢!"我表示感谢。

"也许我多管闲事,可你怎么维持生计呢?"

"还没定下。"我老实回答,"一个人生活,用不了多少生活费,再说眼下还有一点存款。"

"继续画画的吧?"

"大概。此外也没有我能做的。"

"但愿顺利。"

"谢谢!"我再次道谢。而后忽有所觉,追加似的问道:"没有什么我应该记住的事?"

"你应该记住的事?"

"就是说,怎么说好呢,就是类似行家建议的东西。"

他略一沉吟,然后说道:"你像是理解事物比一般人花时间的那一类型。不过以长远眼光看,时间大约在你那边。"

好像"滚石乐队"老歌的歌名,我想。

他继续下文:"还有一点,在我看来,你具有画肖像画的特殊才能——一种径直踏入对象的核心捕捉其中存在物的直觉性才能。那是别人不怎么具备的。拥有那样的才能而弃置不用,我深感惋惜。"

"问题是继续画肖像画,眼下不是我想做的事。"

"那我也很清楚。不过,那一才能迟早应该帮你一把的。但愿顺利!"

但愿顺利,我也同感,但愿时间在我这边。

最初一天是房主之子雨田政彦驾驶沃尔沃把我送到小田原房子来的。"要是可心,今天直接住下就是。"

车在小田原厚木道路快到终点那里下行,沿着农用路般狭窄的柏油路往山上开去。道路两侧有农田,种菜的塑料大棚栉比鳞次。梅树林处处可见。这时间里,人家几乎看不到了,信号灯也全都消失。最后出现的是弯弯曲曲的陡峭坡路,换低挡执拗地爬行之间,路的尽头闪出一座房门。仅仅竖着两根蛮气派的立柱，没有门扇，围墙也没有。看上去似乎本来是以带门带围墙的构想着手建造的，而后来改变了主意。也许中途察觉没必要带那玩意儿。门柱中的一根像挂招牌一样挂一块漂亮的"雨田"名牌。前面现出的小型房子是一座西洋风格别墅，褪色的砖砌烟囱从石棉水泥瓦屋顶探出。平房，但房顶意外之高。因是著名日本画画家的住宅，我理所当然想象为传统日本风格的建筑。

车停进门厅前宽大的停车廊。一开门，几只松鸦样的黑鸟发出尖锐的叫声从近旁树枝腾空而起。看样子它们为我们的入侵心生不快。房子大体由杂木林环绕着，唯独西侧面对山谷，视野开阔。

"如何，绝对一无所有的地方吧？"雨田说。

我站在那里四下环顾。地方确乎一无所有。心中感叹居然把房子建在这么凄凉的地方！想必格外讨厌与人交往的吧。

"你在这房子长大的？"我问。

"哪里，我本身没在这住多久，时不时来住住罢了。或者暑假兼避暑来玩一玩。也是因为要上学，我和母亲一起住在目白那个家。父亲不工作时来东京和我们一同生活。然后又回到这里一个人做事。我独立了，十年前母亲去世之后，他就一直独自闷在这里不动，几乎像出家人似的。"

一位家住附近的中年妇女受托管理无人住时的房子，她来做了几项实质性说明——厨房设备的使用方法啦，液化石油气和煤油如何订购啦，各种工具的存放位置啦，倒垃圾的场所和星期几倒啦等等。看来画家过的是相当简单的独居生活，所用器械数量很少。因而，必须听人讲授的事项基本没有。她说有什么不明白的可随时打电话给她（归终一次也没打过）。

"有谁住在这里实在太好了。老也没人住，房子就荒废了，毕竟没人用心照料。况且，知道没有人住，野猪和猴子就会跑来。"

"野猪和猴子要一晃一晃出现的，这一带。"雨田说。

"野猪要当心才好！"那位妇女说，"为了找竹笋吃，春天常在这附近出没。尤其养小野猪的母野猪心焦意躁，很危险。另外金环胡蜂也够危险的。有人都给蜇死了。金环胡蜂有时在梅树林筑巢。"

带有开放式火炉的较为宽敞的客厅是房子的中心。客厅西南侧有带顶的宽大阳台，北侧有正方形画室。画家在画室画画。客厅东侧有连着小餐厅的厨房，有浴室。还有舒展的主卧室和较之稍微窄些的客用卧室。客用卧室放一张写字台。看情形是个喜欢看书的人，无数旧书在书架上挤得满满的。画家似乎把这里作为书房使用来着。房屋虽旧，但很整洁，住起来大约感觉不错。不可思议的是（或者未必不可思议），墙上一幅画也没挂。大凡墙壁都赤裸裸索然无味。

如雨田政彦所说，家具、电器、餐具、卧具等生活必需品大体一应俱全。"带一个身子来即可"，一点不错。烧火炉用的薪柴也绰绰有余地堆在仓房檐下。房子里没有电视（据说雨田的父亲憎恶电视）。客厅有足够气派的音响装置。音箱是天朗（Tannoy）巨大的"签名旗舰"①系列，放大器是马兰士（Marantz）原装真空管。以及高清晰度唱片的收藏。一眼看去，多是歌剧唱片收纳盒。

"这里没有 CD 播放机。"雨田说，"毕竟是绝对讨厌新玩意儿的人啊！只信赖古来就有的东西。自不消说，上网环境什么的更是踪影皆无。如果需要，只能下到镇上使用网咖。"

我想没什么必要非上网不可，我说。

"要是想了解人世动态，只好用厨房壁橱里的半导体收音机听听新闻。因是山中，电波接收相当糟糕，顶多能勉强收听 NHK 静冈电台。不过总比什么也没有好吧！"

"对世上的事没多大兴致。"

---

① Tannoy 音箱的一款经典型号，原文是"Autograph"，现已停产。

"那就好。和我老爸能谈得来。"

"令尊是歌剧迷？"我问雨田。

"啊，父亲虽是画日本画的，但总是听着歌剧作画。在维也纳留学时，好像一个劲儿跑歌剧院来着。你听歌剧？"

"一点点。"

"我死活不成。歌剧那玩意儿拖拖拉拉除了无聊没别的。这里旧唱片堆积如山，随便你怎么听好了。父亲已经用不着了，你肯听，他肯定欢喜。"

"用不着了？"

"认知障碍症进行中。即便歌剧和平底锅的区别，现在也分不出来了。"

"维也纳？令尊在维也纳学的日本画？"

"不不，再怎么着，也没有哪个好事者跑去维也纳学日本画。父亲本来是学油画的，所以才去维也纳留学。当时画非常新潮的油画来着。不料回到日本没过多久，突然转向日本画。啊，倒也是世上时不时有的情形——通过出国而开始认识到民族同一性什么的。"

"而且成功了。"

雨田微微耸了耸肩。"那是从社会角度看。可是在孩子眼里，不过是个板着面孔的老头子罢了。脑袋里只有绘画，我行我素，想怎么样就怎么样。如今倒是看不出来了。"

"现在多大年纪？"

"九十二岁。年轻时听说相当风流来着，详情自是不知……"

我向他致谢："这个那个谢谢了，添麻烦了，这回可是帮了大忙！"

"中意这里？"

"噢，能让我住一段时间，真是难能可贵。"

"那倒是好。不过，作为我，如果可能，还是希望你和柚能重归于好。"

对此我没有表示什么。雨田本身没有结婚。有传闻说他是双性恋,真假无从得知。虽然交往这么久了,但不曾接触这个话题。

"肖像画工作还在继续?"临回去时雨田问我。

我向他说了彻底拒绝画肖像画工作的原委。

"往后靠什么生活?"雨田问的和经纪人一样。

压缩生活开支,暂且靠存款活命。我也同样回答。想在时隔很久之后无拘无束地画自己喜欢画的心情也是有的。

"那好,"雨田说,"干一阵子自己想干的事情好!不过,要是你不讨厌,作为打工,没有当绘画老师的打算?小田原站前有个类似文化学校的地方,那里有个班教怎么画画,主要以孩子为对象。同时也设有面向成年人的班,只教素描和水彩,不搞油画。办那所学校的是父亲的熟人,商业主义色彩没有多少,办得相当本分。但没有老师人手,正在伤脑筋。如果你肯帮忙,那人肯定欢喜。酬金倒是没有多少,不过多少可以维持生活。一个星期上两天课即可。我想不会成为多大负担。"

"可我没教过什么画的画法,再说水彩画也不大了解。"

"简单!"他说,"又不是要培养专家。教的只是极基础性的东西。那种诀窍,干一天立马上手。尤其教孩子画画,对教的人也会是很大的刺激。况且,既然打算一个人住在这种地方,如果不每星期下去几天和人接触——哪怕不情愿——脑袋可是要出毛病的!要是成了《闪灵》(The Shining),那可就麻烦了,是吧?"

雨田模仿杰克·尼克尔森[1]的表情。他很早就有模仿别人表情

---

[1] 杰克·尼克尔森:(Jack Nicholson, 1937—),美国演员、导演、制片人和编剧。曾 12 次获得奥斯卡金像奖提名并 3 次得奖。1994 年获得美国电影协会终身成就奖。1999 年获得金球奖终身成就奖。曾主演影片《闪灵》。

的才能。

我笑道:"当当也行。能不能当好倒是不知道。"

"由我跟对方联系。"他说。

之后我和雨田一起去国道沿线的丰田二手车中心,在那里一次性用现金买了卡罗拉的旅行车。我从这天开始了小田原山顶上的单身生活。将近两个月过的是持续移动不止的生活,接下来是无需移动的完全静止的生活,可谓极端转换。

从下一星期开始,我将在小田原站前的文化学校绘画班教课,时间为星期三和星期五。一开始有个简单的面试,由于有雨田介绍,当即予以录用。成人班教两次。星期五再加一个儿童班。儿童班教法我很快就习惯了。一来看他们画画很有意思,二来如雨田所说,对我也是个小小的刺激。班上的孩子们也马上和我混熟了。我所做的,不外乎转圈看孩子们画画,给一点技术性建议,或发现画得好的地方给予表扬鼓励。作为我的方针,尽可能让他们画同一题材,反复多次。我告诉孩子们,即使同一题材,稍微换个角度,也会看起来相当不同。一如人有种种侧面,物体也有种种侧面。孩子很快理解这种乐趣。

教大人画画,或许比孩子们多少难一些。来上课的,不是从工作岗位退下来的老人们,就是孩子脱手后生活多少有了空闲的家庭主妇。理所当然,他们的脑袋没有孩子们那么灵活,即使我启发什么,接受起来也好像不容易。不过,其中也有几个感觉颇为舒展的人,画出的画相对有趣的人也是有的。如果他们需要,我自然提供若干有益的建议,但大体上是让他们随心所欲地画,并在画好的画中找出某种可观之处予以夸奖,仅此而已。这么着,看上去他们得以怀有相当幸福的心情。如果能以幸福的心情作画,想必也就足够了。

而且，我在那里同两位人妻有了性关系。两人都来绘画班受我的"指导"。就是说，就立场而言是我的学生（顺便交代一句，两人画的画都非常不坏）。至于作为教师——尽管是不具有正式资格的即席教师——那是不是应被允许的行为，则是苦于判断之处。虽然我基本认为成年男女在自愿基础上进行的性行为一般没什么问题，但以社会角度来看，则并非多么可圈可点的名堂也是事实。

不过非我辩解，当时的我没有闲工夫判断自己所作所为是否正确。我仅仅是抓一块木板随波逐流而已。周围一片漆黑，天上星月皆无。只要紧紧扑在那块木板上就不至于淹死。至于自己此刻身在何处、往下朝向何方，我却是一无所知。

我发现带有《刺杀骑士团长》标题的雨田具彦的画，是搬来这里几个月过后的事。那时的我固然无从得知，而那幅画致使我周围的状况整个急转直下。

4　远看，大部分事物都很美丽

五月也接近尾声的一个晴朗的早晨，我把自己的一套绘画用品搬进雨田画师过去使用的画室，久违地面对崭新的画布（画室里，画师用的绘画用品荡然无存。想必政彦归拢去了哪里）。画室是大小五米见方的真正的四方形房间。木地板，周围墙壁涂得白白的。地板完全裸露，铺的东西一片也没有。朝北开一个大大的窗口，挂着朴素的白色窗帘。朝东的窗口偏小，窗帘也没挂。墙上照例无任何装饰。房间一角有个用来冲洗颜料的大瓷盆。想必用很久了，表面混合沾着大凡所有的颜色。大瓷盆旁边放一个老式煤油炉，天花板安一台大电风扇。有一张工作台，有一把圆木凳。贴墙板架上有一套小型音响装置，可以边作画边听歌剧唱片。窗口吹来的风有一股新鲜的树味儿——不折不扣是可供画家专心作画的空间。必要的物品一应俱全，多余的东西一概没有。

得到这样的新环境，一种想画点什么的心情在我身上聚敛成形。那类似沉静的痛感。而且，当下的我能自由支配的时间几乎不受限制。无需出于生计考虑画违心的画，没有义务为下班回家的妻准备晚饭（虽说这个并不痛苦，但同样属于义务）。不仅不用准备做饭，如果有意，即使不吃哪家子饭而情愿挨饿的权利在我也是有的。我彻头彻尾自由，无需顾虑任何人，想怎么样就怎么样。

然而归终我没有作画。哪怕站在画布前盯视其雪白面幅的时间再长，也丝毫涌现不出应该画在那里的意象。不知从哪里入手，抓不着契机。我如同失去语言的小说家、失去乐器的演奏家，在这了无饰物的绝对呈四方形的房间里一筹莫展。

迄今从未有过这样的体验。一旦面对画布，我的心几乎即刻离开日常地平线，而有什么在脑海浮现出来。有时是具有有益实体的意念，有时是几乎毫无用处的妄想。但必有什么浮现出来。我只要从中发现和捕捉合适的什么移往画布、跟着直觉使之发展即可。作品水到渠成。然而现在看不到堪可成为发端的什么。无论欲望多么旺盛，就算胸口深处有什么作痛，事物这东西也还是需要具体端口的。

一早起来（我一般六点前起床），先在厨房做咖啡，之后手拿马克杯进入画室，在画布前的木凳上坐下。全神贯注。谛听心间回响，力图发现那里理应有的某个图像。结果总是败下阵来，一无所获。尝试片刻全神贯注，之后灰心丧气地坐在画室地板上听普契尼①的歌剧（不知何故，这段时间我听的全是普契尼）。《图兰朵》《艺术家的生涯》。我一边仰视懒洋洋旋转的吊扇，一边静等意念、主题那样的东西降临。然而什么也没降临。唯独初夏的太阳朝着中天缓缓移动。

到底什么出问题了呢？或许因为长年累月为了生计画肖像画画得太久了，可能因此弱化了自己身上曾经有的天然性直觉，一如海岸的沙被波浪渐次掠走。总之，水流在某处拐去错误的方向。需要花些时间，我想。必须忍耐一下。必须把时间拉往自己这边。这样，肯定会再次抓住正确的水流。水路应该返回我的身边。但说老

---

① 贾科莫·普契尼（Giacomo Puccini，1858—1924），意大利歌剧作曲家，写实主义歌剧的代表，主要作品有歌剧《艺术家的生涯》《托斯卡》《蝴蝶夫人》等。

实话，我没有多少自信。

　　我同人妻们发生关系也是在这一时期。想必我在寻求精神性突破口那样的东西。我无论如何都想从现在陷入的这种停滞中挣脱出去。为此需要给自己以刺激（怎样的刺激都可以），需要给精神以摇颤。还有，我对孑然一身的状态开始感到疲惫。我已经很长时间没拥抱女性了。

　　如今想来，那真是流向奇异的每一天。我早早睁眼醒来，走进四面白墙的正方形画室，面对雪白的画布，在无由获得任何意象的状态中坐在地板上听普契尼。在创作这个领域，我几乎同纯粹的"无"[1]面面相觑。在歌剧止步难行那一时期，克劳德·德彪西在某处写道"我一天天只是持续创作无"。这个夏天的我也和他一样，日复一日从事"无的创作"。或者我对每天同"无"相对已经相当习惯了也未可知，即使不能说关系要好起来。

　　每星期大约两次，一到下午她（第二个人妻）就开红色迷你库柏赶来。我们立马上床抱在一起。偏午时分尽情尽兴贪图对方的肉体。由此生成的当然不是无，现实肉体毫无疑问就在那里。可以用手触摸每个边边角角，也可以任嘴唇移行。如此这般，我像打开意识开关似的，在虚无缥缈的无与鲜活生动的实在之间往来移动。她说丈夫已近两年没抱她的身体了。比她大十岁，工作忙，回家时间晚。无论她怎么引诱，都好像没那份心思。

　　"那是怎么回事呢？这么好的身子！"

　　她微微缩了缩肩："结婚十五六年了，孩子也两个了，我怕是不再新鲜了。"

　　"对我可是新鲜得不得了……"

---

[1] 原文读音标注为法语"rien"。

"谢谢！给你这么一说，觉得就像被循环利用了似的。"
"资源的再生利用？"
"正是。"
"再宝贵不过的资源！"我说，"也有益于社会。"
她哧哧笑了："只要能准确无误加以分类……"
停了一会儿，我们再次乐此不疲地向资源复杂的分类发起进攻。

坦率地说，我原本就不是对她这个人感兴趣。在这个意义上，她同我过去交往的女性们不是同一色调。我和她之间基本不存在共同话题。现在生活的环境也好，迄今走过来的人生旅程也好，都几乎没有交集部分。我这人本来就沉默寡言，两人在一起时主要是她说。她说自己个人的事，我随声附和，发表一点类似感想的东西。正确说来很难称为交谈。

对于我这完全是全新初次体验。就其他女性来说，我一般先对对方怀有人性上的兴趣，而后与之相随似的发生肉体关系。此乃模式。可是对她不是这样。先有肉体关系。而且相当不坏。同她相会当中，我以为是纯粹享受这一乐趣。我想她也同样以此为乐。在我的怀中她一连几次冲顶，我也不知几次在她体内一泻而出。

她说，婚后同丈夫以外的男人上床这是第一次。应该不是说谎。婚后我也是第一次同妻以外的女性睡觉（不，只有一次例外地同一个女子同衾共枕。但那非我所愿。具体情由稍后再谈）。

"不过同代朋友好像差不多都和谁上床，虽说都已是太太了。"她说。

"常听人那么说。"

"循环利用。"

"没想到我也成了其中一员。"

我仰望天花板考虑柚。估计她也在某处同某个人如法炮制吧？

她回去后剩下我一个人，实在闲得难受。床上还有她睡过的凹坑。我没心思做什么，歪在阳台躺椅上看书消磨时间。雨田画师的书架上全是旧书。如今很难到手的珍稀小说也有不少——过去很有人气，而不觉之间被人忘掉，几乎没有人拿在手上了，便是这样的作品。我喜欢读这种古色古香的小说。因此得以同一位不曾谋面的老人共同拥有被时间遗忘般的心情。

日暮时分，打开葡萄酒瓶（时而喝葡萄酒对于当时的我是唯一的奢侈。当然不是高档品），听旧密纹唱片。唱片收藏全都是西方古典音乐，多半是歌剧和室内乐。哪一枚都好像被不胜爱惜地听过，唱片表面一道伤痕也没有。白天我主要听歌剧。入夜以后大都听贝多芬和舒伯特的四重奏。

同年长的人妻有了关系、定期拥抱有血有肉的女性身体以后，感觉上似乎获得了某种安适感。成熟女性柔软的肌肤感触，使得我怀有的焦躁情绪很大程度上平复下来。至少在拥抱她的时间里，各种疑问和悬案得以一时置之度外。可是不知画什么好、相关意象浮不上脑海这一状况并未发生变化。我时不时在床上用铅笔画她的裸体素描。大多是色情的——我的那个物件进入她体内啦她口含我的同一物件之类。她也红着脸兴奋地看这种素描。假如把这样的场景拍摄下来，想必大半女性都要讨厌，有可能让她们对对方产生厌恶感或戒心。但若是素描，且是画得好的素描，她们反倒为之欢喜。因为其中有生命的温煦，至少没有机械性冷漠。问题是，哪怕这样的素描画得再好，我真正想画的图像也仍然浮现不出来，了无踪影。

学生时代画的那种所谓"抽象画"对现在的我几乎引不起心灵震颤。我已不再为那一类型的画所吸引。如今回头看去，我曾经如醉如痴画的作品，总之不过是"形式追求"罢了。青年时代的我曾为造型的形式美和平衡那样的东西心往神驰。那也当然不坏。但就我来说，手还没有触及其前面应有的灵魂深层。这点我现在完全明白了。我当时能够入手的，无非较为浅层的造型妙趣而已。没发现足以强烈摇撼心魂的东西。那里有的，往好里说，顶多不外乎"才气"。

我已三十六岁了。眼看就年届四十。四十岁之前无论如何都要作为画家确保自己固有的绘画世界。我一直这么感觉的。四十岁这个年龄对于人是一个分水岭。过得这个岭，人就不可能一如以前了。到四十还有四年时间。而四年想必一闪而过。何况由于为生活一直画肖像画的关系，我的人生已经绕了很大弯子。我必须想方设法再一次把时间拉回自己这边。

山居生活时间里，我开始想更详细了解一下房主雨田具彦。迄今为止，我一次也未曾对日本画有过兴趣。因此，即使雨田具彦这个名字传进耳朵，即使他碰巧是我的朋友的父亲，我也几乎不晓得他是怎样的人物、以前画过怎样的画。雨田具彦诚然是日本画坛的重镇，但不妨说他几乎从不出现在正面舞台——这同他的社会名声无关——而总是一个人安安静静地或者相当偏激地过着创作生活。关于他我所知道的至今也就这些。

但是，用他留下的音响听他收藏的唱片、从他的书橱上拿他的书看、在他睡过的床上休息、在他的厨房里日常性做饭、出入他使用过的画室过程中，我开始逐渐对雨田具彦这个人产生了兴趣——或许更接近好奇心。曾经有志于现代主义绘画并且去维也纳留学，然而回国后突如其来地"回归"日本画——其步履引起了我不少兴趣。详情虽不大清楚，但从常识角度考虑，长期画西洋画的人转画日本画绝非易事。这需要下决心全部抛弃此前辛苦学得的技法，并且再次从零出发。尽管如此，雨田具彦也决意选择这条艰难旅途。那里存在某种巨大理由。

某日，给绘画班上课前顺便走进小田原市的图书馆找雨田具彦画集。也是因为是家住本地的画家，图书馆里有他三册可观的画集。其中一册还作为"参考资料"载有他二十年代画的西洋画。令人惊异的是，他青年时代画的一系列西洋画总有哪里让我想起自己曾经画的"抽象画"。风格并不具体相同（战前的他受立体派①影响的色彩很浓），其中表现的"贪婪地追求形式本身"的姿态同我的姿态有不少相通之处。当然，毕竟日后成了一流画家，他画的画远为底蕴深厚，也有感染力。技法上也有值得赞叹的东西，想必当时受到高度评价。然而其中有某种欠缺。

我坐在图书馆桌子之间，久久凝视这些作品。到底缺什么呢？我无法准确锁定那个什么。但最后若让我直言不讳的话，这些是纵使没有也别无所谓的画。即便就这样永远消失在哪里，也不至于有人感到不便。说法或许过于残酷，但千真万确。从历经七十余年后的现时阶段看来，这点一清二楚。

而后我翻动画页，按各时期顺序看他"转向"为日本画画家的画。初期的多少带几分幼稚，经过模仿先行画家手法那样的阶段之后，他缓慢而又切切实实地找到自己本身的日本画风格。我得以依序跟踪其轨迹。偶尔的探索性失误固然有，但没有困惑。拿起日本画画笔之后的他的作品，有某种只有他能画的什么，他也自我觉出这点。他朝着那个"什么"的核心，以充满自信的步伐勇往直前。其中不再有油画时代"欠缺什么"的印象。较之"转向"，莫如说是

---

① 立体派：Cubism。亦译作立体主义、立方主义。1908年法国兴起的美术运动。以毕加索、布拉克为代表，从各个角度观察绘画对象，力图将其画入同一画幅。

"升华"。

最初阶段,雨田具彦和普通日本画画家同样画现实中的风景和花草,但很快(其中应有某种动机)开始主要画日本古代的风景。取材于平安时期①和镰仓时期②的绘画居多。但他最喜欢的则是公元七世纪初即圣德太子时期。那里有过的风景、历史事件和普通人的生活场面由他大胆而细致地使之跃然纸上。他当然不曾目睹那样的风景。想必他是以心眼使之历历在目的。至于何以选飞鸟时期③,缘由不得而知。但那成了他独特的世界,成了他固有的风格。与此同时,他的日本画技法修炼得炉火纯青。

注意细看当中,仿佛从某个点开始,他得以自由自在地画自己想画的东西。从那时往后,他的笔似乎随心所欲自由奔放地在画幅上腾跃起舞。画最出色的部分在于空白。反过来说,在于什么也没画的部位。他能够果断通过不画而将自己想画的东西明确凸显出来。想必那是日本画这一形式最擅长的部分。至少我没在西洋画中见过如此大胆的空白。注视之间,我好像得以理解了雨田具彦转向为日本画画家的意义。我不明白的是他何时、如何决心大胆"转向"并付诸实施的。

看了看卷末他的简历。他生于熊本阿苏。父亲是大地主、地方上的头面人物,家境极为富裕。少年时代其绘画才华即为人瞩目,

---

① 平安时期:日本古代定都平安京(现京都)的历史时期,始于798年,止于1192年。
② 镰仓时期:源氏赖朝在镰仓开设幕府的历史时期,始于1185年,止于1333年。
③ 飞鸟时期:日本以推古天皇为中心的历史时期。时期尚未定论。一说从推古天皇即位的593年至迁都平安京的710年。一说从佛教传入的552年至大化革新的645年。

年纪轻轻崭露头角。刚从东京美术学校（后来的东京艺术大学）毕业的他，被寄予未来希望留学维也纳是一九三六年末至一九三九年期间。一九三九年初第二次世界大战爆发前乘不来梅港驶发的客轮回国。说起一九三六年至一九三九年，正是希特勒在德国执政时期。奥地利被德国吞并即发生所谓 Anschluss① 是在一九三八年三月。年轻的雨田具彦逗留维也纳正值那一动荡时期。这样，他必定目击种种样样的历史场景。

在那里，他身上究竟发生什么了呢？

我通读了画集中的一册收录的题为《雨田具彦论》的长篇考证性论文。从中明确得知的仅有一点，即关于维也纳时期的他几乎完全不为人知。关于返回日本后的作为日本画画家的他的履历诚然论述得相当具体而详细，可是关于被视为他在维也纳时期"转向"的动机和原委则扑朔迷离，止于不甚有根据的推测。至于他在维也纳做了怎样的事，是什么促使他大胆"转向"的，这方面则处于迷雾之中。

雨田具彦在一九三九年的二月回国，在千驮木租房落脚。那时他就好像已彻底放弃创作油画。尽管这样，每月还是接得父母家寄来的足够生活的汇款。母亲尤其溺爱他。那一时期他似乎几乎靠自学学了日本画。也曾一度师从谁学过，但好像不顺利。他原本就不是性格谦恭的人，同他人维持友好平稳的关系不是他擅长的领域。如此这般，"孤立"成了他人生一以贯之的主旋律。

一九四一年末珍珠港遇袭，日本进入全面战争状态。此后他离开喧嚣的东京，回到阿苏老家。因是次子，得以从家业继承人的麻烦中脱身出来，家里给了他一座小房子和一个女佣，在那里过着同

---

① 原文是 Anschluss，德语。意为联合或政治联盟。这里指德奥合并，即 1938 年 3 月 12 日纳粹德国和奥地利第一共和国合并。

战争几乎无关的平静生活。幸也罢不幸也罢，肺部有先天性缺陷，不用担心被征兵（或者这终究是表面借口，而是家里从背后打通关系使之免于征兵亦未可知）。也无需像一般日本国民那样遭受严重的饥饿。而且因为住在深山里，只要不发生重大失误，也不用担心受到美军飞机轰炸。这样，他一直在阿苏山中闷到一九四五年战争结束。想必他绝断与人世的联系，而在独自习得日本画技法上面倾注了心血。那期间他一幅作品也未发表。

对于作为精英西洋画画家为世人瞩目并被寄予厚望留学维也纳的雨田具彦来说，长达六年保持沉默和被主流画坛忘却一事应该不是无关痛痒的体验。然而他并非轻易言败之人。长期战争终于告终而人们力图从混乱中苦苦挣扎出来的时候，获得新生的雨田具彦已经作为新兴日本画画家重新闪亮登场。开始一点点发表战争期间画而未发的作品。那是众多有名画家由于在战争期间画火药味十足的"国策画"而被迫引咎沉默、在占领军监视下半是引退度日的时代。唯其如此，他的作品才作为日本画革新的可能性而为世人瞩目。不妨说，时代站在了他的一边。

此后他的经历没有值得一提的。取得成功后的人生往往索然无味。当然，成功的一瞬间即朝着多姿多彩的毁灭结局一路狂奔的艺术家也是有的，但雨田具彦不是这样。迄今他获得数不胜数的奖项（倒是以"分心"为由拒受文化勋章），在社会上也变得有名了。画的价格逐年高涨，作品出现在众多公共场所。作画委托络绎不绝，海外评价也高。简直可以说是一帆风顺。但他本人几乎不登台亮相。出任官职也一概断然拒绝。纵有邀请，国内国外也哪里都不去。只管一个人闷在小田原山上（即我现在住的房子）兴之所至地专心创作。

现在他已九十二岁，住进伊豆高原一家护理机构，处于基本分不清歌剧和平底锅有何区别的状态。

我合上画集，还回图书馆服务台。

若是晴天，饭后就走上阳台歪在躺椅上斜举白葡萄酒杯。一边望着南面天空闪闪烁烁的星星，一边思忖雨田具彦的人生是不是有自己应该从中学习的东西。不惧怕改变生存方式的勇气。将时间拉向自己这边的重要性。以及在此基础上寻找自己特有的创作风格和主题的执着。这当然都不是轻而易举的事。但若想作为创作者生存下去，无论如何都必须迎难而进。如果可能，但愿四十岁前……

但另一方面，雨田具彦在维也纳有过怎样的体验呢？在那里目击过怎样的场景呢？到底是什么使得他永久扔掉油画画笔的呢？我想象维也纳街头翻飞的红黑两色卐旗和匆匆行路的年轻时候的雨田具彦形象。不知何故，季节是冬季。他身穿厚大衣，脖子围着围巾，鸭舌帽拉得低低的。脸看不见。市内电车在刚开始下的雨夹雪中拐弯驶来。他边走边向空中呼出俨然将沉默直接付以形状的白色气体。市民们在温暖的咖啡馆喝着加有朗姆酒的咖啡。

我把他后来画的飞鸟时期的日本光景同维也纳古老街头的风景试着重合起来。但是，无论怎样驱使想象力，也无法在二者之间找出任何相似点。

阳台西侧面对狭窄的山谷。隔着山谷的对面是同这边高度相差无几的山峦。山峦斜坡上疏疏落落坐着几座房舍，似乎有意让蓊郁的绿树围在中间。我住的房子的右边斜对面有一座分外引人注目的偌大的时髦建筑。那座大量使用白色混凝土和蓝色滤光玻璃建在山顶上的住房，与其说是住房，莫如说更像"公馆"，荡漾着甚为潇洒而奢华的氛围。沿坡而建，三层。大概出自一流建筑师之手吧！这一带自古以来就多有别墅。不过那座房子一年到头都像有谁居住，每天夜晚玻璃深处都有灯光。当然，出于防盗，用定时器来自动开灯也有可能。不过我猜想不至于那样。因为灯光每天有所不同，开灯熄灯时间变换不定。有时所有玻璃窗统统大放光明，照得如同繁华大街上的商品展示窗；有时只留下庭园灯隐隐约约的光亮，整座房子沉入漆黑夜色之中。

面朝这边阳台（如轮船的顶层甲板）上面时不时有人影出现。每到傍晚时分，常可看到居住人的身影。是男是女不好确定。身影很小，大多时候又是背部受光。不过，从其剪影和动作来看，我推测应是男的。那个人物总是单独一人。或者没有家属也说不定。

到底什么人住在那房子里呢？反正我有闲时间，就这个那个想来想去。莫非那人独自住在这疏离人烟的山顶不成？是做什么的人呢？大致可以肯定，他是在那潇洒的玻璃墙公馆里过着优雅而自由的生活。毕竟不可能从如此不便的位置天天去城里上班。想必其处境无需为生活操心费力。但若反过来从他那边隔着山谷往这边看，说不定我也是无忧无虑地一个人悠闲度日。远看，大部分事物都很美丽。

人影今天夜晚也出现了。和我同样坐在阳台椅子上，几乎一动不动。看样子和我同样望着空中眨闪的星星思索什么。思索的肯定是怎么思索怕也思索不出究竟的事物——在我眼里是这样的。无论处境多么得天独厚的人，也必有应该思索的什么。我微微举起葡萄酒杯，隔着山谷向那个人送去不无同病相怜意味的寒暄。

那时我当然没有想到，那个人不久就会闯入我的人生并大大改变我行走的路线。假如没有他，不至于有这般形形色色的事件落到我的头上。与此同时，假如没有他，我在黑暗中不为人知地丢掉性命也未可知。

后来回头看去，觉得我们的人生委实匪夷所思，充满难以置信的荒唐的偶然和无法预测的曲折进程。然而，在那些已然实际出现的节点上,很多时候哪怕再小心翼翼地环顾四周,也可能找不出任何匪夷所思的元素。闪入我们眼帘的,恐怕只是在没有接缝的日常生活中发生的再正常不过的正常事情。或许完全不合情理。可是,事物是否合乎情理,那要经过时间冲洗才能真正看得清楚。

不过总的说来,合乎情理也好不合乎情理也好,最终释放某种意味的,大部分情况下恐怕仅是结果而已。无论谁看,结果都明显实际存在于那里并发挥影响力。问题是,锁定带来结果的原因并非易事。而将其拿在手上"喏"一声出示于人就更是困难作业。当然,原因总会在哪里。不存在没有原因的结果,一如不存在不打鸡蛋的煎鸡蛋卷。一个棋子(原因)首先"嗵"一声碰倒相邻的棋子(原因),又"嗵"一声碰倒相邻的棋子(原因)。如此连锁性延续时间里,什么是最初的原因,一般都变得无从知晓。或者变得怎么都无所谓。又或者变成没人很想知道的东西。进而,话题在"归根结底很多棋子在那里哗啦啦倒下"的地方戛然而止。即将讲述的我的故事,没准就要走上与此相似的路。

不管怎样,我在这里首先要讲的——即必须作为最初两个棋子拿出来的——是住在山谷对面山顶那个谜一样邻人的事和拥有名为《刺杀骑士团长》那幅画的事。先讲那幅画。

5　气息奄奄，手脚冰凉

住进这座房子后首先让我费解的，是房子任何地方都找不到可以称为画的物件。不仅墙上没挂，而且无论储藏室还是壁橱也都一幅——哪怕一幅——画也没有。不但雨田具彦本人的画，其他画家的画也没有。大凡墙壁都光秃秃赤裸裸听之任之。就连挂画的钉痕都无从找见。在我了解的范围内，凡是画家，不管谁手头都多多少少保有画作。有自己的画，有别的画家的画。不觉之间就有各种各样的画存留身边，如同再怎么扫也还是有雪接连不断飘落堆积起来。

一次因为什么给雨田政彦打电话，顺便问到为什么这房子里称为画的物件一幅也没有呢？是谁拿走了还是一开始就这样？

"父亲不喜欢把自己的作品留在手头。"政彦说，"画完赶紧叫来画商出手，效果不如意的就在院子里的焚烧炉烧掉。所以，即使父亲的画手头一幅都没有，那也没什么可奇怪的。"

"别的画家的画也完全没有？"

"有过四五幅，马蒂斯①啦布拉克②啦等旧画。哪一幅都是小幅作品，战前在欧洲买到手的。是从熟人手里得到的，买的时候价钱好像没有多高。当然现在增值好多。那几幅画，父亲进护理机构时一起交给要好的画商保存了。毕竟不能就那样放在空房子里。估计保管在带空调的美术品专用仓库里。此外没在那座房子里见过其他画家的画。实际上父亲不大喜欢同行们。理所当然，同行们也不大喜欢父亲。往好里说是独狼,往糟里说怕是不合群的乌鸦。"

"你父亲在维也纳是一九三六年到一九三九年期间?"

"啊,应该待了两年左右。不过不清楚为什么偏去维也纳。本来父亲喜欢的画家几乎都是法国人。"

"而且从维也纳返回日本后突然转向当日本画画家,"我说,"到底是什么促使你父亲下那么大决心的呢?维也纳逗留期间发生什么特殊事情了?"

"唔,那是个谜。父亲很少讲维也纳时代的事。无可无不可的事倒是时不时听他讲过。维也纳的动物园啦,吃的东西啦,歌剧院啦等等。可是关于他自己守口如瓶。我也没硬问。我和父亲差不多是分开生活,只是偶尔见面那个程度。较之父亲,莫如更像时而看望的作为亲戚的伯父那一存在。而且,从我上初中时起,父亲的存在渐渐让我郁闷起来,开始避免接触。我进美术大学时也没和他商量。家庭环境虽然算不上复杂,但不能说是正常家庭。那种感觉可大致明白?"

"大致。"

"时至如今,反正父亲过去的记忆已经荡然无存。或者沉进哪里深深的泥塘。问什么都不应声。我是谁都不知道。自己是谁都不知道。或许应该在他变成这样子之前问个究竟才是,有时我会这样想。悔之晚矣!"

---

① 亨利·马蒂斯(Henri Matisse, 1869—1954),法国画家、雕刻家、版画家,野兽派绘画运动领袖。以使用鲜明、大胆的色彩而闻名。偶然的机缘成为其人生转折点,他曾说:"我好像被召唤着,从此以后我不再主宰我的生活,而它主宰我。"代表作有《戴帽子的女人》等。

② 乔治·布拉克(Georges Braque, 1882—1963),法国画家,立体主义画派代表之一,曾参加野兽派绘画运动,后又创作"拼贴画",代表作有《弹吉他的男人》《圆桌》等。

政彦约略沉思似的沉默下来。少顷开口道:"何苦想知道这个?对家父可有什么兴趣?"

"不,不是那么回事。"我说,"只是,在这房子里生活起来,这里那里总会感觉出你父亲的影子,于是在图书馆就你父亲查阅了一下。"

"类似父亲影子的东西?"

"或者说是残存感?"

"没有不好的感觉?"

我对着听筒摇头:"哪里,完全没有不好的感觉。只是雨田具彦这个人的气息总好像在这里飘来飘去,在空气中。"

政彦再次沉思片刻,然后说道:"毕竟父亲长期住在那里,又做那么多事。气息也可能留下。啊,也是因为这个,作为我,老实说,不太想一个人靠近那座房子。"

我一声不响地听着。

政彦继续下文:"以前我想也说来着,对于我,雨田具彦不过是个不好接近的添麻烦的老头儿罢了。总是关在画室里满脸严肃地画画。寡言少语,不知在想什么。住在同一屋檐下的时候,母亲老是提醒我'别打扰父亲工作'。不能跑来跑去,不能大喊大叫。在社会上或许是名人,绘画出类拔萃,但对于小孩子纯粹是个麻烦。而且,自己走上美术道路之后,父亲每每成了不快的负担。每次自报姓名,总有人说'是雨田具彦先生的亲戚吗'这样的话。恨不得改名来着。如今想来,人并不那么坏,想必他也是想以他的方式疼爱孩子来着,但不是能够无条件倾注父爱的人。那怕也是没办法的事。毕竟对他画是第一位的。艺术家嘛,估计都那个样子吧!"

"可能。"我说。

"我恐怕无论如何也成不了艺术家。"雨田政彦叹口气说,"从父亲身上学得的,没准只此一点。"

"上次你好像说过你父亲年轻时相当我行我素来着，想做什么就做什么。是说了吧？"

"啊，我长大时已经没那种迹象了。不过年轻时好像相当风流。高个子，长得也够好，又是地方富豪的少爷，还有绘画才华。女人不可能不投怀送抱。父亲方面也一见女人就不要命。家里出钱才能了结的啰嗦事都好像有过。但留学回国以后，人好像变了——亲戚们都这样说。"

"人变了？"

"回到日本以后，父亲再不寻花问柳了，一个人关在家里专心作画。与人交往也好像讨厌得不得了。返回东京独身生活了很长时间。而在只靠画画就能充分维持生活之后，忽有所觉似的同家乡一位远亲女子结了婚，就好像核对人生的账尾一样。不是一般的晚婚。于是我出生了。婚后是不是再风流不得而知，反正弄得满城风雨的风流事是没有了。"

"变化相当大。"

"噢，父亲的双亲对回国后的父亲的变化像是很高兴的，毕竟不再为女人问题添麻烦了。至于在维也纳有过什么事，为什么抛弃西洋画而转向日本画，这方面无论问哪个亲戚都照样问不明白。关于这个，总之父亲就像海底牡蛎一样闭口不提。"

时至如今，即使撬开贝壳，想必里边也空空如也了。我向政彦致谢，挂断电话。

我发现题为《刺杀骑士团长》这个怪异名字的画，完全由于偶然。

夜里时常从卧室房顶阁楼传来很小的"沙沙"声。起初我猜想怕是老鼠或松鼠钻进阁楼里了。可是，声音同小型啮齿动物的行走声明显不同。与蛇爬声也不一样。总好像和用手把油纸皱巴巴团成一团时的声音相似。并非吵得睡不着那个程度。尽管如此，房子里面有莫名其妙的什么还是让人放心不下。说不定是对房子有害的动物。

东找西找找了一圈，最后发现客用卧室里面立柜上端对着的天花板有个通往阁楼的入口。入口盖是八十厘米见方的端端正正的四方形。我从贮藏室拿来铝制梯凳，一只手拿着手电筒推开入口盖，战战兢兢从那里伸出脖子四下打量。阁楼面积比预想的大，有些昏暗。右侧和左侧各有小小的通风孔，从那里有一点点天光进来。用手电筒往边边角角照了一遍，什么也没发现。至少没发现活动的东西。我一咬牙从开口上到阁楼。

空气里面有一股灰尘味儿，但不至于令人不快。通风良好，地板灰尘也没积多少。头顶上低低横着几根粗梁，但只要躲过它们，大体可以直身行走。我小心翼翼地缓缓移步。检查两个通风孔，两个都拉着铁丝网，以防动物侵入。但朝北的通风口铁丝网开了个口。有可能是撞坏的或自然破损的。抑或有什么动物要进来而故意撞坏了网也未可知。不管怎样，那里开了一个可供小动物轻松钻入的洞洞。

随后我见到了夜里弄出动静的罪魁祸首：一只灰色的小猫头鹰静悄悄躲在梁上面的暗处。看样子它正闭目合眼地睡觉。我关掉手电筒，为了不惊动对方，特意在离开些的地方静静观察那只鸟。近距离看猫头鹰是头一次。较之鸟，更像生了翅膀的猫。美丽的生物！

想必猫头鹰白天在这里静静休息，到了晚间从通风孔出去，在山上寻找猎物。恐怕是它出入时的声响吵醒了我。无害！况且，有猫头鹰在，就不必担心鼠和蛇会在阁楼住下来。听之任之好了。我得以对这只猫头鹰怀有自然而然的好意。我们碰巧租住这座房子共而有之。随你住在阁楼里就是。观察了一会儿猫头鹰的样子之后，我蹑手蹑脚踏上归途。发现入口旁边有个大包就在这个时候。

一眼就看出那是包好的画。大小为横一米半竖一米左右用褐色牛皮纸包得严严实实，还缠了几道细绳。此外没有任何放在阁楼里的东西。从通风孔射进的淡淡阳光，梁上栖息的灰色猫头鹰，靠墙立着的一幅包装好的画——这种组合似乎有某种幻想意味，让我为之动心。

我慎之又慎地拿起纸包。不重。被纳入简易画框的画的重量。包装纸薄薄积了一层灰。估计是很久以前神不知鬼不觉地放在这里的。细绳上用铁丝牢牢固定着一枚标牌，上面用蓝色圆珠笔写道"刺杀骑士团长"。字体一丝不苟。大概是画的标题。

为什么这幅画被悄悄藏在阁楼上呢？缘由当然无从得知。我思考该怎么办。按理，就这样原封不动是合乎礼节的行为。这里是雨田具彦的住所，画无疑是雨田具彦拥有的画（可能是雨田具彦本人画的画），出于某种个人理由而把画藏在这里以免被人看见。若是这样，就不要做多余的事，连同猫头鹰一起照样留在阁楼里即可。不是我应该介入的事。

问题是，即使作为事理明明白白，我也还是按捺不住胸间涌起的好奇心。画的标题（大约）"刺杀骑士团长"字样尤其让我心有不舍。到底是怎样一幅画呢？为什么雨田具彦必须把它——挑来挑去只挑这幅——藏在阁楼里呢？

我拿起纸包，试试能否从阁楼入口穿过去。从逻辑上说，能够拿上来的画不可能拿不下去。通来阁楼的开口别无第二。但我还是大致试了试。不出所料，在对角线极限那里画得以穿过这标准四方形开口。我想象雨田具彦将这幅画拿上阁楼的情形。那时他恐怕心怀唯独他一人知晓的某种秘密。我能够像实际目睹其情其景一样想象得宛然在目。

纵然得知我把画从阁楼拿了下来，雨田具彦也不至于发火动怒。他的意识如今已陷入深重的混沌之中。借用他儿子的说法,"歌剧和平底锅的区别都分不出来"。基本不可能返回这座房子。何况,就那样把画放在通风孔破损的阁楼里不管,迟早未必不被老鼠、松鼠咬坏。或者被虫子吃了也未可知。假如画是雨田具彦画的,那势必意味一次不小的文化损失。

我把纸包放在立柜顶端,向蜷缩在梁上的猫头鹰微微挥一下手,然后下来,悄悄关上入口盖。

不过我没有马上开包。把那褐色纸包靠着画室墙壁立了好几天。我坐在地板上,只是不明所以地看着它。擅自开包合适不合适?我很难下定决心。不管怎么说都是别人的所有物。哪怕想得再能自圆其说,我也不具有随便拆开的权利。若想那样做,至少要得到其子雨田政彦的许可。然而不知何故,我懒得向政彦告知画的存在。觉得这是我和雨田具彦之间纯属个人性质的一对一问题。至于何以怀有这种奇妙的想法则无法解释,反正我就是有这样的感觉。

我定定盯视——险些盯出洞来——这幅用牛皮纸包裹着、缠了好几道细绳的画(估计是画),一再思索之后,终于下定开包取画的决心。我的好奇心比我看重礼节和常识的心情顽强得多执拗得多。至于那是作为画家的职业性好奇心还是作为一个普通人的单纯的好奇心,自己无以判别。但不管是哪个,我都不能不看个明白。我打定主意,哪怕给人戳脊梁骨也无所谓!我拿来剪刀,剪开绑得结结实实的细绳,而后剥褐色包装纸。花时间剥得很仔细,以便能酌情重新包好。

不知包了多少层的褐色包装纸下,有一幅用漂白布那般柔软的白布包着的镶在简易画框里的画。我轻轻剥开那层布,像剥开被严重烫伤之人的绷带时那样轻手轻脚小心翼翼。

白布下现出的,如我事先所料,是一幅日本画。横置长方形的画。我把画立在板架上，退后几步细看。

毋庸置疑，作品出自雨田具彦之手。不折不扣是他的风格，手法是他特有的。大胆的留白，遒劲的构图。上面描绘的，是飞鸟时期打扮的男女。那一时期的服装和那一时期的发型。然而这幅画让我十分惊愕：画面充满暴力性，几乎令人屏息敛气。

据我所知，雨田具彦基本不曾画过如此种类狂暴的画。说从未画过怕也未尝不可。他画的，大多是仿佛撩拨乡愁的平和安谧的画。偶尔也以历史事件为题材，但画面出现的人物形象大体融入类型之中。人们在古代丰盈的大自然中构成紧密的共同体，生活尊重协调。诸多自我为共同体的整体意志或安稳的宿命所吸纳。而且世界之环是静悄悄闭合的。想必这样的世界是之于他的世外桃源。他从各种各样的角度、以各种各样的视线持续描绘这样的古代世界。多数人将这种风格称为"对现代的否定"，称为"对古代的回归"。其中当然也有人斥之为"逃避现实"。不管怎样，他从维也纳留学回国以后，摈弃了指向现代主义的油画，独自一人在这静谧的世界里闭门不出。从不解释，从不争辩。

然而，《刺杀骑士团长》这幅画中流淌着血，而且流得那么多，那么现实。两个男子手握仿佛沉甸甸的古代长剑争斗。看上去似乎是个人性质的决斗。争斗双方，一个是年轻男子，一个是年老男子。年轻男子把剑深深刺入年长男子的胸口。年轻男子蓄着漆黑漆黑的一小条唇须，身穿浅艾蒿色紧身服。年老男子一身白色装束，蓄着丰厚的银须，脖子上戴有串珠项链。他握的剑从手中脱落了，但尚未完全落地。血从他的胸口喷涌而出。剑的尖端大概刺中了大动脉，血染红他的白色装束。嘴痛得扭歪着，眼睛睁得大大的，万念俱灰地瞪视虚空。他知道自己失败了，但真正的疼痛尚未到来。

另一方的年轻男子眼神极为冷酷，目不转睛地直视对手。眼睛没有悔意，没有困惑和怯懦，没有兴奋表示。瞳仁是那般冷静，眼睛里只有迫在眉睫的一个人的死，以及自己确切无疑的胜利。四溅的血不过是其证明罢了，并未给他带来任何情感。

老实说，迄今为止我一直把日本画相对看作描绘静止的、类型化世界的美术样式，单纯地认为日本画的技法和绘画材料不适合表现强烈感情。那是同自己了不相干的世界。可是面对雨田具彦的《刺杀骑士团长》，我清楚得知自己的那种想法纯属自以为是。雨田具彦画的两个男人赌以生死的剧烈决斗场景，有一种从深处摇撼看的人心魂的东西。获胜的男人和落败的男人。刺杀的男人和被刺杀的男人。那种类似落差的东西让我为之心动。这幅画有某种特殊的东西！

有几个在旁边注视这场决斗的人。一个是年轻女子。女子身穿雪白雪白的高档衣服，头发向上梳起，戴有大大的发饰。她一只手放到嘴前，嘴微微张开。看上去似乎正屏息敛气而又要大放悲声。美丽的眼睛大大睁开。

还有一个，一个年轻男子。服装不那么气派。黑乎乎的，饰物也少，十分便于行动。脚上穿着简单的草鞋，似乎是仆人或什么人。没有带剑，只在腰部别一把短刀样的东西。矮个头，敦敦实实，下巴蓄着浅浅的胡须。左手——以现今说来，恰如事务员拿文件夹那样的姿势——拿着账簿那样的东西。右手像要抓取什么似的伸在空中。但那只手什么也没能抓到。至于他是老人的仆人还是年轻男子的仆人，抑或是女子的仆人，从画面上看不出。看得出的充其量只有一点：此乃这场决斗急速展开的最后发生的场景，无论女子还是仆人都全然始料未及。不容怀疑的惊恐表情在两人脸上浮现出来。

四人中不吃惊的只有一人，只这个杀人的年轻男子。大概任何事情都不可能让他吃惊。他并非天生的杀人者，不以杀人为乐。但是，为了达到目的，对于让谁停止呼吸这点他会毫不犹豫。他年轻力壮，满怀理想（怎样的理想自是不得而知）。而且掌握巧妙操剑的技术。目睹已过人生盛期的老人死于自己之手的样子，对于他不值得惊讶。莫如说是自然而然合情合理之事。

还有一人，那里有个奇妙的目击者。画面左下角有个男子，样子就好像正文下面的脚注。男子把地面上的封盖顶开一半，从那里伸出脖子。盖是正方形，似乎是木板做的。那个封盖让我想起这座房子通向阁楼的入口的盖子。形状和大小也一模一样。男子从那里观察地上之人的样子。

地面开了一个洞？四方形出入口？不至于。飞鸟时期不可能有下水道。而且决斗是在室外进行的，一片一无所有的空地。背景上画的只有枝丫低垂的松树。在这种地方的地面何以会开一个带盖的洞穴呢？讲不过去。

况且，从那里伸出脖子的男子模样也够奇怪。他长着弯茄子那样的异常细长的脸，满脸黑胡子，头发长长的乱蓬蓬的。看上去像极了流浪汉或远离人世的隐居者。看作呆子也未尝不可。可是，他的目光敏锐得足以让人吃惊，甚至可以从中感受类似洞察力的眼力。话虽这么说，那种洞察力并非通过理性获得的，而是某种洒脱——没准近乎狂气——偶然带给他的。服装细部看不出。我所能看出的，只有脖子往上部位。他也注视那场决斗。不过对其结果似乎并不吃惊。看上去莫如说作为本应发生因而发生的事件而纯然旁观，或者出于慎重而在大致确认事件的细节。姑娘也好仆人也好都没察觉身后长脸男子的存在。他们的视线被剧烈的决斗紧紧牵住了，谁也没往后看。

这个人到底是什么人呢？为了什么而如此潜入古代地下的呢？雨田具彦是出于何种目的将这来历不明的奇形怪状男子以强行打破构图平衡的形式特意画进画面一角的呢？

这且不说，问题首先是这幅作品为什么被标以《刺杀骑士团长》这个名称呢？不错，画中，身份显得高贵的人被长剑刺杀了。然而，身着古代衣服的老人的样子，无论怎么看都与"骑士团长"之名不相符合。"骑士团长"这一头衔显然是欧洲中世或近世的东西。日本历史上不存在这样的职位。尽管如此，雨田具彦却将"骑士团长"这个带有怪异意味的标题安在这幅作品上。其中应有某种理由。

但是，"骑士团长"这一说法有什么微微刺激我的记忆。记忆中以前听过这个说法。我像捋细线一样追溯记忆轨迹。应该在哪里的小说上或戏曲上看过这个字眼。而且是相当知名的作品。哪里呢……

我猛一下子想起来了。莫扎特的歌剧《唐璜》（Don Giovanni）！开头应该有"刺杀骑士团长"的场面。我走去客厅唱片架跟前，抽出其中的《唐璜》套装唱片，扫视解说书。确认开头场面被刺杀的到底是"骑士团长"。他没有名字，只标写"骑士团长"。

歌剧脚本是用意大利语写的，其中最初被刺杀的老人写为"Il Commendatore"。有人用日语译为"骑士团长"，这一译法固定下来。至于原来的"Commendatore"准确说来是怎样的地位、怎样的官职，我不得而知。几种套装唱片中的任何解说书都没有关于这点的解说。这部歌剧中的他是不具有名字的一介"骑士团长"，其主要职责就是在开头落在唐璜手里被其刺杀。最后变成走动的骇人雕像出现在唐璜面前，把他领去地狱。

细想之下，这岂非不言而喻之事？这幅画中画的相貌英俊的年轻人即浪荡公子唐璜（西班牙语为"Don Juan"），被刺杀的是年长男子即有名誉的骑士团长。年轻女子即骑士团长的漂亮女儿唐娜·安娜，仆人是服侍唐璜的莱波雷洛。他手里拿的是极长的名录，里面一一记录着主人唐璜迄今占有的女人姓名。唐璜千方百计引诱唐娜·安娜，同予以斥责的安娜父亲骑士团长决斗，一剑刺杀。很有名的场面。为什么就没觉察到呢？

大概因为莫扎特的歌剧同处理飞鸟时期题材的日本画这一组合相距过于遥远了吧？所以我才没将二者在自己心中好好联系起来。而一旦明白过来，一切豁然开朗。雨田具彦将莫扎特歌剧世界一直"篡译"为飞鸟时期。确是饶有兴味的尝试。这我承认。可是，这一篡译的必然性究竟在哪里呢？同他日常风格实在大相径庭。还有，为什么非把它特意层层包起来藏进阁楼不可呢？

不仅如此，画面左端从地下伸出脖子的长脸人的存在到底意味着什么呢？莫扎特的歌剧《唐璜》当然没有这样的人物出场，是雨田出于某种意图将此人补画在画面中的。何况，歌剧中安娜并没有实际目睹父亲被刺杀的现场，她去找其恋人唐·奥塔维奥骑士求助。当两人返回现场时发现父亲奄奄一息。而在雨田具彦的画中，这一状况的设定——想必为了加强戏剧性效果——出现微妙的变动。但是，从地里探出脸来的，无论怎么看都不是唐·奥塔维奥。此人长相怪异，明显偏离世间基准，不可能是帮助唐娜·安娜的白面正义骑士。

此人莫不是从地狱里来的恶鬼？为了侦察如何将唐璜带去地狱而预先在此亮相？但左看右看，此人都不像是恶鬼。恶鬼不具有如此炯炯有神的眼睛。恶鬼根本不会悄然举起正方形木制封盖而探头探脑钻出地面。这一人物看上去莫如说是作为某种恶作剧精灵介于其间的。我姑且将其人称为"长面人"。

此后几个星期我只管默默盯视这幅画。面对这幅画的时间里，我全然上不来想画自己画的心情。甚至正经吃饭的心绪都无从谈起。或者往打开电冰箱最先看到的蔬菜上浇蛋黄酱拿起嚼食，或者打开买好放在那里的罐头用锅加热——至多做到这个程度。我坐在画室地板上，一边翻来覆去听《唐璜》唱片，一边百看不厌地定定看着《刺杀骑士团长》。日落天黑，就在画前斜举着葡萄酒杯。

画得无与伦比，我想。不过据我所知，这幅画，雨田具彦哪一本画集都没收录。就是说，世间一般还不知道这幅作品的存在。如果公开，这幅作品无疑将成为雨田具彦代表作之一。倘有一天举办他的回顾展，即使用在海报上都无足为奇。而且，这不单单是"画得好"的画。画中明显鼓胀着非同寻常的力度。这是稍懂一点美术的人都不可能看漏的事实。其中含有诉诸观众心魂深层部位、将其想象力诱往别的什么场所的富于启示性的什么。

我无论如何都无法把眼睛从画面左端那个满脸胡须的"长面人"上移开，就好像他正打开封盖从个人角度把我诱去地下世界。那不是把其他任何人，而是把这个我。实际上，那盖子下有怎样的世界也让我耿耿于怀。他到底是从哪里来的呢？到底在那里干什么呢？盖子是很快再次关闭还是一直敞开呢？

我一边看画，一边反复听歌剧《唐璜》的这个场面。序曲，继之以第一幕第三场。那里唱的歌词、出口的台词几乎可以照背不误。

唐娜·安娜：
"啊，那个杀人犯，杀了我的父亲！
这血……，这伤……
脸已经出现死相，
气息奄奄，
手脚冰凉。
父亲，温柔的父亲！
人事不省，
就要这样死去。"

6　眼下，是无面委托人

经纪人打来电话，是在夏天也差不多迎来尾声的时候。有谁打来电话是久违的事情了。白天虽然酷暑未退，而一旦日落西山，山间的空气就凉了下来。那般让人烦躁的知了叫声也渐渐变得小了，转而展开虫们盛大的合唱。和在城里生活时不同，推移的季节在环绕我的大自然当中不由分说地带走它应带走的部分。

我们首先相互汇报各自的近况。说是汇报，其实可说的事也没有多少。

"对了，作画方面可进展顺利？"

"一点点吧！"我说。当然是说谎。搬来这座房子四个多月了，支好的画布还一片雪白。

"那就好。"他说，"过些天把作品多少给我看看。说不定能有我帮上忙的。"

"谢谢！过些天……"

随后他提起正事。"给你打电话是因为有个请求。怎么样？不想再画画肖像画？"

"肖像画不再画了，我应该说过的。"

"嗯，确实听你那么说来着。不过，这回报酬好得离谱。"

"好得离谱？"

"好上天了！"

"好上天怎么个好法？"

他具体举出数字。我险些吹口哨。但当然没吹。"人世上,除了我也应该有很多画肖像画的人……"我以冷静的语声说。

"虽然不是有很多,但手法大体过得去的肖像画专门画家,除了你也有几个。"

"那么,找他们去好了。那个金额,谁都会一口答应下来。"

"对方指名找你——由你画是对方的条件,说别人免谈。"

我把听筒从右手换到左手,用右手搔了搔耳后。

经纪人说:"听说那个人在哪里看过你画的几幅肖像画,十分中意。说你画的画具有的生命力,在别处很难求得。"

"可我不明白。且不说别的,一般人看过几幅我画的肖像画什么的,这事首先不大可能的吧?我又不是年年在画廊办个展。"

"详细情由不知道。"他以不无困窘的声音说,"我只是如实转告客户的话罢了。一开始我就向对方说你已经洗手不画肖像画了,决心似很坚定,求也怕是不行。但对方不死心,于是有具体金额出来。"

我在电话机旁就此提议沉吟片刻。老实说,所提金额让我动心。而且,有人在我画的作品中——尽管是受人之托而半是机械性画的——发现如此价值这点,也在很大程度上激起了我的自尊心。然而我已经自我发誓绝不再画商业性肖像画了,打算以被妻抛弃为转机开始新的人生。单单有像样的银两堆在那里,并不容易颠覆我的决心。

"可是,那位客户,怎么出手那么大方呢?"我问。

"虽说世道不景气,但另一方面,腰缠万贯的人也还是有的。网上炒股赚的啦,或者IT方面的企业家啦,那种人好像不在少数。肖像画定制款,也是可以用经费报销的。"

"用经费报销?"

"在账簿上,肖像画不是美术品,可以处理为业务用品。"

"听得我心里暖暖的。"

靠电脑炒股赚钱的人和IT方面的企业家们——哪怕他们钱再多、再能用经费报销,我也很难认为他们想把自己的肖像画作为业务用品挂在办公室墙上。他们大多一身洗褪色的牛仔裤、耐克鞋、皱皱巴巴的T恤和"香蕉共和国"夹克——便是以这副打扮工作的年轻人。而且,他们以用纸杯喝星巴克咖啡为自豪。厚重的油画肖像不符合他们的生活方式。当然世上有种种类型的人,不能一概而论。即使要把自己用纸杯喝着星巴克(或其他商家的)咖啡〔当然使用公平交易(Fair Trade)①的咖啡豆〕场面画下来的人也未必没有。

"只是,有一个条件。"他说,"对方希望以他为模特面对面来画,并为此准备相应的时间。"

"不过我一般不用那种画法。"

"知道。和客户进行私人面谈,但不作为实际绘画模特使用,这是你的做法。这点我也告知对方了。但还是希望这回当他本人的面来画——这是对方的条件。"

"那意味着?"

"我不清楚。"

"相当不可思议的委托啊!为什么执着于这个?如果说不当模特也可以,莫如说应该庆幸才是。"

"委托固然别出心裁,但就报酬而言,我想可是无可挑剔……"

"我也认为报酬无可挑剔。"我表示同意。

---

① 一种有组织的社会运动,在贴有公平贸易标签及其相关产品之中,提倡一种关于全球劳工、环保及社会政策的公平性标准,其产品从手工艺品到农产品不一而足。该运动特别关注自发展中国家销售到发达国家的外销。

"往下就看你了。又不是叫你出卖灵魂！你作为肖像画家，本事无可挑剔。人家看中了你的本事。"

"总好像是已经引退的黑手党杀手啊，"我说，"要干倒最后一个目标。"

"不过并不是要流血。怎么样，不试试？"

"并不是要流血，"我在脑袋重复一句。我想起《刺杀骑士团长》的画面。

"那么，要画的对象是怎样的人呢？"

"实不相瞒，我也不知道。"

"男的女的也不知道？"

"不知道。性别也好姓名年龄也好，统统一无所知。眼下纯属无面委托人。自称代理人的律师往我这里打来电话，只和他交涉来着。"

"可事是正正经经的事吧？"

"呃，事绝不莫名其妙。对方是可靠的律师事务所，说一谈妥就立马把启动款打进来。"我手握听筒叹了口气。"事出突然，很难马上答复，希望给我一点儿考虑时间。"

"没问题，考虑到大彻大悟为止。对方说并非多么十万火急的事。"

我道谢挂断电话。因为想不起其他可干的事，就走进画室打开灯，坐在地板上别无目的地盯视《刺杀骑士团长》。盯视之间，肚子饿了，就进厨房拿起番茄酱和装在碟子里的利是饼干折回，用饼干蘸番茄酱吃着继续看画。这东西当然谈不上好吃。相对说来味道很差。但好吃也好不好吃也好，对于这时的我都不值一提。只要能够多少填填饿瘪的肚子即可。画在总体上和细部上都强烈吸引我的心。不妨说，我十有八九被这幅画完全囚禁起来。花了几星期时间把这幅画彻头彻尾看遍之后，这回我凑上前去，认真验证每一个细节。尤其引起我注意的是五个人物脸上浮现的表情。我用铅笔把画上每个人的表情精确速写下来。从骑士团长、唐璜、唐娜·安娜、莱波雷洛到"长面人",一如读书家把书中心仪的文章一字不漏一句不差地仔细抄写下来。

以自己的笔致对日本画上的人物加以速写,对于我是第一次体验。我这才得知,这是比预想远为困难的尝试。一来日本画本来就是以线条为中心的绘画,二来其表现手法比之立体性更倾向于平面性,较之现实性更重视象征性和符号性。把以如此视线画成的画原封不动移植为所谓"西洋画"画法,在本源上就是勉为其难的。尽管如此,在几次出错几次修正之后,总算变得顺手起来。这样的作业,纵然不能说是"脱胎换骨",也需要以自己的理解对画面进行解释和"翻译"。为此必须首先把握原画意图。换个说法,我必须或多或少地理解雨田具彦这个画家的视点或其人的存在方式。打个比喻,需要将自己的脚伸进他穿的鞋。

不间断地做了一阵子这项作业之后,我开始心想"久违地画一画肖像画怕也不坏"。反正什么也画不来。画什么好?自己想画什么?就连启示性都未能捕获。就算是有违自己心意的工作,实际动手画点什么怕也是不坏的。如果让这一无所能的日子长此以往,说不定真可能什么也画不出来了。肖像画都可能无能为力。自不待言,所提金额也让我动心。眼下过的固然是几乎不花生活费的生活,但光靠绘画班的收入无论如何是过不下去的。旅行了这么长时间,又买了二手卡罗拉旅行车,存款也一点一点而又准确无误地持续减少不止。数额可观的收入无疑有很大魅力。

我给经纪人打电话,说这回——仅此一回——接受肖像画工作也可以。他自然表示高兴。

"不过,如果要和客户面对面地写实,我势必赶去那里。"我说。

"无需担心，对方去你的小田原府上。"

"小田原？"

"是的。"

"那个人知道我的家？"

"据说就住在府上附近。你住在雨田具彦府上这点也是知道的。"

一瞬间我瞠目结舌，随后说道："怪事！我住在这里，尤其住的是雨田具彦房子应该还没有什么人知道。"

"我当然也不知道。"经纪人说。

"那么，为什么那个人知道了？"

"这——，这我就不知道了。不过，这个世界，只要上网，什么都能知道。落到习惯上网的人手里，什么个人秘密啦，那东西可能等于不存在，"

"那个人住在我附近怕是偶然巧合吧？还是说因为住在我附近也是对方选中我的一个理由？"

"那个地步的事我不知道。有想知道的，和对方见面交谈时自己问好了。"

我说自己问。

"那么什么时候可以开始呢？"

"任凭什么时候。"我说。

"那么，我先这样答复对方，下一步的再联系。"经纪人道。

放下听筒，我歪在阳台躺椅上开动脑筋推想事情的演变。越想疑问越多。委托人知道我住在这座房子这一事实首先就让我不快。感觉上就好像自己始终被人监视、一举一动都被侦察似的。可是，究竟何处何人出于何目的对我这个人怀有如此兴趣呢？而且，总体上这给我以事情未免过于美妙这一印象。我画的肖像画诚然受到好评，我本身也具有相应的自信，可那终不过是哪里都有的肖像画。

无论从哪一种观点看都不可能称为"艺术品"。何况，在世人眼里我是无名画家。就算再满意我的画（作为我可是上不来照单全收的心绪），怕也没有人那般一掷千金。不是？

那个委托人莫非是和我现在有关系的女子的丈夫？这样的念头一闪掠过我的脑际。具体根据倒是没有，但我觉得越想越不无这种可能性。若说对我怀有个人兴趣的附近匿名人士，我只能这样猜想。但另一方面，她的丈夫何以非花重金特意让妻子上床对象画自己的肖像不可呢？情理说不过去。除非对方是具有相当变态性念头之人。

也罢，我最后心想，既然眼前有这样的水流，那么姑且随波逐流好了。假如对方别有用心，那么将计就计不就得了？较之如此一动不动困于山中，或许还是那样足够乖觉。何况我也有好奇心。即将打交道的人到底是怎样的人物呢？作为一掷千金的回报向我求取什么呢？我想把那个什么看个究竟。

这么打定主意后，心情多少轻松起来。这天夜里，我得以久违地不思不想，当即沉入深度睡眠。夜里倒似乎听得猫头鹰簌簌作响的动静，但那没准出现在断断续续的梦中也未可知。

7 无论好坏都容易记的姓氏

我同东京的经纪人之间往返几次电话,说定在下一星期的星期二午后同这个谜一样的客户见面(即使此时对方的名字也尚不清楚)。同时确认我一向的程序:第一天只做初次见面的寒暄,大体交谈一小时,并不实际着手绘画作业。

无需说,画肖像需要的是精准把握对方面部特征的能力。但不能说此即足矣。若仅仅如此,有可能成为普普通通的头像画(caricature)。要想画活生生的肖像,需要具备捕捉对方面部核心要素的能力。在某种意义上,面相同手相相似。较之与生俱来的东西,重要的是在岁月河流中和各人处境中慢慢形成的东西,同样的概不存在。

星期二早上,我把家中收拾得利利索索。清扫,往花瓶里插了院子里采的花,把《刺杀骑士团长》那幅画从画室移去客用卧室,用原来的褐色牛皮纸包好以免看见——不能把这幅画暴露在他人眼前。

一时五分过后,一辆车沿陡坡道上来,在门前停车廊停下。粗重狂野的引擎声四下回荡了好一阵子,仿佛大型动物在洞穴中满意地发出喉音。大概是排气量大的引擎。而后引擎停止,山谷重归静寂。车是银色的"捷豹"(Jaguar)赛车。充分擦拭的长长的挡泥板反射着正好从云间漫溢而下的阳光,闪闪耀眼。我对车不怎么熟悉,型号看不明白。但起码可以推测车是最新型的,行驶公里数还止于四位数内,价格至少是为二手卡罗拉旅行车所付数额的二十倍。不过这并不多么值得惊奇。他可是情愿为自己的肖像画出那么高价钱的人物。即使乘坐大型游艇都不足为奇。

从车上下来的是衣着考究的中年男人。架一副深绿色太阳镜,上身是雪白的棉质长袖衬衫(不单单是白,是雪白雪白),下身是卡其色休闲长裤。鞋是奶油色甲板鞋。身高估计一百七十厘米多一点点。脸被太阳晒得恰到好处。全身荡漾着分外整洁清爽的氛围。不过,他身上最牵动我眼睛的,无论如何都是其头发。泛动微波细浪的丰厚的头发白得恐怕一根黑发也不剩。不是灰色不是花白,总之统统白得如刚刚存积的第一场雪,纯白!

下车后关上车门(发出高档车门随意闭合时独特的令人不无惬意的声响),锁也没锁,只把车钥匙揣进裤袋就朝房子大门这边走来——我从窗帘缝隙一一看在眼里。步伐十分优美,背笔直笔直,必要的筋肉不留任何余地动员起来——想必平时做什么运动,而且毫不敷衍。我从窗前离开,走到客厅椅子上弓身坐下,在这里等待门铃响。门铃响后,我缓缓走到门口,打开门。

我开门时,男子摘下太阳镜放进衬衣的口袋,而后一言不响地伸出手。我也几乎条件反射地伸出手去。他握住我的手,像美国人习以为常那样的有力握手。以我感觉说来是有些过于用力了,但还不至于痛。

"我是免色。请多关照!"男子声音朗朗地自我介绍。语调颇像演讲者在演讲会兼试麦克风的寒暄。

"该请你关照才是。"我说,"免色先生?"

"写作免税店的免,颜色的色。"

"免色先生,"我在脑海中排出两个汉字。字的组合总有些不可思议。

"免除颜色,"男子说,"不常有的姓氏。除了我家亲戚,几乎没见过。"

"不过容易记。"

"正是,容易记的姓氏,无论好坏。"说着,男子微微一笑。从两腮到下颏留着淡淡的率性胡子。但恐怕并非率性为之。准确说来,有几毫米的长度故意没刮了。胡须和头发不同,约有一半是黑的——为什么单单胡须没能白得那么可观呢?匪夷所思。

"请进!"我说。

免色这位男士略略点头,脱鞋进来。衣着固然非同凡响,但似乎多少含带紧张。他像一只被领来新场所的大猫,每一个动作都慎之又慎轻而又轻,眼珠急速地四下观察。

"住所看上去蛮舒服的嘛!"他坐在沙发上说,"非常安静、优雅。"

"安静足够安静。购物什么的倒是不方便……"

"不过对做你这样的工作肯定是理想的环境,是吧?"

我在他对面椅子上坐下。

"听说你住在这附近……"

"嗯,是的。走过来要多少花些时间,但以直线距离来说,是相当近的。"

"以直线距离来说,"我重复对方的话,"以直线距离来说,具体近到什么程度呢?"

"一招手就能看见。"

"就是说,从这里能看见府上?"

"正解。"

听得我不知如何应对。

"要看我的房子?"

"如果可能。"我说。

"到阳台上去不碍事?"

7 无论好坏都容易记的姓氏

"当然,请请!"

免色从沙发立起,从客厅直接走到相连的阳台,身子探出栏杆,指着山谷对面说:"能看见那里有座白色混凝土房子吧?山上那座,玻璃在阳光下闪闪耀眼的房子。"

给他这么一说,我不由得一时失语,原来就是我日暮时分歪在阳台躺椅上斜举葡萄酒杯观望的那座风格洒脱的房子。位于我这房子的右侧斜对面,绝对够大,绝对醒目。

"距离是多少有一些,但大大挥一下手,打招呼应该没问题。"免色说。

"不过,怎么知道是我住在这里的呢?"我双手扶着栏杆问。

他浮现似乎不无困惑的神情。并非真正困惑,仅仅显示困惑而已。话虽这么说,但从中几乎感觉不出演技性因素。他只是想在应对中略略停顿而已。

免色说:"高效获取各种信息,是我工作的一部分——我从事那样的商务活动。"

"就是说和互联网有关?"

"是的。或者准确说来,涉足互联网也作为一部分包含在我的工作中。"

"可我住在这里一事,应该还几乎没有谁知道……"

免色淡淡一笑:"几乎没有谁知道,反过来说,就是知道的人多多少少是有的。"

我把视线再次投去山谷对面的白色混凝土豪宅。而后重新注视免色这位男士的形象。想必他就是每天夜晚现身于那座豪宅阳台上的人。如此想着细看,他的体型、他的打扮仿佛同那人的剪影正相吻合。年龄不好判断。看雪一样纯白的头发,似乎在五十六七岁到六十四五岁之间。但皮肤有光泽有张力,脸上一条皱纹也没有。而且,一对颇深的眼睛闪着三十五六岁男人生机蓬勃的光。将所有这些综合起来计算年纪是难上加难的事。即使说四十五岁至六十岁之间的任何年龄，恐怕都只能照信不误。

免色折回沙发，我也回到客厅在他对面重新坐下。我果断地开口了："免色先生，我有个疑问……"

"请问就是，什么都行。"对方笑吟吟应道。

"我住在你家附近这点，同这次肖像画之托是有某种关系的吧？"

免色现出约略为难的表情。他一显得为难，眼睛两边就聚起几条皱纹。甚有魅力的皱纹。逐一细看，他的面部构造非常端庄好看。眼角细长，略略凹陷，额头方正宽大，眉毛明晰浓重，鼻梁挺拔，高度恰到好处。五官同其小巧的脸盘相得益彰。但另一方面，相对于小巧，脸的宽度多少有些过度。因此，从纯粹的审美角度看，其间就有些微失衡的欠缺显现出来。纵横均衡未能两全其美。但是，不能将这样的失衡一言以蔽之为缺点。这是因为，那归终成了他相貌的一个特征，失衡反而有让人释然之处。假如比例过于完美，人们倒有可能对其相貌怀有轻度反感，产生戒心。不过，他脸上有一种东西能让初次见面之人暂且放下心来。仿佛和蔼可亲地这样说道："不要紧，请你放心。我不是多么坏的人，没有陷害你的打算！"

尖尖大大的耳朵前端从修剪得整整齐齐的白发间约略探出一点点，让我从中感到类似鲜活生命力的元素。进而让我想起秋雨初霁的清晨树林中从一层层落叶间忽一下子冒出的活泼的蘑菇。嘴巴横宽，细唇好看地闭成一条直线，仿佛一切准备到位，以便随时可以现出微笑。

把他称为英俊男士当然是可能的。实际也是英俊的。但他脸上有个地方摈除上述惯常形容，使之当场失效。相对于仅以英俊称之，他的脸实在过于生动了，变化过于精妙了。看上去，那里浮现出的表情不是计算后设计出来的，而是浑然天成。假如那是刻意为之，他势必成为相当了得的演员。但他没有给我那样的印象。

我观察初次见面之人的面部，从中感受种种样样的信息，这已成为习惯。多数情况下没有类似具体根据的东西，终不过是直觉而已。但是，给作为肖像画家的我以帮助的，几乎所有场合都是这种单纯的直觉。

"回答既是 Yes，又是 No。"免色说。他双手置于膝头，手心朝上大大张开，然后翻了过来。

我一声不响地等待下文。

"我这个人，对附近住着怎样的人是有些在意的。"免色继续道，"不，与其说在意，或许莫如说感兴趣更为接近。尤其是在隔一道山谷时不时打照面的情况下。"

打照面这一说法未免距离过远了，我想。但我什么也没说。一种可能性倏然浮上脑海：没准他拥有高性能望远镜用来偷偷往这边观察。可我当然没有说出口来。说到底，他出于何种理由非观察这个我不可呢？

"于是得知你住在这里。"免色继续说下去，"得知你是专业肖像画家，出于兴趣，欣赏了你几幅作品。起初是在网上看的，结果意犹未尽，就看了三四幅实物。"

听到这里，我不禁歪头沉思。"你说看了实物？"

"去肖像画的拥有者、就是当模特的人那里，请求出示给我。都很高兴地让我看了。看来，有人提出想看自己的肖像画，作为被画的本人是相当兴奋的。我直接目睹那些画，同其本人实际长相比较，结果使我多少产生了不可思议的心情。画和本人，比较之下哪个更真实，渐渐糊涂起来。怎么说好呢，你的画中好像有某种东西从非同一般的角度刺激看的人的心。乍看之下是普普通通的常规肖像画，而细看起来，那里就有什么潜伏不动。"

"什么？"我问。

"某种什么。用语言表达不好，或许不妨称之为其本人的心性吧？"

"心性，"我说，"那是我的心性呢？还是被画的人的心性呢？"

"大概兼而有之。恐怕是二者在画中精妙地交融互汇，难解难分。那是不能视而不见的。即使无意间一眼扫过，也还是会觉得有什么看漏了，因而自然折回，再次看得出神。而我被那个什么吸引住了。"

我默然。

"于是我想，无论如何都希望此人为我画一幅肖像，就马上跟你的经纪人取得了联系。"

"通过代理人？"

"是的。我一般通过代理人推进种种事物。法律事务所肯提供这样的服务。并不意味有什么见不得人的地方，只是看重匿名性罢了。"

"再说姓氏又容易记。"

"正是。"他淡淡一笑。嘴巴明显横向拉开，耳尖微微晃动。"不想被人知道姓名的时候也是有的。"

"不过酬金数额好像也有点儿太大了……"我说。

"如你所知，物价这东西终究是相对的。价格是需要与供给的平衡关系自然决定的。此乃市场原理。我说想买而你说不想卖，那么价格就上涨。反之下降，理所当然。"

"市场原理我懂。可是，你有必要为了让我画肖像而做到这个地步吗？这么说也许不合适，肖像画那玩意儿，即使暂且没有，也不至于不好办吧？"

"如你所说，不是没有不好办的东西。问题是我有好奇心这个玩意儿。你来画我，会画成怎样的肖像画呢？作为我很想知道。换句话说，我的价钱是为自己的好奇心出的。"

"而且你的好奇心值高价。"

他开心地笑了。"好奇心这东西，越单纯越强烈，也就相应值钱。"

"喝咖啡的吧？"我试着问。

"恕不客气。"

"刚才用咖啡机做的。没关系？"

"没关系。请别加糖什么的。"

我去厨房往两个马克杯里倒了咖啡拿回。

"歌剧唱片真够多的啊！"免色喝着咖啡说，"喜欢歌剧？"

"这里的唱片不是我拥有的，是房子主人留下的。结果我来这里后听了好多歌剧。"

"拥有者是雨田具彦先生吧？"

"正是。"

"可有你特别喜欢的歌剧？"

我就此想了想说："近来常听《唐璜》，出于不大不小的缘由。"

"什么缘由？若不介意，讲给我听听可好？"

"纯属个人性质，不是什么了不得的。"

"《唐璜》我也喜欢，常听。"免色说，"一次在布拉格的小歌剧院听过《唐璜》。记得是捷共政权倒台后不久的时候。想必你也知道，布拉格是《唐璜》首演的城市。剧场小，管弦乐队编成也小，有名的歌手也没出场，但公演非常出色。因为歌手没必要像在大歌剧院那样发很大的声，所以感情表达可以做到非常亲密。纽约大都会歌剧院和斯卡拉歌剧院做不到这一点。那里需要有名的歌手放声高歌。咏叹调有时简直成了杂耍。可莫扎特歌剧那样的作品需要的，是室内乐性质的亲密性。不这样认为？在这个意义上，在布格的歌剧院听的《唐璜》,有可能是某种意义上的理想的《唐璜》。"

他喝了一口咖啡。我不声不响地观察他的动作。

"迄今为止,有机会在全世界各种各样的地方听了各种各样的《唐璜》。"他继续道,"在维也纳听了,在罗马、米兰、伦敦、巴黎、纽约、东京也听了。阿巴多①、莱文②、小泽③、马泽尔④,还有谁来着……乔治·普莱特⑤吧?但还是在布拉格听的《唐璜》奇异地留在心底,尽管歌手和指挥家都是名都没听过的人。公演结束后走到外面,布拉格街头大雾迷漫。当时照明还少,入夜街上一片漆黑。沿着人影寥寥的石板路行走之间,有一座铜像孤零零立在那里。不知是谁的铜像。但样子是中世纪骑士。我不由得很想在那里请他吃晚饭,当然没有请成……"

说到这里,他再次笑了。

"经常去外国的?"我问。

---

① 克劳迪奥·阿巴多(Claudio Abbado,1933—2014),当代著名意大利指挥家,位列"20世纪十大指挥家"。曾任米兰斯卡拉大剧院艺术总监、维也纳国立歌剧院艺术总监及柏林爱乐乐团艺术总监。

② 詹姆斯·莱文(James Levine,1943—2021),美国著名指挥家。曾任慕尼黑爱乐乐团音乐总监和波士顿交响乐团音乐总监。自1976年起一直担任纽约大都会歌剧院音乐总监,是美国本土最为杰出的指挥大师之一。

③ 小泽征尔(1935—2024),日本指挥家。早年师从卡拉扬,曾在纽约交响乐团做伯恩斯坦的助手。从1973年起,一直担任美国波士顿爱乐乐团总监。2016年获得格莱美大奖。

④ 洛林·马泽尔(Lorin Maazel,1930—2014),美籍法裔指挥家,被誉为"指挥神童"。曾任多家著名乐团、歌剧院音乐总监。从2012年起出任慕尼黑爱乐乐团音乐总监。多次受邀执棒维也纳新年音乐会。

⑤ 乔治·普莱特(Georges Prêtre,1924—2017),法国指挥家,是当今活跃在古典乐坛上的少数几位法国本土指挥大师之一。曾两次指挥维也纳新年音乐会,是维也纳交响乐团终身名誉指挥。

"因为工作时不时去。"他说。而后像是想到了什么,闭嘴不语。我推测大概不愿意接触工作具体内容。

"那么情况如何?"免色直直盯视我问,"我通过你的审查了吗?能请你画肖像画吗?"

"哪里谈得上审查!只是这么面对面聊聊罢了。"

"不过,我听说你在开始作画前要先同客户见面交谈,不画不合心意的来人的肖像……"

我朝阳台看去。阳台栏杆落着一只大乌鸦,大约感觉出了我视线的动静,马上展开光闪闪的翅膀飞走了。

我说:"那样的可能性也未必没有,但幸运的是,迄今从未遇到过不合心意的人士。"

"但愿我别成为第一人。"免色微笑着说。但其眼睛绝对没笑。他是认真的。

"没问题。作为我,很乐意画你的肖像画。"

"太好了!"他说。略一停顿,"只是,恕我冒昧,我这方面也有个小小的希望。"

我再次直视他的脸。"是怎样的希望呢?"

"如果可能的话,想请你别受肖像画这个限制,自由自在地画我。当然,如果你想画所谓肖像画的话,那是不碍事的。用你以前一向采用的一般性画法画是可以的。而若不是这样,是想用迄无先例的别的手法来画,那么我是由衷欢迎的。"

"别的手法?"

"就是说怎样的风格都无所谓,只管随心所欲地画好了。"

"就是说像某一时期的毕加索那样,在脸的一侧安两只眼睛也没关系。是这样的?"

"如果你想那么画的话,我这方面概无异议。悉听尊便。"

"那将挂在办公室的墙上。"

"眼下我还不具有办公室那样的东西。所以,怕是要挂在我家书房墙上,我想。如果你没有异议的话。"

当然没有异议。无论哪里的墙壁,对于我都无甚差别。我思考片刻说道:"免色先生,你能这么说固然让我求之不得。可是,就算你说什么风格都可以,任我随心所欲地画,我一下子也浮现不出具体意念。我只是一介肖像画家,是以长期形成的样式画过来的。即使你要我去掉限制,也还有限制本身已然成为技法那一部分。所以,恐怕还是要以一如从前的做法画所谓肖像画——那也不介意吗?"

免色摊开双手:"当然不介意。你想怎么画就怎么画好了。你是自由的——我希求的仅此一点。"

"还有,实际以你为模特画肖像画的时候,势必请你到这画室来几次,长时间坐在椅子上。想必你工作很忙,这能做到吗?"

"时间什么时候都空得出来。毕竟希望实际当面画是我提出来的。来这里我会尽可能长时间老老实实作为模特坐在椅子上。那时间里我想可以慢慢说话。说话是没问题的吧?"

"当然没问题。或者莫如说那是让人欢迎的。对于我,你绝对是谜一样的人物。画你可能需要尽量多掌握一些关于你的认识。"

免色笑着静静摇头。他一摇头,雪白的头发如阵风吹过冬天的草原一样摇摇颤颤。

"你好像把我看得太高了。我没有什么谜可言。我之所以不怎么谈自己,是因为那点儿事一一向别人说个没完,只能落得无聊。"

他微微一笑,眼角皱纹再次随之加深。何等爽净、坦诚的笑脸!然而不可能就此为止。免色这个人物身上,总好像有悄然潜伏的什么。那个秘密已经放进带锁的小盒,深深埋入地下。很早以前埋的,如今上面长满绵柔茂密的绿草。而知晓埋那个小盒的场所的，这个世界上唯独免色一人。我不能不在其微笑的深处感觉出拥有那一类型的秘密带来的孤独。

接下去我和免色面对面谈了二十分钟。什么时候开始作为模特到这里来、空闲时间能有多少——我们商量这种务实性事项。临回去时，他在门口再次十分自然地伸出手，我也自然地握了一下。最初和最后正正规规握手，看样子是免色氏的习惯。他戴上太阳镜，从口袋里掏出车钥匙，钻进银色"捷豹"（俨然训练有素的滑溜溜的大型动物），我从窗口注视车优雅地驶下坡路。而后走上阳台，朝他大约回归的山上那座白房子望去。

不可思议的人物，我想。感觉绝对不坏，也并非多么沉默寡言。然而实际上等于就自己什么也没谈。我得到的认识，不外乎他住在山谷那边一座别致的房子里，从事部分与 IT 有关的工作，以及多去外国。而且是热心的歌剧迷。但此外几乎一无所知。有无家人？年龄几何？出身何处？何时开始住在山上的？一想之下，甚至只知其姓不知其名。

说到底，他何以如此执着地想让这个我画自己的肖像呢？那是因为我具备无可摇撼的绘画才华，明眼人一看岂非不言而喻？如果可能，我很想这么认为。但是，并非只有这点是他的委托动机，这是再明白不过的事。不错，我画的肖像或许某种程度上引起了他的兴趣。我不能认为他纯属说谎。可我又没单纯到对他说的完全信以为真。

那么，免色其人究竟有求我什么呢？他的目的在哪里呢？他为我准备了怎样的脚本呢？

实际同他见面促膝交谈，我也未能找出答案。莫如说，谜底反而越来越深。且不说别的，首先一个，他为什么长着一头那般完美无缺的白发呢？那种白总好像有不同寻常的地方。莫不是像爱伦·

坡的短篇小说中那个因遭遇巨大漩涡而一夜头发变白的渔夫那样，他也体验了某种骇人听闻的恐怖？

日落之后，山谷对面的白色混凝土公馆亮起了灯光。电灯很亮，数量也绰绰有余。看上去房子似乎是出自根本没有考虑电费的挥金如土的建筑师之手。或是极端惧怕黑暗的委托人请建筑师建造了一座所有角落都被照得亮同白昼的房子。总之从远处看去，那座房子宛如在夜幕下的大海上静静行驶的豪华客轮。

我靠在黑乎乎的阳台躺椅上，一边啜着白葡萄酒一边眼望那灯光。免色氏会不会出现在阳台上呢？我很有些期待。但这天他最后也未现身。另一方面，他出现在对面的阳台上又怎么样呢？自己从这边朝他大大挥手打招呼不成？

这种种样样的事不久就会自然明白的吧？除此以外我没有任何堪可期待的事。

8　改变形式的祝福

星期三，傍晚时分在绘画班大约指导一小时成人班之后，我走进小田原站附近一家网吧，打开谷歌输入"免色"字眼检索。但是，姓免色的人一个——哪怕一个——也没出现。含有"驾照"①和"色盲"两个词的报道倒是堆积如山，而关于免色氏的信息似乎全然没有流入社会。看来他所说的"看重匿名性"并非虚言。当然我是说如果"免色"是其真实姓氏的话。不过我的直觉是他不会说谎到这个地步。所住房子的位置都告诉了而不告知实姓，这不合乎逻辑。假如捏造虚假姓名，那么，只要没有极特殊情由，势必选择多少一般些的不显眼姓氏。

回到家，我给雨田政彦打电话，大致闲聊几句之后，问他是否知道山谷对面住的一个姓免色的人。并且解释住的是建在山上的白色混凝土豪宅。雨田说依稀记得那座房子。

"免色？"政彦问，"到底是怎么个姓氏，那个？"

"免除色彩——写作免色。"

"颇像水墨画。"

"白和黑也是颜色的哟！"我指出。

"从理论上说，那倒是的。免色嘛……我想我没听说过这个姓。说到底，隔一条山谷的对面山上有人住这事我都不可能知道。甚至住在这边山上的人都一无所知。对了，那个人物和你可有什么关系？"

"有了一点关联——像是关联。"我说,"所以才心想你对他是不是知道什么。"

"上网查了?"

"上了谷歌,扑了个空。"

"脸书啦社交网络方面?"

"没有,那方面不熟。"

"你在龙宫和鲷鱼一起睡午觉的时间里,文明向前突飞猛进。啊,也罢,我来查查,查出什么过后再打电话。"

"谢谢!"

而后政彦陡然沉默下去。感觉上似乎在电话另一端盘算什么。

"喂,且慢!你说的是免色吧?"政彦问。

"是是,免色。免税店的免,色彩的色。"

"免色,"他说,"记忆中好像以前在哪里听过这个姓。不过是我的错觉也不一定。"

"少有的姓。一旦听了,不会忘的吧?"

"言之有理!所以才有可能粘在脑袋角落。可那是什么时候、怎么个前因后果,记忆就捋不出来了。就像喉咙有根小鱼刺似的。"

我说想起来告诉我。那自然,政彦道。

放下电话,我简单吃了点东西。正吃着,交往中的人妻来了电话,问明天下午过来碍不碍事,我说不碍事。

"对了,关于免色这个人,你可知道什么?"我试着打探,"倒

---

① 日文原文是"運転免許",因有"免"字而在检索"免色"时出现。

是住在这附近的人。"

"免色?"她说,"姓免色?"

我解释这两个字。

"听都没听说过。"她说。

"隔这条山谷的对面是有一座白色混凝土房子吧?住在那里的。"

"那房子我记得,从阳台上看得见的极醒目的房子嘛!"

"那就是他的家。"

"免色君住在那里?"

"是的。"

"那,那个人可有什么?"

"没什么。只是想了解你知不知道那个人。"

她的声音顿时没了情绪。"那跟我有什么关系了?"

"哪里,跟你毫无关系。"

她放心似的叹了口气。"那么,明天下午去你那边,大约一点半。"

我说等她。我挂断电话,结束晚饭。

稍后,政彦打来电话。

"姓免色的人,香川县好像有几个。"政彦说,"或者免色氏以某种形式在香川县有根也有可能。至于现今住在小田原一带的免色先生,他的信息哪里也没找到。对了,那人的名字?"

"名字还没请教。职业也不清楚。做的工作,有的部分同 IT 有关。从生活景况看,商务活动似乎相当成功。知道只有这些。年龄也不详。"

政彦说:"是吗,那一来可就束手无策了。毕竟信息这东西属于商品。只要好好让钱出动,就连自己的足迹都能处理得十全十美。

尤其是，如果本人精通 IT，就更不在话下。"

"就是说，免色先生以某种方法巧妙地抹消了自己的足迹——是这么回事吧？"

"啊，有此可能。我花时间到处查了很多很多网页，结果一枪也没打中。那么突出少见的姓氏，却什么都浮不出水面。说奇怪也够奇怪。不谙世事的你也许不知道，对于从事某种程度活动的人来说，要想在这个世界上围堵个人信息的扩散，那是相当艰难的。无论你的信息还是我的信息，全都像模像样到处流窜，关于我所不知道的我的信息泛滥成灾。——就连我们这样微不足道的小人物都这样。大人物隐姓埋名简直比登天还难。我们便是生活在这样的人世上，情愿也罢不情愿也罢。喏，你可曾实际看过自己的信息？"

"没有，一次也没有。"

"那么，就这样别看为好。"

我说没有看的打算。

高效获取各种信息，是我工作的一部分——我从事那样的商务活动。这是免色口中的话。假如能够自动获取信息，那么将其巧妙消除也未必不可能。

"那么说来，免色这个人上网查看了我画的几幅肖像画。"我说。

"结果？"

"结果来求我画自己的肖像，说看中了我画的肖像。"

"可你不是说不再做肖像画这个买卖了吗，对吧？"

我默然。

"莫非不是这样的？"他问。

"说实话，没有拒绝。"

"为什么？决定不是相当坚定的吗？"

"因为报酬相当可观。所以心想再画一次肖像画也未尝不可。"

"为了钱?"

"那无疑是主要理由。前些日子开始就几乎断了收入途径，生活上的事也差不多得考虑了。眼下倒是不怎么花生活费，可这个那个的总有开销。"

"唔。那么，多少报酬?"

我道出金额。政彦在听筒里吹响口哨。

"这家伙厉害!"他说，"的确，若是这样，接受的价值想必是有的。听得金额，你也吓一跳吧?"

"啊，吓得不轻。"

"这么说你别见怪——肯为你画的肖像画出这个价的好事者，人世间此外怕是没有的哟!"

"知道。"

"误解了不好办，不是说你缺乏作为画家的才华。作为肖像画专家，你干得相当不赖，也受到相应评价。美大同届的，如今能好歹靠画油画吃口饭的，也就只有你。吃的是怎样档次的饭自是不得而知，总之可圈可点。不过恕我直言，你不是伦勃朗①，不是德拉克洛瓦②，甚至不是安迪·沃霍尔③。"

"那我当然知道。"

"如果知道，从常识性考虑，对方所提报酬的金额就是出格离谱的——这你当然能理解吧?"

---

① 伦勃朗·哈尔曼松·凡·莱因 (Rembrandt Harmenszoon van Rijn, 1606—1669)，荷兰画家，巴洛克时期代表画家之一。擅长运用明暗对比，讲究构图的完美，尤善于表现人物的神情和性格特征。
② 欧仁·德拉克洛瓦 (Eugène Delacroix, 1798—1863)，法国浪漫主义画家，对印象派和后期印象派均有影响。
③ 安迪·沃霍尔 (Andy Warhol, 1928—1987)，美国画家、版画家、艺术家，波普艺术的倡导者和领袖，同时还是电影制片人、摇滚乐作曲者、作家、出版商，是位明星式艺术家。

"当然能。"

"而且，他碰巧住在离你相当近的地方。"

"不错。"

"我说碰巧，是相当委婉的说法。"

我默然。

"那里说不定藏有什么名堂。不那么认为？"他说。

"这点也考虑来着，但还琢磨不出什么名堂。"

"反正这件事是接受了？"

"接受了。明后天动手。"

"因为报酬好？"

"报酬好不容忽视。但不仅这个，此外还有理由。"我说，"不瞒你说，想看看到底会发生什么，这是更主要的理由。作为我，想把对方肯付这么一大笔钱的缘由看个究竟。如果那里有什么背后名堂，想知道那是怎么个玩意儿。"

"原来如此。"政彦缓了口气，"有什么进展告我一声！作为我也不无兴趣。事情好像蛮有意思。"

这时我忽然想起猫头鹰来。

"忘记说了，房子阁楼里住着一只猫头鹰。"我说，"灰色的小猫头鹰，白天在梁上睡觉，到了晚上就从通风孔出去找东西吃。什么时候住进来的不清楚，好像把这里当安乐窝了。"

"阁楼？"

"天花板时不时有动静，白天上去看来着。"

"唔，原来阁楼还能上去，不知道的啊！"

"客用卧室立柜上端天花板那里有入口。但空间很窄，并不是普通阁楼那样的阁楼。猫头鹰住起来倒正好合适。"

"不过那是好事。"政彦说，"有猫头鹰，老鼠啦蛇啦就不会靠近了。而且，猫头鹰住进房子是吉兆——以前在哪里听得的说法。"

"肖像画高额酬金没准是这个吉兆带来的。"

"真那样就好。"他笑道,"Blessing in disguise,知道这句英语?"

"外语学不来啊!"

"伪装的祝福——改变形式的祝福。换个说法,乍看不幸,实则可喜。Blessing in disguise。当然,相反的东西世上也怕是有的,在理论上。"

在理论上——我在脑海中重复一遍。

"千万留意才好。"他说。

留意。我说。

翌日一时半她来到这里。我们一如往常,当即在床上抱在一起。行为进行中,两人几乎都没开口。这天午后下了雨。就秋天来说,可谓罕见的短时骤雨。简直像盛夏的雨。乘风而来的大粒雨珠出声地叩击窗玻璃,雷也多少打了,我想。厚墩墩的乌云前仆后继通过山谷上空。雨戛然而止之后,山色整个变浓。不知在哪里避雨的小鸟们一齐飞了出来,叽叽喳喳撒欢儿叫着到处找虫子。雨停成了之于它们的开饭时间。太阳从云隙间露出脸来,把树枝上的雨滴照得闪闪烁烁。我们一直陶醉于做爱。下不下雨几乎没有理会。常规行为大致结束时,雨几乎同时停了。就好像等待我们似的。

我们仍光身躺在床上,裹着薄被说话。主要是她说两个女儿的学习成绩。大女儿学习用功,成绩也相当好,是个没有问题的老实孩子。而小女儿顶顶讨厌学习,总之整天不挨书桌。但性格开朗,长相漂亮得不得了。天不怕地不怕,很得周围人喜欢。体育运动也做得来。是不是索性放弃学习,当个什么明星为好?往下也想把她送进培养儿童演员的学校试试……

想来也是不可思议。居然躺在相识仅仅三个来月的女性身旁倾听她讲见都没见过的她的女儿,就将来出路都跟她商量了,而且是以两人都一丝不挂的姿态。但心情并不坏:偶尔窥探不妨说几乎一无所知的某人的生活、同往后基本不大可能有往来之人得以部分接触。那些场景近在眼前又远在天边。她一边说着什么一边摆弄我变软的阳具。那东西很快一点一点再次带有硬度。

"最近是在画什么吧?"她问。

"倒也不是。"我老实回答。

"就是说创作欲没怎么上来?"

我含糊其辞:"……可不管怎样,明天得着手做受人委托的事了。"

"你受委托画画?"

"是的,我也要偶尔赚钱才行。"

"委托?委托的什么?"

"肖像画。"

"没准是昨天电话中说的免色那个人的肖像画?"

"正是。"我说。她的直觉分外敏锐,每每让我吃惊。

"所以你想就免色那个人了解点什么?"

"眼下他是谜一样的人物。倒是见面交谈了一次,但根本搞不清是怎样一个人。自己马上画的是怎样的人物?作为画他的人多少有些兴趣。"

"问他本人不就行了?"

"问也可能不会如实告诉的。"我说,"告诉的可能只是对自己有利的。"

"我也可以给你查一下。"她说。

"有什么手段?"

"多少有一点也不一定。"

"网上可是无影无踪的哟!"

"若是野道①，网是派不上用场的。"她说，"野道有野道的通讯网。比如敲鼓啦往猴脖子上系信什么的。"

"野道我可不清楚啊！"

"文明机器不能很好派上用场的时候，或许就要试试鼓和猴的价值。"

我的阳具在她轻柔忙碌的手指下恢复了足够用的硬度。随后她贪婪地巧用唇舌。一段意味深长的沉默时间降临到我们中间。鸟们鸣啭着忙于追求生命活动，我们在那当中第二次做爱。

中间夹着休憩的长时间做爱结束后，我们下床以倦慵的动作从地板上拾起各自的衣服，穿在身上。而后出到阳台，一边喝着温吞吞的香草茶，一边眼望那座建在山谷另一侧的白色混凝土大房子。我们并坐在褪色的木制躺椅上，把含有新鲜湿气的山间空气深深吸入胸中。从西南面的杂木林间可以望见碧波粼粼的一小块海——浩瀚太平洋的微乎其微的碎渣。周围山坡已然染上秋色。黄色与红色精致的层次感。其间夹进一块常绿树群的绿色。那种鲜艳的组合使得免色氏公馆混凝土的白色更加鲜艳夺目。那是近乎洁癖的白，仿佛往后不会受到任何污染、任何贬损——风雨也好尘埃也好甚至时间也好。白色也是颜色的一种，我无谓地思忖。颜色绝不会失去。我们在躺椅上久久缄口不语。沉默作为极为自然之物存在于此。

"住在白色公馆里的免色君，"良久她这么开口了，"总好像是一篇快乐童话的开头，是吧？"

但是无须说，我面前安排的不是什么"快乐童话"。可能也不是改变形式的祝福。及至明了的时候，我已经后退不得了。

---

① 原文为"ジャングル"，原指密林、原始森林或暴力场、冷酷竞争场。根据文中语境，此词似指主妇之间私下相互交流小道消息的传播渠道。

9　互相交换各自的碎片

星期五下午一点半，免色开着同一辆捷豹来了。爬上陡坡道的引擎粗重的喘息声越来越大，很快止于房前。免色以一如上次的浑厚声响关上车门，摘下太阳镜放进上衣胸袋。一切都是上次的反复。只是，这次他的打扮是：白色 Polo 衫，外面套一件青灰色棉质夹克，奶油色卡其裤，褐色皮革轻便运动鞋。穿着之得体，直接上时装杂志都无足为奇。不过并不给人以"刻意"印象。一切都潇洒有致，自然而然，整洁利落。那丰厚的头发和住的公馆外墙几乎同是别无掺杂的一色纯白。我依然从窗帘缝隙观察他这副样子。

门铃响，我开门让他进来。这回他没有伸出握手的手。只是看着我的眼睛轻轻一笑，略略点头。我因此释然不少——本来暗暗担心每次见面都要和他郑重握手来着。我仍像上次那样把他让进客厅，让他坐在沙发上。然后把两杯刚刚煮好的咖啡从厨房拿了进来。

"不知道穿什么衣服来合适，"他辩解似的说，"这身衣着可以吗？"

"现阶段什么衣服都无所谓。什么打扮合适，最后考虑不迟。西装革履也罢，短裤拖鞋也罢，服装下一步怎么都能调整。"

手拿星巴克纸杯也罢，我在心中补上一句。

免色说："当绘画模特，总有些让人心神不定。明知不用脱衣服,却好像给人剥个精光似的。"

我应道:"在某种意义上可能是那么回事。当绘画模特,往往是要全裸的——多数场合是实质性地,有时又是比喻性地。画家要尽可能深入地洞穿眼前模特的本质。这意味着,必须一件件剥去模特披裹的外表这层皮。但不用说,画家需要为此具备出色的眼力和敏锐的直觉。"

免色在膝头摊开双手,检验似的注视片刻。而后扬脸说道:"听说你画肖像平时不用实体模特……"

"是的。要实际面见对方促膝交谈一次,但不会请其当模特。"

"那是有什么理由的吧?"

"倒也算不上多大理由。只是因为从经验上说那样容易取得进展。最初面谈时尽可能集中注意力,把握对方的形貌、表情的变化、习惯和气质那样的东西,烙入记忆。这样,往下就能根据记忆再现形象。"

免色说道:"这非常有趣。简单说来就是,把烙在脑海里的记忆日后作为图像重新编排,作为作品再现出来,是吧?你具有这样的才能——这种不同寻常的视觉性记忆力。"

"不是可以称为才能的东西。说是普普通通的能力、技能恐怕更为接近。"

"不管怎样,"他说,"我看了你画的几幅肖像,之所以强烈感觉同其他所谓肖像画——也就是作为纯粹商品的所谓肖像画有所不同,或许就是这个原因。或者说是再现性的鲜活性也好……"

他喝了一口咖啡,从上衣口袋取出浅奶油色麻质手帕擦一下嘴角。而后说道:"这回却是例外用模特——也就是让我出现你眼前——画肖像画。"

"正是。因为这是你希望的。"

他点头:"说实话,我有好奇心——由画家在自己眼前把自己的样子画进画中，这到底会是什么感觉呢？我想实际体验一下。不仅被单纯画进画中，而且想作为一种交流加以体验。"

"作为交流？"

"作为我同你之间的交流。"

我沉默有顷。交流这一表达方式具体意味着什么呢？我一下子明白不过来。

"就是互相交换各自的一部分。"免色解释，"我递出我的什么，你递出你的什么。当然没必要是贵重的东西。简单的、类似记号的东西即可。"

"就像小孩子交换漂亮贝壳那样？"

"一点不错。"

我就此思索片刻。"固然好像妙趣横生，只是，我这方面可能不具有足以向你递出的那种可观的贝壳。"

免色说："对于你，那或许不是多么开心惬意的事吧？平时之所以不用模特来画，莫非是有意回避这样的交流、交换？如果真是那样，那么我……"

"不，没有那回事。因为没有特殊需要，所以不用模特，仅此而已。绝不是回避人与人之间的交流。我也是长时间学习绘画的人，用模特画画的经验也多得数不胜数。假如你不讨厌一两个小时什么也不做一动不动坐在硬椅子上这个苦役，那么我对以你为模特画画毫无异议。"

"没问题。"免色朝上展开两只手心，轻轻举起说道，"如果可以的话，那么我就开始从事苦役好了！"

我们移去画室。我搬来餐椅，让免色坐在上面，让他做出喜欢的姿势。我坐旧木凳（估计是雨田具彦作画时使用的），和他面对面，用软些的铅笔先做素描。在画布上如何对他的面部加以造型呢？有必要决定基本方针。

"只是一动不动坐着会无聊的吧？若是愿意，不听听音乐什么的？"我问他。

"如果不打扰，还是想听听什么啊！"免色说。

"请从客厅唱片架上挑您喜欢的，哪张都行。"

他大约打量了五分钟唱片架，手拿乔治·索尔蒂[1]指挥的理查德·施特劳斯[2]的《玫瑰骑士》折回。四张一套的密纹唱片。交响乐团是维也纳爱乐乐团，歌手是雷吉娜·克雷斯潘（Régine Crespin）和伊冯娜·明顿（Yvonne Minton）。

"可喜欢《玫瑰骑士》？"他问我。

"还没听过。"

"《玫瑰骑士》是不可思议的歌剧。因是歌剧，情节当然有重要意义。不过，即使不知道情节，而只要委身于音乐流势，也能整个融入那个世界——《玫瑰骑士》有那样的地方。那是理查德·施特劳斯登峰造极的极乐世界。初演当时多有批评说是怀古情趣、颓废，其实是极富创新性的奔放音乐。尽管受瓦格纳[3]影响，却又展开他特有的神奇音乐世界。一旦喜欢上此剧的音乐，就会彻底上

---

[1] 乔治·索尔蒂（Georg Solti，1912—1997），英籍匈牙利指挥家。是20世纪最伟大的歌剧指挥家之一，也是迄今为止获得格莱美奖次数最多的指挥家。二战期间，因犹太人身份被迫流亡瑞士。

[2] 理查德·施特劳斯（Richard Georg Strauss，1864—1949），德国作曲家、指挥家，曾任慕尼黑歌剧院指挥、柏林宫廷歌剧院音乐指导，主要作品有交响诗《唐璜》，歌剧《玫瑰骑士》《莎乐美》《厄勒克特拉》等。

[3] 威尔海姆·理查德·瓦格纳（Wilhelm Richard Wagner，1813—1883），德国作曲家，毕生致力于歌剧的改革与创新，作品有歌剧《漂泊的荷兰人》《纽伦堡名歌手》及歌剧四联剧《尼伯龙根的指环》。其作品中多表现出对女性的崇拜。

瘾。我喜欢听卡拉扬①或埃里希·克莱伯②指挥的东西,索尔蒂指挥的还没听过。如果可以,很想借此机会听听……"

"当然可以。听吧!"

他把唱片放在转盘上,放下唱针,又小心翼翼调整放大器音量。而后折回椅子,让身体习惯选定的姿势,将注意力集中于音箱流淌出来的音乐。我从几个角度将其面部快速画在素描簿上。他的面部端正而有特征,捕捉一个个细部特征并非多么困难的事。大约三十分钟时间里,我完成了五幅角度不同的素描。而当我重新审视时,竟至陷入一种匪夷所思的无力感——我画的画诚然精确捕捉了他的面部特征,然而不具有凌驾于"画得好的画"之上的因素。一切肤浅得不可思议,缺乏应有的纵深。同街头画像艺人画出的头像没多大区别。我继续试画几幅,结果大同小异。

这对我是很少见的情况。在将人的面部重新构筑于画面上,我积累了长期经验,也有相应的自负。只要手拿铅笔或画笔面对其人,若干图像就会基本毫不费事地自然而然浮上脑海。确定构图几乎水到渠成。然而这次不同。面对免色这个人,其中应有的图像竟全然对不上焦点。

我有可能看漏了宝贵的什么。不能不这样认为。说不定免色将

---

① 赫柏特·冯·卡拉扬(Herbert von Karajan, 1908—1989),奥地利指挥家,曾任柏林国立歌剧院指挥,1954年后担任柏林爱乐管弦乐团常任指挥,兼任维也纳国立歌剧院总指导等,创办卡拉扬国际指挥家比赛。

② 埃里希·克莱伯(Erich Kleiber, 1890—1956),奥地利指挥家,卡洛斯·克莱伯之父。1923年起担任柏林国家歌剧院音乐指导与常任指挥,1935年因不满纳粹对犹太音乐家的迫害愤而辞职,移居南美。直到1954年重回柏林国家歌剧院,再次担任音乐指导。

其巧妙地避开了我的眼睛，或者他身上原本就不存在那样的东西亦未可知。

《玫瑰骑士》四张一套唱片中第一张 B 面转完之时，我无奈地合上素描簿，把铅笔放在茶几上。提起唱机的拾音头，从唱盘上取下唱片，放回唱片套。我看一眼手表，喟叹一声。

"画您是非常困难的。"我直言相告。

他惊讶地看我的脸。"困难？"他说，"莫不是说我脸上有什么绘画性问题？"

我轻轻摇头："不，不是那样的。您脸上当然不存在任何问题。"

"那么，困难的是什么呢？"

"我也说不清楚，只是感觉困难。说不定我们之间稍稍缺少您所说的'交流'。或者是说贝壳的交换尚未得以充分展开？"

免色不无为难地微微一笑。"这点上可有什么我能做的？"

我从木凳上立起走去窗台前，眼望杂木林上方飞去的鸟们的身影。

"免色先生，如果可以，不能多少提供一些关于您自己的信息吗？想来，我对您这个人，还几乎等于一无所知。"

"好的好的，那还用说。我并没有就自己特别隐瞒什么，不怀有石破天惊的秘密之类。差不多所有的事都能相告。例如说是什么样的信息呢？"

"例如我还没有听得您的全名。"

"原来是这样，"他略略露出惊讶的神情，"那么说是那样的。好像一门心思只顾说话了，大意了。"

他从卡其裤口袋掏出黑色皮质名片夹，从中拈出一枚。我接过名片，只见雪白的厚版名片写道：

免色	涉
Wataru	Menshiki

背面写有神奈川县的住所、电话号码和电子信箱地址。仅此而已。没有公司名称没有头衔。

"跋山涉水的涉。"免色说,"为什么被取了这么个名字,原因我不知道。毕竟这以前度过的人生和水没有关系。"

"免色这个姓也很少见到的。"

"听说根在四国,但我本人跟四国毫无因缘。东京出生,东京长大,上学也一直在东京。较之乌冬面,更喜欢荞麦面。"说着,免色笑了。

"年龄也见告一下好吗?"

"没问题。上个月满五十四岁了。在你眼睛里大致像是多少岁?"

我摇头。"老实说,全然无从判断。所以才请教。"

"一定是这白发的关系。"他微微笑道,"有人说由于白发,年龄看不大明白。常听人讲什么吓得一夜白了头,问我是不是也是那样。可我没有那样的戏剧性体验。只是从年轻时开始就有很多白发。到了四十六七岁,差不多全白了。不可思议。毕竟祖父也好父亲也好两个哥哥也好,脑袋全都光秃。整个家族里边,满头白发的只我这么一个。"

"若不碍事,还想请教一点:您具体在做什么工作呢?"

"碍事的事根本没有。不过，怎么说好呢，有点儿难以启齿。"

"如果难以启齿……"

"不不，较之难以启齿，只是有些难为情。"他说，"实不相瞒，眼下什么工作也没做。失业保险倒是没领，但正式说来是无业之身。一天有几个小时用书房里的电脑炒股炒汇，量却不是很大。无非乐此不疲或消磨时间那个程度。无非训练脑筋转动罢了，和钢琴演奏者每天练习音阶是同一回事。"

免色在此做了个轻度深呼吸，重新架起双腿。"曾经创办 IT 公司经营来着，但前不久别有想法，所持股票全部抛掉，退下阵来。买主是一家大型通讯公司。这样，就有了足以什么都不做也能吃些日子的存款。以此为机会卖了东京的房产，搬来了这里。说痛快些，就是隐居。存款分布在几个国家的金融机构，随着汇率的波动而将其转移，以此赚取差额利润，多倒是不多。"

"原来是这样。"我说，"家人呢？"

"没有家人，也没结过婚。"

"那座大房子就您一个人住？"

他点头道："一个人住。用人眼下还没雇。长期一个人生活，已经习惯自己做家务了，没有什么特别不便的。但毕竟房子相当大，一个人清扫不过来，所以每星期请专门做清洁服务的人上门一次。此外别的事大体一个人做。你怎么样？"

我摇摇头。"一个人生活还不到一年，还远远是生手。"

免色只轻点一下头，再没就此问什么，也没发表意见。"对了，你和雨田具彦先生要好？"

"哪里，和雨田先生本人一次都没见过。我和雨田先生的儿子是美术大学同学，由于这个缘分，对方打招呼问我能不能在这里算是看守空房子。我也有很多情况，不巧正没地方住，就暂且住了进来。"

免色微微点了几下头。"这地方，普通上班族住起来，位置相当不便。而对你们这样的人，却是理想环境。是吧？"

我苦笑道："虽说同是画画的，但我和雨田具彦先生不是一个层次。给您相提并论，只有惶恐而已……"

免色扬起脸，以认真的眼神看着我。"啊，那方面我还不懂。早早晚晚你也可能成为知名画家。"

这点我没有特别可说的，只管沉默不语。

"人有时候是会摇身一变的。"免色说，"甚至断然摧毁自己的风格，从那瓦砾中顽强再生。雨田具彦先生也是如此。年轻时画油画来着。这你也知道的吧？"

"知道。战前的他是年轻油画家的潜力股。不料从维也纳留学回国后，不知什么原因变成了日本画画家。到了战后取得了有目共睹的成功。"

免色说："我是这样认为的，需要大刀阔斧转型的时期，无论谁的人生中恐怕都是有的。一旦那个临界点来了，就必须迅速抓住它的尾巴，死死地紧抓不放，再不松手。世上有抓得住那个点的人，有抓不住的人。雨田具彦先生做到了。"

大刀阔斧的转型。经他如此一说，《刺杀骑士团长》的画面倏然浮上脑海。刺杀骑士团长的年轻男子。

"对了，你对日本画可知其详？"免色问我。

我摇头道："同门外汉无异。大学时代倒是在美术史课上学过，说起知识，也就那个程度。"

"有个极为初步的问题：日本画这东西，在专业上是怎样定义的呢？"

我说："定义日本画，不是那么容易的事。一般视为主要使用胶、颜料和箔等的绘画。并且不是用刷，而用毛笔和刷笔绘制——或许可以说，日本画是根据主要使用的画材定义的绘画。当然，继承古来传统技法这点也被提及,但使用前卫艺术技法的日本画也有很多,纳入色彩和新素材的屡见不鲜。也就是说,定义变得越来越暧昧。不过,就雨田具彦先生画的画而言,这完完全全是经典的所谓日本画,或许该说是典型的才对。自不待言,风格不折不扣是他特有的,我是说从技法上看。"

"就是说,倘若基于画材和技法的定义变得模糊不清,那么剩下的只能是精神性——是这样的吗?"

"或许是这样的。可问题是,谈到日本画的精神性,恐怕任何人都无法那么轻易定义。说到底,日本画这东西的形成本来就是折中性的。"

"折中性?"

我搜查记忆底层,想起美术史课的内容。"十九世纪下半叶有明治维新,当时西方绘画同其他各种各样的西方文化一起涌进日本。在那之前,事实上不存在'日本画'这个类别。或者不如说甚至'日本画'这个称呼都不存在,一如'日本'这个国名都几乎不被使用。而在外来西画登陆时,作为应该与之抗衡的东西、作为应该与之有别的东西,这才产生了'日本画'这一概念——久已有之的种种样样绘画风格统统被临时地、有意地囊括在'日本画'这一新的名目之下。不用说,也有被剔除在外而衰落的,例如水墨画。明治政府打算把所谓'日本画'这个东西作为旨在同欧美文化分庭抗礼的日本文化自证性,即作为'国民艺术'来加以确立、加以培养,总之作为与'和魂洋才'的和魂相应的东西。进而,把过去视为生活设计、工艺设计的东西——例如屏风绘啦袄绘啦或餐具上的彩绘啦统统镶进画框送去美术展览会。换句话说,把原本属于生活中自然形成的画风,为了和西方体系相对应而升格为'美术品'。"

说到这里,我姑且打住,察看免色的表情。看样子他在认真侧耳倾听。我继续说下去。

"冈仓天心①和费诺罗萨②成为当时这种运动的中心。可以认为这是那个时代迅速推进的日本文化大规模重构的一个异常成功的例子。音乐、文学和思想领域也进行了与此大同小异的活动。我想当时的日本人是相当忙碌的——短期内必须完成的重要作业堆积如山。不过如今看来，我们似乎干得相当乖觉相当巧妙。西欧部分与非西欧部分的融合和分类大体做得一路顺畅。或者日本人原本适合做这类活动也未可知。所谓日本画，其定义本来是有而若无的东西。也许不妨说仅仅是建立在模棱两可的共识基础上的概念。并非一开始就划有一条像模像样的线，而是作为外压与内压的接触面在结果上生成的。"

看上去免色开始就此认真思考。良久说道："就是说，乃是一种尽管模棱两可却也具有一定必然性的共识，是这样的？"

"是的，是由必然性生成的共识。"

"不具有原初固定框架这点，既是日本画的强项，又同时是其弱项——这样理解也是可以的？"

"我想是那么回事。"

"可是我们看一幅画，大多场合都能自然达成认识：啊，这是日本画啊！是这样的吧？"

"不错。那里明显有固有的手法③，有倾向性和调调，而且有默契那样的东西。然而，从语言上加以定义，有时就很困难。"

---

① 冈仓天心（1863—1913），日本明治时期美术家、美术教育家、美术评论家、思想家。被誉为"明治奇才"，领导了新日本画运动。
② 恩内斯特·费诺罗萨（Ernest Francisco Fenollosa, 1853—1908），美国东方学家。投身于恢复日本传统文化的事业中，做了大量保护日本传统文化的工作。曾任东京帝国博物馆美术部主任、波士顿美术馆日本中国美术部主任。
③ 原文是法语"métier"。

免色沉默有顷。而后说道："假如那幅画是非西欧性的东西，那么就势必具有作为日本画的样式了？"

"那不尽然吧，"我回答，"即使具有非西欧样式的西画，在原理上也应该存在的。"

"原来如此。"他说，随即稍稍歪头。"可是，假如那是日本画，那么里边就会多多少少含有某种非西欧性样式——可以这样说吧？"

我就此想了想。"经你这么一说，想必那种说法也是成立的。倒是没怎么那样考虑过。"

"虽是自明之理，但很难将其自明性诉诸语言。"

我点头表示同意。

他略一停顿继续下文："细想之下，那同面对他者的自己这一定义或许有相通之处。虽是自明之理，但很难将其自明性诉诸语言——如你所说，恐怕那只能作为'由于外压与内压而在结果上生成的接触面'加以把握。"

这么说罢，免色浅浅一笑。"令人兴味盎然。"他简直像说给自己听似的低声补充一句。

我们究竟在谈论什么呢？我蓦然心想。诚然是兴味盎然的话题，但这样的交谈对于他具有怎样的意义呢？莫非仅仅出于知性好奇心？还是他在测试我的智力呢？果真如此，那究竟又是为何？

"顺便说一句，我是左撇子。"免色像是在某一时刻忽然想起似的说，"是否有什么用不晓得，或者成为关于我这个人的一个信息也不一定。若叫我选择往左还是往右，我总是选择往左。这已成了惯性。"

不久时近三点，我们定了下次见面日期——三天后的星期一午后一时他来我这里。和今天同样在画室一起度过两小时。我将再次试画他的素描。"

"不急的。"免色说,"一开始也说了,随便你花多长时间。时间任凭多少我都有。"

免色回去了。我从窗口看着他开着捷豹离去。而后把几幅画完的素描拿在手上,注视片刻,摇头扔开。

房子里静得出奇。剩得我一人,沉默似乎一举增加了重量。走到阳台,无风,这里的空气犹如啫喱密实实凉瓦瓦的。预感有雨。

我坐在客厅沙发上,依序回想同免色之间的交谈。关于肖像画模特。施特劳斯的歌剧《玫瑰骑士》。成立 IT 公司抛售股票,得一大笔钱,早早引退。一个人在大房子里度日。名涉,跋山涉水的"涉"。一向单身,年轻时就满头银发。左撇子,现在年龄五十四岁。雨田具彦的人生,大刀阔斧的转型,抓住机会尾巴不放。关于日本画的定义。最后就自己与他者关系的思考。

他到底向我求取什么呢?

还有,我为什么不能像样地完成他的素描呢?

原因很简单:我还没能把握他这一存在的中心元素。

同他交谈之后,我的心乱得一塌糊涂。而与此同时,对于免色其人的好奇心在我身上变得愈发强烈起来。

大约三十分钟后,下起雨点足够大的雨。小鸟们不知消失去了哪里。

10 我们拨开又高又密的绿草

我十五岁的时候妹妹去世了。唐突的死法。当时她十二岁，初中一年级。生来心脏就有问题。却不知何故，到小学高年级的时候还基本没出现典型症状，全家都多少放下心来。我们开始怀有淡淡的期待：长此以往，人生可能平平安安持续下去。然而从那年五月开始，心悸急剧不规则的情况陡然增加。躺下后尤其经常出现，无法安睡的夜晚多了起来。在大学附属医院看了，可无论检查得多么精细，也没发现和以往不同的地方。医师们颇费思量：根本性问题本来已经做手术消除了……

"尽量避免激烈运动，过有规律的生活！很快就会平复下来的。"医师说——大概只能这样说吧——而后开了几种药。

但是，心律不齐没能好转。我隔着餐桌盯视妹妹的胸口，时常想象她那不健全的心脏。她正值胸部开始一点点膨胀的阶段。即使心脏有问题，她的肉体也一步步在通往成熟的道路上行进。看见妹妹日益鼓起的胸部，感觉颇有些不可思议。直到前不久还完全是小孩子的妹妹，一次突然迎来初潮，乳房缓缓成形。可是，我的妹妹那小小胸部里面是一颗有缺陷的心脏。而那缺陷就连专科医生也无法准确修复。这一事实每每弄得我心慌意乱。说不定什么时候会失去这个小妹的念头总是在胸间挥之不去——我觉得自己就是在这样的担忧中送走少年时代的。

妹妹身体弱，一定要好好爱护她——父母平时总是这样叮嘱我。所以，上同一所小学的时候，我始终留意妹妹，决心发生什么的时候挺身而出保护她和那颗小小的心脏。而那样的机会实际一次也没来。

妹妹从初中放学回来的路上，上西武新宿线车站阶梯当中突然晕倒，由救护车送到附近的急诊医院。我放学回来跑到医院时，那颗心脏已经停止了跳动。转瞬之间发生的事。那天早上在餐桌一起吃早饭，在门口分别，我去高中，妹妹去初中。而再见面时，她已停止呼吸。一对大眼睛永远闭上了，嘴巴像要说什么似的微微张开，刚开始鼓胀的乳房再不会鼓胀得更大了。

再次看见她，是她入殓的样子。身穿她喜欢穿的黑天鹅绒连衣裙，施以淡妆，头发梳得漂漂亮亮，穿一双黑色漆皮鞋，在小些的棺木里仰面躺着。连衣裙带有镶着白色花边的圆领，白得近乎不自然。

躺着的她，看上去只像是在安然入睡。若摇一下身体，很可能马上起身。但那是错觉。再怎么呼唤再怎么摇动，她都不会醒来了。

作为我，不希望把妹妹娇小的身体塞进那般狭小局促的盒子里。她的身体应该睡在宽宽大大的地方，例如草原的正中。我们应该分开又高又密的绿草不言不语地去看她。风缓缓拂动绿草，四周鸟们虫们应该发出原有的声音，野生鲜花们应该连同花粉让粗重的香气飘向空中。日落天黑，无数银色星辰应该镶嵌在头顶上空。到了早晨，新的太阳应该使草叶上的露珠像宝石一般闪烁其辉。然而实际上她被收进那不大的傻乎乎的棺木中。四周装饰的，全是用剪刀剪下来插在花瓶里的不吉祥的白花。照着狭小房间的是被消除颜色的荧光灯的光。风琴曲从植入天花板的小音箱中以人工声音流淌出来。

我没能看见她被焚烧。棺盖关合被牢牢锁上时，我再也忍不住了，离开了火葬场那个房间。也未拾她的遗骨。我走到火葬场院子里，一个人不出声地流泪，为在妹妹短暂的人生中一次也没能帮助她而由衷感到悲伤。

妹妹去世后，家人也彻底变了。父亲比以前还沉默寡言，母亲比以前还神经质。我大体过着一如既往的生活。加入登山俱乐部，那方面的活动很忙，有空儿又要学油画。初中美术教师劝我最好跟老师正式学画。上绘画班时间里，逐渐对绘画当真有了兴致。当时的我觉得是要尽可能让自己忙起来以使得自己不考虑死去的妹妹。

妹妹去世后相当长时间里——有几年时间呢——父母把她的房间原样留在那里。桌上堆的教科书和参考书也好，笔、橡皮和夹子也好，床单被褥枕头也好，洗过叠好的睡衣也好，立柜里的校服也好，全都原封不动保留着。墙上挂的月历有她用漂亮的小字写的日程安排。日历仍是妹妹死去的月份，看上去时间全然未从那里向前推进。感觉上就好像门开了，她走了进来。家人不在的时候，我时不时进入这个房间，在拾掇得井井有条的床上静静坐下环视四周。但对那里放置的一切我一概不碰。作为我，不想扰乱——哪怕一点点——那里悄然留存的妹妹活过的证据。

我时常想象，假如不在十二岁那年死了，妹妹往下会度过怎样的人生呢？但我当然全然无从知晓。就连自己本身将度过怎样的人生都摸不着头脑，不可能得知妹妹人生的将来。不过，只要心脏瓣膜没有天生的问题，她肯定能成长为干练而富有魅力的成年女性。得到许多男子的爱，难免被他们温柔地抱在怀里。但那光景很难具体浮现出来。之于我的她始终是小我三岁、需要我保护的小妹妹。

妹妹去世后一段时间里，我一个劲儿画她。为了不忘掉她的面容，我从各个角度把自己记忆中的她的面容在素描簿上再现出来。当然不至于忘记妹妹的面容，至死都不会忘记。不过我另有追求，那就是不忘记那一时刻的我所记忆的她的面容。为此需要将其作为形态具体描绘下来留住。我才十五岁，无论关于记忆还是关于画抑或关于时间的流动方式，都所知无多。但我知道，为了将现在的记忆以原模原样保留下来，必须采取某种策略。倘若置之不理，不久势必杳然不见。无论那记忆多么历历在目，也还是抵不过时间的力量。我想我本能地明白这点。

我在谁也没有的她的房间床上弓身坐下，继续在素描簿上画她。不知重画了多少次，想方设法让心目中的妹妹形象跃然纸上。而当时的我，一来经验不够，二来还不具有相应的技术，进展当然不那么顺利。画完撕了，画完撕了，如此翻来覆去。不过，重看那时的画（当时的素描簿仍好好保管着），得知那上面充溢着实实在在真真正正的哀伤。不难看出，技术上虽不成熟，但那是我的灵魂力图唤起妹妹的灵魂的真挚作业。每次看那些画，眼泪都不觉之间夺眶而出。那以后我画了许许多多的画，但画出让我自己流泪的画，前后仅此一次。

妹妹的死还给我带来一样东西，那就是极度的幽闭恐惧症。目睹她被塞入狭小的棺木，被封盖锁牢送去火葬炉的场景之后，我变得不敢进入狭小封闭的场所了。很长时间连电梯都不敢坐。每次面对电梯，都要想象电梯由于地震什么的自动停止，自己被封闭在狭小空间中哪里也去不了。单单这样一想都陷入惶恐状态，无法正常呼吸。

并不是妹妹去世后马上出现如此症状的。差不多花了三年时间才表面化。最初陷入惶恐状态，是进美术大学不久在搬家公司打工的时候。我作为司机助手从厢式卡车上卸货。但一次由于一点点疏忽而被关在空荡荡的货厢里。一天工作完了最后检查货厢有没有忘卸的东西时，司机没确认里面是否有人就从外面把门锁上了。

到再次开门我从中脱身，大约用了两个半小时。那时间里一个人被关在密封狭小的黑暗空间里。说是密封,但因为并非冷冻车那种东西,所以空气出入的间隙是有的。冷静细想,即可明白没有窒息的危险。

然而当时我被强烈的惶恐感袭上身来。氧气本应绰绰有余,但无论怎么大口吸气,氧气都无法遍及体内。这样,呼吸越来越急促——我想自己陷入了过度呼吸的状态。脑袋晕晕乎乎上气不接下气,为无以言喻的剧烈恐惧所俘虏。不怕,冷静!待着不动,很快就能从这里出去。窒息那样的事不可能发生——我促使自己这么想。然而理性这个东西根本不起作用。脑海中浮现的,只有被关入狭小棺木送进火葬炉的妹妹的样子。我被恐惧紧紧擒住,不断敲击货厢四壁。

卡车进入公司停车场,从业人员结束一天的工作全都回家去了。想必谁都没有察觉我的不见。哪怕再用力敲壁板,听见的人也好像一个都没有了。弄不好,说不定在此关到明天早上。这么一想,全身的筋肉仿佛一下子变得七零八落。

觉察我弄出的动静而从外面打开车门的,是来巡视停车场的夜间保安员。见我筋疲力尽狼狈不堪,就让我在小休息室床上躺了一会儿,然后让我喝了热红茶。究竟躺了多长时间,自己也稀里糊涂,但呼吸终究正常了。白天到了,我谢过保安员,乘始发电车回到家中。我钻到自己房间床上,浑身久久剧烈颤抖。

从那以来我就不敢乘电梯了。想必那一事件让我意识到了长眠于自己体内的恐怖情感。而且那是关于死去妹妹的记忆带来的,这点几乎没有怀疑的余地。不仅电梯,大凡密封的狭小场所都再也不敢踏入一步。甚至有潜水艇和坦克出现的电影也不敢看了。单单想象——纯属想象——自己被封闭在那种狭小空间的场景都不能呼吸自如。看电影当中起身走出电影院的时候都不止一次两次。每当出现有人被关进密闭场所的场面,电影就再也看不下去了。所以我几乎不曾和别人一起看电影。

去北海道旅行时，由于迫不得已的情由在胶囊旅馆里住了一次。结果呼吸变得困难起来，横竖睡不着，只好出来在停车场车上度过一夜。因是初春的札幌，委实堪称噩梦般的一夜。

妻时常用我的恐惧症寻我开心。每当要爬到高楼顶层的时候，她就独自乘电梯上去，喜不自胜地等待我气喘吁吁爬十六层楼的楼梯。但我没有对她说出自己所以产生恐惧的缘由，只说不知为什么天生怕电梯。

"也罢，可能有益于健康，是吧？"

另外，我对乳房比一般人大的女性也开始怀有类似畏惧的情感。至于那是不是同死于十二岁的妹妹刚刚发育的乳房有关，准确说来我也不太清楚。不过不知何故，很早以前我就为拥有小型乳房的女性心驰神往。每次目睹那样的乳房，触摸那样的乳房，我都想起妹妹胸前那小小的凸起。误解了可不好办，这并不意味我对妹妹怀有性方面的兴致。我想自己追求的大概是某种情景——类似一种不可能失而复得的特定情景。

星期六下午，我把手放在人妻恋人的胸部。她的乳房既不特别小，又不特别大，大小正相合适，乖乖收在我的掌心。乳头还在我的掌心留有刚才的硬度。

她星期六来我这里基本没有过——周末要和家人一起过。但这个周末她丈夫公差去孟买了，两个女儿去那须的表姐家玩要住在那里。所以她才得以来我这里。我们像平日午后那样慢慢花时间做爱。之后两人沉浸在倦慵的静默中，一如往常。

"想听野道通讯？"她问。

"野道通讯？"那到底怎么回事？我一下子想不起来。

"忘了？就是山谷对面白色大房子住的那个谜一样的人嘛！希

望就免色君调查一下——上次你不是说了？"

"啊，是的是的，当然记得！"

"弄明白了一个情况——倒是一点点——我的一个妈妈朋友①住在那一带，所以多少收集了一点信息。想听？"

"当然想听。"

"免色君买那座视野开阔的房子，是三年前的事。那以前住在那里的是另一家。原本是那一家建的房子，但原房主只在那房子里生活了两年。一个晴朗的早晨，那一家人突然收拾行李走了。人家前脚刚走，免色君就后脚住了进来——他整个收购了那座形同崭新的豪宅。至于事情因为什么变成那样子的，谁都不知道。"

"就是说，房子不是他建的。"我说。

"嗯。他不过是随后进入已有的容器罢了，活像狡猾的寄居蟹。"

这么说让我觉得意外。从一开始我就认定白色豪宅是他建的。想必是由于山上的白色豪宅同免色其人的形象——大概同其完美无缺的白发——自然而然相连相呼应的缘故。

她继续道："免色君做什么工作也没人知道。知道的只是概不上班。几乎一整天闭门不出，估计是在用电脑交换信息吧，毕竟听说满书房都是电脑。近来只要有能力，差不多所有的事都能用电脑处理。我认识的一个外科医生就一直在自己家里工作——是个冲浪迷，舍不得离开海边。"

"不出家门也能当外科医生？"

"对方发来关于患者的所有图像和信息，解析后制定手术方案什么的发给对方。实际手术通过图像监视着做，同时根据需要提供

---

① 原文是"ママ友"，指那些有年幼孩子（多是幼儿园或小学生）的妈妈之间的朋友交往。

建议。或者由他自己通过电脑机械手来做——这样的手术也是有的，听说。"

"突飞猛进的时代！"我说，"我个人倒是不愿意那样做手术。"

"免色君可能也是在做和这个相似的工作吧？"她说，"不管做的是什么，反正根本不缺钱。一个人生活在那么大的房子里，还时不时长期旅行。想必是去海外。有个房间像健身房似的，健身器材应有尽有。一有工夫就一个劲儿锻炼肌肉，多余脂肪一片也没沾身。主要爱好古典音乐，有完备的音响室。不认为是优雅生活？"

"这么细琐的事怎么都能知道呢？"

她笑道："看来你像是低估了世间女性的信息搜集能力啊！"

"有可能。"我承认。

"车一共有四辆。两辆捷豹和路虎揽胜，加上迷你库柏。像是英国车爱好者。"

"迷你库柏现在由'宝马'制作，捷豹怕也给印度企业收购了吧？准确说来，哪一种我觉得都不能称为英国车。"

"他开的是老款迷你库柏。再说，就算捷豹给哪里的企业收购了，说到底也是英国车嘛！"

"此外还明白了什么？"

"他家几乎无人出入。免色君似乎是个相当爱好孤独的人。喜欢独处，听好多古典音乐，看好多书。独身又有钱，却好像几乎不领女性进门。看上去过着十分节俭整洁的生活。没准是同性恋者。不过也有几个大约不是的证据。"

"你肯定哪里有丰富的信息源，是吧？"

"眼下没有了。稍往前一些有个像是女佣的人每星期去他家做几次家务。那个人去垃圾站倒垃圾或者去附近超市购物时，那里会有住在附近的太太，自然相互说话。"

"原来是这样。"我说,"于是野道通讯形成了。"

"是么么回事。据那个人介绍,免色君家里好像有个'不开之厅'。主人指示她不许进入,非常严厉地。"

"有点儿像《蓝胡子公爵的城堡》①。"

"是像。常言说哪家的壁橱里都有一两具骷髅,不是?"

给她如此一说,我脑海浮现出悄悄藏在阁楼里的《刺杀骑士团长》那幅画。没准那也类似壁橱中的骷髅。

她说:"那个谜团房间里有什么,到最后她也没弄明白——她来时门总是上着锁。反正那个女佣已经不来他家了。大概怀疑她嘴好说,炒了。眼下似乎他自己一个人做种种家务。"

"他本人也么么说了,除了每星期一次的专业清洁服务,差不多所有家务都自己包了。"

"毕竟对隐私够神经质的,好像。"

"这倒也罢了。而我这么和你幽会的事,会不会通过野道通讯在附近扩散开来?"

"我想不会。"她以沉静的语声说,"首先第一,我始终小心预防;第二,你和免色君有所不同。"

"就是说,"我将其翻译成好懂的日语,"他有传闻要素,我没有。"

"我们必须对此致谢!"她欢快地说。

妹妹死后,就像是与此同时似的,很多事都不顺利了。父亲经

---

① 是作曲家巴托克创作的一部著名歌剧作品。巴托克以城堡作隐喻,用音乐刻画出一个阴森的充满神秘性的男性形象。其人物原型是一位绰号"蓝胡子"的法国男爵,是一位同性恋者。剧中蓝胡子家走廊尽头有一个储藏室,他交代新娘决不能打开那个房间。新娘好奇打开后发现里面堆着好几具女性尸体。

营的金属加工厂陷入慢性经营困难。父亲因忙于应对而很少回家。家庭气氛尴尬起来。沉默越来越重，越来越长。这是妹妹活着时所没有的。我想尽量离开这样的家，就更深地一头扎进绘画里边。不久，开始考虑上美术大学专学绘画。父亲坚决反对，说当画画的不可能正经生活，家里也没有培养艺术家的经济余地。我因此同父亲争争吵吵。由于母亲居中调停，我好歹进了美术大学，但和父亲的关系最后也没修复。

我时不时心想，假如妹妹没有死，假如妹妹平安活着，那么我们一家肯定过着远为幸福的生活。她的存在突如其来的消失，致使迄今保持的平衡遽然崩溃，家里不知不觉成了相互伤害的场所。每次想到这里，都有一种深切的无奈朝我扑来：归根结底，自己未能填补好妹妹留下的空洞。

后来我连妹妹的画也不再画了。进入美大之后，面对画布我想画的，主要成了不具有具体意味的事象和物体。一言以蔽之，抽象画。所有事物的意义在那里成了符号，新的意味通过符号与符号的纠缠而产生。我情愿把脚踏入这种指向完结性的世界。在那样的世界我才得以放心大胆地自然呼吸。

不过自不待言，再画那种画也没有正经工作轮到自己头上。毕业诚然毕业了，但只要仍画抽象画，收入保证就哪里也没有。一如父亲所言。所以，为了生活（我已经离开父母，需要赚出房租和生活费），我不得不接受肖像画的工作。通过千篇一律地画这种实用画，我好歹得以作为画家苟延残喘。

而现在，我正要画免色涉这个人物的肖像画。住在对面山上白色豪宅里的免色涉。被附近邻人议论纷纷的谜一样的白发男士。说是兴味盎然之人也未尝不可。我由其本人点名起用，画其肖像换取巨额酬金。然而我在此发觉的，是现在的我甚至肖像画也画不出来了这一现实。就连这种实用画也已无能为力。看来我真好像成了空壳。

  我们应该分开又高又密的绿草,不言不语地前去见她。我不着边际地这样想到。倘真能那样,那该多么妙不可言啊!

11 月光把那里的一切照得很漂亮

　　静寂让我睁眼醒来。不时有这种情形发生。突如其来的声响打断一直持续的静寂，让人睁眼醒来；突如其来的静寂打断一直持续的声响，让人醒来睁眼。

　　夜里我猛然睁开眼睛，注视枕旁闹钟。数字闹钟显示1:45。思索有顷，想起这是星期六夜间即星期日黎明前的一时四十五分。这天下午我和人妻恋人一起在这床上来着。傍晚时分她回家了，我独自吃简单的晚饭，饭后看了一会儿书，十点多就寝。我本来是睡觉睡得深的人。一旦入睡，就不中断地睡下去，直到四周天光大亮才自然醒来。很少这样戛然而止。

　　究竟因为什么醒在这一时刻呢？我在黑暗中兀自躺着思考。理所当然的静夜。近乎圆满的月亮变成巨大的圆镜浮在空中。地上的风景简直就像用石灰洗过一般白光光的。但此外并无异常征兆。我半起半卧地侧耳倾听片刻。而后忽有所觉：有什么和平时不同。实在太静了。静寂过于深沉。虽是秋夜，却不闻虫鸣。毕竟是建在山里的房子，日落天黑总有虫们的盛大合唱，几乎听得耳朵作痛。合唱绵绵持续到深更半夜（住进这里之前我以为虫们只叫到入夜时分。得知并非如此，不由得吃了一惊）。其嚣喧程度，甚至让人觉得世界大概已经被虫们征服。然而今夜睁眼醒来时，竟一声虫鸣也没听见。不可思议。

　　一旦醒来，就无法接着睡了。只好翻身下床，把对襟薄毛衣披在睡衣外面，走去厨房把苏格兰威士忌倒进杯中，加入制冰机做的冰块喝着。而后出到阳台，眺望杂木林透过来的人家灯火。人们似已酣然入睡，房内照明熄了，只有小夜灯小小的光照这里一点那里一点闪入视野。隔着山谷的免色氏房子一带也已彻底变黑。虫声依然杳然无闻。虫们到底发生什么了？

如此时间里，我的耳朵捕获了——或者感觉捕捉了——未听习惯的声音。微乎其微。假如虫们照常鸣叫，那样的声音绝不至于传进我的耳朵。唯其万籁无声，才勉强传来这里。我屏息敛气，侧耳倾听。那不是虫鸣，不是天籁，而是使用某种器具或工具发出的声响。听起来似乎叮铃叮铃响个不停。仿佛铃或类似铃的什么发出（或使之发出）的声音。

停一会儿响一会儿。静默片刻，响几次，再静默片刻。如此周而复始。简直就像有人从哪里不屈不挠地发送信号化讯息。不是规则性反复。静默时长时短。铃（类似铃）的响动次数也各所不一。那种不规则性是刻意为之，还是随心所欲的呢？这还不得而知。但不管怎样，声音都实在微乎其微，稍不留意细听就会听漏。可是，一旦觉察其存在，那莫名其妙的声音就会在这子夜深深的静寂和近乎不自然的皎洁月光中不由分说地吃入我的神经。

如何是好呢？我为之困惑。不久，我横下一条心决定走到外面。我想锁定那费解声音的出处。想必有人把那个什么弄响了。我绝不是胆大之人，但此时对独自半夜摸黑出门没觉得多么害怕。较之恐惧，想必好奇心占了上风。还有，月光的分外明亮也可能从背后推了一把。

我手握大手电筒打开门锁，迈步出门。安在门口头顶的一盏灯向周围投射黄色光亮。一群飞虫们被灯光吸引着。我站在那里细听，以便判定声音传来的方向。听起来的确像是铃声。不过和普通铃声多少有所不同。有重得多的重量，有不齐整的钝钝的回响。或者是特殊打击乐器也不一定。但无论那是什么，在这深更半夜到底是谁、为了什么弄出如此声音的呢？说起建在这近旁的住宅，只有我住的这座房子。假如有谁在近处弄出这铃一般的声音，那个人即擅自闯入他人的地盘。

没有似可成为武器的东西？我四下环顾。哪里也没发现那样的东西。我手里拿的，只有长长的手电筒。但总比什么也没有好。我右手紧握手电筒，朝声音传来的那边一步步走去。

出门左走有一小段石阶。上到第七阶，那里往前就是杂木林。穿过杂木林，沿徐缓的上坡路走不多会儿，来到颇为开阔的空地，那里有一座小小的古庙样的祭祀性建筑。按雨田政彦的说法，似乎很久以前就在那里了。由来什么的不清楚。他父亲雨田具彦一九五〇年代中期从熟人手中买这座山上的房子和地皮的时候，小庙就已在树林里了。在平坦的石块上支起三角形屋顶的祭殿——其实是仿照祭殿形状的简易木箱——高六十厘米，横宽四十厘米左右。原本大概涂了什么颜色，如今颜色已剥落殆尽，本来颜色只能诉诸想象。正面是不大的对开门。里边收纳的是什么无从知晓。虽然不曾确认过，但估计什么也没有。门前放有白瓷碗那样的瓷器，里边也什么也没放。只有雨水积存而又蒸发，内侧有几条如此反复造成的污痕。雨田具彦就那样留着小庙没动。走过时没有合掌作揖，也从未打扫，任凭风吹雨淋听之任之。对于他，那大概不是祭殿，而纯属简易木箱罢了。

"毕竟是对信仰啦参拜啦什么没有一丝一毫兴致的人！"他的儿子说，"什么神罚什么作祟，那东西根本不放在心上。说是无聊的迷信，从来不屑一顾。倒也不是说不恭，只是想法始终贯以极端唯物主义。"

最初让我看这房子时，他就把我领到小庙。"带小庙的房子如今可是少见哟！"他笑道。我也同意。

"可我小时候，对自家地段有这种莫名其妙的玩意儿是怕得不行的。所以住进来时也尽可能不往这里靠近。"他说，"说实话，现在也不想靠近。"

我的想法倒不是多么唯物，但还是和他父亲雨田具彦一样，几乎没把小庙的存在放在心上。过去的人是到处建小庙的，和乡间道旁的地藏菩萨和道祖神①是一回事。小庙极为自然地融入林中风景。我在房子四周散步时常从它跟前通过，但几乎不以为意。既没向小庙合十作揖，又不曾上过供品。对自己住处范围内存在这样的东西也没觉出特别意味。那仅仅是随处可见的风景的一部分而已。

类似铃声的声音总好像是从小庙近旁传来的。踏入杂木林，头上茂密厚重的树枝遮蔽了月光，四周顿时暗了下来。我一边用手电筒照着脚下，一边小心移动脚步。风不时想起似的吹过，脚下薄薄一层落叶随之簌簌作响。夜间树林里面，同白天来散步时样子完全不同。同一场所此刻只管依夜之原理运作，而我不被包含在其原理之中。尽管如此，我并未觉出恐惧。好奇心促使我走向前去。不管有什么，我都想看清那奇异的声音是怎么回事。我右手死死握着沉甸甸的手电筒，其重量让我镇定下来。

那只猫头鹰或许在夜间树林的什么地方。说不定正在树枝上混在黑暗中静等猎物。但愿近在咫尺。在某种意义上，它是我的熟人。然而没听得仿佛猫头鹰声音的动静。就连夜鸟此刻也和虫们一样屏息敛气。

随着脚步的行进，类似铃声的声音逐渐变大、变得清晰起来。那仍是时断时续的周而复始的不规则响动。而且，声音似乎是小庙后面那里传出的。声音比刚才近得多了，却又钝钝的含含糊糊，简直就像从狭小的洞窟深处飘忽而出。不仅如此，感觉上静默时间比

---

① 日本村庄的守护神。立在村边道旁，据说可以防止恶魔瘟神进村。

刚才长、铃响次数比刚才少。就好像弄出声响的人疲惫了，衰弱了。

小庙周围视野开阔，月光把那里的一切照得很漂亮。我蹑手蹑脚绕到小庙后头。小庙后侧有高挑的芒草丛。我循声分开芒草丛走过去一看，里面有个由方形石块随意摞成的不大的石堆。称堆或许过矮了。总之有这样的东西在那里。此前我完全没注意到。不曾绕去小庙后侧。就算绕去，那也被芒草丛挡在里面。若非有特定目的分开进到那里，一般不会看见。

我用手电筒逐一近距离探照石堆的石块。石块相当古旧，但乃是人工凿成方形这点没有怀疑的余地。不是天然石块。如此石块被特意运上山来堆在小庙后头。石块大小不一，大多生了青苔。看上去字也没雕图也没刻。数量总共十二三块，也就这样。也许过去作为石台堆得更高更整齐来着，但可能因为地震什么的塌了矮了。那类似铃声的声音总好像是从石与石的缝隙泄出来的。

我把脚轻轻搭在石块上，用眼睛搜索声音的出处。问题是，虽说月光皎洁，但在夜幕下找出来还是极其困难的事。何况，就算锁定了那个位置，又能怎么样呢？这么大的石块用手不可能搬动。

不管怎样，似乎有个人在石堆下摇动铃那样的东西弄出声响。这点看来不会有错。可那到底是谁？这时我心中才开始觉出来历不明的惊惧。恐怕还是不要接近声源为好，我本能地感到。

我离开那个地方，一边在身后听着铃声，一边快步返回杂木林中的小路。穿过树枝的月光在我身上勾勒出似有意味的斑驳的图形。我走出树林，下得七级石阶，折回房前，进门上锁。接着，去厨房把威士忌倒入杯中，水也没兑冰也没加地喝了一口。总算舒了一口气。而后手拿威士忌酒杯走上阳台。

从阳台上听，铃声实在细若游丝。不细听是听不出来的。但不管怎样，声音仍无休无止。铃声与铃声之间的静默时间无疑比最初长了许多。我细听一会儿这种不规则的反复。

那石堆下到底有什么呢？莫非那里有个什么空间，有谁被关在里面，因而持续弄出类似铃声的动静？或是求救信号亦未可知。可是，哪怕再绞尽脑汁，也全然想不出正当解释。

估计我在这里沉思了相当长时间，也可能仅仅一瞬之间。自己也无从得知。过度的离奇几乎使我完全失去了时间感觉。我单手拿着威士忌酒杯缩进躺椅，任凭自己在意识的迷途上往来徘徊。及至回过神时，铃声已然止息。深重的静默笼罩四周。

我欠身立起，折回卧室觑一眼数字闹钟：下半夜2:31。铃声什么时候响起的呢？准确开始时刻不晓得。但因为醒来是1:45，所以在我知道的限度内，至少持续响了四十五分钟之久。而这神秘声音止息后不多会儿，虫声简直就像试探其中生成的新的静默似的此起彼伏叫了起来。满山遍野的虫们似乎在急不可耐地等待铃声的止息——想必大气不敢出地小心翼翼窥伺时机。

我去厨房洗了威士忌酒杯，然后钻进被窝。这时秋虫们早已一如往常开展盛大的合唱。可能是干喝威士忌的关系，本应亢奋的心情并未亢奋，刚一躺下困意就尾随而来。睡得又实又久。梦都没做。再次睁开眼睛时，卧室窗口已经一片光明。

这天十点之前我再次移步来到杂木林中的小庙。虽然谜团声音已经听不到了，但作为我，想在白天明亮的光照中好好看看小庙和石堆光景。我在伞筒中发现雨田具彦的一根硬橡木做的手杖，拿在手中走进杂木林中。一个让人神清气爽的晴朗的早晨。澄澈的秋日阳光在地面点点摇动着叶影，尖嘴鸟们叫着在树枝间匆忙飞跃着寻找果实，漆黑的乌鸦们从头上朝哪里直线掠过。

小庙看上去比昨夜见到的要破旧得多寒碜得多。近乎圆满的月亮那皎洁光照下的小庙，相对意味深长，甚至多少显出几分凶相。

而此刻看起来单单是个一副穷酸相的褪色木箱。

　　我转去小庙后侧。分开高高的芒草丛,来到石堆跟前。同昨晚见时相比,石堆也约略改变了印象。现在出现在我面前的,乃是山中长期弃置的再普通不过的一堆生了青苔的四方石头,尽管在夜半月光下看上去简直就像颇有来历的古代遗迹的一部分那样带有神话光泽。我站在上面侧耳细听,但一无所闻。除却虫声和时而传来的鸟鸣,四下静悄悄阒无声息。

　　远处传来砰一声猎枪般干巴巴的声响。可能有人在山上打野鸟。或是农家为吓唬麻雀、猴子和野猪使之远离而设置的放空枪自动装置亦未可知。总之声音响得极具秋日风情。长空寥廓,空气干湿适度,遥远的声音听起来分外真切。我在石堆上弓身坐下,猜想下面也许有个空间。莫非被关在那个空间里的某人弄响手里的铃铛(类似铃铛的东西)呼救?一如我被闷在搬家卡车货厢里时拼命敲厢壁那样。有谁被闷在狭小黑暗空间里这一意象使得我心里七上八下。

　　吃罢简单的午饭,我换上工作用的衣服(总之就是脏也无所谓的衣服),进入画室再次着手画免色涉的肖像。我的心情是,什么工作都可以,反正要让手不停地动。我想从有人被封闭在狭小场所呼救这一意象中,从它带来的慢性窒息感中多少远离开来。为此只能画画。但我决定不再使用铅笔和素描簿。那东西大概无济于事。我准备好颜料和画笔直接面对画布凝视其空白深处,同时把意识集中到免色涉这个人物身上。我笔直地挺起脊背,全神贯注,最大限度地消除杂念。

　　住在山上白色豪宅里的、目光炯炯有神的白发男士。几乎所有时间他都闭门不出。拥有"不开之厅"(相仿),拥有四辆英国车。他来我这里怎样驱使身体,脸上浮现怎样的表情,以怎样的语调述说什么，以怎样的眼睛注视什么，两只手怎样动——我将这些记忆逐一唤起。多少费了些时间，但关于他的各种细碎片断在我心中一点点合而为一。如此时间里，免色这个人在我的意识中有了正在立体地、有机地重新合成这一感触。

这样，我开始把欠身立起的免色形象在不画草图的情况下直接用小号画笔移植于画布之上。此时我脑海中浮现出来的免色正把脸对着左前方，眼神约略投向我这边。不知何故，除此之外的面部角度我想不出来。之于我，那正是免色涉这个人！他必须脸朝左前方，双眼必须约略投向我这边。他把我的姿态收入视野。舍此不可能有正确画他的构图。

我从稍离开些的位置看了一会儿自己几乎以"一笔画"的手法画出来的简洁的构图。尽管不过假定性线条，但我从其轮廓感觉出了类似一个生命体的萌芽的元素。理应以此为源头自然膨胀的东西恐怕就在那里。似乎有什么伸出手来——那究竟是什么呢？——打开我心中隐秘的开关。我的心间深处长期沉睡的动物终于认识到正确季节的来临，开始走向觉醒——便是这么一种朦朦胧胧的感觉。

我在洗笔处洗去画笔的颜料，用松节油和香皂洗了手。不用急。今天此即足矣。最好不要急于向前推进。免色氏下次来的时候，面对实存的他往这上面的轮廓补充血肉即可，我这样思忖。这幅画的构成有可能成为同我过去画的肖像画相当不同的东西。我有这样的预感。而且这幅画需求活生生的他。

不可思议！

免色涉何以知道这点呢？

这天深夜时分，我又像昨夜那样猛然觉醒。枕边闹钟显示为1:46。时刻几乎和昨夜醒来时相同。我在床上坐起，黑暗中侧起耳朵。不闻虫声。周围万籁俱静，一如位于深海的底。一切都是昨夜的复制。只是,窗外漆黑一片。仅此与昨夜有别。厚厚的云层遮蔽天空,把接近满月的秋月遮得严严实实。

四周充满完美的静寂。不,不然,当然不然。静寂不是完美的东西。屏息细听,微弱的铃声似乎灵巧地钻过厚重的静寂传来耳畔。有谁在漆黑的半夜弄响铃铛那样的东西。断断续续,一如昨夜。而那声音发自哪里,我已了然于心。杂木林中那座石堆之下!无需确认。我不了然的是:是谁为了什么弄响那个铃?我下床走到阳台。

无风。但下起了细雨。目无所见、耳无所闻的淋湿地表的雨。免色氏豪宅亮着灯。从隔着山谷的这边看不清楚房子里的情况,但今夜他也好像还没睡。这么晚还亮着灯是很少见的。我在蒙蒙细雨中凝望那一点灯光,谛听微弱的铃声。

少顷,雨下大了,我退回房内。睡不成觉,就坐在客厅沙发上,翻动已经开始看的书页。绝不是不堪卒读的书。然而无论怎么专心致志,书的内容都无法进入脑袋,只是一行又一行追词逐字而已。尽管这样,也比无所事事一味听那铃声为好。诚然可以大声放音乐阻止铃声传来,可我没那份心思。我不能不听那个。这是因为,那是向我弄响的声音。这我心里清楚。并且,只要我不为此采取什么措施,恐怕就要永远响下去——每晚都要让我感到窒息,持续剥夺我安稳的睡眠。

我必须做什么!必须采取某种手段止住那个声音。如此必须首先理解那个声音——即其传送的信号——的含义和目的。是谁为了什么从莫名其妙的场所向我夜夜传送信号呢?可我实在太胸闷了,脑袋一片混乱,没办法系统思考什么。我一个人是处理不过来的。需要找个人商量。而现在作为能商量的对象,想得出的人只有一个。

我再次出到阳台朝免色氏豪宅望去。房子的灯光已然消失,豪宅所在的那个地方只有几盏不大的园灯亮着。

铃声止息是在下半夜两点二十九分。几乎和昨夜是同一时刻。铃声止息不久，虫声此起彼伏。秋夜就好像什么也没发生似的重新回荡着大自然热闹的合唱。一切按部就班。

我上床听着虫声睡了过去。心固然紊乱，但睡眠仍像昨夜那样即刻赶来。依然是无梦的深睡。

12　像那位名也没有的邮递员一样

　　早上很早就下雨，快十点时停了。青空随后一点点露出脸来。海上吹来的潮湿的风将云缓缓带去北面。午后一时整免色赶到我这里。门铃差不多与广播报时同时响了起来。严格守时的固然不少，但精准到如此程度的人至为罕见。而且不是在门前静等那一时刻到来和对着手表秒针按响门铃。爬上坡路把车停在平时位置，以一如平时的步调和步幅走来门口按下门铃，广播同时报时。唯有惊叹而已。

　　我把他领入画室，让他坐在上次那把餐椅上。并把理查德·施特劳斯的《玫瑰骑士》密纹唱片放在转盘上，落下唱针。上次止听之处的继续。所有程序都是上次的重复。不重复的只有两点：这次没有劝喝饮料、请他摆出作为模特的姿势。让他在椅子上脸朝左前方，只让眼睛微微转向我这边。这是我这次要求他的。

　　他虽然顺从我的指示，但准确锁定位置和完全摆好姿势则花了相当不少时间。微妙的角度、视线的氛围很难同我要求的正相一致。光线的照射情况也不符合我的意象。我平时固然不用模特，而一旦开始用，就免不了要求多多。但免色极有耐心地配合我繁琐的要求。没有厌烦的表情，没发一句牢骚。俨然被施以五花八门的苦行而又谙于忍耐之人。

　　位置和姿势好歹确定后，我对他说："对不起，请尽可能就那样别动！"

　　免色一声不响地以目首肯。

"尽量快些结束。可能有些难受,请忍耐一下。"

免色再次以目首肯。而后视线不动,身体亦不动。筋肉都绝对纹丝不动。到底时而眨一下眼,但呼吸的动静都没在表面反映出来。宛如真实的雕像在那里凝然不动。不能不令人佩服。纵使专业模特也很难做到如此地步。

免色坚韧不拔地在椅子上持续摆姿势当中,我这方面最大限度地迅速而周密地推进画布上的作业。凝聚意识目测他的姿势,其形象遵循我的直觉驱动画笔。我在雪白的画布上使用黑色颜料,仅以一条画笔细线对已然形成的面部轮廓赋以必要的血肉。没工夫换画笔。必须在有限的时间内将其面部各种要素作为图像照录不误。从某一时刻开始,这项作业几乎变为自动驾驶性质的东西。分流意识,让眼睛的动作和手的动作直接联动,这点至为关键。没有一一通过意识将视野捕捉之物付诸程序的余裕。

这同我迄今所画的——只用记忆和照片以自己的步调作为"营业项目"悠悠然画下来的——无数肖像画截然有别。我被要求做这一种类的作业。花了大约十五分钟,我把胸部往上的他的形象画在了画布上。尽管是远未完成的粗糙的底图,但至少成了有生命感的形象。而且这一形象催生出免色涉这一人物的存在感,掬取、捕获其内在律动。但是,以人体图来说,则处于仅有骨骼和肌肉的状态。唯独内部大胆演示出来。必须往那里覆以具体的血肉和皮肤。

"谢谢!实在辛苦了。"我说,"已经可以了。今天的作业结束了。往下请随便好了!"

免色微笑着放下姿势,双手向上高高举起,做了个深呼吸。然后用两只手的手指按摩以便让紧张的面部肌肉松缓下来。我好一会儿就势耸起双肩,大大呼吸。调整呼吸花了不少时间。就像跑完短跑的竞跑运动员那样累得一塌糊涂。没有妥协余地的精力集中与速度——我被如此要求已是久违的事了。我不得不打醒长期沉睡的肌肉全线出击。累固然累了，但其中有某种物理性快感。

"你说的不错，当绘画模特，劳动强度的确比预想的还要大。"免色说，"想到自己被画成画，总觉得好像自己的五脏六腑被一点点掏空似的。"

"不是掏空，而是将掏出的部分移植到别的场所——这么认为是艺术世界里的正式见解。"我说。

"就是说移植到更为永续性的场所？"

"当然那得是具有被称为艺术作品资格的东西……"

"例如像一直活在凡·高①画中的那位名也没有的邮递员一样？"

"正是。"

"他肯定想都没想到的吧？一百几十年后全世界许许多多的人特意跑去美术馆或打开美术书籍以真诚的眼神盯视画在那里的自己。"

"没错，基本想都不会想到。"

"本来不过是无论怎么看都很难认为多么体面的男人在乡下厨房一个角落画出来的风格怪异的画……"

我点头。

"有点儿不可思议啊！"免色感叹，"其本身并不具有永续资格，却由于偶然的邂逅而在结果上获取了那样的资格。"

"偶然中的偶然。"

我蓦然想起《刺杀骑士团长》那幅画。画中被刺杀的"骑士团长"莫非也通过雨田具彦之手而获取了永续生命？而骑士团长说到

---

① 文森特·威廉·凡·高（Vincent Willem van Gogh, 1853—1890），荷兰画家，后印象主义代表人物之一，以风景画和人物画著称，用色富于表现力和激情，主要作品有《邮递员罗兰》《画架前的自画像》《星夜》等。

底又是什么呢?

我问免色喝不喝咖啡,他说恕不客气。我去厨房用咖啡机做了新咖啡。免色坐在画室椅子上,侧耳倾听歌剧剩下的部分。唱片B面转完时咖啡做好了,我们移去客厅喝咖啡。

"怎么样?我的肖像画有可能大功告成?"免色优雅地啜着咖啡问。

"还不清楚。"我老实应道,"什么都不好说。能不能成功,自己也心中无数。毕竟画法的顺序和我以前画的肖像画相当不同。"

"因为和以往不同,这次用了实际模特——是这样的吗?"免色问。

"这个原因也是有的。但不尽然。不知为什么,以前作为工作画的常规形式的所谓'肖像画'好像已经画不好了。因此,需要有取而代之的手法和程序。可是我还没能把握其脉络,处于暗中摸索前进那样的状态。"

"这意味着,你现在即将发生变化。而我不妨说正在发挥催化剂那样的作用——事情是这样的吧?"

"或许是这样的。"

免色思索片刻,而后说道:"刚才也说了,结果上成为什么风格的画,那纯属你的自由。我本身是个不断寻求变化不断移动的人。我并不是想请你画约定俗成的肖像画。哪种风格、哪种概念都无所谓。我寻求的是把你的眼睛捕捉的我的形象直接赋以形式。手法和程序都由你说了算。我也不是要像阿尔勒[①](Arles)那位邮递员那

[①] 位于法国东南部。凡·高曾于1888年至1889年旅居在此。《邮递员罗兰》就创作于这一时期。这里因凡·高画笔下的向日葵而闻名于世,被列为"世界文化遗产"。

样青史留名。没有那样的野心。我有的仅仅是健全的好奇心——你画我时那里将会诞生怎样作品的好奇心。"

"承你那么说自是让我高兴。不过我现在在这里想请求你的,只有一件。"我说,"假如不能画出让人心悦诚服的作品,那么对不起,就请你认为这件事没有发生。"

"就是说,画不交给我了?"

我点头。"当然,在那种情况下,启动款全额奉还。"

免色说:"好吧!如何判断交给你。事情绝不至于那样的预感,在我可是十分强烈的……"

"作为我也祝愿这个预感不虚。"

免色直直看着我的眼睛说:"不过,即使作品没有完成,而若我能以某种形式有助于你的变化的话,那对我也是可喜的事,真的。"

"对了,免色先生,其实还真有件事特想和你商量。"稍后,我一咬牙开口道,"是和画毫无关系的我个人的事。"

"讲给我听听。如果能帮上忙,我乐意效命。"

我叹了口气。"事情相当奇妙。要把整个过程条条有理简明易懂地说一遍,用我的语言无论如何都怕应付不来。"

"以你容易说的顺序慢慢说好了。说完两人一起考虑。同一个人考虑相比,说不定会有妙计浮上心头。"

我从最初依序说了下去。深夜两点前猛然醒来,侧耳细听,黑暗中有不可思议的声音传来。声音又远又小,但由于虫们不再叫了,还是隐约传来耳畔。像是有谁弄出铃声。循声找去,得知出处似乎是房子后院杂木林中的石堆缝隙。神秘的声音中间夹着不规则的静默,断断续续响了四十五分钟左右,而后戛然而止。同样情形前天、昨天持续了两个夜晚。可能有人在石堆下面弄出铃声那样的声音,说不定是在发送求救信号。但这种事是可能的吗?自己神经正常不正常？现在这也没了自信。自己耳朵听到的莫非纯属幻听不成？

免色一句也没插嘴，注意听我讲述。说罢，我就势沉默下来。从他的表情看得出他是在侧耳倾听，就其内容动脑深思。

"事情非常有趣。"少顷，他开口道，并轻咳一声。"的确如你所说，发生的事好像非同寻常。是啊……如果可能，很想亲耳听一听那种铃声。今天半夜来这里也不碍事吗？"

我惊讶地说："半夜特意来到这里？"

"当然。我也听得铃声，可以证明你不是幻听。这是第一步。如果那是实际存在的声音，两人再找一次它的出处好了。至于往下如何是好，那时再商量不迟。"

"那自然是那样……"

"若不打扰，今夜十二点半我来这边。可以的吗？"

"我当然无所谓，可是麻烦您免色先生麻烦到这个地步……"

免色嘴角浮现出讨人喜欢的笑意。"不必介意。能对你有用，对我是再欢喜不过的事。而且我本来就是好奇心强的人。深更半夜的铃声到底意味着什么呢？假如有人弄出铃声的话，那人是谁？作为我也极想弄个水落石出。你怎么想的呢？"

"当然那么想。"我说。

"那就一言为定。今夜我到这里来。而且我也多少有心有所觉的事。"

"心有所觉的事？"

"关于这个，下次另说吧——为了慎重，那要确认才行。"

免色从沙发立起，笔直地伸直脊背，把右手递到我面前。我握住。仍是强有力的握手。他约略显得比平日幸福。

免色回去后，这天下午我一直站在厨房做吃的。每星期我集中提前做要吃的东西。做好了就冷藏或冷冻起来。往下一星期只管食用即可。这天是食品制作日。晚饭清煮香肠和甘蓝，加通心面吃了。还吃了西红柿、鳄梨和洋葱色拉。入夜之后，我一如平时躺在沙发上听着音乐看书。后来不再看了，开始琢磨免色。

他为什么显出那般幸福的神情呢？他当真为能对我有用而欢喜？为什么？我不得其解。我只是个名也没有的穷画家。被一起生活六年的老婆抛弃了，和父母不和，没有住的地方，没有像样的财产，姑且算是给朋友的父亲看房子。相比之下（不用特意比），他年纪轻轻就在商业上大获成功，把足够日后美美生活的财产弄到了手。至少他本人是这样说的。仪表堂堂，拥有四辆英国车，基本无所事事，住在山上大房子里优雅度日——那样的人何以对我这样的角色怀有个人兴致呢？何以为我特意分出深夜时间呢？

我摇头回到书上。想也没用。再怎么想也得不出结论。本来就好比求解拼块不全的拼图。然而我又不能不想。我喟叹一声，再次把书放在茶几上，闭目倾听唱片音乐。维也纳音乐厅弦乐四重奏演奏的舒伯特第十五号弦乐四重奏。

住在这里以后，我每天都听西方古典音乐。细想起来，我听的音乐大半是德国（以及奥地利）的古典音乐。因为雨田具彦的唱片收藏十之八九都属于德系古典音乐。柴可夫斯基也好拉赫玛尼诺夫也好西贝柳斯也好维瓦尔第也好德彪西也好拉威尔也好，只是出于情理似的大致放了一些。毕竟是歌剧迷，所以威尔第①和普契尼基

---

① 朱塞佩·威尔第（Giuseppe Verdi, 1813—1901），意大利作曲家，作歌剧30余部，其中《弄臣》《茶花女》《游吟诗人》是三部名作，后期歌剧《阿依达》《奥赛罗》在意大利歌剧史上具有革新意义。在意大利摆脱奥地利统治的革命浪潮之中，以自己的歌剧作品《伦巴底人》《欧那尼》《阿尔济拉》《列尼亚诺战役》等鼓舞人民起来斗争，因而获得"意大利革命的音乐大师"之称。

本一应俱全。但若同德国歌剧充实的阵容相比，则感觉不出多大热情。

想必对雨田具彦来说，维也纳留学时代的回忆实在过于强烈，因而开始沉溺于德国音乐亦未可知。或者相反也不一定。估计他原来就深爱德系音乐，所以留学去了维也纳而没去法国。至于哪个原因在先，我当然无从知晓。

但不管怎样，对于德国音乐在这个家中受到偏爱这点，我不处于可以发牢骚的立场。我不过在此值班看家罢了，只是承蒙厚爱而品听这里收藏的唱片。何况我听巴赫、舒伯特、勃拉姆斯、舒曼和贝多芬听得心旷神怡。此外当然也不能忘记莫扎特。他们的音乐优美动听，富有底蕴。在我迄今为止的人生中，从未有过悠然自得地听这些种类的音乐的机会。天天忙于应付工作，再说也没有相应的经济余裕。所以，我决心利用这一碰巧得到的机会，在此期间切切实实听这里准备齐全的音乐。

十一点过后，我在沙发上睡了一会儿。在听音乐当中沉入睡眠的。大约睡了二十分钟吧。醒来时唱片已经转完，唱臂退回原来位置，转盘停止转动。客厅有一台自行抬起唱针的自动唱机和一台手动式传统唱机。出于安全考虑——即为了我随时入睡无妨——我一般使用自动那台。我把舒伯特唱片装入唱片套，放回唱片架原来位置。虫声从打开的窗口哗然大作。既然虫们在叫，那么还听不见铃声。

我在厨房热了热咖啡，吃几块曲奇，谛听笼罩周围山峦的夜晚虫声大合唱。快到十二点半时，传来捷豹缓缓爬上坡道的声响。变换方向时一对黄色车前灯明晃晃掠过窗玻璃。不久，引擎停止，响起关车门那依然果断的声音。我一边坐在沙发上喝着咖啡调整呼吸，一边等待门铃响。

13 眼下，那还不过是假设罢了

我们在客厅椅子上坐下喝咖啡，一边等待那一时刻到来，一边聊天消磨时间。起初不着边际地东拉西扯，而在短暂的沉默降临在两人之间以后，免色以不无顾虑而又异常坚决的声音问我："你有孩子吗？"

听得我多少有些吃惊。因为看上去他不是向别人——还不能说是多么亲密的对方——问这一问题的人。无论怎么看都属于"我不把脑袋探进你的私生活，你也别把脑袋探进我的私生活"那一类型。至少我是这样理解的。但是，抬头看见免色严肃的眼睛，我得知这并非当场兴之所至的突发奇想。他似乎早就想问我这点了。

我回答："结婚六年了，但没有小孩。"

"不想要？"

"我怎么都无所谓，但妻不想要。"我说。至于她不想要小孩的理由则到底没说。因为时至今日，我也不知道那是不是真正的理由。

免色似乎有些困惑，不知如何是好。但很快打定主意。"这么问或许不够礼貌，你有没有设想过这种可能性——没准自己已经同太太以外的女性在哪里神不知鬼不觉地有了你的孩子？"

我再次直盯盯对着免色的脸。不可思议的提问。我在形式上大致查看一下记忆的抽屉，但全然没有碰到发生那种情况的可能性。一来迄今没有同那么多的女性有过性关系，二来假如发生那种情况，那么肯定会通过某种途径传到我的耳朵。

"当然理论上或许是能够发生的，但现实中——或者莫如说从常识上看——那种可能性我想基本没有。"

"是这样！"免色说。他一边沉思着什么，一边静静啜了口咖啡。

"可是，你为什么问这种事呢？"我一咬牙问道。

他好一会儿缄口望着窗外。窗外月亮出来了。月亮没有前天那么亮得出奇，但也足够亮。时断时续的云层从海上往山那边缓缓流移。

而后免色说话了。

"以前我也说过，迄今我从未结婚，一直独身到这个年纪。工作总是很忙诚然也是个原因，而更主要的原因，是我的性格和生活方式不适合跟谁一起生活。这么说或许你认为真会找借口，但我的确只能一个人活下去，好也罢坏也罢。对血缘那样的东西几乎没有兴致。想要自己孩子的念头也一次不曾有过。这里边也有我特有的个人缘由。那大体是我本身儿童时代的家庭环境所带来的。"

他在这里打住，喘一口气，随即继续下文。

"不过几年前我开始觉得自己没准有个孩子。或者莫如这么说合适——我被逼入不得不那样认为的境地。"

我默默等他说下去。

"把这么复杂的个人情况向前不久刚刚认识的你和盘托出，我自己都觉得够奇妙的……"免色漾出十分浅淡的微笑。

"我这方面不碍事，只要你愿意……"

回想起来，不知何故，我还很小的时候起就有被不怎么亲密的人告知始料未及的真心话这一倾向。说不定自己天生具有引出别人秘密的特别资质。或者仅仅看上去像是专业听者亦未可知。但不管怎样，因此占得什么便宜的记忆却是一次也没有过。为什么呢？因为人们必定在对我坦言相告后感到后悔。

"向谁说这种事是第一次。"免色说。

我点头等待下文。几乎人人都这么说。

免色开始讲述:"距今十五年前的事了。我同一位女性来往密切。当时我三十六七,对方是个二十六七的流光溢彩的美貌女子。人也聪明。作为我虽是真心交往,但还是事先正正经经告诉对方我没有和她结婚的可能我无意同任何人结婚。让对方空怀期待不是我的选项。因此,如果对方有了想结婚的对象,自己将二话不说地利利索索抽身退出。她也理解我的这种心情。而另一方面,交往持续期间(大约两年半),我们的关系非常好,非常融洽。争吵从未有过。一起去许多地方旅行,在我的住处留宿也是常有的事。所以我那里有她一整套衣服。"

他沉思什么,而后再次开口。

"如果我是一般人,或者说是多少接近一般人的人,想必会毫不犹豫地同她结婚。实际上我也不是没有犹豫过。但是……"

他在此稍稍停顿,轻轻叹息一声。"归根结底,我选择现在这种一人单过的安静的生活,她选择了更为健全的人生设计。也就是说,同比我更为接近一般人的男性结婚了。"

直到最后的最后,她也没有如实告诉免色自己将要结婚。免色最后见她,是在她二十九岁生日的一星期之后(生日那天两人在银座一家餐馆一起吃饭。免色事后想起那时她少见地寡言少语)。他当时在位于赤坂的办公室工作。女子打来电话,说有话想见面说说,询问这就过去是否可以。他说当然可以。那以前她从未去过他的工作场所。不过那时他没怎么觉得奇怪。办公室很小,仅有他和中年女秘书两个人,无须顾虑任何人。主持相应大的公司雇佣很多人的时期也有过,但那时正值他一个人策划新网络阶段。策划期间独自默默工作、而展开期间则积极广用人才是他通常的做法。

恋人到来是傍晚快到五点的时候。两人在办公室沙发上并坐说话。五点时，他让隔壁房间的秘书先下班回家。秘书回家后他独自留在办公室继续工作，对于他是一如平时的事。闷头工作而直接迎来清晨的时候也屡见不鲜。作为他，本打算和她单独去附近餐馆吃晚饭。但她拒绝了："今天没那么多时间，这就要去银座见人。"

"你在电话里说有话想说……"他询问。

"不，没什么特想说的，"她说，"只是想见见你。"

"能见就好。"他微微笑道。她说得这么坦率是很少有的。总的说来，是个偏好委婉表达的女子。至于这意味什么，他不大明白。

接下去，她什么也不说地在沙发上蹭上身来，坐在免色膝部。随即双手搂住他的身子接吻。那是舌头缠在一起的真正的深度接吻。长时间接吻之后，她伸手解开免色的裤带，摩挲他的那个物件。又掏出变硬的物件握在手里好一会儿。而后弯下身子，把它含在嘴里，让长长的舌尖环绕着缓缓爬移。舌头滑滑的热热的。

这一连串行为让他诧异。因为事关性事，总的说来她始终是被动的。尤其在口交方面——无论被动还是主动——看上去她总是怀有不少抵触情绪。然而今天不知何故，她似乎积极主动寻求这一行为。到底发生什么了？他为之费解。

然后她霍地立起，甩开似的脱掉雅致的黑色无带浅口皮鞋，手伸到连衣裙下面麻利地拉下连裤袜，内裤也拉了下来。接着再次坐到他膝部，单手将他的物件导入自己体内。那里已带有充分湿度，简直就像活物一般滑润而自然地动了起来。一切都做得那么迅捷，迅捷得让他惊讶（总的说来，这也不像她。动作徐缓而温和是她的特点）。觉察到时，他已处于她的体内，柔软的壁褶整个把他包拢起来，沉静而又坚决地不断收紧。

这和两人之间此前体验的任何性事都截然不同。温情、冷漠、坚硬、轻柔以及接受与拒绝似乎同时存在于此。他有如此不可思议的悖反性感触。但很难理解这具体意味什么。她骑在他上面，像驾驶小艇之人随波逐流那样急剧上下摇动肢体。披肩黑发如被强风吹拂的柳枝在空中曼舞。她开始失控，喘息声也逐渐加大。办公室门锁了还是没锁？免色没有把握。既觉得锁了，又觉得忘了。但现在不能起身查验。

"不避孕可以的？"他问。事关避孕，平时她非常神经质。

"不怕的，今天。"她在他耳边悄声低语。"你所担心的，一概没有。"

她的所有表现都和平时不同。简直就像长眠于她体内的另一种人格突然醒来，把她的精神和肉体一并据为己有。他猜想今天对她大概是什么特殊日子。关于女性身体，男人不能理解的不知几多。

她的动作越来越大胆和有力。除了不妨碍她的追求，他别无所能。不久，最后关头到来。他忍无可忍地一泻而出，她随之短暂发出异国小鸟般的叫声，子宫就像静等这一时刻一样将精液纳入底部，贪婪地吸取一尽。他得到的印象相当混沌，仿佛自己在黑暗中被莫名其妙的动物大口大口吞噬掉了。

片刻，她像要把免色的身子推开一样欠身立起，不声不响地整理好连衣裙裙摆，将掉在地板上的连裤袜和内裤塞进手提包，拿着快步走去卫生间。很长时间都不从中出来。发生什么别的事了？正感到不安，她总算从卫生间出来了。此刻，无论衣着还是发型都一丝不乱，化妆也一如原来，嘴角挂着平日安谧的笑意。

她轻吻一下免色的嘴唇，说好了得赶快走了，已经迟到了。说罢直接快步离去。看也没回头看一眼。步行离去的浅口皮鞋声仍声声留在他的耳底。

那是最后一次见她。其后音讯杳然。他打去的电话也好寄去的信也好，概无回音。两个月后，她举行了婚礼。或者莫如说结婚消息他是后来从共同的熟人口中听得的。那位熟人为他未接到婚礼请束甚至她结婚的事都被蒙在鼓里似乎感到相当不可思议，以为免色和她是要好的朋友（因为两人交往得十分小心，情人关系未被任何人知晓）。她结婚的对象是免色所不知道的男子。名都没听说过。她没告诉免色自己打算结婚，暗示都没暗示——她从他面前默默离去了。

免色恍然大悟：那时她在他办公室的沙发上给他的激情拥抱，想必是她决定最后做的分手之爱。免色后来不知反复想起多少次。即使经过漫长岁月之后，那一记忆也还是历历在目，足以让他为之惊诧不已。沙发的吱呀声，她的秀发的摇颤方式，碰在他耳根的她热辣辣的喘息——一切都能原样再现出来。

那么，免色为失去她感到后悔了吗？当然不后悔。他不是事后后悔什么那一类型的人。自己这个人不适于家庭生活——这点免色也一清二楚。无论多么爱的对象，也不可能与之朝夕相处。他每天需要孤独的精神集中力，不能忍受集中力被他人那一存在所扰乱。而若同某人一起生活，迟早都可能憎恶对方。无论对方是父母还是妻子抑或儿女。他最怕的就是这点。他不是怕爱谁，反倒是怕憎恶谁。

尽管如此，他还是深深爱着她，这点没有变化。迄今不曾有比她更让他爱的女性了，往后大概也不会出现。"我的心中至今仍有为她保留的特殊场所，非常具体的场所，称为神殿也未尝不可！"免色说道。

神殿？他选择的说法在我听来多少有些奇妙。但对于免色，想必是正确的选择。

免色在此打住。尽管他把这私人事项就连细部也对我说得那么详细具体，但其中几乎听不出性感意味。给我的印象俨然在我面前朗读医学报告书。或者实际也是如此。

"婚礼七个月后,她在东京一家医院平安生下一个女孩。"免色继续,"距今十三年前的事。说实话,她的分娩我是很久以后从别人口中得知的……"

免色向下看了一会儿空了的咖啡杯的内侧,就好像在缅怀其中装满温情的时代。

"而且,那个孩子说不定是我的孩子。"免色使劲挤压似的说道。并且像征求个人意见似的看我的脸。

他想说什么呢?花了一会儿时间我才琢磨明白。

"时间上吻合,是吧?"我问。

"是的,时间正相吻合。从和她在我的办公室相会那天算起,九个月后那个孩子出生了。她在即将结婚前选择大概最可能受孕的日子来我这里,把我的精子——怎么说好呢——刻意地收集走了。这是我怀有的假设:虽然一开始就没指望和我结婚,但她决意生下我的孩子。事情怕是这个样子的。"

"但没有实证。"我说。

"嗯,当然没有实证。眼下,那还不过是假设罢了。但是,有类似根据的东西。"

"但对她来说,可是相当危险的尝试哟!"我指出,"若是血型不一样,后来可能知道另有父亲——莫非下决心冒那样的危险?"

"我的血型是 A 型,日本人大多是 A 型,她也好像是 A 型。只要不是出于某种情由而做正规 DNA 检验,暴露的可能性应该相当低——这个程度的算计她是做得到的。"

"但另一方面,只要不做正规 DNA 检验,那就证明不了你是不是那个女孩的生物学父亲。对吧?或者直接问母亲?"

免色摇头:"问母亲早已不可能了。她七年前离世了。"

"可怜。还那么年轻!"我说。

"在山里散步的时候,被好几只金环胡蜂蜇死了。本来就是过敏性体质，受不了蜂的毒素。送到医院时呼吸已经没了。谁都不知道她那么过敏，估计本人都不知道。身后丈夫和一个女儿剩了下来。女儿十三岁了。"

和妹妹死的时候基本同岁。

我说："就是说，你有类似根据的东西让你推测那个女孩可能是你的孩子。是这样的吧？"

"她死后不久，我突然接到来自死者的信。"免色用沉静的语声说。

一天，一枚大号信封从一家闻所未闻的法律事务所附带投递证明书寄到他的办公室。里面有打印的两通书简（有律师事务所名称）和一枚淡粉色信封。来自法律事务所的信有律师签名："同函奉上××××（曾经的恋人的姓名）女士生前委托的书简。××××女士指示倘若自己发生死亡那样的情况，要我将这通书简寄送于你。同时提示不能让除你以外的人看见。"

以上是这通书简的主旨。书简还极为事务性地简单记述了她的死亡原委。免色一时无语。而后清醒过来，用剪刀剪开粉红色信封。信是她用蓝墨水钢笔手写的，写满四页信笺。她的字非常漂亮。

免色君：

不知道现今何年何月，反正你把这封信拿在手里的时候，我应该已经不在这个人世了。为什么我不知道，但从很早以前我就总是觉得自己要在较为年轻的时候离开这个人世。正因如此，才这样周到地安排自己的后事。倘若这种安排全都派不上用场，那当然再好不过——但不管怎样，你既然这么读这封信，那么就是说我已经死了。想到这里，心中分外凄凉。

我想先交代一句（或许无需专门交代），我的人生本来就不是什么了不得的东西。这点我很清楚。所以，避免声张、不说多余的话、静悄悄退出这个世界，对我这样的人恐怕是合适的选择。但有一点，免色君，或许有一件事我必须给你留下话来。若不然，我觉得我将永远失去作为一个人给你以公正的机会。因此，我决定把这封信委托可以信赖的相识律师转交给你。

我那么唐突地从你身边离开当了别人的妻子，而且事先一声也没告诉你——我为此由衷感到歉疚。想必你非常吃惊，或者觉得不快。抑或冷静的你根本不为这种程度的事大惊小怪，全然无动于衷也未可知。但不管怎样，那时的我除此以外已经无路可走。这里恕我不予细说，但这点务请给予理解。我确实几乎别无选择余地。

可是，我也剩有一个选择余地，它被集中于仅此一件事、仅此一次的行为上。记得我最后见你时的情形吧——我突然去你办公室的那个初秋的黄昏。也许你看不大出来，但当时我的确走投无路、被逼得走投无路了。感觉上自己好像不再是自己了。尽管如此，尽管我心里乱作一团，但那时我采取的行为从最初到最后都是我彻底算计好的。而且我对那时自己的所作所为至今也没觉出哪怕一丝一毫的后悔。那对我的人生具有非常大的意义，大得恐怕远远超出我本身的存在。

我期待你一定理解我的那一意图、最终原谅我。并且祝愿那件事不至于给你个人带来某种形式的麻烦。因为我清楚你比什么都厌恶那种状况。

免色君，我祝你度过幸福而长久的人生，还要祝你这一出类拔萃的存在在哪里得到更长久更圆满的继承。

×　×　×　×

这封信免色不知反复看了多少遍，以致照字面原封不动地记了下来（实际上他也对着我从头至尾照本宣科似的背得一气呵成）。信上充满种种样样的感情与暗示，或为光影，或为阴阳，或为复杂的隐形画遍布其间。他像研究谁也不再讲的古代语言的语言学者一样，花了好多年时间验证其字里行间潜伏的所有可能性。他取出一个个单词一个个修辞，进行种种组合，纵横交错，颠倒顺序。而后得出一个结论：她婚后七个月生的女孩基本可以断定是她在办公室皮沙发上同免色播下的种子。

"我委托关系密切的律师事务所调查了她留下的女孩。"免色说，"她结婚的对象比她年长十五岁，经营不动产。虽说是不动产，但由于丈夫是当地地主之子，业务以自己继承拥有的土地和建筑物管理为中心。当然其他物权也有若干，不过业务涉及范围不广，也不怎么活跃。本来就有即使不工作也不影响生活的财产。女孩的名字叫真理惠，平假名①写作'まりえ'。七年前因事故失去妻子后，丈夫没有再婚。丈夫有个独身妹妹现在和他住在一起，帮他料理家务。真理惠是当地公立初中的一年级学生。"

"那位叫真理惠的女孩，你见过她吗？"

免色沉默有顷。而后字斟句酌地说："从离开些的地方看见过几次，但没有交谈。"

"见的感觉怎么样？"

"长得像我？这种事自己无法判断。说像觉得什么都像，说不像觉得什么都不像。"

"有她的照片？"

---

① 平假名：日文字母。另有"片假名"，主要用于标写外来语。"まりえ"发音为"Marie"。

免色静静摇头："不，没有。照片应该是能弄到手的。可我不愿意那样做。把一张照片塞到钱夹里带在身上走来走去又有什么用呢？我寻求的是……"

但下面的话没有继续下去。他缄口不语，虫们的喧嚣旋即填埋了其后的沉默。

"不过免色先生，你刚才好像说自己对血缘那个东西完全没有兴致。"

"一点不错。过去我对血缘这个东西没有兴致。莫如说一直尽可能远离那样的东西。这一心情现在也没有变化。可是另一方面，从真理惠那个女孩身上我已经不能把眼睛移开了，不能简单地放弃对她的思考了，没有什么道理可讲……"

我找不出应说的话。

免色继续道："这种事完全是初次体验。我总是控制自己，并引以为自豪。可是如今对一人独处，有时甚至感到不堪忍受。"

我把自己的感觉断然说出口来："免色先生，这终究不过是我的直觉——事关真理惠这个女孩，看上去你好像希望我做什么。会不会是我过于敏感了呢？"

免色略一停顿，点点头。"其实，怎么说好呢……"

这时忽然觉察，那般热闹的虫声，此刻彻底消失。我扬起脸，目视墙上挂钟：一时四十几分。我把食指贴在嘴唇上。免色即刻默然。我们在夜的静寂中侧耳倾听。

14 但是,奇妙到如此地步的奇事是第一次

我和免色中断交谈,中止身体动作,把耳朵侧向空中。虫们的声音已经杳然,一如前天,一如昨天。在这深沉的静默中,我的耳朵得以再次捕捉到那微乎其微的铃声。响了几次,夹着不规则的停顿再次响起。我注意看坐在对面沙发上的免色。从他的表情,得知他也听见了同样的声响。他眉间聚有足够深的皱纹,膝头的手略略抬起,指头随着铃声微动。那不是我的幻听。

两分钟或三分钟,免色以一本正经的神色静静听着。而后从沙发上缓缓立起。

"去声音发出的地方看看!"

我拿起手电筒。他走到房门外,从捷豹中取出准备好的大手电筒。我们爬上七级石阶,脚踏入杂木林中。虽然比不上前天,但秋天的月光仍把我们脚下照得很亮。我们绕去小庙后面,拨开芒草走到石堆跟前,再次侧耳倾听。那谜一样的声音毫无疑问是从石缝间泄露出来的。

免色绕着石堆慢慢走了一圈,用手电筒光小心翼翼往石缝间查看。但没发现多么异常的地方,只有生了青苔的旧石块一层层杂然摞在那里。他看我。月光照射下的免色脸庞看上去颇有些像古代面具。或者我的脸看上去也那样?

"传出声音的,上次也是这个场所?"他压低嗓音问我。

"同一场所。"我说,"完全同一场所。"

"听起来这石头下好像有谁弄响铃铛那样的东西。"免色说。

我点头。得知自己并非神经不正常,我舒了口气。与此同时我不能不承认,原本作为可能性提示的非现实性因了免色的话而变成现实性存在,进而使得世界的接缝产生了些许错位。

"到底如何是好呢?"我问免色。

免色又把手电筒光往出声的那里照了一阵子。他双唇紧闭,开动脑筋。在夜的静寂中,仿佛听得见他脑筋迅速转动的声响。

"或者有谁在求助也不一定。"免色自言自语似的说。

"问题是究竟会有谁钻到这么重的石头底下呢?"

免色摇头,他当然也有不明白的事情。

"反正现在先回家吧!"说着,他用手悄悄碰我的后肩。"这样起码弄清声音的出处了。往下的事回家慢慢商量不迟。"

我们穿过杂木林,走到房前空地。免色打开捷豹车门,把手电筒放回里面,随手把座席上放的一个小纸袋拿在手里。而后我们返回家中。

"如果有的话,能让我喝一点威士忌吗?"

"普通苏格兰威士忌可以吗?"

"当然。干喝。再来一杯不加冰的水。"

我去厨房从壁橱里取出白牌威士忌瓶,倒进两个杯子,连同矿泉水拿来客厅。我们面对面坐下,一声不响地各自干喝威士忌。我从厨房拿来白牌酒瓶,往他空了的杯里倒第二杯。他把杯子拿在手里,没沾嘴唇。铃声还在深更半夜的岑寂中时断时续。声音虽然微小,但其中含有不容听漏的细密的重量。

"我见过听过种种不可思议的事,这么不可思议的事却是头一次。"免色说,"听你说的时候,恕我失礼,我半信半疑来着。这样的事居然会实际发生!"

这一说法有什么引起我的注意。"居然会实际发生，这是怎么回事呢？"

免色扬脸看了一会儿我的眼睛。

"因为和这同样的事以前在书上看过。"他说。

"和这同样的事，就是深夜从哪里传来铃声这件事？"

"准确说来，那里传来的是钲声，不是铃声。敲钲打鼓的钲。往日一种小型佛具，用名叫撞木的木槌那样的东西敲击发声。一边念佛一边敲。书上说的是深夜从地底下传来钲声。"

"是鬼怪故事？"

"说志怪谭大概更为接近。上田秋成①的《春雨物语》那本书看过的？"免色问。

我摇头。"秋成的《雨月物语》很早以前看过，但那本还没看。"

"《春雨物语》是秋成晚年写的小说集。《雨月物语》完成大约四十年后写的。较之《雨月物语》偏重故事性，这里更被看重的是秋成作为文人的思想性。其中有一篇名叫《二世缘》的奇特故事。故事中，主人公和你有同样的经历。主人公是个豪农的儿子。喜欢学问，半夜一个人看书当中，不时听得院子角落的石头下有类似钲的声音传来。心里觉得奇怪，第二天就叫人把那里挖开。只见里面有一块大石头。把石头挪开一看，有个盖着石盖的棺木样的东西。打开一瞧，里面有个没有肉的、瘦得像鱼干的人。头发长到膝盖。只有手在动，用撞木咚咚敲钲。看样子似乎是古代一位为了永远开悟主动求死而被活着装入棺内埋葬了的僧人。这是被称为禅定的行为。成为木乃伊的尸体挖出后放在寺院供奉。禅定行为称作'入

---

① 上田秋成（1734—1809），日本江户后期著名作家、诗人、俳人。《春雨物语》为其"读本"作品。志怪小说《雨月物语》为其代表作。

定'。估计原本是位高僧。情形似乎是，灵魂如愿达到涅槃境地，唯独失去灵魂的肉体剩下来继续存活。主人公家族已经在这个地方住了十代——看来是在那之前发生的事。也就是几百年前。"

免色在此打住。

"就是说，与此同样的事在这座房子周围发生了？"我问。

免色摇头。"正经想来，那事是不可能有的。那是江户时期写的志怪小说。秋成知道那些故事是一种民间传承，以自己方式来脱胎换骨，改写成《二世缘》小说世界。可是，那里写的故事和我们今天的经历奇异地正相一致。"

免色轻轻晃动手中的威士忌酒杯。琥珀色的液体在他的手中静静摇颤。

"那么，活着的木乃伊那样的僧人被挖出来后，故事是怎样发展下去的呢？"我问。

"故事往下发展得甚是不可思议。"免色有些难以启齿似的说。"上田秋成晚年达成的独特的世界观在这里得到浓墨重彩的反映。说是相当富于嘲讽性的世界观也未尝不可。秋成出身复杂，一生有不少纠结。不过关于故事的结局，与其由我简单概括，莫如自己看这本书好些，我想。"

免色从车上拿来的纸袋里取出一本旧书递给我。那是日本古典文学全集中的一册，里面一并收有上田秋成的《雨月物语》和《春雨物语》。

"听你讲的时候，马上想起这个故事。出于慎重，就把我家书架上有的这本重看一遍。书送给你。有兴趣请看看好了。很短，很快就能看完。"

我道谢接过，说道："不可思议的故事。常识上根本无法设想。这本书我当然要看。不过，这且不说，我往下在现实中到底怎么样才好呢？不大可能就这样毫不作为听之任之。万一石头下当真有人,弄出铃声或钲声来,夜夜发出求救信息,那么无论如何都不能不伸出援助之手的吧?"

免色现出为难的神情。"不过把那里堆积的石头全都移开,我们两人怕是无能为力的啊!"

"是不是报告警察?"

免色轻轻摇几下头。"我想基本可以保证,警察起不了什么作用。一到半夜杂木林石头下面就有铃声传来——这玩意儿就算报警,也根本没人理会,只能被认为怕是脑袋出了故障,反而弄巧成拙。还是算了为好。"

"问题是那声音往下若是夜夜一直响下去,我的神经怕是无论如何也吃不消。觉也睡不完整,只好离开这座房子。那个声音毫无疑问是在向我诉求什么。"

免色沉思片刻。而后说道:"把那些石头统统挪开,需要专业人员帮助。我认识一个本地园艺业者,关系很好。既是园艺业者,沉重的石头也不在话下。如果需要,还能安排挖掘车什么的。那样,沉重的石头就能挪开,挖坑也轻而易举。"

"你说的诚然不错,但那么做有两个问题。"我指出,"第一,必须跟这块地的所有者雨田具彦的儿子联系,问他做这种作业是不是可以,取得他的许可。不可能由我一个人说了算。第二,我没有雇那样的业者的经济余裕。"

免色淡淡一笑。"钱的事无需担心。那个程度的我可以负担。或者莫如说那个业者多少欠我的人情,估计他可能以成本费做这件事。不必介意。雨田先生那边由你联系。说明情况,不会不许可的。假如真有人封闭在石头下面而见死不救,那么作为地权拥有者是有可能被追究责任的。"

"可作为我,给与此无关的免色先生您添这么大的麻烦……"

免色在膝头把手心朝上展开双手,像接雨那样。并且以安谧的语声说道:"我想上次我也说了,我是个好奇心强的人。这不可思议的故事下一步究竟如何展开,作为我很想知道。这种事不是动不动就能发生的。钱的事你暂且不用放在心上。想必你有你的立场,但这次千万别多虑,只管让我安排好了!"

我注视免色的眼睛。眼睛里有此前没见过的锋芒。横竖非确认此事的结果不可,眼睛这样表示。倘有什么不能理解,那就追求到理解为止——大概这是免色这个人的人生基本信念。

"明白了。"我说,"明天跟政彦联系一下。"

"到了明天,我也跟园艺业者联系。"免色说。说完略一停顿。"不过,有件事想问你一下……"

"什么事呢?"

"这种——怎么说好呢——这种不可思议的超常体验,你时常有的吗?"

"不,"我说,"这么奇妙的体验生来是头一次。我是过极普通人生的极普通的人。所以非常不知所措。免色先生您呢?"

他嘴角浮现出暧昧的笑意。"我本身倒是有过几次奇妙体验。见过听过从常识上无法设想的事情。但是,奇妙到如此地步的奇事是第一次。"

往下,我们一直在沉默中听那铃声。

一如往次,那个声音两点半一过就戛然而止。山中随之再次虫声大作。

"今夜差不多得告辞了。"免色说,"谢谢你的威士忌。我会尽快再次联系的。"

免色在月光下钻进熠熠生辉的银色捷豹回去了。从开着的车窗朝我轻轻挥手,我也挥手。引擎声消失在坡路下之后,我想起他喝了一满杯威士忌(第二杯归终没沾嘴唇)。但他脸色全然没有变化,说话方式和态度也同喝水无异。想必是耐得住酒精的体质。而且开车距离也不长,又是只当地居民利用。再说这个时刻也基本没有对面开来的车,没有行人。

我折回家中,把酒杯在厨房的洗碗槽洗了,上床睡觉。我在脑海中推出人们前来使用重型机械挪动小庙后侧的石头,在那里挖坑的情形。很难认为那是现实场景。在那之前我必须看上田秋成的《二世缘》。但一切都等明天。在白天的天光下,事物看上去还会有所不同。我关掉床头灯,听着虫鸣睡了过去。

上午十点我往雨田政彦的职场打电话,说了情况。上田秋成的故事倒是没搬出,但说了为了慎重起见请熟人过来,确认听得夜半铃声的并非一个人的幻听。

"事情实在莫名其妙。"政彦说,"不过你当真认为有谁在石头下面弄出铃声的?"

"不清楚。问题是不能就这样子不管嘛!毕竟声音每晚都响个不停。"

"挖那里如果挖出什么怪东西怎么办?"

"怪东西?比如什么东西?"

"不知道。"他说,"不清楚。反正最好对来历不明的东西置之不理。"

"半夜你来听一次好了。实际听到了,就一定知道是不能那样置之不理的。"

政彦对着听筒深深叹息一声。"不,那个我就算了。我从小就胆小得不行,鬼怪故事那类玩意儿根本接受不来,不想参与那种古灵精怪的东西。一切交给你好了。把树林里的旧石头挪开挖洞,不会有什么人介意。反正随你怎么样就是。但有一点,千万千万别挖出怪东西来!"

"怎么样不清楚,有了结果再联系。"

"若是我，倒是塞上耳朵……"

放下电话，我坐在客厅椅子上看上田秋成的《二世缘》。看原文，再看现代文翻译。若干细节固然有差异，但确如免色所说，书上写的故事和我在此经历的事极为相似。故事里边，钲声传来是丑时（凌晨两点左右），时刻大体相同。只是，我听的不是钲，是铃声。故事中虫鸣并未停止。主人公在深更半夜连同虫声听得那个声音。但除了这种细微差异，我体验的和这个故事一模一样。由于实在太像了，以致险些惊呆。

挖出来的木乃伊虽然干得不能再干，但手仍不屈不挠地敲钲。那令人惊惧的生命力使得身体自行动个不止。这僧人恐怕是在念佛敲钲当中入定的。主人公给木乃伊穿上衣服，让嘴唇含水。如此一来二去，木乃伊能喝稀粥，逐渐有了肉。最后恢复得看上去和普通人没什么两样。然而他身上全然看不出"开悟僧"气象。没有知性没有知识，高洁更是荡然无存。生前记忆尽皆丧失，想不起自己何以在地下过了那么多年。如今吃肉，性欲也有不少。娶妻，做些粗活打打杂，用以维持生计。人们给他取了"入定之定助"这个名字。村里的人看见他如此形貌不堪，失去了对佛法的敬意。心想这就是历经严格修行、以生命钻研佛法之人的最后下场？其结果致使人们轻视信仰本身，渐渐不再靠近寺院。便是这样一个故事。如免色所说，里边明显反映了作者的反讽性世界观，不是单纯的鬼怪故事。

至若佛法，岂非徒劳之举？此人入土敲钲凡百年之久，然未显任何灵魂，唯余骨骸而已，如此形容不堪！

（而若说起佛法，那岂不是虚幻无用的事情？这个人进入地下敲钲应有一百多年了，可是什么灵验也没有，只剩下一副骨头架子，模样这般惨不忍睹!)

《二世缘》这部短篇小说反复看了几遍,看得我彻底糊涂起来。假如使用重型机械移石掘土而当真从地下出现"唯余骨骸"、"形容不堪"的木乃伊,我到底应如何对待才好呢?我要负起使之死而复生的责任不成?像雨田政彦说的那样别轻举妄动,只管塞上耳朵一切听之任之岂非明智之举?

问题是,即便我想照做,那也不能仅仅塞上耳朵了事。哪怕耳朵塞得再紧,也不大可能从那声音中逃离。纵使搬去别处住,那声音也难免紧追不放。何况,和免色同样,我也有很强的好奇心。无论如何都想知道那石头下潜藏着什么。

偏午时分免色打来电话:"雨田君的许可得到了吧?"

我说给雨田政彦打电话大致讲了情由。雨田说一切随我怎么处理。

"那就好!"免色说,"园艺业者那边,我基本安排好了。跟业者没讲那个神秘声音,只要求对方挪开树林里的几块旧石头,挪完接着挖洞。事情突如其来,好在对方正好得闲,说如果可以想今天下午先来看看,明天一早动手作业。让业者随便进来看看情况不要紧的?"

我说不要紧,随便过来就是。

"看了好安排必要的器械。估计作业本身有几小时也就完了。我在现场看着。"免色说。

"我当然也去现场。作业开始时间定了,请告诉我一声。"我说。而后蓦然想起补充一句,"对了,昨夜那声音传来前我们谈的事……"

免色似乎未能马上理解我说的意思。"我们谈的事?"

"真理惠那个十三岁女孩的事，没准真是你的孩子——谈到这里时，那个声音传来了，于是没再谈下去。"

"啊，那件事啊，"免色说，"那么说来是谈那个了。忘得一干二净。是的，还得接着谈下去。不过那也不是多么迫不及待的事。等这件事平安解决了，到时再接着谈。"

其后，无论做什么我都无法集中注意力。看书也好，听音乐也好，做饭也好，那时间里我总是考虑那片树林中的旧石头堆下有什么。无论如何我都没办法把鱼干般彻底干枯的黑色木乃伊形象从脑海中驱逐出去。

15 这不过是开端罢了

免色晚上打来电话,告知作业明天星期三上午十点开始。

星期三从早上开始,细雨下下停停,但没有下到影响作业的程度。毛毛雨,戴上帽子或风帽、穿上雨衣即可,无需打伞。免色戴着橄榄绿雨帽。俨然英国人打野鸭戴的那种帽子。开始着色的树叶沐浴着肉眼几乎看不见的雨,颜色渐渐变得黯淡了。

人们使用搬货用的卡车把小型挖掘车那样的东西运到山上。挖掘车相当精巧,转动自如,即使狭小场所也能作业。人数一共四人。专门操纵器械的一人,现场指挥一人,加上作业员两人。作业员和司机开来卡车。他们统一身着蓝色雨衣和防水裤,脚上穿满是泥巴的厚底作业靴,头戴钢化塑料安全帽。免色像是同指挥认识,两人在小庙旁边谈笑风生。但是,哪怕再显得亲昵,看上去指挥也还是始终对免色怀有敬意。

确实,短时间能配备好这么多器械和人员,可见免色交游之广。我半是佩服半是困惑地看着这样的进展,有一种似乎一切都已从自己手上离开的轻度泄气感。小时候,每当小些的孩子单独玩什么游戏的时候,大些的孩子就随后赶到,将游戏据为己有——让我记起那时的心绪。

使用铁铲、合适的石料和木板弄了一块平地首先确保挖掘车运作。而后开始实际搬离石块的作业。围拢石堆的芒草丛转眼之间就被履带辗得一塌糊涂。我们从稍离开些的位置看着那里堆积的旧石头被一块块举起移到另一个地方。作业本身没发现什么特殊之处。想必是世界各地极为理所当然地日常性进行的那类作业。干活的人看上去也作为极为通常的行为按照一如平时的程序不慌不忙地干着。驾驶重型机械的男子时不时中止作业，同指挥大声交谈。似乎不是因为出了什么问题。交谈很短，发动机也没停过。

然而我不能以淡定的心情观望这种作业。那里的方形石块每被撤出一块，我的不安都随之加深。感觉上简直就像长期蔽人耳目的自身隐私被那器械强有力的、执拗的尖端一层层剥开一样。而问题更在于，自己本身都不知晓那隐私是怎样的内容。好几次我都很想让这项作业马上至此停止。至少运来挖掘车这样大型器械不应是问题的正确解决方法。如雨田政彦在电话中对我说的，"来历不明的东西"理应一切埋在那里不动。冲动之下，我恨不得抓住免色的胳膊叫喊："让作业停下吧，石头放回原处！"

但事情当然不能那样。决断已下，作业已开始。已经有好些人参与其间，不少钱已经在动（款额不清楚，大概由免色负担），到了这个时候不可能中止。这项工程已经在和我的意志无关的情况下步步推进。

就好像看穿我的这个心思似的，一次免色走到我身旁，轻拍我的肩："什么都不用担心，"免色以镇定的语声说，"一切顺利进行，诸多事情马上解决。"

我默默点头。

上午石头大体挪完了。崩塌一般纷然杂阵的旧石块在稍离开些的地方整齐而又不无事务性地堆成一座小型金字塔。

细雨无声无息地落在上面。可是，把堆积的石头全部挪走后，地面也没露出。石头下面还有石头——石头较为平整和井然有序地铺在那里，如正方形石地板，大约两米见方吧。

"怎么回事呢？"指挥来到免色身边问，"本以为只是地面堆着石头，却不是那样。看来这石板下有一个空间。用细铁棍从缝隙往里捅了捅，能捅得相当往下。有多深倒是还不清楚……"

我和免色一起战战兢兢站在新出现的石板上。石块黑乎乎湿漉漉，到处滑溜溜的。石块固然是人工切凿的，但因为年头久了，有了弧度，石块与石块之间出现缝隙。夜复一夜的铃声，估计是从那缝隙泄露出来的。从那里空气也应该可以出入。弓腰从缝隙往里窥看，但黑漆漆一无所见。

"说不定是用石板把古井堵住了。就井口来说，口径倒像是有些过大……"指挥说。

"不能把石板掀开拿走吗？"免色问。

指挥耸耸肩。"能不能呢？情况出乎意料，作业多少有些麻烦，但应该能做。有起重机再好不过，但运不来这里。每一块石本身看样子不重，石与石之间又有缝隙。想想办法，用挖掘车怕是能掀开的。往下到了午休时间，午休时琢磨个好方案，下午继续作业。"

我和免色返回家中，吃简单的午餐。我在厨房用火腿、莴苣和西式泡菜做了简单的三明治，两人出到阳台边看下雨边吃。

"一门心思做这种事，要紧的肖像画就要推迟完成了。"我说。

免色摇头道："肖像画不急。首先要把这桩奇案解决掉，完了再画不迟。"

此人真心要画自己的肖像画不成？倏然间我不禁怀有这样的疑念。这不是马上冒出来的，而是一开始就在心间一角一点点发酵。他是真心求我画他的肖像画的吗？会不会带着别的什么心机接近我而仅仅将肖像画作为名目委托我的呢？

但别的目的比如说到底是什么事呢？怎么想都没有想得到的缘由。莫非挖掘那石堆底下是其所求？不至于。那种事一开始无从得知。此乃开始画肖像画后出现的突发事件。不过就算那样，他对这项作业也实在够上心的了。钱也投入不少,而事情又和他毫无干系。

正这么想着,免色问我:"《二世缘》看了?"

看了,我回答。

"怎么想的?够不可思议的吧?"

"非常不可思议,的确。"

免色注视一会儿我的脸,随后道:"说实话,不知为什么,过去我就为那个故事动心来着。也是因为这个,本次事件激起了我个人兴致。"

我喝一口咖啡,用纸巾擦一下嘴角。两只大乌鸦互唤着飞向山谷。它们几乎不以雨为意。淋了雨,无非毛色略略变深罢了。

我问免色:"没有多少佛教知识,细小地方不能完全理解。所谓僧人入定,就是自愿入棺死去吗?"

"正是。入定本来是指'开悟',为了表示区别,也叫'生入定'。在地下建一个石室,把竹筒伸出地面设通风孔。要入定的僧人进入地下前一定期间持续木食,调整身体。死后不腐烂,完美地化为木乃伊。"

"木食?"

"只吃草和树果活着。谷物等大凡调理的东西概不入口。就是说,在存活期间把脂肪和水分极力排出体外,改变身体结构,以便完美地变成木乃伊。这样把身体彻底净化以后进入土中。僧人在黑暗中绝食念经,随之敲钲不止,或不断摇铃。人们通过竹筒气孔听得钲声铃声。但不久就听不见了,说明已经断气。之后经年累月,身体慢慢化为木乃伊。三年三个月后挖出来是大致规定。"

"为了什么要做那样的事呢?"

"为了成为即身佛。人能够通过那么做来开悟,让自己能够到达超越生死的境地,进而普救众生。即所谓涅槃。挖出来的即身佛、也就是木乃伊被安置在寺院,人们通过参拜来获得救赎。"

"事实上好像等于一种自杀啊!"

免色点头:"所以到了明治时期,入定为法律禁止,帮助入定的被问以协助自杀罪。但是,现实中偷偷入定的僧人似乎并未绝迹。这样,秘密入定,不用谁挖出,就那样埋在地下这一情形或许不在少数。"

"你认为那石堆有可能是那种秘密入定的遗址吗?"

免色摇头:"啊,这点不实际挪开石头是不知晓的。不过,那种可能性并非没有。竹筒那样的东西固然没有,但若是那样的结构,从石缝间可以通风,声音也听得到。"

"就是说石头下有谁还活着,还继续天天夜里弄响钲或铃什么的?"

免色再次摇头:"无需说,那是根本无法用常识来考虑的。"

"达到涅槃——就是跟普通死亡是不同的了?"

"不同。我对佛教的教义也所知无多,但在我理解的限度内,涅槃是属于超越生死层次的。不妨认为,纵使肉体消亡了,灵魂也会转到超越生死的场所。今世的肉体终不过是临时寓所罢了。"

"假定僧人通过生入定而有幸达到涅槃境地,那么重新回归肉体也是可能的吗?"

免色不声不响地注视一会儿我的脸,而后嚼了一口火腿三明治,喝了口咖啡。

"你的意思是?"

"那个声音至少四五天前还没有听见。"我说,"这点有把握断定。那声音一响,我应该马上觉察到。哪怕声音再小,也不至于听漏。听得那个声音,不过是几天前的事。就是说,并不是那石头下面有个人,那个人一直在摇响那个铃铛。"

免色把咖啡杯放回杯托,一边注视其图案的组合一边就什么思索有顷。而后说道:"你见过实实在在的即身佛吗?"

我摇头。

免色说:"我见过几次。那还是年轻时候,一个人在山形县旅行,得以看了几座寺院保存的即身佛。不知为什么,即身佛以东北地区,尤其山形县居多。说实话,并不是多么好看的东西。也许我信仰之心不充分的关系,实际目睹,没能觉得多么难能可贵。黄褐色,小小的,干干巴巴。这么说或许不好,无论颜色还是质感都让人想起牛肉干。实际上肉体无非临时性虚幻的住所罢了——至少即身佛这样告诉我们。我们就算穷尽终极努力,也至多成为牛肉干。"

他把咬过的火腿三明治拿在手里,满稀罕地看了好一会儿,就好像有生以来第一次看见火腿三明治。

"反正午休结束了,往下就等石板挪开了。那一来,很多事情就会真相大白,中意也好不中意也好。"他说。

下午一点十五分我们进入树林现场。人们吃完午饭,已经正式开工。两名作业员把金属楔那样的东西插进石缝,挖掘车用绳索吊起掀开石板。如此掀开的石板由作业员搭上绳索重新被挖掘车吊起。虽然花时间,但石板被一块块稳稳掀开移去旁边。

免色和指挥两人热心交谈一阵子,而后折回我站的地方。

"不出所料,石板不是很厚的东西,看样子很快就能掀除。"他向我解释,"石板下面好像盖着格子状封盖。材质还不清楚,似乎是那封盖在支撑石板。上面压的石板完全挪走之后,还必须把格子盖拆掉。能不能顺利还不知道。格子盖下是怎样的也完全无法预测。对方说掀石板还要花一些时间,作业进行到一定程度自会联系,所以希望我们在家等待。如果可以就听人家的好了,一动不动站在这里也不顶用。"

我们走回家中。利用这空闲时间继续制作肖像画也未尝不可，但似乎很难把意识集中到作画上来——人们在杂木林中进行的作业，使得我神经亢奋。崩塌的旧石堆下出现的两米见方的石地板。石地板下结结实实的格子盖。再往下可能有的空间。我没办法将这些意象从脑海中消除。确如免色所说，不先把这件事解决掉，什么事都不可能推向前去。

等待时间里听音乐不介意吗？免色问。我说当然，随便放哪张唱片都没关系。这时间里我在厨房准备饭菜。

他挑了莫扎特的唱片放了上去。《钢琴与小提琴奏鸣曲》(The Sonatas for Piano and Violin)。天朗"签名旗舰"虽然没有特别出彩的地方，但发出的声音稳定而深厚。对于用唱片听古典音乐尤其室内音乐乃是最合适的音箱。正因为是老式音箱，同真空管放大器尤其相得益彰。演奏钢琴的是乔治·塞尔①，小提琴是拉斐尔·德鲁伊安②。免色坐在沙发上，闭上眼睛委身于音乐的潮流。我在稍离开些的地方听着音乐做番茄酱。集中买的番茄剩了下来，趁没变坏做成番茄酱。

在大锅里烧开水，把番茄烫了去皮，用菜刀切了取籽，弄碎，以大号平底锅用加蒜炒过的橄榄花时间慢煮。仔细消除涩味。婚姻生活期间也经常这么做番茄酱。虽然麻烦和花时间，但原理上是单纯作业。妻上班当中，我一个人站在厨房，边听CD音乐边做。我

---

① 乔治·塞尔（George Szell, 1897—1970），美国指挥家。出生于匈牙利，在奥地利接受音乐教育，早年艺术活动主要围绕德奥地区进行，善于指挥德奥体系风格作品。16岁指挥维也纳交响乐团。1946年起担任克利夫兰交响乐团音乐指导与常任指挥，直至逝世，并将该乐团带入美国"五大交响乐团"行列。

② 拉斐尔·德鲁伊安（Rafael Druian, 1923—2002），美国小提琴演奏家、指挥家和音乐教育家。曾在乔治·塞尔指挥时期的克利夫兰交响乐团和皮埃尔·布列兹指挥时期的纽约爱乐乐团担任首席小提琴手。

本身喜欢听着过往时代的爵士乐做饭做菜。时常听塞隆尼斯·蒙克①的音乐。《蒙克音乐》（*Monk's Music*）②，是我最喜欢听的蒙克专辑。其中有柯曼·霍金斯③和约翰·克特兰④参加，能让人听到出色的独奏。不过，听着莫扎特的室内乐做番茄酱也非常不坏。

一边听塞隆尼斯·蒙克那独特而神奇的旋律与和声一边在午后时分做番茄酱，其实真是不久以前的事（同妻不在一起生活才过去半年时间），但感觉上好像发生在很久的往昔的事，仿佛上一代发生的仅有一小撮人记得的小小的历史插曲。妻如今做什么呢？我倏然心想。和别的男人一同生活？还是仍在广尾那个公寓套间一个人生活呢？不管怎样，此刻应在建筑事务所工作着。对她来说，有我存在的曾经的人生同没我存在的现今的人生之间会有怎样的区别呢？她对那种区别怀有怎样的兴致呢？我半想不想地想着这些。莫非她也是把和我生活的日日夜夜作为"好像发生在很久的往昔的事"来对待的不成？

唱片转完，发出"咻咻"的空转声。于是我走进客厅。一看，免色在沙发上抱着胳膊，身体略略倾斜着睡了过去。我从继续旋转的唱盘上提起唱针，止住转盘。规则性的唱针音停止后，免色仍在睡。想必相当累了，甚至听得微微的睡息。我任他那样睡着。折回

---

① 塞隆尼斯·蒙克（Thelonious Monk，1917—1982），美国爵士乐钢琴家和作曲家。首创20世纪40年代的现代爵士乐，其作曲和钢琴风格对现代爵士乐产生影响。曾作为爵士音乐家登上《时代》杂志封面。
② 塞隆尼斯·蒙克1957年于纽约录制并发行的一张专辑。
③ 柯曼·霍金斯（Coleman Hawkins，1914—1969），美国爵士乐演奏家，爵士乐历史上第一位重要的次中音萨克斯管演奏家，也是有史以来最伟大的演奏家之一。其音乐以缺乏和声和弦结构为特点。
④ 约翰·克特兰（John Coletrane，1926—1967），美国爵士乐演奏家，是历史上最伟大的萨克斯管演奏家之一，同时也是一位优秀的音乐革新家，对六七十年代的爵士乐坛产生了巨大影响。曾和塞隆尼斯·蒙克合作，是一名优秀的次中音萨克斯手。

厨房关掉平底锅的液化气，用大玻璃杯喝了一杯冷水。往下还有时间，于是开始炒洋葱。

电话打来时，免色已经睁眼醒来，他正在卫生间用香皂洗脸漱口。现场指挥打来电话，我把听筒递给免色。他简单说了两句，说这就过去。然后把听筒还给我。

"说作业基本结束了。"他说。

走到外面，雨已经停了。天空虽然阴云密布，但四周多少增加了亮度。看来天气正一点点恢复。我们快步登上石阶，穿过杂木林。小庙后头四人围一个坑站着朝下看。挖掘车的发动机已经关掉，没有动的东西，林中近乎奇妙地静悄悄没有一点声音。

石板被统统移走，剩一个洞口开在那里。四方格子盖也被拆除放在旁边。看样子是沉甸甸有厚度的木制盖子。旧固然旧了，但没有腐烂。一个圆形石室样的空间留在那里。直径不足两米，深两米半左右，用石壁围着。底部好像全是泥土，寸草未生。石室里是空的。既没有呼救的人，又没有牛肉干似的木乃伊。只有一个像是铃的东西孤零零放在底部。看上去与其说是铃，莫如说像是几只小钹重合起来的古代乐器，带一个长十五厘米左右的木柄。指挥用小型聚光灯从上面照着它。

"里面有的只这东西？"免色问指挥。

"嗯，只这个。"指挥说，"按你说的，保持石板和盖子移开后的原来状态。什么都没有动。"

"奇怪！"免色自言自语似的说，"不过，真的除此以外什么也没有？"

"拿起盖子马上给你那边打电话，没下到里面去。这完完全全是开盖后原来的样子。"指挥回答。

"当然。"免色以干涩的语声应道。

"或者本来是井也不一定。"指挥说,"填了以后看上去就成了这样的洞。不过,作为井来说口径未免过大,周围石壁砌得也太精致,所下功夫是很不得了的。噢,一定是因为有什么重要目的,才费这么大麻烦的吧?"

"下去看看也可以的?"免色对指挥说。

指挥有些困惑。随即显出为难的脸色说道:"这个嘛——,我先下去看看吧,毕竟要是有什么就不好了。我看了也什么都没有,你再随后下去。这样好吗?"

"当然好!"免色说,"就这样好了!"

作业员从卡车上拿来折叠式金属梯,展开放去下面。指挥戴上安全帽,顺梯下到大约两米半下面的土底,四下打量片刻。他先往上看,然后用手电筒仔细查看周围石壁和脚下。地面放的铃那样的东西观察得分外仔细。但手没有碰它,仅仅观察。接着用作业靴底往地面蹭了几次。"嗵嗵"用靴后跟使劲蹬。做了几次深呼吸,嗅气味。他在洞内一共停了五六分钟——也就五六分钟——然后慢慢顺梯子爬上地面。

"好像没有危险。空气也正常,怪虫子什么的也没有。洞底也硬硬实实。下去没有问题。"他说。

为了便于行动,免色脱去雨衣,一身法兰绒衬衣和卡其裤,手电筒用带子吊在颈下,爬下金属梯。我们从上面默默注视。指挥用聚光灯的光照着免色脚下。免色站在洞底,仿佛窥看动静好一会儿一动不动。而后手摸石壁,弓身确认地面触感。再把地面上放的铃铛样的东西拿在手里,用手中的手电筒光细细看了又看。随即轻摇几下。他一摇,发出的不折不扣是那个"铃声"。确切无疑。是谁深更半夜在这里摇铃来着。但那个谁已不在这里。唯独铃声剩了下来。免色一边看铃一边摇了几次头,仿佛说不可思议。接着他再次仔细查看四周墙壁,好像怀疑会不会哪里有秘密出入口。然而没有发现任何蛛丝马迹。随后朝上看地上的我们,一副无可奈何的样子。

他脚蹬梯子,伸出手把铃那样的东西朝我递来。我弯腰接过。旧木柄整个沁了冷冷的潮气,湿乎乎的。我像免色刚才那样轻摇一下,声音意外清脆。什么做的不知道,但金属部分显然丝毫无损。脏了,但没有生锈。尽管在潮湿的泥土中放了漫长年月,却没有生锈。为什么呢?原因不得而知。

"那是什么呢,到底?"指挥问我。他四十六七岁,敦敦实实的小个头男子。晒黑了,淡淡生着没有打理的胡须。

"这——这是什么呢?看上去也像是过去的佛具。"我说,"反正像是年代相当久远的东西。"

"这是你们要找的东西?"

我摇头道:"不,和我们预想的有点儿不一样。"

"可这场所也足够不可思议的。"指挥说,"用嘴是很难说,不过这个洞总好像有一种神秘气氛。到底是谁为了什么造这东西的呢?想必是过去造的,把这么多石块运到山上堆起来应该要很多劳力的。"

我什么也没说。

不久,免色从洞口上来。他把指挥叫到身旁,两人就什么交谈了很长时间。那当中我手拿铃站在洞旁。也想下到石室看看,又转念作罢。虽然不是雨田政彦,但最好还是少做多余的事。能够置之不理的,置之不理或许不失为上策。我把手中的铃暂且放在小庙前面,又在裤子上擦了几下手心。

免色走来对我说:"请他们对整个石室详细检查。乍看似乎只是普普通通的洞穴,但为了慎重起见还是要边边角角彻底检查。可能会发现什么。我倒是觉得什么也没有。"免色说。我看了看小庙前放的铃。"不过只有这铃剩下来也是奇妙啊!本来应该有谁在里面深更半夜摇响这铃才是……"

"或者铃自己随便响也未可知。"我说。

免色微微笑道："倒是很有趣的假设，可我不那么看。有谁从这洞底以某种意志传送信息，向你，或者向我们，再或者向不特定的许多人。然而那个谁简直像烟一样无影无踪。或者从那里钻出去了。"

"钻出去了？"

"吱溜溜，趁我们一眼没注意。"

我不能很好理解他的意思。

"毕竟灵魂是眼睛看不见的东西。"免色说。

"你相信灵魂的存在？"

"你相信吗？"

我一下子回答不上来。

免色说："我相信无需相信灵魂实际存在之说。但反过来说，也等于相信无需不相信灵魂实际存在之说。说法固然多少有些绕弯子，但我想说的你能明白吧？"

"模模糊糊。"我说。

免色拿起我放在小庙前面的铃，朝空中摇响了几次。"大概一个僧人在那地下一边摇这东西念佛一边停止呼吸。在被掩埋的井底，在压上重重的盖子漆黑一团的空间，非常孤独地，而且偷偷地。至于是怎样的僧人，我不知道。了不起的和尚？或者普通狂热信徒？但不管怎样，有人在上面建了石冢。后来有怎样的经过不晓得，但不知何故，他在此实施入定的事似乎被人们忘个精光。一次发生大地震，石冢塌了，成了普普通通的石堆。小田原附近有的地方在一九二三年关东大地震时受害非常严重——说不定是那时候的事。结果一切被吞入遗忘之中。"

"果真那样，那么，即身佛——也就是木乃伊——到底消失去了哪里呢?"

免色摇头道:"不清楚。没准有人在某个阶段挖洞带出去了。"

"那可是要把这些石头全都挪开再堆回来的。"我说,"到底是谁在昨天深夜摇这铃的呢?"

免色再次摇头,随即浅浅一笑。"得得,搬来这么多器械挪开沉重的石堆打开石室,结果弄明白的,似乎仅仅是我们归终什么也没明白这一事实。勉强到手的,只有这个古铃!"

无论怎么仔细检查,这石室都没发现有任何机关。不外乎用古旧的石壁围起来的深两米八、直径一米八左右的圆形洞穴(他们正式测量了尺寸)。挖掘车被装上卡车,作业员收拾好各种工具用品搬回去了。剩下来的唯有敞开的洞和金属梯。现场指挥出于好意把梯子留了下来。洞口横了几块厚板以免有人不慎掉进洞去。为了不让强风刮走,板上还作为镇石压了几块石头。原来的木格盖太重了搬不动,就照样扔在附近地面,上面蒙了塑料布。

免色最后求指挥不要向任何人透露这项作业。他说这是在考古学上有意义的东西,在适于公布的时期到来之前要向社会保密。

"明白了。这件事到此为止。也跟大家敲定别多嘴多舌。"指挥以严肃的神情说。

人们和重型机械撤离而一如平时的静默随即压来之后,掘开的场所俨然动了大外科手术的皮肤,看上去惨不忍睹。炫示盛况的芒草丛被碾得体无完肤,黑乎乎湿漉漉的地面上,履带辙化为一道缝线遗痕留了下来。雨已完全止息,天空依然布满了无间隙的单调的灰云。

我看着重新堆在别处地面的石堆,心里不能不后悔:不做这种事就好了!应该原封不动留在那里!而另一方面,不得不做也是千真万确的事实。那深夜莫名其妙的声音,我不可能永远听下去。话虽这么说，倘不碰上免色这个人，我也不至于有挖那个洞的手段。正因为他安排了业者，并且负担了费用——多大数额我估算不出——这番作业才成为可能。

但是，我这样结识免色这一人物而导致如此大规模"发掘"的结果，当真是巧合吗？仅仅是偶然的势之所趋吗？事情岂不过于顺利？莫非那里早有类似剧本那样的东西预备好了？我一边怀揣这样几个没有着落的疑问，一边同免色一起回到家中。免色手拿挖出的铃。行走之间一直没放手，似乎想从其触感中读取某种信息。

回到家，免色首先问我："这铃放在哪里呢？"

铃放在家中哪里合适，我也琢磨不好。于是决定暂且放在画室里。把这莫名其妙的东西放在同一屋檐下，作为我是有些不大情愿的，但毕竟不能一把甩到外面去。大约是里面有灵魂的宝贝佛具，不能轻率对待。所以决定拿进不妨可以说是一种中间地带的画室——这个房间有自成一体的独立意味。我在排列着画材的狭长板架上腾出一个位置，摆在那里。往插有画笔的马克杯子旁边一放，看上去也颇像用来作画的特殊用具。

"匪夷所思的一天啊！"免色对我搭腔。

"一天整个报销了，抱歉！"我说。

"哪里，没那回事。对于我实在是兴味盎然的一天。"免色说，"况且，并不意味一切到此终了，是吧？"

免色脸上浮现出仿佛遥望远方的令人费解的神情。

"就是说，还会发生什么的？"我问。

免色字斟句酌："说是很难说得清，不过这可能不过是开端罢了，我觉得。"

"仅仅是开端？"

免色把手心直直地向上翻起。"当然不是说有把握。也可能就这样平安无事，只说一句匪夷所思的一天啊就一了百了——这样怕是再好不过的。可是细想之下，事情还一个都没解决。好几个疑问仍照样剩在那里。而且是几个重大疑问。往下还会发生什么的预感在我可是有的。"

"关于那个石室？"

免色把视线投向窗外。少顷说道："至于发生什么，我也不知道。说到底，无非是预感而已。"

然而免色的预感——或者预言——可谓弹无虚发。如其所言，这一天仅仅是开端罢了。

16　比较美好的一天

这天夜里,我怎么也睡不着——总是担心画室板架上的铃半夜会不会响起。如若响起,到底如何是好呢?把被蒙在脑袋上装作一无所闻的样子一直装到早上不成?还是应该手拿手电筒去画室看情况呢?我到底会在那里看见什么呢?

如此不知所措之间,我躺在床上看书。但时过两点铃也没有响起。传来耳畔的唯有夜间虫鸣。我一边看书,一边每隔五分钟觑一眼枕边闹钟。数字闹钟的数字为 2:30 时,我终于舒了口气。今夜铃不会响了。我合上书,熄掉床头灯睡了。

早上快七点醒来时采取的第一个行动,就是去画室看铃。铃仍在我昨天放的那里,在板架上。阳光把山峦照得一片辉煌,乌鸦们照例开始喧闹的晨间活动。在晨光中看去,铃绝不显得凶多吉少,不外乎来自过往时代被充分使用过的朴质佛具而已。

我折回厨房,用咖啡机煮咖啡喝了。把变硬的司康饼用烤面包机加热吃了。然后走上阳台呼吸清晨的空气,靠着栏杆眼望山谷对面免色的房子。着色的大玻璃窗沐浴着晨晖炫目耀眼。想必每星期上门一次的清洁服务中也包括擦玻璃在内吧!玻璃总是那么光彩动人,那么闪烁其辉。望了好一阵子,但免色的身影没在阳台出现。我们"隔着山谷互相招手"的状况尚未诞生。

十点半,我开车去超市采购食品。回来后整理放好,做简单的午饭吃了。豆腐番茄色拉一盘，饭团一个。饭后喝浓绿茶。接下去躺在沙发上听舒伯特的弦乐四重奏。悠扬的乐曲。看唱片套上写的说明，此曲初演时因为"太新"而在听众中引起不少反感。至于哪里"太新"，我听不大出来。大概某种使得当时保守人士心生不快的地方是有的吧！

听完唱片单面时忽然困了，于是把毛毯搭在身上在沙发上睡了一会儿。虽时间短暂，但睡得很实。估计睡了二十来分钟。觉得好像做了几个梦。但梦醒时彻底忘了做的什么梦——就是有这一种类的梦。支离破碎犬牙交错的梦。每一块碎片诚然有其量感，但因相互纠缠而抵消一尽。

我走去厨房，从瓶中倒出电冰箱里冷藏的矿泉水直接喝了，将身体角落如一片云絮挥之不去的睡意残渣驱逐出去。这样，得以再度确认此刻是自己一人置身于山中这一事实。我独自在此生活。某种命运将我运到这种特殊场所。之后重新想起铃声。杂木林深处那个神秘的石室中，到底有谁在摇那个铃呢？而那个谁此时到底在哪里呢？

我换上画画用的衣服，走进画室站在免色肖像画跟前的时候，下午两点已过。平时我大体上午工作。上午八点至十二点是我最能全神贯注画画的时间。婚姻存续期间那意味着我送妻上班后剩得自己之后的时间。我喜欢那里存在的类似"家庭内的岑寂"那样的东西。搬来这山上以后，喜欢上了丰富的大自然慨然提供的清晨亮丽的阳光和毫无杂质的空气。如此这般，天天于同一时间段在同一场所工作对于我一向具有宝贵意义。反复产生节奏。可是，这天也是由于昨晚觉没睡好，整个上午过得乱七八糟，以致下午才进入画室。

我坐在作业用的圆木凳上抱起双臂，从两米外左右的距离端详画开头了的画。我先用细画笔勾勒免色的面部轮廓，其次在他作为模特坐在我面前的十五分钟时间里同样用黑色颜料往上面添砖加瓦。尽管还不过是粗糙的"骨骼"，但那里已经顺利生成一个流势，以免色涉这一存在为源头的流势。那是我最为需要的东西。

聚精会神盯视仅黑白两色的"骨骼"之间，理应加以颜色的形象在脑海中闪现出来。意念来得唐突而又自然。那类似被雨染成钝绿色的树叶之色。我选出几种颜料抹在调色板上。反复尝试几次，颜色终于如愿调试出来。我当即不假思索地往已具雏形的线条画上着色。至于能发展成为怎样的画，自己也无从预料。但这颜色将成为之于作品的关键底色这点我是知道的。而且，这幅画将急剧远离所谓肖像画这一形式。而我告诫自己：即使成不了肖像画也怕是奈何不得的。倘若那里有了一股潮流，那么只能与之同步前进。现在反正按自己想画的方式画自己想画的好了（免色也是这样希求的）。下一步的事下一步考虑不迟。

我一无计划二无目的，只是一味将自己心目中自然浮现的意念追逼着如实描摹下来，一如不顾脚下追逐原野上飞舞的珍稀蝴蝶的小孩子。颜色大体涂完后，我放下调色板和笔，又坐在两米开外的木凳上迎面端详这幅画。这是正确的颜色，我想。被雨淋湿的杂木林带来的绿色。我甚至对着自己本身点了几下头。事关绘画，我已经好久没有感觉出这种（这样的）自信了。不错，这样即可，这个颜色是我追求的颜色。或者是"骨骼"本身追求的颜色。接下去，我以此为基础调试几种外围性变异色，适当加上去给整体以变化，赋以厚度。

观看如此形成的画面过程中，下一种颜色水到渠成地浮上脑海。橙色！不是一般橙色。是仿佛熊熊燃烧的橙、是令人感受顽强生命力的颜色。同时又含有颓废的预感。那或许是导致果实缓慢死亡的颓废。而那一颜色的调试比刚才的绿色更有难度。因为那不是简简单单的颜色。它必须在根本上连接一种情念。那是被命运纠缠不放而又以其自身能量表现得坚定不移的情念。调出那样的颜色不是轻而易举的事。当然！但我最终调制成功。我手拿新的画笔，在画布上纵横驰骋。局部也用了刮刀。不思索再要紧不过。我尽可能关掉思考线路，将颜色毅然决然加入构图之中。画这幅画时间里，纷纭杂陈的现实基本从我的脑海中彻底消失。铃声也好，打开的石室也好，分手的妻也好，她和别的男人上床也好，新的人妻女友也好，绘画班也好，将来的事也好，一概不予思考。就连免色也置之度外。自不待言，我现在画的原本是作为免色的肖像画开始的，然而我脑袋里甚至免色的脸也了无踪影。免色不外乎单纯的出发点罢了。我在这里进行的，仅仅是画之于自己的画。

过去了多长时间，记不确切了。蓦然回神，室内已经变得相当昏暗。秋天的太阳已经在西山边隐去身影，而我却连开灯也忘了，只顾闷头作画。移目画布，上面已添加了五种颜色。颜色上面加颜色，其上面又加颜色。有的部位颜色和颜色微妙地相互混合，有的部位颜色压倒颜色，凌驾其上。

我打开天花板的灯，再次坐在木凳上，重新正面看画。我知道画还没有完成。那里有仿佛放荡不羁四下飞溅的东西——某种暴力性比什么都刺激着我的心。那是我长期缺失的粗犷与暴烈。然而仅仅如此还不够。那里需要某种核心要素来驾驭、整合和引导那暴烈的群体，需要统领情念的意念那样的东西。但为了寻而得之，往下必须放置一段时间。必须让四下飞溅的颜色暂且安睡下来。那将成为明天以后在新的光照下进行的工作。一定时间的经过恐怕会告诉我那将是什么。我必须等待它，一如耐心等待电话铃响。而为了耐心等待，我必须信赖时间这个东西，必须相信时间将会站在自己一边。

我坐在木凳上闭目合眼，将空气深深吸入肺腑。在秋日黄昏中，我有了自己身上有什么正在发生变化的切切实实的预感。身体组织一度分崩离析而又重新组合时的感触。但是，为什么这一情形此刻在此发生在我身上呢？同免色这个谜一样的人物偶合邂逅、受托为其制作肖像画结果从我身上催生出如此变化不成？或者像被夜半铃声引导着挪开石堆打开奇异石室这件事给了我精神以某种刺激？抑或与此无关而仅仅是我迎来了变化阶段？无论取哪一说，其中都没有堪可称为论据的东西。

"这可能不过是开端罢了，我觉得。"免色临别时对我说。若是这样，莫非我把脚踏入了他所说的什么开端？但不管怎样，我的心得以久违地为绘画这一行为亢奋不已，得以百分之百忘却时间的流逝而埋头于作画之中。我一边收拾使用过的画具，一边持续感觉肌肤上类似快意发烧那样的东西。

收拾画材时我见到板架上放的铃。我把它拿在手里，试着摇响两三次。那个声音在画室中清脆地回荡开来。夜半让我惴惴不安的声音。但不知何故，现在并没有让我惧怯。这般陈旧的铃为什么能发出如此清脆的声音呢？我只有意外而已。我把铃放回原处，熄掉画室的灯，关上门。然后去厨房往杯子里倒了一杯白葡萄酒，喝着准备晚饭。

晚上快九点时免色打来电话。

"昨夜如何？"他问，"铃声可听见了？"

我应道，两点半才睡，但铃声完全没有听见，一个非常安静的夜晚。

"那就好！那以来你周围没发生任何莫名其妙的事吧？"

"特别莫名其妙的事似乎一件也没发生。"

"那比什么都好。但愿就这样什么也别发生。"免色说。而后停顿一下补充道："对了，明天上午前去拜访没关系的吗？如果可能，打算再好好看一次那个石室。场所实在兴味盎然。"

没关系，我说。明天上午无任何安排。

"那么十一点左右拜访。"

"恭候。"我说。

"还有，今天对你可是美好的一天？"免色这样问道。

今天对我可是美好的一天？那里简直有一种用计算机软件将外语句子翻译过来的韵味。

"我想是比较美好的一天。"我不无困惑地回答。"至少没发生任何坏事。天气好，心情一整天好得不能再好。你怎么样？今天对你也是美好的一天？"

"美好的事、很难说多么美好的事各发生一件的一天。"免色说。"至于好事和坏事哪一个更有重量，还难以权衡，处于左右摇摆状态。"

对此我不知说什么好，只好沉默不语。

免色继续道："遗憾的是我不是你那样的艺术家。我是在商务世界里活着的人，尤其活在信息商务世界里。在那里，几乎所有场合，只有能够数值化的事物才具有作为信息予以交换的价值。因此，好事也罢，坏事也罢，都不知不觉沾染了数值化毛病。所以，如果好事一方的重量多少占了上风，那么即使有坏事发生，在结果上也会成为美好的一天。或者莫如说在数值上应该是那样的。"

他在说什么呢？我仍琢磨不透，于是照样缄口不语。

"昨天的事，"免色继续下文，"那么把地下石室打开，我们应当失去什么，又得到什么。到底能失去什么、又得到什么呢？这点让我耿耿于怀。"

他似乎在等我回答。

"能数值化那样的东西什么也没得到。"我略一沉吟后说道，"当然指的是眼下这个时候。但有一点，那个古铃般的佛具到手了。不过，那样的东西在实质上大概什么价值都不具有的吧？既不是有来历的东西，又不是少见的古董。而另一方面，失去的东西应该是可以较为明确地予以数值化的——不出几天，你那里就会收到来自园艺业者的付费通知书。"

免色轻声笑道："不是了不得的数额，那种事请别介意。我纠结的是，我们理应从中获取的东西是不是还没有获取。"

"理应获取的东西？那究竟是怎样的东西呢？"

免色干咳一声。"刚才也说了，我不是艺术家，虽然具有相应的直觉那样的东西，但遗憾的是不具备将其具象化的手段。无论那种直觉多么敏锐，也不可能把它移植为艺术这一普遍形态。我缺乏那样的能力。"

我默默等他说下去。

"正因如此，我才把数值化这一程序作为艺术的普遍具象化的代用品始终一贯地紧追不舍。这是因为，人为了体面地活下去，需要有一个赖以安身立命的中心轴——无论那是什么——是吧？就我来说，我是通过将直觉或者与直觉相似的东西以自己特有的系统加以数值化而取得相应的世俗性成功的。况且，依据我的直觉……"说到这里，他沉默片刻。具有真正密度的沉默。"况且，依据我的直觉，我们理应从那个挖出的地下石室中弄到某种东西。"

"比如什么样的东西？"

他摇头，或者莫如说从听筒微微传来仿佛摇头的感觉。"那还不清楚。但我们必须知道那个。以上是我的意见。通过拉近各自的直觉，使之通过各自的具象化或数值化这一程序。"

我还是未能吃透他要表达的意思。此人到底说的是什么呢？

"那么，明天十一点见！"说罢，免色静静放下电话。

免色刚放下电话，人妻女友就把电话打了过来。我有些吃惊，夜晚这一时刻由她联系是很稀罕的事。

"明天中午能见面吗？"她说。

"抱歉，明天有安排，刚刚安排进来。"

"不会是别的女人吧？"

"不是，还是那位免色先生。我正在给他画肖像画。"

"你正在给他画肖像画。"她重复一句，"那么后天呢？"

"后天完美地空在那里。"

"妙！下午早些可以的？"

"当然可以。不过是星期六哟！"

"总有办法可想。"

"有什么事？"我问。

"为什么问这个？"

"因为这种时候你往这里打电话是很少有的事。"

她从喉咙深处道出很小的声音，仿佛在微微调整呼吸。"这工夫一个人在车上呢，用手机打的。"

"一个人在车上干什么？"

"想一个人在车上，只一个人在车上。主妇嘛，偶尔是有这种时期的。不可以？"

"不是不可以。一塌糊涂！"

她叹息一声。就好像把东南西北的叹息集中起来压缩成的叹息。叹罢说道："心想现在你在这里就好了。并且想从后面插进来多好！不要前戏什么的，湿透透的了，毫无问题。还要你肆无忌惮地来回搅动。"

"够开心的。不过那么肆无忌惮地来回搅动，迷你车怕是有点儿小了。"

"别贪心不足！"她说。

"试试看！"

"用左手揉搓乳房，右手触摸阴蒂。"

"右脚做什么好呢?车内音响倒好像能够调节。音乐放托尼·班奈特①不碍事的?"

"开哪家子玩笑!人家可是一本正经的。"

"明白了。抱歉!那么就来正经的。"我说,"对了,现在你穿的是什么衣服?"

"想知道我穿怎样的衣服?"她挑逗似的说。

"想知道啊!我也好相应调整我的顺序嘛!"

她在电话中把她身上的衣服详详细细说了一遍。成熟女性身上的衣服何等千变万化,这点每每让我惊讶。她用口头一件又一件依序脱下去。

"怎样,足够硬了吧?"她问。

"铁锤一般。"我说。

"能钉钉子?"

"那还用说!"

世上有该钉钉子的铁锤,有该被铁锤钉的钉子——是谁说的来着?尼采?叔本华?也许这话谁也没说。

我们通过电话线路,切切实实正正经经把身体缠在一起。以她为对象——或者此外任何人——做这种事是头一遭。可是一来她的语言描述相当细密和有刺激性,二来想象世界中实施的性行为,有的部分比实际肉体结合还要官能。语言有时极为直接,有时暗示以色情。如此一来二去,我竟至一泻而出。她也好像迎来高潮。

我们好一会儿就那样一声不响地在电话两端调整呼吸。

---

① 托尼·班奈特(Tony Bennett, 1926—2023),美国最伟大的爵士歌手之一。曾录制出版上百张唱片,专辑总销量达到五千万张,获得包括终身成就奖在内的14座格莱美奖奖杯。2006年12月荣获美国公告牌音乐奖世纪奖。

"那么，星期六下午见！"她清醒过来似的说，"关于那位免色君，也多少有话要说。"

"有新信息进来了？"

"通过那个野道通讯，进来几条新信息。不过要见面直接说。或许一边做卑鄙事一边……"

"这就回家？"

"当然。"她说，"差不多得回去了。"

"开车小心！"

"是啊，是得小心，那里还一下一下直抖。"

我去淋浴，用香皂清洗刚射精的阳具。然后换上睡衣，披上对襟毛衣，手拿廉价白葡萄酒杯走上阳台，往免色房子所在的那边观望。山谷对面他那座雪白的豪宅仍亮着灯——整座房子所有灯盏一齐大放光明。他在那里（也许）一个人做什么呢？我当然无由得知。说不定面对电脑持续探求直觉的数值化。

"比较美好的一天！"我这么对着自己说。

而且是奇妙的一天。明天会成为怎样的一天呢？我无从预料。蓦地，我想起阁楼里的猫头鹰。对猫头鹰今天也是美好的一天？随即察觉猫头鹰的一天恰好从现在开始。它们白天在暗处睡觉。一旦天色变黑即去森林捕捉猎物。问猫头鹰大概要一大早问：今天可是美好的一天？

我上床看了一会儿书。十点半关灯睡了。一次也没醒，一直睡到早上快六点——看来，夜半时分铃也没响。

17 为什么看漏了这么关键的事

 我不能忘记离家时妻最后说出的话。她是这么说的："就算这么分手了也能照样以朋友相处？如果可能的话。"当时（以及后来很长时间）我未能很好地理解她想说什么、追求什么。就像吞食索然无味的食物时那样，只是一筹莫展。所以听她那么说时，也只能回答："这——，能不能呢？"那是我和她面对面出口的最后一句话。作为最后一句话实在是窝囊透顶的一句。

 分手后，至今我和她也仍以一条活生生的管连在一起——我是这样感觉的。这条管虽然肉眼看不见，但现在也微微律动不已，有类似温暖血液的东西仍在两人灵魂之间悄然往来。这种活体之感至少在我这方面还存留着。但是，这条管想必也要在不远的将来一刀两断。而若迟早必然两断，那么作为我就要把连接两人的这条可怜的生命线尽早变成缺失生命的东西。假如生命从管中消失而化为木乃伊那种干瘪之物，那么用利器切断的痛苦也将因之变得容易忍受。而为了这一目的，我需要尽可能快、尽可能多地将柚忘掉。正因如此，我才约束自己不和她联系。只在旅行归来要去取东西时打过一次电话。因为我需要那套留在那里的画具。那是分手后迄今同柚唯一的交谈，极短的交谈。

 我无论如何不能设想我们正式解除夫妻关系而后也保持朋友关系。我们通过长达六年的婚姻生活共同拥有了许许多多的东西——许多时间，许多感情，许多话语和许多沉默，许多犹豫和许多判断，许多信守和许多达观，许多愉悦和许多单调。当然，相互守口如瓶而作为秘密藏在心底的事项也应有若干。但是，甚至连那种秘而不宣的隐秘感觉，我们也能设法使之共有。那里存在唯独时间才能培育的"场的重量"。我们让身体同那样的重力一拍即合，在其微妙的平衡中朝夕相处。那里还存在几条我们特有的"地方性法规"。不可能将这些归零，不可能将那里有过的重力平衡和地方性法规抽空而单纯成为"好友"。

这点我也心知肚明。漫长旅行途中我一直在独自思考，最后得出这样的结论。不管怎么思考，得出的结论都始终是一个：最好同柚尽量保持距离拒绝接触。这是合乎逻辑的地道想法。我将其付诸实施。

另一方面，柚那边也杳无音讯。一个电话也没打，一封信也没寄，尽管把"以朋友相处"这句话说出口的是她。这点对我的伤害远远超出我的预想，让我意外。不，准确说来，伤害我的其实是我自己。我的感情在永无休止的沉默中犹如以刀具做成的沉重的摆子一样从一个极端画着大大的弧线摆向另一个极端。这种感情的弧线在我的肌体上留下一道道血淋淋的伤痕。不用说，忘却这痛楚的方法实质上只有一个：画画。

阳光从窗口静静泻进画室，徐缓的风时而摇曳白色的窗帘。房间里一股秋日清晨的气味。自从住到山上以后，我对季节气味的变化变得十分敏感。住在大城市的正中心时，几乎不曾觉察有这样的气味。

我坐在凳子上，从正面久久注视支在画架上没画完的免色肖像（portrait）。这是我一如往日的作画开始状态。对昨天做的工作以今天新的眼光重新评价，动手稍后不迟。

不坏！看罢心想。不坏。我调制的几种色彩将免色的骨骼稳稳拥裹起来。用黑色颜料画出的他的骨骼，现在隐去色彩背后。但骨骼深藏其后这点，于我宛然在目。往下我必须让骨骼再度浮现于表面，必须将暗示转换为声明。

当然这不保证画的完成。这仅仅停留于一种可能性疆域。其中还有某种缺憾。那里本应存在的什么正在诉说其不在的非正当性。其中不在之物正在叩动将存在与不在隔开的玻璃窗的彼侧。我能够听取其无声的呐喊。

聚精会神看画当中喉咙干了，我走去厨房用大玻璃杯喝了一杯橙汁。而后放松双肩，双臂用力上伸，大大吸了口气，呼出。随即折回画室，再次坐在凳子上看画。更新心情，重新把意识集中在画架上自己的画上。不料我马上发觉有什么和刚才不同。看画角度与之前明显有别。

我从凳子上下来，再度检查其位置。发觉同我刚从画室离开时相比，多少有所错位。凳子显然被移动过。怎么回事呢？我从凳上下来时应该完全没动凳子。这点毫无疑问。从凳上下来时动作很轻以免移动凳子，折回来也没移动椅子而轻轻坐在上面。为什么对这种事一一具体记得呢？因为我对看画位置和角度极为神经质。我看画的位置和角度总是固定的，一如棒球击球手对击球员区所站位置的极度执着，哪怕错位一点点都心慌意乱。

然而凳子的位置从刚才我坐的地方偏离五十厘米左右，角度也随之不同。只能认为我在厨房喝橙汁做深呼吸时间里有谁动了凳子。有谁趁我不在期间偷偷进入画室坐在凳子上看我的画，又在我折回之前从凳子上下来蹑手蹑脚离去。那时动了凳子——故意也罢在结果上也罢。而我离开画室充其量也就五六分钟。到底是何处的何人为何故意讨这种麻烦呢？还是凳子以自身意志擅自移动了？

想必我的记忆乱了章法，是自己动过凳子而又忘得死死的。只能这么认为。可能一人单过的时间太长了，以致记忆的顺序发生了紊乱。

我让凳子留在这个位置——从原来位置离开五十厘米、角度有所变动的位置。试着坐在上面，从这一位置打量免色的肖像。这一来，那里出现的是和刚才略有不同的画。当然是同一幅画。但看上去有微妙不同。光的照射方式不同，颜料质感也不同。画上同样含有栩栩如生的东西，但与此同时又有某种缺憾。而其缺憾的方向性，看上去和刚才稍有不同。

到底什么不同呢？我把注意力聚拢于看画。那种不同必然在向我诉说什么。我必须好好找出那种不同中理应暗示于我的什么。我有这样的感觉。我拿来白粉笔，把凳子三条腿位置在地板上划了记号（位置A）。然后把凳子放回原来位（相距五十厘米的旁边），在那里也用粉笔做了记号（位置B）。我在这两个位置之间走来走去，从两个不同的角度交错看同一幅画。

我注意到，虽然哪一幅画中都同样有免色在里面，但两个角度使得他看上去有不可思议的差异，甚至显得两种截然不同的人格同时存在于他的身上。而无论哪一个免色，又都有欠缺的东西。那一欠缺的共通性将AB两个免色统合于其不在的状态中。我必须找出其中的"不在的共通性"，好比在位置A、位置B与我自身之间进行三角测量。那种"不在的共通性"究竟是怎样的东西呢？其自身拥有形象不成？还是不拥有形象呢？倘是后者，我应如何将其形象化呢？

未必是简单的事吧？有谁说。

我听得清清楚楚。声音不大，但很清脆，无含糊之处，亦无高低起伏，仿佛近在耳畔。

我不由得屏住呼吸，在凳子上缓缓四下环顾。但无需说，哪里也不见人影。清晨灿烂的阳光如水洼一般在地板流溢。窗大敞四开，垃圾收集车播放的旋律从远处微微随风传来。《安妮·萝莉》

（*Annie Laurie*）（小田原市的垃圾收集车何以非放苏格兰民谣不可呢？对我是个谜）。此外不闻任何声响。

大概是幻听，我想。有可能听的是自己的语声。没准那是我的心在意识底层发出的声音。可我听得的是异常奇妙的说话方式。未必是简单的事吧？纵使在意识底层，我也不至于说得那般奇妙。

我大大做了个深呼吸，再次从凳子上凝视画，聚精会神于画。那一定是幻听。

那岂非不言而喻的事？又有谁说道。声音仍近在耳畔。

不言而喻的事？我对着自己追问。到底什么事不言而喻？

找出免色君有而这里没有的东西不就行了？有谁说。声音照样清晰得很，简直就像在消音室里的录音，了无回声。一字一顿，清晰可闻。犹如具象化的观念缺乏自然的抑扬顿挫。

我再度环顾四周。这回从凳子上下来，走去客厅查看。所有房间都检查一遍。但家中谁也没有。即使有，也无非阁楼里的猫头鹰罢了。而猫头鹰当然不会说话。况且房门上着锁。

画室的凳子自行移动，继而发生这莫名其妙的声音。天声？我自身之声？还是匿名第三者之声？总之我的脑袋开始出毛病，我不能不这样认为。自那夜半铃声以来，我就对自身意识的正当性不甚怀有自信了。然而就铃声来说，免色也在场，和我同样真切听见了那个声音，所以客观上可以证明不是我幻听。我的听觉功能完全正常。那么，这不可思议的语声究竟是什么呢？

我又一次坐在凳子上，又一次看画。

找出免色君有而这里没有的东西不就行了？简直像让人猜谜，像聪明的鸟对在深山老林中迷路的孩子指路。免色君有而这里没有的东西——那到底是什么呢？

很花时间。时钟循规蹈矩地静静刻录时刻，从东面小窗口射在地板上的光圈悄然移行。色彩鲜艳身体轻盈的小鸟飞来落在柳树枝上摇摇颤颤寻找什么，俄而叫着飞去。状如圆形石盘的白云成群结队流过天空。一架银色飞机朝着波光粼粼的大海一头飞去。对潜哨戒的自卫队的四螺旋桨直升机。侧耳倾听，凝眸注视，使潜在变成显在是赋予它们的日常职责。我听着发动机声接近而又远离。

之后，我的思维终于触及一个事实。那是不折不扣明明白白的事实。为什么那事忘得一干二净呢？免色有而这幅免色肖像没有的东西，那东西再清楚不过：他的白发！刚下的雪一般纯白的、令人叹为观止的白发！舍此无以谈免色。为什么这么关键的事给我看漏了呢？

我从凳上立起，赶紧从颜料盒中归拢白色颜料，把合适的画笔拿在手里，什么也不再想，只管大刀阔斧自由奔放地往画上厚厚抹去。刮刀也用了，指尖也用了——如此持续了十五六分钟，而后从画布跟前离开，坐在凳子上，查看出来的效果。

那里有免色这个人。免色毫无疑问位于画中。他的人格——无论其内容如何——在我的画作融为一体、显在其上。我当然尚未正确理解免色涉其人的存在样态，或者莫如说等于一无所知。然而作为画家的我得以把他作为一个综合性形象、作为不能解剖的一个整体在画布再现出来。他在画中呼吸。甚至他所怀有的谜也照有不误。

而与此同时，无论从哪个观点来看，这幅画都不是所谓"肖像画"。它固然成功地使免色涉这一存在跃然纸上（我觉得），但并非以描绘免色这个人的外观作为目的（完全谈不上）。那里有很大的差别。那基本是为我画的画。

至于委托人免色能否将那样的画作为自身"肖像画"予以认可，我忖度不出。那幅画说不定已成了和他当时所期待的相距几光年之遥的东西。虽然他当初说随我怎么画都可以，风格上也概无要求，可是那上面有可能已经偏巧画入了免色本身不愿意认可其存在的某种消极要素。问题是，对那幅画他中意也好不中意也好，我都已经束手无策。无论怎么考虑，画都已经脱离我的手，已经远离我的意志。

接下去仍差不多在凳子上坐了半个小时，目不转睛注视那幅肖像画。它诚然是我自己画的，却又同时超越了我的逻辑和理解的范围。自己为什么画出了这样的东西呢？我已无从记起。凝视之间，它或者距自己近在咫尺，或者距自己远在天边。但那上面画的毫无疑问是具有正确颜色和正确形式的东西。

或许正在找见出口，我想，或许正在勉强通过挡在我面前的厚厚的墙壁。话虽这么说，但事情还刚刚开始，刚把类似抓手的东西抓在手里。在此我必须小心翼翼。我一边这样自言自语，一边慢慢花时间把颜料从用过的几支画笔和油画刮刀上冲洗干净。又用松节油和香皂仔细洗手。之后去厨房用杯接水喝了几杯。口渴得厉害。

可话说回来，到底是谁移动（明显移动了）画室那个凳子的呢？是谁在我耳边用奇妙语声（我明显听见了那个语声）搭话的呢？是谁向我暗示（暗示明显有效）那幅画缺少什么的呢？

恐怕是我本身。我无意识地动了凳子，给我自身以暗示，以不可思议的迂回做法将表层意识和深层意识得心应手地交织起来……此外没有我想得出来的高明解释。当然，那都并不属实。

上午十一点，我坐在餐厅椅子上，一边喝热红茶一边胡思乱想。正想着，免色开着银色捷豹来了。原来我早已忘了昨晚同免色的约定。只顾画画了。此外还因了那个幻听或误听。

免色？为什么免色现在来这里呢？

"如果可能，打算再好好看一次那个石室。"免色在电话中这样说道。我耳听V8①引擎在房门前止住平日的轰鸣，终于想了起来。

---

① V型8缸涡轮增压发动机。

18 好奇心杀死的并不仅仅是猫

我主动走出房门迎接免色。这样做是第一次。不过这并不意味有什么特殊理由而只是今天如此。无非想去外面伸伸懒腰、呼吸一下新鲜空气罢了。

天上仍飘浮着圆石盘形状的云。遥远的海湾那边创作出了几片这样的云絮，生成后由西南风一片片缓缓运来这山顶上空。如此完美可观的圆形到底是如何——想必并没实际意图——自然而然接连创作出来的呢？一个谜。对于气象学者也许不是谜什么也不是，但至少对我是个谜。一个人住在这山上以后，我开始为形形色色的自然奇观所吸引。

免色上身穿带领的深胭脂色毛衣，高档薄毛衣。下身穿蓝色牛仔裤，蓝得很淡，模模糊糊，仿佛即将消失。牛仔裤质地柔软，一泻而下。在我看来（也许我想过头了）他似乎总是有意身穿足以使白发相得益彰那种色调的衣服。这胭脂色毛衣也同白发相映生辉。白发照样保持着恰到好处的长度。如何打理的自是不得而知，反正他的头发似乎不曾比现在的长，又不会比现在的短。

"想先去那个洞往里面看看，没关系的？"免色问我，"看有没有变化。有点放心不下。"

当然没关系，我说。那以来我也没再靠近树林中那个洞，想看一眼怎么样了。

"抱歉，那个铃拿来可好？"免色说。

我进屋，把画室板架上的古铃拿来。

免色从捷豹后备厢里取出大手电筒，用皮绳挂在脖子上，朝杂木林走去。我也跟在后面。杂木林比上次看时颜色显得更深了。这个季节，山上每天颜色都有变化。有红色加深的树，有染成黄色的树，有永保绿色的树。那种搭配让人赏心悦目。但免色对这东西似乎了无兴趣。

"这块地的事多少做了一点调查。"免色边走边说，"过去这块地由谁拥有啦、做什么用啦等等。"

"弄明白什么了？"

免色摇头："哪里，几乎什么也没弄明白。原本预想以前可能是和宗教有关的场所，但在我调查的范围内似乎没有那种情况。为什么这里建有小庙和石堆什么的，原委也不清楚。本来只是一块什么也没有的山地。后来被拓平，建了房子。雨田具彦先生连房子一起购入，是一九五五年的事。那以前作为别墅由一位政治家拥有来着。名字大概你不知道，但毕竟战前当过大臣。战后过着形同引退的生活。至于那人之前这里归谁所有，这点没能跟踪查出。"

"这么偏僻的山中政治家居然特意建了别墅，有些让人费解……"

"以前有相当多的政治家在这一带拥有别墅来着。近卫文磨①的别墅也应该就在隔着几座山的那边。有路通往箱根和热海，肯定是几个人相聚密谈的最佳场所。而在东京城内，政要们聚在一起，无论如何都惹人注目。"

---

① 近卫文磨（1891—1945），日本政治家。1937 年后三次出任日本首相。日本侵华的祸首之一，是法西斯主义的首要推行者，曾发表"近卫声明"，并与德、意签订《三国轴心协定》，扩大日本军国主义对亚洲各国的侵略。

我们挪开作为盖子压在洞口的几块厚木板。

"下去看看。"免色说,"在这等我可好?"

我说等你。

免色顺着业者留下的金属梯下到里面。每下一阶梯子都吱呀作响。我从上面往下看着。下到洞底,他从脖子上摘下手电筒打开,花时间仔仔细细四下查看。或抚摸石壁,或用拳头叩击。

"壁相当结实,做工精细。"免色往上看着我这边说,"我觉得不是后来把井填了形成的东西。若是井,简简单单砌上石块就算完事,不至于下这番工夫。"

"那么,就是说出于别的什么目的建造的了?"

免色一言不发地摇头,仿佛在说不清楚。"不管怎样,这石壁轻易爬不上去,根本没有能搭脚的缝隙。虽说深不过三米,但爬到上面绝非易事。"

"就是说建造得不让人轻易爬上去?"

免色又一次摇头。不清楚,琢磨不透。

"有个请求……"免色说。

"什么事呢?"

"添麻烦不好意思。能不能把这梯子拉上去,然后严严实实盖上盖子,尽可能不让光线进来?"

我一时无语。

"不要紧,没什么可担心的。"免色说,"只是想亲身体验一下一个人被关在这漆黑的洞底是怎么回事,还没有当木乃伊的打算。"

"打算那样待多少时间呢?"

"想出去了,届时摇那个铃。听得铃声,请搬开盖子放梯下来。若是过一个小时都没听见铃声,也请搬开盖子,在这里待的时间不想超过一个小时。千万千万别忘记我待在这里。万一你因为什么忘了，我可就直接成了木乃伊。"

"考察木乃伊的成了木乃伊。"

免色笑道："的的确确。"

"忘记不至于忘记。不过真不要紧的？搞那种名堂？"

"单纯的好奇心。想在黑漆漆的洞底坐一阵子。手电筒递给你，你把铃拿来。"

他爬梯爬到中间把手电筒朝我伸来。我接过，递铃给他。他接了铃，轻摇一下。铃声清晰可闻。

我对洞底的免色说："问题是，假如那时间里我被一群凶狠的金环胡蜂蜇得人事不省或者一命呜呼，你就有可能再也出不来了哟！这个世界，不知道会发生什么。"

"好奇心每每含有风险。完全不承受风险，好奇心便无以满足。好奇心杀死的并不仅仅是猫。"

"一小时后返回这里。"我说。

"务必当心别被金环胡蜂蜇了。"免色提醒。

"你也请当心黑暗。"

免色没有应声，向上看了一会儿我的脸，似乎试图从向下看的我的表情中读取某种意味。但是，那视线总好像有一种虚无缥缈的什么，就好像要往我的脸上聚焦却又对不上焦点。那不像是免色应有的茫然视线。而后，他似乎改变主意，坐在地面上，背靠弯曲的石壁，朝我微微挥手。意思是说准备就绪。我拉上梯子，尽可能把厚木板严丝合缝地压在洞口，上面又放了几块镇石。木板与木板之间的细小空隙或许有些微光线泻入，但洞中应当足够黑暗。我想从盖子上向里面的免色打声招呼，旋即作罢。人家自愿追求孤独与沉默。

我回家烧水，泡红茶喝了。随后坐在沙发上看已经看开头的书。但因为一直侧起耳朵听有无铃声响起，所以根本不能把注意力集中到书上。差不多每隔五分钟觑一眼手表。并且想象在漆黑漆黑的洞底坐着的免色形象。不可思议的人物，我想。自己出钱特意叫来园艺业者，使用重型机械移开石堆，打开莫名其妙的洞口。现在又独自闷在里面。或者莫如说自愿被封闭在那里。

也罢，我想，就算那里有什么必然性、有什么意图（我是说假如有某种必然性和意图的话），那也是免色的问题，一切交给他的判断即可。我只是在他人描绘的图案中不思不想地动来动去。我放弃看书，躺在沙发上闭目合眼。但当然不能睡。此时此地不能睡过去。

归终时间在铃声没响当中过去了一个小时。或者我阴差阳错漏听了那声音亦未可知。不管怎样，已是开盖时刻。我从沙发立起，穿鞋出门，走进杂木林。忽然担心有没有金环胡蜂或野猪出现，好在都没出现。仅有一只绣眼鸟样的小鸟从眼前飞掠而去。我穿过树林，绕到小庙后头，搬起镇石，掀开一块木板。

"免色先生！"我从那空隙招呼他。没有回音。从空隙见到的洞中一团漆黑，那里没能发现免色的形影。"免色先生！"我再次招呼道。还是没有回音。我渐渐担忧起来。弄不好免色可能没了，一如那里本应有的木乃伊消失去了哪里。尽管常识上不可能发生，但此时的我真心那样思忖。

我又麻利地掀开一块木板，再一块。地上的光终于探到洞底，我的眼睛得以捕捉木然坐在那里的免色轮廓。

"免色先生，不要紧吗？"我稍微舒了口气，招呼道。

免色似乎好歹回过神来，扬起脸，轻轻摇头。而后甚是晃眼睛似的双手掩面。

"不要紧的。"他小声回答。"只是，再让我就这样待一会儿可好？眼睛适应光亮需要一点儿时间。"

"正好过去了一个小时。若是你想再多待,就再盖上盖子……"

免色摇头道:"不,这样可以了,现在可以了。不能再待下去了。那恐怕过于危险。"

"过于危险?"

"过会儿再说。"说着,免色像是要把什么从皮肤上蹭掉似的双手咔哧咔哧搓脸。

大约五分钟后他慢慢立起,登上我放下的金属梯。他重新站在地上,用手拍掉裤子沾的灰土,而后眯起眼睛仰望天空。树枝间可以望见蔚蓝的秋日天空。他不胜怜惜地久久望着天空。然后我们重新摆好木板,按原样封住洞口,以免有人不慎掉下洞去。又在上面压上镇石,我把那石头的排列位置刻入脑中,以便有人动它时能够察觉。梯子仍留在洞中。

"铃声没听见。"我边走边说。

免色摇摇头:"噢,没有摇铃。"

他再没说什么,我也没再问什么。

我们走着穿过杂木林,返回家中。免色打头,我随其后。免色不声不响地把手电筒收进捷豹后备厢。之后我们在客厅坐下喝热咖啡。免色仍未开口,似乎正在就什么认真沉思。虽然表情并不多么深沉,但他的意识显然已远离这里去了别的领域,而且可能是只允许他一人存在的领域。我不打扰他,让他沉浸于思考世界,一如华生医生对夏洛克·福尔摩斯所为。

这时间里我考虑自己的当务之急。今天傍晚要开车下山,去小田原站附近的绘画班。在那里转着圈看人们画的画,作为指导老师提出建议。这是面向孩子的班和成人班连上的一天,是我在日常生活中同有血有肉的男女见面交谈的几乎唯一的机会。假如没有绘画班,我势必在这山上过着形同隐居的生活。而这种孑然一身的生活久而久之，那么就可能如政彦所说，精神平衡出现异常（或者已露端倪也未可知）。

所以，作为我理应对自己被给予接触这种现实亦即世俗空气的机会一事表示感谢。而实际上却怎么也上不来那样的心情。对于我，在班上见面的人们较之活生生的存在，更像是仅仅从眼前通过的影子罢了。我对每一个人都和蔼相待，称对方的姓名，评论作品。不，不能叫评论，我只是表扬而已。找出每一幅作品某个好的部分——如果没有，就适当捏造一个——加以表扬。

这么着，作为老师的我在校内的评价似乎不坏。据经营者介绍，许多学生都好像对我怀有好感。这让我感到意外——我从未认为自己适合向别人讲授什么。不过这对我怎么都无所谓。被人们喜欢也好不喜欢也好，怎么都不要紧。作为我，只要尽可能圆融无碍地做好班上工作即可。也算对雨田政彦尽一分情义。

不，当然也并不是所有人都是影子。我从其中挑出两名女性开始了私人交往。和我有了性关系以后，她们不再去绘画班了。想必因为总觉得有些为难吧。这让我多少感到类似责任的东西。

第二个女友（年长人妻）明天下午来这里。我们将在床上搂抱交合一些时间。所以她不是仅仅通过了事的影子，是具有立体性肉体的现实存在，或是具有立体性肉体通过的影子。究竟是何者，我也不能确定。

免色叫我的名字，我得以猛然醒悟。不觉之间，我也好像一个人深深沉入思考之中。

"肖像画的事。"免色说。

我看他的脸。他已恢复平时若无其事的表情。一张英俊、总是冷静沉思、让对方心怀释然的面庞。

"作为模特如果需要摆姿势，这就开始也没关系的。"他说，

"说是上次的继续也好什么也好,反正我这方面随时可以。"

我看了他一会儿。姿势?噢,原来他在说肖像画。我低头喝了一口稍微变凉的咖啡,把脑筋大致梳理一下,将咖啡杯放回杯托。"咚"一声低低的脆响传来耳畔。而后抬起脸对免色说:"对不起,今天稍后得去绘画班教课。"

"啊,是这样!"免色觑一眼手表,"这事彻底忘了,你在小田原站前绘画班上课。差不多要动身了吧?"

"还不要紧,有时间。"我说,"对了,有件事我必须跟你说。"

"什么事呢?"

"说实话,作品已经完成了,在某种意义上。"

免色约略皱一下眉头,直直地看我的眼睛,像要看穿位于我眼睛深处的什么。

"那可是我的肖像画?"

"是的。"

"那太好了!"说着,免色脸上浮现出隐约的笑意,"实在太好了!可是在某种意义上是什么意思呢?"

"这个解释起来不容易。用语言解释什么本来我就不擅长。"

免色说:"请随便讲,慢慢花时间讲。我在此听着。"

我在膝头叉起十指,斟酌语句。

斟酌语句时间里,静默降临四周。静得几乎可以听见时间流逝的声音。在山上,时间流得非常徐缓。

我说:"受你之托,我以你为模特画了一幅肖像画。可是直言相告,不管怎么看那都不是可以称作'肖像画'的东西,只能说是'以你为模特画的作品'。而且,它作为作品、作为商品具有多大的价值也无法判断。但有一点确切无疑:那是我必须画的画。而此外的事一概非我所知。如实说来,我也非常困惑。在许多情况更为明确之前,那幅画或许还是不交给你而放在这里为好,我感觉。因此,拿得的启动费我想如数奉还。另外,为浪费你宝贵时间衷心致以歉意。"

"你说不是肖像画。"免色谨慎地选择字眼,"是怎样意味上的不是呢?"

我说:"过去一直是作为专业肖像画家生活过来的。就基本而言,肖像画是把对方画成对方希望画的形象。因为对方是委托人,如果对完成的作品不中意,说'不想为这样的玩意儿付钱'也是可能的。所以,尽量不画那个人的负面因素。而选择好的部分加以强调,尽可能画得美观一些。在这样的意义上,为数极多的场合——当然伦勃朗那样的人除外——肖像画难以称为艺术作品。但是,这次画你的时候,脑袋里压根没有你,而仅仅考虑我自己画了这幅画。换句话说,比之作为模特的你的自我,作为作者的我的自我率先出阵——成了这样一幅画。"

"对我来说,这完全不成其为问题。"免色面带微笑说道,"莫如说是可喜的事。一开始我应该就说得很清楚,随你怎么画好了!没提任何要求。"

"是的是的,是那么说的。这我牢牢记得。我所担心的是,较之作品效果,莫如说是我在那里画的什么呢?由于过于突出自己,很可能画了自己不应画的什么。作为我,是这点让人忧虑。"

免色久久观察我的脸。而后开口道:"你可能画出了我身上不应该画的东西,你为此感到担忧。是这个意思吧?"

"是这个意思。"我说,"由于只想自己的关系,我可能把那里应有的箍拆了下来。"

而且,可能把某种不得体的东西从你身上拽了出来——我刚想说,又转念作罢,将这句话藏进自己心间。

免色就我所说的沉思良久。

"有趣。"免色说,显得极有兴趣。"意味深长的意见。"

我默然。

免色说:"我自己也认为我是个籍极强的人。换言之,是个自我控制力很强的人。"

"知道。"我说。

免色用手指轻按太阳穴,微微笑道:"那么,那幅作品是已经完成了吧?那幅我的'肖像画'?"

我点头:"我感觉完成了。"

"好!"免色说,"反正请允许我看看可好?实际看了那幅画之后,两人再考虑如何是好!这样没关系的?"

"当然。"我说。

我把免色领进画室。他在距画架正面两米左右的位置站定,抱起双臂静静注视。那上面是以免色为模特的肖像画。不,与其说是肖像画,莫如说是只能称之为将颜料块直接甩在画面上的一个"形象"。丰厚的白发宛如漫天飞雪四下飞溅,势不可遏。乍看看不出面庞。理应作为面庞存在的东西整个隐于色块深层。然而,那里毫无疑问存在免色这个人,(至少)在我眼里。

他就以这样的姿势久久、久久地一动不动瞪视那幅画。肌肉都绝对不动一下。甚至呼吸还是不呼吸都不确定。我站在稍离开些的窗前,从侧面观察他的反应。有多长时间过去了呢?我觉得那几乎像是永恒。表情这个东西从凝视画的他的脸上彻底消失。而且,他的双眼茫茫然没有纵深,白浆浆的,宛如沉静的水洼映出阴沉的天空。那是坚决拒绝他者接近的眼睛。他心底想的是什么?我无从推测。

之后,免色就像被巫师"砰"一声拍手解除催眠状态的人一样笔直地挺起后背,身上微微抖了一下。旋即恢复表情,眼睛里返回平时的光闪。他朝我缓步走来,向前伸出右手放在我肩上。

"妙极!"他说,"无与伦比!怎么说好呢,这恰恰是我梦寐以求的画。"

我看他的脸。看那眼睛，得知他是在直抒胸臆。他由衷佩服我的画，为之心旌摇颤。

"这幅画中，我被如实展示出来。"免色说，"这才是本初意义上的肖像画。你没有错，你做了真正正确的事情。"

他的手仍放在我的肩上。虽然只是放在那里，但仍好像有特殊力量从其手心传来。

"可是，你是如何得以发现这幅画的呢？"

"发现？"

"画这画的当然是你。自不待言，是你以自己的力量创造的。但与此同时，在某种意义上是你发现了这幅画。也就是说，你找出了、拽出了掩埋于你自身内部的这一意象。说发掘也许更合适。不这么认为？"

那么说或许是那样，我想。当然我是驱使自己的手、遵循我的意志画了这幅画。选择颜料的是我，驱动画笔、刮刀和手指将其颜色涂在画布上的也是我。不过换个看法，也可能我仅仅以免色这个模特为媒介把自己心中本来潜伏的东西找到和挖掘出来。一如用重型机械挪开位于小庙后头的石堆、掀起沉重的格子板盖，打开那个奇妙的石室口——我不能不在自己身边如此平行进行两项相仿作业一事上面看见类似因缘的因素。这里存在的事物的展开，看上去好像全都是同免色这个人物的出场、同深夜铃声一起开始的。

免色说："说起来，这好比在深海底发生地震。在眼睛看不见的世界，在阳光照射不到的世界，即在内在无意识的领域发生巨大变动。它传导到地上引起连锁反应，在结果上采取我们眼睛看得见的形式。我不是艺术家，但大致可以理解这一过程的原理。商业上的优秀理念也是经过大体与此相似的阶段产生的。卓越的理念在诸多场合是从黑暗中突如其来出现的念想。"

免色再一次站在画前,凑得很近细看那画面。简直就像读解小比例地图的人那样,上上下下认真扫描每一个细部。继而后退三米,眯细眼睛纵览整体。脸上浮现出类似恍惚的表情,令人想起即将把猎物捕入爪中那勇猛的肉食鸟的雄姿。可那猎物是什么呢?我画的画?我自身?还是其他什么?我不得而知。不料,那类似恍惚的难以琢磨的表情犹如凌晨河面飘荡的雾霭,很快变淡消失。取而代之的,是往日平易近人、仿佛深思熟虑的表情。

他说:"我一向注意尽量不说出自我褒奖那样的话,但我还是清楚自己的眼睛没有看错,坦率地说,多少感到自豪。我本身固然没有艺术才能,也无缘于创作活动,但相应具有会看杰出作品的眼睛。至少有这样的自负。"

尽管如此,我还是不能完完全全接受免色的话并为之欢喜。也许因为他凝视画时那肉食鸟一般锐利的眼神在我心头投下一缕阴影。

"那么,对这幅画免色先生您是中意的了?"我再次询问以确认事实。

"不言而喻的事!这是真有价值的作品。以我为模特、为主题能画出如此出类拔萃遒劲有力的作品,实属喜出望外。不用说,作为委托人请允许我取回这幅画。这当然是可以的吧?"

"嗯,不过作为我……"

免色迅速扬手打断我的话。"这样,如你方便,为了庆贺这幅绝妙画作的诞生,不日我想请你光临寒舍,尊意如何?用老式说法,小酌一杯。如果这不让你为难的话。"

"当然谈不上什么为难。可是即使不特意劳您如此费心,也足以……"

"不不,是我想这样做。两人庆祝一下这幅画的完成。来我家吃一次晚饭好吗?像模像样的做不来,只是个不起眼的庆祝宴会。

就你我两人，没有别人。当然厨师和调酒师另当别论……"

"厨师和调酒师？"

"早川渔港附近有一家我多年前就熟悉的法国餐馆。餐馆休息那天把厨师和调酒师叫到这边来。厨师手腕相当过硬，能用鲜鱼做出非常有趣的菜式。说实话，我早就想在家里招待你一次——和这幅画无关——一直做这个准备。不过，时机真是再巧不过！"

为了不把惊愕在脸上表现出来是要付出些许努力的。做这样的筹划到底要花费多少，我揣度不出。而对于免色，大概属于通常范围，或至少不是偏离正轨之举。

免色说："比如四天后如何呢？星期二晚上。如果得便，我就这样安排。"

"星期二晚上没有特别约定。"我说。

"那好，星期二，一言为定！"他说，"那么，这就把画带回去可以吗？如果可能，想在你来我家之前好好镶框挂在墙上。"

"免色先生，您果真在这幅画中看见了自己的脸庞？"我再次询问。

"理所当然！"免色以费解的眼神看着我说，"当然在这画中看见了我的脸，真真切切。还是说你在这里画了别的什么？"

"明白了。"我说。此外别无我能说的。"本来就是受您之托画的。如果中意，那么作品就已经是您的，您自由处理就是。只是，颜料还没干，所以运送务请小心。另外，装框也最好再等等，最好两个星期干了以后。"

"知道了。一定小心对待。镶框推后。"

临回去时他在门口伸出手。久违的握手。他脸上漾出心满意足的微笑。

"那么，星期二见！傍晚六点派车接你。"

"对了，晚餐不请木乃伊？"我问免色。至于为什么说这个，原因我也不清楚。但木乃伊倏然闪出脑海，于是冲口而出。

免色探寻似的看我："木乃伊？到底指的什么呢？"

"那个石室中理应有的木乃伊。天天夜里弄出铃声，却只留下铃消失去了哪里。该称即身佛的吧？没准他也想被请到府上，一如《唐璜》中的骑士团长雕像。"

略一沉吟，免色现出终于恍然大悟般明朗的笑容。"果然。一如唐璜招待骑士团长雕像，我招待木乃伊参加晚餐如何——是这个意思吧？"

"正是，这也可能是什么缘分。"

"好的，我是一点也不介意。庆功会！如果木乃伊有意，欢迎光临。想必成为极有意味的晚餐。不过，餐后甜点上什么好呢？"说着，他开心地笑了。"问题只是，本人形象看不见。本人不在场，作为我也是无法招待。"

"那自然。"我说，"不过，未必只有眼睛看得见的是现实。不是这样的吗？"

免色如获至宝地双手把画抱到车上。先从后备厢中取出毛毯铺在副驾驶位，然后让画躺在上面以免颜料沾掉。又用细带和两个纸壳箱小心牢牢固定。一切深得要领。总之车的后备厢似乎常备种种用具。

"是啊，有可能真如你说的那样。"临走时免色忽然自言自语似的说。他双手放在皮革方向盘上，笔直地向上看着我。

"如我说的？"

"就是说，在我们的人生中，现实与非现实的界线往往很难捕捉。那条界线看上去总显得经常来来去去，就像每天兴之所至地随便移动的国境线——必须好好留意其动向才行。否则，就不知道自己现在是在哪一边了。我刚才说再在洞中停留下去可能危险，就是这个意思。"

对此我没能顺利应答。免色也没再讲下去。他从打开的车窗向我招手,让 V8 引擎发出惬意的声响,连同颜料尚未干透的肖像画从我的视野消失。

19　在我的身后看见什么了

星期六下午一点,女友开一辆红色迷你车来了。我去外面迎她。她戴一副绿色太阳镜,款式简洁的米色连衣裙,披一件浅灰色短上衣。

"车里好?还是床上好?"我问。

"我的傻瓜蛋!"她笑道。

"车里也十分不坏,地方小,花样多。"

"留给下次吧!"

我们坐在客厅喝红茶。我把前不久开工的免色肖像画(类似的东西)顺利完成的事讲给了她,说那幅画的性质同我过去作为业务画的所谓"肖像画"有很大不同。听得她似乎来了兴致。

"我能看一眼?"

我摇头:"迟了一天。也想听听你的意见来着,但已经给免色先生拿回家去了。颜料也还没干好,可他看样子想争分夺秒据为己有,像是怕给别的什么人拿走似的。"

"那、是中意的喽?"

"本人说中意,也没看出值得怀疑的理由。"

"画一帆风顺,委托人心满意足——一切顺利,是吧?"

"大概。"我说,"而且我本身也对画的效果觉出了质感。那是我从未画过的一种画,其中含有类似新的可能性的东西。"

"怕是新型肖像画吧?"

19　在我的身后看见什么了

"这——，是不是呢？这回通过以免色为模特来画，得以摸索到了一种方法——或许以肖像画这一架构姑且作为入口，而使得那偶然成为可能。至于同样方法是否适用于下一次，我也心中无数。也许这次特殊。或者免色这一模特碰巧发挥了特殊能量也未可知。不过我想比什么都重要的，是我身上又产生了想认真画画的心情。"

"总之画完了，可喜可贺！"

"谢谢！"我说，"也可得到些可观的款额。"

"一掷千金的免色君！"她说。

"免色先生还说为了庆贺画作完成，要在自己家招待我。星期二晚上，一起吃晚餐。"

我把晚餐会讲给了她，当然把请木乃伊部分省略了。专业的厨师、调酒师。仅两人的晚宴。

"你终于要迈进那座白色豪宅了！"她感佩地说，"谜一样的人住的谜一样的公馆，兴味津津。什么模样，要好好瞧瞧哟！"

"大凡目力所及。"

"端上的美味佳肴也别忘了！"

"千方百计牢记在心。"我说，"对了，关于免色先生，上次你好像说有什么新信息到手了。"

"不错，通过所谓'野道通讯'。"

"什么信息？"

她显得不无困惑。随即拿起杯，喝了口红茶。

"这话往后放放。"她说，"在那之前有点儿想做的事。"

"想做的事？"

"说出来让人顾忌的事。"

于是我们从客厅移到卧室床上，一如往常。

我同柚一起度过了六年最初的婚姻生活（应该称为前期婚姻生

活），那期间一次也不曾和其他女性有过性关系。并非完全没有那样的机会。但那一时期较之去别的场所寻求别的可能性，我对和妻共同平稳度日怀有更强的兴趣。况且，即使从性角度看，同柚日常性做爱也能使我的性欲得到充分满足。

然而某个时候，妻毫无征兆地（我觉得）坦言相告："非常对你不起，我恐怕不能和你一起生活了。"那是无可撼动的结论，哪里也找不见协商和妥协的余地。我狼狈不堪，不知如何做出反应，欲言无词。但有一点——唯有一点——可以理解：反正不能再留在这里了。

所以简单收拾随身用品装进用旧的"标致"205，开始流浪之旅。初春大约一个半月时间一直在冬寒尚存的东北和北海道移行不止，直至车最后报废动弹不得。旅行当中每到夜晚就想起柚的腰肢，包括她肉体的所有边边角角。手摸那里时她有怎样的表现？发出怎样的声音？本不情愿想，却不能不想。有时一边追索那样的记忆一边自行射精。尽管无意那么做。

不过，在长期旅行途中，只有一次同活生生的女性发生了关系。由于莫名其妙的情由，我同一个素不相识的年轻女子一夜同衾共枕——倒不是我主动追求的结果……

事情发生在宫城县海边一座小镇。记得是同岩手县交界处附近——那段时间我天天一点一点移动，经过了好几座相似的小镇。镇名没心思一一记——有座大渔港我是记得的。但那一带的镇一般都有大渔港。而且哪里都飘荡着柴油味儿和鱼腥味儿。

镇郊国道沿线有一处家庭餐馆，我在那里一个人吃晚饭。时值晚间八点左右。咖喱虾和家常色拉。餐馆里客人屈指可数。我在靠窗桌旁一个人边吃边看小开本书。对面座位突如其来坐了一个年轻女子。她毫不踌躇、一声招呼也没打就在塑革座位上迅速坐下，简直就像在说全世界再没有比这更理所当然的事了。

我吃惊地抬起脸。女子模样当然没有印象。百分之百初次会面。由于事出突然，我一时摸不着头脑。餐桌任凭多少都空在那里，不存在特意和我对坐的理由。或者如此做法在这座镇上反倒是再正常不过的不成？我放下餐叉，用纸巾擦拭嘴角，茫然看着她的脸。

"装作相识，"她言词简洁，"在这里碰头似的。"说是沙哑而富有磁性的语声也未尝不可，或者紧张使得她的嗓音一时沙哑了也不一定。可以约略听出东北口音。

我把书签夹在正看的书里合上。女子大约二十六七岁，身上是圆领白衬衫，披一件藏青色对襟毛衣。两件都谈不上多么高档，也不怎么洒脱。去附近超市购物时穿的那种普普通通的衣服。头发又黑又短，前面的垂在额前。化妆看不明显。一个黑布挎包放在膝头。

相貌没有提得起来的特征。相貌本身诚然不差，但给人印象淡薄，即使在街头擦肩而过也几乎留不下印象的脸，走过即忘。她把薄薄的长条嘴唇抿得紧紧的，用鼻子呼吸。呼吸似乎不无急促。鼻孔微微时而鼓胀时而萎缩。鼻头小小的，同嘴巴之大相比，缺乏平衡。活像制作塑像的人在那一过程中黏土不够了，把鼻子那里削去一点。

"明白？装作相识，"她重复道，"别显得那么大惊小怪。"

"好好。"我稀里糊涂地应道。

"接着正常吃饭好了。"她说，"肯做出跟我亲密交谈的样子？"

"交谈什么？"

"东京人？"

我点头。随即拿起餐叉，扎一个小西红柿吃了。吃罢喝了口玻璃杯里的水。

"听说话就知道。"她说，"何苦待在这样的地方？"

"偶然路过。"我说。

一身生姜色制服的女服务生抱着颇有厚度的菜谱走来。胸部大得惊人，衣扣随时可能绷开飞走。我对面坐的女子没接菜谱，看都没看女服务生一眼，只是直视我的脸吩咐"咖啡和芝士蛋糕"，简直就像吩咐我。女服务生默默点头，照样抱着菜谱离去。

"被卷入什么麻烦事了？"我问。

她没有回答，只是盯视我的脸，就好像就脸进行估价。

"在我的身后看见什么了？有谁？"她问。

我往她身后觑了一眼：正常人正常就餐，仅此而已。新客人也没来。

"什么也没有，谁也没有。"我说。

"就那样再看一会儿，"她说，"有什么告诉我！继续若无其事地交谈！"

从我们坐着的餐桌可以看见餐馆停车场。我的满是灰尘又小又旧的"标致"停在那里。此外停有两辆。一辆银色小型汽车，一辆高背黑色面包车。面包车看上去是新车。两辆都停了好一会儿了。没发现有新进的车。女子想必是步行来这餐馆的。或者说谁开车送来的？

"偶然路过这里？"她问。

"正是。"

"旅行？"

"算是吧！"我说。

"在看什么书？"

我把刚才看的书给她看。森鸥外的《阿部一族》。

"《阿部一族》。"说着，她把书还给我。"何苦看这么旧的书。"

"前不久住的青森青年旅舍交谊厅里放的。啪啪啦啦翻阅之间觉得有意思，就直接带了出来。作为交换放下几本看完的书。"

"《阿部一族》没看过。有意思？"

这本书我看过，重看。极有意思的地方固然有，但也有理解不透的地方——森鸥外到底为了什么、出于怎样的观点写这样一本小说、非写不可？但探讨起来话长。这里不是读书俱乐部。再说，女子仅仅是为了自然交谈（至少以周围看起来如此为目的）而适当提出眼前话题罢了。

"我想有读的价值。"我说。

"人是干什么的？"她问。

"森鸥外？"

她皱一下眉头。"何至于。森鸥外干什么都无所谓。问你，你是干什么的人？"

"画画。"我说。

"画家。"她说。

"那么说我也可以。"

"画什么画？"

"肖像画。"

"肖像画？就是公司老总办公室墙上挂的那种画？装模作样像大人物的家伙？"

"正是！"

"专门画这个？"

我点头。

她再没说什么。大概没了兴致。除了被画的人，世上大多数人都对肖像画那玩意儿毫无兴致。

这时，入口自动门开了，一个高个子中年男人走了进来。身穿黑色皮夹克，头戴嵌有高尔夫品牌商标的黑色帽子。他站在门口往店里扫视一圈，选择同我们隔两张桌的位置，脸朝这边坐下。面向我坐下。他摘下帽子，用手心摸几下头发，仔细打量巨胸女服务生拿来的菜谱。头发剪得很短，有白发掺和进来。瘦，晒得体无完肤，额头聚有仿佛波纹的深皱纹。

"一个男人进来了。"我对她说。

"什么样的男人？"

我简要介绍了那个男人的外貌特征。

"能画下来？"她问。

"头像速写那样的东西？"

"是啊，你不是画家吗？"

我从衣袋里掏出便笺本，用自动铅笔迅速画那个男人的脸。连阴影都加上去了。画的当中无需一闪一闪瞟那个人。我具备一眼就能马上捕捉人脸特征并将其烙入脑际的能力。我把这幅头像速写隔着桌子递给她。她拿在手里，眯起眼睛，就好像银行职员鉴定可疑支票笔迹时那样久久盯住不放，而后把纸页放在桌面上。

"画画真有两下子啊！"她看着我说。看样子相当佩服。

"我的工作嘛！"我说，"那，这男的是你的熟人？"

她什么也没说，只是摇一下头。嘴唇闭得紧紧的，表情没有改变。她把我画的画折为四折塞进挎包。她为什么留这东西呢？原因我理解不好。本该揉成一团扔了才对。

"不是熟人。"她说。

"可你是在被他尾随，是吧？"

她没有回答。

刚才那位女服务生拿来芝士蛋糕和咖啡。女子仍闭着嘴，直到服务生离开。而后用餐叉分出够吃一口的一块，在盘子上左右捅来捅去，犹如冰球选手在冰上做赛前练习。少顷，把那块蛋糕投入口中，面无表情地慢慢咀嚼。嚼罢，往咖啡里加了一点点奶油喝着，将糕点盘推去一边，仿佛说你的存在再不需要了。

19 在我的身后看见什么了

停车场新加了一辆白色SUV。敦敦实实，高高大大，轮胎显得坚不可摧。大约是刚才进来的男子开来的。车头朝前停着。后备厢门上的备用轮胎套标有"SUBARU FORESTER"①字样。我吃完咖喱虾。女服务生走来撤去盘子。我要了咖啡。

"长时间旅行？"女子问。

"时间不短。"我说。

"旅行有趣？"

不是因为有趣而旅行，这是之于我的正确回答。但这种事说起来话长，麻烦。

"算是吧。"我应道。

她以看珍稀动物似的眼神迎面看我："你这人说话只能三言两语，是吧？"

因人而异是之于我的正解。但说起来也同样话长，同样麻烦。

咖啡端来，我喝了一口。味道像是咖啡，而并非多好的味道。但至少是咖啡，且足够热乎。往下一个客人也没进来。身穿皮夹克头发黑白交错的男子以响亮的声音点了汉堡牛排和米饭。

音箱播出弦乐器演奏的《山上的傻瓜》（*The Fool On The Hill*）②。实际作曲的是约翰·列侬或保罗·麦卡特尼。究竟是谁想不起来了。大概是列侬——我在想这怎么都无所谓的事。因为不知道此外想什么好。

"开车来的？"

"嗯。"

"什么车？"

"红色标致。"

---

① 一款日系车型，斯巴鲁"森林人"。
② 披头士乐队1967年推出的专辑《*Magical Mystery Tour*》里的一首歌。

"哪里的牌照？"

"品川。"我说。

她听了，蹙了蹙眉头，就好像对品川牌照的红色"标致"有什么特别讨厌的往事回忆。而后把对襟毛衣的袖子拉直，确认白衬衫的纽扣是否好端端系到最上端，又用纸巾轻揩一下嘴唇。

"走吧！"她唐突地说。

随即把玻璃杯里的水喝去一半，从座位立起。她的咖啡只喝了一口、芝士蛋糕只咬了一口，就都双双剩在桌面上，宛如大惨案的现场。

虽然去哪里不知道，但我也随她站起身来。并且拿起桌上的账单，在收银台付了款。她的也一起付了，而她对此连声谢谢也没说，自己那份自己付的动静也全然没看得出。

我们走出餐馆。新来的花白头发中年男人并不津津有味地吃着汉堡牛排。扬脸朝我们这边扫了一眼，但仅此而已。即刻将目光收回盘子，刀叉齐举，面无表情地继续吞食。女子全然对他不屑一顾。

从白色斯巴鲁"森林人"前经过时，我的目光落在后保险杠粘的鱼图案贴纸上。估计是四鳍旗鱼。何必非把四鳍旗鱼贴纸粘在车上不可呢？原因不得而知。渔业相关人士？还是钓鱼能手？

她没说去哪里。坐上副驾驶位，简单指示行车路线。看情形她对这一带道路很熟。或者出身于此，或者在此久居，非此即彼。我依其指示驾驶标致。避离小镇开上国道跑了一阵子，有一家闪着时髦霓虹灯的情人旅馆。我按她说的进入停车场，关掉引擎。

"今天决定住这里。"她宣告似的说，"因为有家难回。一起来！"

"可我今晚订住别的地方。"我说，"入住手续办了，东西也放在房间里。"

"哪里？"

我举出火车站附近一家小商务酒店的名字。

"同那种便宜酒店比，这里好得多！"她说，"不就是只有壁橱大小的煞风景房间吗？"

的确如她所说，只有壁橱大小的煞风景房间。

"况且，这种地方嘛，女的一人来死活不肯接待，因为怕做皮肉生意。好了好了，一起来！"

至少她不是妓女，我想。

我在服务台预付一晚住宿费（她对此也同样没表现出感谢的意思），接过钥匙。一进房间她就先往浴缸放水，打开电视开关，细心调节照明。浴缸宽宽大大。确实比商务酒店舒心得多。看样子女子好像以前也来过几次这里——或类似这里的地方——她随即坐在床上脱对襟毛衣、脱白色衬衫、脱半身裙。长筒袜也拉了下来。她穿的是非常简素的白色内裤，也不很新，普通主妇去附近超市买东西穿的那种。手灵巧地绕到背部取下乳罩，叠好放在枕边。乳房不很大，也不特小。

"过来呀！"她对我说，"好不容易来这里一回，做个爱吧！"

那是我在长时间旅行（或者流浪）过程中具有的唯一性体验。出乎意料的激战。她一共四次冲顶。可能难以置信，但哪一次都毫不含糊。我也射出两次。但不可思议的是，我这方面没有明显快感。和她交合时间里，我的脑袋似乎在考虑别的什么。

"嗳，没准你好长时间没干这种事了？"她问我。

"好几个月。"我老实回答。

"知道的。"她说，"可那是为什么呢？你这人，看上去也不像没有女人缘啊……"

"一言难尽。"

"可怜，"说着，她温柔地抚摸我的脖子，"可怜！"

可怜，我在脑袋里重复她的说法。给她一说，觉得自己真的成了可怜人。在陌生城镇莫名其妙的场所稀里糊涂地同名也不知道的女子有了肌肤之亲。

做爱与做爱的间隙，两人喝了几瓶电冰箱里的啤酒。入睡想必已是后半夜一点了。第二天早上醒来时，哪里也不见她的姿影。留言条那样的东西也没有。只我一人躺在大得反常的床上。时针指在七时半。窗外天光大亮。拉开窗帘，可以看见同海岸线平行的国道。运送鲜鱼的大型冷冻卡车发出很大的声音在那里来来往往。世上空虚的事固然不在少数，而像在情人旅馆清晨独自醒来这般空虚的事应该不占多数。

我忽有所觉，检查一下裤袋里的钱夹。里面的东西原封不动。现钞也好信用卡也好借记卡也好驾驶证也好。我舒了口气。万一钱夹被拿走，马上走投无路。发生那种事的可能性也并非完全没有，得当心才是。

想必天亮后我酣睡时间里她一个人离开房间的。可是她怎么返回镇里（或她住的地方）呢？走回去？还是叫出租车？不过那对我怎么都无所谓了，想也没用。

在服务台交回房间钥匙，付了所喝啤酒钱，驾驶标致折回镇里——要领回一直放在站前那家商务酒店房间里的旅行包，付清一个晚上的费用。开往镇里的路上经过昨晚进去的家庭餐馆门前。我决定在这里吃早餐。一来肚子饿得瘪瘪的，二来想喝热热的黑咖啡。刚要把车停进停车位时，发现稍前面一点停着那辆白色斯巴鲁"森林人"。车头朝前停着，后保险杠上仍粘着四鳍旗鱼贴纸。毫无疑问和昨晚见到的是同一辆斯巴鲁"森林人"。只是，停的位置和昨晚不一样。理所当然。人不可能在这样的地方过夜。

19 在我的身后看见什么了

我走进餐馆。里面同样空空荡荡。不出所料,昨晚那个男子在餐桌吃早餐。桌子大约仍是昨晚那张,身穿和昨晚同样的黑皮夹克,和昨晚同样的带有 YONEX① 标识的黑高尔夫帽同样放在桌上。只一点和昨晚不同:桌面上放着早报。他面前有烤吐司和牛奶黄油炒鸡蛋套餐。好像刚刚端来,咖啡还冒着热气。我从旁边走过时,男子扬脸看我,眼睛比昨晚见时锐利得多、冷漠得多,甚至可以窥见责难之意。至少我有这样的感觉。

他仿佛警告我:你小子在哪里干了什么,我可是一清二楚!

这就是我在宫城县沿海一座小镇经历的一切。那个小鼻头、牙齿排列极好看的女子那天夜里向我寻求什么呢?至今仍一头雾水。还有,那个开白色斯巴鲁"森林人"的中年男子果真在尾随她?她果真要摆脱那个男子不成?也都不清不楚。不过反正我碰巧在场,阴差阳错地同初次见面的女子进了花花绿绿的情人旅馆,有了一夜情。那恐怕是我在以往人生中体验过的最为剧烈的性爱。然而我连那座镇的名字都不记得。

"嗳,来一杯水好吗?"人妻女友说道。她刚从性爱后的短暂午睡中醒来。

我们躺在午后的床上。她睡觉当中,我仰望天花板回想那座渔港小镇发生的奇事。尽管才过去半年,感觉上似乎发生在遥远的往昔。

我去厨房倒了一大杯矿泉水,折身上床。她一口喝掉半杯。

"对了,免色君的事……"她把水杯放在床头柜上。

"免色先生?"

"关于免色君的最新信息。"她说,"不是说过会儿说的吗?"

---

① 尤尼克斯。日本知名运动品牌。

"野道通讯。"

"正是。"说着,又喝了口水。"贵友免色君嘛,据说被关进东京拘留所的时间可是相当不短的哟!"

我欠起身子看她的脸:"东京拘留所?"

"嗯,位于小菅的大家伙!"

"到底什么罪状?"

"详细的不大清楚。估计跟钱有关。或是逃税,或是洗钱,或是内幕交易,或者都是。拘留像是六年或七年前的事。免色君自己说做什么工作?"

"说是做信息相关工作。"我说,"自己创办了公司,几年前把公司股票高价抛售了。现在靠资本收益生活。"

"信息相关工作,说法非常模糊。琢磨起来,当今世上,跟信息不相关的工作几乎等于不存在。"

"拘留所的事从谁嘴里听来的?"

"从一位朋友那里,她丈夫做金融方面的工作。不过,不晓得这个信息有多少是真实的。一个传一个、再传一个。估计也就这个程度。但从传闻情形来看,完全无中生有怕不可能,我觉得。"

"进了东京拘留所,就是说被东京地方检察院给扣押了。"

"最后像是被判无罪。"她说,"可拘留时间也太长了。听说审讯相当严厉。拘留期间一再延长,保释也没被认可。"

"但在审判中胜出。"

"是的。起诉是被起诉了,但很幸运,没有落到四面墙里面。审讯当中好像自始至终一言不发。"

"据我所知,东京地检是检察行当的精英,自尊心也强,一旦盯上谁,就在打造铁一样的证据后把人带走,提起公诉。提交审讯而被判有罪的比例极高。所以,拘留所里的审讯也不是温吞水。大部分人都在审讯期间精神崩溃,按对方说的写审讯记录,写完签名了事。为躲避追究而沉默到底,一般人可是做不到的。"

"但不管怎样,免色君做到了。意志坚定,脑袋聪明。"

的确,免色不是一般人。意志坚定,脑袋聪明。

"还有一点不好理解,逃税也好洗钱也好,东京地检一旦批捕,就该成为新闻报道。而若是免色这样的罕有姓名,总会留在我脑袋里。直到前不久我看报还相当热心来着。"

"这——,到那个程度,我也不明白。另外,还有一件事。我想上次也说了,山上那座豪宅是三年前买下的,而且相当强硬地。那以前是别人住来着。刚建好的房子,人家根本没有卖的打算。但免色君砸钱进去——或用别的方法——把那一家彻底赶跑了,随后住了进来。就像德性不好的寄居蟹。"

"寄居蟹不至于把贝壳里的贝赶走,只是老老实实利用死贝剩下的空壳罢了。"

"不过,那里边德性不好的寄居蟹也未必没有吧?"

"不太清楚啊!"我避开关于寄居蟹生态的讨论。"假定果真那样,可为什么免色先生对那房子执着到那个地步呢?以致非把原先住的人强行赶走据为己有不可?那样做一来格外费钱,二来也费周折。况且在我看来,那豪宅对他多少过于花哨,过于醒目。房子诚然气派,但我觉得很难说适合他的口味。"

"再说作为房子也太大。不请用人,过的是独身生活,客人也几乎不来——是没必要住那么大的房子。"

她喝干杯里剩的水,继续道:"免色君怕是有什么别的理由,以致非那房子不可。什么理由倒是不知道……"

"不管怎样,我星期二去他家做客。实际去那房子看看,或许能多少看出一些名堂。"

"蓝胡子公爵的城堡那样秘而不开的房间也别忘核查。"

"记住就是。"

"不过,眼下是不错的嘛!"她说。

"什么不错?"

"画顺利完工,免色君正中下怀,一大堆银两进来。"

"那是。"我说,"反正是好事,舒了口气。"

"祝贺!大画家!"她说。

舒了口气,不是说谎,画完的确有其事,免色中意亦非虚言,我对那幅画有感觉也是事实,结果将有大笔钱进账同样属实。尽管如此,不知何故,我却上不来举杯庆贺的情绪——实在有足够多的围绕我的事物不上不下地悬在那里,连个线索也没有。我觉得自己越是把自己的人生简单化,事物越是茫无头绪。

我像寻求抓手似的几乎下意识伸手搂住女友的身体。她的身体柔软、暖和,而且汗津津的。

你小子在哪里干了什么,我可是一清二楚!那个白色斯巴鲁男子说。

20 存在与非存在交相混淆的瞬间

翌日早晨五点半自然醒来。星期天的早晨。周围还漆黑一片。在厨房用罢简单的早餐，换上工作服进入画室。东方天空变白之后，关掉照明，大大推开窗扇，把清晨透心凉的新鲜空气迎入房间。我取出新画布，支在画架上。窗外传来晨鸟的叫声。夜间下个不停的雨把周围树木淋得湿湿的。雨稍前一会儿停了，云层开始点点处处现出裂缝。我坐在木凳上，一边喝着马克杯里热乎乎的黑咖啡，一边看一会儿眼前什么也没画的画布。

我一向喜欢早早在清晨时分一动不动地注视还什么也没画的雪白画布。我个人称之为"画布禅"。虽然还什么也没画，但那里存在的绝非空白。雪白的画面上有应该到来的东西悄然隐身。凝神细看，那里有好几种可能性，它们很快就要聚敛为一条有效的线索。我喜欢这样的瞬间，存在与非存在交相混淆的瞬间。

不过今天往下要画什么，一开始我就清楚。在这幅画布上我马上要画的，是那个开白色斯巴鲁的中年男子肖像。那个男子一直在不屈不挠地等我画他。我有这样的感觉。而且我不是为了谁（不是因为受托，也不是为了生计），而是为了我自身而画他的肖像画，非画不可。一如画免色肖像画之时，为了将那个男子的存在意义——至少是之于我的意义——凸显出来而必须以我的方式把他的形象画下来。为什么不晓得。但那是找到我头上的事。

我闭目合眼，在脑海中唤出那个白色斯巴鲁男子形貌。我鲜明记得他的相貌的每一细部。次日一大早他从家庭餐馆座位上直盯盯向上看我。早报在餐桌上折叠着,咖啡冒着白气。大玻璃窗射进的晨光炫目耀眼,廉价餐具"叮叮咣咣"相互碰撞的声音在餐馆里回响——那样的光景在眼前栩栩如生。男子的脸在那样的光景中开始具有表情。

你小子在哪里干了什么,我可是一清二楚!他的眼睛说。

这回我先从打画稿开始。我起身把木炭拿在手里,站在画布前。我在画布空白上设定男子面部的位置。不做任何计划,什么也不考虑,先拉出一条纵线。那是一条中心线,一切从那里开始。往下画在那里的是一个晒黑了的瘦削男人的脸。额头刻有好几条深深的皱纹。眼睛细长、锐利,是一对习惯于凝视远方水平线的眼睛,天空和大海的颜色浸染其中。头发剪得短短的,斑驳夹杂着白发。恐怕是沉默寡言忍耐力强的人。

我在基线四周用木炭加了几条辅助线,以便男子面部的轮廓从中腾起。我后退几步打量自己画出的线。修正,加画新线。重要的是相信自己,相信线的力量,相信线切割出来的空间的力量。不是我说,是让线与空间说。一旦线与空间开始说话,不久颜色就会说话。而后平面缓缓向立体改头换面。我要做的是鼓励它们、协助它们,绝对不能干扰它们。

作业持续到十点半。太阳一点一点爬上中天,灰色云絮变得支离破碎,又被接连不断地赶往山峦那边。树枝已不再从端头滴水。我从稍离开些的位置以各所不同的角度审视暂且画完的草图。那里有我记忆中的男子的脸。或者莫如说孕育那张脸的骨骼已然形成。可我觉得线条稍偏多,要适当削减。这里明显需要减法。不过那是明天的事了。今天的作业最好到此为止。

我放下变短的木炭,在冲洗槽清洗变黑的手。用手巾擦手时,目光落在眼前板架上的古铃。于是拿在手里,试着摇了摇。声音格外清脆,听起来古声古韵。很难认为是长年累月放在地下的神秘佛具。同深夜回响的声音不太一样。想必漆黑的夜与深重的静使得声音更加温润深沉,并且传得更远。

到底是谁深更半夜在地下弄响这铃的呢?至今仍是未解之谜。理应有谁在洞底夜夜弄响此铃(那本应是某种信息),然而那个谁无影无踪。打开洞时,那里有的只此一铃。莫名其妙。我把铃放回板架。

午饭后,我出门走进房后的杂木林。我穿上厚些的灰色游艇夹克,又穿了到处沾有颜料的工作用运动裤。我沿着被雨淋湿的小路走到有小庙的地方,绕到后头。盖在洞口的厚盖子上面重重叠叠积满了五颜六色、形状各异的落叶。被昨晚的雨浇得湿漉漉的落叶。免色和我两天前来过后似乎还没有人碰这盖子。我想确认这点。我躬身坐在湿漉漉的石头上,一边耳听头上鸟们的叫声,一边打量了好一阵子这有洞穴的风景。

在这阒无声息的树林中,仿佛可以听见时间流逝、人生嬗变的声音。一人离去,另一人到来。一个情思离去,另一情思到来。一个形象离去,另一形象到来。甚至这个我本身都在日复一日的重叠中一点点崩毁又一点点再生。不可能原地不动。时间不断失去。时间在我的身后前仆后继沦为死砂崩塌消失。我坐在洞口前一味倾听时间死去的声音。

一个人坐在洞底,究竟是怎样的心情呢?我蓦然心想。只身一人被封闭在漆黑狭小的空间。况且免色自愿放弃了手电筒和梯子。若无梯子,倘不借助某人的手——具体说来我的手——那么基本不可能脱身。何必特意把自己逼入那样的绝境呢?莫非他把东京拘留所中度过的孤独的监禁生活同那个暗洞重合起来了不成?当然那是我全然摸不着头脑的。免色以免色的方式生活于免色的世界。

就此我能说的只有一点：那种事我横竖做不来。对又黑又小的空间我怕得要死。假如被送进那样的地方，势必吓得无法呼吸。尽管如此，我却在某种意义上为那洞穴心往神驰。甚是心往神驰。甚至觉得那个洞穴正在向我招手。

我在洞口旁大约坐了半个小时。而后欠身立起，在斑驳的日影中折回家中。

午后两点多雨田政彦来了电话。说有事来到小田原附近，问我这就过去是不是可以。我说当然可以。好久没见雨田了。三点前他开车赶了过来。作为礼物带了一瓶单一麦芽威士忌。我道谢接过。正是威士忌快喝完的时候。他依然那么潇洒，胡须刮得一根不剩，架着看惯了的玳瑁眼镜。外表几乎同过去毫无二致，唯独发际略略后撤。

我们坐在客厅里通报各自近况。我讲了园艺工人用重型机械挪走了杂木林中的石堆，下面出现一个大约直径两米的圆洞。洞深两米八，围着石壁。上面封着沉重的木格盖。掀开盖子，里面只有一个古铃样的佛具。他听得兴味盎然，但没有说想实际看那个洞，也没说想看铃。

"那么，那以来半夜再没听见铃声？"他问。

我回答再没听见。

"那比什么都好。"他不无释然地说，"我嘛，那种让人毛骨悚然的玩意儿压根儿应付不来。对来历不明的东西一直尽可能避而远之。"

"你不惹神，神不犯你。"

"正解。"雨田说，"反正洞的事交你处理，悉听尊便。"

接着，我向他讲了自己总算久违地产生了"想画画"的心情。两天前画完免色委托的肖像画以后，感觉上好像堵在胸口的东西突然没有了。或许自己正在捕获以肖像画为主题的新的原创风格。虽然那是作为肖像画开始画的，但结果上成了同肖像画截然有别的东西。尽管如此，那在本质上又是 Portrait。

雨田想看免色的画，我说已经交给对方。他为之遗憾。

"可颜料不是还没干吗？"

"说要自己晾干。"我说，"毕竟恨不得马上据为己有。可能生怕我改变心情说不想交给他了。"

"嚇！"他显出佩服的样子。"那，可有什么新的？"

"有个今早开始画的东西。"我说，"还只是木炭草图，看怕也看不出名堂。"

"可以，那也可以的。给我看看可好？"

我把他领进画室，让他看了开始画的《白色斯巴鲁男子》草图。仅以黑炭线条勾勒的粗犷的骨骼。雨田在画架前抱臂而立，神情肃然地逼视良久。

"有意思啊！"稍后，他从牙缝中挤出来似的说。

我默然。

"往下发展为怎样的形式还无法预测，但看上去的确像是某人的肖像。或者莫如说，像是肖像画的根基——在土中很深的地方扎的根。"如此说罢，他再次沉默有顷。

"很深很暗的地方。"他继续道，"这个男子——怕是男的吧——是在为什么气恼吧？是在责怪什么呢？"

"这——，那个地步我也不知道。"

"你不知道。"雨田以平板的声音说，"但这里有深沉的愤怒与悲哀。而他却不能一吐为快，愤怒在体内翻卷着漩涡。"

雨田在大学时代学的是油画专业。但坦率地说，作为油画家的手腕乏善可陈。灵巧诚然灵巧，但总好像缺乏底蕴。这点他本人也在某种程度上承认。但另一方面，他具备一眼看出他人画作好坏的才能。因此，我对自己画的东西有什么困惑，过去就经常征求他的意见。他的建议总是一语中的，不偏不倚，有实际效用。而且可贵的是，他完全没有嫉妒心和竞争心理。想必是出于天生的性格。这样，我每次都能完全信赖他的意见。尽管有直言不讳的地方，但因为没有其他动机，所以哪怕被他说得一文不值也不生气，说来也是不可思议。

"这画画完了，在交给谁之前能让我看看？哪怕看一会儿。"他眼不离画地说。

"好！"我说，"这回并不是受谁委托画的，只是为自己随意画的。也没有要交给谁的预约。"

"想画自己的画了？"

"好像。"

"这是 Portrait，不是肖像画。"

我点头："这一说法我想也可以成立。"

"而且，你啊……有可能正在发现某种新的目的地。"

"但愿。"我说。

"近来见了柚。"雨田临回去时说，"偶遇，谈了三十分钟。"

我仅仅点头，什么也没说。不知说什么好。

"她看上去很精神。几乎没谈到你，好像双方设法回避这个话题。明白吧？那种感觉。但最后多少问起你。问你干什么呢，也就这个程度。我说好像在画画，什么画不知道，反正一个人闷在山上画什么。"

"总之活是活着的！"我说。

看上去雨田想就柚再多说什么，但归终转念作罢，什么也没说。柚过去就似乎对雨田怀有好感，找他商量了许多事，大概关于和我之间的事也包括在内，一如我时常找雨田商量绘画。但雨田对我什么也没讲。他就是这样的人。别人找他商量多多,而他任凭那些留在自己身上,好比雨水顺着导水管流进水桶,不再流去别处,也不会从桶口溢出。想必酌情适当调节水量。

雨田本身大概不找任何人诉说烦恼。自己身为著名日本画画家之子而且进了美大,却不甚具有作为画家的才华——这方面他难免有种种心事,也应有话想说。可是在长期交往中,在我能想得起来的限度内,他一次也没就什么发过牢骚。他便是这一类型的男人。

"我想柚可能有了情人。"我一咬牙开口道,"婚姻生活的最后阶段,和我已经没有性关系。本该早些觉察才是。"

向谁坦言这种事是第一次。这是我一个人窝在心里的事。

"是吗?"雨田简单应道。

"这点儿事你也是知道的吧?"

雨田没有应答。

"不对?"我追问。

"如果可能,一个人不知为好的事也是有的吧!我所能说的仅此而已。"

"但是,知道也好不知道也好,到来的结果都是同样的。或迟或早,或突然或不突然,或敲门声大或敲门声小,不外乎这个差别。"

雨田叹了口气。"是啊,你说的或许不错。知道也好不知道也好,出现的结果可能都是一样的。尽管如此,我不能说出的事情也是有的。"

我默然。

他说:"不管出现怎样的结果,事物也都必有好的一面和糟的一面。同柚分手,我知道对你是相当难受的体验,那的确让人不忍。但在结果上,你终于开始画自己的画了,开始找到自己的风格那样的东西了。换个想法,那不就是事物好的一面吗?"

也许果真如此,我想。假如不同柚分手——或者柚不弃我而去——想必现在我也还在为了生活而继续如约画千篇一律的肖像画。然而那并非我的主动选择。这是关键。

"看好的一面好了!"临回去时雨田说,"也许是无聊的忠告:既然要走同一条路,那么走朝阳的一侧岂不更好?"

"而且,杯里还剩有十六分之一的水。"

雨田出声地笑了。"我就是喜欢你这种幽默感。"

我本来不是出于幽默而说的,但我到底没就此说什么。

雨田沉默了一会儿。而后问道:"你还在喜欢柚?"

"就算脑袋明白必须把她忘掉,心也还是挥之不去——不知为什么成了这样子。"

"没和别的女人睡觉?"

"睡也没用,柚总是出现在我和那个女人之间。"

"那是伤脑筋啊!"说着,他用指尖嗑哧嗑哧触摸额头。看上去真好像在伤脑筋。

随后他开车回去了。

"谢谢威士忌!"我表示感谢。还不到五点,但天空已经很暗了。这个季节,夜一天比一天长。

"真想一起喝一杯,可毕竟开车啊!"他说,"找时间坐下来慢慢喝,好久没一起喝了。"

"找时间!"我说。

一个人不知为好的事也是有的吧!雨田说道。或许。一个人不问为好的事也是有的吧!可是,人不能永远蒙在鼓里。时机一到,哪怕死死塞住两耳,声音也还是震颤空气吃进心里。无从防止。如若讨厌,只能去真空世界。

醒来时已是夜半时分。我摸索着打开床头灯,看一眼钟。数字闹钟显示为1:35。听得铃响。无疑是那个铃。我欠身朝那个方向侧耳细听。

铃再次响起。有谁在夜间黑暗中弄响它——声音比以前更大、更清晰。

21　虽然小，但砍下去肯定出血

我在床上直挺挺坐起，在半夜黑暗中屏息敛气细听铃声。声音到底从哪里传来的呢？铃声较以前更大、更清晰。毫无疑问。而且，传来的方向也和以前不同。

铃是在这座房子里响的，我这样判断。只能如此认为。继而，我在前后混乱的记忆中想起铃几天前就放在画室板架上没动——是我在开洞发现铃之后亲手放在板架上的。

铃声从画室中传来。

没有怀疑的余地。

可是如何是好呢？我脑袋乱作一团。恐惧感当然是有的。在这个家中、在这个屋檐下，莫名其妙的事正在发生。时值深更半夜，场所是在孤立无援的山间，而且我彻底孑然一身。不可能不感到恐惧。但事后细想，在那一时刻，脑袋混乱要或多或少超过恐惧心理。人的脑袋想必天生是那样的东西——为了消除或减轻强烈的恐惧和痛苦而彻底动员现有的情感和感觉，如同在火灾现场为了装水而拿出大凡所有的容器。

我最大限度梳理脑袋，盘算自己姑且应采取的方法。继续蒙头大睡也是个选项，即雨田政彦所说的做法：反正不同莫名其妙的东西打交道。关掉思考开关，什么也不看什么也不听。但问题在于，入睡根本无从谈起。就算蒙上棉被塞住耳朵，就算关掉思考开关，对如此真切传来的铃声充耳不闻也不可能。毕竟是在这个家中响的。

铃一如既往时断时续。摇响几次,间隔片刻静默,再摇响几次。间隔的静默并不一致,每次都或长一些或短一些。这种参差不齐,奇异地给人以人情味之感。铃不是自动响的,也不是使用什么机关弄响的。而是有人拿在手里摇动。其中可能含带某种信号。

既然不能继续逃避,那么只能断然调查真相。长此以往,我的睡眠势必分崩离析,正常生活也化为乌有。索性主动出击,看画室里发生什么好了!其中也有气恼在起作用(我何苦非有如此遭遇不可?)此外不用说,些许好奇心也是有的。这里究竟在发生什么,我要亲眼看个究竟!

我翻身下床,在睡衣外披了件对襟毛衣,拿起手电筒走去门厅。在门厅,我把雨田具彦留在伞筒里的深色橡木手杖拿在右手。结结实实沉甸甸的手杖。很难认为这种东西有什么现实用处,但同空手相比,还是手拿什么心里踏实。毕竟谁也不知道会发生什么。

不言而喻,我心惊胆战。光着脚走,但脚心几乎没有感觉。四肢僵挺,每动一下都好像听得见所有骨头吱呀作响。家中恐怕有谁进来,并且在摇铃。估计和井底摇铃的是同一人。他是什么人?或是什么东西?我揣度不出。木乃伊?万一我走进画室目睹木乃伊——肤色像牛肉干似的干瘪瘪的男子——正在摇铃,到底如何应对才好呢?挥起雨田具彦的手杖朝木乃伊狠砸下去不成?

何至于!我想。那种事做不来。木乃伊恐是即身佛,和僵尸不同。

那么,究竟如何是好呢?我的困惑仍在继续。或者莫如说已经变本加厉。如果不能采取某种有效手段,往下莫非要一直同木乃伊在这个家中生活下去不成?每晚这一时刻都不得不听这铃声不成?

我蓦然想到免色。从根本上说是因为他多此一举才形成这种麻烦事态的。因为他带来重型机械挪走石堆打开神秘洞穴,所以结果上才有来历不明的东西连同那个铃进入这个家中的。我考虑是不是给免色打电话。即使这种时刻，大概他也会开着捷豹马上跑来。但归终转念作罢。没有等待免色准备赶来的工夫。我此时此刻必须做点什么。那是必须以我的责任做的事。

我毅然决然把脚踏进客厅，打开房间灯。开灯以后铃声也照样响个不停。声音毫无疑问是从通往画室的门的对面一侧传来的。我右手再次紧紧握住手杖，蹑手蹑脚穿过宽敞的客厅，把手搭在通向画室的门扇拉手上。然后大大做了个深呼吸，决心旋转门拉手。与我开门的同时，铃声就好像正等待这一时刻似的戛然而止，深沉的静默随之降临。

画室一团漆黑，一无所见。我把手伸往左侧墙壁，摸索着按下照明开关。天花板有吊灯，房间一下子大放光明。我双腿叉开站在门口，以便随时做出反应。右手握着手杖，迅速环视房间。由于过于紧张，喉咙渴得冒烟，唾液都几乎咽不下去。

画室里谁也没有。没有摇铃的干瘪瘪的木乃伊。谁的形影也没有。房间正中孤零零立着一个画架，上面支着画布。画架前有个三腿旧木凳。别无其他。画室空无一人，虫声一无所闻，风也没有，窗口拉着白色窗帘。一切近乎异常地静悄悄无声无息。我感觉得出，握手杖的右手由于紧张而微微颤抖。手杖尖随着颤抖而触动地板，"咯咯噔噔"发出不规则的干涩声响。

铃依然放在板架上。我近前细细打量这铃。没拿在手里，哪里也看不出有什么异样。位置仍是我昨天上午拿起又放回板架的位置，没有改变的痕迹。

我坐在画架前的圆木凳上，再次三百六十度环视房间。慎之又慎，不放过任何边边角角。还是谁也没有。平日熟悉的画室场景。画布的画也是我画开头的样子：《白色斯巴鲁男子》草图。

我把视线投向板架上的闹钟，恰是后半夜两点。因铃声醒来记得是一点三十五分，即过去了二十五分钟左右。但我身上没有过去那么多时间的感觉，觉得也就五六分钟。时间感觉出了问题，或者时间流程出了问题。非此即彼。

我气馁地从凳上下来，关掉画室的灯，出来关门。站在门前细听片刻，铃声再也听不见了。所有声音都听不见。听见的只有静默。听见静默——这不是语言游戏。在孤立的山头上，静默也是有声音的。我站在通向画室的门前，侧耳听那声音，听了好一会儿。

这时，我倏然觉察客厅沙发上有个陌生物。或靠垫或偶人，大小也就那个程度。但记忆中不曾把那样的东西放在那里。凝神细看，原来既不是靠垫也不是偶人，是活着的小人儿。身高约有六十厘米吧。小人儿身穿奇妙的白色衣服，身体一下下动来动去，就好像衣服还没有完全适应身体，感觉特不舒服。衣服有印象。古式传统衣裳。日本古代身居高位的人穿的那种衣服。不但衣服，人的长相也似曾相识。

骑士团长！

我的身体冷彻骨髓。就好像有拳头大小的冰块顺着脊背一点一点向上爬。雨田具彦那幅《刺杀骑士团长》画中画的"骑士团长"坐在我家——正确说来是雨田具彦的家——客厅沙发上，目光炯炯地看着我。小人儿和画上的完全同样装束、同样相貌，俨然从画中直接走下来的。

那幅画现在哪里？我努力回想。噢，画当然在客用卧室。我怕来访的人瞧见了可能有麻烦，就用褐色牛皮纸包好藏在了那里。假如此人是从那幅画中走下来的，那么那幅画到底怎么样了呢？唯独骑士团长形象从画面消失了不成？

但是，画上画的人物从画中下来是可能的吗？当然不可能，不可能有的事。这点不言而喻。无论谁怎么看……

我在那里伫立不动，全无逻辑可言。我一边不着边际地左思右想，一边凝视坐在沙发上的骑士团长。时间仿佛一时停滞不前。时间似乎在那里走来走去，静等我脑袋恢复正常。总之我再也不能从那奇形怪状的——只能认为来自异界的——人物身上移开眼睛了。骑士团长也从沙发上目不转睛地向上看我。我欲言无语一味沉默。想必是因为实在过于吃惊了。除了定定目视他、微微张口静静呼吸以外，我一无所能。

骑士团长同样没从我身上移开视线，也没作声。嘴唇闭成一条直线。同时把短腿笔直地抛在沙发上。虽然背靠在沙发背上，但脑袋还没够到沙发背顶端。脚上穿着形状奇特的小鞋。鞋似乎是用黑色皮革做的，前端尖尖上翘。腰上带一把柄有饰纹的长剑。虽说是长剑，但因尺寸合于身体，因此从实际大小而言接近短刀。但那当然能成为凶器，如果那是真正的剑的话。

"啊，是真正的剑！"骑士团长仿佛读懂我的心思。同身体之小相比，声音分外响亮。"虽然小，但砍下去肯定出血。"

然而我还在沉默。话语出不来。最先想到的是此人居然会说话。接着想的是此人说话方式相当不可思议。那是"普通人一般不至于这么说话"那类说话方式。可细想之下，从画上直接下来的身高六十厘米的骑士团长原本就不是"普通人"。所以，他用怎样的说话方式都不足为奇。

"在雨田具彦的《骑士团长》里边，我被剑刺进胸口，目不忍视地奄奄一息。"骑士团长说，"这一如诸君所知。但是，现在的我无有①伤口。喏，无有吧？拖拖拉拉流着血到处走，对于我也多少是个麻烦，对诸君想必也伤脑筋。地毯和家具被血弄脏不好办吧？所以，现实性姑且束之高阁，刺伤省之略之。从《刺杀骑士团长》中

---

① 无有：日语原文为"あらない"，但日语无此表达方式。故相应以"无有"译之。

省略'刺杀'的,就是这个我。倘若需要称呼名字,称作骑士团长并不碍事。"

尽管骑士团长说话方式奇妙,但说话本身似乎决不外行。莫如说反倒可能有些饶舌。而我依然一言不发。现实与非现实尚未在我身上顺利达成妥协。

"差不多该把手杖放下了吧?"骑士团长说,"往下我又不是找诸君决斗。"

我注视自己的右手。右手还死死握着雨田具彦的手杖。我把它从手上放开。橡木手杖发着钝钝的声响倒在地毯上。

"我可不是从画上下来的哟!"骑士团长又看出了我的心思,"那幅画——非常意味深长的画——现在也照样是那幅画。骑士团长在那幅画中分明惨遭刺杀。鲜血从心脏喷涌而出。我只不过是姑且借用他的外貌而已。毕竟这么和诸君面面相觑,某种外貌不可或缺。故而暂且拜借骑士团长的形体。这未尝不好吧?"

我仍在沉默。

"无所谓好还是不好啊!雨田先生已然意识朦胧正向和平世界转移,况且骑士团长也并非什么注册商标。若是以米老鼠或波卡洪塔斯①形象出现,难免要被华特·迪士尼公司嗷嗷不休索取高额诉讼费用,而骑士团长总不至于。"

这么说罢,骑士团长摇着双肩得意地笑了。

"作为我嘛,木乃伊形象也并无不可,但深更半夜突然以木乃伊形象出现,作为诸君想必也惊诧不已。目睹干瘪瘪牛肉干块体那样的玩意儿在一团漆黑中丁零丁零手摇铃铛,引发人们心猝死都有可能。不是吗?"

我几乎条件反射地点了下头。确实,相比于木乃伊,骑士团长

---

① 迪士尼动画电影《风中奇缘》女主角,即宝嘉康蒂。

不知好多少倍。假如对方是木乃伊，真有可能引发心猝死。抑或，在黑暗中摇铃的米老鼠或波卡洪塔斯都肯定令人毛骨悚然。身着飞鸟时期衣裳的骑士团长也许还算是地道的选择。

"你是灵异那样的存在吗？"我断然询问。我的声音沙哑死板，如久病初愈之人。

"优质提问。"骑士团长说。他竖起一根小小的白色食指。"绝顶优质提问！诸君，我是谁？此刻姑且是骑士团长，而非骑士团长以外的任何什么。但这当然是假定形象。下次是什么无由得知。那么，我归终为何物？抑或，诸君究竟为何物？诸君何以取诸君形体？说千道万那到底是什么？如此突然问起，纵然诸君谅也颇为困窘。就我而言亦是同理。"

"什么形体你都能采取吗？"我问。

"不，无有那般简单。我能够采取的形体相当有限。并非什么形体都不在话下。简洁说来，服装尺寸是有限制的。无有必然性的形体不能采取。而这次我能选取的形体，不外乎这三寸豆腐丁骑士团长。从绘画尺寸来说，无论如何也只能是这等身高。不过这衣裳也真是局促得很。"

这么说着，他在白色衣裳里瑟瑟动了动身子。

"那么，回到诸君刚才的提问上来。我是灵异？不不，不是的，诸君。我并非灵异。我纯属理念。灵异这东西基本是神通自在之物，而我不然。我受种种制约而存在。"

疑问有很多。或者不如说应有很多。却不知何故，我一个也想不起来。我是单数，何以被称为"诸君"呢？但这终究是琐碎疑问，不值得特意提出。或者"理念"世界里原本不存在单数第二人称亦未可知。

"制约多多，无微不至。"骑士团长说，"譬如一天之内我只能在有限时间里形体化。我中意扑朔迷离的夜阑时分，故而大体从凌晨一时半至二时半之间形体化。明亮时间里形体化尤感疲惫。其余非形体化时间,则作为无形理念随处休憩,犹如阁楼里的猫头鹰。此外,我是不被邀请即不能前往的体质。然而拜诸君开洞拿铃所赐,我得以进入这户人家。"

"你一直被关在那个洞底?"我试着问。我的语声好了许多,但仍有少许沙哑。

"不知道。我原本无有正确意义上的所谓记忆。但我被关在那个洞中乃是某种事实。我置身于那个洞中,由于某种缘故而不能从那里离开。不过,关在那里也无有特别不自由。纵使在那又窄又黑的洞底关上几万年,也不至于觉出不自由和痛苦。而诸君将我从那里放出,对此我相应致以谢意。毕竟,同不自由相比,还是自由妙趣横生。毋庸赘言,对那个免色其人也表示感谢。若无他的努力,洞不可能打开。"

我点头:"正是。"

"我大约感觉到了那样的预兆,切切实实地。感觉到了那个洞被打开的可能性。并且这样认定:此其时也!"

"所以前一阵子就开始半夜把铃弄出声了?"

"一点儿不错。结果洞被大大打开了。而且被免色氏好意请去参加晚餐会。"

我再次点头。免色确实请骑士团长——当时免色用的是木乃伊一词——参加星期二晚餐会了,模仿唐璜请骑士团长雕像吃晚餐。作为他恐怕是类似轻度玩笑那样的念头,但现在已不再是玩笑。

"我,食物概不入口。"骑士团长说,"酒也不喝。盖因不具备消化器官。说无趣也够无趣的,毕竟好不容易被请吃那么丰盛的宴席。但招待还是谨予接受。理念被谁请吃晚饭,这事无有许多。"

这是这天夜里骑士团长最后的话。说罢即陡然沉默不语,双目悄然闭合，仿佛一点一点进入冥想世界。闭目后，骑士团长显出相当内省的神情，身体纹丝不动。不久，骑士团长的形体急速单薄起来，轮廓也很快模糊不清，数秒后彻底消失不见。我条件反射地看一眼钟：凌晨二时十五分。想必"形体化"规定时间至此终了。

我走到沙发那里，用手摸了摸骑士团长坐过的部位。我的手毫无感觉。没有温煦，没有凹窝，谁在这里坐过的痕迹荡然无存。大概理念是一无体温一无重量的吧。那一形体终究不过是临时形象罢了。我在其旁边坐下，深深吸了口气，用双手一下接一下搓脸。

一切都好像发生在梦中。我只是做了个长长的活生生的梦。或者不如说这个世界现在也还是梦的延长。我被封闭在梦中，我这样觉得。但那不是梦，这点我也心知肚明。这有可能不是现实，却又不是梦。我和免色两人从那奇妙的洞底把骑士团长——或采取骑士团长形体的理念——解放出来。而骑士团长现在住在这房子里，一如阁楼里的猫头鹰。至于那意味着什么我不清楚，也不明了那将带来怎样的结果。

我站起身，拾起掉在地板上的雨田具彦的橡木手杖，关掉客厅的灯，折回卧室。四下寂然。大凡声音都听不见。我脱去对襟毛衣，一身睡衣躺在床上，思考下一步该怎么办。骑士团长打算星期二去免色家——免色请他赴晚宴。在那里到底将有什么发生呢？我越想心里越不平静，活像桌腿长短不一的餐桌。

但不觉之间我居然困得一塌糊涂，似乎我的脑袋动员所有功能千方百计把我拖入睡眠，把我从茫无头绪的混乱现实中强行剥离出来，而我又无法抵抗。不大工夫，我睡了过去。睡前倏然想到猫头鹰——猫头鹰现在做什么呢？

睡吧，诸君！恍惚觉得骑士团长在我耳边低语。

不过，那怕是梦的一部分吧？

22 请柬还好端端活着

翌日星期一。睁眼醒来，数字闹钟显示 6:35。我在床上欠身坐起，脑海中再现几小时前深夜画室发生的事件。那里摇响的铃，小个头骑士团长，和他之间进行的奇妙交谈。我宁愿认为那一切都是梦。我做了个长长的、活生生的梦，如此而已。在这明亮的晨光下，实际上也只能认为那是梦中发生的事件。我真切记得事件的所有部分。但我越是就其细部一一加以验证，越是觉得一切都发生在距现实几光年之遥的另一世界。

可是，无论我怎么想方设法认定那仅仅是梦，我也知道那不是梦。这或许不是现实，却也不是梦。是什么不知道，反正不是梦，梦是由别的要素构成的什么。

我从床上下来，剥开包着雨田具彦《刺杀骑士团长》的牛皮纸，把画拿去画室挂在墙上，坐在凳子上久久正面注视那幅画。如骑士团长昨夜所言，画毫无变化——骑士团长并非从画上下来现身于这个世界的。画中，骑士团长依旧胸口扎一把剑，心脏流血，奄奄一息。他仰视虚空，张开的嘴扭歪着，也许发出痛苦的呻吟。他的发型、身上的衣服、手中的长剑、奇妙的黑鞋都和昨夜出现于此的骑士团长一模一样。不，从事情的顺序来说——在时间序列上说——倒是那个骑士团长在精密模仿画中的骑士团长风貌……

雨田具彦用日本画的画笔和颜料画出来的虚拟人物原封不动地付诸实体出现在现实（或类似现实）之中，自主地立体地动来动去，这委实令人惊愕。然而凝神看画之间，渐渐觉得那似乎决非牵强附会之事。或许，雨田具彦的笔触便是栩栩如生到了如此境地。现实与非现实、平面与立体、实体与表象的间隔，愈发变得扑朔迷离。一如凡·高画的邮递员绝不现实，然而越看越觉得呼之欲出。一如他画的乌鸦不过是毛毛糙糙的黑线罢了，然而看上去直欲腾空而起。注视《刺杀骑士团长》当中，我再次不能不佩服雨田具彦作为画家的才华和功力。恐怕那个骑士团长（或者理念）正因为认可这幅画的非同凡响和力比千钧，他才"借用"画中骑士团长的形体，如同寄居蟹尽可能物色美观结实的贝壳作为居所。

切实看罢雨田具彦的《刺杀骑士团长》，我去厨房煮了咖啡，边听定时新闻广播边吃简单的早餐。有意思的新闻一条也没有。或者不如说眼下每天所有新闻对我都成了几乎没有意思的东西。但我还是把耳听每天早七点新闻姑且作为生活的一部分——假如地球此刻正处于毁灭的深渊而唯独自己浑然不觉，那恐怕还多少是件麻烦事。

吃完早餐，确认地球尽管有一定问题但仍循规蹈矩继续旋转之后，我手拿装有咖啡的马克杯折回画室，拉开窗帘，把新的空气放进房间。站在画布前开始创作自己本身的画。"骑士团长"出现是现实也好不是也好，他出席免色的晚宴也好不出席也好，作为我反正都只能推进自己应做的事。

我集中注意力，让白色斯巴鲁中年男子形象在眼前浮现出来。家庭餐馆里的他桌子上放着带有斯巴鲁标志的车钥匙，盘子装着烤吐司、牛奶黄油炒鸡蛋和香肠。番茄酱（红）和芥末（黄）容器位于旁边。刀叉摆在桌面上，还没有动手吃。一切事物都被投以晨光。我经过时，男子扬起晒黑的脸定定看我。

你小子在哪里干了什么，我可是一清二楚！他告诉我。眼睛里那清冷滞重的光似曾见过。大概是我在哪里别的场所见过的光。至于是哪里、什么时候，我无从记起。

我把他的形体和无言的诉说赋以画的形式。先用一小块面包代替橡皮从昨天用木炭勾勒的骨骼上一条条消除多余的线条。消到不能再消为止。之后往剩下的黑线上重新补加需要的黑线。这项作业花了一个半小时。结果，画布上出现的分明是白色斯巴鲁中年男子（说起来）的木乃伊化姿态。肉被削掉，皮肤干得俨然牛肉干，整个人缩小了一圈。那是仅用木炭又粗又黑的线条表现的。当然不过是草图。但我脑海中理应到来的图画正在稳稳聚敛成形。

"相当精彩的嘛！"骑士团长说。

回头一看，那里有骑士团长——他坐在窗旁板架上目视这边。从其背后泻下的晨光，将他的身体轮廓清晰地展示出来。仍穿同样的白色古代衣裳，腰别同其矮小身材相符的长剑。不是梦，当然！我想。

"我不是什么梦，当然！"骑士团长仍然读取我的心理信息似的说，"抑或，莫如说我是接近觉醒的存在。"

我默然，从凳子上一味盯视骑士团长的身体轮廓。

"我想昨晚也讲述了，在如此明亮的时刻形体化是非常让人疲惫的。"骑士团长说，"可是我想好好见识一次诸君作画的情景。于是自作主张，刚才就目不转睛参观诸君的作业。没有惹你不快？"

对此我同样无言以对。心情畅快也好不快也好，作为血肉之身的人能以理念为对象说出理来吗？

骑士团长没等我回答（或者把我脑袋里的所思所想直接作为回答予以接受），兀自继续下文："画得很好很好的嘛！那个男子的本质仿佛一点一点显现出来。"

"关于那个男子你可知道什么？"我惊讶地问。

"当然，"骑士团长说，"当然知道。"

"那么，就这个人物指教点什么可好？此人是怎样一个人？做什么的？现在怎么样了？"

"好不好呢……"骑士略略侧起脖颈，脸上显出为难的表情。而一显出为难，看上去总有些像小鬼。或者像是过去匪帮电影中出现的爱德华·罗宾逊①。说不定，骑士团长的表情实际上"借用"爱德华·罗宾逊的亦未可知。这并非不可能的事。

"世上有诸君不知道为好的事。"骑士团长说道，脸上仍然显出爱德华·罗宾逊那样的表情。

和雨田政彦最近说的一样，我想。如果可能，一个人不知为好的事也是有的。

"就是说，你不能告诉我不知为好的事，是吧？"我说。

"为什么呢？因为纵使我不特意告诉，其实诸君也已知道。"

我默不作声。

"或者诸君即将通过画那幅画将诸君已然知晓的事主动予以形体化。看塞隆尼斯·蒙克好了。塞隆尼斯·蒙克不是把不可思议的和声用道理、逻辑想出来了？他仅仅是拼命睁大眼睛从意识的黑暗中用双手掬起罢了。关键不是无中生有。诸君应当做的，莫如说是从现在已有的东西中找出正确的东西。"

此人知道塞隆尼斯·蒙克！

"啊，此外当然爱德华也是知道的哟！"骑士团长接上我的思考。

"也罢。"骑士团长说，"噢，另外，作为礼仪上的问题，为了慎重起见必须在此说明白，那就是关于诸君那位美妙无比的女

---

① 爱德华·罗宾逊（Edward G. Robinson, 1893—1973），美国演员。出生于罗马尼亚，具有犹太血统，10岁时随家人移居美国。曾在一系列经典影片中成功塑造了一批强盗形象。在1973年去世后不久被授予奥斯卡终身成就奖。

友……唔，就是开着红色迷你来这里的那位人妻。诸君们在此的所作所为——抱歉——我从头到尾一一看在眼里：脱光衣服在床上尽情尽兴贪欢作乐。"

我一声不响地盯视骑士团长的脸。我们在床上尽情尽兴贪欢作乐……借她的话说，"说出口来有顾忌那样的事"。

"不过如果可能，请不要介意。固然觉得不合适，但理念这个东西反正无论什么都要大致看个究竟。看什么不能挑挑拣拣。但的确无需介意。对我来说性爱也罢广播体操也罢清扫烟囱也罢，看起来都一个样。看也不觉得多么好玩，无非看而已。"

"理念世界没有隐私这一概念？"

"当然无有。"骑士团长莫如引以为自豪地说道，"我们无有那玩意儿，哪怕一星半点。所以只要诸君不以为意，那就一了百了。如何，不至于介意吧？"

我再次轻轻摇头。介不介意呢？知道有谁自始至终一一看在眼里还能把心情集中到性行为上面吗？还能激起健全的性欲吗？

"有个疑问。"我说。

"只要我能回答。"骑士团长说。

"明天星期二我要被免色先生请吃晚餐。你也被同席招待。那时免色先生使用的是招待木乃伊这个说法。当然实质上是你，因为那时你还没采取骑士团长的形体。"

"无所谓哟，这个！木乃伊，想当马上就能当。"

"不不，请就这样好了！"我慌忙说道，"如果可能，就这样实在求之不得。"

"我和诸君一同去免色家。我的样子诸君看得见，而免色的眼睛看不见。因此，是木乃伊也好，是骑士团长也罢，是什么都好像无有关系。不过有一件事想请诸君帮忙。"

"什么事呢？"

"诸君必须这就给免色君打个电话,确认星期二晚上的招待还是否有效。打电话时务必交代清楚:'当天和我同行的不是木乃伊而是骑士团长,这也不碍事吗?'上次也说了,未被招待的场所我是不能踏入的。必须请对方以某种形式招呼入内:'请,请进!'而一旦被招待一次,往后我就随时可以进入那里。这个场所嘛,是那里的铃替代起了请柬作用。"

"明白了。"我说。"不管怎样,弄出木乃伊形象可是吃不消。"

"这就给免色先生打电话,确认招待还是不是有效。说来宾姓名请由木乃伊改为骑士团长。"

"实在太难得了。居然应邀参加晚餐会,始料未及啊!"

"还有一个疑问。"我说,"你本来就不是即身佛吗?也就是说,不是自愿进入地下不吃不喝念佛入定的僧人吗?不是在那洞中没了性命成了木乃伊还不断摇铃的吗?"

"唔,"骑士团长稍稍歪起脑袋,"那个我也不知道哟!那时我已成为纯粹的理念了。至于那以前我是什么、在哪里做了什么,那种线性记忆压根儿无有。"

骑士团长好一会儿默默瞠视虚空。

"不管怎样,差不多我得消失了。"骑士团长以沉静而约略沙哑的语声说,"形体化时间这就要结束了。上午不是之于我的时间。黑暗是我的朋友,真空是我的空气。所以就此告辞。那么,别忘了给免色君打电话,拜托!"

接着,骑士团长耽于冥想似的合上眼睛,嘴唇闭成一条直线,十指交叉,徐徐变淡消失,同昨夜毫无二致。他的身体如梦幻一样悄然消失在空中。唯独我在清晨明亮的天光中没画完的画布剩了下来。白色斯巴鲁男子那黑乎乎的骨骼在画布中定定瞠着我。

你小子在哪里干了什么,我可是一清二楚!他告诉我。

22 请柬还好端端活着

偏午时分我给免色打电话。想来，我往免色家打电话还是第一次。总是免色打电话过来。铃响第六次他拿起听筒。

"好啊，"他说，"正想给你打电话呢！因为怕打扰你工作，就想等到下午。听说你主要是上午工作。"

我说工作稍前一会儿结束了。

"工作很有进展吧？"

"呃，正在画新画，才刚刚开始。"

"那就好，比什么都好。对了，你画的我的肖像，还没镶框，就那样靠我的书房墙壁立着，让颜料干透。即使这样也满室生辉……"

"明天的事……"我说。

"明天傍晚六点派车去府上迎接。"他说，"回程也用那部车送回。只你我两人，服装啦礼物啦什么的完全不必放在心上，空手悠悠然光临就是。"

"关于这个，有一点想要确认……"

"确认什么呢？"

我说："你前几天说晚餐席上木乃伊同席也可以，是吧？"

"嗯，确实那么说来着，记得很清楚。"

"那个请柬可还活着？"

免色略一沉吟，开心地轻声笑道："当然活着。没有二话，请柬还好端端活着。"

"木乃伊可能因故无法成行，骑士团长说想取而代之。请柬请的是骑士团长也无妨的吗？"

"无妨无妨！"免色毫不犹豫地说，"就像唐璜请骑士团长雕像吃晚餐那样，我高兴地恭请骑士团长光临寒舍晚宴。只是，我和歌剧里的唐璜不同，没做任何下地狱那样的坏事。或者说没有做的打算。晚餐后总不至于被直接拽去地狱的吧？"

"我想不至于。"我应道。不过老实说还真没有那样的把握。下一步究竟会发生什么,我已经无从预测了。

"那就放心了。眼下阶段,我还没有做好下地狱的准备。"免色得意地说,他是——自是理所当然——作为机警的笑话对待的。"倒是有一点想问,歌剧《唐璜》的骑士团长,作为死者不能在这个世上进餐。那位骑士团长怎么样呢?是做他进餐的准备好呢?还是同样不食现世人间烟火?"

"没有必要为他做进餐准备,因为吃的喝的他概不入口。只准备一人用的席位就可以了。"

"终究是精神性存在喽?"

"我想是那样的。"理念与精神,其构成固然多少有所不同,但我不想再多说下去。就没有表示异议。

免色说:"明白了。骑士团长席位准确无误地确保一个。能把那般声名赫赫的骑士团长请来寒舍参加晚宴,对于我实属喜出望外。只是,不能进食令人遗憾啊!够味儿的葡萄酒也准备好了……"

我向免色致谢。

"那么明天见!"说着,免色放下电话。

这天夜里铃声没响。估计因为白天明亮时刻形体化的关系(而且回答了两个以上问题),骑士团长累了。或者作为他已感觉不出再把我叫到画室的必要性也未可知。不管怎样,我一个梦也没做一觉睡到天亮。

翌日早上,我进画室画画当中骑士团长也没现身。这样,两个钟头时间里我得以不思不想几乎忘乎所以地全神贯注面对画布。这天我最先做的是把颜料涂到上面将底图消除,一如在烤吐司上厚厚抹一层黄油。

我首先使用深红、边缘如削的绿色和含带铅色的黑。这些是那个男子追求的颜色。调制准确的颜色很花时间。我进行这项作业过程中，放听的是莫扎特《唐璜》唱片。听音乐之间，感觉骑士团长即将出现在身后，但他没出现。

这天（星期二）骑士团长从早上就同阁楼里的猫头鹰一样坚守深沉的静默。不过我对此并没有多么在意。活生生的人再担心理念也无济于事。理念有理念的做法，我有我的生活。我总体上把意识集中于《白色斯巴鲁男子》肖像画的完成上面。进画室也好不进也好，面对画布也好不面对也好，画的意象都时刻不离我的脑海。

据天气预报，今天深夜关东东海地区恐有大雨。天气从西边缓慢而切切实实地崩塌下去。九州南部大雨如注，河流决堤，低洼地带居民不得不避难。住在高地的人则被告知有泥石流危险。

大雨之夜的晚餐会？我想道。

随后想起杂木林里的黑洞。免色和我挪开沉重的石堆使之暴露在光天化日之下的那个奇妙的石室。我想象自己独自坐在黑漆漆的洞底耳听雨打木盖的声响。我被封闭在那个洞穴无法脱身。梯子被撤走，重盖把头顶压得严严实实。而且，全世界所有男女都好像彻底忘记我被遗弃于此。抑或，人们以为我早已死去亦未可知。可我还活着。诚然孤独，但还呼吸。传来耳畔的唯有无尽无休的雨声。哪里也看不见光，一丝光也射不进来。背靠的石壁阴冷潮湿。时值夜半。不久或许有无数虫们爬来。

在脑海中推出如此场景，渐渐变得呼吸不畅。我走上阳台靠在栏杆上，将新鲜空气由鼻孔缓缓吸入，从口腔慢慢吐出。像往常那样一边数次数一边按部就班地周而复始。持续有顷，终于得以恢复正常呼吸。薄暮的天空覆盖着沉甸甸的铅色云层。雨正在逼近。

山谷对面免色那座白色豪宅隐隐约约浮现出来。入夜将在那里吃晚饭。免色和我，那位赫赫有名的骑士团长，三人围桌而坐。

那是真正的血！骑士团长在我耳畔低语。

23　大家真的都在这个世界上

我十三岁妹妹十岁那年的暑假，我们两人单独去山梨旅行。舅舅在山梨一所大学的研究所工作，去他那里玩。那是第一次没有大人陪伴的旅行。当时妹妹身体情况比较正常，父母准许我们单独出行。

舅舅还年轻，独身（至今仍独身）。记得当时刚到三十岁。他研究（至今仍研究）遗传因子。沉默寡言，多少有遗世独立的地方。但为人坦诚，性格直率。而且是热心的读书家，所知事情五花八门包罗万象。尤其喜欢在山里行走，所以在山梨的大学觅得教职。我们两个都很喜欢这个舅舅。

妹妹和我扛着背囊从新宿站坐上松本方向的快车，在甲府下车。舅舅来甲府站接我们。舅舅个子高得离谱，即使在人多拥挤的车站也能一眼找到他。舅舅和朋友在甲府市内合租一座小型独门独院的房子。但因合租者当时去海外了，我们因此得到单独房间。我们在那座房子住了一个星期，每天都和舅舅一起在附近山上转来转去。舅舅告诉我们许许多多花名虫名，成了我们那个夏天最美好的记忆。

一天，我们稍微走远些去看了富士山的风洞。那是富士山周围无数风洞中的一个，规模也说得过去。舅舅讲了风洞是如何形成的。洞由玄武岩构成，在洞中也几乎听不到回声。即使夏天气温也不升高，所以往昔人们就把冬季切割的冰块放在洞里保存。人们一般把大小能进去人的洞称为"风洞",把人不能进入的小洞称为"风穴",如此区分开来。总之舅舅是个无所不知的人。

那个风洞要付入洞费才能进入。舅舅没进。一来以前进过几次,二来个子高的舅舅因洞顶太低而很快腰痛。舅舅说洞里没多大危险,只你俩进去就行,我在洞口看书等着。我们在洞口分别接过工作人员递给的手电筒,戴上黄色塑料安全帽。虽然洞顶有电灯,但光线很暗。越往里走洞顶越低,高个子舅舅敬而远之也情有可原。

我和妹妹用手电筒一边照着脚下一边往里走。尽管时值盛夏,洞里边却凉瓦瓦的。外面气温高达三十二度,而里面气温十度也不到。我们穿上按舅舅的建议带来的厚些的冲锋衣。妹妹紧紧握着我的手。不知是寻求我的保护,还是想反过来保护我。虽然不知是哪个(也许仅仅是不想两相分开),但在洞内时间里那只温暖的小手始终在我的手中。那时除了我们,游客只有一对中年夫妇。不过他们很快就出去了,只剩下我们两人。

妹妹名字叫小径,但家人都叫她"小路"。朋友们或叫她"路"或叫她"阿路"。正式称为"小径"的,据我所知,一个人也没有。她是个苗苗条条的小个头少女。头发乌黑,一泻而下,在脖颈上端剪得整整齐齐。同脸盘相比,眼睛分外大(眸子也大),以致看起来像小精灵。那天她的穿着是白T恤、浅色牛仔裤、粉红色运动鞋。

在洞里走了一阵子,妹妹在稍微偏离正常路线的地方发现了一个小横洞——像要藏在岩石后面似的悄然敞开洞口。她似乎对那个洞的形态发生了极大兴趣,对我说:"嗳,那个、不像爱丽丝的洞似的?"

她是路易斯·卡罗尔的《爱丽丝漫游奇境》狂热的粉丝。为了她我不知把那本书看了多少遍。至少应看了一百遍。虽然她从小认字就多,但喜欢我出声念给她听。尽管故事情节早就该耳熟能详,而妹妹的心情却每念一次就激动一次。她尤其喜欢"龙虾舞"部分。我至今仍记得滚瓜烂熟。

"白兔好像没有的。"我说。

"就看一眼。"她说。

"当心！"

那的确是个狭窄的小洞（按舅舅的定义，接近"风穴"），但小个头妹妹还是毫不费力地钻了进去。上半身钻入洞中，仅膝盖往下部分露在外面。她似乎用手里的手电筒往洞的深处探照。而后慢慢后退，退出洞口。

"里面还有很深很深。"妹妹报告，"一下子往下折了下去，就像爱丽丝的兔子洞。真想往里头看一眼啊！"

"不成，那怎么成！太危险了！"我说。

"不怕的。我小，容易钻过去。"

这么说着，妹妹脱去冲锋衣，只穿白T恤，连同安全帽一起递给我。还没等我的抗议说出口，就拿起手电筒"吐噜噜"灵巧地钻了进去，转眼之间就没了形影。

过去好长时间妹妹也没从洞口出来。什么声音也没听见。

"路，"我向洞里招呼，"路，不要紧吗？"

没有回音。我的声音没有回响，马上被黑暗吞噬进去。我渐渐不安起来。妹妹也许卡在狭小的洞中前后动弹不得。或者在洞穴深处有什么病发作了晕过去也有可能。假如事情成了那样子，我也没办法救她出来。各种不幸的可能性在我脑袋来来去去。周围的黑暗一步紧似一步把我死死勒住。

假如妹妹就这样在洞里失踪了再不返回这个世界，我该对父母怎么解释呢？要不要去叫在洞口等待的舅舅呢？还是就这样留在这里静等妹妹出来呢？我弯下身子朝小洞里窥看。但手电筒的光照不到洞的深处。一来洞小，二来里面的黑暗是压倒一切的。

"路!"我再次招呼道。没有回音。"路!"我加大音量。还是没有回音。我感到冻彻骨髓般的寒冷。说不定我在这里永远失去妹妹。妹妹没准被吸进爱丽丝洞去直接消失,消失在有假海龟、柴郡猫、扑克牌女王的世界里,消失在现实世界的逻辑全然讲不通的世界里。无论如何我们不该来这种地方。

但不久妹妹回来了。她不是像刚才那样后退,而是脑袋先出来的。黑发首先冒出洞口,接着出来的是肩和胳膊,继而腰拖了出来,最后是粉红色运动鞋。她一声不吭地站在我跟前,身体伸得笔直,缓缓呼了一大口气,用手拍去牛仔裤沾的土。

我的心脏仍剧烈跳动。我伸出手,理一下妹妹乱了的头发。虽说在洞内微弱的照明下看不清楚,但她的白色T恤上还是像沾了沙土、灰尘等种种东西。我为她披上冲锋衣,把放在我这里的黄色安全帽还给她。

"以为你不回来了呢!"我摩挲着妹妹的身体说。

"担心了?"

"非常非常!"

她再次紧紧抓住我的手,以兴奋的语声说:"拼命钻过细洞,里面一下子低了。下去一看,像是个小屋子似的。屋子是圆形的,圆得像个球。房顶圆圆的,墙圆圆,地上也圆圆的。而且,那里非常非常安静,那么静静的地方我想全世界哪里都找不到。简直就像深深深深的海底、海底的海底。关掉手电筒,漆黑漆黑。但不害怕,也不孤单。那个屋子么,是只让我一个人进去的特殊场所。那里是为我准备的屋子。谁都不能来,哥哥也不能进。"

"我太大了。"

妹妹大大点了下头:"嗯,要进那个洞,哥哥是太大了。对了,那个场所最厉害的,是黑得再也不能更黑了。关掉手电筒,黑暗就好像能直接抓在手里似的——就是那么黑。而且,一个人待在那黑暗里，觉得自己的身体就要慢慢分解消失不见。可毕竟太黑暗了，自己是看不见的。身体还有没有了都不知道。不过么，就算身体整个儿消失了，我也会好好剩在那里。就像柴郡猫消失了也有笑容剩下来。奇怪得不得了吧？可是待在那里，就一点也不觉得奇怪。真想一直待下去，但想到哥哥担心，就出来了。"

"出去吧！"我说。妹妹兴奋得有可能就那么一直说个没完没了，必须在哪里制止才行。"待在这里，呼吸都好像困难了。"

"不要紧？"妹妹担心地问。

"不要紧。只是想出去。"

我们手拉手往洞口走去。

"嗳，哥，"妹妹边走边小声——以免被谁听见（其实谁也没有）对我说，"知道？爱丽丝真的有哟！不骗你，真有。三月兔也好海象也好柴郡猫也好扑克牌士兵也好，全都在这个世界上。"

"或许真有。"我说。

我们走出风洞，返回明亮的现实世界。记得那是天空蒙一层薄云的午后，可阳光仍那般炫目耀眼。蝉声像飓风一样劈头盖脸。舅舅坐在入口附近长凳上一个人闷头看书。看见我们，他好看地一笑，站起身来。

两年后妹妹死了。被装进小棺材里烧了。那时我十五岁，妹妹十二岁了。她被火化当中，我离开大家一个人坐在火葬场院子长凳上，回想风洞里发生的事——在小横洞前静等妹妹出来的时间的重量，当时包拢我的黑暗的密度，冷彻骨髓的寒气，首先从洞口出现的她的黑发和缓缓露出的肩，以及她的白色T恤沾的种种莫名其妙的东西……

那时我想，妹妹两年后被医院医师正式宣布死亡前可能就已经在那风洞深处被夺走了性命。那时我这样思忖，或者莫如说几乎深信不疑。我把在洞穴深处失去、已然离开人世的她误认为仍活着的她而让她乘坐电气列车领回了东京,紧紧手拉着手。并且作为兄妹一起度过了往下两年时间。但归根结底,那不过是虚幻的两年缓期罢了。两年后,死恐怕从那横洞爬了出来,来将妹妹的魂领回。就像出借的东西到了规定返还时间借主前来取走。

不管怎样,妹妹在那风洞中就像透露秘密似的小声向我说的话居然是真的!我——已经三十六岁的我——如今再次想道。这个世界上果真存在爱丽丝。三月兔也好海象也好柴郡猫也好,全都实际存在。骑士团长当然也不例外。

天气预报没有言中,归终没下大雨。介于看见和看不见之间的细雨五点多开始下,就那样一直下到第二天早上,如此而已。傍晚六点整,涂着黑漆的大型轿车文静地爬上坡来。它让我想起灵车。但当然不是灵车,是免色派来迎送的豪华轿车,车是日产英菲尼迪。身穿黑制服头戴帽子的司机从车上下来,单手拿着雨伞走近按响门铃。我开门。他当即摘下帽子,而后确认我的姓名。我出门上车,雨伞谢绝了。没下到需撑伞的程度。司机为我拉开后排座车门,关上。车门发出厚重的声响(同免色的捷豹车门声响略有不同)。我在黑色圆领薄毛衣外面穿了一件灰色人字呢上衣。下身是深灰色毛料长裤、黑色绒面皮鞋。这在我所拥有的行头里边是最接近正规的服装了,至少没沾颜料。

迎宾车来了骑士团长也没现身,声音也没听见。这样,我就无法确认他是否准确记得这天应邀赴宴的事。不过肯定记得才是。那么满怀期待,不可能忘记。

结果担心毫无必要。车开动不多一会儿,蓦然回神,骑士团长正坐在旁边座位,一副满不在乎的神气。同样的白色装束(就像从洗衣店刚取回似的一尘不染),同样的镶玉长剑。身高同样六十厘米上下。置身于英菲尼迪黑皮座席,他的装束之白之洁分外显眼。

他抱臂直视前方。

"万万不要跟我说话!"骑士团长叮嘱似的说,"我的样子诸君看得见,但别人看不见。我的声音诸君听得见,但别人听不见。对看不见的人说话,诸君要彻底受到怀疑。明白?明白了请轻点一下头。"

我轻点一下头。骑士团长也轻点一下头以示回应。之后只管抱臂不动,再不开口。

周围已完全暗了下来。乌鸦们早已归巢。英菲尼迪徐徐开下坡路沿山谷路前行,而后爬上陡坡。尽管距离没有多远(毕竟只是去狭窄山谷的彼侧),但路比较窄,且曲曲弯弯。不是能让大型轿车司机欢欣鼓舞的那类道路。似乎更适合四轮驱动军用车。可是司机脸色丝毫未变,冷静地操纵方向盘,车一路平安地开到免色豪宅跟前。

豪宅四周围着白色高墙,正面带有仿佛坚不可摧的门扇——涂以深褐色、大大的对开木门。看上去俨然黑泽明电影中出现的中世纪城门。倘再扎有几支箭,必定相得益彰。从外面全然窥不得内部。门旁有写明门牌号码的标牌,姓氏标牌则没有。想必无此必要吧。既然特意来到这山上,应该一开始就晓得此乃免色豪宅。大门周边由水银灯照得一片雪亮。司机下车按铃,用对讲机同里面的人讲了三言两语。之后折回驾驶位,等待门通过遥控器打开。门两侧设有两台移动式监控摄像机。

对开门扇缓缓朝内侧打开后,司机把车开入里面,沿着拐来拐去的院内路行驶片刻。路变为徐缓的下坡路时,背后传来大门关闭的声音,声音深沉庄重,仿佛说原来的世界再也回不去喽!路两侧排列着松树,修剪得无微不至。树枝打理得如盆景一般好看,且精心采取措施以防其生病。还有齐刷刷的杜鹃花树墙夹在路旁。杜鹃花里边可以看见棣棠花的枝影。也有的地方集中栽植山茶花。房屋虽新，但树木看上去早已有之。所有这些都被庭院灯盏照得摇曳生姿。

路在柏油铺就的圆形停车廊那里终止。司机把车停在那里，迅速从驾驶位下来打开后排座车门。往旁边一看，骑士团长的身影不见了。但我没怎么吃惊，也没介意。他向来有他的行动模式。

英菲尼迪的尾灯彬彬有礼地静静消失在夕晖之中，把我一个人留在后面。此刻从正面看到的房子，比我预想的小巧得多低调得多。而从山谷另一边观望，却显得那般威风凛凛堂而皇之。大概不同视角造成的不同印象吧！门这部分位于山的最高处，而后像下坡一样巧妙利用地势倾斜角度建了房子。

房门前有神社狛犬那样的旧石雕安放左右两边，还带台座。或是原物狛犬从哪里运来也有可能，房门前也有杜鹃花树丛。五月间这里肯定有五彩缤纷的杜鹃花到处开放。

我缓步走近房门，门从内侧开了，免色本人登台亮相。他上身穿白色领扣衬衫，外面是深绿色对襟毛衣，下面是奶油色厚些的卡其裤。雪白丰盈的头发一如往常梳得整整齐齐，自然洒脱。目睹在自己家迎接我的免色，心里总觉得有些不可思议——我此前见到的免色总是带着捷豹引擎动静去我那里。

他把我让入家中，关上房门。门厅部分接近正方形，宽宽大大，天花板很高。用来打壁球都够用。安在墙壁上的间接照明把房间正中照得恰到好处。中间放置的宽大的八角形拼木工艺桌上摆着仿佛明朝瓷器的巨大花瓶，新鲜的插花盛开怒放流光溢彩。瓶花由三种颜色的大朵花（我对植物所知无多，不晓得名字）组合而成。想必是为了今夜特意准备的。我猜想，单是这次他付给花店的买花钱，节俭些的大学生有可能够吃一个月的。起码对于学生时代的我绰绰有余。门厅没有窗户。只天花板上有个采光的天窗。地板是打磨考究的大理石。

从门厅往下走三阶宽大的楼梯那里有客厅。面积作足球场固然不无勉强，但作网球场绰绰有余。朝东南的一面全是有色玻璃，外面照样是宽敞的阳台。天色暗了，海看得见看不见不知道，估计看得见。相反一侧墙壁有开放式壁炉。季节虽不很冷，还没生火，但已有薪柴在炉旁摆放整齐随时待命。谁摆的不晓得，反正摆得优雅大方，几乎可以称为艺术。壁炉上有壁炉台，摆着几件迈森（Meissen）①制作的花样古瓷。

客厅地板也是大理石，但铺有许多组合起来的地毯。哪一张都是古波斯地毯。精妙的图案和颜色，看上去与其说是实用品，莫如说是美术工艺品，以致踩上去颇有些难为情。地毯上有几张矮茶几，这里那里摆着花瓶。所有花瓶都插满鲜花。哪一个花瓶都显得贵重和古色古香。情趣超凡脱俗，而且价值连城。但愿别来大地震，我想。

天花板很高，照明含蓄低调。墙壁优雅的间接照明、若干落地灯、桌上的台灯，仅此而已。房间尽头放着黑黝黝的大钢琴。目睹使得施坦威（Steinway）②音乐会用大钢琴看起来都不很大的房间，对于我是第一次。钢琴上连同节拍器放着几份乐谱。大概是免色弹的。或者时不时请毛里齐奥·波利尼③光临晚宴亦未可知。

但就整体而言，客厅的装饰是相当克制内敛的，这让我舒了口气。多余之物几乎找不到，却又不空空荡荡。大固然大，但意外给

---

① 德国著名的瓷器之都，历史悠久，以出产白色瓷器闻名于世。
② 钢琴界顶级品牌。1853年由德国移民亨利·恩格尔哈特·施坦威在纽约创办。以制造顶级品质的三角钢琴和立式钢琴作为公司的基本宗旨。
③ 毛里齐奥·波利尼（Maurizio Pollini，1942—2024），意大利著名钢琴家。演奏曲目广泛而多样，风格清晰明快，具有丰富的色彩变化和深厚的音乐涵养，堪称当今国际乐坛最伟大的十位钢琴家之一。

人以惬意之感。或许不妨说其中有某种温情。墙上谨慎地排列着大约半打趣味健康的小幅画。其中一幅看上去似乎是莱热的真品，不过也可能是我的误会。①

免色让我坐在大大的褐色皮沙发上。他坐在对面椅子上。同沙发配套的安乐椅。坐感甚为舒适的沙发。不硬，不软，能够自然而然地接受落座之人——无论怎样的人——的身体。不过细想之下（或者无须一一细想），免色当然不至于在自家客厅里摆放坐起来不舒服的沙发。

我们刚在这里坐下，一个男子就像等待已久似的从哪里出现了。英俊得令人吃惊的年轻男子。虽然个头不很高，但身材修长，举止优雅。皮肤一色浅黑，有光泽的黑发在脑后束成马尾辫。看上去很适合身穿长些的冲浪短裤，在海边怀抱冲浪短板。但今天身穿洁白的衬衣扎蝶形领结，嘴唇漾出快意的微笑。

"您喝点儿什么呢？比如鸡尾酒……"他问我。

"请要你喜欢的，什么都行。"免色说。

"巴拉莱卡（Balalaika）②。"我考虑数秒后说道。其实并非特想喝巴拉莱卡，只想试试他是不是真的什么都会做。

"我也要同样的。"免色说。

年轻男子面带快意微笑无声地撤下。

我觑一眼沙发旁边，那里没有骑士团长。但这座房子的某处肯

---

① 费尔南·莱热（Fernand Leger，1881—1955），法国画家，作品多以抽象几何形体和广告式色块表现城市生活和工业题材。1914年一战爆发后应征入伍，在前线画了一批表现士兵和战争机器的作品，后因在凡尔登战役中中了毒气而退役。1945年加入法国共产党。主要作品有《城市》《瓶》《建筑工人》等。
② 一种鸡尾酒的名字。以俄罗斯的伏特加为基酒。巴拉莱卡是一种与吉他类似的俄罗斯传统弦乐器，琴腹呈三角形，有三根弦，品可移动。因而这种酒又被称为三弦琴鸡尾酒。

定有骑士团长。毕竟他和我同乘一辆车来到这里。

"有什么?"免色问我。想必他在跟踪我的目光。

"啊,没什么的。"我说,"只是,府上太气派了,把我看呆了。"

"不过不认为太花哨了?"说着,免色浮起笑意。

"不,远比预想的安谧优雅。"我如实发表意见,"从远处看去,恕我直言,相当耀武扬威,仿佛海上的豪华客轮。但实际进来,奇异地觉得心情释然。印象截然不同。"

免色听了点头:"承您这么说,比什么都好。不过为此可是费了不少工夫。出于某种缘由,房子是买现成的。到手的时候非常时髦,不妨说是花里胡哨。量贩超市老板建的,说是暴发户情趣的登峰造极也好什么也好,反正完全不符合我的趣味。所以买到后大大改造了一番。为此花了不少时间、劳力和费用。"

免色似乎想起当时的事来,垂下眼睑长叹一声。料想趣味大相径庭。

"既然这样,一开始就自己建岂不便宜得多?"我试着问。

免色笑了,唇间闪出一点点白牙。"诚哉斯言。那样聪明得多。问题是我这方面也有许多情由——有非此房莫属的情由。"

我等他继续下文。但没有下文。

"今晚骑士团长没一起来?"免色问我。

我说:"我想大概随后就到。一起来到门前来着,突然消失去了哪里。估计是在府上这里看看那里瞧瞧。不介意的?"

免色摊开双手。"嗯,当然,我当然毫不介意的。不管哪里,只管随便看好了。"

刚才那个年轻男子把两杯鸡尾酒放在银色托盘里拿来了。鸡尾酒杯是精雕细刻的水晶杯,估计是巴卡拉(Baccarat)①,在落地灯

---

① 法国著名奢侈品品牌,主营高端水晶制品。

光的照射下闪着晶莹的光。而后把装有切好的几种奶酪和腰果的古伊万里瓷盘放在其旁边。带有大写字母的亚麻餐巾和一套银制刀叉也准备好了。相当细致入微。

免色和我拿起鸡尾酒杯碰杯。他祝贺肖像画的完成，我表示感谢。随即嘴唇轻轻碰一下杯口。人们用伏特加、君度和柠檬汁各三分之一做巴拉莱卡。成分诚然简单，而若冷得不能像北极地带那般寒气逼人，就不够味。若是手腕不够的人来做，难免水津津懈口。但这个巴拉莱卡做得意外之好，其锋芒接近完美。

"够味儿的鸡尾酒！"我佩服地说。

"他手腕好。"免色淡淡一句。

当然，我想。自不用想，免色不可能请手腕差劲儿的调酒师。不可能不准备君度，古色古香的水晶鸡尾酒杯和古伊万里瓷盘也不可能不一应俱全。

我们一边喝鸡尾酒嚼腰果，一边谈天说地。主要是谈我的画。他问我现在创作的画，我介绍说在画过去在遥远的小镇遇到的一个素不相识的男子的肖像。

"肖像？"免色显得意外。

"虽说是肖像，但不是所谓营业用的。是我自由发挥想象力画的不妨说是抽象性肖像画。但反正肖像是画的主题，说是基础也未尝不可。"

"就像画我的肖像画时那样？"

"正是。只是，这次没受任何人委托，是我自发创作的。"

免色就此思索有顷。而后说道："就是说，画我的肖像画为你的创作活动提供了某种灵感，是吧？"

"大概是那样的。倒是还仅仅处于好不容易点上火这一层面……"

免色再次无声地啜一口鸡尾酒。不难发现他的眼睛深处有一点满足的光闪。

"对我来说,那是比什么都可喜的事——有可能对你有所帮助这件事。如果可以的话,新画完成了让我看看好吗?"

"如果能画得让自己满意的话,自然乐意从命。"

我把目光落在房间一角放的大钢琴上。"您弹钢琴吗?钢琴像是相当可观。"

免色轻轻点头说:"弹不好,但多少弹一点。小时候跟老师学来着。上小学后到毕业,学了五年或六年吧。后来学习忙了,就停了,若是不停就好了。学钢琴我也累得不轻。所以,手指动得不能如意,但看乐谱没什么问题。为了转换心情,有时为我自身弹弹简单的曲子。不过不是给人听的东西,家里有人时手绝对不碰键盘。"

我把一直挂在心头的疑问说出来:"免色先生,您一个人住这么大的房子,不会觉得大得过分吗?"

"不,没有那样的事。"免色当即应道,"完全没有。我本来就喜欢独处。比如说,请想想大脑皮质好了。人类被赋予委实完美、精妙的高性能大脑皮质。但我们实际日常使用的领域应该尚未达到整体的百分之十。尽管我们被上天赋予如此完美的卓有成效的器官,然而遗憾的是,我们至今仍未获得使其得到充分利用的能力。打个比方,好比住在豪华壮观的大宅院里的四口之家只使用一个四张半榻榻米大小的房间而节俭度日,其余房间全都弃置未用。与此相比,我一个人在这座房子生活,并没有多么不自然吧?"

"那么说来或许是那样的。"我承认。甚为意味深长的比较。

免色旋转了一会儿手中的腰果,而后说道:"但是,如果没有乍看似乎浪费的高性能大脑皮质,我们就不可能进行抽象思维,也不会涉足形而上领域。纵使只能利用一小部分,大脑皮质也能做那么多事。假如剩下的领域统统派上用场,那么会做成多少事呢?不觉得兴味盎然？"

"可是，作为获取高性能大脑皮质的交换条件，亦即作为把豪华壮观的大宅院搞到手的代价，人类不能不放弃种种样样的基础能力。是吧？"

"正是。"免色说，"即使不会什么抽象思维和形而上推论，人类只要能双腿立起有效使用棍棒，也已经在这地球上的生存竞争中完全获得了胜利。因为那是日常生活中即使没有也不碍事的能力。而作为获得那种品质超群的大脑皮质的代价，我们不得不放弃其他各种各样的身体能力。例如，狗具有比人敏锐数千倍的嗅觉和敏锐数十倍的听觉。而我们则能够叠积复杂的假说，能够对照比较宇宙与小宇宙、能够欣赏凡·高和莫扎特，也能够读普鲁斯特——当然如想读的话——能够收集古伊万里瓷器和波斯地毯。而狗不能。"

"马塞尔·普鲁斯特有效利用不如狗的嗅觉写了一部长而又长的小说。"

免色笑道："说的对。我说的归终只是泛泛之论。"

"也就是能否将理念作为自律性东西加以对待，是这样的吧？"

"正是。"

正是。骑士团长在我耳畔悄悄低语。不过我遵照骑士团长刚才的忠告没有左顾右盼。

之后他把我领去书房。走出客厅那里有宽大的楼梯。下去一看，楼梯似乎是客厅的一部分。沿廊有几间卧室（有几间没数，或者其中有一间是我的女友说的上锁的"蓝胡子公爵的秘密房间"也说不准），尽头有书房。房间虽然不大，但当然并不局促，而有一个不妨说"恰到好处的空间"在那里构筑出来。书房窗少，只在一面墙壁靠近天花板那里有一排采光的狭长窗口。而且从窗口看得见的只有松树枝和枝间闪出的天空（这个房间似乎不甚需要阳光和风景）。唯其如此，墙壁宽宽大大。一面墙壁从地板快到天花板全是倚墙做成的书架，其中一部分用作排列 CD 的架子。书架无间隙地摆着各种开本的书籍。还放有木墩以便踏脚取高处的书。哪一本书都看得出有实际在手中拿过的痕迹。在任何人眼里都显然是热心读书家的实用藏书，而不是以装饰为目的的书架。

　　大型办公桌靠墙安放，上面摆着两台电脑。台式一台，笔记本一台。有几个插有自来水笔和铅笔的马克杯。文件摆放得整整齐齐。看似相当高档的漂亮的音响装置摆在另一面墙壁。相反一侧的墙壁正好同办公桌相对，放有一对纵向狭长的音箱。高度和我那里的大致相同（一百七十三厘米），音箱是考究的红木做的。房间正中放一把读书或听音乐用的设计时尚的读书椅。椅旁是不锈钢读书用落地灯。我推测免色一天中的大部分都在这房间一人度过。

　　我画的免色肖像画挂在音箱之间的墙壁。位置正在两个音箱中间，高度大体与眼睛持平。虽然尚未镶框而只是整个裸露的画布，但就像很早以前就挂在那里似的极为自然地适得其所。原本画得相当有气势，几乎一气呵成，而这种奔放风格在这书斋里居然得到恰如其分地精妙抑制，感觉颇有些不可思议。这个场所独特的气氛，使得画作具有的一往无前之势令人快意地收敛下来。而画像中仍不折不扣潜在着免色的脸庞。或者不如说，在我眼里甚至就像免色本人整个进入其中。

　　那当然是我画的画。而一旦从我手头离开为免色所有、挂在他的书房，就好像变成了我无可触及的东西。现在那已是免色的画，不是我的画。即便我想从中确认什么，那幅画也像滑溜溜灵巧的鱼一样吐噜噜从我的双手中一溜了之。一如曾经属于我而如今属于另外某个人的女性……

　　"怎么样？不觉得同这房间一拍即合？"

　　免色当然是在说肖像画。我默默点头。

免色说道："很多房间的很多墙壁，都一一试了。最后才得知这个房间的这个位置再好不过。空间空的程度、光的照射方式、整体情调都正相吻合。尤其坐在那把读书椅上看画，那是我最中意的……"

"我试试可以的？"我指着读书椅说。

"当然可以。请随便坐！"

我坐在那把皮椅上，倚在有着徐缓的弧线的椅背上。我双脚搭在搭脚凳上，在胸前抱起双臂。再细看那幅画，确如免色所说，这里是欣赏那幅画的理想坐点。从椅子（椅子坐感舒适，无可挑剔）上看去，挂在正面墙上的我的画具有我自己都出乎意料的沉稳安谧的感染力。相比于在我画室的时候，看上去几乎成了另一幅作品。甚至像是——怎么说好呢——来到这一场所之后获得的新的本来的生命。与此同时，那幅画似乎也在坚决拒斥我这个作者的进一步接近。

免色用遥控器以适度的低音量播放音乐。耳熟的舒伯特弦乐四重奏。作品D.804[①]。从那音箱淌出的声音是那般清澈、圆润、洗练和超凡脱俗。较之从雨田具彦家音箱流出的质朴无华的音质相比，简直像是不同的音乐。

倏然觉察到时，房间里有骑士团长。他坐在书架前的踏脚墩上，抱臂盯视我的画。我递过视线，骑士团长微微摇头，送出不得往那边看的信号。我把视线重新收回画上。

"非常感谢！"我从椅子起身对免色说，"挂画位置也无话

[①] 舒伯特的小调第13号弦乐四重奏，是舒伯特十五首弦乐四重奏作品中唯一在他生前发表并公开演奏的一首。创作于1824年，因以《罗莎蒙德》间奏曲旋律为第二乐章主题，有《罗莎蒙德四重奏》之称。1824年3月14日由著名小提琴演奏家舒庞吉首演。

可说。"

免色笑吟吟摇头："哪里，应该道谢的是我。安顿在这个位置，越来越中意这幅画了。每次看画，怎么说好呢，感觉简直就像站在特殊镜前似的。那里边有我，却又不是我自身，是和我略有不同的我自身。静静注视之间，心情渐渐变得不可思议。"

免色听着舒伯特音乐，再次默默看了一阵子那幅画。骑士团长仍然坐在踏脚墩上，和免色同样眯细眼睛看那幅画，俨然戏仿（估计并非刻意为之）。

免色随后看一眼墙上的挂钟："转去餐厅吧！晚餐差不多该准备好了。但愿骑士团长光临……"

我朝书架前的踏脚墩上看去。骑士团长已不在那里。

"骑士团长大概已经来了，我想。"

"那就好！"免色放心地说道。而后用遥控器止住舒伯特音乐。"他的席位当然也准备好了。不能品尝晚餐的确、的的确确令人遗憾……"

免色介绍，下面一层（若以门厅为一层，相当于地下二层）作为贮藏库、洗衣设备间和健身房使用。健身房里有各种运动器械。可以边做运动边听音乐。每星期专业教练来一次，指导肌肉训练。还有住家用人用的工作间式起居室，里边有简易厨房和小浴室，眼下没人使用。此外还有小型游泳池。但一来不实用，二来维护起来麻烦，于是填了作温室。不过，不久有可能新建双泳道二十五米往返游泳池。果真建成，务请前来游泳。我说那太妙了。

接着，我们转去餐厅。

24　仅仅收集纯粹的第一手信息而已

餐厅和书房在同一层。厨房在餐厅里边。这是个横长的房间，同是横长的大餐桌摆在房间正中。厚达十厘米的橡木桌，足够十个人一同进餐。恰好供罗宾汉的喽啰们开宴会的那种无比粗壮的餐桌。但此刻在此落座的不是那些兴高采烈的草莽英雄，而只是我和免色两人。骑士团长的席位倒是设了，可他没有现身。那里倒是摆了餐垫、银器和空杯，可那终究不过是标记——只是用来礼仪性表示那是他的席位。

长的一面墙壁和客厅同是玻璃的。从那里可以纵览山谷对面的山体。一如从我家能望见免色家，从免色家当然也会望见我家。但我住的房子没有免色的豪宅大，加上又是色调不显眼的木结构，所以黑暗中无法判别房子在哪里。山上建的房子固然没有那么多，但零零星星的每一座房子都点着毫不含糊的灯光——晚饭时间！人们大概同家人一起面对餐桌，即将把热乎乎的饭菜放入口中。我可以从那些灯光中感受到那种微小的温煦。

而另一方面，在山谷的这一侧，免色、我和骑士团长面对这硕大的餐桌，即将开始很难说是家庭性质的独出心裁的晚餐。外面的雨仍细细地静静地下个不停。但风几乎没有。一个分外宁静的秋夜。我一边眼望窗外一边再度思索那个洞。小庙后面孤独的石室。此时此刻洞也一定位于那里，又黑又冷。那样的风景记忆为我的胸口深处带来特殊的寒意。

"这张桌子是我在意大利旅行时发现买回来的。"免色在我称赞餐桌后说道。话中没有类似自我炫耀的意味,只是淡淡陈述事实而已。"在卢卡(Lucca)①街头一家家具店发现、求购,用船邮送回来。毕竟重得要命,搬进这里可是一大辛苦。"

"经常去外国的?"

他约略扭起嘴唇,又马上复原。"过去常去来着。半是工作半是游玩。最近基本没有去的机会。因为工作内容多少有所变动,加上我本身也不怎么喜欢往外跑了,差不多都待在这里。"

为了进一步表明这里是哪里,他用手指着家中。以为他会言及后来变动的工作内容,但话到此为止。看来他依然不甚愿意多谈自己的工作。当然我也没就此执意问下去。

"一开始想喝彻底冰镇的香槟,怎么样?可以吗?"

当然可以,我说。悉听尊便。

免色略一示意,马尾辫青年当即赶来,往细长玻璃杯里注入充分冰镇的香槟。杯中细密地泛起令人惬意的泡沫。杯仿佛用高档纸做的,又轻又薄。我们隔桌举杯庆贺。免色随之向骑士团长的无人席位恭恭敬敬地举起杯来。

"骑士团长,欢迎赏光!"他说。

骑士团长当然没有回应。

免色边喝香槟边讲歌剧。讲前往西西里岛时在卡塔尼亚看的威尔第《欧那尼》(*Ernani*)②是何等妙不可言,讲邻座看客边吃橘子

---

① 意大利中部托斯卡纳大区城市。位于塞尔基奥河河谷平原,是农产品集散地,当地丝纺织业历史悠久,还有卷烟、造纸、葡萄酒与家具等工业。有包括罗马式在内的多种风格的古教堂,收藏的艺术珍品吸引了大量游客。
② 意大利作曲家威尔第1844年根据法国作家雨果的浪漫主义悲剧《欧那尼》创作而成。歌剧叙述了爱尔薇拉被迫和老公爵吕古梅结婚,但她却爱上了年轻英俊的西班牙大盗欧那尼,并准备一起私奔。

边随歌手歌唱,讲在那里喝的香槟何等够味儿。

不久骑士团长现身餐厅。只是,他没在为他准备的席位落座。想必因为个子矮,坐在席位上,鼻子往下势必被桌子挡住。他灵巧地坐在斜对免色背部的装饰架上,高度距地板一米半左右,轻轻摇晃穿着畸形黑皮鞋的双脚。我向他微微举杯,以免被免色察觉。骑士团长对此当然佯作不知。

菜肴随后上来。厨房和餐厅之间有个配膳用口,扎着蝶形领结的马尾辫青年把那里递出的盘子一个个端到我们桌上。由有机蔬菜和石鲈做的冷盘甚是赏心悦目。与之相应的白葡萄酒已经开启——马尾辫青年俨然处理特殊地雷的专家以小心翼翼的手势拔出葡萄酒软木塞。哪里的什么葡萄酒虽然没说,但无疑是味道完美的白葡萄酒。毋庸赘言,免色不会准备不完美的白葡萄酒。

接着,莲藕、墨鱼、白扁豆做的色拉上来了。海龟汤上来了。鱼是鮟鱇。

"听说季节还多少有些早,但渔港罕见地有像样的鮟鱇上来。"免色说。的确是好上天的新鲜鮟鱇。不容怀疑的食感,考究的甘味,而余味又那般爽净。刷一下子蒸熟之后,马上淋了龙蒿调味汁(我想)。

往下上来的是厚墩墩的鹿排。倒是提及了特殊调味汁,但专用术语太多,记不过来。总之尽善尽美。

马尾辫青年往我们杯里注入红葡萄酒。免色说是一小时前开瓶移到醒酒器里的。

"空气已充分进入,应该正是喝的时候。"

空气云云我不大懂,但味道的确醇厚。最初接触舌头时、完全含入口中时、下咽时的味道无不各所不同。简直就像美貌倾向因角度和光线不同而产生微妙差异的神秘女性。且余味无穷。

"波尔多。"免色说,"无需说明,普通波尔多。"

"要是——说明起来，怕是要说很长时间的。"

免色浮起笑容，眼角快意地聚起皱纹。"完全正确。——说明起来，是够长的了。不过就葡萄酒加以说明，我是不怎么喜欢的。无论什么，都不擅长说明。只是好喝的葡萄酒——这不就可以了？"

我当然亦无异议。

骑士团长一直从装饰架上注视我们吃吃喝喝的情形。他始终纹丝不动，将这里的场景无一遗漏地仔细看在眼里。但好像没有什么感想。如其本人曾经说的，对所有事物他只是看罢了。既不相应做判断，又不怀好恶情感。仅仅搜集纯粹的第一手信息而已。

我和女友在午后床上交合之间，估计他也是这样定定看着我们。想到那样的场景，我不由得心神不定。他对我说看别人做爱也和看做广播体操、清扫烟囱毫无区别。或许真是那样。但被看的人心神不定也是事实。

花了一个半小时，免色和我终于到了餐后甜点（蛋奶酥）和意式咖啡阶段。漫长而又充实的旅程。到了这里，主厨才从厨房出来在餐桌前亮相。一位身穿白色厨师服的高个头男子。大概三十五六岁，从脸颊到下颌留着浅黑色胡须。他向我客客气气地寒暄。

"菜做得实在太好了，"我说，"这样的美味佳肴，几乎第一次吃到。"

这是我实实在在的感想。做这么考究菜肴的厨师居然在小田原渔港附近经营默默无闻的法国小餐馆——对此我一下子还很难信以为真。

"谢谢！"他笑眯眯地说，"总是承蒙免色先生关照。"

而后致礼退回厨房。

"骑士团长也满足了么？"主厨退下后，免色以不安的脸色问我。表情中看不出演技性因素。至少在我眼里他的确为之不安。

"肯定满足的。"我也一本正经地说，"这么出色的菜肴不能实际入口当然遗憾,但场上气氛应当足以让他心满意足。"

"那就好……"

当然非常高兴,骑士团长在我耳边低语。

免色劝我喝餐后酒,我谢绝了。什么都不能再入口了。他喝白兰地。

"有一件事想问您。"免色一边慢慢转动大酒杯一边说道,"问话奇妙,或许您会感到不快……"

"无论什么,请只管问好了,别客气。"

他轻轻含了一口白兰地品尝,把杯静静放在桌面上。

"杂木林中那个洞的事。"免色说,"前几天我独自进入那个石室一个来小时。没带手电筒,一个人坐在洞底。而且洞口盖上盖子,放了镇石。我求你'一小时后回来把我从这里放出去'。是这样的吧?"

"是的。"

"你认为我为什么做那样的事?"

我老实说不知道。

"因为那对我是必要的。"免色说,"倒是很难解释清楚,但时不时做那个对于我必不可少——在一片漆黑的狭小场所,在彻底的静默中,孤零零被弃置不管。"

我默默等他继续。

免色继续道:"我想问你的是这点:在那一小时之间,你没有——哪怕一闪之念——想把我弃置在那个洞里的心情吗?没有为就那样把我一直扔在漆黑洞底的念头诱惑过吗?"

我未能充分理解他要表达的意思。"弃置?"

免色把手放在右边太阳穴轻轻揉搓,活像确认什么伤痕,继而说道:"具体说来就是,我待在那个深约三米、直径两米左右的洞底,梯子也被拉上去了。周围石壁砌得相当密实,根本无法攀爬。盖子也盖得严严实实。毕竟是那样的山中,就算大声喊叫,就算不断摇铃,也传不到任何人的耳朵——当然也可能传到你的耳朵。就是说,我无法以自己一人之力返回地面。假如你不返回,我势必永远留在那个洞底。是这样的吧?"

"有那样的可能性。"

他的右手指仍在太阳穴上,动作已经停止。"所以我想知道的是,那一小时之间,'对了,不把那家伙从洞里放出去了,让他就那样待下去好了'这种想法没有在你脑袋里一闪而过吗?我绝对不会感到不快,希望你如实回答。"

他把手指从太阳穴移开,重新把白兰地杯拿在手里,再次缓缓旋转一圈。但这次嘴唇没沾酒杯。只是眯细眼睛闻了闻气味就放回桌上。

"那种念头完全没有浮现在我的脑海。"我如实回答,"哪怕一闪之念。脑海里有的只是一小时后可得挪开盖子把你放出来。"

"真的?"

"百分之百真的。"

"假如我处于你的位置……"免色坦白似的说,声音甚是平静,"我想我会那样考虑。肯定为想把你永远弃置在那洞中的念头所诱惑,心想这可是绝无仅有的绝好机会……"

我欲言无语,于是沉默。

免色说:"在洞中我一直那样考虑来着。假如自己处于你的位置,肯定那样考虑。很有些不可思议啊!尽管实际你在地上我在洞中,然而我一直想象自己在地上你在洞底。"

"可是,如果被你弃置在洞中,我难免就那样饿死,真的摇着铃变成木乃伊——就是说那也不要紧吗?"

"纯属想象。说妄想也无妨。当然实际上不至于做那样的事。

只是在脑袋里想入非非，只是把死那个东西作为假想在脑袋里把玩。所以请不要担心。或者莫如说，你完全没有觉出那样的诱惑，对于我反倒有些费解。"

我说："当时你一个人待在黑暗的洞底，没害怕吗？作为一种可能性，害怕我在那种诱惑的驱使下把你弃置在洞底……"

免色摇头："不，没害怕。或者莫如说可能在心底期待你实际那么做来着。"

"期待？"我心里一惊，"期待我把你弃置在洞底？"

"一点儿不错。"

"就是说心想自己在那洞底给人见死不救也未尝不好？"

"不，没有考虑到死也未尝不好那个地步。即使我，也还对生多少有所不舍。再说饿死、渴死不是我喜欢的死法。我仅仅是想多少——多多少少——更接近死，在明知那条界线非常微妙的情况下。"

我就此想了想。还是不能很好理解免色说的话。我若无其事地打量一眼骑士团长。骑士团长仍坐在装饰架上，脸上没浮现出任何表情。

免色继续道："一个人被关在又黑又窄的地方，最可怕的不是死，而是开始考虑自己可能要永远在这里活下去，那比什么都可怕。那么一想，就吓得透不过气，就好像周围墙壁挤压过来直接把自己压瘪挤死——便是有那样汹涌的错觉。而要在那里活下去，人就必须想方设法跨越那种恐惧，即克服自己。为此就需要无限接近死亡。"

"可那伴随着危险。"

"和接近太阳的伊卡洛斯（Icarus）①一样。至于接近的极限在

---

① 希腊神话人物，代达罗斯之子，与其父使用蜡和羽毛做的翅膀逃离克里特岛时，因飞得太高，双翼上的蜡被阳光晒化后跌落水中丧生。

哪里，分辨那条生死攸关的线并非易事。那将成为玩命作业。"

"而若回避那种接近，就不能跨越恐惧克服自己。"

"说的对。如果做不到，人就没办法进入更高阶段。"免色说。往下一阵子，他好像在思考什么。而后唐突地——在我看来似乎是突如其来的动作——从座位立起，走到窗口那里向外望去。

"雨好像还多少继续下，但不是了不得的雨。不到阳台上来？有东西想给你看。"

我们从餐厅移到楼上客厅，从那里走上阳台。贴着南欧风格瓷砖的宽宽大大的阳台。我们靠着木栏杆眺望山谷风景。一如观光景区的瞭望台，从这里可以把山谷尽收眼底。细雨仍在下，但现在的状态已接近雾。隔谷对面山上人家的灯光尚未闪亮。即使隔的是同一条山谷，但从相反一侧看来，风景印象也大不一样。

阳台的一部分上面有房檐探出，下面放着日光浴用或看书用的躺椅。旁边有一张放饮料和书本用的低些的玻璃面茶几。有绿叶繁茂的大盆观叶植物盆栽，有蒙着塑料罩的高个头器械那样的东西。墙壁安着聚光灯，但没有按下开关，客厅的照明若明若暗地投射过来。

"我家在哪边呢？"我问免色。

免色手指右面方向："那边。"

我朝那边凝眸细看。由于家里完全没有开灯，加上烟雨迷蒙，所以看不大准。我说不很清楚。

"请稍等。"说着，免色朝躺椅那边走去，取下什么器械上蒙的塑料罩，把它抱到这边来。原来是带有三脚架的双筒望远镜样的东西。大并不很大，但形状怪异，和普通双筒望远镜不一样。颜色是模模糊糊的橄榄绿。由于形状不够气派，看上去未尝不像测量用的光学仪器。他把它放到栏杆跟前，调整方向，仔细对焦。

"请来看，这就是你住的地方。"他说。

我向双筒望远镜里窥看。具有鲜明视野的高倍率双筒望远镜。不是量贩超市卖的那种大众货。透过雾雨淡淡的面纱，远方光景历历在目。那确实是我生活的房子。阳台看见了，有我常坐的躺椅。里面有客厅，旁边有我画画的画室。没有开灯，房子里面看不见。倘是白天，可能多少看得见。如此观望（或窥视）自己住的房子，感觉颇有些不可思议。

"请放心！"免色似乎看出我的心思，从身后搭话，"不必担忧。侵害你的隐私那样的事我不会做。索性这么说吧，实际我几乎没往府上对准过双筒望远镜。请相信我。我此外有想看的东西。"

"想看的东西？"我眼睛离开双筒望远镜，转过头看着免色。免色的表情依然镇定自若，仍然什么也不说。只是，在这夜间阳台上，他的白发看上去比平时白得多。

"给你看看。"说着，他用训练有素的手势将双筒望远镜的朝向略略转向北面，迅速对好焦点。继而退后一步对我说："请看！"

我窥看望远镜。圆形视野中，出现一座坐落在半山腰的式样别致的木结构住宅。同样是利用山的斜坡建造的二层楼，带有面向这边的阳台。在地图上大约是我家的邻居，但由于地形的关系，没有相互往来的路，只能从下面爬不同的路出入。房子的灯已经亮了。但拉着窗帘，里面情形看不见。而若拉开窗帘而且房间开灯，里面的人影就能相当真切地看在眼里。如此高性能的双筒望远镜看这个完全不在话下。

"这是NATO[①]用的军用双筒望远镜。市场上没有卖的，弄到手颇不容易。清晰度非常高，即使黑暗中也能明白无误地锁定图像。"

[①] NATO: North Atlantic Treaty Organization 之略，北大西洋公约组织，北约。

我眼睛离开双筒望远镜看免色。"这家就是你想看的吗?"

"是的。不过不希望你误解,我不是要搞什么窥视活动。"

他最后再次瞥一眼双筒望远镜,然后连同三脚架放回原处,从上面蒙好塑料罩。

"进去吧!着凉了不好。"免色说。随即我们返回客厅。我们在沙发和安乐椅上坐下。马尾辫青年出来问要喝什么。我们谢绝了。免色对青年说今晚实在谢谢了,辛苦了。两位都可以回去了。青年致以一礼退下。

骑士团长此刻坐在钢琴上面。漆黑的施坦威大钢琴。看上去较刚才的位置他更中意这个位置。长剑柄上镶的宝石在灯光下炫耀似的闪烁其光。

"你刚才看的那座房子,"免色开口道,"住着可能是我女儿的少女。我只是从远处看她的身影,小也想看,只是看。"

我久久失语。

"记得我说过吧?我曾经的恋人和别的男人结婚生的女儿,或许是分得我的精血的孩子也不一定。"

"当然记得。那位女性被金环胡蜂蜇死了,女儿十三岁。是吧?"

免色轻快地点一下头。"她和父亲一起住在那座房子里,那座建在山谷对面的房子。"

梳理脑袋里涌起的几点疑问需要时间。免色默不作声,十分耐心地等我说出类似感想的话来。

我说:"就是说,为了每天通过双筒望远镜看那位可能是自己女儿的少女而取得了位于山谷正对面的这座豪宅。仅仅为了这个而花大笔钱买了这座房子,又花大笔钱整个改造一番。事情是这样的吧?"

免色点头:"嗯,是这样的。这里是观察她家最理想的场所。无论如何我都必须把这房子搞到手。因为此外这附近没有获得建筑许可的地块,完全没有。自那以来,我就每天每日通过这双筒望远镜搜寻她在山谷对面的身影。话虽这么说,较之能看见她的天数,看不见她的天数要多得多……"

"所以尽量不让人进来以免打扰,只自己一人在这里生活。"

免色再度点头:"是的。不愿意被谁打扰。不希望把场扰乱。这是我所希求的。我需要在这里无限孤独。而且,除了我,知道这个秘密的,这个世界只你一个。毕竟这种微妙的事情不可能随便向人公开。"

想必如此。而且理所当然这样想道:那么为什么现在他向我公开此事呢?

"那么,为什么现在你在这里向我公开呢?"我问免色。"是有什么缘由的吧?"

免色调换一下架起的腿,迎面看我的脸,以沉静的语声说:"嗯,当然有这么做的缘由。有件事想特别恳求你。"

25　真相将带给人何等深的孤独

"有件事想特别恳求你。"免色说。

从其声音，我不难猜想他从很早以前就开始权衡提起此事的时机了。恐怕他是为此而请我（还有骑士团长）赴此晚宴的。为了公开个人秘密，为了提出这一请求。

"如果那是我能做的事的话。"我说。

免色盯视一会儿我的眼睛，而后说道："与其说是你能做的，莫如说那是只有你才能做的。"

忽然想吸烟。我以结婚为契机戒了吸烟习惯，那以来已将近七年一支烟也没吸了。曾经的重症烟民，戒烟可谓相当艰难的苦行，而今已经没了想吸的念头。然而这一瞬间我久违地心想若是把一支烟叼在嘴里在其前端点火该是多么美妙的事情啊！甚至擦燃火柴声都差不多听到了。

"到底是怎样的事情呢？"我问。并非多想知道是怎样的事情。如果可能，很想不知了之，但作为说话的流程，还是不得不这样问。

"简单说来，想请你画她的肖像画。"免色说。

我必须将他口中的语境在脑袋里一度哗啦啦分解开来，而后重新组合，尽管是非常单纯的语境。

"就是说由我画可能是你女儿的那位女孩的肖像，是吧？"

免色点头。"正是。这就是我想恳求你的事。而且不是根据照片来画，是想请你实际把她放在眼前，以她为模特来画，就像画我时那样。让她到你家的画室来，这是唯一的条件。至于采用怎样的画法当然由你决定。想怎么画就怎么画好了，此外概无要求。"

我一时语塞。疑问有好几个，我把最先浮上脑海的实际性疑问说出口来："问题是，怎么说服那个女孩呢？就算住得再近，也不可能对素不相识的女孩说：'想给你画肖像画，当模特好吗？'是吧？"

"正理！那一来只能受到怀疑和引起对方警惕。"

"那么，可有什么好的想法？"

免色不声不响地看一会儿我的脸。而后就像静静开门踏入里面小房间一样缓缓开口道："说实话，你已经了解她，她也很了解你。"

"我了解她？"

"是的。女孩的名字叫秋川真理惠。秋天的山川，真理惠①写平假名。知道的吧？"

秋川真理惠。名字的声响无疑进过耳朵。但不知何故，名字与名字主人很难合而为一。就像被什么干扰了似的。但少顷记忆倏然折回。

我说："秋川真理惠是上小田原绘画班的女孩？"

免色点头："是的，正是。你在那个班上作为老师指导她画画。"

秋川真理惠是沉默寡言的小个头十三岁少女，来我教的面向儿童的绘画班上课。因为是大体以小学生为对象的班，所以作为初中生的她年龄最大。但也许是老实的关系，混在小学生里也根本不显眼，简直就像有意淹没自己似的总是躲在角落。我所以记得她，是

---

① 原文是"まりえ"。

因为她不知哪里同我死去的妹妹有相似的韵味,而且年龄大体和妹妹死时年龄一样。

在班上真理惠几乎不说话。我对她说什么她也只是点一下头,话语基本不出口。必须说什么的时候声音非常小,以致不得不一再反问。似乎很紧张,不敢迎面看我。不过像是喜欢画画,拿起画笔面对画布,眼神就变了。两眼焦点分明聚起,闪着锐利的光。而且画的画非常有趣和有意味。绝不算好,但惹人注意。尤其着色不同一般。总觉得是一位带有奇异氛围的少女。

乌黑秀发如流水一般流畅而有光泽,五官如偶人一样端庄。只是,因为过于端庄了,作为整张脸看上去,总觉得有一种脱离现实的氛围。客观看来,本是美貌,而若直言其"美",却又似乎让人怀有困惑感。有什么——恐怕像是某种少女成长期间散发的独特的硬质——妨碍了那里应有的美的流程。但是,当迟早那个阻塞碰巧消除的时候,她有可能是真正美丽的姑娘。然而到那一步也许需要一段时间。回想起来,我死去的妹妹的相貌也约略有这种倾向。理应更漂亮才对,我时常想道。

"秋川真理惠可能是你的亲生女儿,而且住在山谷对面一侧的房子里。"我再度将更新的语境诉诸语言,"我以她为模特画肖像画。这就是你希求的事吗?"

"是的。不过,作为个人心情,我不是委托你画这幅画,而是求你。画好了,只要你没意见,画当然由我买下。而且要挂在这里的墙上以便随时可以看到。这就是我的希求,或者不如说是我的恳求。"

尽管如此,我还是未能完全领会事情的逻辑。我隐约疑惧事情恐怕不会就此收场。

"你希求的仅此而已吗?"我试着问。

免色缓缓吸一口气吐出。"恕我直言,还有一件事相求。"

"怎样的事呢？"

"非常小的小事。"他以沉静而又多少给人以拘泥之感的语声说道，"你以她为模特画肖像画的时候，请允许我去府上拜访。总之是以一晃儿顺路到访的感觉，一次即可，极短时间也没关系。请让我和她同处一室，让我呼吸同样的空气。再多不敢奢望，而且决不给你添什么麻烦。"

我就此想了想。越想越感觉心里不舒服。做什么中介角色我生来就不擅长。卷入他人强烈感情的水流——无论怎样的感情——不是我所喜好的。那不是适合我性格的职责。但另一方面，想为免色做点什么的心情我身上的确是有的。怎么回答好呢？我不得不慎重考虑。

"这件事下一步再考虑吧！"我说，"作为当务之急，说到底是秋川真理惠肯不肯答应当绘画模特。这个必须首先解决。那是个非常老实的孩子，像猫一样怕见生人。有可能说不想当什么绘画模特。或者父母不允许也未可知。毕竟连我这人有怎样的来历都不知道，有戒心怕也情有可原。"

"我个人很了解绘画班的主办者松岛先生。"免色以坦然自若的语声说，"况且，我碰巧也是那里的出资者或者说后援者之一。如果松岛先生居中说句话，事情会不会进行得比较顺利？你是没有差错的人物，是有阅历的画家，自己可以保证——如果他这么说，父母想必也会放心的吧！"

此人一切都老谋深算，我思忖。他早已预测可能发生的情况，像围棋布局那样一项项事先采取适当措施。碰巧云云是不可能的。

免色继续道："日常性照料秋川真理惠的，是她的独身姑母，她父亲的妹妹。我想上次也说了，母亲去世后，那位女性住进家中，代替真理惠的母亲负起责任。父亲有工作，太忙了，很难照料日常生活。因此，只要说服了那位姑母，事情就会顺利。秋川真理惠答应做模特的时候,估计她会作为监护人陪同去府上。毕竟不能让女孩子单独去一个男人单独生活的家中。"

"可是秋川真理惠真那么容易答应当绘画模特吗?"

"这事就请交给我好了!只要你同意画她的肖像画,其余若干实务性问题我找门路解决。"

我再次陷入沉思。此人想必会把那里存在的"若干实务性问题""找门路"顺利解决。原本就是擅长做那种事情的人。但是,自己如此深入地介入那个问题——恐怕是极为错综复杂的人际关系问题——是合适的吗?那里会不会含有比免色向我挑明的更多的计划或谋略呢?

"说一下我个人的坦率意见你不介意吗?也许多余,反正是想作为常识性见解请你听一下。"

"当然不介意。有什么请只管说!"

"我在想,在将这肖像画计划付诸实施之前,是不是最好先设法调查一下秋川真理惠是否真是你自己的孩子。假如结果证实她不是你的孩子,那么就没必要特意找这样的麻烦。调查或许不容易,但总会有什么好办法可想。这个办法你必定找得出。即使我画了她的肖像画,即使那幅画挂在你的肖像画旁边,也并不等于问题朝解决方向行进。"

免色稍停了一下回答:"秋川真理惠是我的骨血还是不是,想在医学上准确查明是可以查明的。难免多少费些麻烦,但想做并非做不到。可我不想做那样的事。"

"为什么?"

"因为秋川真理惠是不是我的孩子,这并非重要因素。"

我闭嘴注视免色的脸。他一摇头,丰厚的白发便随风摇曳一样摇曳。而后他以温和的语声说道,简直就像对脑袋好使的大型犬教以简单的动词变化。

"不是说怎么都无所谓,当然。只是我不想把真相弄个水落石出。秋川有可能是我的骨血,也可能不是。可问题是,假使判明她是我的孩子,我到底怎么做才好呢?我能自报姓名说我是你真正的父亲吗?能要求真理惠的抚养权吗?不,那种事根本无从谈起。"

免色再次轻轻摇头,在膝头互搓双手,活像寒夜在火炉前烘烤身子。良久继续说道:"秋川真理惠眼下在父亲和姑母家平稳地生活。虽然母亲去世了,但家庭——尽管父亲多少存在问题——仍似乎得以较为健全地运营着。至少她和姑母亲近,她有她的生活。而这种时候我突如其来地说自己是真理惠真正的父亲,这已得到医学证明——这么说事情就能圆满收场吗?真相反倒只能带来混乱,其结果恐怕谁都幸福不了。当然也包括我。"

"就是说,与其挑明真相,莫如就这样原封不动。"

免色在膝头摊开双手。"简单说来是这么回事。得出这个结论花了不少时间。但现在我的心情已经不再摇摆,我想在心里抱着'秋川真理惠说不定是自己的亲生女儿'这一可能性度过往下的人生。我将拉开一定距离守护她的成长。此即足矣。纵使知道她是我的亲生女儿,我也不至于变得幸福。失落感只会变得更为痛切,如此而已。而且,假如知道她不是我的亲生女儿,我的失望会在另一种意义上加深。或者心灵受挫也有可能。总之无论怎样都不会有理想结果产生。我说的意思可明白了?"

"你说的我大致可以理解,作为逻辑。不过如果我处于你的立场,我想我还是想知道真相。逻辑另当别论,希望得知真实情况是人之常情。"

免色微微一笑。"那是因为你还年轻。若是到我这个年龄,你也肯定会明白这种心情——真相有时候将给人带来何等深的孤独!"

"而你所希求的,不是得知独一无二的真相,而是把她的肖像画挂在墙上天天看着反复思考那里存在的可能性——果真仅仅这样就可以的？"

免色点头："是那样的。较之无可摇撼的真相，我更想选择有摇撼余地的可能性。选择委身于那种摇撼。你认为这不自然吧？"

我还是觉得不自然。至少不认为自然，尽管不能说不健康。但那归终是免色的问题，不是我的问题。

我看一眼坐在施坦威上面的骑士团长。骑士团长和我四目相对。他把两手的食指朝上伸着左右拉开。意思似乎是"回答推后好了！"。接着，他用右手食指指着左手腕的手表。当然，骑士团长没戴什么手表，他指的是戴手表的那个部位。那当然意味着"差不多该告辞了"。那是骑士团长的建议，也是警告。我决定从之。

"对这项提议的回答，请稍微等等好吗？毕竟是不无微妙的问题，我也需要冷静思考的时间。"

免色往上举起放在膝头的双手。"当然，理所当然。请慢慢充分考虑。完全没有催促的意思。我求你的事怕是过多了。"

我站起身，感谢他招待的晚餐。

"对了，有件事想告诉你却忘了。"免色忽然想起似的说，"雨田具彦的事。以前你提起他去奥地利留学吧，说欧洲即将爆发第二次世界大战时他急忙从维也纳撤回……"

"嗯，记得，是那么说来着。"

"于是我多少搜集了一点资料——我也对那段原委略有兴致——毕竟很久以前的事，事情的真相弄不清楚。不过当时好像就有传闻，作为一种丑闻。"

"丑闻？"

"嗯，是的。雨田先生在维也纳卷入一场暗杀未遂事件，那甚至有发展成为政治问题的趋向，柏林的日本大使馆出面让他秘密回国——据说这是传闻的一部分。Anschluss 发生后不久的事。Anschluss 知道的吧？"

"一九三八年进行的德国主导吞并奥地利，是吧？"

"是的。奥地利被希特勒并入德国。政治上这个那个折腾一番，最后纳粹几乎强行控制了奥地利全境，奥地利这个国家消亡了。一九三八年三月的事。那里当然发生了无数混乱，有不少人在兵荒马乱中被杀害了。或被暗杀，或被伪装自杀遇害，或被送进集中营。雨田具彦留学维也纳就是在那种剧烈动荡期间。传闻说，维也纳时代的雨田具彦有个深深相恋的奥地利恋人，由于这个关系他也卷入事件之中。大概是以大学生为中心的地下抵抗组织制订了暗杀纳粹高官的计划。那无论对德国政府还是对日本政府都不是开心事。大约一年半之前刚刚缔结了日德反共产国际协定，日本和纳粹德国的联系日益强化。因此，两国都有力图避免发生妨碍这一友好关系事件的情由。况且，雨田具彦虽然年轻，但在日本国内已是有一定知名度的画家，加之他的父亲是大地主，是具有政治话语权的地方权势人物——不可能将这样的人偷偷干掉。"

"结果雨田具彦被遣返日本了？"

"是的。较之遣返，也许说救出更为接近。估计是由于上头的'政治考量'而得以九死一生的吧！如果因为重大嫌疑而被盖世太保抓走，纵然没有明确证据也性命难保。"

"可是暗杀计划没有实现？"

"归终止于未遂。制订计划的组织内部有告密者，情报全都捅给盖世太保了。以致组织成员被一网打尽，统统被捕！"

"发生那样的事件，怕是一场相当大的骚动吧？"

"但不可思议的是，事件完全没有散布到社会上去。"免色说，"似乎只作为丑闻悄声相传，没有留下正式记录。出于相应的原因，事件好像由地下到地下，埋葬在黑暗之中。"

如此说来，他的画《刺杀骑士团长》中描绘的"骑士团长"有可能是纳粹的高官。那幅画说不定假想性描绘了一九三八年维也纳本应发生（而实际没有发生）的暗杀事件。事件有雨田具彦及其恋人参与。计划被当局发现，结果两人天各一方，想必她被杀害了。他回到日本后，将在维也纳的那场痛切体验置换为日本画更为象征性的画面。也就是说，将其"翻译"成一千多年以前的飞鸟时期场景。《刺杀骑士团长》恐怕是雨田具彦为自己本身作的画。他为了保存青年时代惨烈血腥的记忆而不能不为自己画那幅画。唯其如此，才没有把画好的《刺杀骑士团长》公之于世，而结结实实地包好藏进自家阁楼以免被人看见。

或者，返回日本的雨田具彦决然舍弃作为油画家的履历而转向日本画的缘由之一，可能就是维也纳发生的事件，或许他想从根本上同过去的自己本身决裂。

"你是怎么查得这么多情况呢？"

"我并没有到处走来走去自己调查，是委托有熟人的团体调查的。只是，毕竟是很久以前的事了，究竟真实到何种程度，这方面无法负责任。不过因为信息来源不止一个，所以作为信息基本上是可靠的。"

"雨田具彦有个奥地利恋人，她是地下抵抗组织的成员。而且雨田具彦也参与了暗杀计划。"

免色约略侧头说道："果真如此，可谓极富戏剧性的局面，但知情者差不多都已死了。精确真相究竟是怎样的，我们早已无从知晓。事实作为事实，这种事情一般都有夸张成分。但不管怎样，都像是颇为煽情的爱情剧梗概。"

"不清楚他本身是否深度介入那个计划？"

"那不清楚。我只是就这个爱情剧梗概想入非非罢了。总之由于那样的原委，雨田具彦被从维也纳驱逐了，向恋人告别——甚至告别都无法告别——从不来梅港乘客轮返回日本。战争期间闷在阿苏乡下固守沉默，战后不久作为日本画画家重新大放异彩，震惊世人。这也是非常富于戏剧性的发展。"

关于雨田具彦的交谈就此结束。

和来时同样的黑色英菲尼迪在房前静静等我。雨仍在断断续续不绝如缕，空气湿湿的凉凉的。需要像样风衣的季节迫在眉睫。

"特意光临，非常感谢！"免色说，"对骑士团长也谨致谢意。"

致谢的应该是我。骑士团长在我耳边悄声低语。声音当然只能我一人听得。我再次感谢免色请吃晚餐。菜肴无与伦比，大快朵颐。骑士团长也好像心怀谢意。

"餐后提起无聊的话来，但愿没把这个难得的夜晚毁掉……"免色说。

"哪里的话。只是，你说的那件事请让我考虑一下。"

"那是自然。"

"我考虑起来要花时间。"

"我也一样。"免色说，"考虑三次比考虑两次好是我的座右铭。只要时间允许，考虑四次比考虑三次好。请慢慢考虑好了！"

司机拉开后排座车门等我，我钻了进去。骑士团长也应该一起钻进，但其身影没有闪入我的眼帘。车沿柏油坡路而上，开出打开的大门，而后慢悠悠下山。白色豪宅从视野中消失后，今晚在那里发生的一切都恍若梦境。什么是正常什么是不正常？什么是现实什么不是现实？区别渐渐依稀莫辨。

眼睛看得见的是现实，骑士团长在我耳边小声嘀咕。好好睁大眼睛把那个看在眼里即可，判断推后不迟。

好好睁大眼睛也可能看漏很多东西，我想。说不定一边在心里想一边小声发了出来。因为司机用后视镜瞥了我一眼。我闭上眼睛，把后背深深靠在车座上。并且思忖：倘所有判断都能永远推后该有多妙！

回到家快十点了。我在洗手间刷牙，换上睡衣，上床直接睡了过去。自不消说，做了许多梦。哪一个都是让人心里不舒坦的奇妙的梦。维也纳街头翻卷的无数纳粹德国卐旗，驶离不来梅港的大型客轮，码头上的铜管乐队，蓝胡子公爵不开放的房间，弹奏施坦威的兔色……

26 不可能有比这更好的构图

两天后,东京的经纪人打来电话,说免色氏汇来绘画酬金,而后把扣除经纪人手续费的金额汇入我的银行账户。听得金额吃了一惊——比最初听得的金额还要多。

"免色先生附言说,画出来的画比期待的更精彩,所以作为奖金追加了金额,希望作为谢仪接受下来,不必客气。"我的经纪人说。

我轻叹一声,没说出话来。

"实物没有看到,但免色先生用电子邮件把照片发来了。看照片——仅仅是看照片——我也觉得是一幅精彩作品。超越了肖像画这一领域,却又具有作为肖像画的说服力。"

我致谢放下电话。

稍后女友打来电话,问明天上午过来是不是碍事,我说不碍事。星期五绘画班有课,但时间上绰绰有余。

"前天在免色君府上吃晚饭了?"她问。

"啊,真真正正的晚餐!"

"好吃?"

"绝对!葡萄酒无与伦比,菜肴无可挑剔。"

"家中怎么样?"

"无可挑剔。"我说,"单单——描述就得轻松花掉半天时间。"

"见面时可能详细讲给我听?"

"之前？还是之后？"

"之后。"她言简意赅。

放下电话，我去画室看墙上挂的雨田具彦的《刺杀骑士团长》。尽管迄今不知看了多少遍，但听得免色的情况之后再看，感觉那上面有一种近乎神奇的栩栩如生的现实性。它并未止于怀古式再现过去发生的事件一类常有的历史画。画中出场的四个人物（长面人除外），从每一个人的表情和举止中都可以读取他们面对这一状况的各自心情意绪。将长剑刺入骑士团长的年轻男子面部绝对没有表情，想必已关闭心扉将感情打入深处。被剑刺中胸部的骑士团长脸上，可以连同痛苦从中读取"何至于如此"这一纯粹的诧异。在旁边注视状况发展的年轻女子（歌剧中的唐娜·安娜）仿佛身体被剧烈冲突的感情撕成两半，端庄的脸庞因痛楚而扭歪变形，白皙好看的手挡在嘴前。体形敦敦实实的貌似侍从的男子（莱波雷洛）面对始料未及的局面屏息敛气仰面朝天。他的右手像要抓什么似的伸向空中。

构图完美无缺，不可能有比这更好的构图。独具匠心的绝妙配置。四人在活生生保持动作节奏的同时被瞬间冻结在那里。而且构图叠映出一九三八年在维也纳可能发生的暗杀事件场景。骑士团长不是飞鸟时期装束，而是身着纳粹制服，或是党卫军黑色制服亦未可知。其胸口插一把西式佩刀或者短刀。插刀进去的说不定是雨田具彦本人。在旁边屏息敛气的女子是谁呢？雨田具彦的奥地利恋人？到底是什么让她肝胆俱裂呢？

我坐在木凳上久久盯视《刺杀骑士团长》画幅。若让我发挥想象力，可以从中读取种种寓意和意象。但问题是，哪怕再罗列纷纭诸说，归根结底也统统不过是无根无据的假说罢了。况且，免色讲给我的那幅画的背景——我想是背景——并非公开的历史事实，而仅仅是风闻，或者无非是通俗爱情剧——一切都是以可能告终的故事。

我蓦然心想，要是现在妹妹和我在一起就好了。

如果小路在这里，我就会把事情的来龙去脉全部讲给她听，她会时而插入简短问话静静侧耳倾听。即使这种匪夷所思、错综复杂的事，她也不至于皱起眉头或出声惊叫，而始终贯之以沉着冷静深思熟虑的表情。当我讲完时，她会略一沉吟，而后给我以若干有益的建议。我们从小就不断做这样的交流。不过细想之下，小路不曾要我跟她商量什么。在我的记忆限度内，应该一次也没有。为什么呢？莫非她不曾直面多么大的精神困局？还是对我不抱有信心而认为商量也没用呢？有可能二者各占一半。

不过，纵使她健健康康不在十二岁死掉，如此亲密的兄妹关系估计也不会持续多久。小路难免同哪里一个无趣的男子结婚，在远处某座城镇度日，日复一日的生活磨损她的神经，生儿育女致使她疲惫不堪，失去曾经的纯粹光点，根本没有为我出谋划策的余地。我们的人生将怎样行进，这事谁都不得而知。

我和妻之间的问题，也许在于我下意识地希求柚来替代我死去的妹妹。我不无这样的感觉。我本身诚然不存在那种念头，可是细想之下，在妹妹死去后自己心间某个地方很可能始终期盼在自己面临精神性困难的时候有一个堪可依赖的伙伴。然而自不待言，妻和妹妹不同。柚不是小路。立场不同身份不同，成长经历尤其不同。

如此思来想去之间，我陡然想起婚前去位于世田谷区砧①的柚的娘家拜访时的事。

---

① 位于东京都世田谷的西南部。原来是旱田耕作中心，属于近郊农村，于1936年编入世田谷区。

柚的父亲是一家一流银行的支行长。儿子（柚的兄长）同是银行职员，在同一银行工作。两人都毕业于东京大学经济学部。看来家系多有银行人员。我想和柚结婚（当然柚也想和我结婚），找她父母告知我的心意。而同她父亲相见的半个多小时，无论从哪个立场来看都很难说是友好性质的。我仅仅是个卖不动的画家，作为副业画肖像画，没有可称为固定收入的收入。似可称为前景那样的东西也几乎无从找见。不管怎么考虑都不处于足以使得柚的这位银行精英父亲怀有好感的立场。因为这个事先就已有所预料，所以无论对方说什么、骂什么，我都决心不失冷静坐而倾听。何况我原本就是相当能忍的性格。

但是，在聆听妻的父亲喋喋不休的说教时间里，我身上类似生理性厌恶的情绪开始高涨。感情渐渐失控，心情糟得几乎呕吐。那当中我起身离座，说对不起想借用一下卫生间。我跪到马桶前拼命想把胃里的东西一吐为快，然而吐不出来。因为胃里差不多什么也没有。甚至胃液都出不来。于是做了好几次深呼吸，让心情平复下来。因嘴里有不快味道，就用水漱口，拿手帕擦汗，而后折回客厅。

"不要紧？"柚看我的脸不安地问。大概我的脸色一塌糊涂。

"结婚是本人的自由。但久长不了哟！顶多四五年吧！"这是那天告别时她父亲对我说出口的最后的话（我对此一句没回）。她父亲那三言两语连同不快的回响留在我的耳底，或作为某种诅咒影响到后来的后来。

她的父母直到最后也未予认可，但我们直接登记正式结为夫妻。同我本人的父母已经几乎断了联系。没举行婚礼。朋友们借了会场，只办了一场简单的婚宴（主要推动者当然是热心帮忙的雨田政彦）。尽管如此，我们是幸福的。至少最初几年我想是绝对幸福的。四年或五年，我们之间不存在像是问题的问题。然而之后不久，就像大型客轮在大海正中转舵一样开始了徐缓的转折。缘由我还不大清楚，转折点也看不真切。想必婚姻生活中她追求的东西和我追求的东西之间有某种差异。那种错位经年累月逐渐加大，而觉察到时，她已然同我以外的男人幽会了。归终，婚姻生活只持续了六年。

她的父亲知道我们婚姻生活出了破绽，很可能暗自得意："喏，言中了吧！"（倒是比他预料的长了一两年。）肯定将柚弃我而去反倒视为可喜可贺的事。柚和我分开后莫非修复了同娘家的关系？那种事我当然无从知道，也不想知道。那是她个人问题，与我无关。尽管这样，她父亲的紧箍咒似乎依然未从我头上取下。我至今仍能觉出那种无可捕捉的气息、那种吃进肌肤的重量。而且，尽管自己不情愿承认，但我的心灵创伤意外之深，仍在流血，一如雨田具彦画中骑士团长被刺的心脏。

午后时光迅速流逝，秋日黄昏早早降临，天空转眼暗了下来，乌黑发亮的乌鸦们在山谷上空欢叫着归巢。我出到阳台，倚着栏杆眼望山谷对面免色的房子。庭园有几盏灯已经闪亮，在黑暗中将房子的白色炫示出来。我在脑海中推出每晚每夜从阳台上使用高性能双筒望远镜悄悄捕捉秋川真理惠形影的免色身姿。他为了使这一行为成为可能——完全出于这一个目的——而将那座白房子强行纳入手中。支付巨款，投入精力，不厌其烦，终于将那座很难说符合自己情趣的豪宅据为己有。

说来不可思议（尽管是我自身感觉出的不可思议），蓦然回神，我已经对免色这个人物开始怀有在其他人身上未曾感觉到的亲近之情。亲切感，不，甚至称为连带感也未尝不可。在某种意义上，我们可能类似同病相怜的两人，我这样思忖。驱动我们移步前行的，不是我们已经到手的东西，也不是即将到手的东西，而是已然失却的东西、现在没有到手的东西。对他所采取的行为我无论如何都不能说能够理解。那明显超过我的理解范围。但另一方面，至少能够理解其动机。

我去厨房把雨田政彦送的单一麦芽威士忌加进冰块，拿在手中坐在客厅沙发，从雨田具彦的唱片收藏中选出舒伯特的弦乐四重奏放在唱机转盘上。作品被称为《罗莎蒙德》。免色家书房里放的音乐。我一边听音乐，一边时不时摇晃杯中的冰块。

这天直到最后，骑士团长一次也没现身，他大概同猫头鹰一起在阁楼里静静休息。理念也照样需要有休息日。这天我也一次没站在画布跟前。我也照样要有休息日。

我独自为骑士团长举杯。

27　尽管样式记得真真切切

我向赶来的女友讲了免色家晚餐会的事。当然，秋川真理惠、阳台上带三脚架的高性能双筒望远镜以及骑士团长秘密同行的事省略掉了。我讲的只是端上的菜肴、房间的格局、那里摆的什么家具等无所谓的事项。我们躺在床上，双方都赤条条一丝不挂。那是在长达三十分钟的性事活动完了之后。起始心想骑士团长可能从哪里观察着，很有些惶惶不安。后来就忘了。想看，看就是。

她就像热情的体育粉丝想详细了解自己追捧的球队昨天比赛得分经过那样，想了解端上餐桌的菜肴详情。我在能想得起来的限度内，从前菜到餐后甜点、从葡萄酒到咖啡，就其内容逐一详加描述，包括餐具在内。我本来就有得天独厚的视觉性记忆力。无论什么，只要集中注意力收入视野，即使经过一定时间也能记得起来，甚至细部也能记得毫厘不爽。所以才能像三下两下就把眼前存在的物体勾勒下来那样将每一道菜式的特征绘画式再现出来。她以如醉如痴的眼神倾听如此描述，似乎时不时地实际咽一下口水。

"不得了啊！"她做梦似的说，"我多么想在哪里被人请吃一次那样的美味佳肴啊，哪怕一次也好！"

"不过老实说来，上来的菜的味道几乎都记不得了。"我说。

"菜的味道没怎么记得？不是很好吃的么？"

"是好吃，非常好吃！好吃的记忆是有的。可是想不起是什么味道，没办法用语言具体说明。"

"尽管样式记得真真切切?"

"嗯,因是画画的,菜的样式可以按原样再现。毕竟像是工作嘛!可内容说明不来。若是作家,估计连味道的内容都能表现……"

"奇怪!"她说,"那么,即便和我做这种事,即便事后可以具体画成图,也没办法用语言再现那种感觉——是这样的?"

我把她的提问在脑袋里梳理一番。"你指的是性快感?"

"是啊!"

"怎么说呢……大概是的吧!不过将性爱和饮食比较说来,我觉得较之说明性快感,说明菜肴的味道更困难。"

"那就是说,"她以让人感觉出初冬黄昏寒意的语声说,"同我提供的性快感相比,免色君端出的菜肴味道更为细腻、深奥?"

"不,不是那个意思,"我慌忙解释,"那不一样。我说的不是内容的品质比较,只是说明的难易度问题,在技术性意义上。"

"啊,也罢。"她说,"我给你的东西不是也非常不坏的吗?在技术性意义上。"

"当然,"我说,"当然妙不可言!无论在技术性意义上还是在其他任何意义上。美妙得画都画不出来。"

老实说,她给予我的肉体快感的确无可挑剔。这以前我同几个女性——尽管数量没有多得足以自夸——有过性经验。但她的性器官比我知道的哪一个都细腻敏感富于变化。没有得到循环利用而被闲置多年实在可忧可惜。我这么一说,她做出不无欣喜的表情。

"不是说谎?"

"不是说谎。"

她狐疑地注视一会我的侧脸,而后似乎信以为真。

"那么,可让你看了车库?"她问我。

"车库?"

"据说有四辆英国车的他的传奇性车库。"

"不,没看啊!"我说,"毕竟大宅院,没见到车库。"

"你看你,"她说,"捷豹 E-Type① 是不是真有也没问?"

"啊,没问,想都没想到。我对车原本就没有多大兴致的嘛!"

"二手丰田卡罗拉也没意见?"

"心满意足。"

"若是我,可得让他允许我摸一下 E-Type!那么漂亮的车!小时候看了奥黛丽·赫本和彼德·奥图出演的电影,自那以来就对那种车满怀憧憬。电影中彼德·奥图开着闪闪发光的 E-Type。是什么颜色来着?记得像是黄色……"

她对少女时期看到的那辆赛车心往神驰。与此同时,我的脑海里闪出那辆斯巴鲁"森林人"。宫城县海边那座小镇,镇郊家庭餐馆停车场停的白色斯巴鲁。以我的观点看,很难说是多么好看的车。平庸无奇的小型 SUV,旨在实用的敦敦实实的器械。情不自禁想摸一下的人估计数量相当之少。和捷豹 E-Type 不同。

"对了,温室啦健身房啦也没看喽?"她问我。她说的是免色家。

"啊,温室也好健身房也好洗衣间也好用人专用房间也好厨房也好六张榻榻米大的衣帽间也好有桌球台的游乐室也好,实际都没看。人家也没领我看嘛!"

那天免色有那天晚上无论如何都必须说的重大事项,想必顾不上慢悠悠领我参观房子。

"真有六张榻榻米大的衣帽间和有桌球台的游乐室什么的?"

"不知道,只是我的想象。真有好像也没什么奇怪的……"

"书房以外的房间一个儿也没让看?"

---

① 捷豹旗下跑车型号,捷豹公司曾于 1961 年至 1974 年间制造。

"唔，对室内装修设计没什么特殊兴致。让我看的只有门厅、客厅、书房和餐厅。"

"那个'蓝胡子公爵不开房间'也没锁定目标？"

"没有那么多时间。毕竟不能问本人'对了免色君那个有名的"蓝胡子公爵不开房间"在哪里？'"

她显出索然无味的样子，咂了下舌头摇几次头。"你们男人，这种地方真是不灵，没有好奇心那东西？若是我，可得连每一个角落像舔一遍似的看在眼里。"

"男人和女人，肯定好奇心的领域原本就不一样。"

"像是啊！"她失望地说，"不过算了，有关免色家内部的许多新信息进来——光是这个就必须称谢。"

我渐渐担忧起来："贮存信息倒也罢了，不过若是到外面宣扬出去，作为我可是有点儿不好办。通过那个所谓野道通讯……"

"放心！让你一一担忧的事不会有的！"她开朗地说。

而后，她悄悄拿起我的手引向自己的那个部位。如此这般，我们好奇心的领域再次大面积重合起来。到去绘画班还有些时间。这时觉得画室里的铃似乎低低响了一声，可能是耳朵错觉。

快三点时她开红色迷你回去之后，我走进画室，拿起板架上的铃查看。看上去铃没有任何变化，只是静静地放在那里。四下环顾也没有骑士团长的身影。

而后我走到画布跟前坐在木凳上，注视白色斯巴鲁男子没画完的肖像画，准备确定下一步应取的方向。但这时我有了一个意料不到的发现：那幅画已经完成。

不消说，画仍处于制作过程中。那上面显示的若干理念即将化为一个个具象。现在画在上面的，仅仅是由我调制的三色颜料塑造的男子面部粗略原型。在木炭勾勒的底图上把那些颜色胡乱涂抹上去。当然在我眼里，那画面已经能够将"白色斯巴鲁男子"应有的形象显现出来。他的脸已被潜在地画了进去，犹如隐形画。可是我以外的人还看不见。画眼下还不过是初稿罢了，还止于对不久理应到来之物的隐喻与暗示。然而，那个男子——我启动过往记忆力图画下来的那个人物——似乎已经对那里提示的现时自己的沉默形象感到心满意足。或者看样子并不强求自己的形象被画得更为明显。

别再轻举妄动——男子从画面深层向我吁诉，或者下令。就这样别再补加！

画在尚未完成的状态下完成了。男子以不完全的形象完完全全实际置身其间——语法固然矛盾，但此外无法形容。而且男子隐秘的形象正竭力从画面中向我这个作者传递某种强烈的意绪，力图让我理解什么。至于那是什么，我还不明白。我切实感到这个男子具有生命，实际活灵活现。

我把颜料未干的画从画架上取下，反过来——以免颜料被沾——立在画室墙壁上。我渐渐无法忍受再看这幅画了。上面似乎含有不吉利的东西——大约我不应知晓的东西。画的周边飘来渔港小镇的空气。空气中混合着海潮味儿、鱼鳞味儿、渔船柴油发动机味儿。海鸟群一边发着尖锐的叫声一边在强风中缓缓盘旋。大概生来从未打过高尔夫的中年男子戴着黑色高尔夫帽。晒成浅黑色的脸，僵挺的脖颈，夹杂白发的短发，穿了很久的皮夹克，家庭餐馆里的刀叉声——全世界所有的家庭餐馆都可听得的没有个性的声响。以及停车场悄然停着的白色斯巴鲁"森林人"，后保险杠上粘的四鳍旗鱼贴纸。

"打我！"正交合时女子对我说。她两手的指甲深深抠进我的背。汗味儿直冲鼻孔。我按她说的打她的嘴巴。

"不是那个打法，求你了，认真地打！"女子剧烈摇头说道，

"还要用力,猛打!有伤痕留下也无所谓,使劲打得鼻子出血!"

我不想打女人,我身上本来就没有暴力倾向,几乎完全没有。但她认真地要求我认真地打她。她需要的是货真价实的痛。无奈之下,只好多少用力打她,几乎打出了红痕。每次使劲打她,她的那里都急剧地、强烈地勒紧我的阳具,简直就像饥饿的动物扑食眼前的饵料。

"嗳,勒一下我的脖子可好?"稍后她在我耳边低语,"用这个!"

低语声仿佛从别的空间传来。女子随即从枕下拿出睡袍的白色带子。肯定是早已准备好的。

我拒绝了。再怎么着我也不能做那种事。过于危险。弄不好对方死掉都有可能。

"做做样子就可以。"她气喘吁吁地恳求道,"不认真勒也可以的,只模仿勒的动作就可以的。把这个缠在脖子上,稍微用一点点力就行。"

这我不能拒绝。

家庭餐馆中没有个性的餐具声。

我摇摇头,试图把那时的记忆推去哪里。对于我那是不愿意记起的事情。如果可能,恨不得永远打入冷宫。然而那睡袍带的触感仍真切留在我的双手——包括她脖颈的手感——怎么也忘不掉。

而且这个男子知道,知道我昨天夜里在哪里干了什么,知道我在那里想的什么。

这幅画怎么办好呢?就这样反过来放在画室角落就可以了么?即使反过来,它也使得我心神不宁。如果此外有放的地方,那么只有那个阁楼。和雨田具彦藏《刺杀骑士团长》的是同一场所。那大约是为人藏自己的心准备的场所。

我在脑袋里将刚才自己说出口的话重复一遍。

嗯,因是画画的,菜的样式或可以按原样再现,可内容说明不来。

说明不来的五花八门的东西正在房子里朝我步步逼来,试图把我擒住。在阁楼里发现的雨田具彦的画《刺杀骑士团长》,杂木林中打开的石室,奇妙的铃,借骑士团长形体在我面前出现的理念,以及白色斯巴鲁中年男子。还要加上山谷对面住的不可思议的白发人物。免色总好像要把这个我拖入他脑袋里的什么计划中去。

看来,漩涡正在我周围缓缓增加流势。而且我再也后退不得了。为时过晚。漩涡绝无声响,其反常的静寂让我不寒而栗。

28　弗朗茨・卡夫卡热爱坡路

这天傍晚，我在小田原站附近的绘画班指导孩子们画画。当日主题是人物速写。两人一组，从校方事先准备好的绘画用具中挑选自己喜欢的（木炭或几种软芯铅笔），在速写簿上轮换画对方脸庞。时间限制为一幅十五分钟（用厨房计时钟准确计算时间）。少用橡皮。尽可能一页纸结束。

画完后一个个走到前面，向大家展示自己画的画，孩子们自由交流感想。因是小班，气氛融洽。接着由我站在前面教类似于速写的简单诀窍。素描和速写有什么区别，就其区别做概括性说明。素描类似绘画的设计图，要求一定程度的准确性。相比之下，速写则类似第一印象，自由随意。在脑海中推出印象，趁印象尚未消失赋予其基本轮廓。就速写来说，较之准确性，平衡和速度更是重要因素。即使有名的画家，速写不怎么好的也大有人在。我一向对速写得心应手。

最后我从孩子们当中挑出一个模特，用白粉笔在黑板上将其形貌画下来以示实例。"厉害！""好快啊！""一模一样！"——孩子们心悦诚服。让孩子们心悦诚服也是教师一个重要职责。

完了，这回调换伙伴，让所有人画速写。孩子们在第二次明显好了许多。吸收知识的速度快，教的人为之心悦诚服。当然，既有好许多的孩子，又有不怎么好的孩子。但这没关系。我教给孩子们的，较之画的实际画法，莫如说更是看对象的看法。

这天我画实例的时候，指定秋川真理惠为模特（当然是有意的），把她的上半身简单画在黑板上。准确说来不能说是速写，但构成是同样的。三分钟即快速画完——我利用上课试一下画秋川真理惠能画成怎样的画。结果发现，她作为绘画模特隐含着极为独特且丰富的可能性。

此前没特别注意看秋川真理惠。而作为画作对象仔细观察，她具有比我的泛泛认知有意味得多的容貌。这不仅仅指脸形端庄好看。固然是美少女，但细看之下，那里有难以确定的失衡之处。而且，不安稳的表情底层似乎潜伏着某种气势，宛如藏身茂密草丛中的敏捷的兽。

我想，若是这样的印象顺利赋以形式就好了。但三分钟时间用粉笔如此表现在黑板上实在太难了。或者几乎不可能。为此必须多花时间用心观察她的面庞，将各种要素巧妙分解开来。而且要多了解这个少女。

我把画在黑板上的她的画留着没擦。孩子们回去后，我一个人留在教室，抱臂看了一会这粉笔画。我想确认她的长相有没有像免色的地方。但横竖琢磨不来。说像就很像，说不像就全然不像。不过，倘要我举出一点像的地方，那怕是眼睛。两人的眼神，尤其瞬间特有的光闪仿佛有某种共通的东西。

定定窥视清泉的深底，有时会见到那里类似发光块体的什么。不细看、不细细地看是看不到的。而且那个块体很快就摇曳着了无踪影。越是认真窥看，越是怀疑可能是眼睛的错觉。然而那里分明有某种发光的东西。以很多人为模特画画过程中，有人时不时让我感觉出这种"发光"。从数量上说是极少数。而这位少女——还有免色——是少数人之一。

负责收发接待的中年女性进来打扫教室，站在我旁边由衷欣赏似的看这幅画。

"这是小秋川真理惠吧?"她看一眼就这样说道,"画得真好,简直像要马上动起来似的。擦了怪可惜的。"

"谢谢!"说罢,我从桌前立起,用黑板擦擦得干干净净。

骑士团长翌日(星期六)终于在我面前出现了。星期二晚上在免色家晚餐会上见到以来第一次出现——借用他本身的说法即形体化。我买完食品回来,傍晚正在客厅看书,画室那边响起铃声。过去一看,骑士团长坐在板架上在耳边轻轻摇铃,俨然确认其微妙回响。看见我,他不摇了。

"好几天没见了!"我说。

"无所谓好几天。"骑士团长冷淡地说,"理念这东西是以百年、千年为单位在世界各地走来走去的。一天两天不算时间。"

"免色先生的晚餐会如何?"

"啊,啊啊,那是足够意味深长的晚餐会。菜肴固然不能吃,但相应开了眼界。还有,免色君是非常引人关注的人物,种种事项都想得超前更超前。不过他也是个这个那个怀抱好多东西的人。"

"他提起一件事求我来着。"

"啊,那是的。"骑士团长一边看手中的铃一边了无兴致地说,"那话在旁边听在耳朵里了。可那玩意儿和我没什么关系。那归终是诸君和免色君之间实际性、也就是现世性的问题。"

"有一点想问问可以么?"我说。

骑士团长用手心咯哧咯哧蹭着下巴胡须。"啊,可以可以,能否回答你自是另当别论……"

"关于雨田具彦《刺杀骑士团长》的画。那幅画当然知道的吧?毕竟你借用的是画中出场人物的形体。那幅画总好像是以一九三八年在维也纳实际发生的暗杀未遂事件作为主题的。据说雨田具彦本人参与了那一事件。关于这点你是知道什么的吧?"

28

骑士团长抱臂思索有顷。而后眯细眼睛开口了。

"历史之中，就那样搁置在黑暗中为好的事件多得要命。正确知识未必使人丰富。客观未必凌驾于主观之上。事实未必吹灭妄想。"

"一般而言或许如此。可是，那幅画是在向看画的人强烈诉说什么。我觉得，雨田具彦画那幅画的目的，可能是把自己知道的非常重大而又不能公之于世的事件以个人角度加以暗示化。人物和舞台设定置换为别的时代，他通过新掌握的日本画这一手法实行不妨说是作为隐喻的告白。甚至觉得他大概是为了这一目的才抛弃油画而转向日本画的。"

"那让画发言不就可以了？"骑士团长以镇静的语声说，"假如那幅画想要诉说什么，那么直接让画诉说好了！隐喻就作为隐喻、暗号就作为暗号、笊篱就作为笊篱原封不动好了！这有什么不合适的不成？"

何以突然冒出笊篱来令人不解，不过就那样原封不动好了。

我说："不是说有不合适的。我只是想知道使得雨田具彦画那幅画的背景那样的东西。为什么呢？因为那幅画在诉求什么。那幅画毫无疑问是以什么为具体目的画的。"

骑士团长似乎想起了什么，又用手心摸了一会儿下巴胡须。"弗朗茨·卡夫卡热爱坡路，对所有坡路心往神驰。喜欢观望建在陡坡路旁的房子——坐在路旁一动不动看那样的房子，一连看好几个小时。百看不厌，或歪起脖子看或挺直脖子看。总之是个怪家伙。这可知道？"

弗朗茨·卡夫卡和坡路？

"不，不知道。"我说。听都没听说过。

"那种事就算知道，也不至于多少加深对他所留作品的理解？嗯？"

我没有回答他的提问。"那么,你对弗朗茨·卡夫卡也是知道的了?从个人角度?"

"对方当然不知道我这个人,从个人角度。"骑士团长说。说罢像想起什么似的哧哧笑了。骑士团长笑出声来,我怕是第一次见到。莫非弗朗茨·卡夫卡有什么值得哧哧笑的因素?

随后骑士团长把表情复原,继续下文。

"真相即表象,表象即真相。将那里存在的表象原封不动地一口吞下去再好不过。道理也好事实也好猪肚脐也好蚂蚁睾丸也好,那里一概无有。人要想用除此以外的方法走上理解之路,好比让笊篱浮上水面。坏话我不说。作罢为好。免色君做的,即是此类,可怜!"

"就是说,无论做什么归终都是徒劳?"

"让百孔千疮的东西浮上水面,任何人都枉费心机。"

"准确说来,免色先生到底想干什么呢?"

骑士团长轻耸一下肩。两眉之间聚起令人想起年轻时的马龙·白兰度般的迷人皱纹。很难想象骑士团长看过伊利亚·卡赞①导演的电影《码头风云》,而其皱纹的聚敛方式确乎同马龙·白兰度一模一样。至于他的外观和相貌的引用来源涉及怎样的领域,我无法推测。

他说:"关于雨田具彦的《刺杀骑士团长》,我能讲给诸君的事项非常之少。这是因为其本质在于寓意,在于比喻。寓意和比喻是

---

① 伊利亚·卡赞(Ellia Kazan,1909—2003),出生于土耳其的希腊裔美国人,导演、制作人、编剧、演员。其导演的电影作品多次斩获各个国际电影节多项大奖,其本人于1999年获得第71届奥斯卡终身成就奖。1947年卡赞与李·斯特拉斯伯格合创演员工作室,培养出马龙·白兰度等诸多演员。1954年执导的《码头风云》就由马龙·白兰度担当主演。

不应该用语言说明的,而应该一口吞下去。"

骑士团长用小指指尖咔咔搔着耳后,同猫在下雨前挠耳后无异。

"不过有一点告诉诸君好了。事情倒是微不足道——明天夜里会有电话打来。免色君的电话,最好深思熟虑之后才回话!虽然无论怎么思虑,你的回答在结果上都毫无区别,但还是要好好、好好思虑才是。"

"而且让对方明白自己正在好好、好好思虑这点也很关键,是吧?作为一种姿态。"

"是的,是那么回事。首先拒绝第一次报价是商业活动的基本铁律。记住,无有亏吃。"说着骑士团长再次咻咻笑了。看来今天的骑士团长情绪非常不坏。"对了,换个话题,阴蒂那玩意儿摸起来有意思是吧?"

"倒是觉得并非因为有意思所以摸那种东西。"我如实陈述意见。

"旁观观不明白。"

"我觉得我也不大明白。"我说。理念也并不是什么都明白。

"反正我得消失了。"骑士团长说。"另有地方要去。无有多少闲工夫。"

骑士团长随即消失。像柴郡猫消失那样按部就班地一点一点地。我去厨房做了简单的晚饭一个人吃了。并且就理念有怎样的"地方要去"想了片刻。当然茫无头绪。

如骑士团长预言的,翌日晚八点多免色打来电话。

我首先就日前晚宴致谢。真个是美味佳肴!哪里,算不得什么的,我倒是得以度过了快乐时光,免色说。之后我就比原定金额多拿了肖像画酬金也说了感谢话。哪里,那是应该的,毕竟画得那么好，请不要介意。免色始终谦虚地说。上述礼仪性交谈告一段落后，沉默有顷。

"对了，秋川真理惠的事，"免色像聊天气一样若无其事地提起正题，"记得吧？前几天请您以她为模特画画的事？"

"当然记得。"

"这样的申请昨天向秋川真理惠提出后——其实是由学校主办者松岛先生向她的姑母探询此事有无可能——秋川真理惠同意当模特了。"

"果然。"我说。

"这样，如果能请你画她的肖像画，就一切准备就绪。"

"不过免色先生，这事有你参与其间，松岛先生没觉得可疑吗？"

"这方面我采取的行动慎之又慎，请别担心。他理解为我大约扮演你的资助人那样的角色。但愿这不至于让你感到不悦……"

"那倒没有什么。"我说，"可秋川真理惠还痛快答应了。本来看上去是个沉默寡言的孩子，老实，那么内向……"

"说实话，起始她姑母那边好像不大感兴趣，说当哪门子绘画模特，那不可能有什么正经事。对于作为画家的你，说法是够失礼的。"

"哪里，那是社会一般看法。"

"但另一方面，听说真理惠本人对当绘画模特相当积极，说如果由你画，就很高兴当模特。姑母那边反倒像是被她说服的。"

这是为什么呢？也许我把她画在黑板上这点以某种形式起了作用。但我到底没对免色说。

"作为事态的进展不是很理想吗？"免色说。

我就此盘算起来。果真是理想的进展吗？免色似乎在电话那头等待我发表什么意见。

"过程到底是怎样的呢？请再详细讲讲好吗？"

免色说："过程很简单。你在找绘画模特。在绘画班上教的秋川真理惠这个少女当模特正合适。所以通过主办者松岛先生征求作为监护人的少女姑母的意见。就是这样一个流程。松岛先生个人担保你的人品和才华。说你人品无可挑剔，当老师教课认真，作为画家也有丰沛的才华，前途为人瞩目。我这一存在哪里也没有出场。我一再叮嘱别让我出场。当然是当穿衣服的模特，由姑母陪同前来，中午前结束——这是对方提的条件。您看如何？"

我遵照骑士团长的忠告（第一次报价要首先拒绝），在此一度刹住对方的步调。

"条件上我想没多大问题。只是，关于是不是画秋川真理惠的肖像画，能再多少给我一点时间让我就这点本身考虑一下吗？"

"好的好的，"免色以镇定的语声说，"您只管充分考虑就是。意思绝对不是相催。不言而喻，画画的是您，如果您上不来心情，事情无从谈起。作为我，只是想把一切准备就绪这点大致告诉您一声。另外还一点，这次相求之事的礼金，我会考虑得万无一失。"

事情推进真是迅速。一切顺风顺水，了无滞碍，可赞可叹。简直就像球在坡路上滚动……我想象坐在坡路中间眼望滚球的弗朗茨·卡夫卡。我必须慎重为之。

"给我两天时间可好？"我说，"两天后我想是能够答复的。"

"好的。两天后再打电话。"免色说。

我放下电话。

不过坦率地说，答复根本不需要特意用两天时间。因为我早就下了决心。恨不能马上画秋川真理惠的肖像画。即使有人出面制止，我也要接受。之所以要两天过渡时间，只是出于不愿意被对方步调整个挟裹的缘由。还是姑且在此留时间慢慢做个深呼吸为好的本能——还有骑士团长——这样告诉我。

好比让笊篱浮上水面,骑士团长说,让百孔千疮的东西浮上水面,任何人都枉费心机。

他在向我暗示什么,应该到来的什么。

29　那里边可能含有的不自然要素

两天时间里，我交替看着画室里放的两幅画：雨田具彦的《刺杀骑士团长》和我画的《白色斯巴鲁男子》。《刺杀骑士团长》现在挂在画室白墙上。《白色斯巴鲁男子》反过来置于房间一角（只在看的时候把它放回画架）。除了看这两幅画，我还仅仅为了消磨时间看书、听音乐、做饭、清扫、拔院里的草或房前屋后散步。没心思拿画笔。骑士团长也没现身，保持沉默。

在附近山道上散步时，我试着寻找秋川真理惠家能从哪里出现。但在我散步的范围内，没见到类似的房子。从免色家看去，计以直线距离应当是相当近的。但可能这边因地形关系，视野被屏蔽了。在树林里散步时我不知不觉留心金环胡蜂。

交替细看这两幅画的两天时间里，我再次明白自己怀有的感觉绝对无误。《刺杀骑士团长》要求解读其中隐藏的"暗号"，《白色斯巴鲁男子》要求作者（即我）不要再介入画面。哪一方的要求都极为坚定有力——至少我有这样的感觉——除了顺从别无选择。我把《白色斯巴鲁男子》以其现状放置起来（但我要设法理解其要求的根据）；对于《刺杀骑士团长》，我努力读取其中的真实意图。然而二者都被包拢在核桃一般坚硬的谜团中，以我的握力无论如何都捏不碎其外壳。

假如没有秋川真理惠一事，我说不定将无休止地交替看这两幅画度日，不知看到什么时候。所幸第二天晚上免色打来电话，紧箍咒因之暂时解除。

"那么,结论可出来了?"免色一通寒暄完了问我。当然是问我能否画秋川真理惠的肖像画。

"基本想予以接受。"我答复,"但有一个条件。"

"什么条件呢?"

"那将成为怎样的画,我还无法预料。面对实际的秋川真理惠拿起画笔,作品的风格自会从中产生。构思若不顺利,画或许半途而废。或者完成了也不合我的心意也有可能。不合免色先生您的心意亦未可知。因此,这幅画不是接受您的委托或启发而画,而是希望允许我完全自发地画。"

免色略一停顿,试探似的说道:"就是说,如果您对画完的作品不能称心如意,那么就横竖不交给我——您想说的是这个意思吧?"

"那种可能性也未必没有。反正,画完的画怎么处理,交给我来判断。这是条件。"

免色就此思考片刻,而后说道:"除了 Yes,我好像没有别的回答啊!如果事情是不吃进这个条件您就不画的话……"

"对不起。"

"您的意图是,通过拆除我的委托或启发这个框架来获得艺术上更多的自由?还是说金钱因素掺加进来会成为负担呢?"

"二者都各有一点,我觉得。但重要的是,想在心情方面变得更为自然。"

"想变得更为自然?"

"我想从中尽量排除不自然要素。"

"那就是说,"免色说,声音似乎多少有些发硬,"您感觉我这次求您画秋川真理惠肖像画,里面含有某种不自然要素?"

好比让笊篱浮上水面,骑士团长说,让百孔千疮的东西浮上水面,任何人都枉费心机。

我说："我想说的是，关于这一事项，我想在你我之间保持没有利益关系介入的、不妨说是对等关系——对等关系这个说法也许失礼……"

"没有什么失礼的，人与人保持对等关系是理所当然的事。畅所欲言再好不过。"

"就是说，作为我——您也作为概未介入此事之人——想作为纯属自发性行为画秋川真理惠的肖像。否则有可能涌现不出正确构思，或者那点成为有形无形的枷锁也未可知。"

免色想了想说："原来如此，完全明白了。委托这一框架姑且算不存在好了。酬金的事也请忘掉。匆忙提出金钱来的确是我的有勇无谋。至于画出的画怎么处理，届时请让我一睹为快，重新商量不迟。不管怎样，当然要首先尊重作为创作者的您的意志。不过，关于我提的另一个请求怎么样呢？记得的吧？"

"我在我家画室以秋川真理惠为模特画画时您一晃儿来访——是这件事吧？"

"是的。"

我略一沉吟说道："这件事我想没什么问题。你是和我要好的住在附近的人，星期日早上散步路上一晃儿到我家来，两人随便天南海北聊几句——这是没有任何不自然的人之常情。是吧？"

免色听了，似乎约略放下心来。"承蒙这么安排，实在难能可贵。我决不会因此给你造成什么麻烦。秋川真理惠这个星期日早上来访，你给她画肖像画——这就往下具体商定好吗？实质上倒是由松岛先生当中间人，在你和秋川家之间进行调整。"

"好的。请往下商定吧！星期日上午十点请两位来我家，真理惠当绘画模特，十二点准时结束作业。如此持续几个星期。大约五六个星期。大体可是这样的？"

"细节敲定了，另行奉告。"

我们必须商量的事就此完了。免色随后忽然想起似的补充道："对了，那么说来，维也纳时代的雨田具彦，后来又得知了一点点事实。被认为他参与的纳粹高官暗杀未遂事件，上次说发生在Anschluss之后不久，准确说来发生在一九三八年初秋，也就是Anschluss大约半年之后。关于Anschluss，大致原委知道的吧？"

"知道的不怎么详细……"

"一九三八年三月十二日，德国国防军突破国境线单方面入侵奥地利，转眼之间就控制了维也纳。并且逼迫米克拉斯总统任命奥地利纳粹党领导人赛斯·英夸特为总理。两天后希特勒进入维也纳。四月十日举行国民投票，问国民是否愿意与德国合并。虽然大体算是自由的秘密投票，但由于做了很多手脚，实际投反对[①]票似乎是需要很大勇气的。结果，赞成合并的票数占百分之九十九点七五。如此这般，奥地利这个国家彻底消失，其领土沦为德国一个地区。你去过维也纳的吧？"

漫说维也纳，日本都从未离开过。甚至护照都未沾手。

"维也纳是别无同类的城市。"免色说，"在那里稍微住些日子，这点马上就看得出。维也纳和德国不同。空气不同，人不同，食物不同，音乐不同。总的说来维也纳是品味人生、怜惜艺术的特殊场所。但是，那一时期的维也纳完全处于混乱的极端。狂风暴雨劈头盖脸而来。雨田生活的，恰恰是那般动荡的维也纳。举行国民投票前，纳粹党员还算相应守规矩，而投票一结束，当即露出暴力本性。Anschluss后希姆莱[②]最先做的是在奥地利北部毛特豪森修建

[①] 原文是德语"nein"。
[②] 海因里希·鲁伊特伯德·希姆莱（Heinrich Himmler，1900—1945），纳粹德国第二号人物、战犯，曾任党卫军首脑、警察总监、内政部长等要职，德国战败后被俘自杀。德国《明镜》周刊评价希姆莱是"有史以来最大的刽子手"。

集中营。到完工只用了几个星期时间。对纳粹政府来说，建集中营是优先一切的当务之急。并在短时间内逮捕了几万政治犯关进那里。关进毛特豪森的主要是'没有矫正希望'的政治犯和反社会分子。因而犯人所受待遇极为残酷。很多人在那里被处死。或者在采石场高强度体力劳动中最后丧命。所谓'没有矫正希望'即意味一旦被送进去就不可能活着出去。此外，反纳粹活动家中有不少人连集中营也没送，直接在审讯中被拷打致死，从黑暗到黑暗，死无葬身之地。认为雨田具彦参与的暗杀未遂事件，恰恰发生在 Anschluss 后的极度混乱之间。"

我默默听着免色的话。

"不过刚才也说了，一九三八年夏秋之间发生在维也纳的纳粹高官暗杀未遂事件没找到正式记录。想来这是不可思议的事。因为，如果实际存在那样的暗杀计划，希特勒和戈培尔①势必大肆宣传，在政治上加以利用，一如水晶之夜（Kristallnacht）那次。水晶之夜知道的吧？"

"大致情形。"我说。过去我看过以那一事件为题材的电影。"德国驻巴黎大使馆的工作人员被反纳粹的犹太人枪杀，纳粹利用这一事件在德国全境掀起反犹太暴动，很多犹太人经营的商店被毁，很多犹太人被杀害。事件名称来自窗玻璃被打碎时飞溅的玻璃片像水晶一样闪光。"

"说得不错。一九三八年十一月发生的事件。德国政府声称是自发性蔓延开来的暴动，其实是戈培尔主导的纳粹政府利用暗杀事

---

① 保罗·约瑟夫·戈培尔（Paul Joseph Goebbels, 1897—1945），纳粹德国战犯，1933 年希特勒上台后任宣传部长与国民教育部长。擅长演讲，被称为"宣传的天才"、"纳粹喉舌"，被认为是"创造希特勒的人"。

件有组织策划的暴行。暗杀犯赫舍·格林斯潘为抗议自己的家人在德国作为犹太人惨遭迫害而犯此罪行。最初企图杀害德国大使,未果,于是代之以开枪击毙所见大使馆工作人员。具有讽刺意味的是,被枪杀的大使馆工作人员拉特因有反纳粹倾向而受到当局监视。不管怎样,假如那一时期的维也纳有暗杀纳粹要人那样的计划,毫无疑问会开展同样的宣传,并以此为借口对反纳粹势力进行更严厉的镇压。至少那一事件不至于被悄然埋葬在黑暗之中。"

"之所以未能公开,是因为有某种不能公开的情由吧?"

"事件实有其事似乎可以断定。但被认为参与暗杀计划的人大部分是维也纳的大学生。他们一个不漏地被逮捕判刑或被杀害了。估计是为了灭口。另一种说法是,抵抗组织的成员中也有纳粹高官自己的女儿参加,这也是事件被封而不宣的一个原因。但真伪无法确认。战后出现几种证言,而那些外围性证言有多大程度的可信性,都还不足以确定。顺便说一句,那个抵抗组织的名称叫'坎德拉(candela)'。拉丁语,意为照亮地下黑暗的蜡烛。日语的'カンテラ'即由此而来。"

"事件当事者一个不剩地全都被杀害,这意味活下来的只有雨田具彦一人。是这样的吧?"

"估计是那样的。战争即将结束时根据中央保安总局的命令,有关事件的秘密文件全被烧毁,无一幸存,其中的史实被彻底埋葬在历史的黑暗之中。如果能向幸存的雨田具彦问一下当时的详情就好了。时至现在,肯定很困难了吧!"

我说很困难了。关于这一事件,雨田具彦迄今概不想谈。如今他的记忆已彻底沉入忘却泥潭厚厚的泥底。

我向免色道谢挂断电话。

雨田具彦即使在记忆确凿的时候也守口如瓶。想必有不能开口的某种个人理由。或者离开德国时被当局严令无论发生什么事都必须保持沉默也未可知。但他留下了《刺杀骑士团长》这幅作品作为终生保持沉默的替代。将他不能诉诸语言的事件真相或者将相关情思意绪寄托在这幅画中也有可能。

翌日晚免色来了电话。说秋川真理惠在这个星期日十点来我这里，已经说定了。上次也讲过，姑母陪同过来，免色第一天不出现。

"过些日子等她多少习惯你的作业的时候我再露面。起初她想必紧张得很，所以觉得我恐怕还是不打扰为好。"他说。

免色的语声极为罕见地激动得异乎寻常，以致我也好像有些忐忑不安。

"是啊，可能还是那样好些。"我应道。

"不过细想之下，分外紧张的可能反倒是我。"免色略一踌躇，而后公开秘密似的说道，"上次我想也说了，到现在为止我一次——哪怕一次——也没靠近过秋川真理惠，只是从远处见过。"

"不过你若是想靠近，那样的机会恐怕是找得到的吧？"

"嗯，那当然。只要有意，机会任凭多少都应该找得到。"

"可你到底没那么做。为什么呢？"

免色反常地花时间斟酌词句："因为近在眼前看着活生生的她，自己也无法预料会在那里想什么、说出怎样的话来。所以过去一直刻意回避靠近她，而仅以隔一条山谷用高性能双筒望远镜远远而又密切地看她为满足——你认为我的想法是扭曲的？"

"不认为特别扭曲。"我说，"只是多少有些费解。但这回反正是下决心在我家实际见她的了，是吧？这又是为什么呢？"

免色沉默片刻。"那是因为有你这个人在我们中间作为不妨说是中介者而存在。"

"我？"我愕然说道，"可为什么是我？这么说或许失礼，你对我几乎不了解，我对你也了解不了多少。短短一个月前我们刚认识。而且只是隔着山谷相对而居，生活环境也好生活方式也好，那真可谓从一差到十。而你为什么那么信任我、向我公开若干个人秘密呢？看上去你并不像轻易暴露自己内心的人……"

"说的对。我这个人，一旦有什么秘密，就把它锁进保险柜，钥匙吞进肚里。基本不找人商量或一吐为快。"

"然而你对我——怎么说好呢——在一定程度上以心相许。为什么这样？"

免色略一沉吟。"很难说清楚。作为感觉，好像从最初见面那天开始，我身上就产生了一种对你可以不设防那样的心情，几乎从直觉上。后来目睹你为我画的肖像画，那种心情就更加变得难以动摇。心想此人足可信赖，此人有可能以自然而然的方式直接接受我对事物的看法想法，哪怕不无奇妙或乖戾的看法想法。"

不无奇妙或乖戾的看法想法！

"承蒙这么说，我非常高兴。"我说，"可无论如何我都不认为自己能理解你这个人。不管你怎么想，你都是超出我理解范围的人。老实说，有关你的许多事都让我切切实实感到吃惊，有时为之失语。"

"可你不想对我做出判断，不是吗？"

那么说来，的确是那样。我一次也不曾试图比照某种标准对免色的言行和生活方式做出判断。既不特别欣赏，又不予以批评。只是失语而已。

"或许。"我承认。

"我下到那个洞底时的事记得吧？一个人在那里待了一个小时那件事？"

"当然记得，清清楚楚。"

"把我往黑暗潮湿的洞里一扔了之——你当时丝毫没有这个念

头。原本可以做到，而你脑袋里全然没有浮现出这样的可能性，哪怕一闪之念。是这样的吧？"

"是的。不过免色先生，一般人都不至于有那么做的念头的。"

"真能说得那么绝对？"

那么说也没办法回答。别人心底想的什么，我根本无从想象。

"还有件事相求。"免色说。

"什么事呢？"

"这个星期日早上秋川真理惠和她姑母来你家的时候，"免色说，"如果可以，那时间里想用双筒望远镜观望你家，你不介意吗？"

我说不介意。骑士团长就在旁边观察我和女友的做爱场景来着，从山谷对面用双筒望远镜观望阳台又有什么不合适的呢！

"我想恐怕还是先跟你说一声为好。"免色辩解似的说。

此人具备形式不可思议的诚实性这点，让我再次心生敬意。我们就此打住，放下电话。由于一直按着听筒，耳朵上端有些作痛。

翌日上午一封附有寄达证明书的邮件送来了。我在邮递员递出的纸页上签名，相应接过一个大号信封。拿在手里，很难为之欢欣鼓舞。经验告诉我，附有寄达证明书的邮件一般不会是让人开心的通告。

不出所料，寄信人是东京都内的律师事务所，信封里装有两份离婚协议书。贴有邮票的回邮信封也在其中。除了离婚文件，只有来自律师的事务性指示函。律师函只说我必须做的，是阅读确认文件上写的内容。若无异议，在其中一份上签名盖章寄回即可。若有疑点，请向责任律师提出，无需客气。我将文件大致过目，写上日期，签名盖章。内容没什么"疑点"。钱财性义务哪一方都全然没有发生。没有值得分割的财产，没有要争抚养权的小孩儿。极为单纯、极为明了的离婚。不妨说是面向初入道者的离婚。两个人生合二为一，六年后分一为二。如此而已。我把文件装入回信用的信封，放在厨房餐桌上。明天去绘画班时投进站前邮筒就算了事。

整个午后我都半看不看地茫然看着餐桌上的信封。看着看着，恍惚觉得信封里被整个塞入的是六年婚姻生活的重量。六年时间——那里浸染了种种样样的记忆和种种样样的感情——即将在平凡的事务信封中窒息而死，一点一点地。如此想象之间，胸口开始沉甸甸透不过气来。我拿起信封，拿去画室放在板架上，放在脏兮兮的古铃旁边。而后关上画室的门，折回厨房，把雨田政彦送的威士忌倒入杯中喝着。本来下了决心，周围天光还亮时不喝酒。但偶一为之也不碍事的吧。厨房静悄悄的。无风，不闻车声，鸟也没叫。

离婚本身无甚问题。毕竟实质上我们已经类似离婚。在正式文件上签名盖章也没有多少不舍之情。既然是她所追求的，我这方面没有异议。那东西不过是法律手续罢了。

但是，那种状况是何以、如何导致的，其原委我无法读取。人的心与心随着时间的流移、随着状况的变化而或即或离这点儿事，我当然心知肚明。人心的变异是习惯、常识和法律所制约不了的，永远是流动性的——它自由飞翔，自由迁徙，一如候鸟们不具有国境线这一概念。

但归终——归根结底——这是一般性说法，那个柚拒绝由这个我搂抱，而选择被别的什么人搂抱——关于这点，关于这样的个案，就无法那么容易理解。我现在如此承受的，我觉得是一种蛮不讲理的、刻骨铭心的遭遇。那里没有气愤（我想）。说到底，我对什么气愤呢？我感觉到的基本是麻痹感——为了缓解强烈追求谁而又未被接受时产生的剧痛而心里自动启动的麻痹感，类似精神鸦片。

我不能忘掉柚。我的心仍在追求她。但另一方面，假如同我住所隔一条山谷的对面住着柚,而我又拥有高性能双筒望远镜,那么我会通过镜头窥看她朝朝暮暮的生活吗?我想不至于。或者莫如说一开始就根本不会选择那样的场所居住。那岂不是等于为自己设了一座拷问架?

由于威士忌醉意的关系,不到八点我就上床睡了。半夜一点半醒来,再也睡不着了。天光破晓前的时间是那样漫长和孤独。不能看书,也不能听音乐,一个人坐在客厅沙发上凝视茫无所见的黑暗空间。围绕种种事情左思右想。而其大部分都不是我应该想的。

哪怕骑士团长在我身边也好,能和他就什么交谈就好了。无论谈什么。话题那东西是什么都无所谓,只要能听得他的语声即可。

然而骑士团长哪里也找不见。我不具有招呼他的手段。

30 那上面怕有相当大的个体差异

第二天下午，我把签名盖章的离婚协议书寄走了。没有附信。只把装有文件贴好邮票的回复用信封投进站前邮筒了事。但仅仅这封信从家中消失这点就使得我心理负担减轻了不少。至于文件往下走怎样的法律路径，那种事我不知道。无所谓。但愿走其喜欢的路线。

星期日上午快十点时秋川真理惠来了。光闪闪的蓝色丰田普锐斯几乎毫无声息地爬上坡来停在房门前。车体沐浴着星期日早上的太阳流光溢彩喜气洋洋，俨然刚打开包装纸的新品。这段时间有好多车开来门前。免色的银色捷豹，女友的红色迷你，免色派来的配司机的黑色英菲尼迪，雨田政彦的黑色旧版沃尔沃，加上秋川真理惠姑母开的蓝色丰田普锐斯。当然还有我开的丰田卡罗拉（由于长期灰头土脸，什么颜色已想不大起来了）。想必人们是出于各种各样的理由、依据、情况而选择自驾车的。而秋川真理惠的姑母是以什么缘故选择蓝色丰田普锐斯的，我当然揣度不出。反正那辆车较之汽车，看上去更像是巨大的真空吸尘器。

普锐斯安静的引擎停止后，周围多少更加安静了。车门打开，秋川真理惠和仿佛她姑母的女性下得车来。虽然看上去年轻，但四十二三岁恐怕是有的。她戴一副深色太阳镜，身上是款式简洁的淡蓝色连衣裙，披一件灰色对襟毛衣。提着黑幽幽发亮的手袋，脚穿深灰色低跟皮鞋。适于开车的鞋。关上车门，她摘下太阳镜放进手袋。头发齐肩长，漂亮地勾勒出微波细浪（不过并非刚从美容室出来的那种过剩完美）。除了别在连衣裙领口的金饰针，别无显眼饰物。

秋川真理惠身穿棉毛混纺毛衣，褐色及膝毛料半身裙。以前看见的只是身穿校服的她，所以氛围和平时大为不同。两人并立，活像有品位家庭的一对母女。其实并非母女，这点我从免色口中听得了。

我像往常那样从窗帘缝隙打量两人的样子。随后门铃响了，我绕到门厅开门。

秋川真理惠的姑母说话方式非常安详，长相好看。并非漂亮得顾盼生辉，但端庄秀美，清新脱俗。自然而然的笑容如黎明时分的白月在嘴角谦恭地浮现出来。她带来了一盒糕点作为礼物。按理是我请秋川真理惠当模特，完全没有必要带礼物来。想必从小受的教育告诉她去初次见面的人家里访问时要带一点礼物。所以我坦率地道谢接了，将两人领进画室。

"我们住的房子，以距离来说几乎近在眼前。但开车来这里，就要整整兜上一圈。"真理惠的姑母说（她的名字叫秋川笙子，笙笛的笙，她说），"这里有雨田具彦先生的宅邸当然早就知道，但由于这个缘故，实际来这边，今天是第一次。"

"从今年春天开始，因了一点情由，我算是在这里照看房子。"我解释说。

"那么听说了。这么得以住在您附近也怕是一种缘分，今后也请关照才好。"

随后，秋川笙子就侄女真理惠在绘画班由我教画这点郑重其事地表示感谢。侄女因此总是欢天喜地去绘画班。她说。

"谈不上我来教，"我说，"不过是大家一起开心画画罢了，实际上。"

"不过听说您很会指导,从很多人那儿听说的。"

我想不至于有很多人夸奖我的绘画指导,但我没有就此表示什么,只是默默听着夸奖话。秋川笙子是有良好教养、看重礼仪的女性。

看秋川真理惠和秋川笙子并坐在一起,首先想的是无论看哪一点两人长相都完全不像。稍离开些看去,荡漾着甚为相像的母女氛围,但近看就知道两人相貌之间找不到任何相通之处。秋川真理惠也长相端庄,秋川笙子也无疑属于美人之列,但两人的面庞给人的印象相差得近乎两个极端。如果说秋川笙子的长相趋于巧妙保持事物的平衡,那么秋川真理惠的莫如说意在打破平衡,拆除既定框架。如果说秋川笙子以整体的平稳和谐为目标,那么秋川真理惠则追求非对称的分庭抗礼。尽管如此,两人在家庭内部似乎保持健全惬意的关系这点,从氛围上大体觉察得出。两人虽非母女,但在某种意义上反而比真正的母女还要融洽放松,结成的关系保持恰到好处的距离。至少我得到的印象是这样。

秋川笙子这般美貌、洗练、优雅的女性迄今何以一直独身呢?何以甘于在这人烟稀少的山上住在哥哥家呢?我当然无由知晓个中原委。可能她曾有个登山爱好者恋人,而在经由最艰难路线挑战登顶珠穆朗玛峰时不幸遇难,她决心怀抱美好的回忆永远独身下去。或者同哪里一位富于吸引力的有妇之夫长年保持情人关系也未可知。但不管怎样,反正问题都跟我不相干。

秋川笙子走去西面窗前,饶有兴味地从那里眺望山谷。

"即使同一侧的山,看的角度稍有不同,看起来也相当不同啊!"她感叹道。

那座山上,免色白色的大房子闪闪发光(免色大概正从那里用双筒望远镜往这边窥看吧)。从她家看那白色豪宅会显得怎样呢?

我本想就此谈两句,却又觉得一开始就端出这个话题多少含有风险——由此往前谈话如何展开,有的地方变幻莫测。

为了避免麻烦,我把两位女性领进画室。

"请真理惠小姐在这画室里当模特。"我对两人说。

"雨田先生想必也在这里工作来着。"秋川笙子一边环顾画室,一边深有感触地说。

"应该是的。"我说。

"怎么说好呢,即使府上,也觉得好像只这里气氛不一样。您不这样以为?"

"这——,是不是呢?日常生活当中,倒是没多少那样的感觉。"

"真理惠你怎么看?"秋川笙子问真理惠,"不觉得这里像是不可思议的空间?"

秋川真理惠正在忙于这里那里打量画室,没有回答。估计姑母的问话没有进入耳朵。本来作为我也想听她的回答……

"你俩在这里工作的时间里,我还是在客厅等着好吧?"秋川笙子问我。

"那得看真理惠了。最要紧的是给她创造多少宽松些的环境。作为我,您一起在这里也好不在这里也好,怎么都无所谓。"

"姑母还是不在这儿好。"真理惠这天第一次开口。语声文静,却是简洁至极且没有让步余地的通告。

"好好,随小惠怎样。料想是这样,就准备好了要看的书。"秋川笙子没有介意侄女生硬的语气,和蔼地应道。想必平时习惯了类似的交谈。

秋川真理惠完全无视姑母的话,略略弓腰,从正面定睛注视墙上挂的雨田具彦的《刺杀骑士团长》。她注视这幅横长的日本画的眼神绝对认真。逐一检查细部,似乎要把上面画的所有要素刻入记忆。如此说来（我想），我以外的人目睹这幅画恐怕是第一次。我彻底忘记事先把画移去别人看不见的地方了。也罢，就这样好了，我想。

"中意这幅画？"我问少女。

秋川真理惠没有回应。由于意识过度集中于看画了，我的声音好像未能入耳。或者听见了也不搭理？

"对不起，这孩子稍有些特别。"秋川笙子居中调和似的说。"说精神集中力强也好什么也好，反正一旦对什么着迷，别的就一概进不了脑袋。从小就这样。书也好音乐也好画也好电影也好，全都这个样子。"

不知为什么，无论秋川笙子还是真理惠，都没问那幅画是不是雨田具彦画的。所以我也没主动介绍。《刺杀骑士团长》这个画名当然也没告诉。就算这两人看了画，我想也不至于有什么问题。两人大概根本没有觉察这幅画是未包括在雨田具彦收藏中的特殊作品。这和免色、政彦目睹，情况有所不同。

我让秋川真理惠看《刺杀骑士团长》看个够。随即走去厨房，烧开水，泡了红茶。然后把茶杯和茶壶放在托盘里端进客厅。秋川笙子作为礼物带来的曲奇也添了进去。我和秋川笙子坐在客厅椅子上一边闲聊（山上的生活、山谷的气候）一边喝茶。着手实际工作前需要这样的轻松交谈时间。

秋川真理惠继续独自看了一会儿《刺杀骑士团长》。而后就像好奇心强的猫一样在画室里慢慢走来走去，把里面的东西一样一样拿在手里确认。画笔、颜料、画布，以及从地下挖出的古铃。她拿起铃摇了几下，铃发出一如往常轻微的"铃铃"声。

"这样的地方为什么有古铃？"真理惠对着无人空间并不问谁地问道。但那当然是问我。

"这铃是从附近地下出来的。"我说，"偶然发现的。我想大概同佛教有关系。和尚一边念经一边摇这个来着。"

她再次在耳边摇了摇。"声音总好像有些特殊。"她说。

这么小的铃声居然能从杂木林地下清晰地传来这房子里的我的耳畔,我再次感叹。说不定摇法有什么秘诀。

"别人家的东西不能那么随便动的!"秋川笙子提醒侄女。

"没关系的,"我说,"又不是什么了不得的东西。"

但真理惠似乎马上对铃失去了兴趣。她把铃放回板架,在房间正中的木凳上弓身坐下,从那里眺望窗外风景。

"如果可以的话,差不多得开始工作了。"我说。

"那么,那时间里我一个人在这里看书。"秋川笙子漾出优雅的笑容。随即从黑手袋里取出包有书店书皮的足够厚的小开本书。我把她留在那里走进画室,关上隔开客厅的门扇。于是,房间里只有我和秋川真理惠两人。

我让真理惠在准备好的有靠背的餐厅椅子上坐下。我坐在平日坐的木凳上。两人之间有两米左右距离。

"在那里坐一会儿可好?以你喜欢的姿势就可以的。只要不改变太大,适当动动也没关系。没必要一动不动。"

"画画时间里说话也不要紧?"秋川真理惠试探道。

"当然不要紧。"我说,"说好了!"

"上次画我的画太好了!"

"用粉笔画在黑板上的?"

"擦掉了,遗憾!"

我笑道:"不可能总留在黑板上的嘛!不过若你喜欢那样的画,任凭多少都画给你。简单得很!"

她没有应声。

我手拿粗铅笔,像用格尺那样测量秋川真理惠面部各个要素。画素描和速写不同,需要花时间更为精确和务实地把握模特的长相,无论在结果上成为怎样的画。

"我想老师有绘画才能那样的东西。"持续沉默了一会儿后,真理惠想起似的说。

"谢谢!"我直率地致谢。"给你这么说,一下子来了勇气。"

"老师也需要勇气?"

"当然。勇气对谁都需要。"

我把大型素描簿拿在手上打开。

"今天这就画你的素描。本来我喜欢马上面对画布使用颜料,但这次切切实实画素描,以便一点一点、一步一步理解你这个人。"

"理解我?"

"画人物,其实就是理解和解释对方。不是用语言,而是用线条、形状和颜色。"

"如果我能理解我就好了,我想。"真理惠说。

"我也那样想。"我赞同,"如果我也能理解我就好了。可那并非易事,所以画成画。"

我用铅笔迅速勾勒她的脸和上半身。如何将她所具有的纵深移植到平面上来,这是关键之点。如何将其中的微妙动态移植到静态之中,这也是关键之点。素描决定其大纲。

"嗳,我的胸很小吧?"

"像是吧。"我说。

"小得像发坏了的面包。"

我笑道:"才刚上初中吧?往后肯定日新月异变大的,完全不必担心。"

"小得乳罩完全多此一举。班上其他女孩都说戴乳罩了。"

的确,她的毛衣全然看不出乳房的蛛丝马迹。"如果实在介意的话,塞进什么东西戴上不也可以的?"我说。

"希望那么做?"

"我怎么都无所谓。毕竟不是为画你的胸部才画的。你喜欢就好。"

"可男人是喜欢胸部大的女人的吧?"

"也不尽然。"我说,"我的妹妹和你同岁的时候,胸也很小。但妹妹好像不怎么把这个放在心上。"

"也可能放在心上而不说出口来。"

"那或许是那样的。"我说。不过我想小路大概对这事几乎不以为意。因为她此外有必须放在心上的事。

"你妹妹后来胸可变大了?"

我拿铅笔的手忙着不停地动,没有特别回答她的提问。秋川真理惠看了一会儿我手的动作。

"她后来胸可变大了?"真理惠又问了一次。

"没有变大。"我只好回答,"上初中那年妹妹死了,才十二岁。"

秋川真理惠往下一阵子什么也没说。

"我的姑母,不认为她相当漂亮?"真理惠说。话题马上换了。

"啊,非常漂亮。"

"老师是独身吧?"

"啊,几乎是。"我答道。那封信寄到律师事务所,恐怕就完全是。

"想和她约会?"

"噢,能约会想必开心!"

"胸也大。"

"没注意。"

"而且形状绝佳。一起洗澡来着,清楚得很。"

我再次看秋川真理惠的脸。"你和姑母关系好?"

"倒是时不时吵架。"她说。

"因为什么事?"

"各种事。意见不合啦,或者单单来气。"

"你好像是个不可思议的女孩子啊!"我说,"和在绘画班上的时候比,气氛相当不同。在班上给我的印象非常沉默寡言。"

"只是在不想说话的地方不说罢了。"她淡淡地说。"我怕是说多了吧?老老实实安静一些更好?"

"不不,哪儿的话。我也喜欢说话。只管随你说好了!"

我当然欢迎妙趣横生的交谈。不可能差不多两个小时一个劲儿闷头画画。

"胸部让人介意得不行,"真理惠稍后说道,"几乎每天总琢磨这个。这怕是不正常吧?"

"我想没什么不正常的。"我说,"就是那种年龄。和你差不多大的时候,我也总是想小鸡鸡来着。什么形状怪怪的啦,是不是过小啦,用处是不是奇妙啦,等等。"

"现在怎么样了?"

"你是问现在怎么想自己的鸡鸡?"

"嗯。"

我就此想了想。"几乎不想了。一来好像没什么不正常,二来也没觉得特别不方便。"

"女人夸奖来着?"

"倒是偶尔,反正不是没人夸奖。不过那怕仅仅是一种鼓励,和夸奖画一个样。"

秋川真理惠就此思考片刻。"老师或许有点儿与众不同。"

"果真?"

"一般男人不会那么说话。我父亲就不——说那个。"

"一般父亲怕是不想对自己的女儿说什么鸡鸡的吧!"我说。说的当中手也持续忙个不停。

"乳头要多大年龄才能变大呢?"真理惠问。

"这个——我不清楚啊,男人嘛!不过那东西也怕是有个体差异的吧，我想。"

"小时候有女朋友来着？"

"十七岁的时候第一次有了女朋友。高中一个班的女孩。"

"哪里的高中？"

我告以丰岛区内一所公立高中的名字。除了丰岛区居民应该几乎没人知道那所高中的存在。

"学校有意思？"

我摇头："没多大意思。"

"那么，那个女朋友的乳头可看了？"

"唔，"我说，"让她给我看了。"

"多大？"

我想起她的乳头。"不特大，也不特小。一般大小吧？"

"乳罩没塞东西？"

我想起往日女友戴的乳罩，尽管只有十分模糊的记忆。记得的是，把手绕到后背解开它费了好大的麻烦。"啊，我想没塞什么。"

"那个人现在怎么样了？"

我就她想了一下。现在怎么样了呢？"这——不清楚的哟！已经好久没见了。可能跟谁结婚、孩子都有了吧！"

"为什么不见？"

"最后她说再不想看见我了。"

真理惠皱起眉头。"就是说，老师方面有什么问题喽？"

"想必是的。"我说。当然是我这方面有问题，这点没有怀疑的余地。

前不久我两次梦见高中时代那个女朋友。一次梦中我们初夏傍晚在一条大河旁边并肩散步。我要吻她。但不知何故她的脸被长长的黑发像窗帘似的挡住，我的嘴唇没办法接触她的嘴唇。而且，梦中她至今仍十七岁，而我已经三十六了——忽然注意到时，醒了过来。一个活生生的梦。我的嘴唇仍留有她头发的触感。本来已经很久很久没考虑她了。

"那，妹妹比老师小几岁？"真理惠突然转换话题。

"小三岁。"

"十二岁去世的？"

"是的。"

"那么，那时老师十五岁。"

"是的。我那时十五岁，刚上高中。她刚上初中，和你一样。"

想来，如今小路已经比我小二十四岁之多。她的去世，当然使得我们的年龄差逐年加大。

"我母亲死时，我六岁。"真理惠说，"母亲身上被金环胡蜂蜇了好几处，蜇死了，一个人在附近山里边散步的时候。"

"可怜！"我说。

"天生体质上对金环胡蜂毒液过敏。被救护车送到医院，但那时因休克导致心肺衰竭。"

"那以后姑母就一起住在你家了？"

"嗯。"秋川真理惠说，"她是父亲的妹妹。我要是有个哥哥就好了，大我三岁的哥哥……"

我画完第一幅素描，开始画第二幅。我打算从各个角度画她的样子。今天一整天全都用来画素描。

"和妹妹吵架？"她问。

"不，没有吵架的记忆。"

"关系好？"

"好的吧！关系好啦不好啦，甚至意识都没意识到。"

"几乎独身，怎么回事？"秋川真理惠问。又一次转换话题。

"很快就正式离婚。"我说，"眼下正在办事务性手续，所以说是几乎。"

她眯细眼睛。"什么叫离婚，不大明白。因为我周围没有离婚的人。"

"我也不大明白。毕竟离婚是第一次。"

"是怎样一种心情？"

"总好像有点儿怪怪的——这么说不知是不是可以。原本以为这就是自己的路，一直像一般人那样走过来的，不料那条路忽然从脚下消失了。只好在不知东南西北的情况下两手空空地朝一无所有的空间屁颠屁颠走下去——便是这么一种感觉。"

"结婚多长时间？"

"大约六年。"

"太太多大年纪？"

"比我小三岁。"和妹妹一样，当然是偶然。

"六年时间，认为白费了？"

我就此思考。"不，不那么认为，不想认为是白费了。开心事也是相当相当多的。"

"太太也那么想？"

我摇头道："那我不知道。当然希望她那么想。"

"没问？"

"没问。下次有机会问问。"

往下一段时间我们全然没有开口。我聚精会神画第二幅素描。秋川真理惠认真思考什么——关于乳头大小，关于离婚，关于金环胡蜂，或者关于别的什么。她眯细眼睛，嘴唇闭成一条直线，双手抓着左右膝头，身体深深陷入思考。看样子她已进入这种模式。我把她这一本正经的表情在素描簿白纸上记录下来。

每日一到正午，山下就传来钟声。大概是政府机关或哪里的学校报时敲响的吧。听了，我就瞥一眼钟，结束作业。结束前已经画出三幅素描了。哪一幅都是极有意味的造型，分别向我暗示应该到来的什么。作为一天分量的工作相当不坏。

秋川真理惠坐在画室椅子上当模特的时间，总共一个半小时多一点点。作为初日作业，应该是极限了。不习惯的人——尤其处于发育盛期的孩子——当模特并非易事。

秋川笙子戴着黑边眼镜坐在客厅沙发上专心看小开本书。我走进客厅，她摘下眼镜，合上书，装进手袋。戴上眼镜，她显得相当知性。

"今天作业顺利结束。"我说，"如果可以，下星期同一时间请再来可以吗？"

"嗯，当然可以。"秋川笙子说。"一个人在这里看书，不知为什么，能看得很舒服。莫不是因为沙发坐起来舒坦？"

"真理惠也不要紧的？"

真理惠什么也没说，使劲点了一下头，仿佛说不要紧。来到姑母跟前，她马上变得沉默了，和刚才判若两人。有可能三人在一起不合她的心意。

两人乘蓝色丰田普锐斯回去了。我在房门口目送她们。戴太阳镜的秋川笙子从车窗伸手朝我微微挥了几下，白皙的小手。我也扬手作答。秋川真理惠收拢下巴，只是目不斜视直对前方。车开下坡路从视野里消失后，我返回家中。两人不在了，不知何故，家里看上去忽然空空荡荡，似乎应有的东西没有了。

不可思议的一对，我看着留在茶几上的红茶杯心想。那里总好像有不同寻常的地方。可是，她们到底哪里不寻常呢？

接着我想起免色。或许我应该让真理惠走到阳台，以便他能用双筒望远镜看清楚些。但后来我改变了想法。为什么我必须特意做那样的事呢？人家又没求我那样做。

不管怎样，往下还有机会。不用着急，或许。

31 或者过于完美亦未可知

那天晚间免色打来电话，时针已转过九点。他就这么晚打电话道歉，说因为无聊琐事而之前无论如何也腾不出手来。我说睡觉还得一会儿，时间不必介意。

"怎么样？今天上午的事顺利吗？"他问。

"我想还算顺利。画了几幅真理惠的素描。下星期日同一时间两人还来这里。"

"那就好！"免色说，"她姑母对你可友好？"

友好？这说法有某种奇妙的意味。

我说："呃，看上去是一位感觉很好的女性。能不能说友好不晓得，倒是没有什么戒心。"

我简要介绍了这天上午发生的事。免色几乎屏息听着，似乎尽可能多地吸纳其中含有的细微而具体的信息。除了时而问一下，几乎没开口，只是侧耳倾听。她们穿怎样的衣服，怎么来的，看上去怎样，说的什么，我怎么给真理惠画素描——我把这些一一讲给免色。不过真理惠在意自己的胸小到底没讲——这件事止于我和她之间为好。

"下星期我出现在那边，想必还有点儿过早吧？"免色问我。

"那是你自己决定的事。那种判断我做不来。作为我，倒是觉得下星期出现也好像没大问题……"

免色在电话那头沉默有顷。"我得想想，毕竟是相当微妙的时候。"

"请慢慢想好了。画完还得一段时间，机会往下有好几次。作为我，下星期也好下下星期也好，怎么都没关系。"

面对免色如此犹豫不决是第一次。迄今在我眼里，无论对什么事都当机立断，乃是免色这个人物的特色。

本来想问免色今天上午用没用双筒望远镜看我家，看清秋川真理惠和她姑母没有。但转念作罢。只要他不主动提起，这个话题还是不提为好。纵然被看的是我住的房子。

免色再次向我致谢。"这个那个强求你这么多，实在抱歉。"

我应道："哪里，我没有为你做什么的打算，我只是画秋川真理惠的画罢了，只是想画才画的。表面也好实际也好，都是水到渠成的事，情理上没必要特别向我道谢。"

"可我还是相当感谢你的。"免色静静地说，"在各种意义上。"

虽然在各种意义上是怎么回事我不大懂，但我没刻意问。时间不早了，我们简单互道晚安放下电话。但放下听筒后，我忽然心想，免色往下可能迎来难以成眠的长夜。从其语声里不难听出紧张。想必他有许多必须左思右想的事。

这一星期没发生什么事。骑士团长没有现身，年长的人妻女友也没联系。风平浪静的一星期。唯独秋意在我四周缓缓加深。天空眼看着变高，空气澄澈如洗，一条条云絮那般优美洁白，如用毛刷勾勒出的一样。

我把秋川真理惠的三幅素描好几次拿在手里细看。各所不一的姿势，各所不一的角度。非常意味深长，而且富有启示性。不过一开始我就没有从中选哪一幅作为具体草图的打算。画这三幅素描的目的，如我对她本人所说，在于作为整体来理解和认识秋川真理惠这个少女，在于将她这一存在暂且纳入我的内心。

我一而再再而三反复看这三幅素描。同时集中意识把她的形象在我心目中具体确立起来。如此时间里有一种感觉:秋川真理惠的形象同妹妹小路的形象正在我心目中合二为一。至于这是否合适,我无从判断。但这两个几乎同龄少女的魂灵似乎已经在哪里——例如在我无法涉足的深奥场所——交融互汇,结为一体。我已不能把这两个魂灵相互分开。

这星期的星期四妻来了信。这是我三月份离开家以来从她那里第一次得到联系。用我早已熟悉的中规中矩的好看字体在信封上写着收信人和寄信人的姓名。她仍用我的姓[①]。或许因为离婚正式成立前用丈夫的姓各方面较为便利。

我用剪刀整齐剪开信封。里面有一枚带有白熊立于冰山之上摄影图的卡片。卡片上简单写了感谢话,感谢我在离婚协议书上签名盖章并迅速寄回。

> 你好吗?我生活得还算可以。仍在同一地方。这么快寄回文件,谢谢!谢谢了!手续若有进展,我会再次联系。
> 你留在家里的东西,若有什么有用的,请告诉我,用上门快递寄过去。不管怎样,
> 祝我们各自的新生活进展顺利。
>
> 　　　　　　　　　　　　　　　　　　　　　　　　柚

信看了好几遍。我想尽可能多地读取字背后隐藏的类似心情那

[①] 日本实行"夫妻同姓"制度。日本于1947年实施的民法典第750条规定,男女双方在登记结婚时,必须改随其中一方的姓氏。实际生活中,多数已婚女性将自己的姓改为了丈夫的姓。

样的信息。但是，从这简短的词句中无法读取言外含有怎样的心情和意图。她好像仅仅是把那里明示的信息直接传达给我。

还有一点我不明白的是，准备离婚协议书为什么花了那么长时间。作为事务，不会是多么麻烦的东西。况且作为她本应恨不得和我马上一刀两断才是。然而我离家已经半年都过去了，这期间她到底做什么了呢？想什么了呢？

接下去我细看卡片上的白熊照片。但那上面也看不出任何意图。为什么是北极白熊呢？怕是手头碰巧有白熊卡片就用了。我猜想是这么回事。或者站在小冰山上的白熊暗示我不明去向而任凭海流冲去哪里的命运？不，那大概是我过于穿凿附会。

我把装进信封的卡片扔进桌子最上面的抽屉。关上抽屉，有一种事物向前推进了一步的微妙感触。"咔"一声，刻度似乎上升了一格。不是我自己推进的。是谁、是什么替我准备了新的阶梯，而我只能按其程序移动而已。

之后，我想起星期日自己就婚后生活对秋川真理惠说的话。

原本以为这就是自己的路，一直像一般人那样走过来的。不料那条路忽然从脚下消失了。只好在不知东南西北的情况下两手空空地朝一无所有的空间屁颠屁颠走下去——便是这么一种感觉。

不明去向的海流也罢，没有路的路也罢，怎么都无所谓，彼此彼此。总之都不过是比喻罢了。毕竟我已这样把实物搞到手了，已经被实物实际吞入其中了。为什么还需要什么比喻呢？

如果可能，我想把自己眼下的处境写信向柚详加说明。"生活还算可以"这类模棱两可的话语，我无论如何也写不来。岂止如此，"事情实在太多"才是实实在在的心情。可是，如果把在此生活以来自己身边发生的事从头到尾写一遍，那么势必无可收拾。尤其糟糕的是，自己本身无法好好说明这里到底发生了什么。至少不能用整合性、逻辑性语境加以"说明"，绝无可能。

因此，我决定不给柚写回信。一旦写信，那么就要把发生的事一五一十（无视整合性逻辑性）写个没完。或者什么也不写，二者必居其一。而我选择了什么也不写。确实，在某种意义上，我是留在随波逐流的冰山上孤独的白熊。放眼望去，哪里也没什么邮筒。白熊岂不有信也寄不出去？

我清楚记得碰见柚并和她开始交往时的事。

初次约会一起吃饭，席间说了好多话，她似乎对我怀有好感，说再次相见也可以。我和她之间，一开始就有超越事理而互通心曲的地方。简单说来，就是脾性相投。

但和她实际发展成为恋人关系花了很长时间。因为当时的柚有个交往了两年的对象。而她并非对那个对象怀有无可摇撼的挚爱之情。

"人长得非常英俊，但多少有些枯燥无聊。不过这倒也罢了……"她说。

英俊而无聊的男人……我周围这一类型的人一个也没有，脑袋想象不出那样的人是怎样的人。我想象得出的，是那种看样子做得非常好吃而又味道不够的菜。可是，那样的菜也是有人喜欢的吧？

她直言相告："我嘛，过去就对长相英俊的人束手无策。面对相貌堂堂的男人，类似理性的东西就运转不灵。尽管知道有问题，却偏偏力不从心，横竖改不过来。这可能是最要命的弱点。"

"宿疾。"我说。

她点头："是啊，或许是的。无药可医的莫名其妙的疾患，宿疾。"

"不管怎样，都不大像是能让我乘风而起的信息啊！"我说。遗憾的是，相貌堂堂未能成为我这个人强有力的卖点。

她对此到底没有否认。只是开心地咧嘴笑笑。和我在一起，起码她没显出无聊的样子,总是谈笑风生。

这么着,我就耐心地等待她同长相英俊的恋人关系卡壳(他不仅长相英俊,而且毕业于一流大学在一流贸易公司拿高工资,肯定同柚的父亲情投意合)。那期间和她说了各种各样的话,去了各种各样的地方。我们开始更好地理解对方。接了吻,也相互搂抱了,但没有做爱——她不喜欢和复数对象同时有性关系。"这方面我比较守旧。"她说。所以我只能等待。

那一期间大约持续了半年。对于我是相当长的时间。有时甚至想索性放弃算了,但好歹熬了下来。因我有相当强烈的自信,相信她不久肯定是自己的。

那以后为时不久,她和交往中的英俊男性的关系最终画上句号(我想是画上句号。因她就其原委什么也没说,所以作为我只能推测),而选择了不能说多么英俊,而且缺乏生活能力的我作为恋人。不仅如此,我们很快下决心正式结婚。

真切记得和她初次做爱时的事。我们去地方上的一个小温泉,在那里迎来了值得纪念的最初的夜晚。一切顺利得不得了,几乎可以说是十全十美。或者有点儿过于完美亦未可知。她的肌肤白嫩柔滑。不无柔润的温泉水和初秋月光的皎洁也可能有助于那种美丽和滑润。我抱着柚赤裸的身体第一次进入其中时,她在我耳畔低低叫了一声,纤细的指尖用力抠进我的后背。那时秋虫们也一片喧哗,甚至清爽悦耳的溪流声也传来了。当时我在心中坚定发誓:绝对不能放开这个女人。对于我,那也许是迄今人生中最辉煌的瞬间——终于把柚据为己有了!

接得她这封短信,我就柚考虑了很久。最初遇到她的当时,最初同她交合的秋夜,以及自始至今自己对于柚基本一成未变的心情。我现在也不想放开她,这点一清二楚。诚然在离婚协议书上签名盖章了,但那是两回事。然而无论我怎么想和想什么,不觉之间她都已离我而去。纵使从远处——相当远的远处——使用多么高性能的双筒望远镜，也看不到一鳞半爪。

她大概在哪里于我不知不晓当中找到了新的英俊恋人。而且照例类似理性那样的东西变得运转不灵。她在拒绝和我做爱时我就应该有所觉察才是。她不和复数对象同时有性关系。本来是稍一思考就能明白的事……

宿疾，我想，没有治愈希望的莫名其妙的疾患。道理讲不通的体质性倾向。

这天夜里（下雨的星期四夜晚）我做了个长长的梦。

我在宫城县海边一座小镇握着白色斯巴鲁"森林人"方向盘（现在它是我拥有的车）。我身穿旧的黑色皮夹克，头戴带有尤尼克斯标志的黑色高尔夫帽。我身材魁梧，皮肤晒黑了，花白头发短短的硬撅撅的。也就是说，我是"白色斯巴鲁男子"。我悄然尾随妻及其性伙伴开的小型车（红色标致205）。与海岸并行的国道。我看见两人走进镇郊一座花里胡哨的情人旅馆。翌日我逼问妻，用睡袍带勒她细细白白的脖子。我是习惯体力劳动的臂力强劲的男人。我一边使出浑身力气勒紧妻的脖颈，一边大声喊叫什么。至于喊叫什么，自己也听不清楚。那是不成意思的纯粹的愤怒喊叫。从未体验过的强烈愤怒控制了我的身心。我喊叫着把白色唾液溅向虚空。

我看见妻拼命喘息着试图把新空气吸入肺部，她的太阳穴微微痉挛，桃色舌头在口中蜷成一团胡乱搅动。青色静脉如凸起的地形图鼓胀在皮肤上。我嗅着自己的汗味儿。一种迄今未曾嗅过的不快气味儿就好像温泉的热气一样从我的全身蒸腾而出。那是让我想起长毛兽体臭的气味儿。

不许把我画成画！我向自身发出命令，向着墙上镜中的自己猛地戳出食指，不许再把我画下去！

这当口，我猛然睁眼醒来。

我这才意识到自己那时在那座海滨小镇情人旅馆床上最害怕的是什么——我在心底生怕自己在最后一瞬间把那个女子（名也不知道的年轻女子）真的勒死。"做做样子就可以"，她说。问题是不大可能仅那样就了事，不大可能仅以做样子告终。而且不能仅以做样子告终的主要原因在我自己身上。

如果我也能理解我就好了。可那并非易事。

这是我对秋川真理惠说的话，我在用毛巾擦汗当中想起来了。

星期五早上雨过天晴，天空晴得赏心悦目。为了让没睡好的昨晚亢奋的心情平静下来，上午我在附近散步一个小时。走进杂木林，绕到小庙后头，久违地查看洞口情形。进入十一月，风切切实实增加了寒意，地面铺满潮乎乎的落叶。洞口一如往常严严实实压着几块木板。木板上落着五颜六色的落叶，排列着镇石。但镇石的排列样式，我觉得似乎和我上次见的略有不同。大体相同，只是配置稍有差异。

不过我对此没怎么过于在意。除了我和免色，不至于有人特意走到这里来。掀开一块木板往里看了看，里面谁也没有。梯子也一如上次靠墙立着。黑暗的石室依旧在我脚下深深静默着持续存在。我把盖子重新盖回洞口，按原样摆上石头。

骑士团长将近两个星期没有现身这点也没让我多么在意。如其本人所言，理念也这个那个有很多事，超越时间空间的要事。

不久，下一个星期日到来了。这天发生了许多事。一个兵荒马乱的星期日。

32　他的专业技能大受重视

我们说话之间,另一个男子凑了过来。他是华沙出生的职业画家。中等个头,鹰钩鼻,苍白的脸上留着黑得甚是完美的唇须。(中略)这种富有特征的风貌即使从远处也能一眼看出。他的职业地位高(在集中营,他的专业技能大受重视)实在是再明白不过的事。任何人都对他高看一眼。他往往就自己正在做的工作对我说个没完没了。

"我为德国兵画彩色画,肖像画什么的。他们拿来亲戚啦太太啦父母啦孩子啦的照片。谁都想要画有亲人的画。党卫军们感情丰富地、满含爱意地向我介绍自己的亲人,眼睛的颜色啦头发的颜色啦。我就以拍糊了的黑白非专业照片为依据画他们家人的肖像画。不过嘛,不管谁怎么说,我想画的都不是什么德国人的家人。我想把堆积在'隔离病房'注里的孩子们画成黑白画。画那些家伙杀害的人的肖像画,让他们拿回自己家里挂在墙上。畜生们!"

画家这时尤其亢奋得厉害。

塞缪尔·威伦伯格[①]**《特雷布林卡的起义》**

[①] 塞缪尔·威伦伯格(Samuel Willenberg,1923—2016),出生于波兰,父亲是犹太人,母亲后来也皈依犹太教。1942年,年仅19岁的威伦伯格被送到特雷布林卡集中营。1943年8月,和200名左右犹太囚犯一起偷走武器,放火烧了营地出逃,最终仅67人成功逃走。战后,他移居以色列,始终致力于通过写作、演讲揭露纳粹大屠杀的罪行,被称为"特雷布林卡集中营最后的幸存者"。

(注)"隔离病房":特雷布林卡集中营处刑设施的别称。

(第 1 部终)

Copyright © Samuel Willenberg, 1984

第 2 部 流变隐喻篇

33 差不多和喜欢眼睛看不见的东西
一样喜欢眼睛看得见的东西

星期日也是晴得漂漂亮亮的一天。没有像样的风,秋天的太阳把染成种种色调的山间树叶照得流光溢彩。白胸脯的小鸟们在树枝间往来飞跃,灵巧地啄食树上的红果。我坐在阳台上面百看不厌地看着眼前的光景。大自然的美丽公平地提供给每一个人——无论富翁还是贫民——如同时间……不,时间或许不是这样。生活富裕的人花钱多买时间也有可能。

不前不后恰好十点整,光闪闪的蓝色丰田普锐斯爬上坡来。秋川笙子上身穿米色高领薄毛衣,下身穿修长的浅绿色棉质长裤。脖子的金项链闪着含蓄的光。发型一如上次大体保持理想造型。随着秀发的摇颤,好看的颈项时而一闪。今天不是手袋,肩上挎着鹿皮挎包。鞋是褐色防滑鞋。打扮漫不经心而又无微不至。而且,她的胸部的确形状漂亮。据其侄女内部情报,似乎是"没有填充物"的胸部。我为其乳房——仅仅在审美意味上——多少动心。

秋川真理惠一身休闲打扮:褪色的蓝色直筒牛仔裤、白色匡威运动鞋,和上次截然不同。蓝牛仔裤这里一个洞那里一个窟窿(当然是刻意为之)。上面穿薄些的灰色游艇夹克,外面披一件仿佛樵夫穿的厚格子衬衫。胸部依然没有隆起。而且依然一副不开心的样子,表情俨然正吃得兴起当中被拿走食盘的猫。

我像上次那样在厨房沏红茶拿来客厅,接着给两人看了上星期画的三幅素描。秋川笙子对这素描似乎一见欢心："哪一幅都那么生动，远比照片什么的像现实中的小惠！"

"这个、给我可以的？"秋川真理惠问我。

"可以呀，当然！"我说，"画完成后给。画完前我也可能要用。"

"话是那么说……给我们真的没关系的？"姑母担心地问。

"没关系的。"我说，"画一旦完成，往下就没多大用处了。"

"这三幅中的哪一幅作草图用？"真理惠问我。

我摇头道："哪一幅都不用。这三幅素描，可以说是为立体地理解你而画的。画布上画的你还要有所不同。"

"形象什么的，已经在老师脑袋里具体形成了？"

我摇摇头："不，还没有形成。往下和你两人考虑。"

"立体地理解我？"

"是的。"我说，"从物理上看，画布仅仅是个平面。但画必须立体描绘才行。明白的吧？"

真理惠脸色严肃起来。想必从"立体"这一说法想到自己胸部的凸起状态。事实上她也一闪瞥一眼姑母薄毛衣下娇美隆起的乳房，而后看了看我。

"怎样才能画得这么好呢？"

"素描？"

秋川真理惠点头。"素描啦速写啦。"

"练习！练习当中自然画好。"

"可有很多人怎么练也画不好，我想。"

她说的不错。美大时代，怎么练也全然不见好的同学看得太多太多了。无论怎么挣扎，人也要为与生俱来的东西所大大左右。问题是说起这个来，话就不可收拾了。

"可那也不等于不练也可以。不练就出不来的才华和资质也的确是有的。"

秋川笙子对我的话大大点头。秋川真理惠则仅仅斜了斜嘴角,仿佛说真是那样的?

"你是想画好的吧?"我问真理惠。

真理惠点头:"喜欢眼睛看得见的东西,和喜欢眼睛看不见的东西差不多。"

我看真理惠的眼睛。眼睛浮现出某种特殊种类的光。她具体要说什么,一下子很难琢磨。但较之她说什么,引起我兴趣的更是其眼睛深处的光。

"相当不可思议的说法啊!"秋川笙子说,"像是出谜语似的。"

真理惠没有应声,默默看自己的手。稍后扬起脸时,特殊光闪从眼睛里消失了——稍纵即逝。

我和秋川真理惠走进画室。秋川笙子从挎包里取出和上星期同样的——从外观看来我想是同样的——小开本厚书,靠在沙发上马上看了起来。看样子被那本书迷住了。什么种类的书呢?我比上次还有兴趣,但问书名还是忍住了。

真理惠一如上星期,隔两米左右距离同我对坐。和上星期不同的是,我面前放着有画布的画架。但画笔和颜料还没拿在手里。我交替看着真理惠和空白画布,思索怎样才能把她的形象"立体地"移植到画布上来。那里需要某种"物语",并非只要把对方形体直接画下来即可。仅仅那样是不成其为作品的,那有可能仅以头像画告终。找出那里应被画出的物语,乃是之于我的重要出发点。

我从木凳上久久凝视坐在餐椅上的秋川真理惠的脸庞。她没有躲开视线,几乎一眨不眨地直盯盯回视我的眼睛。尽管不是挑战性眼神,但可以从中读取"往下决不后撤"那种类似决心的东西。由于长相端庄得令人联想到偶人而容易让人怀有错误印象,实则是个性格有硬芯的孩子。具有无可撼动的自身做法。一旦画一条直线，就不轻易妥协。

细看之下，总觉得秋川真理惠的眼睛有让人想起免色眼睛的东西。上次也感觉出了，此刻再次为其共通性而惊讶。那里有很想称之为"瞬间冻结的火焰"的神奇光点，在含有光热的同时而又绝对冷静，令人想起内部具有自身光源的特殊宝石，向外坦率诉求的力同向内指向完结的力在那里两相交锋。

不过，我之所以这么感觉，有可能是事先听了免色向我坦言秋川真理惠没准是分得其精血的女儿之故。或许正因为有这条伏线，我才下意识地努力在两人之间寻觅某种相呼应的东西。

不管怎样，我必须把这眼睛的独特光点画进画幅之中。以此作为构成秋川真理惠表情的核心要素，作为贯穿其端庄外貌的坚定不移的东西。然而，我还未能发现将其画入画幅所需的语境。一旦失手，看上去难免沦为冷冰冰的玉石。里面所有的热源是从哪里产生的呢？又将去往哪里呢？我必须弄个水落石出。

交替盯视她的脸庞和画布十五分钟后，我无奈地停下，将画架推去一边，缓缓做了几次深呼吸。

"说点什么吧！"我说。

"好啊，"真理惠应道，"说什么？"

"想再多少了解你一下，如果可以的话。"

"比如说？"

"对了，你父亲是怎样一个人？"

真理惠稍稍扭起嘴角。"父亲的事不大清楚。"

"不怎么说话？"

"见面都没有多少。"

"因为父亲工作忙吧？"

"工作不很了解。"真理惠说，"我想大概对我没多大兴趣。"

"没兴趣？"

"所以一直交给姑母。"

我对此没表示什么意见。

"那么，母亲可记得？是在你六岁的时候去世的吧？"

"母亲嘛，感觉上只是斑驳记得。"

"怎样一种斑驳？"

"转眼之间母亲就从我眼前消失了。人死是怎么回事，当时的我理解不了。所以只能认为母亲仅仅不在了，像烟被哪里的缝隙吸了进去。"

真理惠沉默片刻，而后继续道："因为那种不在的方式太突然了，所以一下子没能充分理解那里的道理。母亲死去前后的事，我不能很好地记起。"

"那时你脑袋非常混乱。"

"母亲在的时间和不在以后的时间就像被高墙隔成两个，连接不起来。"她默默咬了一会儿嘴唇。"这么说可明白？"

"觉得好像明白。"我说，"我妹妹十二岁死了上次讲过吧？"

真理惠点头。

"妹妹天生心脏瓣膜有缺陷。做了大手术，本应平安无事了，却不知为什么有问题留了下来，好比体内带一颗炸弹活着。所以，全家平时就在一定程度上做了应付最坏情况的心理准备。就是说，不像你母亲被金环胡蜂蜇得离开人世那样简直晴天霹雳。"

"晴天……"

"晴天霹雳。"我说，"晴朗的天突然轰隆隆响起雷声——始料未及的事突然发生了。"

"晴天霹雳。"她说，"写什么字？"

"晴天，晴朗的天。霹雳字难写，我也不会写，也没写过。想知道，回家查字典好了。"

"晴天霹雳。"她再次重复,似乎把这句话塞进她脑袋的抽屉。

"反正那是某种程度上可以预想的事。但妹妹实际突然发作当天就死了的时候,平日的心理准备完全不顶用。我的的确确呆若木鸡。不光我,全家都一样。"

"那以前和那以后,老师身上有好多事都变了?"

"呃,那以前和那以后,我的身上也好我的身外也好,好多事整个变了。时间的流程都不一样了。就像你说的,那两个连接不起来。"

真理惠目不转睛看我看了十秒钟。"妹妹对老师是非常非常宝贵的人,是吧?"

我点头:"嗯,宝贵得不得了。"

秋川真理惠低头沉思什么,而后扬起脸说:"记忆就那样被隔开了,所以我不能完整地想起母亲:什么样的人?长的什么样?对我说了怎样的话?父亲也很少给我讲母亲的事。"

说起我对秋川真理惠母亲所知道的,无非是免色细致入微讲述的免色和她最后一次性爱场景——在他办公室沙发上进行的剧烈性行为有可能使得秋川真理惠受胎。但这种话当然说不出口。

"不过关于母亲总会多少记得什么吧?毕竟一起生活到六岁。"

"只有气味。"真理惠说。

"母亲身体的气味?"

"不是。雨的气味。"

"雨的气味?"

"那时下雨来着,听得见雨点落地声那么大的雨。但母亲没打伞就到外面走,拉着我的手一起走在雨中。季节是夏天。"

"可是夏天傍晚的雷阵雨?"

"好像,因为有一股雨打在被太阳晒得发烫的柏油路面时的气味。我记得那气味。那里像是山顶观光台那样的地方。母亲还唱歌来着。"

"什么歌?"

"旋律想不起来,但歌词记得:河对岸舒展着广阔的绿色田野,那边流溢着灿烂的阳光,这边一直阴雨绵绵……便是那样的歌。嗳,老师可听过那样的歌?"

我没有听得那样的歌的记忆。"好像没有听过。"

秋川真理惠做微微耸肩那样的动作。"这以前问过好多人,但谁也没听过那样的歌。为什么呢?难道是我在脑袋里随意捏造的歌?"

"也可能是母亲当场编的哟,为你!"

真理惠扬脸看我,微微笑道:"没有那么想过。不过果真那样,那可是太好了!"

目睹她面带笑容,这时大约是第一次。就好像厚厚的云层裂开了,一线阳光从那里流溢下来,把大地特选的区间照得一片灿烂——便是这样的微笑。

我问真理惠:"如果再去一次那个场所能记起就是这里?去山顶观光台那样的地方?"

"有可能。"真理惠说,"倒是没多大把握,但有可能。"

"自己的心中能有一方那样的风景,是很美妙的事。"我说。

真理惠点头。

接下去一小会儿,我和秋川真理惠两人倾听外面鸟们的鸣啭。窗外舒展着漂亮的秋日晴空,一丝云絮也找不见。我们在各自的心间漫无边际地放飞各自的思绪。

"那幅反过来的画是什么?"稍后真理惠问我。

她手指的是画有(想画的)白色斯巴鲁男子的油画。我为了不让人看见那幅画布而反过来靠墙立着。

"画开头了的画。想画那个男子,但没有画下去。"

"让我看看可好?"

"好好!倒还是草图阶段。"

我把画幅正过来放在画架上。真理惠从餐椅立起,走到画架跟前,抱臂从正面看画。面对画,她的眼睛回之以锐利的光闪,嘴唇紧紧闭成一条直线。

画仅以红绿黑三色构成。上面应画的男子还没被赋以明确的轮廓。用木炭画的男子形象隐身于颜料之下。他拒绝被施以血肉,拒斥着色。但我知道他就在那里,我在那里捕捉到了他存在的基干,一如海中渔网捕捉看不见形影的鱼。我准备找出拉网方法,而对方企图阻止这一尝试——如此推拉造成了中断。

"在这儿停下了?"真理惠问。

"正是。无论如何都没办法从草图阶段推向前去。"

真理惠静静地说:"不过看上去已经完成了。"

我站在她旁边,以同一视角重新打量那幅画。莫非她的眼睛看出了潜伏在黑暗中的男子形象?

"你是说没必要再往这画上加什么了?"我问。

"嗯,我想这样就可以了。"

我轻轻屏住呼吸。她说出的,和白色斯巴鲁男子向我诉说的几乎是同样内容。

画就这样好了!别再动这画!

"为什么这么想?"我再次问真理惠。

真理惠好一会儿没有回答。又聚精会神看了一阵子画,而后放下抱臂的双手,贴在面颊上,像是要冷却那里的热度。

"这样就已具有足够的力。"她说。

"足够的力?"

"那样觉得。"

"不会是不太友善的那种力?"

真理惠没有答话,两手仍贴着脸颊。

"这里的男子,老师很了解的?"

我摇头:"不,说实话,一无所知。前不久一个人长途旅行时在遥远的小镇上偶然碰见的人。没打招呼,名也不知道。"

"这里有的,是善的力还是不善的力,我不知道。或许有时变成善的,有时变成恶的。喏,看的角度不同,看上去就有种种不同。"

"可你认为最好不要把那个画成画的形式,是吧?"

她看我的眼睛。"如果成形,假如那是不善的,老师你怎么办?假如朝这边伸过手来怎么办?"

有道理,我想。假如那是不善的,假如那是恶本身,而且假如朝这边伸过手来,那么我到底如何是好?

我把画从画架上卸下,反过来放回原来位置。作为感触,使之从视野中消失后,画室中紧绷绷的紧张感才好像迅速缓解。

我想,或许应该把这幅画结结实实包起来塞进阁楼才是,一如雨田具彦把《刺杀骑士团长》藏在那里以免被人看见。

"那么,那幅画你怎么看?"我指着墙上挂的雨田具彦的《刺杀骑士团长》。

"喜欢那幅画。"秋川真理惠毫不迟疑地回答。"谁画的画?"

"画它的是雨田具彦,这座房子的主人。"

"这幅画在诉说什么,简直就像小鸟要从小笼子里飞去外面的世界——有那样的感觉。"

我看她的脸。"鸟?到底什么样的鸟呢?"

"什么样的鸟?什么样的笼子?我不知道,形体也看不清楚,只是一种感觉罢了。对于我,这幅画可能有点儿太难了。"

"不但你,对我也好像有点儿太难了。不过如你说的,作者有某种想向人诉求的事物，把那强烈的意绪寄托在画面上。我也有这样的感觉。可是他究竟诉求什么呢？我百思不得其解。"

"谁在杀谁，咬牙切齿地。"

"正是。年轻男子在坚定的意志下用剑狠狠刺入对方胸口。被刺杀的一方对自己即将死去只是惊诧不已。周围的人大气不敢出地注视这一进展。"

"有正确的杀人？"

我就此沉吟。"不清楚啊！什么正确什么不正确，取决于选择的基准。比方说，人世间有很多人认为死刑是从社会角度来说正确的杀人。"

或者暗杀，我想。

真理惠略一停顿，说道："不过，这幅画虽然人被杀了流了很多血，但并不让人心情黯淡。这幅画想要把我领去别的什么地方——同正确不正确基准不同的场所。"

这天归终我一次也没拿画笔，只是在明亮的画室中同秋川真理惠两人漫无边际地交谈。我边谈边把她表情的变化和种种样样的动作一个个打入脑海。不妨说，如此记忆的累积将成为我应该画的画的血肉。

"今天老师什么也没画。"真理惠说。

"这样的日子也是有的。"我说，"既有时间夺走的东西，又有时间给予的东西。把时间拉向自己这边是一项重要工作。"

她什么也没说，只是看着我的眼睛，就像把脸贴在玻璃窗上窥视里面的房间。她在思考时间的意义。

十二点时传来往日的钟声。我和真理惠两人离开画室转来客厅。沙发上，戴黑边眼镜的秋川笙子看小开本厚书看得如醉如痴，甚至呼吸动静都感觉不出。

"看的什么书呢？"我忍不住地问。

"说实话，我有类似厄运的东西。"她莞尔一笑，夹上书签，合上书。"一旦把正看的书的书名告诉别人，不知为什么，书就不能最后看完了。一般都要发生什么意外事，看到中间就看不下去了。莫名其妙，但的确如此。于是决定不把正在看的书的书名告诉任何人。看完了，那时倒是乐意告诉……"

"看完当然可以。见你看得那么专心，就有了兴趣，心想什么书呢？"

"非常有意思的书，一旦看开头就停不下来。所以决定只在来这里时看。这样，两个小时一晃儿就过去了。"

"姑母看好多好多书的。"真理惠说。

"此外没多少事可做，看书就像是我生活的中心。"姑母说。

"没做工作吗？"我问。

她摘下眼镜，一边用手指按平眉间聚起的皱纹一边说，"只是大体每星期去一次本地图书馆当志愿者。以前在城里一家私立医科大学工作来着，在那里当校长的秘书。但搬来这里后辞职不做了。"

"真理惠的母亲去世时搬来这里的吧？"

"那时只是打算一起住一段时间，在事情安顿下来之前。可实际来了和小惠一块儿生活以后，就没办法轻易离开了，自那以来一直住在这里。当然，如果哥哥再婚，就马上返回东京。"

"那时我也一起离开。"真理惠说。

秋川笙子仅仅浮现出社交性微笑，避免就此表态。

"如果不介意，一起吃饭好吗？"我问两人，"色拉和意大利面什么的，手到擒来。"

秋川笙子当然客气地推辞，但真理惠看样子对三人吃午饭深感兴趣。

"可以的吧？反正回家爸爸也不在。"

"实在简单得很。调味汁准备了很多，做一个人的做三个人的，花的工夫没什么区别。"我说。

"真的合适吗？"秋川笙子有些疑惑。

"当然合适，请别介意。我总是在这里一个人吃，一日三餐都一个人吃。偶尔也想和谁一起吃。"

真理惠看姑母的表情。

"那么就承您美意，不客气了。"秋川笙子说，"不过真不打扰的？"

"完全谈不上！"我说，"请随便好了。"

我们三人移到餐厅。两人在餐桌前落座。我在厨房烧水，把芦笋和培根做的调味汁用深平底锅热了，用莴苣、西红柿、洋葱和青椒做了色拉。水烧开后煮意面。那时间里把欧芹切得细细的，从电冰箱取出冰红茶倒进杯里。两位女性颇为稀罕地看我在厨房里敏捷利落地干活身姿。秋川笙子问有没有什么需要帮忙的。我说值得帮忙的事一概没有，只管在那里老老实实坐着好了。

"真是训练有素啊！"她佩服似的说。

"天天干的关系。"

对我来说，做饭并不难受。向来喜欢手工活：做饭，做简单的木匠活，修理自行车，修剪庭园。不擅长的是抽象性数学思考。将棋①啦国际象棋啦九连环啦，那种知性游戏使得我简单的头脑大受损坏。

接下去，我们对着餐桌吃饭。晴朗秋日星期天的开心午餐。而且，秋川笙子是餐桌上的理想对象。话题丰富，懂得幽默，富于知性和社交性。餐桌礼仪优美动人而又没有做作之处。一位在甚有品

---

① 将棋：日式象棋。

位的家庭长大、上花钱学校的女性。真理惠几乎不开口，闲聊交给姑母，注意力集中在吃上。秋川笙子说希望我以后教她调味汁的做法。

我们快要吃完时，响起音色明亮的门铃声。推测按响门铃的是谁，对我不是多么难的事。因为稍往前一点觉得有那辆捷豹粗犷的引擎声隐约传来。那声音——同丰田普锐斯文静的引擎声处于对立的两极——传到我的意识与无意识之间薄薄的隔层的某处。所以门铃响绝不是"晴天霹雳"。

我道声失礼，从座位立起，放下餐巾，把两人留在后面走去门口，明知无从预料往下将有怎样的事情发生……

34　那么说来,最近没有测过气压

打开房门,免色站在那里。

他上身穿领扣衬衫、带有精巧高雅花纹的毛背心、灰绿色苏格兰花呢夹克。下身穿浅芥末色卡其裤。脚上是褐色绒面皮鞋。不出所料,所有衣服都给他穿得恰到好处赏心悦目。丰厚的白发在秋日阳光下熠熠生辉,身后可见银色捷豹。旁边停着蓝色丰田普锐斯。两辆车并排相邻,看上去好像牙齿不整齐的人张嘴而笑。

我一声不响地将免色让进门来。他的表情因紧张显得有些僵硬,让我联想刚涂过还没干透的石灰墙。目睹免色浮现这样的表情当然是第一次——他总是冷静地控制自己,尽可能不让感情显露于外。即使被关在漆黑的洞底一小时之后,脸色也丝毫未变。然而此刻他的脸近乎苍白。

"进去也不碍事的吗?"他问。

"当然不碍事。"我说,"现在正在吃饭,不过差不多要吃完了。请进!"

"可是我不想做打扰吃饭那样的事。"说着,他几乎条件反射地眼看手表,无谓地久久盯视表针,就好像对表针走法有什么异议。

我说:"马上就吃完的,简单的午餐。然后一起喝咖啡什么的好了!请在客厅等着,把您介绍给两个人。"

免色摇头道:"不不,介绍可能还太早。以为两人都已经从这里撤走了,所以才到府上来,不是想被介绍才来的。可是看见府上门前停着一辆没见过的车,就不知道如何是好……"

"正是好机会。"我打断对方似的说,"顺水推舟。交给我好了!"

免色点头,开始脱鞋。却不知何故,好像不知鞋怎么脱似的。我等他好歹把两只鞋脱掉,领进客厅。本来已经来过几次了,但他活像生来初次目睹,好奇地四下打量。

"请在这里等候!"我对他说。然后把手轻放在他肩上。"请坐在这里放松一下。估计用不了十分钟。"

我把免色一人留在那里——心里总好像七上八下——折回餐厅。我不在时间里两人已经吃完,餐叉放在盘子上。

"来客人了?"秋川笙子担忧地问。

"嗯。不过不要紧,只是住在附近的熟人顺路一晃儿来看看罢了。让他在客厅里等着。一个爽快人,用不着介意。我这就吃完。"

随即我把剩的一点点东西吃了下去。两位女性拾掇餐桌碟盘之间,我用咖啡机做了咖啡。

"不去客厅一起喝喝咖啡?"我对秋川笙子说。

"可客人来了,我们不打扰吗?"

我摇头道:"完全谈不上打扰。这也是一种缘分,我来介绍一下。虽说住在附近,但因为住在隔着山谷的对面山上,您大概不认识……"

"那位叫什么名字呢?"

"免色先生。免除的免,颜色的色——免除颜色。"

"稀罕姓啊!"秋川笙子说,"免色先生,这名字是第一次听得。的确,隔着山谷,就算住得近也不大可能有像样的往来。"

我把四人份咖啡、砂糖和牛奶放在盘子里端来客厅。进客厅最吃惊的是免色没影了。客厅空无一人,阳台上也没有他,又不像去了卫生间。

"去哪里了呢?"我没有对谁说地说。

"来这儿了吗?"秋川笙子问。

"刚才还在。"

去门厅看,那里不见了他的绒面皮鞋。我穿上拖鞋打开房门,见银色捷豹停在刚才那个位置。这样,就不像是回家了。车窗玻璃在太阳光下炫目耀眼,看不清里边是否有人。我往车那边走去。免色坐在驾驶位上,像找什么似的东摸西看。我轻敲窗玻璃。免色落下窗玻璃,以困窘的神色向上看我。

"怎么的了?免色先生?"

"想测一下轮胎气压,可不知为什么,气压计找不到了。平时总是放在这手套箱里……"

"那是现在必须在这里马上做的事吗?"

"不,那也不是。只是往这里一坐,突然惦记起气压来。那么说来,最近没有试过气压……"

"反正轮胎情况并非不正常是吧?"

"呃,轮胎情况没有什么不正常,一般。"

"那么,气压的事先往后放,返回客厅好吗?咖啡做好了,两人正等着。"

"等着?"免色以干涩的嗓音说,"等着我?"

"嗯,说介绍你来着。"

"不好办啊!"

"为什么?"

"还没做好被介绍的准备——类似心理准备的东西。"

他的眼神惧怯而又困惑,就像被喝令从熊熊燃烧的十六楼窗口朝着看上去差不多只有杯垫大小的救生气垫跳下的人。

"最好来一下。"我果断地说,"好吧?非常简单的事。"

免色一声不响地点了下头，从座席欠身出来，关上车门。本想锁门，旋即发觉无此必要（谁也不来的山上），遂将钥匙揣进裤袋。

走进客厅，秋川笙子和真理惠两人在沙发上等我们。我们刚一进去，两人就彬彬有礼地从沙发上站起。我把免色简单介绍给两人，作为极为理所当然的日常性人情行为。

"也请免色先生当过绘画模特，有幸画他的肖像画来着。因为碰巧住在附近，所以那以来就有了交往。"

"听说您住在对面山上……"秋川笙子问。

提起房子，免色的脸庞眼看着变得苍白起来。"嗯，几年前开始住的。几年前来着？呃——三年了吧，还是四年？"

他询问似的看我。我什么也没说。

"从这里可以看见府上？"秋川笙子问。

"嗯，可以看见。"免色说。又马上补充一句，"不是什么了不得的房子，山上又十分不方便。"

"不方便这点，我家也彼此彼此。"秋川笙子和颜悦色地说，"买件东西也是一场麻烦。手机信号也好广播也好，都不能正常进来。加上又是陡坡，积了雪滑溜溜的，吓得车都不敢开。所幸只五六年前有过那么一次。"

"嗯，这一带几乎不下雪。"免色说，"海上有暖风吹来的关系。海的力量是很大的，就是说……"

"总之，冬天不积雪让人庆幸啊！"我插嘴道。放任不管，连太平洋暖流的构成都可能一一说个没完——免色身上有这种进退失据的意味。

秋川真理惠来回比较看着姑母的脸和免色的脸，似乎对免色不怀有特定感想。免色完全没向真理惠那边投以视线，只是一味看着真理惠的姑母，就好像自己的心从个人角度被她的脸庞强烈吸引住了一样。

我对免色说："其实眼下正在画这位真理惠小姐的画,求她当模特。"

"所以每个星期日开车送来这里。"秋川笙子说,"以距离看,就在我家眼皮底下,但由于路的关系,不绕很多弯路是来不到这里的。"

免色这才从正面看秋川真理惠的脸庞。可是,他的双眼如冬天忐忑不安的苍蝇那样急切切转动不已,试图在其脸庞周边哪里找到落脚点。然而那样的位置似乎哪里也没能找到。

我像派船救援似的拿出素描簿给他看。"这是已经画好的她的素描。素描阶段刚刚结束,还没有真正开始画。"

免色像要吞进去一样久久盯视那三幅素描。看样子,较之看真理惠本人,看画她的素描对于他要意味深长得多。但当然不可能那样,他只是不能从正面注视真理惠,素描终究不过是其替代。如此切近地接近实实在在的真理惠毕竟是第一次,想必一下子把握不好心情。秋川真理惠简直就像观察珍稀动物似的看着免色杂乱不堪的表情。

"太好了!"免色说,随即看着秋川笙子那边说,"哪一幅素描都栩栩如生,气氛捕捉得恰到好处。"

"嗯,我也那么认为。"姑母笑吟吟地说。

"不过真理惠可是很难画的模特。"我对免色说,"画成画不容易。由于表情处于时刻变化之中,把握其核心要素相当花时间。所以还没能着手画真要画的画。"

"难画?"说着,免色眯细眼睛,像看晃眼睛的东西那样再次看真理惠的脸庞。

我说:"那三幅素描,表情应该各有很大不同。而表情稍一变化,整个气氛就变了。要把她确定画在一幅画上,就必须舍弃其表面变化,而抓住其核心要素。抓不住,就只能表现整体的一个小小侧面。"

"原来如此!"免色显得钦佩有加。而后把三幅素描同真理惠的脸庞比较看了好几次。如此一来二去,他原本苍白的脸上缓缓出现了红色。红色起初似乎是一个小点,而后变成乒乓球大小,继而变为棒球一般大,很快扩展到整张面孔。真理惠饶有兴味地注视着其面孔颜色的变化。秋川笙子为了避免失礼而将眼睛得体地从那变化上移开。我伸手拿起咖啡壶,往自己杯里倒第二杯。

"打算从下星期开始正式作画。也就是使用颜料在画布上画……"为了填补沉默空白,我没有针对任何人地这样说道。

"构思已经形成了?"姑母问。

我摇头:"构思还没形成。如果不实际拿笔实际面对画布,具体意念一个也浮现不出脑海。"

"您画了免色先生的肖像画,是吧?"秋川笙子问我。

"嗯,倒是上个月的事了。"我说。

"无与伦比的肖像画!"免色来劲儿了,"因为需要一段时间让颜料干透,所以还没镶框,就那样挂在我的书房墙上。不过,说'肖像画'恐怕并不准确。因为那里画的,既是我又不是我。那是非常深的画——倒是说不好——看起来百看不厌。"

"既是您又不是您?"秋川笙子问。

"就是说不是所谓肖像画,而是在更深的层面画的画。"

"想看一眼。"真理惠说。这是移来客厅后她出口的第一句话。

"小惠,那不礼貌,别人府上……"

"那是一点儿关系也没有的!"免色像用锋利的劈柴刀利利索索砍掉姑母发言语尾一样插嘴道。其语气的尖锐使得所有人(也包括免色自身)一时屏住呼吸。

他略一停顿继续下文:"毕竟就住在附近,务请来看一次画!我一个人生活,不必顾虑什么。随时欢迎两位!"

如此说罢,免色脸色更红了。想必从自己本身的发言中听出了迫不及待的韵味。

"真理惠小姐喜欢画？"这回他转向真理惠问，调门已恢复正常。

真理惠默默轻点一下头。

免色说："如果方便的话，下星期的星期日，差不多和今天同一时刻来这里迎接。接下去就去我家看画好吗？"

"不过，添那样的麻烦……"秋川笙子说。

"可我想看画。"这回真理惠以不容分说的语声斩钉截铁。

归终，商定下星期的星期日偏午时分免色来接两人去他家。本来叫我一起去，但我说那天下午有事，婉言谢绝了。作为我，不想更多地深度介入此事。而想把往下的事交给当事者本人。无论那里发生什么，我都想尽可能止于局外人。我仅仅在结果上——本来无意做这种事——居中牵线搭桥罢了。

我和免色出门目送美丽的姑侄二人返程。秋川笙子饶有兴味地看了一会儿停在普锐斯旁边的免色的银色捷豹，眼神就像爱狗人士看一条别人的狗。

"这是最新款的捷豹吧？"她问免色。

"是的。眼下是捷豹最新的轿跑。您喜欢车？"免色问。

"不，不是那个意思。只是，去世的父亲过去开捷豹轿车来着。常坐进去，偶尔也开过。所以看见车身前面的这个标志，一下子感到很亲切。怕是 XJ6 吧，有四个圆圆的头灯，直列六缸 4.2 升发动机。"

"是三系列吧！噢，那是非常漂亮的车型！"

"家父看上去很中意那辆车，开了相当长时间。不省油和小故障多倒是够伤脑筋的……"

"那个车型是不省油，电气系统也可能故障不少。捷豹在传统上电气系统就不够强。但在没有故障行驶的时候，只要不介意汽油费，那么一贯出类拔萃。无论乘坐感觉还是驾驶体验，都充满独一无二的魅力。当然世间绝大多数人都把故障和油耗牢牢放在心上。正因如此，丰田普锐斯才卖得飞一样快。"

"这是兄长给我买的所谓私人专用车，不是我自己买的。"秋川笙子指着丰田普锐斯好像辩解似的说，"车是好开，安全，对环境也友好。"

"普锐斯是非常优秀的车。"免色说，"其实我也认真考虑买一辆来着。"

果真？我在心里歪头沉思，想象不来乘坐丰田普锐斯的免色的身姿，一如想象不来在饭店点尼斯色拉的金钱豹的身姿。

秋川笙子一边往捷豹里面窥视一边说："有个十分唐突的请求，我稍微坐一坐可以吗？只坐驾驶席就行……"

"当然可以！"免色说。而后像调试声音似的轻咳一声，"请尽管坐好了。如果愿意，开也没关系的。"

目睹她对免色的捷豹表现出如此兴致，对于我很是意外。因为看其清秀文静的外表，看不出她是对车感兴趣那一类型。然而秋川笙子两眼闪闪生辉地钻进驾驶席，让身体适应奶油色皮座，仔细盯视仪表盘，双手置于方向盘，接着左手摸在换挡杆上。免色从裤袋里掏出车钥匙递给她。

"请发动引擎！"

秋川笙子默默接过钥匙，往方向盘旁边插了进去，按顺时针方向旋转，那只猫科巨兽顿时醒了。她入迷地倾听了一会儿深沉的引擎声。

"这引擎声有听过的记忆。"她说。

"4.2 升的 V8 发动机。令尊开的 XJ6 是六缸，阀门数量和压缩比都不一样，但声音或许相似。在毫不反省地大量燃烧化石燃料这点上，古往今来一成未变，实属罪孽深重的机械。"

秋川笙子抬起换挡杆，亮起右转向灯。独特的宏亮的砰砰声随之响了起来。

"这声音实在让人怀念！"

免色微微笑道："这是只有捷豹才能发出的声音，和其他任何车的转向灯声都不一样。"

"我年轻时用心练过 XJ6，拿得了驾驶证。"她说，"制动系统和一般车多少有所不同，所以第一次开其他车的时候相当困惑来着，不知怎么样才好。"

"很能理解，"免色微微笑道，"英国人对微妙的地方有某种执着。"

"但车里的气味和家父的车有点不一样。"

"很遗憾，有可能不一样。所用内饰的材料因种种缘由，不可能和过去完全相同。尤其二〇〇二年康诺利公司不再提供皮革之后，车内气味变化很大。因为康诺利公司本身不复存在了。"

"可惜！本来我非常喜欢那个气味来着。怎么说呢，和关于父亲气味的记忆合在一起了。"

免色似乎难以启齿地启齿道："实不相瞒，此外我还有一辆老捷豹。或者那辆同令尊车有同样气味也不一定。"

"您有 XJ6？"

"不，E‐Type。"

"E‐Type？就是那敞篷车？"

"是的。一系列敞篷跑车。虽是六十年代产品，但跑起来仍毫无问题。引擎同是六缸 4.2 升，原装双座。车篷到底更新了，在准确意义上，倒是不能说原装……"

我对车完全不熟悉，两人说的什么几乎不能理解。秋川笙子似乎对这一信息有某种感触。不管怎样，得知两人有捷豹车这一共同趣味——领域恐怕相当狭窄——这点让我多少如释重负。这样，为初次见面的两人寻找交谈话题的必要就没有了。真理惠看上去比我对车还没有兴趣，百无聊赖地听两人的交谈。

秋川笙子从捷豹下来关合车门，把车钥匙还给免色。免色接过钥匙，揣回裤袋。她和真理惠随后钻进蓝色普锐斯。免色为真理惠关上车门。我再次深感捷豹和普锐斯关车门的声音截然有别。即使一种声音，世界上都有如此之多的差异。一如"砰"一声拉响低音大提琴同一根空弦，查尔斯·明格斯①的声音和雷·布朗②的声音听起来也分明有所不同。

"那么，下星期日见！"免色说。

秋川笙子对免色妩媚地一笑，握着方向盘离去。丰田普锐斯敦敦实实的背影消失后，我和免色折回家中，在客厅喝冷咖啡。我们好半天都没开口。免色整个人都像瘫痪了似的，如同跑完过于艰难的长跑路线而刚刚冲刺完的运动员。

"好漂亮的女孩啊！"我终于开口，"我说的是秋川真理惠。"

"是啊，大了应该更漂亮。"免色说。不过他好像边说边在脑袋里思考别的什么。

"近看她的感觉怎么样？"我问。

免色难为情地微笑道："说实话，没怎么看清楚。太紧张了！"

"可多少看了吧？"

---

① 查尔斯·明格斯 (Charles Mingus, 1922—1979)，20 世纪美国最伟大的爵士音乐家之一。他不仅是技艺精湛的贝斯大师、钢琴家，还是突破古典与爵士界限的杰出作曲家。其音乐对于后世有至关重要的启迪作用。

② 雷·布朗 (Ray Brown, 1926—2002)，美国爵士乐演奏大师，曾荣获众多奖项，包括格莱美奖、《强拍》杂志的读者票选奖、爵士乐评票选奖等。

免色点头。"嗯，当然。"接下又沉默有顷。而后陡然扬起脸以一本正经的眼神看着我。"那么，您是怎么看的呢？"

"怎么看、看什么？"

免色脸上再次漾出少许红晕。"就是，她的长相和我的长相之间，有某种类似共通点的东西吗？您是画家，又是长期专门画肖像画的画家，这方面不是看得出的吗？"

我摇头。"的确，我在迅速捕捉面部特征上面有不少历练。但亲子区分方法上并不明白。世上既有全然不像的亲子，又有长相一模一样的纯粹的他人。"

免色深深喟叹一声，那是仿佛从全身挤榨出来的喟叹。他对搓双手的手心。

"我并不是求您做什么鉴定，只是想听一下纯属个人性感想。极琐碎也没关系。如果有什么注意到的，很想请您告诉我……"

我就此略加思考。而后说道："就一个个面部具体造型来说，你俩之间可能没多少相似之处。只是眼神让我觉得有某种相通的东西——时不时让我一惊。就是这样的印象。"

免色抿着薄嘴唇看着我："你是说我们的眼睛有共通的地方？"

"感情直接流露于眼睛这点，怕是你俩的共通点。例如好奇心啦、激情啦、惊讶啦，或者疑虑啦、抵触情绪啦这类微妙的情感，都会通过眼睛表现出来。表情绝不能说丰富，但双眼发挥心灵窗口那样的功能。和普通人相反。多数人就算表情相对丰富，眼睛也没那么灵动。"

免色显出意外神色。"我的眼睛看起来也是那样的？"

我点头。

"没那么意识到啊！"

"想必那是自己想控制也控制不了的东西吧！或者，因为有意控制表情，而被控制的感情集中到眼睛流露出来。不过，这是要十分仔细观察才能读取的信息。一般人可能觉察不到。"

"但你看见了？"

"不妨说，我以把握人的表情作为职业。"

免色就此考虑片刻。而后说道："我们具有那样的共通点。但若论是不是骨肉亲子，那你也是不清楚的。是吧？"

"我看人的时候会有若干绘画性印象，并且加以珍惜。但绘画性印象同客观性事实不是一个东西。印象什么也证明不了。好比被风吹来的轻飘飘的蝴蝶，几乎没有实用性可言。对了，你怎么样呢？面对她本人没有感觉出某种特别的东西？"

他摇了几下头。"一次短暂的见面什么也弄不明白，需要长些的时间。必须习惯于和那个少女在一起……"

继而他再次缓缓摇头，像要找什么似的双手插进夹克口袋又抽了出来，似乎自己忘了找什么。如此翻来覆去。

"不，可能不是次数问题。见的次数越多，困惑程度越大。或许任何结论都无法抵达。她没准是我的亲骨肉，或者不是也未可知。但是不是都没关系。面对那个少女，只要念及那种可能性，只要用这手指触摸假想，新鲜血液就能在一瞬之间流遍全身每个角落。迄今为止，我可能还没能真正理解生存的意义。"

我保持沉默。关于免色的心理趋向，或者关于生存的定义，我能说出口的一概没有。免色觑一眼大约十分昂贵的超薄手表，挣扎似的勉强从沙发立起。

"得感谢你！如果没有你从背后推一把，我一个人怕是什么也做不来。"

如此说罢，他以不无踉跄的脚步走去门厅，花时间穿鞋和系好鞋带，然后走到外面。我从房门前目送他上车驶离。捷豹消失之后，周围重新被星期日午后的岑寂所笼罩。

时针稍稍转过午后二时。有一种疲惫不堪的感觉。我从壁橱里拿来旧毛毯，躺在沙发搭在身上睡了一会儿。醒来时三点过了。射进房间的阳光移动了一点点。奇妙的一天。看不出自己是前进了还是后退了抑或原地兜圈子。方向感一塌糊涂。秋川笙子和真理惠，以及免色。他们三人每人都放出强有力的特殊磁性。我像被三人包围似的处于正中间，身上没带任何磁性。

但是，无论多么疲惫不堪，也不意味星期日已然终了。毕竟时针刚刚绕过午后三时，毕竟还没日落天黑。星期日已成为过往日期，到明天这一新的一天降临还有那么多时间。然而我没心绪做什么。午睡后脑袋深处也还是有模模糊糊的块体留了下来，感觉就像桌子狭小的抽屉里端塞满了旧毛线团。有人把那样的东西强行塞进那里，以致抽屉不能完全关合。这样的日子说不定我也应当测试车轮气压。在什么都没心思做的时候，人至少应该测一测轮胎气压什么的。

可是细想之下，有生以来自己还一次也没亲手测过轮胎气压。顶多偶尔在加油站人家说"气压好像下降了最好测一下"的时候让对方测一下。气压计那样的东西当然也没有。连那东西什么样都不知道。既然能装进手套箱，那么应该不会有多大，不至于是必须分期付款买的昂贵商品。下次买一支好了！

及至四周天色暗了，我进厨房喝着罐装啤酒准备晚饭。用电烤箱烤糟腌鲥鱼，切咸菜，做醋拌黄瓜裙带菜，又做了萝卜油豆腐味噌汤。做好一个人默默吃着。没有应该搭话的对象，找不到应说的话语。如此简洁的单人晚餐快吃完的时候门铃响了。看来人们似乎存心在我差一点点就吃完的当口按响门铃。

一天尚未结束，我想。预感这将是个漫长的星期日。我从餐桌前站起，缓步走去门厅。

35 那个场所保持原样就好了

我迈着徐缓的步子走向门厅。按响门铃是谁全然判断不出。假如有车停在门前,理应听见声响。虽说餐厅位置偏里,但夜晚十分安静,倘有车来,引擎声、车轮声必然传来耳畔。即使是夸耀低噪混合动力引擎的丰田普锐斯。然而那样的声响一无所闻。

基本不会有太阳落山后不开车而一步步爬上长长坡路的好事者。路很暗,几乎没有照明。人的动静也没有。房子孤零零建在独山顶上,附近没有可称为邻人的人。

说不定是骑士团长。但无论怎么想都不至于是他。他现在已经能够随时随便进入这里,根本不会特意按门铃。

我也没确认来人是谁就拉掉门锁开门。秋川真理惠站在那里。打扮和白天完全一样,只是现在在游艇夹克外面披了件薄些的藏青色羽绒服。日落后毕竟这一带温度骤然下降。还戴一顶棒球帽(何苦非克里夫兰印第安人队[①]不可呢?),右手拿一个大手电筒。

"进去可以?"她问。没说"晚上好",没说"抱歉突然来访"。

"可以可以,当然。"我说。更多的什么也说不来。我脑袋里的抽屉好像没有完全关好,里端仍塞着毛线团。

我把她领进餐厅。

"正吃饭。最后吃完可以的?"

她默默点头。社交性那一啰啰嗦嗦的概念,不存在于这个少女的脑海。

"喝茶?"我问。

她仍然默默点头。随即脱去羽绒服,摘掉棒球帽,整理一下头发。我用水壶烧开水,把绿茶倒进茶壶。反正我也正要喝茶。

秋川真理惠胳膊拄在餐桌上,像看什么稀奇罕物似的看着我吃糟腌鲥鱼、喝味噌汤、吃米饭,简直就像在森林散步当中碰见巨蟒吞食熊洞里的熊仔场面而坐在附近石头上观看。

"糟腌鲥鱼是我自己做的。"为了填补继续加深的沉默我解释说,"这样一来,能放的时间就长了。"

她没有任何反应,甚至我的话是否进入耳朵都不确定。

"伊曼纽尔·康德②是有着极为井然有序生活习惯的人。街上的人几乎看着他散步的身影来对手表时间。"我试着说。

当然是没有意义的发言。我只是想看秋川真理惠对没有意义的发言有何反应,看我的话是否切实传入她的耳朵。但她仍完全无动于衷。周围沉默更沉了。伊曼纽尔·康德天天准时从哥尼斯堡③一条街默默散步到另一条街。他人生最后一句话是"此即足矣(Es ist gut)"。这样的人生也是有的。

吃完饭,我把用过的餐具拿去洗碗槽。然后泡茶,拿两个茶杯

---

① 克里夫兰印第安人队(Cleveland Indians),美联八支创始球队之一,1901年成立于克里夫兰,是一支位于俄玄俄州克里夫兰的职业棒球队伍,目前隶属于美国职棒大联盟美国联盟的中区,从1994年开始以杰克布斯球场为主场。

② 伊曼纽尔·康德(Immanuel Kant, 1724—1804),德国哲学家、德国古典唯心主义哲学创始人,主张自在之物不可知,人类知识是有限度的,提出星云假说,著有《纯粹理性批判》、《实践理性批判》等。

③ 俄罗斯加里宁格勒州首府,位于桑比亚半岛南部,由条顿骑士团北方十字军于1255年建立,先后被条顿骑士团国、普鲁士公国和东普鲁士定为首都或首府。这里曾是德国文化中心,伊曼努尔·康德、E·T·A·霍夫曼和达维德·希尔伯特都曾在此居住过。

折回餐桌。秋川真理惠坐在餐桌前一动不动注视我的一个个动作，以验证文献细琐脚注的历史学家般慎之又慎的眼神。

"不是坐车来的吧？"我问。

"走路来的。"秋川真理惠总算开口了。

"从你家一个人走来这里？"

"是。"

我默然等对方说下去。秋川真理惠也默然。隔着餐厅桌子，沉默在两人之间持续了好一阵子。但在维持沉默上面，我决不会有什么为难。毕竟一直独自在山尖上生活。

"有秘密通道。"真理惠后来说道，"开车来路程相当长，但从那里钻近得很。"

"可这一带我也没少散步，没见过那样的通道。"

"找的方法不对。"少女说得干脆，"一般走一般找，找不到通道。藏得很妙。"

"你藏的吧？"

她点头："我出生后不久就来了这里，在这里长大的。从小整座山就是我的游乐场，这一带哪个角落都知道。"

"那条通道巧妙地藏了起来？"

她再次大大点头。

"你从那条通道走来这里。"

"是。"

我叹了口气。"饭吃了？"

"刚吃过。"

"吃的什么？"

"姑母做饭不怎么做得来。"少女说。固然不成为对我的问话的回答，但我没再问下去。想必自己刚才吃的什么都不乐意想起。

"那么你姑母知道你一个人来这里？"

真理惠对此没有回答，嘴唇紧闭成一条直线。所以我决定由自己回答："当然不知道。地道的大人不会让一个十三岁女孩天黑以后独自在山里转来转去。是那样的吧？"

又一阵子沉默。

"有秘密通道她也不知道。"

真理惠左右摇了几下头，意思是说姑母不知道通道的事。

"除了你没人知道那条通道。"

真理惠上下点了几下头。

"不管怎样，"我说，"从你家所在的方位看，走出通道后，肯定是穿过有一座旧的小庙的杂木林来这里的，是吧？"

真理惠点头："小庙完全知道。前些日子使用大机械挖庙后石堆的事也知道。"

"你看现场了？"

真理惠摇头："挖的时候没看，那天上学了。看的时候地面全是机械痕迹。为什么做那种事？"

"情况复杂。"

"什么情况？"

"从头说明起来，要很长时间。"我说，我没有说明。如果可能，我不想把免色参与其中的事告诉她。

"那里是不应该那样开挖的。"真理惠唐突地来了一句。

"为什么那么认为？"

她做出仿佛耸耸肩的动作。"那个场所保持原样不动就好了。大家都那么做。"

"大家都那么做？"

"很长时间里那里一直就那样不动。"

或许果如这位少女所说，我想。或许不该动手捅那个场所。或许以前大家都是那么做的。可是事到现在再说那个也晚了。石堆已经被挪开，洞已经被打开，骑士团长已经被放开。

"拿开盖在洞口的盖子的没准是你吧？"我问真理惠，"看完洞又盖回盖子，镇石也按原样压在上面——不是那样的？"

真理惠扬起脸直直地看我，似乎说你怎么知道的。

"盖子上石头的排列方式多少有所不同。视觉性记忆力我一向出类拔萃，一点点差异也一目了然。"

"嗬！"她似乎由衷佩服。

"可打开盖子洞里也是空的，除了黑暗和潮湿的空气什么也没有。是吧？"

"竖着一架梯子。"

"下到洞里了？"

真理惠断然摇头，仿佛说何至于做那种事。

"那么，"我说，"今晚这个时刻你是有什么事才来这里的吧？还是纯属社交性访问？"

"社交性访问？"

"偶尔来到这附近，顺便进来寒暄什么的？"

她就此想了想，而后轻轻摇头："也不是社交性访问。"

"那么是哪一种类访问呢？"我说，"当然你来我家玩，作为我也是高兴的。不过，要是事后给你姑母和父亲知道了，说不定会招致微妙的误解。"

"什么误解？"

"世上有所有种类的误解。"我说，"远远超出我们想象的那样的误解也是有的。弄不好，不再允许以你为模特画画都有可能。作为我，那可是非常伤脑筋的。对你也怕是伤脑筋的吧？"

"姑母不会知道。"真理惠斩钉截铁，"晚饭后我回自己房间，姑母再不到我房间来——这么商定好了的。所以偷偷从窗口钻出去，谁都不会知道，一次都没暴露。"

"以前就常在夜间山里走来走去?"

真理惠点头。

"一个人在夜晚的山里不害怕?"

"此外有更害怕的事。"

"举例说?"

真理惠仅仅做了个微微耸肩动作,没有应答。

我问道:"姑母倒也罢了,父亲怎么办?"

"还没回家。"

"星期日也?"

真理惠不回答。看样子想尽量不谈及父亲。

她说:"反正老师不用担心,谁也不知道我一个人外出。就算知道了,也决不提老师名字。"

"那好,不再担心。"我说,"可是,今晚为什么特意到我家来呢?"

"跟老师有事。"

"什么事?"

秋川真理惠拿起茶杯,静静喝了口热绿茶。而后以锐利的目光四下扫了一圈,仿佛确认此外有没有人在听。不用说,周围除了我们别无他人——如果骑士团长不回来在哪里侧耳倾听的话。我也环视四周,但没见到骑士团长的形影。话虽这么说,倘骑士团长不形体化,谁的眼睛都看不见他。

"今天中午来这里的老师的那位朋友,"她说,"一头漂亮白发的人,什么名字来着?有点儿稀罕的名字……"

"免色。"

"对,免色。"

"他不是我的朋友,只是前不久结识的人。"

"是也好不是也好。"

"那、免色先生怎么了？"

她眯细眼睛看我。而后多少压低嗓音说："那个人大概心里藏着什么，我想。"

"比如藏着什么？"

"具体什么不知道。但免色今天下午只是偶尔路过这点，我想可能不是真的，觉得是有明确的什么才来这里的。"

"那个什么，比如是什么呢？"我对她眼力的敏锐多少有些惧怯。

她仍目不转睛看着我："具体的不知道。老师也不知道？"

"不知道，没那个感觉。"我说谎道。但愿别被秋川真理惠一眼看穿才好。我向来不擅长说谎。说谎即形露于色。可是我不能在这里挑明真相。

"真的？"

"真的。"我说，"完全没有想到他今天会来我家。"

真理惠似乎大体相信了我的说法。实际上免色也没说今天到我家来，他的突然来访对我也是出乎意料的事。我并非说谎。

"那人有着不可思议的眼睛。"

"不可思议？怎么不可思议？"

"眼睛总显得有某种打算，和《小红帽》里的狼一样。就算装出外婆模样躺在床上，一看眼睛也马上知道是狼。"

《小红帽》里的狼？

"就是说，你在免色先生身上觉出了 negative 的东西？"

"negative？"

"否定的、有害的什么。"

"negative。"她说。随后好像把这个说法塞进了她记忆的抽屉，一如"晴天霹雳"。

"那也不是的。"真理惠说，"不认为有不良意图。可我觉得一头漂亮白发的免色的背后藏着什么。"

"你感觉出了那个?"

真理惠点头。"所以到老师这里确认来了,以为老师会就免色知道什么。"

"你的姑母也是像你那么感觉的?"我岔开她的提问。

真理惠略略歪头。"不,姑母不会有那样的想法,她一般不对别人抱有 negative 的心情。她对免色怀有兴趣。虽然年龄多少有差距,但对方一表人才,衣着考究,又好像非常有钱,还一个人生活……"

"你姑母对他有好感?"

"我觉得。和免色说话时好像开心得不得了。脸上闪闪生辉,声音也有点儿变样,和平时的姑母不同。而且免色也应该多少感觉出了那种不同,我想。"

对此我什么也没说,往两人茶杯里倒入新茶。继续喝茶。

真理惠一个人琢磨了好一会儿。"可是,免色为什么知道我们今天来这里呢?老师告诉的?"

我慎重地斟酌字眼以便尽可能不说谎就了结。"我想免色先生根本没有今天在这里见你姑母的打算——知道你们在我家以后本想直接回去,是我硬让他留下来的。他怕是偶然来我家,你姑母偶然在我家,见了才有兴趣的。毕竟你姑母是非常有魅力的女性。"

真理惠看上去不像完完全全认可我的说法,但也没再继续追究这个问题。只是好一阵子把臂肘支在餐桌上一副不开心的样子。

"不过反正你们下星期日去他家访问。"我说。

真理惠点头道:"是的,为了看老师画的肖像画。姑母好像对这个满怀期待,期待星期日去免色家访问。"

"姑母也还是需要期待什么的。毕竟在这人烟稀少的山上生活,和住在城里不同,新结识男性的机会也不会有多少。"

秋川真理惠嘴唇紧紧闭成一条直线。一会儿坦言相告:"姑母有个长期恋人的,一个认真相处了很长时间的男的。是来这里之前在东京当秘书时的事。但因为这个事那个事最终没能成功,姑母为此深受伤害。也是因为这个,母亲死后就来我家跟我们住在一起。当然不是从她本人口中听得的。"

"但眼下没有相处的人。"

真理惠点头。"眼下大概没有相处的人,我想。"

"而你对姑母作为一个女性对免色先生怀有那种淡淡的期待多少有些放心不下,所以来这里跟我商量。是这样的吧?"

"嗳,不认为免色先生诱惑我姑母?"

"诱惑?"

"不是以认真的心情。"

"那个我也不明白。"我说,"我对免色先生没有了解到那个程度。再说他和你姑母今天下午刚刚碰见,具体的还什么也没发生。何况那是人心和人心之间的问题,事情会根据进展情况发生微妙变化的。微乎其微的心理变动有时会迅速膨胀起来,而相反的场合也会有。"

"可我有预感那样的感觉。"她说得相当干脆。

尽管没什么根据,但我觉得相信她类似预感的感觉也未尝不可。这也是我类似预感的感觉。

我说:"你担心发生什么使得姑母再次深受精神伤害。"

真理惠频频点头:"姑母不是小心谨慎的性格,对受伤害也不怎么习惯。"

"那么听来,好像是你在保护姑母啊!"我说。

"在某种意义上。"真理惠以一本正经的神情说。

"那么你怎么样呢?你是习惯受伤害的了?"

"不知道,"真理惠说,"但起码我没恋什么爱。"

"迟早也要恋爱。"

"可现在没有。在胸部多少膨胀之前。"

"我想不会是多么久远的事。"

真理惠轻皱一下眉头。大概是不相信我。

这时我的心间倏然冒出一个小小的疑点：说不定免色是以确保同真理惠的联系为主要目的而在有意接近秋川笙子，不是吗？

关于秋川真理惠，免色这样对我说道：一次短暂的见面什么也弄不明白，需要长些的时间。

对于免色，秋川笙子应是为了往下也能继续同真理惠见面的重要中介者。因为她是真理惠的实质性监护人。因此，免色首要要把秋川笙子——或多或少——纳入手中。对于免色这样的男人，很难说那是伴随多大困难的作业，即使不能说是小菜一盘。尽管如此，我并不想认为他藏有那样的意图。或许如骑士团长所说，他是不得不经常怀揣某种企图的人。但在我眼里，他这个人并没有那么刁钻。

"免色先生的家可是很有看头的家哟！"我对真理惠说，"怎么说呢，该说是饶有兴味吧！反正看看是没亏吃的。"

"老师去过免色的家？"

"一次，请我吃晚饭来着。"

"在这山谷的对面？"

"大体在我家的正对面。"

"从这儿能看见？"

我略一沉吟。"嗯，倒是显得小。"

"想看一眼。"

我把她领到阳台，手指山谷对面那座山上的免色宅邸。庭园灯隐约照出那座白色建筑物，看上去仿佛夜间海上行驶的优雅的客轮。几扇窗还亮着灯光，但无一不是低姿态的弱小光闪。

"就是那座大白房子？"真理惠惊讶地说，往我脸上目不转睛看了一阵子。而后不再说什么，把视线再度转回远处的宅邸。

"若是那座房子，从我家也看得清楚，看的角度倒是和这里有点儿不一样。很早以前就有兴趣，心想到底什么人住在那样的房子里呢？"

"毕竟房子很显眼。"我说，"反正那就是免色先生的家！"

真理惠把身子探出栏杆，久久观望那座大房子。房顶上有几颗星闪闪眨眼。无风，小而坚挺的云在天空同一位置一动不动，一如用钉子牢牢钉在三合板背景作为舞台设置的云。少女时不时歪一下头，笔直的黑发在月光下闪着幽艳的光。

"那座房子里，果真住着免色一个人？"真理惠转向我说。

"是啊！那座大房子一个人住。"

"没结婚？"

"说没结过婚。"

"是做什么工作的人？"

"不太清楚。据他说是广泛意义上的信息商务。可能是IT方面的。但眼下没做固定工作。把自己成立的公司卖了，用那笔钱和股票分红那样的东西生活。更详细的我不知道。"

"没做工作？"真理惠蹙起眉头问。

"本人是那么说的，说几乎不出家门。"

说不定免色正用高性能双筒望远镜看着此刻从这边眼望免色家的我们两个人。目睹并立在夜幕下阳台上的我们，他到底会做何感想呢？

"你差不多该回家了，"我对真理惠说，"时间已经晚了。"

"免色倒也罢了，"她低声告密似的说，"能让老师画我的画，我很高兴。这点我想明确讲一声。会画成怎样的画呢？我非常期待。"

"但愿我能画好。"我说。她的话很让我动心。这个少女谈到画,心就能近乎不可思议地完全敞开。

我送她到门厅。真理惠穿上很贴身的薄羽绒服,把印第安人队棒球帽拉得低低的。这一来,看上去像是哪里的小男孩。

"送到半路上怎么样?"我问。

"不怕。熟路!"

"那么下星期日见!"

但她没有马上离开,站在那里一只手按在门框上按了一会儿。

"有一点让我介意,"她说,"铃。"

"铃?"

"刚才来的路上好像听见铃声了,大约是和放在老师画室里的铃一样的铃声。"

我一时瞠目结舌。真理惠盯视我的脸。

"在哪一带?"我问。

"那片树林里,小庙后头一带。"

我在黑暗中侧起耳朵。但没听见铃声。什么声音也没听见。降临的唯独夜的静默。

"没害怕?"我问。

真理惠摇头:"不主动发生关联,就没有可害怕的。"

"在这儿等一下可好?"我对真理惠说。而后快步走去画室。本应放在板架上的铃不见了,它消失去了哪里。

36　根本就不谈比赛规则

让秋川真理惠回去后，我再度折回画室。打开所有照明，满房间细细找了一遍。但古铃哪里也没找见——它消失去了哪里。

最后看见铃是什么时候的事呢？上星期日秋川真理惠第一次来这里时，她拿起板架上的铃摇晃来着，又放回了板架。当时的事我记得很清楚。后来见到铃没有？我想不起来。那一个星期我几乎没进入画室，画笔也一次没拿。我开始画《白色斯巴鲁男子》，但全然进退维谷。秋川真理惠的肖像也还没有着手，进入所谓创作瓶颈。

而不觉之间铃消失了。

秋川真理惠穿过夜间树林时，从小庙后头听见铃声传来。莫非铃被谁放回那个洞里了？我是不是应该这就去洞那里确认一下铃声是否实际从那里传来？

却又无论如何也没有心绪这就一个人踏入暗夜中的杂木林。这天始料未及的事纷至沓来，我多少有些累了。不管谁怎么说，今天一天份额"始料未及之事"的分配应该已经完成。

去厨房从电冰箱取出几块冰放进杯中，往上面倒入威士忌。时间才八点半。秋川真理惠可平安穿过树林、穿过"通道"返回家中了吗？估计没问题，不至于有值得我担心的事情发生。按她本人说法，那一带她从小就一直作为游乐场来着。那孩子比外表有主见得多。

我不紧不慢喝了两杯苏格兰威士忌，嚼了几块椒盐饼干，然后刷牙睡觉。或者半夜被那铃声叫醒也未可知，如以往那样在下半夜两点左右。没办法，到时再说吧！但最终什么也没发生——大概什么也没发生——睡到第二天早上六点半，一次也没醒来。

　　睁眼一看，窗外正在下雨。预告理应到来的冬天的冷雨，安静执着的雨，下法同三月妻提出分手时下的雨十分相似。妻说分手时间里，我大体背过脸观望窗外下的雨。

　　早餐后我穿上塑料雨披，戴上雨帽（两样都是旅行途中在函馆体育用品店买的），走进杂木林。没有撑伞。我绕到小庙后头，把盖在洞口的板盖挪开一半，用手电筒往洞里仔细探照。里面空空如也。没有铃，没有骑士团长。但为慎重起见，我决定利用竖在洞里的梯子下到洞底看看。下洞是第一次。金属梯由于身体的重量每走一步都弯一下，发出让人不安的吱呀声。但归终什么也没找到。仅仅是个无人洞。圆得很漂亮，乍看像是井，但作为井直径过大。若以汲水为目的，无需挖这么大口径的井。周围石块的砌法也一丝不苟，如园艺业者所说。

　　我长时间一动不动站在这里思来想去。头顶有切成半月形的天空出现，没有多少闭塞感。我关掉手电筒，背靠幽暗潮湿的石壁，闭目倾听头上不规则的滴雨声。自己也不大清楚自己在想什么，但反正我在这里围绕什么思来想去。一个想法连上另一个想法，又和一个不同的想法连在一起。但怎么说好呢？这里有的总好像是离奇的感觉。又怎么说好呢？简直就像自己被"想"这一行为本身整个吞噬进去。

　　一如我带着某种想法活着行动着，这个洞也在思考着，活着行动着，呼吸着伸缩着。我有这样的感触。我的思考同洞的思考在这黑暗中似乎相互盘根错节，让树液你来我往。如自己与他者融在一起的颜料那样混浊，界线越来越扑朔迷离。

不久，我被一种感觉——周围石壁渐渐变窄的感觉袭上身来。心脏在我胸间发着干涩的声响一张一缩，甚至心脏瓣膜一开一闭的动静都好像听见了。自己仿佛正在接近死后世界那种阴冷的气息就在这里。那个世界绝非给人以厌恶感的场所，但现在还不应该去。

我猛然回过神来，切断径自行动的思考。我重新打开手电筒四下探照。梯子还立在这里。头顶可以看见和刚才同样的天空。见了，我放心地舒了口气。我想，即使天空没有了梯子消失了也没什么奇怪。这里什么事情都可能发生。

我紧紧抓着梯子一格一格小心往上爬去。爬上地面，两腿站稳淋湿的地面，这才好歹得以正常呼吸。心脏的悸动也逐渐停止下来。之后再次往洞里窥看，用手电筒光照遍所有边边角角。洞恢复一如往日的洞。它没有活着，没有思考，墙壁也没有收拢变窄。十一月中旬的冷雨静静淋湿洞底。

我把盖子盖回，上面摆上镇石。照原样准确摆上石块，以便谁再挪动了马上即可了然。而后戴好帽子，折回刚才走来的路。

问题是，骑士团长究竟消失到哪里去了呢？我在林中路上边走边想。一晃儿两个多星期没见到他的身影了。而奇异的是，他这么久没现身多少让我感到有些怅惘。纵使莫名其妙的存在，纵使说话方式相当奇妙，纵使从哪里擅自观看我的性行为，我也还是在不知不觉间对这佩一把短剑的小个子骑士团长怀有了类似亲近感的感情。但愿骑士团长身上别发生不好的事。

返回家中，走进画室，坐在平时的旧木凳上（想必是雨田具彦作画时坐的凳子）久久凝视墙上挂的《刺杀骑士团长》。当我不知所措的时候，我往往这样没完没了地看这幅画。百看不厌。这一幅日本画本应成为某座美术馆最重要的藏品之一才是。而实际上却挂在这狭小画室简陋的墙壁由我一人所有。以前也没触及谁的目光，藏在阁楼里。

这幅画在诉说什么,秋川真理惠说,简直就像小鸟要从小笼子里飞去外面的世界。

越看这幅画,我越觉得真理惠一语中的。确实如此。看上去确实像有什么正拼命挣扎着要从那囚禁场所脱身而出。它在希求自由和更为广阔的空间。使得这幅画变得如此强有力的,是其中的坚强意志。鸟具体意味什么呢?笼具体意味什么呢?尽管都还没有了然于心。

这天我想画什么想得不得了。"想画什么"的心情在自己体内逐渐高涨,简直就像晚潮汹涌扑岸。不过画真理惠肖像的心情还没有形成,那还太早。等到下星期日好了。而且,让《白色斯巴鲁男子》重新上画架的心情也没能上来。那里——如秋川真理惠所说——潜伏着某种危险的力。

我已经以画秋川真理惠的打算把新的中号画布准备在画架上。我在画架前面的木凳弓腰坐下,目不转睛久久盯视上面的空白。但没有涌起那里应画的意象。不管看多久,空白仍是空白。到底画什么好呢?如此冥思苦索之间,终于碰到此刻自己最想画的画图。

我从画布前离开,取出大型素描簿。我坐在画室地板上,背靠墙,盘腿,用铅笔画石室画。用的不是常用的 2B,而是 HB。杂木林中石堆下出现的那个不可思议的洞。我在脑海中推出刚刚看过的场景,尽量详细描绘下来。画近乎奇妙地密实砌成的石壁,画洞口周围的地面,画那里如铺了一张美丽图案的湿乎乎的落叶。遮掩洞口的那片芒草被重型机械的履带碾得匍匐在地,一片狼藉。

画这画的过程中我再次陷入奇妙的感觉,恍惚自己同杂木林中的洞融为一体,那个洞无疑期盼被我画下来,被画得毫厘不爽。为了满足它的期盼,我几乎下意识地手动不止。这时间里我感觉到的是没有杂质的几近纯粹的造型喜悦。过去多长时间了呢?蓦然回神,素描页已被黑色铅笔线条涂得满满一片。

去厨房倒了几杯冷水喝,热了咖啡倒在马克杯里,拿杯折回画室。我把打开的素描簿放在画架上,从离开些的位置坐在凳上再次看这幅素描。树林中的圆洞无比精确地活生生出现在画中,看上去洞真正有了生命。或者莫如说,较之现实中的洞,更像是活物。我从凳上下来,凑近细看,又从不同角度看。我发觉,它令人联想起女性的隐秘部位。被履带碾碎的芒草丛看上去同阴毛毫无二致。

我独自摇头,不能不苦笑。完全是画成画的弗洛伊德式解释。岂不应了那方面的大头评论家似的腔调?"令人想起宛如孤独女性性器官那样的地面幽暗的洞穴,看起来仿佛作为从作者无意识领域中浮现出来的记忆与欲望的表象而发挥功能。"低俗!

尽管如此,树林中那个奇异的圆洞同女性隐秘部位产生关联这一念头仍在脑海中挥之不去。因此,当稍后电话铃响起的时刻,一听声就猜想是人妻女友打来的电话。

实际上也是她的电话。

"嗳,忽然有了时间,这就过去可以的?"

我觑了眼钟:"可以可以,一起吃午饭什么的好了!"

"买点儿能简单吃的东西过去。"她说。

"那好啊!一大早就一直工作,什么都没准备。"

她挂断电话。我去卧室整理床铺。拾起床上散乱的衣服,叠好收进衣柜抽屉。洗了洗碗槽里的早餐碟碗收好。

接着去客厅把理查德·施特劳斯的《玫瑰骑士》(乔治·索尔蒂指挥)的唱片一如往常放在唱机转盘上,在沙发一边看书一边等女友到来。随即倏然心想,秋川笙子到底看的什么书呢?到底看哪一种类型的书看得那么入迷呢?

女友十二点十五分赶来。她的红色迷你停在门前,怀抱食品店纸袋的她从车上下来。雨仍在悄无声息地下着,但她没有撑伞。身穿黄色塑料雨衣，头戴雨帽，快步走了过来。我打开房门，接过纸袋，直接拿去厨房。她脱去雨衣，下面穿的是鲜绿色高领毛衣，毛衣下一对乳房隆起动人的形状。虽然没有秋川笙子的乳房大，但大小程度适中。

"从早上一直工作？"

"不错。"我说，"不过不是受谁之托，是自己想画什么。兴之所至，乐此不疲。"

"任其徒然。"

"算是吧。"我说。

"肚子饿了？"

"啊，没怎么饿。"

"那好，"她说，"午饭不放在下一步？"

"好好，当然。"

"为什么今天干劲这么大呢？"她在床上稍后问我。

"为什么呢——"我说。也许因为从早上就闷头画地面开的那个直径约两米的奇妙洞穴的关系。画着画着，觉得颇像女性生殖器，于是性欲被多少刺激起来了……无论如何这话不能出口。

"好些天没见你了，所以强烈地需要你。"我选择较为稳妥的表达说。

"那么说真让我高兴。"她用指尖轻抚我的胸口说。"不过，实际上不是想抱更年轻女孩？"

"没那样的想法。"我说。

"当真？"

"想都没想过。"我说。实际也没想过。我把和她的性爱作为性爱本身加以纯粹享用，根本没想找除她以外的什么人（当然，同柚之间的那一行为另当别论，那完全是另一种构成）。

尽管如此，我还是决定不把现在画秋川真理惠肖像的事告诉她。因我觉得以十三岁美少女为模特画画这点，说不定微妙刺激她的嫉妒心。无论怎样的年龄，对于所有女性来说都无疑是微妙的年龄。四十一岁也罢，十三岁也罢，她们都总是面对微妙的年龄。这是我从迄今经历的少许女性中切身学得的一个教训。

"对了，不认为男女之间的关系总像是不可思议的东西？"她说。

"不可思议？如何不可思议？"

"就是说，我们这么交往着——尽管前不久刚刚认识，却这样整个赤身裸体搂在一起。毫不设防地、毫不害羞地。这样子，想来不是不可思议的？"

"或许不可思议。"我静静认可。

"嗳，作为游戏考虑一下好了！虽说不纯属游戏，但类似某种游戏。如果不这么考虑，情理就讲不通。"

"考虑考虑。"我说。

"那，游戏要有规则的吧？"

"要有。"

"棒球也好足球也好，都有一本厚厚的规则手册，上面分门别类写着五花八门的琐碎规则。裁判员和选手们都得牢牢记住才行。不然比赛就不成立。对吧？"

"正解。"

她在此停顿片刻，等待我把那一场景深深植入脑海。

"这样，我想说的是，我们有没有曾就这游戏规则好好商量过一次。有的？"

我略一沉吟说道："我想大概没有。"

"但现实当中我们是按照某种假想规则进行这一游戏的。是吧？"

"那么说来，或许是那样的。"

"那可能就是这么回事，我想，"她说，"我按照我知道的规则进行游戏，你按照你知道的规则进行游戏。而且我们本能性地尊重各自的规则。只要两人规则不相撞而带来麻烦的混乱，这一游戏就得以顺利进行。大约是这样的吧？"

我就此思量片刻。"或许是那样的。我们基本尊重各自的规则。"

"但与此同时，我在想，同尊重或信赖什么的相比，恐怕更是礼仪问题。"

"礼仪问题？"我重复她的话。

"礼仪很重要。"

"的确怕是那样的。"我予以认可。

"不过，假如信赖啦尊重啦礼仪啦不再正常发挥作用，双方的规则相互冲撞，游戏不能一帆风顺的时候，那么我们就不得不中断比赛，商定新的共同规则。或者必须直接停止比赛，退出赛场。而选择哪一个，无需说，就是重大问题。"

那正是我的婚姻生活中发生的事，我想。我们直接中止比赛，悄然退出赛场，在三月一个冷雨飘零的星期日午后。

"那么，"我说，"你是希望在这里就我们的比赛规则重新谈一谈？"

她摇头道："不，你什么都不懂。我所希望的，是根本就不谈游戏规则，一概不谈。正因如此，我才这样在你面前一丝不挂。这样无所谓的？"

"我倒是无所谓。"我说。

"最低限度的信赖和尊重，尤其礼仪！"

"尤其礼仪！"我重复一遍。

她伸手握住我身体的一部分。

36 根本就不谈比赛规则

"好像又变硬了。"她在我耳旁悄声低语。

"也许因为今天星期一。"

"星期几和这个有什么关系?"

"怕是因为从早上就一直下雨的关系,也可能冬天临近的缘故。或许因为候鸟开始出现了,或许因为蘑菇丰收了,或许因为水还在杯里剩有十六分之一,或许因为你的草绿色毛衣的胸部形状富有挑逗性。"

听得她咻咻笑了。看上去她对我的回答相当中意。

傍晚免色打来电话。他就上个星期日的事表示感谢。

值得感谢的事一件也没做,我说。说实话,我仅仅是把他介绍给两人而已。至于往下如何发展,那就不是与我有关的事。在这个意义上,我纯属局外人罢了,或者莫如说我希望自己永远止于局外人(尽管有事情未必顺利的预感)。

"其实今天这么打电话,是关于雨田具彦那件事。"免色寒暄结束后切入正题,他说,"那以后又多少有信息进来。"

他还在继续调查。不管实际开动双腿调查的是谁,让人家做如此繁琐的工作,肯定都要花相当大一笔钱的。免色对自己感觉有必要的事项固然不惜投入资金,可是雨田具彦的维也纳时代体验,对于他何以有必要性呢?必要性是何种程度的呢?我可是琢磨不出。

"这也许跟雨田先生维也纳时代的逸闻没有直接关系。"免色说,"但一来时期上相互重合,二来对雨田先生个人想必极具重要意义。所以我想还是讲给你为好。"

"时期上重合?"

"上次也说了,雨田具彦一九三九年初离开维也纳返回日本。形式上是强制遣送,而实质上是从盖世太保手中把雨田具彦'抢救出来'。日本外务省和纳粹德国外交部达成秘密协议,结论是不向雨田具彦问罪，而止于把他驱逐出境。暗杀未遂事件虽然是一九三八年发生的，但其伏线在于那年发生的一系列重要事件：德奥合并和水晶之夜。德奥合并发生在三月，水晶之夜发生在十一月。通过这两起事件，阿道夫·希特勒的暴力意图在任何人眼里都昭然若揭。而且奥地利也被结结实实捆入那一暴力装置，全然动弹不得。于是以学生为中心出现地下抵抗运动，力图阻止这一进程。就在这一年雨田具彦因参与暗杀未遂事件被捕。这前后经纬可以理解了吧？"

"大致可以理解了。"我说。

"喜欢历史？"

"知之不详，但喜欢看历史书。"我说。

"即使把目光转向日本的历史，那前后也发生了若干重要事件——几件走向致命性毁灭结局的后退不得的事件。可有想得起来的？"

我清理脑海中长期掩埋的历史知识。一九三八年即昭和十三年究竟发生了什么呢？欧洲西班牙内战白热化。德国秃鹰军团朝格尔尼卡①实施无差别轰炸也应是那个时候。日本……？

"卢沟桥事件可是那年来着？"我说。

"那前一年。"免色说，"一九三七年七月七日发生卢沟桥事件，以此为契机，日本和中国的战争全面爆发。而且，那年十二月发生了从中派生的重要事件。"

那年十二月发生什么了？

"'南京入城'。"我说。

---

① 西班牙中北部城镇，位于毕尔巴鄂东北。始建于1366年，总面积8.6平方公里。1937年4月在西班牙内战中，这里遭受了纳粹德国空军的轰炸，激发毕加索创作了其最负盛名的作品《格尔尼卡》。

"是的。就是所谓南京大屠杀事件。日军在激战后占据了南京市区,在那里杀了很多人。有同战斗相关的杀人,有战斗结束后的杀人。日军因为没有管理俘虏的余裕,所以把投降的士兵和市民的大部分杀害了。至于准确说来有多少人被杀害了,在细节上即使历史学家之间也有争论。但是,反正有无数市民受到战斗牵连而被杀害则是难以否认的事实。有人说中国人死亡数字是四十万,有人说是十万。可是,四十万人与十万人的区别到底在哪里呢?"

我当然不知道有那样的事。

我问:"十二月南京陷落,很多人被杀害了。可这件事同雨田具彦的维也纳事件莫非有什么关系?"

"这点往下要说。"免色说,"一九三六年十一月日德反共产国际协定签订。其结果,日本和德国进入明白无误的同盟关系。但现实中维也纳和南京有相当遥远的距离,关于日中战争①,当地恐怕没做详细报道。但说实话,雨田具彦的弟弟继彦作为一名士兵参加了南京攻城战。是被征兵而参加实战部队的。他当时二十岁,是东京音乐学校、即现在的东京艺大音乐学部的在校学生,学钢琴。"

"不可思议啊!据我所知,还在校的学生当时应该是被免除兵役的……"我说。

"嗯,完全如你所说。在校大学生毕业前免除兵役。然而雨田继彦被征兵派去了中国。何以如此,原因不得而知。但不管怎样,他在一九三七年六月被征兵,在第二年六月之前作为陆军二等兵属熊本第六师团②。住的地方是东京,但户籍为熊本,所以被编入第

---

① 日中战争:中国通称抗日战争。
② 旧日本帝国陆军的一个甲种师团,是日军在二战爆发前17个常备师团之一,装备比较精良,战斗作风野蛮彪悍,是南京大屠杀期间参与暴行的日军主要部队之一。

六师团。这在文件上有记载。在接受基础训练后被派去中国大陆,十二月参加了南京攻城战。第二年六月退伍后返回学校。"

我默默等他说下去。

"但是,退伍复学后不久,雨田继彦终止了自己的生命。家人发现他在自家房顶阁楼里用剃刀割腕死了。那是夏天快过去时候的事。"

在阁楼割腕自杀?
・・・・・・・・
"一九三八年夏天快过去的时候……就是说,弟弟在阁楼自杀的时候,雨田具彦仍作为留学生在维也纳。是吧?"我问。

"是的。他没回日本参加葬礼。当时飞机还不怎么发达,回来只能坐火车或坐船。所以终归赶不上弟弟的葬礼。"

"弟弟的自杀——几乎与此同时,雨田具彦在维也纳发动暗杀未遂事件。你认为这二者之间可能有某种关联性?"

"可能有,可能没有。"免色说,"归根结底这属于推测范围,我只是把查明的事实原原本本转告给你。"

"雨田具彦此外还有兄弟姐妹吗?"

"有个哥哥。雨田具彦是次男。三兄弟,死去的雨田继彦是三子。他的自杀被作为不光彩的事而未在世间公开。熊本第六师团以豪胆勇猛的部队驰名,如果事情是从战场光荣退伍归来之人就那样自杀了,家族也无颜面对世人。可是如你所知,传闻这东西总是要扩散的。"

我感谢他告诉我信息。尽管我还不清楚这具体意味着什么。

"我想再多少详细调查一下情况。"免色说,"弄明白了什么再告诉你。"

"拜托!"

"对了,下星期日偏午时分我去你那里,"免色说,"把那两位领来我家。为了让她们看你的画。那当然不碍事的吧?"

"当然不碍事。那画已经归您所有。给谁看也好不给谁看也好,一切都是您的自由。"

免色沉默有顷,就好像搜寻最为准确的字眼。而后无奈似的说道:"老实说,时不时很羡慕你。"

羡慕我?

我弄不清他想说什么。免色居然会羡慕我的什么,我简直无从想象。他无所不有,我一无所有。

"到底羡慕我的什么呢?"我问。

"你肯定不至于羡慕别人的什么吧?"免色说。

我略一沉吟说道:"确实,这以前我可能没羡慕过别人。"

"我想说的就是这点。"

可我连柚都没有。她眼下在什么地方被什么别的男人搂在怀里。有时甚至觉得自己一人被弃置在天涯海角。尽管如此,我也不曾羡慕别的什么人。莫非应为之惊异才对?

放下电话,我坐在沙发上,考虑在房顶阁楼割腕自杀的雨田具彦的弟弟。虽说是阁楼,但当然不会是这座房子的阁楼。雨田具彦买这房子已是战后的事了。弟弟雨田继彦是在自家阁楼里自杀的。估计是阿苏父母家。即使那样,阁楼那个幽暗的秘密场所也还是将弟弟雨田继彦之死同《刺杀骑士团长》那幅画联系在了一起。也许纯属偶然。或者雨田具彦意识到这点而将《刺杀骑士团长》藏在了这里的阁楼也有可能。不管怎样,雨田继彦为什么在退伍后不久即自绝性命了呢?毕竟从中国战线激烈的战斗中得以九死一生四肢健全地回国了,然而……?

我拿起听筒给雨田政彦打电话。

"能在东京见一次吗?"我对政彦说,"差不多该去画材店买颜料什么的了,于是想如果顺便能和你说说话……"

"好啊,当然!"说着,查看日程安排。结果,我们定在星期四中午碰头一起吃午饭。

"去四谷那家常去的画材店?"

"是的。画布该买了,油也不够了。多少有些重量,开车去。"

"我公司附近有一家比较幽静能说话的餐馆,在那里慢慢吃好了!"

我说:"对了,柚最近把离婚协议书寄来了,往上面签名盖章寄了回去。所以我想不久正式离婚就可能成立。"

"是吗!"雨田以不无忧郁的语声说。

"啊,没办法的,无非时间问题。"

"不过我听了,作为我可是非常遗憾。本来以为你们会处得相当好。"

"处得好的阶段处得相当好。"我说。和旧捷豹一回事,没发生故障时跑得甚是得意。

"那么往下什么打算?"

"无所谓什么打算。暂时维持现状。再说此外也想不起要做的事。"

"画还在画?"

"正在画的有几幅。能不能顺利不晓得,反正是在画。"

"那就好。"雨田说,略一迟疑,补充一句,"电话打得正好。实不相瞒,正多少有事想跟你说。"

"好事?"

"无论好坏,总之是毫不含糊的事实。"

"关于柚?"

"电话中不好谈。"

"那么,星期四谈。"

我挂断电话,走上阳台。雨已彻底止息。夜晚空气澄澈清冷。

云隙间闪出几颗小星。星看上去像是迸溅的冰碴。多少亿年也没能融化的硬冰,已经冻到芯了。山谷的对面,免色家一如往常在冷静的水银灯光照下若隐若现。

我一边看那光,一边考虑信赖、尊重与礼仪,尤其礼仪。但不用说,再考虑也推导不出结论。

37　任何事物都有光明面

从小田原近郊山上到东京，路程相当长。错了几回路，耗掉了时间。我开的二手车当然没有导航系统。ETC仪器也没安装（保有放茶杯的地方恐怕都必须谢天谢地）。最初找到小田原厚木公路入口都费了一番周折。后来尽管从东名高速公路上了首都高速公路，但路上异常拥堵。于是决定在三号线涩谷出口下来，经青山大街开往四谷。一般道路同样混杂，致使从中选择合适的行车路线成了登天作业。找到停车场也不容易。世界似乎逐年沦为麻烦场所。

在四谷的画材店买完所需物品，装进后备厢，把车停在雨田公司所在的青山一丁目附近时，我已累得一塌糊涂。简直就像终于找到城里亲戚的乡下老鼠。时针已划过午后一时，比约定时间晚了三十分钟。

我走到他工作的公司的前台，请对方叫出雨田。雨田当即下来。我为自己的迟到致歉。

"不用介意。"他无所谓似的说，"餐馆也好这里的工作也好，这点儿时间还是能通融的。"

他把我领去附近意大利餐馆。位于一座小楼地下的餐馆。看情形他是常客，服务生见了，什么也没说就把我们领去里面一个小单间。没有音乐，不闻人声，安安静静。墙上挂着相当不赖的风景画：绿岬青空，白色灯塔。作为题材固然无足为奇，但能够让看的人产生"去那样的地方看看或许也不坏"的心情。

雨田要白葡萄酒,我点了巴黎水(Perrier)。

"往下要开车回小田原的,"我说,"路程相当了得。"

"的确。"雨田说,"不过么,和叶山啦逗子啦比起来要好得多!我在叶山住了一段时间,夏天开车在那里和东京之间往返,简直就是地狱。路给来海边玩的人的车堵得死死的。一去一回就是半天工作。在这点上,小田原方面路并没挤到那个程度,轻松快乐。"

食谱拿来,我们点了午间套餐。新鲜火腿前菜、芦笋色拉、海螯虾意面。

"你也终于有了想正经画画的心情。"雨田说。

"怕是因落得一人,没必要为了生计画画了吧!也就上来了想为自己画画的兴致。"

政彦点头说:"任何事物都有光明面。哪怕云层再黑再厚,背面也银光闪闪。"

"——绕到云层背面去看也够麻烦的。"

"也罢,只是作为一种理论说说。"雨田说。

"另外,也许是住在山顶房子的关系。的确是适于集中精力画画的环境,无可挑剔。"

"啊,那里安静得不得了,基本无人来访,不分心。对于一般人是有些过于寂寞,但对于你辈,就没问题——我是这样看的。"

房间门开了,前菜端上桌来。摆盘子时间里,我们默不作声。

"而且,那间画室的存在可能也有很大作用。"服务生离开后我说,"那个房间,觉得好像有什么让人想画画。有时感到那里是房子的核心。"

"以人体来说就像是心脏?"

"或者像意识。"

"Heart and Mind①。"政彦说,"不过,说实话,对那个房间我是有点儿头痛的。那里实在浸染了太多的那个人的气味,甚至现在都满满充溢着那种气息。毕竟父亲住在那里时几乎整天闷在画室不动,一个人默默画画来着。而且对于孩子,那里是绝对靠近不得的神圣不可侵犯的场所。也许因为那种记忆还残留下来的关系,即使去那里,也至今都尽可能不靠近画室。你也当心才好!"

"当心?当心什么?"

"当心别让父亲的魂灵那样的东西附在身上。毕竟是魂灵强大的人。"

"魂灵?"

"说魂灵也好,或者说像气那样的东西。他是个气流很强的人。况且那东西说不定经年累月之间已经把特定场所熏染得透透的了,像气息粒子似的。"

"被附在身上?"

"附在身上这个说法或许不好,反正是受某种影响吧!被那个场的力那样的东西。"

"会不会呢?我不过是看房子的,何况又没见过你父亲。所以不至于感觉出什么负担也有可能。"

"是啊!"说着,雨田啜了口白葡萄酒。"说不定因为我是至亲才格外敏感的。再说,如果那种'气息'对你的创作欲望产生促进作用,那就再好不过了。"

"那么,你父亲身体还好?"

"啊,没有什么特不好的地方。毕竟九十都过了,不能说身体有多好,脑袋正无可避免地走向混沌。但拄着手杖能好歹迈步,食欲有,眼睛牙齿也都正常得可以。一颗虫牙也没有,肯定比我牙齿还

---

① "Heart and Mind":心与意识(精神)。

结实。"

"记忆消失得厉害?"

"噢,几乎什么都记不得了,连作为儿子的我的长相都差不多想不起来了。父子啦家人啦那样的观念已不复存在。自己和他者的区别恐怕都已模糊不清。换个想法,这样子说不定利索了,反而轻松也未可知……"

我边喝倒在细杯里的巴黎水边点头。雨田具彦如今甚至自己儿子的长相都想不起来。维也纳留学时代发生的事,更应忘去九霄云外。

"尽管这样,刚才说的气流那样的东西仍好像留在本人身上。"雨田深有感慨地说,"很有些不可思议啊!过去的记忆几乎荡然无存,而意志力那样的东西仍顽强存留下来。这点一看就知道。到底是气场强的人。儿子我没能继承那样的资质,多少有歉疚之感,可那是奈何不得的。人各有与生俱来的器,并非仅仅有血缘关系就能继承那样的资质。"

我扬起脸,再次正面看他的脸。雨田如此直抒胸臆是极少有的事。

"有了不起的父亲想必是很让人吃不消的事。"我说,"我全然不明白那是怎么回事。我的父亲是个不怎么起眼的中小企业经营者。"

"父亲有名,当然有占便宜的时候,但有时也没多大意思。从数量上说,没意思的可能稍多一点儿。你不懂这个是幸运的,可以自由自在自主地活着。"

"看起来你倒是自由自在自主活着的……"

"在某种意义上。"说罢,雨田把葡萄酒杯在手里转来转去,"而在某种意义上不是那样。"

雨田具有相当敏锐的审美感觉。从大学出来后在一家中坚广告代理公司工作,现在拿相当高的薪水,看上去作为快乐的独身者自由享受都市生活。但实际如何,当然我也不知道。

"关于你父亲,有件事想问一下。"我提起正题。

"什么事呢?那么说,连我都对父亲所知无多。"

"听说你父亲有个叫继彦的弟弟。"

"啊,父亲的确有个弟弟——相当于我的叔叔。但这个人很早就去世了,那还是日美战争开始前……"

"听说是自杀……"

雨田脸上约略现出阴云。"哦,那大体算是家族内部秘密。不过一来是陈年旧事了,二来有一部分已经传了出去。所以说也怕没什么要紧。叔父是用剃刀割腕自杀的,才刚刚二十岁。"

"自杀的原因是什么呢?"

"何苦想了解那种事?"

"想了解你的父亲,就这个那个查阅了很多资料。结果走到了这一步。"

"想了解我的父亲?"

"看你父亲画的画,查阅履历过程中,渐渐来了兴致。到底是怎样的一个人呢?就想更详细地了解一些。"

雨田政彦隔桌注视我一会儿,然后说道:"好吧!你对我父亲的人生有了兴致,这也有可能是有意义的事。你住在那座房子里怕也是某种因缘。"

他喝了一口白葡萄酒,开始讲述。

"叔父雨田继彦当时是东京音乐学校的学生,据说是有天分的钢琴手。对肖邦和德彪西得心应手,将来被寄予厚望。从自己嘴里说出是不合适,但家庭血统似乎表现在艺术方面有得天独厚的才华。啊,尽管程度有别。不料大学在校期间,二十岁时被征兵了。为什么呢?原因是大学入学时提交的缓征兵役文件有疏漏。只要好好提交那份文件，就暂且可以免征，而且往下也好通融。毕竟祖父是地方上的大地主，在政界也有门路。然而事务性手续总好像出了差错。对于本人也是如水灌耳。问题是系统一旦启动，就轻易停不下来。总之被不由分说地抓进部队，作为步兵部队的士兵在内地接受基础训练后被送上运输船，在中国的杭州湾登陆。当时哥哥具彦——总之是我的父亲——在维也纳留学，师从当地有名的画家。"

我默默听着。

"叔父体格不壮实，神经细腻，一开始就明知忍受不了严厉的军队生活和血腥的战斗。况且从南九州征集兵员的第六师团以粗野闻名。所以得知弟弟被意外抓进部队送去战场，父亲很是痛心。我的父亲是次男，性格争强好胜刚愎自用。但弟弟是在被疼爱中长大的小儿子，性格老实懦弱。而且作为钢琴演奏者必须经常注意保护手指。因此，保护小三岁的弟弟免受种种外压是父亲从小以来的习惯。即承担监护人那样的职责。然而现在远在维也纳，再担心也无济于事。只能通过不时寄来的信了解弟弟的消息。"

战地寄出的信当然受到严格检查。但也是因为是要好兄弟，他能够从压抑的行文读取弟弟的心理活动——根据巧妙伪装的语境，得以大致推测和理解本意。其中也包括弟弟的部队从上海到南京一路历经激战，途中反复进行无数杀人行为、掠夺行为之事，以及神经细腻的弟弟通过那样的诸多血腥体验而遭受的深重的心灵创伤。

他所在的部队占领的南京市区一座基督教堂有一架极漂亮的管风琴，弟弟在信中写道。管风琴完好无损地剩留下来。但接下去关于管风琴的长长的描写被检查官之手用墨水整个涂黑（基督教堂管风琴描写何以成为军事机密呢？就这个部队而言，责任检查官的检查标准相当莫名其妙。理所当然应该被涂的危险部分往往视而不见，而无甚必要涂黑的地方每每被涂得漆黑一片）。因此，弟弟是否得以演奏教堂的管风琴也不了了之。

"继彦叔父一九三八年六月结束一年兵役,马上办了复学手续。但实际上没能复学,在老家房子阁楼里自杀而死。剃须刀磨得很锋利,用来割了手腕。钢琴演奏者自行切割手腕,必定需要非同一般的决心。因为即使得救,恐怕再也弹不成钢琴了。发现时阁楼成了血海。他自杀一事对外严密封锁,表面上被处理为死于心脏病或什么病。

"继彦叔父因战争体验而心灵深受伤害,精神分崩离析——在任何人眼里这都明明白白是自杀原因。毕竟,一个除了弹一手好钢琴别无他想的二十岁青年被投入死尸累累的南京战场。若是现在,会被认定为精神创伤,但当时是彻底的军国主义社会,根本没有那样的术语和概念。而仅仅以性格懦弱、没有意志力、缺乏爱国精神处理了事。在当时的日本,那种'软弱'既不被理解,又不被接受,单单作为家族耻辱而埋葬在黑暗之中。如此而已。"

"没有遗书什么的?"

"遗书有。"雨田说,"相当长的遗书留在他自己房间的书桌抽屉里。较之遗书,似乎更接近手记。上面绵绵不断写了继彦叔父战争中的体验。看过遗书的只有叔父的父母(即我的祖父母)、长兄和我父亲这四人。从维也纳回来的父亲看完后,遗书在四人的注视下烧了。"

我什么也没说,等他继续下文。

"父亲绝口不提遗书内容。"政彦继续道,"一切都作为家庭黑暗的秘密封存起来——打个比方——好比拴上铅坠沉入深深的海底。不过只有一次,父亲喝醉的时候对我讲了大致内容。那时我还是小学生,第一次得知有个自杀的叔父。至于父亲对我讲那番话是由于确实喝醉了而松开嘴巴,还是因为早有打算迟早告诉我,这不清楚。"

色拉盘子被撤掉,海螯虾意面端了上来。

政彦拿着餐叉，以严肃的眼神注视片刻，像是在检验为特殊用途制作的工具。而后说道："喂，坦率地说，不太想边吃饭边讲这个话题。"

"那，讲别的好了！"

"讲什么？"

"尽可能远离遗书的。"

我们边吃意面边讲高尔夫。我当然没打过高尔夫，身边打过高尔夫的人也一个都没有。规则都几乎概不知晓。但政彦有工作上的应酬，近来常打高尔夫。也有解决运动不足这个目的。花钱买齐了用具，每到周末就去高尔夫球场。

"你肯定不知道，高尔夫这玩意儿是彻头彻尾奇妙的游戏。那么变态的体育运动基本没有。同其他任何运动都毫无相似之处。甚至称为体育运动都好像相当勉强，我以为。然而奇怪的是，一旦习惯了它的奇妙，回头路就看不见了。"

他滔滔不绝讲起高尔夫比赛的奇妙性，披露了五花八门的奇闻逸事。政彦原本就是个会讲话的家伙。我一边高兴地听他讲一边吃饭，两人久违地谈笑风生。

意面盘撤下，咖啡端来后（政彦谢绝咖啡，又点了白葡萄酒），政彦返回原来话题。

"是说到遗书吧，"政彦语气陡然郑重起来，"据我父亲说，遗书中记述了继彦叔父砍俘虏脑袋的情形，非常生动详细。当然，作为士兵不带什么军刀，日本刀什么的以前也从未拿过。毕竟是钢琴手。就算能读复杂的乐谱，砍人刀的用法也一无所知。但是上级军官递过一把日本刀，命令砍掉俘虏脑袋。虽说是俘虏，但一没穿军服二没带武器，年龄也相当不小了。本人也说自己不是当兵的。只不过是把那一带的男人们随便抓来绑上杀害罢了。查看手掌，有粗糙硬茧的，就是农夫，有时候放掉。但若有手柔软的，就视为脱掉军服企图混作市民逃跑的正规军，不容分说地杀掉。作为杀法，或者用刺刀刺，或者用军刀砍头，二者必居其一。如果附近有机关枪部队，就令其站成一排砰砰砰集体射杀。但普通步兵部队舍不得子弹（弹药补给往往不及时），所以一般使用刃器。尸体统统抛入扬子江①。扬子江有很多鲇鱼，一具接一具把尸体吃掉。以致——真伪程度不清楚——据说当时扬子江里因此有肥得像小马驹般大的鲇鱼。"

"上级军官递军刀给叔父，要他砍俘虏脑袋。那是个刚从陆军士官学校出来的年轻少尉。叔父当然不愿意做那种事。但若违背上级军官的命令，事情可就非同小可，单单制裁是不能了事的。因为在帝国陆军里面，上级军官的命令就是天皇的命令。叔父以颤抖的手好歹挥起军刀，但一来不是有力气的人，二来那是批量生产的便宜军刀，人的脑袋不可能那么一下子轻易砍掉。没办法砍中要害，到处是血，俘虏痛苦地百般挣扎，场面实在惨不忍睹。"

政彦摇头。我默默喝咖啡。

"叔父事后吐了。能吐的东西胃里没有了，就吐胃液。胃液也没有了，就吐空气。因此受到周围士兵嘲笑，骂他是窝囊废，被上级军官用军靴狠狠踢在肚子上踢飞。谁也不同情。结果，他一共砍了三次俘虏脑袋。为了练习，要一直砍到习惯为止。那就像是作为士兵的通过仪式。说是通过体验这种残忍场面才能成为合格士兵。可是叔父一开始就不可能成为合格士兵，天生就不是那块料。他是为悠扬弹奏肖邦和德彪西而出生的，不是为砍人头而出生的人。"

"哪里会有为砍人头而出生的人？"

政彦再次摇头。"那种事我不知道。但是，能够习惯于砍人头的人应该不在少数。人是能习惯许多事物的。尤其被置于接近极限状

---

① 扬子江：长江。

态之下，说不定意外轻松地习以为常。"

"如果那种行为被赋予意义和正当性的话。"

"不错。"政彦说，"而且大部分行为都会被赋予相应的意义和正当性。老实说，我也没有自信。一旦被投入军队那样的暴力性系统之中，又被上级军官下达命令，哪怕再讲不通的命令、再无人性的命令，我恐怕都没坚强到明确说NO的程度。"

我反躬自省。假如处在同一状况，我会如何行动呢？继而，倏然想起在宫城县海滨小镇共度一夜的那个不可思议的女子——性行为当中递给我一条睡袍带，要我狠狠勒她脖子的年轻女子。想必我不会忘记抓在双手的那条毛巾质地带子的触感。

"继彦叔父没能违抗上级军官的命令。"政彦说，"叔父不具有足够的勇气和能力。但后来他能够磨快剃刀自行了断生命来给自己一个交待。在那个意义上，我认为叔父绝不是懦弱的人。对于叔父，自绝性命是恢复人性的唯一方式。"

"继彦的死，给了正在维也纳留学的你的父亲一个巨大打击。"

"不言而喻。"政彦说。

"听说你父亲维也纳时代卷入政治事件而被遣返日本——这一事件同弟弟的自杀有什么关联吗？"

政彦抱起双臂，神情肃然。"究竟如何不清楚，毕竟父亲对维也纳事件只字未提。"

"听说和你父亲恋爱的姑娘是抵抗组织的成员，由于这层关系而参与暗杀未遂事件……"

"啊，我听得的情况是，父亲的恋爱对象是在维也纳一所大学上学的奥地利姑娘，两人甚至有了婚约。暗杀事件暴露后，她被捕关进毛特豪森集中营，估计在那里没了性命。我的父亲也被盖世太保逮住，一九三九年初作为'不受欢迎的外国人'强制遣返日本。当然这也不是从父亲口中直接听得的，而是从亲戚那里听到的，有相当大的可信性。"

"你父亲所以对事件绝口不提，是因为被哪里下了缄口令？"

"呃，这怕也是有的吧！父亲被驱逐出境时，应该被日德当局双方严厉警告一句也不可说出那一事件。想必那是保住一条性命的重要条件。而父亲本身也好像不愿意谈那一事件。正因如此，即使战争结束后没人封口了，也还是守口如瓶。"

政彦在此略一停顿，而后继续下去。

"不过，父亲所以参加维也纳反纳粹地下抵抗组织，继彦叔父的自杀很可能成为一个动机。慕尼黑会议使战争得以暂时避免，但柏林和东京的轴心由此强化，世界越来越驶往危险方向。必须让那种潮流在哪里刹住——父亲理应怀有这样的坚定信念。父亲是个把自由看得比什么都重要的人，同法西斯和军国主义格格不入。弟弟的死对他毫无疑问具有重大意味，我想。"

"更多的不知道？"

"我父亲这个人不向他人谈自己的人生。不接受报刊采访，也没就自己写过只言片语。莫如说是一边用扫帚小心翼翼消除自己留在地面的足迹一边向后行走的人。"

我说："你父亲从维也纳返回日本后没发表任何作品，彻底保持沉默，直到战争结束。"

"啊，父亲保持沉默八年之久，从一九三九年到一九四七年。那期间好像尽可能远离画坛那样的地方。一来他本来就不喜欢那样的地方，二来很多画家兴高采烈画歌颂战争的'国策画'也不合父亲心意。所幸家境富裕，没必要担忧生计。战争期间没被抓去当兵也值得庆幸。但不管怎样，战后混乱告一段落后再次现身画坛的时候，雨田具彦已经摇身一变，成了地地道道的日本画画家。以前的画风彻底抛弃一尽，掌握了全新的画法。"

"往下成了传说。"

"说的对,往下成了传说。"说着,政彦做了个用手轻轻拂去头上什么的动作。就好像传说如棉絮一样飘浮在那里干扰了正常呼吸。

我说:"不过听起来,觉得维也纳留学时代的经历对你父亲日后人生似乎投下很大的阴影,无论那是怎样性质的。"

政彦点头:"呃,我也的确有那样的感觉。维也纳留学期间发生的事大大改变了父亲的人生选择。暗杀计划的受挫肯定包括若干黯淡的事实——无法简单诉诸语言的惨烈。"

"但具体细节不知道。"

"不知道。过去就不知道,现今更不知道。眼下,估计连本人都稀里糊涂。"

难免是那样的,我倏然心想。人有时忘记本应记得的事,想起本应忘记的事,尤其在面对迫在眉睫的死亡之时。

政彦喝罢第二杯白葡萄酒,觑了眼手表,轻皱一下眉头。

"差不多得回公司了,看来。"

"没有什么要对我说的?"我蓦然想起问道。

他忽然记起似的嗵嗵轻叩桌面。"啊是的是的,本来是有件事要一定向你说的。可是全都说父亲的事了。下次有机会再说吧,反正又不是要争分夺秒的急事。"

我再次注视站起身来的他的脸庞,问道:"为什么向我坦率到这个地步?就连家族微妙的秘密都直言不讳?"

政彦把双手摊在桌面上,就此略一沉吟,而后搔了搔耳垂。

"是啊!首先一个,可能是我也对独自一人怀揣这种类似'家族秘密'的东西多少有些疲惫了,想对谁一吐为快,向尽可能嘴巴牢靠的、没有现实利害关系的一个人。在这个意义上,你是理想的听者。而且说实话,我对你多多少少有个人负债感,很想以某种形式偿还了结。"

"个人负债感?"我吃了一惊,"什么负债感?"

政彦眯细眼睛。"其实是想说这个来着。但今天没时间了,下面已有安排等着了。再找机会在哪里慢慢聊吧!"

餐馆账单是政彦付的。"不必介意,这点钱是可以通融的。"他说。我有幸白吃了一顿。

之后我开卡罗拉返回小田原。把满是灰尘的车停在房前时,太阳已临近西山头了。许多乌鸦叫着向山谷对面的巢飞去。

38　那样子根本成不了海豚

星期日早上到来之前，关于自己往下将要在为秋川真理惠肖像画准备的新画布上如何下笔，想法基本成形。不，具体画怎样的画还不清楚。但已清楚应怎样开始画。首先，在雪白的画布上以哪一支笔将哪一种颜色的颜料朝哪个方向拉出，那种构思已不知从哪里冒出脑海，不久获得了立足之地，作为事实在我的心中逐步确立起来。我热爱这一程序。

一个足够冷的早晨，告知冬天即将来临的早晨。我做了咖啡，简单吃罢早饭，进入画室备好必要的画材，站在画架上的画布前。但画布前放着我用铅笔细细描绘着杂木林洞穴的素描簿。那是几天前的早上我没有特定意图而兴之所至画的素描。

我已经忘记自己画过那样的画了。但站在画架前半看不看地看那素描时间里，我被那里画出的光景逐渐吸引过去。杂木林中不为人知地开着洞口的谜团石室，周围被雨淋湿的地表及其上面叠积的五颜六色的落叶，树枝间一道道射下的阳光——那样的情景在我的脑海里化为彩色画面浮现出来。想象力腾空而起，具体细部一个个填充其间。我得以吸那里的空气，嗅青草的清香，听鸟们的叫声。

大型素描簿上用铅笔细致描绘的那个洞简直就像要把我强烈诱往什么或者什么地方。那个洞在期盼我画它！我感到。我想画风景画是极为稀罕的事。毕竟近十年我只画人物。偶尔画风景画或许也不坏。"杂木林中的洞"。这幅铅笔画，说不定成其草图。

我把素描簿从画架上卸下，合上画页。画架上只有雪白的新画布剩了下来——那应该是即将用来画秋川真理惠肖像画的画布。

近十点时，蓝色的丰田普锐斯一如上次静静地沿坡路爬了上来。车门开了，秋川真理惠和姑母秋川笙子从车上下来。秋川笙子身穿长些的深灰色人字呢夹克、浅灰色毛料半身裙、带花纹的黑色长筒袜。脖子上围着米索尼彩色围巾——优雅的都会式晚秋装束。秋川真理惠身穿大码棒球服、游艇夹克、开洞的牛仔裤、匡威深蓝色运动鞋，打扮大体和上次一样。没戴帽子。空气凉浸浸的，天空薄云密布。

简单的寒暄完了后，秋川笙子坐在沙发上，照例从手袋里掏出厚厚的小开本书专心看了起来。我和秋川真理惠把她留在那里走进画室。我像往常一样坐在木凳上，真理惠坐在式样简洁的餐椅上。两人间有两米左右距离。她脱去棒球服叠起放在脚前。游艇夹克也脱了。下面套穿两件 T 恤，灰色长袖的外面套了一件深蓝色半袖的。胸部尚未隆起。她用手指梳理笔直的乌发。

"不冷？"我问。画室有老式煤油炉，但没点火。

真理惠微微摇头，表示不冷。

"今天开始往画布上画。"我说，"不过你可以不特意做什么，只坐在那里即可。往下是我的问题。"

"不可能什么也不做。"她盯视我的眼睛说。

我把双手放在膝头看着她的脸。"那是什么意思呢？"

"喏，我活着，呼吸着，想着好多事。"

"当然。"我说，"你只管尽情呼吸，尽情想好了。我想说的是，你没有必要刻意做什么。你只要是你，我这方面就可以了。"

然而真理惠仍径直看我的眼睛，仿佛说这么简单的说明根本没办法让她理解。

"我想做什么。"真理惠说。

"例如什么?"

"想帮助老师画画。"

"那当然求之不得。可说是帮助,怎么帮助呢?"

"当然是精神上。"

"原来是这样。"我说。但她如何在精神上帮助我呢?具体想象不出。

真理惠说:"如果可能的话,我想进入老师体内,进入画我的时候的老师体内。想通过老师的眼睛看我。那一来,我大概就能更深入理解我。而老师或许也能因此更深入理解我。"

"能那样就太好了!"我说。

"真那样想?"

"当然真那样想。"

"不过,在某种情况下那说不定相当可怕。"

"更好地理解自己这点?"

真理惠点头。"为了更好地理解自己,必须把一个别的什么东西从哪里拉来。"

"不添加某种别的、第三者要素,就不能对自己自身有正确理解?"

"第三者要素?"

我解释说:"就是说要正确了解 A 与 B 关系的含义,就需要借助 C 这个别的观点——三点测定。"

真理惠就此思考,做了约略耸肩的动作。"或许。"

"至于往里边添加什么,在某种情况下可能是可怕的东西。这可是你想说的?"

真理惠点头。

"这以前你有过那种可怕的感觉?"

真理惠没有回答此问。

"假如我能正确地画你,"我说,"你也许能以你自身的眼睛看我的眼睛所看的你的姿态。当然我是说如果顺利的话。"

"我们因此需要画。"

"是的,我们因此需要画。或者需要文章、音乐那类东西。"

如果顺利的话,我对自己自身说道。

"开始画了!"我对真理惠说。随即一边看她的脸一边调制用于草图的褐色。我选用最初的画笔。

工作缓慢而又不停滞地向前推进。我在画布上画出秋川真理惠的上半身。诚然是美少女,但我的画不很需要美。我需要的是美的深层潜伏的东西。换个说法,需要那种资质来作为补偿,我必须找出那个什么投入画面。而那无需是美的。有时需是丑的也未可知。不管怎样,自不待言,为了找出那个什么,我必须正确理解她,必须把她作为一个造型、作为光与影的复合体——而不是作为话语和逻辑——把握她。

我全神贯注地把线条和颜色叠积在画布上。时而一挥而就,时而轻舒漫卷,小心翼翼。这当中真理惠表情一成不变地静静坐在椅上不动。可是我知道她将意志力高度集中于一点并使之恒定不变。我能感受到那里作用的力。她说"不能什么也不做"。而她正在做什么,想必是为了帮助我。我同这十三岁少女之间毫无疑问存在类似交流的东西。

我倏然想起妹妹的手。一起进富士风洞时,在阴冷的黑暗中妹妹紧紧抓着我的手不放。手指小小的、暖暖的,而又那么有力,有力得令人吃惊。我们之间有实实在在的生命交流。我们在给予什么的同时接受什么。那是只能在有限时间、有限场所发生的交流。少时模糊消失。但有记忆剩下来。记忆可以温暖时间。而且——如果顺利的话——艺术可以使记忆形态化将其固定在那里。一如凡·高让名也没有的乡村邮递员作为集体记忆一直活到今天。

两小时之间，我们闷声不响地将意识集中于各自的作业。

我使用被油溶淡的单色颜料将她的体貌树立在画布上，那将成为草图。真理惠在餐椅上继续作为她自己一动不动。时值正午，远处传来往日的钟声。听得钟声，知道既定时间到了，结束作业。我把调色板和画笔放在下面，在木凳上用力伸了个懒腰。这才觉察自己累得一塌糊涂。我大大舒了口气，松开注意力。真理惠也这才放松身体。

我眼前的画布上，真理惠的上半身像已经以单色树立起来。理应成为往下要画的其肖像基干的构架已在那里形成。尽管还不过是雏形，但其骨髓中的，是足以使她成其为她的热源那样的东西。尽管深藏在底层，但只要按一下大致所在位置，往下即可任意调整。无非在那里施以必要的血肉罢了。

关于这幅画开了头的画，真理惠什么也没问，也没说要看看。我也没特别说什么。我已经太累了，说不了什么。我们默默无言地离开画室，移入客厅。客厅沙发上，秋川笙子仍在专心看小开本书。她夹上书签合上，摘掉黑边眼镜，抬起脸看我们，脸上浮现出约略惊讶的神情——我们两人肯定显得疲惫不堪。

"工作可有进展？"她不无担忧地问我。

"眼下进展顺利。不过还是中间阶段……"

"那就好！"她说，"如果不讨厌的话，我去厨房沏茶可好？其实水已经烧开了，红茶在哪里也知道了。"

我有点儿吃惊地看着秋川笙子。她脸上漾出优雅的微笑。

"倒是有些厚脸皮，那样自是求之不得。"我说。实不相瞒，我非常想喝热乎乎的红茶，却又实在没心思起身去厨房烧水。便是累到这个地步。画画累成这样是时隔很久的事了,尽管是惬意的疲惫感。

大约过了十分钟,秋川笙子端着放有三个茶杯和茶壶的托盘返回客厅。我们各自静静地喝着红茶。真理惠移至客厅后还一言未发,只是时不时抬手撩一下额前头发。她重新穿上厚墩墩的棒球服,就好像用来保护身体免受什么伤害似的。

我们一边彬彬有礼安安静静喝红茶(谁也没弄出动静),一边茫然委身于星期日下午时间的河流。好半天谁也没开口。但那里的沉默始终是自然而然、合情合理的。之后不久耳熟的声音传来我的耳畔。最初听起来仿佛远处海岸懒洋洋义务性涌来的消极的涛声。后来逐渐加大,不久变成明晰的连续性机械声音——4.2升八缸从容的引擎声甚为优雅地消耗高辛烷值化石燃料的声音。我从椅子上立起走到窗前,从窗帘缝隙瞧见那辆银色轿车出场亮相。

免色身穿淡绿色对襟毛衣,毛衣下是奶油色衬衫。裤子是灰色毛料裤。哪一件都干干净净,一道褶也没有,看上去像是刚刚从洗衣店返回。却哪一件又都不是新品,已经穿到一定程度。但也因此显得分外整洁。丰厚的头发一如往日闪着纯白色的光。无论夏日冬日,无论晴天阴天,他的头发想必总是同时节和天气无关地银辉熠熠。只是银辉闪烁倾向略有不同而已。

免色从车上下来,关上车门,仰望阴晦的天空,就天气思索片刻(在我眼里似乎思索什么),而后定下心来,缓缓移步走来门前,按响门铃,简直就像诗人写下用于关键位置的特殊字眼,慎重地、缓慢地。尽管无论怎么看那都不过是普普通通的旧门铃。

我打开门,把他让入客厅。他笑吟吟地跟两位女性寒暄。秋川笙子起身迎他。真理惠仍坐在沙发上把头发缠在指尖上,几乎看也没看免色那边。我让所有人落下座来。问免色要不要茶。免色说不要。摇了几下头，还摆手。

"怎么样？工作顺利吧？"免色问我。

大体还算顺利，我回答。

"怎样？当绘画模特也当累了吧？"免色问真理惠。免色真正迎面四目相对地向真理惠搭话，在我能想得起来的限度内是第一次。从声音里可以多少觉察免色的紧张，但今天的他即使面对真理惠，脸也不红不青了，表情也几乎和平时没什么两样——已经能够充分控制自己的感情了。估计如此做了某种形式的自我训练。

真理惠没有回答这句问话，仅仅把含糊不清类似自言自语的什么低低说出口来。她把十指在膝头紧紧交叉起来。

"她很盼望星期天上午到这里来的。"秋川笙子插嘴来填补沉默。

"做绘画模特是很吃不消的事。"我也不自量力地试图助以一臂之力，"真理惠小姐相当卖力气。"

"我也当过一阵子模特，当绘画模特总好像有些奇妙，时不时觉得魂儿像被掠走了似的。"说着，免色笑了。

"不是那样的。"真理惠差不多自言自语地说。

我、免色和秋川笙子几乎一齐朝真理惠看去。

秋川笙子显出像是不慎把不对的东西投入口中嚼掉之人那样的表情；免色脸上浮现出纯粹的好奇心；我终究是中立性旁观者。

"那是怎么回事？"免色问。

真理惠以没有起伏的语声说道："并没有被掠走，而是我递出什么，我接受什么。"

免色以沉静的声调欣赏似的说："你说的对。我的说法好像过于单纯了。那里当然不能没有交流，艺术行为绝不是单方面的东西。"

真理惠默然。这个少女犹如好几个小时纹丝不动立在水边一味盯视水面的孤独的苍鸰一样目不转睛地注视餐桌上的茶壶——一个随处可见的无花白瓷茶壶。相当旧了（雨田具彦用过的），但做得相当实用，上面并没有值得细看的特别情趣。壶口也有一点点残缺。只是，此时的她需要有个凝眸注视的东西。

沉默再次降临房间。令人想起什么也没写的纯白广告板的沉默。

艺术行为，我想，这句话似乎具有唤取周围沉默的韵味，就好像空气填补真空一般。不，这种场合莫如说应该由真空填补空气？

"如果去我家的话，"沉默中免色战战兢兢对秋川笙子开口道，"一起坐我的车去好吗？之后还送回这里。后排座是有些局促，但去我家的路相当复杂狭窄，坐一辆车去我想会容易些。"

"嗯，那当然可以的。"秋川笙子毫不迟疑地应道。"就坐您的车去好了。"

真理惠还在注视白瓷茶壶静静思索什么。至于她心中想的是什么、思索的是什么，我自是无由得知。她们的午饭怎么办？这也无由得知。不过免色是个滴水不漏的人，这点儿事想必自有考虑，无需我一一操心。

捷豹副驾驶位置坐秋川笙子，真理惠在后排座安顿下来。两个大人在前，小孩在后。倒也不是有什么协定，自然而然成了如此座位配置。我站在房门前目送轿车静静驶下坡路从视野消失。而后转身回屋，把红茶茶杯和茶壶端去厨房洗了。

接下去，我把理查德·施特劳斯的《玫瑰骑士》放在唱机转盘，歪在沙发上听音乐。没什么特别要做的事的时候，这么听《玫瑰骑士》成了我的习惯。免色栽培的习惯。如他所说，这首音乐确有一种中毒性。一气呵成的缠绵的情绪。始终色彩缤纷的乐器音响。"纵使一把扫帚，我也能用音乐精确描述下来！"如此口吐狂言的是理查德·施特劳斯。或者那不是扫帚亦未可知。但不管怎样，他的音乐绘画要素很浓。尽管在方向性上同我追求的绘画不同……

良久睁眼一看，那里有骑士团长。他依然身穿飞鸟时期衣裳，腰挎宝剑，坐在我对面的椅子上。皮面安乐椅上，孤零零坐着一个身高六十厘米左右的男子。

"许久不见了啊！"我说。我的语声听起来像是从别的什么地方强拉硬扯来的。"一向可好？"

"上次也说了，理念无有时间观念。"骑士团长声音琅琅地说，"故而无有许久的感觉。"

"只是习惯性发言，请别介意！"

"不懂什么习惯。"

想必他说的不错。没有时间的地方不产生习惯。我起身走到唱机那里提起唱针，把唱片收进唱片套。

"言之有理。"骑士团长读懂我的心理，"在时间朝两个方向自由行进的世界，什么习惯云云，根本无从谈起。"

我询问早就耿耿于怀的一件事："理念不需要能源那样的东西吗？"

"这东西不好回答。"骑士团长现出甚是不好回答似的表情。"无论是怎样结构的东西，要想繁殖和存在下去，都需要某种能源。此乃宇宙的普遍性规律。"

"那就是说，理念也不能没有能源的了？也要遵循普遍性规律？"

"信哉斯言。宇宙规律无有例外。然而理念的优势在于本来无有形体。理念通过被他者认识才得以作为理念成立，才得以具有相应的形体。其形体当然不过是权宜性租借物……"

"就是说，没有他者认识的地方，理念不可能存在。"

骑士团长朝上竖起右手食指，闭起一只眼睛。"诸君由此如何进行类推呢?"

我进行类推。多少花了些时间,骑士团长耐心等待。

"我想,"我说,"理念将他者的认识本身作为能源而存在。"

"正确!"说着,骑士团长点了几下头。"脑袋反应极快。若无他者认识,理念就无由存在。同时以他者认识为能源而存在。"

"那么,一旦我认为'骑士团长不存在',你就不复存在。"

"在理论上。"骑士团长说,"但那归根结底是理论上的事。现实中那不是现实性的。为什么呢?因为人即使想要中止思考什么,中止思考也几乎是不可能的。想中止思考什么也是一种思考。而只要有思考,那个什么就要被思考。为了中止思考什么,势必中止思考想中止思考本身。"

我说:"就是说,只要没有不巧因为什么而失去记忆,或者彻底地自然地完全地失去对理念的兴趣,那么人就不能够从理念中逃脱出来。"

"海豚能够。"

"海豚?"

"海豚能够让左右脑分别入睡。不知道的?"

"不知道啊!"

"因此之故,海豚对理念这个东西没有兴致。所以,海豚中途停止了进化。我们也相应做了努力,但遗憾的是未能同海豚结成有益关系。原本是大有希望的种族。毕竟在人真正出场之前,在哺乳类中以体重比而言是具有最大的大脑的动物。"

"但是同人结成有益关系了?"

"人和海豚不同,只有连成一体的大脑。一旦忽一下子产生了理念,那么就不能随意抖落下去。如此这般,理念能够从人那里获取能源来持续维持自己的存在。"

"像寄生体。"我说。

"别人听到不好!"骑士团长像老师训斥学生时那样左右摇晃指头。"虽说接受能源,但无有多大的量。只是一星半点,一般人几乎觉察不出来,不至于因此损害人的健康或干扰人的日常生活。"

"可你说理念没有伦理道德那样的东西。理念永远是中立性观念,使之变好变坏完全取决于人。果真如此,那么理念既可能对人做好事,也会反过来做坏事。是这样的吧?"

"$E=mc^2$ 这一概念本应是中立的,然而在结果上催生了原子弹。并且那东西实际投在了广岛和长崎。诸君想说的比如是这样的事吧?"

我点头。

"关于这个我也感到胸痛(不用说,这是措辞。理念无有肉体,故而无有胸)。但是,诸君,在这宇宙之中,一切都是 caveat emptor。"

"哦?"

"Caveat emptor。拉丁语,意指'买方责任'。交到人手里的东西如何利用,那不是卖方所能左右的。例如服装店的店面摆的衣服,由谁穿能选择吗?"

"听起来总好像于己有利的逻辑……"

"$E=mc^2$ 催生了原子弹,另一方面也催生了无数好东西。"

"举例说?"

骑士团长就此略加思考,似乎未能即刻想出恰当的例子,闭着嘴用两手的手心喀哧喀哧搓脸。或者未能再从这番议论中找出意义也有可能。

"对了,放在画室里的铃的去向你不晓得?"我忽然想起问他。

"铃?"骑士团长扬起脸来。"铃是什么?"

"就是你在那个洞底一直摇的那个古铃啊!放在画室板架来着,而最近意识到时已经不见了。"

骑士团长坚决摇头道:"啊,那个铃?不晓得啊!近来无有碰过铃。"

"那么,到底谁拿走了呢?"

"这——我全然无由得知。"

"好像谁把铃拿走在哪里摇动。"

"唔——那不是我的问题。那个铃对我已经无有用处了。何况那本来也不是我的持有物。莫如说共有一个场。不管怎样,消失想必自有消失的理由。不久在哪里忽然碰上亦未可知。静等可也!"

"共有一个场?"我问,"指的是那个洞?"

骑士团长对此问没有回答。"不过,想必诸君是在此等待秋川笙子和真理惠返回,那还要花些时间。天不暗下来怕是不能返回的。"

"免色先生可有他特有的企图什么的?"我最后问了一句。

"啊,免色君总是有某种企图。必定稳妥布局,不布局是不会出动的。那像是与生俱来的毛病。左右大脑总是充分开动。那样子根本成不了海豚。"

骑士团长的形体徐徐失去轮廓,如无风的寒冬清晨的水蒸气变淡扩散开来,继而消失。我正面只有一把空空的旧安乐椅。由于剩在那里的不在感太深切了,以致我无法确信他刚才是否真的坐在我眼前。没准我是同空白面面相觑,同自己本身的语声相互交谈。

如骑士团长所预言的,免色的捷豹怎么等也没出现。看来秋川家的两位美丽女性在免色家中度过了很长时间。我走上阳台,眺望位于山谷对面那座白色豪宅。但那里谁的身影也没有。为了消磨等待时间,我去厨房准备做饭用的东西。用鲣鱼片、海带等做汤,煮了蔬菜,把能冷冻的东西冷冻了。但是,把大凡能想到的事情统统做完后,时间还有剩。我折回客厅,接着听理查德·施特劳斯的

《玫瑰骑士》，躺在沙发上看书。

秋川笙子对免色怀有好意和兴趣。这点应该无误。她看免色的眼睛同看我时的眼睛，神采截然不同。极为公正地说，免色是有魅力的中年男人。一表人才，有钱，独身。衣着考究，举止温柔，住在山顶大房子里，拥有四辆英国车。世间多数女性笃定对他怀有兴趣（世间多数女性对我不怀有多大兴致——二者概率基本相同）。可是，秋川真理惠对免色抱有不少戒心，毫无疑问。真理惠是直觉极为敏锐的少女，有可能本能察觉免色的行动带有某种意图。唯其如此，她才在自己同免色之间有意保持一定距离，至少在我眼里显得如此。

事情往下会怎样展开呢？想看个究竟的自然而然的好奇心，同其中未必产生多少让人欢欣鼓舞的结果这一朦胧的疑惧在我身上僵持不下，一如在河口相互碰撞推拉的潮头与河浪。

免色的捷豹再次爬上坡路时，已经是时针稍微转过五点半的时候了。如骑士团长所料，周围已经彻底暗了下来。

39 以特定目的制作的假容器

捷豹在房门前缓缓停住，车门打开，免色首先下来。接着他绕到另一侧为真理惠和秋川笙子开门。又放倒副驾驶座靠背，让真理惠从后排座下来。女性们从捷豹下来后换乘自己的蓝色普锐斯。秋川笙子放下车窗，彬彬有礼地向免色致谢（真理惠当然脸朝一边佯作不知）。她们没有进来，直接回自己家去了。免色目送普锐斯背影从视野消失后，略一停顿，切换意识开关（大概），调整面部表情，而后朝我家门口走来。

"已经晚了，稍微打扰一会儿好吗？"他在门口客气地问我。

"好好，请进！反正也无事可干。"说着，把他让到里面。

我们在客厅落座。他坐在沙发上，我弓腰坐在对面骑士团长刚才坐的安乐椅上。椅子周围似乎还残留着他不无高亢的语声余韵。

"今天这个那个实在谢谢了！"免色说，"没少劳你帮忙。"

我说没做什么值得你感谢的事。实际也什么都没做。

免色说："不过若没有你画的画，或者莫如说没有画那幅画的你的存在，这样的状况恐怕不会出现在我面前而不了了之，我和秋川真理惠应该不会有这么近的个人性见面机会。关于这件事，你起了好比扇子轴钉那样的作用。那样的立场，也许有违你的意愿……"

"有违意愿的事完全没有。"我说，"只要能对你有用，作为我比什么都高兴。只是，什么是偶然、什么是刻意，这方面的界线很难推断。不讳地说，心情不能说是多么愉快。"

免色就此思考，点头。"或许不能让你相信，并不是刻意写了这样的脚本。虽然不能说一切纯属偶然，但发生的事的大部分终究是水到渠成的结果。"

"你是说，在那种水到渠成的过程中我偶尔起了类似催化剂那样的作用？"我问。

"催化剂。是啊，也许不妨那么说。"

"不过老实说来，较之催化剂，总好像觉得自己成了'特洛伊木马'。"

免色扬起脸，像看什么晃眼睛东西似的看我。"那是什么意思呢？"

"往木马空肚子里偷偷塞入一群武装的士兵，伪装成礼品运进敌方城内——就是那个希腊木马。以特定目的制作的假容器。"

免色约略花时间斟酌词语，而后说出口来："就是说，我把你弄成特洛伊木马，巧妙利用了。是这个意思吧？为了接近秋川真理惠？"

"也许让你不快，但那样的感觉在我身上多多少少是有的。"

免色眯细眼睛，嘴角漾出笑意。

"是啊！的确，即使你那么想也奈何不得的地方恐怕也是有的。不过刚才也说了，事情大体是由偶然的累积推动的。推心置腹地说来，我对你怀有好意，个人的自然而然的好意。这一情形不会频繁发生，所以发生时我尽可能加以珍惜。我并没有为了一己之利而单方面利用你。我虽然在某一方面是利己主义者，但这个程度的礼仪我还是懂的。没有把你弄成特洛伊木马。请相信我！"

我觉得他说的似乎没有伪饰成分。

"那么，给那两个人看那幅画了？"我问，"书房里挂的你的肖像画？"

"嗯,那还用说,两个人是为这个专门去的嘛!她们看了那幅肖像画,十分心悦诚服。话虽这么说,可真理惠没有表达任何类似感想的什么。毕竟是沉默寡言的孩子。但是她为那幅画所强烈打动是毫无疑问的,这点看表情就一清二楚。她在画前站了很长时间,一直默默地看,一动不动。"

不过说实话,尽管几星期前刚刚画完,而现在却想不大起来自己到底画的什么画了。以往也每每如此,画完一幅而开始画下一幅时,上次画的就差不多忘得一干二净。只能想起朦朦胧胧的整体形象。唯独画那幅画时的手感作为身体性记忆留在身上。对于我具有重要意味的,比之作品本身,更是那种手感。

"两人好像在府上度过了相当长时间。"我说。

免色不无羞赧地歪起脖子。"看完肖像画,拿出简单的饭菜。饭后领她们看了房子,像是房舍观光似的。笙子女士似乎对房子有兴趣,结果不知不觉过去了很长时间。"

"两人对府上肯定很欣赏的吧?"

"笙子女士有可能。"免色说,"尤其对捷豹 E‐Type。但真理惠始终一言不发,估计不怎么欣赏。或者对房子什么的毫无兴致也不一定。"

我想象可能毫无兴致。

"那时间里没能有同真理惠交谈的机会?"我问。

免色简洁地轻摇一下头:"交谈也顶多三言两语,不是什么大不了的内容。就算我主动搭讪,也基本没有回应。"

对此我没有表达什么意见。因为那一场景想象起来如在眼前,没办法表达感想。免色对真理惠说什么也得不到像样的回应,无非时而口中嘟囔一两个含糊不清的单词罢了。她没有心思跟对方说话的时候,同她的交谈好比站在热浪灼人的空旷的沙漠正中用小勺子向周围洒水。

39 以特定目的制作的假容器

免色拿起茶几上放的有光泽的瓷蜗牛摆件，从各个角度仔细端详。这是这座房子里原本有的为数不多的装饰品之一。料想是迈森旧物。大小如小些的鸡蛋。大概是雨田具彦过去在哪里买得的。片刻，免色把这摆件小心翼翼放回茶几。随即缓缓抬起脸，看着坐在对面的我。

"恐怕要多少花些时间才能习惯。"免色自言自语似的说，"毕竟我们只是最近刚刚见面。本来就像是个不愿意说话的孩子，再说十三岁是思春期的初期，一般说是非常棘手的年龄。不过，能和她在同一房间呼吸同一空气，对我已经是无可替代的宝贵时光了！"

"那么，你的心情现在也没有变化？"

免色略略眯起眼睛。"我的怎样的心情呢？"

"不想知道秋川真理惠是不是自己亲生孩子真相的心情。"

"嗯，我的心情一丝一毫也没有变化。"免色果断地回答。随即轻咬嘴唇沉默有顷。而后开口道："怎么说好呢？和她在一起，她的容貌、身姿就在眼前，有一股相当奇异的感情袭上身来，觉得自己以往活过来的漫长岁月好像都在无为当中失去了。而且，自己这一存在的意义、自己这么活在这里的理由开始变得暧昧起来。以前视为确定的事物的价值，似乎意外变得不确定起来。"

"这对于你来说，是相当奇异的感情。是吧？"我叮问一句。因为对我来说，很难认为这是多么"奇异的感情"。

"是的，这样的感情体验以前从未有过。"

"就是说，同秋川真理惠一起度过几个小时，使得你心中产生了'奇异的感情'？"

"我想是这么回事。也许你认为傻里傻气。"

我摇头道："不认为傻里傻气。思春期第一次喜欢特定女孩的时候，我也好像怀有类似的心情来着。"

免色嘴角聚起皱纹，微微一笑——含有几分苦涩的微笑。"有时我一下子冒出这样的念头：在这个世界上无论我成就了什么，无论事业上取得了怎样的成功、积累了多少资产，我也终不过是将一对遗传因子从谁那里继承又引渡给谁的权宜性、过渡性存在罢了。除却这种实用性功能，剩下的我不过纯属一个土疙瘩罢了。"

"土疙瘩。"我说出口来。这一说法似乎含有某种奇异的回响。

免色说："实不相瞒，上次进入那个洞的时候，这种观念就在我心中萌发扎根了。就是小庙后边我们挪开石头打开的洞。那时的事记得吧？"

"一清二楚。"

"在那黑暗中待一个小时当中，我切切实实得知自己的软弱无力。假如你有意，我势必一个人留在那个洞底。没有水没有食物，就那样彻底腐朽回归一个土疙瘩。我这个人不外乎这样的存在。"

我不知说什么好，默不作声。

"秋川真理惠说不定是我的骨血——对于现在的我，仅仅这一可能性就足够了，没有决心搞清事实。我在那一可能性的光亮中审视自己。"

"明白了。"我说，"虽然具体缘由还不能充分理解，但大体想法明白了。可是免色先生，那么你在秋川真理惠身上究竟具体寻求什么呢？"

"当然不是没有考虑过。"说着，免色看自己的双手。他有一双手指细长好看的手。"人在脑袋里这个那个考虑很多东西，不能不考虑。然而事物实际走怎样的路线，不等时间过去是看不明白的。一切都在前头。"

我默然。他在脑袋里考虑什么，一来我无从猜测，二来也不硬要知道。如果知道了，我的处境没准变得更加麻烦。

免色沉默了一会儿。而后问我:"不过秋川真理惠单独和你在一起的时候,说话好像相当主动——笙子女士这样说来着……"

"或许可以那样说。"我慎重地回答,"我们在画室时间里,可能自然而然说了很多话。"

真理惠夜晚从旁边一座山上穿过秘密通道找来这里的事,当然瞒住没说。那是我和真理惠之间的秘密。

"那意味着她已经习惯你了呢?还是个人怀有亲切感呢?"

"那孩子对画画或绘画性表达有浓厚的兴趣。"我解释说,"并不是时时、时常那样,在两人之间隔着画的情况下,有时就能比较轻松地交谈。的确是多少有些特殊的孩子。在绘画班几乎不和身边孩子说话。"

"就是说跟同代的孩子们不怎么处得来?"

"或许。据她姑母说,在学校也好像不怎么交朋友。"

免色就此默默想了一会儿。

"但对笙子女士好像能相应敞开心扉,是吧?"免色说。

"好像是的。听起来,对姑母似乎比对父亲还怀有亲切感。"

免色默默点头。我感觉他的这一沉默别有含义。

我问他:"她的父亲是怎样的人呢?这点儿事是知道的吧?"

免色把脸转向一边,眯细眼睛。少时说道:"比她大十五岁。所谓她,指的是他去世的太太……"

去世的太太,自然是免色曾经的恋人。

"两人是如何相识结婚的,那方面的情况我不知道。或者莫如说对那种事没有兴趣。"免色说,"但不管有怎样的情由,他珍惜太太这点似乎可以断定。所以太太意外去世,他受到很大打击。听说那以来人就整个变了。"

据免色介绍,秋川家曾是这一带的大地主(一如雨田具彦父母家曾是大地主)。尽管第二次世界大战后的农地改革使得所有土地差不多减少了一半，但仍有相当不少资产物件剩下来，光靠这方面带来的收入也足够一家悠然度日。秋川良信（秋川真理惠父亲的名字）是兄妹两人中的长兄，继承早年去世的父亲家业成一家总管。在自己所有的山顶上建了独门独院的房子，在小田原市内自有楼宇设了事务所。事务所负责位于小田原市内和近郊的几栋商业用楼和出租公寓楼、若干出租房屋、出租土地的管理。还时不时涉足不动产的卖出与买进。不过事业开展的范围并不是很广，始终以酌情处理秋川家所有的物业为业务中心。

秋川良信是晚婚。四十几岁结婚，第二年就有女儿出生（秋川真理惠。即免色心中怀有大概是自家孩子这一可能性的少女）。六年后妻被金环胡蜂蜇死。初春在位于自有地界上的大片梅树林中一个人散步时，被几只攻击性大型金环胡蜂蜇了。这一事件给秋川良信以巨大打击。或许是打算把让他想起不幸事件的东西尽可能消除的关系，妻葬礼结束后派人把梅树林的梅树砍得一棵不剩，连根拔除。结果那里成了了无情趣的普通空地。原本是一片非常美观气派的梅树林，很多人都对砍挖过程感到痛心。而且梅树林大量采摘的青梅适合制梅干和梅酒，附近居民自古以来就一定程度被允许自由采摘。而这一报复性胡作非为的结果，剥夺了很多人每年的一点点乐趣。可是那毕竟是秋川良信自家山上的他的梅树林，况且他的怒火——对于金环胡蜂和梅树林的个人怒火——也并非不可以理解，因此谁也没能公开抱怨。

以妻子的死为界线，秋川良信成了一个相当郁郁寡欢的人。本来就不像是多么社交型性格开朗的人，而此后其内向性格变本加厉。并且对精神世界的兴趣与日俱增，开始同一个宗教团体有了关联（我没听过名字的团体）。据说还去了印度一段时间。后来投入自有资金，为那个宗教团体在市郊建造了气派的道场，沉浸其间无以自拔。至于道场里面进行怎样的活动，这点不得而知。但秋川良信看样子在那里每天不断进行严格的宗教"修炼",同时似乎在Reincarnation①的研究中发现了失去妻子后的人生价值。

这样,对工作不像以前那样用心了。好在原本就不是多么忙的公司,即使总经理不正经露面,早期就在公司的三名职员也处理得来。家也好像不怎么回了。回家也几乎只是睡觉。什么原因不知道,反正妻子去世后,对独生女儿的关心也迅速淡薄下去。可能因为看见女儿会想起去世的妻子的缘故。或者本来就对孩子没有兴趣也未可知。不管怎样,孩子也理所当然不亲近父亲。妻子留下的真理惠的生活照料,暂且由妹妹笙子承担下来。笙子中止了东京一所医科大学校长秘书的工作,临时一起住在小田原山上的房子里。后来正式辞职在那里长住。大概感情移到真理惠身上。也可能小侄女的处境让她看了不忍。

讲完这些,免色用手指肚摸摸嘴唇说:"家里有威士忌吗?"

"单一麦芽的差不多有半瓶。"我说。

"倒是有些厚脸皮,让我喝点可以吗?加冰。"

"当然可以。不过您是开车来的……"

"叫出租车。"他说,"我也不愿意因酒后驾驶丢掉驾驶证。"

我从厨房拿来威士忌酒瓶、装冰块的瓷碗和两个酒杯。这当中免色把我刚才听的《玫瑰骑士》唱片放在转盘上。两人一边听理查德·施特劳斯耳熟能详的音乐一边喝威士忌。

"喜欢喝单一麦芽威士忌?"免色问。

"哪里,这是别人给的,朋友作为礼物拿来的。倒是觉得非常够味儿。"

"家里有苏格兰一个熟人最近送的有些少见的艾雷(Islay)岛单一麦芽威士忌。从威尔士亲王访问那家酒厂时亲自挥锤打塞的桶里

---

① Reincarnation:轮回转世。

取出来的。如果喜欢，下次带来。"

我说请别那么费心。

"说起艾雷岛，那附近有座名叫朱拉（Jura）的小岛。可知道？"

我说不知道。

"岛上人口少，几乎什么也没有。同人的数量比，鹿的数量多得多。兔子、野鸡和海豹也很多。老酒厂有一家。不远处有好喝的泉水，适合酿造威士忌。朱拉岛上的单一麦芽威士忌，用刚打上来的朱拉冷水兑着喝起来，味道真是好极了，的的确确是只有在那座岛上才能尝到的味道。"

听起来都极够味儿，我说。

"那里是因乔治·奥威尔创作《一九八四》而闻名的地方。奥威尔在这座不折不扣远离人烟的小岛的北端，一个人闷在租来的小房子里写这本书。以致冬天里弄坏了身体。房子里只有原始设备。想必他是需要斯巴达式环境的吧！我在这岛上大约住了一个星期。天天晚上一个人在火炉旁喝好喝的威士忌。"

"为什么一个人在那么偏僻的地方待一个星期呢？"

"商务。"他简单回答，笑了笑。

那是怎样的商务呢？他好像没有说明的打算，我也并不特想知道。

"今天心情上总觉得不能不喝似的。"他说，"说心情镇静不下来也好什么也好，所以禁不住这么随便相求。车明天来取。明天方便吗？"

"我当然无所谓。"

往下沉默片刻。

"问个个人问题可以吗？"免色问，"但愿别让你不快……"

"能回答我就回答，不至于不快。"

"你大概是结婚了的吧?"

我点头。"结了。实话实说,最近刚在离婚协议书上签名盖章寄了回去。所以,不晓得眼下正式算是怎样的状态。不过反正婚是结了,差不多六年。"

免色看着杯里的冰块沉思什么。而后问道:"再问得深入些,关于导致离婚这一结果,你可有什么后悔的事情?"

我喝了口威士忌,问他:"你用拉丁语说'买方责任'了吧?"

"Caveat emptor。"免色当即应道。

"还没能记准,不过词义能够理解。"

免色笑了。

我说:"关于婚姻生活,后悔的事情不是没有。但是,即使能够返回某个时间点修正一个失误,那也恐怕还是要迎来同样的结果。"

"是不是说你身上有某种不能变通的倾向那样的东西,那东西成了婚姻生活的障碍呢?"

"或者我身上缺少不能变通的倾向那样的东西,那东西成了婚姻生活的障碍也不一定。"

"可你有想画画的渴望。那应该是同生之渴望强烈结合在一起的东西。"

"不过我有可能还没有好好越过前面应该越过的东西——我有这样的感觉。"

"考验迟早必然来临。"免色说,"考验是切换人生的好机会,越艰辛越对后来有帮助。"

"如果不败北一蹶不振的话……"

免色浅浅一笑,再没有触及离婚和有没有孩子。

我从厨房拿来瓶装橄榄做下酒菜。我们好一阵子闷声喝威士忌,吃带盐味的橄榄果。唱片一面转完后,免色翻过来。乔治·索尔蒂继续指挥维也纳爱乐乐团。

啊，**免色君总是有某种思惑。必定稳妥布局，不布局是不会出动的**。

现在他在布什么局呢？或者打算布什么局呢？我不知道。或者在这件事上眼下还没能稳妥布局也未可知。他说没有利用我的打算。想必不是谎言。但打算终不过是打算罢了。他可是拳打脚踢成功攻取最尖端商务的人。假如他有类似思惑那样的东西（纵然是潜在性的），我厕身其外怕是不大可能的吧！

"你是三十六岁了吧？"免色几乎突如其来地这么问道。

"是的。"

"大约是人生中最好的年龄。"

我横竖不那么认为，但忍住没表示什么。

"我已经五十四岁了。在我生存的这个行当，作为冲锋陷阵的现役，年龄则过大了；而要成为传说，又多少过于年轻。所以就这么无所事事地晃来晃去。"

"其中也好像有人年纪轻轻就成为传说……"

"那样的人当然多少也是有的。但是，年纪轻轻成为传说几乎没有任何好处。或者不如说——若让我说——那甚至是一场噩梦。一旦那样，漫长的余生就只能摩挲着自己的传说来度过。再没有比那更无聊的人生了。"

"您，不会感到无聊的吧？"

免色微笑道："在能想起的限度内，无聊一次也没感到过。说没工夫无聊也好什么也好……"

我佩服地摇了一下头。

"你怎么样？感到过无聊？"他问我。

"当然感到过，时不时就来一次。不过，无聊如今好像成了我人生不可或缺的一部分。"

"就是说无聊不会成为痛苦吧？"

"总好像已经习惯了无聊，没觉得痛苦。"

"那恐怕还是因为你身上有想画画这个一以贯之的坚定意志，是吧？那成为类似生活硬芯的东西，无聊这一状态起到了不妨说作为创作欲胚胎的作用。假如没有这样的硬芯，日复一日的无聊势必不堪忍受。"

"您现在没做工作？"

"嗯，基本处于引退状态。上次也说了，用网络多少搞一点外汇和股票交易，但不是迫于需要，而是兼做头脑训练那个程度的玩意儿。"

"而且一个人住在那座大大的宅院里。"

"完全正确。"

"而并没有感到无聊？"

免色摇头："我有很多要想的事，有应该看的书，有应该听的音乐。搜集诸多数据加以分类解析、开动脑筋已经成了每天的习惯。要做体育运动，要练钢琴来转换心情。当然家务也必须做。没闲工夫感觉无聊。"

"上年纪不可怕吗？一个人孤零零上年纪？"

"我分明在上年纪。"免色说，"往下身体也要衰弱，孤独也怕要与日俱增。可是我还没有上年纪上到那个地步的经验。至于那是怎么回事，大体估计得出，但并未实际目睹真相。我是只信赖亲眼看过的东西的人。因此，往下自己将亲眼看到什么，我正在等待。不特别怕。足够的期待诚然没有，但些许兴致是有的。"

免色缓缓晃动手中的威士忌酒杯，看了我一眼。

"你怎么样？怕上年纪？"

"六年来的婚姻生活归终卡壳了。那期间之于自己的画一幅也没能画。通常看来，那六年大约是白白上了年纪——为了生计不得不画那么多那种不可心的画。然而在结果上反倒可能是有幸做的部分。近来我开始这样认为了。"

"你想说的或许能够理解。抛弃类似自我的东西,在人生某一时期也是有意义的。是这样的吧?"

也许是的。然而就我而言,大概仅仅意味着在寻找出自己身上存在的东西上面旷日持久。而且可能把柚也拉进了那条徒劳的弯路。

"上年纪可怕吗?"我自己问自己。害怕上年纪吗?"说老实话,我还没有那样的切身感受。三十大多的男人这么说也许听起来发傻,但我总觉得人生好像刚刚开始。"

免色微微一笑。"绝不是发傻,有可能如你所说,你刚刚开始自己的人生。"

"免色先生,刚才你说了遗传因子,说自己不过接受一对遗传因子又将其传给下一代的容器罢了。还说除了职责,自己不外乎一个土疙瘩。是说了这个意思的话吧?"

免色点头:"确实说了。"

"没有对自己不过是个土疙瘩这点感到惊惧什么的吗?"

"我仅仅是个土疙瘩,是非常不坏的土疙瘩。"这么说罢,免色笑了。"倒像是自吹自擂,但说是相当出色的土疙瘩怕也未尝不可。至少在某种能力上得天独厚。当然能力是有限的,而有限的能力也无疑是能力。所以活着期间竭尽全力活着,想确认自己能做什么、能做到什么地步。没闲工夫无聊。对我来说,让自己不至于感到惊惧和空虚的最佳方法,莫过于不无聊。"

我们喝威士忌差不多喝到八点。威士忌酒瓶很快空了。免色趁机立起。

"得告辞了,"他说,"坐这么久!"

我用电话叫出租车。一说雨田具彦的家,对方当即明白。雨田具彦是名人。大约十五分钟到,负责派车的人说。我道谢放下电话。

等出租车时间里,免色坦白似的说:"秋川真理惠的父亲一头扎进一个宗教团体,刚才说了吧?"

我点头。

"多少是个来历不明的可疑新兴宗教团体。在网上查了一下,以前好像闹出过几件社会纠纷。民事诉讼也被提起过几次。教义是模棱两可的东西。若让我说,那是很难称为宗教的粗糙玩意儿。可是不用说,信什么不信什么当然是秋川先生的自由。只是,近几年来他往那个团体投了不少钱进去,自己的资产和公司的资产几乎混在一起。原本是相当过得去的资产家,而实际上似乎处于每月仅靠房租生活的状态。只要不卖地不卖物业,收入自然有限。而他近来地和物业卖得过多了。无论谁看都是不健全的征兆。好比八爪鱼吃自己的爪子苟延残喘。"

"就是说,被那宗教团体弄成饵料了?"

"正是。或许可以说是成了真正的冤大头。一旦给那帮家伙扑食上来,很快就被敲骨吸髓,直至榨干最后一滴血。况且秋川先生本来就是有钱人家的公子哥儿——这么说不大合适——有点缺少防人之心。"

"你为此担忧?"

免色叹了口气。"秋川先生无论遭遇什么,那都是他本人的责任,毕竟是老大不小的成年人明知故做。问题是,及至蒙在鼓里的家人受到连累,事情就不那么简单。也罢,我再操心也无济于事。"

"Reincarnation 研究。"我说。

"作为假说固然是极为意味深长的想法……"说罢,免色静静摇头。

不一会儿出租车来了。钻进出租车前,他十分郑重地向我致谢。不管喝多少酒,脸色和礼节都毫无变化。

40　那张脸不可能看错

免色回去后，我在卫生间刷完牙立刻上床睡了。我本来入睡就快，喝了威士忌，就更有那种倾向。

睡到深夜，剧烈的声音把我吵醒了。料想实有其声。或者声音发生在梦中也有可能。抑或自己意识内侧发生的虚拟动静亦未可知。但不管怎样，那是"轰隆"一声山崩地裂般的巨大冲击，身体险些一跃而起。冲击本身是实实在在的，既不是梦，又不是假想。我睡得相当深沉，但也几乎从床上滚落在地，顿时睁眼醒来。

看床头钟，数字显示后半夜两点刚过。往常铃响时刻。但不闻铃声。冬日已近，虫声亦不闻。只有屋子里笼罩的深度静默。天空大部分被厚重的乌云遮蔽。侧耳倾听，微微传来风声。

我摸索着打开床头灯，在睡衣外套了一件毛衣，决定先把整个家中巡视一遍。没准发生什么变异，说不定一头大野猪从窗口一跃而入，或者小型陨石直击房顶也未可知。虽说哪一种都不大可能出现，但还是检查一遍有无异常为好。毕竟我大体被委托管理这座房子。何况就算想直接睡去，估计也没那么容易。我的身体仍在活生生感受那一冲击的余波，心脏怦怦直跳。

我一边一个个打开房间灯，一边依序查看家中情况。哪一个房间都没发现异样。一如往常的场景。房子不很大，倘有什么异样，不可能看漏。检查到最后，所有房间只剩画室了。我从客厅打开通往画室的门进入里面，手伸到墙壁准备按下照明开关。但这时有什么把我拦住，在耳边对我低语最好不要开灯。声音虽低，但很清晰。就这样黑着为好。我顺从地从开关上移开手，轻轻关合背后的门，凝眸盯视漆黑的画室。一声不响，屏息敛气。

随着眼睛一点点习惯黑暗，得知这房间中有除我以外的谁。那种动静很明显。总好像那个谁在我画画时一直使用的木凳上坐着。最初我以为是骑士团长，猜想他"形体化"返回这里。可是，作为骑士团长，那一人物实在太大了。隐隐约约浮现出的黑色剪影，显示出那是个瘦高个儿男子。骑士团长高不过六十厘米，但这个男子的身高似乎接近一百八十厘米。就像个子高的人时常表现的那样，男子以约略弓背的姿势坐着，就那样一动不动。

我也同样一动不动。脊背贴着门框，左手依然伸在墙上以便有什么可以随时按下照明开关。我盯视那个男子的背影。我们两人在深更半夜的黑暗中各自保持一个姿势决然静止不动。不知何故，没觉得害怕。呼吸急促，心脏发出干巴巴硬邦邦的声音。但没畏惧。深夜时分有素不相识的男人擅自进入家中。说不定是小偷，也可能是幽灵。不管怎样，感到害怕是正常情况。却不知为何，没有涌出那大概可怕、大概危险那样的感觉。

骑士团长出现以来发生了五花八门的怪事，我的意识对此已经彻底习惯了——或许由于这个缘故。但不仅仅如此，相比之下，莫如说更为那个谜一样的人物在深夜画室搞什么名堂这点所强烈吸引。较之恐惧，好奇心占了上风。看上去男子在凳上沉思什么。或者仿佛目不转睛地看着什么。其注意力在旁人眼里也非同一般。他好像全然没有察觉我进入房间。或者我的出入对他来说是不值一提的小事也不一定。

我一边不出声地呼吸，竭力让心跳收敛在肋骨内侧，一边等待眼睛进一步习惯黑暗。随着时间的推移，我渐渐明白那个男子对什么全神贯注——似乎在专心注视旁边墙上挂的什么。那里挂的应是雨田具彦的画《刺杀骑士团长》。高个儿男子坐在木凳上纹丝不动,身体稍稍前倾凝视那幅画,双手放在膝头。

这时,一直厚厚遮蔽天空的乌云终于这里那里现出裂缝。从中泻下的月光一瞬间照亮房间,简直就像澄澈无声的水清洗古老的石碑以使上面隐藏的秘密文字呈现出来。旋即复归于黑暗状态。但没有持续多久。云层再次裂开,月光大约持续十秒钟把四周染成明亮的浅蓝色。我得以趁机看清坐在那里的人是谁。

他白发齐肩。白发似乎很久没有梳理了,上下乱蓬蓬的。看其姿势,年龄似乎相当老了,而且瘦如枯树。想必曾经是全身鼓满肌肉块的健壮的男人。可他老了,又好像得了什么病,变得瘦骨嶙峋。我感觉出这样的氛围。

因为他瘦得判若两人,所以花了些时间才想起来——在无声的月光下我终于看出他是谁了。虽说以前只在几幅照片上见过,但那张脸不可能看错。侧面看显而易见的尖状鼻形富有特征,尤其全身发出的类似强烈的灵光的东西告知我一个明白无误的事实。虽是气温骤降的夜晚,但我的腋下已然热汗淋漓。心跳更快、更硬了。诚然难以置信,却又没有怀疑的余地。

老人是画的作者雨田具彦。雨田具彦返回画室。

41 只在我不回头看的时候

那并非具有实际肉体的雨田具彦。实际雨田具彦进了伊豆高原一座高龄者护理机构。认知障碍症已相当严重,眼下几乎卧床不起,不可能单凭一己之力赶来这里。这样,我现在如此目睹的即是他的幽灵。但据我所知,他尚未去世。因此准确说来应称为"生灵"才对。或者他刚刚停止呼吸,化为幽灵来到这里也未可知——作为可能性当然可以设想。

总之并非纯属幻影这点我很清楚。作为幻影则过于现实、质感过于浓密。那里的的确确有人存在的气息、有意识的发散。雨田具彦通过某种特别作用而如此返回本来属于自己的房间,坐在自己的凳上,看自己画的《刺杀骑士团长》。他根本没有介意(恐怕都没觉察)我置身于同一房间,以一对穿透黑暗的锐利眼睛凝视那幅画。

伴随云的流移而间断性从窗口照入的月光赋予雨田具彦的身体以清晰的阴影。他以侧脸对着我。身披旧睡衣或长袍。赤脚,袜子和拖鞋都没穿。白色长发凌乱不整,从脸颊到下颌淡淡生着大约疏于修剪的白色胡须。面容憔悴,唯独目光清澈,炯炯有神。

我固然没有惧怯,但极度困惑。无需说,那里出现的不是寻常光景,不可能不困惑。我一只手仍搭在墙壁电灯开关上。但我无意开灯,只是保持这一姿势不让身体动罢了。作为我,不想妨碍雨田具彦——幽灵也罢幻影也罢——在这里的所作所为。这画室本来是他的场所,是他应在的场所。莫如说我是干扰者。如果他想要在此做什么，我不拥有干扰的权利。

于是我调整呼吸、让双肩放松，蹑手蹑脚地后退，退到画室外面，把门轻轻关上。这时间里雨田具彦坐在凳上岿然不动。纵使我不慎打翻茶几上的花瓶弄出惊天动地的声响，恐怕他也无动于衷。他的精神集中力便是如此不可撼动。穿出云隙的月光再次照出他瘦削的身体。我将其轮廓（仿佛他的人生凝缩成的轮廓）连同投射在那里的纤细的夜之阴影最终一并刻入脑际。不能忘记这个，我向自己强调。那是必须烙入我的视网膜、牢牢留在记忆里的形象。

返回餐厅坐在桌前喝了几杯矿泉水。想喝一点威士忌，但瓶已经空了。昨晚免色和我两人喝空的。而此外家里没有酒精饮料。啤酒冰箱冷藏室里倒有几支，但不是想喝那东西的心情。

归终，过了早上四点困意还没来访。我坐在餐厅桌前漫无边际地想个没完。神经极度亢奋，没心思做什么。因此只能闭目想来想去。没办法持续思考同一事物。好几个小时只是茫然追逐形形色色的思维断片而已，活像转圈追逐自己尾巴的猫仔。

如此东想西想想累了，我就在脑海里推出刚才目睹的雨田具彦的身体轮廓。为了赋予记忆以确凿的形式，我将其简单素描下来。往脑海虚拟的素描簿上使用虚拟的铅笔描绘老人的形象。这是平时一有时间就做的事。无需实际纸笔。莫如说没有更为简便易行。作业原理大约同数学家在脑海虚拟黑板上排列数学公式并无二致。实际上我也可能迟早画这幅画。

我不想再去画室窥看一次。好奇心当然是有的。老人——怕是雨田具彦的分身——还在那画室里边？还坐在凳子上凝视《刺杀骑士团长》吗？并非没有想看个究竟的心情。我现在可能是遇上了某种极为难得可贵的状况并目击现场。那里或许提示了若干钥匙用以解开雨田具彦人生隐藏的秘密。

但是，即便果真如此，我也不愿意妨碍他注意力的集中。雨田具彦穿越空间钻过逻辑返回这个场所，乃是为了仔细观赏他自己画的《刺杀骑士团长》，或为了重新检查那里有的什么。而这势必消耗莫大的能量——消耗已经大约所剩无多的宝贵的生命能量。不错，无论付出多大的牺牲，他都要最后尽情看一次《刺杀骑士团长》。

睁眼醒来时已经十点多了。对于早起的我来说这是十分罕见的事。洗完脸，我做了咖啡，吃了早餐。肚子无端地饿得厉害。我吃了差不多比平时多一倍的早餐。三块烤吐司，两个煮鸡蛋，还有西红柿色拉。咖啡满满喝了两大杯。

出于慎重，饭后我往画室里窥看。雨田具彦的身影当然哪里也没有。那里有的，是一如往日的静悄悄的清晨画室。有画架，上面放着开始画的画布（画的是秋川真理惠），其前面是无人坐的圆形木凳。画布前放一把给秋川真理惠作为模特坐的餐椅。旁边墙上挂着雨田具彦画的《刺杀骑士团长》。板架上还是没有铃的形影。山谷上方晴空万里，空气清冷澄澈。马上迎来冬季的鸟们的叫声锐利地刺穿空气。

我试着给雨田政彦所在的公司打电话。虽然时近正午，但他的语声总好像还没睡醒，从中听得出星期一早上的倦怠意味。简单寒暄之后，我若无其事地打听他的父亲。雨田具彦是不是还在世？昨晚自己目睹的是不是他的幽灵？我要大致确认一下。假如他昨晚去世了，那么他儿子那里应该已有通知进来。

"你父亲还好吧？"

"几天前去看来着。脑袋方面是无可挽回了，但身体情况好像没有多糟。起码不至于刻不容缓。"

雨田具彦还在世，我想，昨晚见到的到底不是幽灵。那是活人意志造成的临时形体。

"近来你父亲的样子没有特别不同的地方吧？问得像是有些怪……"我试着问道。

"问我的父亲？"

"嗯。"

"为什么忽然问这个？"

我把事先准备好的台词说出口来："说实话，近来做了个奇妙的梦。梦见你的父亲深更半夜回这个家来了。而且我碰巧看见了。一个活灵活现的梦，几乎让我一跃而起。于是有点儿放心不下，不知发生什么没有……"

"嚆，"他感佩似的说，"有意思啊！我父亲深更半夜回家去了，回去干什么来着？"

"只是静静坐在画室凳子上。"

"只那样？"

"只那样。别的什么也没做。"

"凳子？那个三条腿旧圆凳？"

"正是。"

雨田政彦就此思索片刻。

"或者死期临近也有可能。"雨田以仿佛缺少起伏感的语声说，"听说人的灵魂在人生最后要去心里最挂念的地方看看。据我所知，对于父亲，家里的画室应该是他最牵挂的场所。"

"但记忆那样的东西已经不存在了吧？"

"噢，通常意义上的记忆那样的东西是不存在了。但灵魂理应还在，只是意识不能很好地与之连接罢了。就是说，线路脱开了，意识连不上了，如此而已。灵魂应该好端端在里面等着，估计没受任何损伤。"

"原来是这样。"我说。

"没害怕？"

"梦？"

"啊，不是活灵活现的梦吗？"

"呃，没怎么害怕，只是觉得有些奇怪。简直就像本人实际就在眼前似的。"

"或者真是他本人也不一定。"雨田政彦说。

对此我没表示什么。雨田具彦恐怕是为了看《刺杀骑士团长》特意返回这个家的，而我不能向他的儿子明言（想来，把雨田具彦的灵魂招来这里的人，有可能是我。如果我不打开那幅画的包装，他未必返回这里）。如果明言，势必一一说明我在这座房子的阁楼里发现了那幅画，而且自作主张地打开包装，又擅自挂在墙上。早早晚晚总要明言，但现在这个时候我还不想提起。

"对了，"雨田说，"上次我说没多少时间，想讲的事讲不成了，有件事必须讲给你——记得？"

"记得。"

"想去那边一次慢慢细讲。可以的？"

"这里本来是你的家，随你什么时候来。"

"这个周末要再去伊豆高原看望父亲，回来路上过去可好？小田原正好顺路。"

我说星期三星期五的傍晚和星期日上午以外的时间都可以。星期三星期五在绘画班上课，星期日上午要画真理惠的肖像画。

他说可能星期六下午过来。"反正会事先联系的。"

挂断电话，我进画室坐在凳子上。昨天深夜黑暗中雨田具彦坐的木凳。刚一弓身坐下，我就觉察那已不再是我的凳子了。毫无疑问，那是漫长岁月中雨田具彦作画使用的他的凳子，以后也将永远是他的凳子。不知情的人看来，不过是伤痕累累的三条腿旧圆凳，但那里沁有他的意志。我无非势之所趋地随便使用那个凳子罢了。

我坐在那凳子上盯视墙上挂的《刺杀骑士团长》。迄今我看的次数已经数不胜数了。那是具有值得反复欣赏价值的作品。换言之，是具有种种欣赏可能性的作品。现在，我有了想以不同于平日的角度重新验证那幅画的心情。那上面理应绘有雨田具彦终结其人生之前需要再次凝视的什么。

我久久注视《刺杀骑士团长》。从昨夜雨田具彦的生灵或分身坐在凳上目不转睛注视的那个位置，以同一角度同一姿势屏息敛气聚精会神。然而无论怎么细看，也没能从画面中看出此前未看到的什么。

思考累了，我走到外面。房门前停着免色的银色捷豹，停在同我的丰田卡罗拉稍离开些的地方。车在那里过了一夜，就像训练有素的乖觉的动物在那个场所静静栖身，一动不动等待主人来领走。

我一边怅怅思考《刺杀骑士团长》，一边围着房子信步而行。走在杂木林中小路时，有一种奇妙感觉，好像有谁从背后定定看着自己，一如那个"长面人"顶起地面方形盖子从画面一角偷偷观察自己。我迅速回头朝背后看去，但一无所见。地面没有开洞，长面人也没露脸。唯独积了一层落叶空无一人的小路在静默中伸展着。如此重复几次。但无论多么迅速回头，那里仍谁也没有。

或者洞也好长面人也好只在我不回头看的时候存在也不一定。可能在我即将回头的一瞬间有所觉察而立即隐藏起来了，就好像小孩子们做游戏。

我从杂木林中穿过，移步走到平时走不到的小路尽头，注意寻找这附近有没有秋川真理惠说的"秘密通道"入口。可是再怎么找也没找到仿佛入口的东西。"一般找，找不到通道。"她说。想必伪装得甚是巧妙。不管怎样，她是天黑后一个人沿着秘密通道从相邻山上走到我家的。钻过草丛，穿过杂木林。

小路尽头是不大的圆形空地。笼罩头顶的树枝中断了，仰脸可见小小的天空。秋天的阳光从那里笔直地朝地面照射下来。我在这一小块朝阳平地的平坦些的石头上弓腰坐下，从树干间观望山谷风景，想象秋川真理惠少时从哪里的秘密通道中一晃儿出现。但不用说，谁也没从哪里出现。只见鸟们不时飞来落在树枝上，又腾空而去。鸟们每每两只一起行动，以嘹亮短促的叫声相互告知各自的存在。曾在哪里读过报道，说某种鸟一旦找到伴侣，就和对方终生相守。倘对方死了，剩下的一只就在孤独中度过余生。自不待言，它们不会在律师事务所寄来的附有寄达证明的离婚协议书上签什么字盖什么章。

从很远的那边懒洋洋传来巡回贩卖什么的卡车广播声，不久听不见了。之后，近处草丛深处"咯嚓咯嚓"响起不明所以的很大的声音。不是人发出来的，是野生动物发出的声音。莫非野猪？我心头一震（野猪连同金环胡蜂，是这一带最危险的生物）。但声音随即戛然而止，不复传来。

我趁机立起，走回家去。回家途中转到小庙后头查看洞的情况。洞口仍像往常那样盖着木板，板上摆着几块镇石。看上去没有被动过的痕迹。代替盖子的板上厚厚积了落叶。落叶被雨淋湿，早已失去艳丽的颜色。春天生机蓬勃长出的所有叶片，无可避免地迎来晚秋静谧的死。

盯视之间，恍惚觉得那木板就要被掀开，"长面人"倏然从中探出茄子般细长的脸。但不用说，木板未被掀开。何况"长面人"潜伏的是方形地洞，是小些的私人洞穴。再说这洞潜伏的不是"长面人"，是骑士团长。或者说是借用骑士团长形象的理念。他半夜里摇铃把我叫来，打开这个洞。

反正一切都始于此洞。我和免色使用重型机械把洞打开以来，我的周围开始接连发生莫名其妙的事情。或者一切都是从我在阁楼里发现《刺杀骑士团长》打开包装时开始的也未可知。按事情顺序来说是这样的。或者二者从一开始就密切呼应也有可能。没准是《刺杀骑士团长》这一幅画将理念引入这座房子里的。抑或作为对于我把《刺杀骑士团长》这幅画解放出来一事的所谓补偿作用，骑士团长出现在我面前。至于孰是原因孰为结果，越想越无从判断。

返回家时，房门前停的免色那辆捷豹已经消失了。想必是我外出之间免色乘出租车什么取走了。或者请人回收也不一定。总之停车廊只剩有我的灰头土脸的卡罗拉凄凄惶惶趴在那里。如免色所说，也该测一次轮胎气压了。但我还没买气压计，一生都未必买。

我想准备午饭。可是当我站在烹调台前时，察觉刚才还那么汹涌澎湃的食欲已彻底无影无踪。代之而来的是气势汹汹的困意。我拿起毛毯躺在客厅沙发上，就势睡了过去。睡的当中做了个短梦。异常清晰鲜活的梦。而什么梦却全然想不起来了。想得起来的，唯独那是异常清晰鲜活的梦这一点。较之梦，感觉上更像是因了什么闪失而混入睡眠的现实的边角料。醒来时，已化为敏捷的动物逃之夭夭杳无踪影。

42　掉在地板上碎了，那就是鸡蛋

这一星期很快就过去了，快得出乎意料。整个上午我都专心致志面对画布，下午或看书或散步或处理必要的家务。如此不觉之间，一天又一天流转不息。星期三下午女友来了，我们在床上搂在一起。旧床一如往常欢快地吱扭不已，女友来了兴致。

"这床肯定在不远的将来土崩瓦解。"做爱过程中小憩时她预言，"是床的碎片还是格力高百奇饼干条都分不清楚——就土崩瓦解到那个程度。"

"或许我们应该多少平和些安静些才是。"

"亚哈船长①或许应该追沙丁鱼才是。"她说。

我就此思索。"你想说的是，世上也有很难变更的事？"

"大体上。"

停顿片刻，我们再次在茫茫大海上追逐白鲸。世上也有很难变更的事。

我每天在秋川真理惠肖像画上一点点添彩——往画布上画的草图骨骼上增加必要的血肉。我调制出几种所需颜色，用来布置背景——为她的面庞自然而然浮现在画面上打基础。如此等待星期日她再次来到画室。画的创作，有应该在实际模特面前推进的作业，有应该在模特不在时准备妥当的作业。两种作业我都分别喜欢。一个人投入时间就各种各样的要素斟酌再三，一边尝试种种的颜色和手法一边整顿环境。我以这种手工活为乐，乐于从整顿好的环境中自发地即兴地确立实体。

我一边画秋川真理惠的肖像，一边并行不悖地开始在另一幅画布上画小庙后侧的洞穴。洞的光景还历历印在我的脑际，画的时候无需将实物置于眼前。我将记忆中洞的样子绝对一丝不苟地画下去。我以百分之百的现实主义手法把这幅画画得极为写实。我基本不曾画写实画（当然作为商业活动画的肖像画另当别论），但画那一种类的画绝非不擅长。只要有意，足以被误为摄影画的那种精致写实的工笔画也手到擒来。偶尔画近乎超级现实主义的画，对于我一是转换心情，二是重温基础技术的训练。但我画的写实画，说到底是为了自娱，作品基本不对外。

这样，我眼前的《杂木林中的洞》一天比一天跃然纸上。几块厚木板作为盖子只盖一半的林中神秘的圆洞。骑士团长从中现出的地洞。画面描绘的只是一个黑洞，没有人影。周围地面铺着落叶。无比静谧的风景，却又让人觉得洞中有谁（有什么）即将爬上地面。越看越不能不怀有这样的预感。尽管造型出于自己笔下，但时而为之不寒而栗。

如此这般，每天上午时间都一个人在画室中度过。手拿画笔和调色板，兴之所至地交替画《秋川真理惠的肖像》和《杂木林中的洞》这两幅性质截然有别的画。我坐在雨田具彦星期日深夜坐的凳子上，面对并列的两幅画布埋头作画。也许因为注意力集中的关系，星期一早上我在凳上感觉出的雨田具彦浓厚的气息不觉之间消失了。这个旧凳似乎又回归为之于我的现实性用具。雨田具彦恐怕返回了自己本来应在的场所。

---

① 亚哈船长：十九世纪美国作家赫尔曼·梅尔维尔所著小说《白鲸》中的主人公。他为追逐和猎杀白鲸而最后与之同归于尽。

这一星期，夜半时分我每每去画室把门扇打开一条小缝往里窥视。但房间总是空无一人。没有雨田具彦的身影，没有骑士团长的形体。唯有一个旧凳置于画布跟前。从窗口照入的些微月光使得房间里的物体静静浮现出来。墙上挂着《刺杀骑士团长》。没画完的《白色斯巴鲁男子》面朝里立着。两个并列的画架上放着正在绘制的《秋川真理惠的肖像》和《杂木林中的洞》。画室中飘荡着油画颜料、松节油和罂粟籽油的气味。无论开窗开多长时间，这些交相混合的气味都不会从房间消失。这是我迄今一直呼吸、以后大约也要一直呼吸的特别气味。我像确认这种气味似的将夜间画室的空气吸入肺腑，而后静静关合门扇。

星期五夜里雨田政彦联系说星期六下午过来。还说在附近渔港买鲜鱼带来，吃饭不必担心，开心等待就是。

"此外可有想买的？顺便买了，什么都行。"

"倒也没有什么。"我说。旋即想起酒来："那么说威士忌没了。上次你给的来人喝光了。什么牌子都无所谓，买一瓶来可好？"

"我喜欢芝华士（Chivas Regal），可以的？"

"可以可以。"我说。雨田过去就是挑喝挑吃的家伙。我那方面没多少讲究，有什么吃什么，有什么喝什么。

放下雨田打来的电话，我从画室墙上摘下《刺杀骑士团长》，拿去卧室蒙上。从阁楼偷偷拿下来的雨田具彦未发表的作品，不能让其儿子瞧见，至少现在不能。

这么着，画室中来客能看见的画只有《秋川真理惠的肖像》和《杂木林中的洞》两幅了。我站在跟前左右轮流看这两幅作品。比较当中，秋川真理惠绕到小庙后面凑到洞口的光景浮上脑海。有一种从中可能发生什么的预感。洞盖闪开半边，里边的黑暗引导着她。在那里等待她的莫非是"长面人"？还是骑士团长呢？

难道这两幅画在哪里有联系不成？

来到这座房子之后，我几乎一个劲儿画画。最初受托画免色的肖像画，接着画《白色斯巴鲁男子》（在开始着色阶段中止了），现在同时画《秋川真理惠的肖像》和《杂木林中的洞》。我甚至觉得这四幅画渐渐成为拼图的拼块，组合起来好整体讲述一个故事。

或者我通过画这些画而在记录一个故事亦未可知。我有这样的感觉。莫非我被谁赋予作为这种记录者的职责或者资格？果真如此，那个谁究竟是谁呢？为什么这个我被选定为记录者呢？

星期六下午快到四点的时候，雨田开着黑色沃尔沃旅行车来了。方方正正质朴强悍的旧版沃尔沃是他的喜好。已经开了相当长时间，跑的距离也足够狠了，但他好像没有换买新版的打算。这天他特意带了自己的烹调刀来。保养得很好的锐利刃器。他用这个把在伊东一家鱼铺刚买的一大条新鲜鲷鱼在厨房料理了。原本就是心灵手巧多才多艺之人。他得心应手地剔出鱼骨，恰到好处地分出鱼肉，用鱼骨鱼头取汁做高汤。鱼皮用火烤了作为下酒菜。我只是由衷钦佩地在旁边看着这一系列作业。即使当专业烹调师想必也会取得相应成功。

"说实话，这样的白肉鱼生最好隔一天吃，那一来就变软了，味道也醇厚可口，但没办法，凑合一下吧！"雨田边说边熟练地使用烹调刀。

"岂敢贪心不足！"我说。

"吃不完，剩下的明天自己一个人吃好了。"

"吃就是。"

"对了，今晚就在这儿住下可以的？"雨田问我。"如果可能，今天想稳稳当当和你两个喝酒说话。可一喝酒车就开不成了。睡的地方客厅沙发就行。"

"当然!"我说,"本来就是你的家,随便你怎么住。"

"不会有哪里的女人找上门来?"

我摇头道:"暂且无此安排。"

"那好,住下。"

"何必睡客厅沙发,客卧有床。"

"啊,作为我还是客厅沙发舒心惬意。那沙发睡起来比看上去舒服得多。过去就喜欢在那上面睡。"

雨田从纸袋里取出一瓶芝华士,启封开盖。我拿来两个玻璃杯,从电冰箱拿来冰块。从瓶中往杯里注入威士忌时发出甚是快意的声音——亲朋故友敞开心扉时的声音。我们两人喝着威士忌准备开饭。

"两人这么慢慢一起喝酒,时隔好久啦!"雨田说。

"那么说还真是啊!倒是觉得过去没少喝……"

"哪里,我是没少喝。"他说,"你过去就不怎么喝。"

我笑道:"从你看来或许那样。其实作为我也喝得不算少哟!"

我不会喝得烂醉如泥,因为没等烂醉如泥就先睡成了一摊泥。但雨田不然。一旦坐下开喝,就要喝个淋漓畅快。

我们隔着餐厅桌子吃鱼生、喝威士忌。一开始各吃四个他连同鲷鱼一起买的新鲜生牡蛎,接下去吃鲷鱼鱼生。刚剔下的鱼生真是分外新鲜好吃。硬固然硬,但喝着酒不慌不忙吃就是。结果两人把鱼生吃得一片不剩。光吃这个我就吃了满满一肚子。除了牡蛎和鱼片,只吃了烤得嘎嘣脆的鱼皮、腌山葵和豆腐。最后喝了高汤。

"好久没吃得这般奢华了!"我说。

"在东京可是休想!"雨田说,"住在这地方也好像不坏,能吃到好鱼。"

"不过一直在这地方生活,对你怕是无聊的日子吧?"

"你无聊了?"

"怎么说呢,我过去就不觉得无聊有多么难受。再说这种地方也有好多戏上演。"

初夏搬来这里,不久同免色相识,和他一起打开小庙后头的地洞,而后骑士团长现身,不久秋川真理惠和她的姑母秋川笙子进入我的生活。同时有性方面瓜熟蒂落的人妻女友给我以安慰。甚至雨田具彦的生灵也光顾了。应该没有闲工夫无聊。

"我也可能有意外不无聊的。"雨田说,"我很早就是热心的冲浪迷,在这一带海岸没少冲风破浪。知道的?"

不知道,我说。那种经历一次都没听说。

"我想是不是该离开城市,重新开始这样的生活。早上起来看海,看有合适波浪,就抱起冲浪板出去。"

我无论如何也做不来那么麻烦的事。

"工作怎么办?"我问。

"一个星期去两次东京即可大体了事。我现在的工作几乎全是电脑上作业,即使住在远离城市的地方也没有什么不自由。世道够便利的吧?"

"不知道。"

他目瞪口呆地看着我:"现在已经是二十一世纪了哟!这可知道?"

"说法倒是知道。"

吃完饭,我们转去客厅继续喝酒。秋天也快要结束了,但夜里还没冷到想生火炉的程度。

"对了,你父亲情况如何?"我问。

雨田轻叹一声。"老样子。脑袋彻底短路,几乎连鸡蛋和睾丸都分不清了。"

"掉在地板上碎了，那就是鸡蛋。"

雨田出声地笑了。"不过细想之下，人这东西也真够不可思议的。我父亲就在几年前还是条硬汉，打也好踢也好，眼皮都不眨一下。脑袋也总是清晰得活像冬天的夜空，几乎让人来气。而现在呢，成了记忆的黑洞，就像宇宙突然出现的漫无边际的黑暗洞穴。"

如此说罢，雨田摇了摇头。

"造访人的最大惊讶就是老龄，谁说的来着？"

我说不知道。根本没听说。不过或许的确如此。对于人，老龄说不定比死还要意外。或许远远超出人的预想。某一天被谁清楚告知：自己对这个世界已是生物学上（也是社会学上）没有也无妨的存在。

"那，你最近做的我父亲的梦真那么活生生的？"政彦问我。

"啊，活生生的，甚至很难认为是梦。"

"父亲在这房子的画室里了？"

我把他领进画室，用手指着房间正中那里的凳子。

"梦中令尊大人静静坐在这凳子上。"

雨田走到那凳子跟前，把手心贴在上面。

"什么也没做？"

"噢，什么也没做，只是坐在那里。"

其实他是从那里目不转睛地凝视墙上挂的《刺杀骑士团长》，但我隐瞒了。

"这是父亲中意的凳子。"雨田说，"虽说是普普通通的旧凳，但决不想丢弃。画画时也好想事时也好，总是坐在这里。"

"实际一坐，能奇异地让人平心静气。"我说。

雨田在那里站了一会儿，手搭凳子静静沉思什么。但根本没坐下去。他轮番看着凳前放的两幅画布：《秋川真理惠的肖像》和《杂木林中的洞》。两幅都是我现在正在画的画。他花时间仔仔细细地看,眼神俨然医师看 X 光片中的微妙阴影。

"非常有意味。"他说,"非常好。"

"两幅都?"

"啊,两幅都够意味深长。尤其两幅摆在一起,能感到类似奇特动向那样的东西。风格虽然格格不入,但两幅似乎在哪里息息相通——有这样的气氛。"

我默默点头。他的意见也是我这几天朦朦胧胧感觉到的。

"我想,你似乎正在缓缓把握自己新的方向,就像好歹要从深山老林穿出一样。最好珍惜这一流势。"

如此说着,他从手里的杯中喝了一口威士忌。冰块在杯中发出悦耳的声响。

我产生一股强烈的冲动,恨不得把雨田具彦画的《刺杀骑士团长》给他看看。想听一听政彦对他父亲的画发表怎样的感想。他口中的话,很可能给我以某种重要启迪。然而我还是竭力把这冲动按回胸间。

还太早,有什么制止我,为时尚早。

我们走出画室折回客厅。好像起风了,厚厚的云层从窗外向北款款流移。月亮还哪里都找不见。

"对了,要紧事情。"雨田破釜沉舟似的切入正题。

"总的说来,那怕是不好说的事吧?"我说。

"啊,总的说是不好说的事,或者不如说是相当不好说的事。"

"可我有必要听取。"

雨田在胸前喀哧喀哧搓着双手,简直就像马上要搬什么重得不得了的东西一样。而后终于讲了起来。

"事是关于柚的。我和她见了几次。你今春离家前见了,离家后也见了。她说想见,就在外面见面谈了几次。但她要我不要讲给你听。和你之间弄出秘密我是不情愿的，但还是跟她那么约定了。"

我点头。"约定很重要。"

"毕竟柚对我也是朋友。"

"知道。"我说。政彦看重朋友。有时这也成为他的弱点。

"她有个交往中的男人，我是说除你以外的。"

"知道。当然我是说现在知道。"

雨田点头。"从你离家大约半年前开始的，两人进入那种关系。这样的事跟你明说心里是很痛苦——那个男人是我的熟人，职场同事。"

我轻轻叹息一声。"不难想象，怕是英俊男士吧？"

"啊，是的是的，长相非常好看，以致学生时代被猎去当过临时模特。说实话，形式上像是由我把他介绍给柚的。"

我默不作声。

"当然是就结果而言。"政彦说。

"柚一向对长得好看的男人缺乏抵抗力。本人也承认那近乎病态。"

"你的长相也不多么无可救药嘛，我看。"

"谢谢！今晚可能睡个好觉。"

我们各自沉默有顷。之后雨田开口道："反正那家伙是个相当了得的美男子，而人品也不坏。这么说未必成为对你的安慰，动粗打人啦，乱搞女人啦，显摆俊俏啦——完全不是那一类型的男人。"

"那比什么都好。"我说。本来没那个意思，而结果上我的语声听起来带有挖苦意味。

雨田说："去年九月的事了，我和他在一起时，偶然在哪里碰上了柚。因为正是午饭时间，三人就一起在那里吃午饭。不过那时做梦都没想到两人进入那种关系。而且他比柚小五六岁。"

"然而两人立马成了恋人关系。"

雨田做了微微耸肩的动作。想必事情发展势如破竹。

"他找我商量了。"雨田说,"你太太也找我商量了。使得我处于相当尴尬的立场。"

我默然。我知道,说什么自己都显得愚蠢。

雨田沉默片刻。"实不相瞒,她现在怀孕了。"

我一时无语。"怀孕?柚她?"

"噢,已经七个月了。"

"她希望受孕的?"

雨田摇头:"这——那个地步我不知道。不过好像打算生下来。喏,都七个月了,无计可施的吧?"

"她可是一直对我说还不想要孩子的。"

雨田往杯里看了一会儿,略略蹙起眉头。"那是你的孩子这一可能性没有的吧?"

我迅速计算,摇头道:"法律上另当别论,从生物学上说,可能性是零。八个月前我就已离开家了,那以来面都没见过。"

"那就是了。"政彦说,"不过反正眼下她想生下孩子,希望把这事转告给你。说没有因此给你添麻烦的打算。"

"为什么想把这事特意转告我呢?"

雨田摇摇头说:"这——估计是想大致在礼仪上应该向你报告吧!"

我默然。礼仪上?

雨田说:"总之我一直想就这件事在哪里向你好好道歉。知道柚和我的同事成了那种关系却什么也没能跟你说,对此我觉得对不住你,无论出于何种情由。"

"所以作为补偿让我住在这座房子里了?"

"不,那和柚的事无关。这里再怎么说也是父亲长期居住、一直作画的房子。若是你,我想可以和这个场所一拍即合。并不是谁都可以放心托付的。"

我没说什么。应该并非虚言。

雨田继续道:"不管怎样,你在寄来的离婚协议书文件上盖章寄回柚了。是这样的吧?"

"准确说来是寄回律师了。所以眼下离婚理应成立了。估计两人不久就会选择佳期结婚的吧!"

想必建立一个幸福家庭。小巧玲珑的柚,英俊高大的父亲,幼小的孩子。风和日丽的星期日早晨,三人相亲相爱地在附近公园散步——好温馨的场景!

雨田往我的杯子和自己的杯子补加冰块,添威士忌。拿起自己的杯子喝了一口。

我从椅子立起走到阳台,眺望山谷对面免色的白色房子。窗口闪着几点灯光。免色此刻在那里到底做什么呢?想什么呢?

夜晚的空气现在凉得厉害。风微微摇颤树叶已经落光的枝条。我折回客厅,重新坐在椅子上。

"能原谅我?"

我摇头:"也不是谁不好造成的吧!"

"作为我只是非常遗憾。柚和你原本是天造地设的一对,看上去和和美美。岂料就这样一下子变得七零八落。"

"掉在地板上试试,坏的一方是鸡蛋。"我说。

政彦无奈地笑道:"那么现在怎么样?和柚分开后,可有交往的女性?"

"不是没有。"

"和柚不同?"

"我想不同。对于女性,过去我就有一贯追求的某种东西。而柚具有那个。"

"其他女性身上没有找见？"

我摇头："眼下还没有。"

"可怜！"雨田说，"顺便问一句，你对女性一贯追求的到底是什么呢？"

"用语言不好表达。不过那应该是我在人生途中不明所以地丢失了而后来久久寻找不止的东西。人不都是这样爱上谁的吗？"

"恐怕很难说都是。"政彦约略现出苦相，"倒不如说那种人是少数派吧！不过，如果用语言不好表达，画成画不就可以了？你是画画的吧？"

我说："语言不行就画成画——这么说倒是容易，可实际做起来并非易事。"

"可有足以追求的价值吧？"

"亚哈船长或许该追逐沙丁鱼才是。"我说。

听得政彦笑了。"从安全性这一观点来看，可能是那样的。但那里产生不了艺术。"

"喂，算了算了！说出艺术这个词儿来，话可就到此终了。"

"看来我们最好继续喝威士忌啊！"政彦边摇头边说。说罢往两人杯里倒威士忌。

"不能这么喝了，明天早上有工作。"

"明天是明天，今天只有今天。"

此说有奇特的说服力。

"有件事想求你。"我对雨田说。时候差不多该打住准备睡觉了。时针即将指向十一点。

"我能做的，什么都成。"

"如果可以，想见见你父亲。去伊豆护理机构时不能带我一起去？"

雨田以看珍稀动物的眼神看我："想见我父亲？"

"如果不添麻烦的话。"

"麻烦当然谈不上。只是，现在的父亲已经不是能正常交谈的状态了。浑浑噩噩，差不多跟泥沼似的。所以，如果你怀有什么期待的话……就是说，如果指望从雨田具彦其人那里获取某种有意义的东西……那么很可能失望。"

"不指望什么。作为我只是想见见你父亲——哪怕见一次也好——想好好看看那副面容。"

"为什么？"

我喘了口气，环视客厅。随即说道："已经在这屋子生活半年了。在你父亲的画室坐在你父亲的凳子上画画，用你父亲的餐具吃饭，听你父亲的唱片。这当中，在许许多多地方都能感觉他的气息什么的。于是觉得一定要实际见见雨田具彦这个人物才好。哪怕仅仅一次。即使不能像样交谈也没关系。"

"如果那样倒是可以。"雨田似乎理解了，"你去，我父亲既谈不上欢迎，也无所谓讨厌。毕竟谁是谁都分不清楚了。所以领你一起去没有任何问题。不久还要去伊豆高原的护理机构。医生说已经来日无多了，什么时候发生什么都无足为奇。如果你没安排，那时一起去好了！"

我拿来备用毛毯、枕头和被褥，在客厅沙发上做好睡觉准备。然后再次转圈环顾房间，确认没有骑士团长的形影。如果雨田半夜醒来在那里看见骑士团长——身着飞鸟时期衣裳的六十厘米高的男子——肯定魂飞魄散。说不定以为自己来了个酒精中毒。

除了骑士团长，房子里还有"白色斯巴鲁男子"。画反过来放着以免给人看见。但是，深更半夜黑暗中在我不知道的时间里将有什么事发生，我全然揣度不出。

"一觉睡到早上好了！"我对雨田说。这是真心话。

我把备用睡衣借给雨田。体形大体相同，尺寸没有问题。他脱去衣服换穿了，钻进准备好的被窝。房间空气多少有些凉，但被窝应足够暖和。

"没生我的气？"最后他问我。

"没生气。"我说。

"可多少受伤害了吧？"

"或许。"我承认。多少受伤害的权利在我也应当有的。

"不过杯里的水还剩有十六分之一。"

"完全正确。"我说。

而后我熄掉客厅照明，撤回自己卧室。带着多少受伤的心，很快睡了过去。

43 那不可能作为单纯的梦了结

醒来时，四周已经天光大亮。天空被灰色薄云遮得严严实实，但太阳还是把无限慈爱的光淡淡地静静地倾注在大地上。时近七点。

在卫生间洗完脸，调好咖啡机，然后看客厅动静。雨田在沙发上裹着被睡得死死的，全然没有醒来的征兆。旁边茶几上放着几乎空了的芝华士瓶子。我没有惊动他，收拾杯瓶。

作为我来说威士忌应该是喝了不少的，但没有宿醉之感。脑筋如平日清晨一般清晰，胸口也没觉得灼热。有生以来从未体验过宿醉是怎么个东西。原因不晓得。估计是天生体质使然。无论怎么喝，睡一晚上迎来清晨，酒精痕迹便荡然无存。吃了早餐就能投入工作。

烤了两片面包，煎了两个荷包蛋，边吃边听广播里的新闻和天气预报。股价忽高忽下，国会议员被曝丑闻，中东大城市发生大规模炸弹恐怖事件死伤多人。不出所料，令人欢欣鼓舞的新闻一则也没有。但也没有发生可能即刻给我的生活带来负面影响的事件。眼下那些都是某个遥远世界发生的事，都是出现在素不相识之人身上的事。虽然令人不忍，但那上面没有我马上能做的。天气预报暗示气候姑且无碍。心旷神怡的小阳春诚然谈不上，却也不算糟。即使一整天薄云轻笼，也不会下雨吧，大概。但官方或媒体人士都足够聪明，决不采用"大概"这类模棱两可的字眼，而有"降水概率"这一便利（谁也无须为之负责的）说法准备在那里。

新闻和天气预报广播完毕，我关掉广播，收拾早餐使用的碟盘和碗筷。而后坐在餐桌前喝着第二杯咖啡东想西想。一般人应该正在打开刚送来的早报阅读，而我没有订报。于是一边喝着咖啡望窗外好看的柳树一边思考什么。

我首先思考生产在即（据说）的妻。旋即意识到她已不再是我的妻。她和我之间早已没有任何关联，无论从社会契约上还是人与人之间的关系上。我对于她恐怕已是不具任何意义的外人。想到这里，觉得颇有些不可思议。几个月前还每天早上一起吃饭，用同样的毛巾和香皂，相互出示裸体，睡在一张床上，然而现在已成了两不相干的他人。

就此思考时间里，我逐渐感觉我这个人甚至对于我本身恐怕也是没有意义的存在。我双手放在餐桌上，看手看了一阵子。毫无疑问是我的双手。右手和左手左右对称，形状大同小异。我用这手画画、做饭吃饭，时而爱抚女人。然而这天早上，不知何故，它们已不像是我的手。手背也好，手心也好，指甲也好，掌纹也好，看上去统统成了素不相识之人的所有物。

我不再看自己的双手，不再思考曾是妻的女性。我从餐桌前立起，去浴室脱了睡衣，用热水淋浴。仔细洗发，在卫生间刮须。而后再次考虑很快生孩子——不是我的孩子的孩子——的柚。懒得考虑，却又不能不考虑。

她已怀孕七个月了。距今七个月前，大体是四月下半月。四月下半月我在哪里做什么了呢？我一个人离家开始长期单人旅行是三月中旬。那以后一直开着颇有年代的标致 205 在东北和北海道漫无目标地转来转去。结束旅行回到东京时已进入五月了。说起四月下半月，是我从北海道去青森县那段时间。从函馆去下北半岛的大间①，利用的

---

① 位于日本青森县的下北半岛北端，是本州最北端的町。

是渡轮。

我从抽屉深处掏出旅行期间简单写的日记，查看那时自己在哪一带。那期间我离开海岸，在青森县山中到处移行。虽说四月也已过半，但山区还相当冷，雪也毫不含糊地残留没化。至于为什么偏要去寒冷地方，理由我想不大起来了。地名记不确切了，但记得在湖旁一家冷冷清清的小旅馆一连住了好几天。了无情趣的混凝土旧建筑，饭食相当单调（但味道不差），住宿费惊人地便宜。院子一角甚至有个可以全天入浴的不大的露天浴池。春季营业刚刚开始，除了我几乎没有入住客人。

不知何故，旅行期间的记忆异常模糊。记在用来代替日记本的笔记本上面的，不外乎所到之处的地名、入住的设施、吃的东西、行车距离、一天的开支，如此而已。记得马马虎虎，干干巴巴。心情和感想之类哪里也找不见。想必没有什么可写的吧。所以，即使回头看日记，这一天和另一天也几乎区别不出。看记下的地名也想不起那是怎样的地方。连地名都没写的日子也不在少数。同样的风景，同样的食物，同样的气候（冷或不很冷，上面只有这两种气候）。现在的我想得起来的，不外乎这种单调的重复感。

较之日记，小型素描簿上画的风景和事物多少能让自己的记忆清晰复苏过来（没有照相机，照片一张也没留下。而代之以素描）。话虽这么说，整个旅行期间也没画多少幅。时间多得不好打发了，就把短铅笔或圆珠笔拿在手里，将那里眼睛看到的东西随心所欲素描下来。路旁的花草、猫狗，或者山岭什么的。兴之所至，有时也画身边的速写，但那差不多都给了讨要的对方。

日记的四月十九日那页的下端写道"昨夜，梦"。更多的什么也没写。是我住在那里时的事。而且"昨夜，梦"三个字下面用2B铅笔用力画了粗线。既然写进日记并特意画了粗线，那么必是具有特别意味的梦。但在那里做的什么梦，花了一会儿时间才得以想起。记忆随之一并复苏。

那天天快亮的时候,我做了一个非常鲜明而淫秽的梦。

梦中我在广尾公寓套间的一室。那是我和柚两人生活了六年的房间。有床。妻一个人睡在上面。我从天花板俯视她那样子,即我浮在空中。但没觉得多么不可思议。在梦中浮在空中对我是极为理所当然的事。绝非不自然之举。而且无需说,我没以为是做梦。对于浮在空中的我来说,那无疑是此刻在此实际发生的事。

为了不惊醒柚,我悄悄从天花板下来站在床尾。当时在性方面我十分兴奋。因为很长时间没抱她的身子了。我一点一点扒开她盖的被子。柚似乎睡得相当深沉(或者吃了安眠药也未可知),即使把被子整个扒掉,也没有醒的反应。身子一动不动。这使得我更加肆无忌惮。我慢慢花时间脱去她的睡裤,拉掉内裤。淡蓝色的睡衣,小小的白色棉质内裤。然而她还是没有睁眼醒来。不抵抗,不出声。

我温柔地分开她的腿,用手指触摸她的那个部位。那里暖暖裂开,已充分湿润,简直像在等待我触摸。我已经忍无可忍,将变硬的阳具探了进去。或者莫如说那个位置如温暖的奶油纳入我的阳具,积极吞噬进去。柚没有醒,但这时大口喘息起来,发出低微的声音,仿佛已急不可耐。手摸乳房,乳头如坚果一般硬挺。

说不定她正在做一个深沉的梦,我想。可能在梦中把我错当成别的什么人了。这是因为,很长时间她都拒绝我的拥抱。但是,她做什么梦也好,梦中把我错当成谁也好,反正我都已经进入她的体内,这时不可能中止。倘若柚在这当中醒来得知对方是我,没准会受打击,气恼也说不定。果真如此,醒时再说就是。现在只能听之任之。我的脑袋在剧烈欲望的冲击下几乎处于决堤状态。

起初,为了不把熟睡的柚弄醒,我避免过度刺激,静静地缓缓地抽动阳具。但不久自然而然地加快动作。因为她的肉壁明显欢迎我的到来，希求更粗暴些的动作。于是我很快迎来射精瞬间。本想久些留在她的那里，可是我再也无法控制自己。一来对我是久违的性交，二来她尽管在睡眠中，却做出迄今从未有过的积极反应。

结果一泻而出，好几次反复不止。精液从她那里溢出，溢到外围流下，黏糊糊弄湿了床单。就算想中途停下，我也不知所措。以致我担心再这么倾泻下去，自己说不定直接沦为空壳。而柚却一不发出声音二不呼吸紊乱，只管昏昏沉睡。但另一方面，她的那里不肯放我出来——以坚定的意志急剧收缩不已，持续榨取我的体液。

这时我猛然醒来，察觉自己已实际射精。内裤被大量精液弄得一塌糊涂。我赶紧脱下以免弄脏床单，在卫生间洗了。然后走出房间，从后门进了院子里的温泉。那是个没有墙没有天花板的全开放露天浴池，走到之前冷得要命，而身体一旦沉入水中，往下简直暖到骨髓里去了。

在黎明前万籁俱寂的时刻，我一个人泡在温泉里，一边听着冰为热气溶化而变成水滴一滴滴下落的声音，一边再三再四在脑海里再现梦中光景。由于记忆伴随的感触实在太真切了，无论如何都不能认为是梦。我确实去了广尾的公寓套间，确实同柚性交了。只能这样认为。我的双手还真真切切记得柚的肌肤那滑润的感触，我的阳具还留有她内侧的感触。那里强烈地需求我，紧紧钳住我不放（或许她把我误为别的什么人了，但反正那个对象是我）。柚的那里从周围牢牢裹住我的阳具，力图将我的精液一滴不剩地据为己有。

关于那个梦（或者类似梦的东西），某种愧疚感也不是没有。一言以蔽之，我在想象中强暴了妻。我剥去熟睡中的柚的衣服，没征得对方同意就插了进去。纵使夫妻之间，单方面的性交在法律上有时也是被视为暴力行为的。在这个意义上,我的行为绝不是值得褒奖的行为。不过归根结底,客观看来那是梦。那是我的梦中体验。人们称之为梦。我并非刻意制造那场梦。我没有写那场梦的脚本。

话虽这么说,那是我求之不得的行为这点也是事实。假如现实中——不是梦中——被置于那种状况,我恐怕还是如法炮制,可能还是悄悄剥去她的衣服擅自插入她的体内。我想抱柚的身子,想进入其中。我被这种强烈的欲望完全控制了。于是我在梦中以可能比现实夸张的形式付诸实施(反过来说,那是只能在梦中实现的事)。

那活生生的性梦,一段时间给一个人持续孤独之旅的我带来某种幸福的实感,或者说是浮游感更合适?每当想起那场梦,我就觉得自己仍能作为一个生命同这个世界有机结合在一起,仍能通过肉感——不是理论不是观念——同这个世界密切相连。

但与此同时,一想起恐怕某人——别处一个男人——以柚为对象实际受用那样的感觉,我的心就觉出针扎般的痛。那个人触摸她变硬的乳头、脱下她小小的白色内裤、将阳具插入她湿润的缝隙一再射精——每当想象那样的场景,自己心间就有流血般的痛切感。那是我有生以来(在能记得起来的限度内)初次产生的感觉。

那是四月十九日天亮时分做的奇异的梦。于是我在日记中写下"昨夜,梦",并在其下面用2B铅笔画了粗线。

柚受孕正值这一时期。当然不能以针尖点中受胎时日。但说是那个时候也不值得奇怪。

我想,这同免色所讲的十分相似。只是,免色是实际同肉身对象在办公室沙发上交合的,不是梦境。而恰在那时女方受孕了。之后马上同年长的资产家结婚,不久生了秋川真理惠。因此,免色认为秋川真理惠是自己的孩子自是有其根据的。可能性固然微乎其微，但作为现实并非不可能。而我呢，我同柚的一夜交合终归发生在梦中。那时我在青森县的山中，她在（大概）东京城中心。所以，柚即将生出的孩子不可能是我的。从逻辑上考虑，这点再清楚不过。那一可能性完全是零。如果从逻辑上考虑的话。

但是，相对于仅以逻辑这样轻率处理，我做的梦实在过于鲜明生动了。在那场梦中进行的性行为，相比于六年婚姻生活之间我以柚为对象任何实际进行的都要印象深刻，并且伴有远为强烈的快感。再三再四反复射精的瞬间，我的大脑状态就好像所有保险丝一齐跳开。几多现实层尽皆溶解，在脑袋里交相混合、混浊滞重，恰如宇宙的原初混沌。

那般活灵活现的事不可能作为单纯的梦了结，这是我怀有的实感。那场梦必然同什么结合在一起。而那应当给现实以某种影响。

快九点时雨田睁眼醒来，一身睡衣来到餐厅喝热乎乎的黑咖啡。他说不要早餐，只咖啡即可。他下眼皮有稍稍浮肿。

"不要紧？"我问。

"不要紧！"雨田揉着眼皮说，"比这厉害的宿醉也体验了好几次，这算轻的。"

"慢慢待着没关系的哟！"我说。

"可往下有客人来的吧？"

"客人来是十点，还有点儿时间。再说你在这里也没什么问题。把你介绍给两人。哪个都是可惊可叹的女性。"

"两个？不是绘画模特女孩一个吗？"

"陪同的姑母一起来。"

"陪同的姑母？好一个古风犹存的地方啊！简直是简·奥斯丁的小说。莫不是扎着紧身胸衣、坐两匹马拉的马车光临？"

"马车不至于，丰田普锐斯。紧身胸衣也没扎。我在画室画那个女孩的时候——大约两个钟头——姑母在客厅看书等着。虽说是姑母，但还年轻……"

"书？什么书？"

"不知道。问了，不肯告诉。"

"嗬！"他说，"对了对了，说起书，记得陀思妥耶夫斯基的《群魔》里边，有个为了证明自己是自由的而用手枪自杀的人。叫什么名字来着？觉得问你能问明白……"

"基里洛夫。"我说。

"是，基里洛夫。近来一直促使自己想起，却怎么也想不起。"

"那又怎么了？"

雨田摇头："啊，怎么也不怎么。只是碰巧那个人物浮上脑海，我努力回想他的名字，却怎么也想不起来，就多少觉得是回事，像小鱼刺扎在嗓子眼似的。不过俄国人嘛，考虑的东西总好像相当奇特。"

"陀思妥耶夫斯基的小说里边，有很多人物为了证明自己是独立于神和世俗社会的自由人而做傻事。噢，当时的俄国也许并没傻成那个样子。"

"你怎么样？"雨田问，"你和柚正式离婚，利利索索成了自由之身。准备干什么？尽管不是自己追求的自由，但自由总是自由。机会难得，做一两件傻事不也蛮好的吗？"

我笑道："现阶段还没有特别做什么的打算。可能我暂且自由了，却也用不着向世界——证明什么吧？"

"那怕也是。"雨田显得兴味索然，"不过你大体是画画的吧？是 Artist[①] 吧？从根本上说，艺术家这东西都是要玩花样出大格

---

① 艺术家，美术家（尤指画家）。

的。你倒是向来不做傻事，绝对不做。看上去总那么循规蹈矩。偶尔撒撒野不也可以的？"

"把放债的老太婆拿斧头砍了？"

"不失为一策。"

"爱上老实厚道的娼妇？"

"那也非常不赖。"

"容我想想看。"我说，"问题是，即使不特意做傻事，现实本身也足够出格离谱的吧？所以，我想自己一个人尽可能做得地道些像样些。"

"哦，那也未尝不是一策。"雨田泄气地说。

我很想说不是什么那也未尝不是一策。实际上包围我的是大大出格离谱的现实。如果连我也出格离谱，那可真叫昏天黑地了。但现在我不能在这里把整个来龙去脉讲给雨田。

"反正得告辞了！"雨田说，"倒是想见见那两位女性再走，可东京有工作没做完。"

雨田喝干咖啡，换上衣服，驾驶漆黑的四方形沃尔沃回去了，带着约略浮肿的眼睛。"打扰了！不过好久没聊得这么开心了！"

这天有件事让人觉得蹊跷：雨田为了处理鱼带来的烹调刀没有找到。用完洗得干干净净，记忆中没再拿去哪里。但两人找遍整个厨房，却怎么也没找到。

"啊，算了！"他说，"大概去哪里散步了吧，回来时放好！毕竟偶一用之。下次来时回收。"

我说再找找。

沃尔沃不见了之后，我觑一眼手表。差不多是秋川家两名女性来的时候了。我回客厅收拾沙发上的铺盖，把窗扇大敞四开，置换房间里沉甸甸滞留的空气。天空仍是淡淡的灰色。无风。

我从卧室里拿出《刺杀骑士团长》，照旧挂在画室墙上。随后坐木凳上再次看画。骑士团长的胸仍在流红色的血，"长面人"继续从画面左下角目光炯炯地观察这一场景。一切一成未变。

但是，这天早上看《刺杀骑士团长》过程中，柚的面影总是从脑袋里挥之不去。无论怎么想那都不是什么梦，我再次思忖。我笃定那天夜里实实在在去那个房间了。一如雨田具彦几天前的深夜来此画室。我超越现实中的物理性制约，以某种方法跑去广尾那座公寓的房间，实际进入她的体内，往那里排出了真正的精液。人如果由衷期盼什么，总是能够如愿以偿的。我这样想道。通过某种特殊频道，现实可以成为非现实，非现实可以成为现实，只要人真心渴望。可是那并不等于证明人是自由的。所证明的莫如说是相反的事实，或许。

如果有再次见柚的机会，我想问她今年四月下半月那场性梦她做了没有——是不是梦见我黎明时分进房间把酣睡中（以至身体被剥夺自由）的她强奸了。换言之，那场奇妙的梦是否不限于我这边而作为相互通行的东西存在？作为我很想问个明白。但是，果真那样，果真她也和我做同样的梦，那么从她那边看来，那时的我可能就是或可称为"梦魇"的不吉利或邪恶的存在。我不愿意认为自己是那样的存在——不可能成为那样的存在。

我自由吗？这样的叩问对于我没有任何意义。现在的我比什么都需要的，终究是能够拿在手里的确凿无误的现实，是堪可依赖的脚下坚硬的地面。而不是梦中强奸自己妻子的自由。

44 类似人之所以成为那个人的
　　特征那样的东西

真理惠这天完全不开口。坐在往次那把简朴的餐椅上当模特，像眺望远处风景一样目不转睛看着我。餐椅比凳子低，于是她多少取仰视的姿势。我也没向她说什么。一来想不起说什么好，二来没觉出有说什么的必要。所以我不声不响地在画布上挥动画笔。

我当然是想画秋川真理惠的。但与此同时，其中又好像融入了我死去的妹妹（路）、曾经的妻（柚）的面影。并非刻意为之，只是自然融入。或许我是向秋川真理惠这个少女内侧寻觅自己人生途中失却的宝贵女性们的形象。至于那是否属于健全行为，自己并不知晓。但我眼下只能采用如此画法。也不是眼下。回想起来，觉得自己从一开始就或多或少采用了这样的画法——让画中出现现实中无法求得的东西，将自己本身的秘密信号偷偷打入画面深层，不让别人看到。

不管怎样，我只管面对画布，几乎毫不踌躇地描绘秋川真理惠的肖像。肖像稳扎稳打一步步走向完成。好比河流因地形而不时迂回，或此起彼伏歇歇停停，但归终不断增加着流量朝河口、朝大海稳步推进。我能够像感觉血液循环一样在体内真切感觉出那种动向。

"过后来这里玩可以的？"真理惠快到最后的时候小声细气地对

我说。语尾诚然有断定意味,但明显是询问——她问我过后来这里玩可以吗。

"来玩,顺那条秘密通路来?"

"嗯。"

"可以是可以,大约几点?"

"几点还不知道。"

"天黑以后最好就别来了。夜晚山中不知会有什么。"我说。

这一带的黑暗中潜伏着形形色色莫名其妙的什么。骑士团长、"长面人"、"白色斯巴鲁男子"以及雨田具彦的生灵。还有我自身的可能作为性之分身的梦魇。甚至这个我,也能成为夜幕下不吉利的什么。想到这里,不由觉出些微寒气。

"尽可能还亮时来。"真理惠说,"有事想跟老师说,两人单独地。"

"好的,等你。"

不久,正午钟声响了,我中断绘画作业。

秋川笙子照样坐在沙发上专心看书。看样子厚厚的小开本书已近尾声。她摘下眼镜,夹书签把书合上,扬脸看我。

"作业正在进行。往下再请真理惠小姐来这里一两次,画就大约完成了。"我对她说,"占用了时间,感到很对不起。"

秋川笙子微微一笑。极有品位的微笑。"哪里,那点儿事请别介意。真理惠似乎很开心当模特。我也盼望画的完成,而且在这沙发上看书也非常好。所以这么等着一点儿也不枯燥。对我来说,能外出一段时间也是一种心情转换。"

我想问上星期日她和真理惠一起去免色家访问时的印象。见得那座气派的宅邸有何感想?对免色这个人怀有怎样的印象?可是,既然她未主动提起话题,那么我问这些似乎有违礼仪。

秋川笙子这天的衣着也同样精心,完全不是一般人星期日早上去附近人家访问的装束。一道褶也没有的驼绒半身裙，带有大丝带的高档白色丝绸衬衫，深青灰色的外衣领口别着镶宝石的金饰针。在我眼里那宝石似乎是真正的钻石。相对于手握丰田普锐斯方向盘，未免过于时尚的感觉也是有的。但这当然是瞎操心。丰田广告负责人有可能持和我完全相反的见解。

秋川真理惠的衣服没有变化。眼熟的棒球服，开洞洞的蓝牛仔裤，那双白色旅游鞋比平时穿的鞋还要脏（后跟部分几乎磨烂）。

临走时真理惠在门厅那里趁姑母没注意悄悄朝我使了个眼色，传达"过后见"这一唯独两人间的秘密信息。我报以轻轻的微笑。

送走秋川真理惠和秋川笙子后，我折回客厅在沙发上睡了一会儿午觉。没有食欲，午饭免了。三十分钟左右深沉而简洁的午觉，没有做梦。这对我是难能可贵的事。梦中不知自己会干什么这点让我相当惶恐，而不知梦中自己会成为什么就更加惶恐。

我以和这天的天气同样阴晦的七上八下的心情送走了星期日的午后。淡云轻笼的安静的一天，没有风。读一会儿书，听一会儿音乐，做一会儿饭。可是不管做什么都无法把心情好好拢在一起。仿佛一切都要半途而废的午后。无奈之下，烧开洗澡水，长时间泡在浴缸中。我逐一想起陀思妥耶夫斯基《群魔》出场人物的冗长名字。包括基里洛夫在内想起了七个。不知何故，从高中生那时候开始，我就擅长记忆俄罗斯经典长篇小说出场人物的名字。或许该重读一遍《群魔》了。我是自由的，时间绰绰有余，又没有特别要干的事。正是读俄罗斯经典长篇小说的绝好环境。

之后又考虑柚。怀孕七个月，估计是肚子的隆起已经多少醒目的时候了。我想象她的那种样子。柚现在做什么呢？考虑什么呢？她幸福吗？那种事我当然无由得知。

雨田政彦说的或许不错。我或许应该像十九世纪俄罗斯知识分子那样为了证明自己是自由人而干一两桩傻事了。可是例如干什么呢？例如……闷在又黑又深的洞底一个小时什么的？于是我陡然想起，实际干这个的，不正是免色吗？他的一系列所作所为，也许不是傻事。然而无论怎么看，无论说得多么克制，都多少偏离常规。

秋川真理惠来到这里，是下午四点多钟。门铃响了。开门一看，真理惠站在那里。身体从门缝间滑一样迅速进入里边，俨然一片云絮。旋即疑心重重地四下环视。

"谁也没有？"

"谁也没有哟！"

"昨天有谁来了。"

那是询问。"啊，朋友留宿了。"我说。

"男性朋友？"

"是的啊，男性朋友。可你怎么知道有谁来了？"

"没见过的黑车停在门前来着，四方箱子似的旧车。"

雨田称为"瑞典饭盒"的老式沃尔沃。拉死掉的驯鹿估计足够方便。

"你昨天也来这里玩了？"

真理惠默默点头。没准她一有空儿就穿过"秘密通道"来看这房子情况。或者莫如说我来这里之前这一带就一直是她的游乐场，说"猎场"怕也未尝不可。而我只不过偶然搬来这里罢了。这么说，莫不是她也同曾经住在这里的雨田具彦接触过？迟早非问问不可。

我把真理惠领进客厅。让她坐在沙发上，我在安乐椅弓身坐下。我问她要不要喝什么，她说不要。

"大学时代的朋友来，住下了。"我说。

"要好的朋友？"

"我想是的。"我说,"对我来说,可能是唯一可称为朋友的对象。"

他介绍的同事把我的妻睡了也好,他知道事实真相而不告诉我也好,由此导致离婚最近成立也好,都不至于在两人关系上投下多大阴影——便是要好到这个程度。即使称作朋友,也不会有辱真实。

"你有要好的朋友?"我问。

真理惠没有回答问话。眉毛都没动一下,一副充耳不闻的神气。大概是不该问这个的。

"免色对老师不是要好的朋友。"真理惠对我说。虽然不带问号,但那纯属询问。她是在问:就是说免色先生不是对于我的要好的朋友?

我说:"上次也说了,对于免色先生这个人了解不多,没有了解到能称作朋友的地步。和免色先生说话是搬来这里以后的事,而我住来这里还不到半年。人和人要成为好朋友,是需要相应时间的。当然,免色先生是个极有意味的人。"

"极有意味?"

"怎么说好呢,personality① 和普通人多少有所不同,我觉得。较之多少,或许应说相当不同,不是那么容易理解的。"

"Personality?"

"就是类似人之所以成为那个人的特征那样的东西。"

真理惠好一会儿定定看着我的眼睛。看样子是在慎重选择往下应当说出口的词语。

"从那个人房子的阳台上,可以迎面看见我家的房子。"

我略一停顿应道:"是的吧!毕竟地形上处于正对面。不过从他

---

① 人格,个性。

家房子,也能差不多同样看清我住的这座房子。不光是你家房子。"

"可是那个人在看我家。"

"在看?"

"倒是放在盒子里不让人看见,他家阳台上放着像大双筒望远镜那样的东西,还带三脚架。用那个,肯定能清楚看见我家的情形。"

这个少女发现了那个,我想。注意力厉害,观察力敏锐,关键东西不看漏。

"就是说,免色先生用那架双筒望远镜观察你家来着?"

真理惠痛快地点了下头。

我大大吸了口气,吐出。而后说道:"可那终究是你的推测吧?只是阳台上放着高性能双筒望远镜这一点,恐怕并不能说明他在窥看你家。或者看星星看月亮也说不定。"

真理惠视线没有犹疑。她说:"我有一种自己被看的直觉,有一段时间了。但谁从哪里看并不明白,但现在明白了。看的一定是那个人。"

我再次缓缓呼吸。真理惠推测正确。天天用高性能军用双筒望远镜观察秋川真理惠家的,确是免色无疑。不过据我所知——不是为免色辩护——他并非怀有不良用心而窥看的。他单单想看那个少女,想看说不定是自己亲生女儿的十三岁美少女的形影。为此,恐怕仅仅为此而把隔谷相对的那座大房子弄到了手,使用相当强硬的手段把以前住的一家人赶了出去。但是我不能在此把这些情况向真理惠挑明。

"假定如你说的那样,"我说,"他到底是以什么为目的那么上心地观察你家的呢?"

"不明白。没准对我姑母有兴趣。"

44　类似人之所以成为那个人的特征那样的东西

"对你姑母有兴趣？"

她微微耸了耸肩。

看来真理惠完全没有自己本身可能成为窥看对象这一疑念。这个少女大概还没有自己可以成为男人性幻想对象这种念头。虽然觉得有点儿奇怪，但我并未断然否定她的这一推测。既然她那么想，听之任之也未必不好。

"我想免色隐藏着什么。"真理惠说。

"比如什么？"

她没有回答，而代之以像传递重大情报似的说道："我姑母到这个星期，已经和免色幽会了两次。"

"幽会？"

"她去免色家了，我想。"

"一个人去他家？"

"偏午时候开车一个人出去，傍晚很晚都没回来。"

"但并没有把握说她去了免色家。"

真理惠说："可我明白。"

"如何明白？"

"她平时是不那样外出的。"真理惠说，"当然，去做图书馆的志愿者或买点东西什么的是有的。但那种时候不会认真淋浴、修指甲、喷香水、挑最好看的内衣穿上才出门的。"

"你对各种事观察得真是仔细啊！"我佩服地说，"可你姑母会的果真是免色先生不成？没有免色先生以外的谁那种可能性？"

真理惠眯细眼睛看我，轻轻摇了下头，似乎在说我没有傻到那个程度。根据种种情况，很难设想对象是免色以外的人。而真理惠当然不傻。

"你的姑母去免色家和他单独打发时间。"

真理惠点头。

"而且两人……怎么说好呢,成了非常亲密的关系。"

真理惠再次点头,而且脸颊稍稍红了。"是的,我想是成了非常亲密的关系。"

"不过你白天是上学的吧?不在家。不在家为什么会知道这种事呢?"

"我明白的。女人一看神色,一般事都能明白。"

可我不明白。即使柚和我一起生活却同其他男人有肉体关系,我也很长时间都没发觉。现在回想起来,本应心有所觉才是。就连十三岁女孩都即刻了然于心的事,我怎么就浑然不觉呢?

"两人的关系,发展可是够迅速的啊!"我说。

"我的姑母是能有条有理考虑事情的人,绝对不傻。可心中哪里有多少弱些的地方。免色这个人又具有不同一般的能量。能量大得我姑母根本不是对手。"

也许如此。免色这个人,的确具有某种特别的能量。如果他决定真心追求什么并循此发起行动,多数情况下普通人是难以抗阻的,我怕也包括在内。至于一个女性的肉体,对于他很可能易如反掌。

"你是在担心吧?担心你的姑母会不会被免色先生以什么目的利用了?"

真理惠把笔直乌黑的头发抓在手里,绕去耳后。白皙的小耳朵露了出来。耳形美妙无比。她点了下头。

"男女关系一旦启动,想要阻止可不是那么容易的事。"我说。

实非易事,我对自己说。如印度教教徒搬出的巨大彩车,只能宿命地碾压各种东西向前推进。

"所以这么找老师商量来了。"说着,真理惠目不转睛地盯视我。

四周已经相当暗的时候，我拿着手电筒把真理惠送到"秘密通道"稍前一点的地方。她说晚饭前必须赶回家中。晚饭开始大体七点。

她是来找我提供建议的，但我也想不出好主意。只能静观一段事态进展吧，我能说的只这么一句。即使两人有性关系，说到底那也是独身成年男女在相互自愿基础上做的事。我究竟能做什么呢？何况成为其背景的情由，我对谁（真理惠也好她姑母也好）都不能挑明。在这种状态下提供有效建议是不可能的，好比更好使的那只手被捆在背后和人摔跤。

我和真理惠几乎一声不响地在杂木林中并肩行走。行走当中真理惠握住我的手。手不大，但意外有力。被她突然握手，我稍微吃了一惊。不过想必是因为小时常握着妹妹的手走路的关系，没特别感到意外。对于我，反倒是令人怀念的日常性感触。

真理惠的手非常干爽。虽然温暖，但并不汗津津的。她似乎在思考什么。大概由于思考的内容的不同而使得握着的手时而突然变紧时而悄然放松。这种地方也和妹妹的手给我的感触甚是相似。

走到小庙跟前时，她放开握着的手，一言不响地独自走进小庙背后。我随后跟着。

芒草丛被履带碾得一片狼藉的痕迹仍整个留在那里。洞一如往常静悄悄位于后头。洞口有几块厚木板作为盖子压着，盖子上摆着镇石。我用手电筒光确认石头的位置和上次并无两样。上次看过以来，似乎没有谁挪过盖子。

"看一眼里边可以？"真理惠问我。

"如果只看一眼。"

"只看一眼。"真理惠说。

我挪开石头，拿开一块木板。真理惠蹲在地上，从打开的部分往洞里窥看。我照着里面。洞里当然谁也没有，只有一架金属梯子靠墙立着。如果有意,可以顺梯下到洞底再爬上来。洞深虽不出三米,但若没梯子,爬上地面基本不大可能。洞壁光溜溜的,一般人死活爬不上来。

秋川真理惠用一只手按着头发久久窥看洞底。凝眸聚目,好像在那里的黑暗中找什么。到底洞里的什么引起她如此大的兴趣呢?我当然不得而知。看毕,真理惠扬脸看我。

"谁修的这个洞呢?"她说。

"是啊,谁修的呢?起始以为是井,但不像。不说别的,在这么不方便的地方挖井就没意思。但不管怎样,像是很久以前修的,而且修得非常精心。应该费了不少工夫。"

真理惠没说什么,定定往我脸上看看。

"这一带过去就一直是你的游乐场,是吧?"我问。

真理惠点头。

"可是,小庙后面有这样的洞,直到最近你都不知道?"

她摇了下头,表示不知道。

"老师你发现这个洞打开的?"她问。

"是的。发现的或许是我。我也不知道有这样的洞,但猜想一堆石头下面有什么。实际挪走石头打开洞的不是我,是免色先生。"我一咬牙如实道出。想必还是实话实说为好。

这时,树上有一只鸟发出一声尖叫,是那种仿佛向同伴发出什么警告的叫声。我抬头仰望四周,却哪里也没看见鸟。唯见抖落叶片的树枝重叠在一起。上方覆盖着平整呆板的灰云——冬日临近的晚空。

真理惠稍稍蹙了下眉头,什么也没说。

我说:"不过怎么说好呢,这洞看样子强烈需求被谁的手打开,简直就像为此把我召唤来一样。"

"召唤?"

"召来、呼唤。"

她歪头看着我。"求老师打开？"

"是的。"

"是这个洞求你？"

"或许不是我也无所谓，谁都可以。碰巧我在这里罢了。"

"而实际上是免色打开的？"

"嗯，是我把免色先生领来这里的。如果没有他，这个洞大概不会被打开。一来光靠人两只手无论如何也挪不动石头，二来我也没钱来安排重型机械。就是说，像是巧碰巧。"

真理惠就此思索了一会儿。

"恐怕还是不做那样的事好。"她说，"记得上次也说了。"

"你认为原封不动更好？"

真理惠默默从地面立起，用手拍了好几次蓝牛仔裤膝盖沾的土。而后和我两人盖上洞口，往盖子上摆好镇石。我把石头的位置重新打入脑海。

"那样认为。"她轻搓两手的手心说道。

"我在想，这个场所是不是有什么传说或者传闻那样的东西留下来，比如带有特殊宗教背景的……"

真理惠摇头。她不知道。"我父亲倒也许知道什么。"

她的父亲家族从明治以前就作为地主一直管理这一带。相邻的山也整个归秋川家所有。所以有可能知道这个洞和小庙的含义。

"问问你父亲可好？"

真理惠略略扭起嘴角。"过几天问问看。"说完想了一会儿，小声补充一句："如果有那样的机会的话。"

"到底谁、什么时候、为了什么建造这样的洞呢？要是有什么线索就好了……"

"也许是把什么关在里面再压上大石头来着。"真理惠凄然说道。

"就是说为了不让那个什么逃出去而往洞口堆了石头,又为避免作祟而建了小庙——是这么回事吧?"

"或许是的。"

"可我们把它打开了。"

真理惠又一次微微耸了下肩。

我把真理惠送到杂木林结束的地方。她说往下让她一个人好了,天黑了路也一清二楚,不怕的。不愿意被别人看见她顺着"秘密通道"回家的情形。那是唯独她知道的宝贝通道。于是,我把真理惠留在那里,一个人回家。天空已经几乎没有光亮了,冷冷的暗夜即将到来。

从小庙前通过时,同样的小鸟再次发出同样的尖叫声。但这回我没抬头看。只管从小庙前径直走过回家。为自己做晚饭。边做边约略加水喝了一杯芝华士。瓶里还剩一杯的分量。夜深邃而寂静,似乎空中的云吸收了全世界所有的声音。

这个洞是不该打开的。
. . . .

是的,或许如真理惠所说。大概我是不该和那个洞发生联系的。自己近来尽干莫名其妙的事。

我试着想象怀抱秋川笙子的免色形象。在白色豪宅某个房间的大床上,两个人赤身裸体抱在一起。那当然是发生在与我无关的世界里的与我无关的事。但是,每次想到这两个人,我都产生一种飘零无寄之感,就好像目睹通过车站的空空无人的一长列火车。

不久,睡意上来。之于我的星期日结束了。我没有做梦,没有被任何人打扰,只是沉沉酣睡。

45　有什么即将发生

同时进行的两幅画中，先完成的是《杂木林中的洞》。星期五下午完成的。画这东西是奇怪的东西，随着完成日期临近，它逐渐获得独立的意志、观点和发言权。及至最后完成，会告知作画的人作业终了（至少我是这样感觉的）。在旁边看的人的眼里——如果有那样的人——基本分不清哪一阶段处于制作当中，哪一阶段已然完成。隔开未完成与完成的那条线，在多数情况下不会反映到眼睛里。但作画的人本身明白，作品会出声地告知<u>不必再加工了</u>——只要倾听那声音即可。

《杂木林中的洞》也不例外。画在某一节点告以完成，不再接受我涂涂抹抹了，恰如性方面已完全如愿后的女性。我把画布从画架取下，靠墙立在地板上。随后自己也在地板弓身坐下，长时间盯视画作。一幅洞口盖着半边的画。

至于自己何以突发奇想地画了这样的画，其意义和目的已无从追究了。那时我无论如何都想画《杂木林中的洞》那幅画。我只能这么说。这种情形时有发生。有什么——风景、物体、人物——极为纯粹地、极为简单地捕获我的心，我拿起笔开始将其画在画布上。并没有值得一提的意义和目的，纯属心血来潮。

不，不然，不是那样，我想，不是什么"心血来潮"。有什么要求我画这幅画，迫不及待地。是那一要求鼓动我开始画这幅画，用手推我的后背使得我在短时间内完成作品的。或者是那个洞本身具有意志利用我画其面目亦未可知——以某种意图。一如免色以某种意图（或许）让我画自己的肖像。

极为公正客观地看来，画的效果不坏。能否称为艺术作品不敢断定（非我辩解，我本来就不是以催生艺术作品的念头画这幅画的）。不过，仅从技术性来说，应该几乎无可挑剔。构图完美。树间射下的阳光也好落叶的色调也好都栩栩如生。而且，尽管是极为细腻极为写实的，却又同时荡漾着某种莫可言喻的象征性和神秘性氛围。

久久凝视已然完成的画作之间，我强烈感觉到的，是画中潜伏着类似动之预感的元素。表面上看，如画题所示，纯属描绘"杂木林中的洞"的具象风景画。不，比之风景画，或许称为"再现画"更为接近事实。作为毕竟长期以画画为职业的人，我运用自己掌握的技术将那里存在的风景最大限度地如实再现于画布。与其说描绘，莫如说记录才对。

但那里有类似动之预感的元素。风景中即将有什么开始动——我能够从画中强烈感受这样的气韵。有什么眼看就要动起来。在此我终于心有所悟。我在这画中想要画的、或者某个什么想要我画的，是那种预感、那种气韵。

我在地板上正襟危坐，重新审视这幅画。

究竟能从中看出怎样的动向呢？半开的圆形黑洞中有谁、有什么爬出来不成？抑或相反，有谁要下到里面不成？我聚精会神久久注视那幅画，但还是未能从画面中推导出那里将出现怎样的"动向"，而仅仅强烈预感必有某种动向从中诞生。

还有，这个洞因为什么要我画它呢？它要告以什么呢？莫非要给予我警告什么的？简直像出谜语。那里有很多谜语，谜底则一个也没有。我打算把这幅画给秋川真理惠看，听听她的意见。若是她，说不定会从中看出我的眼睛看不到的东西。

45 有什么即将发生

星期五是在小田原站附近的绘画班当老师的日子,也是秋川真理惠作为学生来教室的日子。课上完后,也许能在那里说上点什么。我开车朝那里赶去。

把车停进停车场后,到上课还有时间。于是我像往日那样走进咖啡馆喝咖啡。不是像星巴克那样光线明亮且富于功能性的咖啡馆,而是刚步入老年的老板一个人打理的老式巷内小店。浓黑浓黑的咖啡装在重得要命的咖啡杯里端来。老式音箱中流淌出过往时代的爵士乐。比莉·荷莉戴①啦,克里夫·布朗②什么的。之后在商业街逛来逛去之间,想起咖啡过滤纸所剩无多了,就买了补充。买完发现一家卖旧唱片的店铺,于是进去打量旧LP③消磨时间。想来已经好久只听古典音乐了。雨田具彦的唱片架上只放古典音乐唱片。听广播我又除了AM新闻和天气预报以外基本不听别的(由于地形关系,FM电波几乎进不来)。

广尾公寓套间里的CD和LP——并非多么了不得的数量——全部留下了。因为书也好唱片也好,把我的所有物和柚的所有物一一区分开来,都让我觉得麻烦。不仅麻烦,而且那是近乎不可能的作业,例如鲍勃·迪伦④《纳什维尔地平线》(*Nashville Skyline*)和收有《阿拉巴马之歌》(*Alabama Song*)的"大门"乐队(The Doors)⑤专辑,到底归谁所有呢?时至现在,谁买的都已无所谓

---

① 比莉·荷莉戴(Billie Holiday,1915—1959),美国著名爵士乐女歌手,被公认为二十世纪最重要的爵士乐歌手之一。
② 克里夫·布朗(Clifford Brown,1930—1956),美国著名爵士小号手。
③ LP:Long playing record之略,长时间播放的唱片。密纹唱片。每分钟转速33⅓转,单面演奏时间约30分钟。
④ 鲍勃·迪伦(Bob Dylan,1941—),美国摇滚、民谣艺术家。2016年获得诺贝尔文学奖,成为第一位获得该奖项的音乐人。
⑤ 美国摇滚乐队,于1965年成立于洛杉矶。乐风融合了车库摇滚、蓝调与迷幻摇滚。1971年主唱莫里森去世后,乐队于1973年解散。

了。总之我们在一定期间内两人共有同样的音乐，一起听着送走了朝朝暮暮。就算能把物体区分开来，那上面附属的记忆也是区分不开的。既然这样，就只能统统留下了事。

我在唱片店找《纳什维尔地平线》和"大门"乐队的第一张专辑，但两种都没找到。或者CD说不定有，但我还是想用传统的LP听这些音乐。何况雨田具彦家没有CD唱机。连盒式磁带机都没有。只有几台唱片唱机。雨田具彦大约是无论什么都对新器材不怀好感的那一类人。大约微波炉接近距离都没少于两米。

最后，我在店里买了两张闪入眼帘的LP。布鲁斯·斯普林斯汀①的《河流》(The River)②，萝贝塔·弗莱克(Roberta Flack)和唐尼·海瑟威(Donny Hathaway)的二重唱③。两张都是令人怀念的专辑。从某一时间节点开始我就几乎不再听新音乐了，只是翻来覆去听中意的老音乐。书也一样。过去看过的书一再看个没完。对新出版的书几乎提不起兴致，时间简直就像在某个节点戛然而止。

有可能时间真的停止了。抑或时间尽管勉强在动而类似进化的东西却已终了亦未可知，一如餐馆在关门前一点时间不再接受新的订单。或者只我一个人尚未觉察也不一定。

我让店员把两张音乐专辑装进纸袋，付了款。然后去附近酒屋买威士忌。买哪个牌子好有点拿不定主意，最终买了芝华士。比其

---

① 布鲁斯·斯普林斯汀(Bruce Springsteen, 1949—　)，美国摇滚歌手、作词作曲家。他所在的东大街乐队(The E. Street Band)是美国最著名的摇滚乐队之一。其音乐以诗意的歌词和情绪化的表现方式打动人心。
② 布鲁斯·斯普林斯汀在1980年发表的专辑。
③ 这是叱咤20世纪70年代美国乐坛的一对天才灵魂爵士乐组合，对美国乐坛，特别是灵魂爵士乐的发展和流行起了重要的推动作用。

他苏格兰威士忌多少贵了些，但雨田政彦下次来时见有这个，想必很高兴。

上课时间差不多到了，我把唱片、咖啡过滤纸和威士忌放入车内，走进教室所在的建筑物。先上五点开始的儿童班，即真理惠所属的班。但真理惠没有出现。这是非常意外的事。她对绘画班的课非常上心，在我了解的限度内缺课是第一次。所以发现教室哪里也没见得她的身影，心里总觉得不踏实，甚至有些惴惴不安。她身上发生什么了呢？身体突然闹病？有什么突发性事件？

但我当然若无其事地给孩子们简单的课题让他们画，就每个人的作品发表意见或提供建议。这个班上完，孩子们回家去了。接下去是成人班。成人班也顺利结束了。和大家笑眯眯地闲聊（这并非我擅长的领域，但想做也不至于做不到）。然后和绘画班的办班者短时间商量了今后安排。秋川真理惠为什么没来班上上课，他也不知道，并说她家那边也没专门联系。

离开教室，我独自走进旁边一家荞麦面馆，吃了热乎乎的天妇罗荞麦面条。这也是老习惯，总是在同一家店，总是吃天妇罗荞麦面条。这已成了我的一个小小乐趣。吃罢开车返回山上的家。回到家时已时近夜间九点了。

电话机没有录音电话功能（那样的小聪明装置不符合雨田具彦的情趣），所以不晓得外出时间里有没有人打电话来。我定定注视了一会儿款式简单的旧式电话机。但电话机什么也没告诉我，只是一味保持黑沉沉的沉默。

我慢慢泡澡，温暖身体。然后把瓶里剩的最后一杯分量的芝华士倒入杯中，放了两块电冰箱里的冰块，走去客厅。喝着威士忌把刚买回来的唱片放在唱机转盘上。古典以外的音乐在这山顶住房的客厅里回荡开来，起初总觉得有违和感。想必是屋子里的空气在漫长岁月中依照古典音乐调整过来的缘故。但是，因为此刻这里回荡的是我早已听惯的音乐，所以随着时间的推移，怀旧感渐渐克服了违和感。不久，身体肌肉所有部位都为之放松的愉悦感在那里产生了。也许我的肌肉曾在我自己都浑然不觉之间这里那里变得僵硬起来。

听罢萝贝塔·弗莱克和唐尼·海瑟威的 LP 唱片的 A 面，开始斜举酒杯听 B 面第一支曲（《为我们所知的一切》[For All We Know]，美妙绝伦的演唱）的时候，电话铃响了。时针指在十点半。这么晚一般不至于有电话打到别人家里。我懒得拿听筒。然而铃的响法听起来——也许心理作用——很是迫不及待。我放下杯子，从沙发立起，提起唱针，抄过听筒。

"喂喂。"秋川笙子的语声。

我随之寒暄。

"这么晚实在不好意思。"她说。她的声音有一种平时没有的急切。"有件事想问问老师：真理惠今天没去绘画班上课吧？"

我说没有。这话问得多少有些奇怪。真理惠学校（当地公立初中）放学后直接来绘画班，所以总是一身校服来绘画班教室。下课后姑母开车来接她，两人一起回家。这是平日习惯。

"真理惠不见了。"秋川笙子说。

"不见了？"

"哪里也没有。"

"什么时候不见的？"我问。

"说去上学，就像平时那样一早离开家了。我说开车送到车站，真理惠说走路去不用送。那孩子喜欢走路，不怎么喜欢坐车。因为什么可能迟到的时候由我开车送，否则一般都是步行下山，从那里坐公交车去车站。真理惠早上七点半一如往常走出家门。"

一口气说到这里，秋川笙子稍微停顿下来，似乎在电话另一头调整呼吸。那时间里我也在脑袋中梳理所给信息。而后秋川笙子继续下文:"今天是星期五,是放学后直接去绘画班的日子。以往绘画班上完时我开车去接。但今天真理惠说坐公交车回去,不用接。所以没去接。毕竟是一旦话出口就不听劝的孩子。那种时候一般七点到七点半之间回到家来,稍后吃饭。但今天八点、八点半也没回来。于是放心不下,往绘画班打电话,请事务员确认真理惠今天去上课没有,得知今天没去。这么着,我担心得不行。已经十点半了,这种时候还没回到家,什么联系也没有。所以心想说不定老师您知道什么,就这样打了电话。"

"关于真理惠小姐的去向,我心中无数。"我说,"今天傍晚去教室没看见她,觉得有点奇怪,因为她从不缺课。"

秋川笙子深深叹了口气。"哥哥还没回来,什么时候回来不知道,连个电话也没有,甚至今天回不回来都不确定。我一个人在这个家里,不知如何是好……"

"真理惠早上是穿上学的衣服出门的?"我问。

"嗯,穿学校制服,肩挎书包,和往常一样,西服上衣半身裙。但实际上学了没有还不清楚。已经这么晚了,现在没办法确认。不过我想是上学了。因为随便旷课,学校会有联系。钱也应该带的是只够一天用的份额,手机倒是让她带了,但关机了。那孩子不喜欢手机。除了主动联系的时候,时常关机。我总是为这个提醒她:不要关机,以便有什么要紧事好联系……"

"以前没有这样的事吗?晚上回家很晚这样的事?"

"这种事真是第一次。真理惠是认真上学的孩子。并没有要好的同学,对学校也不是多么喜欢,但事情一旦定了,她就按部就班。在小学也拿了全勤奖。在这个意义上,是非常守规矩的。而且,放学总是直接回家,不在哪里游游逛逛。"

看来真理惠夜里时常离家外出的事,她姑母完全没有发觉。

"今早没有什么和往常不一样的地方?"

"没有,和平日早上没有不同,一模一样。喝了热牛奶,吃了一片烤吐司,就出门了。她只吃同样的东西,一成不变。早餐总是我来准备。今早孩子几乎没有说话。但这是常有的事。有时一旦开口就没个完,可更多时候连问话都不正经回答。"

听秋川笙子说的时间里,我也渐渐不安起来。时间快十一点了,周围当然一团漆黑,月亮也在云层里。秋川真理惠身上到底发生什么了呢?

"再等一个小时,要是和真理惠再联系不上,就想找警察商量。"秋川笙子说。

"那样也许好些。"我说,"如果有什么我能做的事,请只管说,晚也没关系。"

秋川笙子道谢放下电话。我喝干剩的威士忌,在厨房洗了杯子。

之后我进入画室。打开所有灯,把房间照得亮亮的,再次细看画架上没画完的《秋川真理惠的肖像》。再补画一点点就到完成阶段了。一个十三岁沉默寡言的少女应有的形象确立在那里。那不单单是她的外观,其中还应当含有她这一存在孕育的眼睛看不见的若干要素。尽可能表现视觉框外隐藏的信息,将其释放的意绪置换为别的形象——这是我在自己作品中——商业用的肖像画另当别论——所孜孜以求的。在这个意义上,秋川真理惠对我是个深有意味的模特。她的相貌,简直像错觉画一样隐含诸多暗示。而从今早开始她下落不明,就好像真理惠自己被拽进了错觉画之中。

接下去我看放在地板上的《杂木林中的洞》。当天下午刚画完的油画。这幅洞穴画似乎在和《秋川真理惠的肖像》又有所不同的意义上,从另一方向对我倾诉什么。

看画当中我再次感到:有什么即将发生!到今天下午还终究是

预感的东西,此刻开始实际侵蚀现实。这已经不是预感,已经有什么开始发生。秋川真理惠的失踪一定同《杂木林中的洞》有某种联系。我有这样的感觉。有什么因为我今天下午完成这幅《杂木林中的洞》而蠢蠢欲动,并且动了起来。其结果,恐怕就是秋川真理惠消失去了哪里。

可是我不能把这个讲给秋川笙子。即使讲了,她也不明所以,只能使她更加困惑。

我离开画室,去厨房喝了几杯水,冲除口中的威士忌余味。而后拿起听筒,往免色家打电话。铃响第三遍,他接了起来。声音中微微带有仿佛等待有谁打来重要电话时的不无僵硬的语感。得知打来电话的是我,他似乎有点吃惊。但那种僵硬感即刻松缓开来,回复平素冷静而温和的语声。

"这么晚打电话实在抱歉!"我说。

"无所谓的哟,完全无所谓!我睡得晚,反正又是闲人。能和你说话,比什么都好。"

我略去寒暄,简要介绍秋川真理惠下落不明的事。那个少女说上学早上离家,仍未回去,绘画班也没出现。免色听了似很吃惊,一时无语。

"这上面你没有能想得起来的什么?"免色首先问我。

"完全没有。"我答道,"睡梦水灌耳。您呢?"

"当然没有,什么都没有。她几乎不肯跟我说话。"

他的语声没掺杂什么感情,仅仅是单纯陈述事实。

"本来就是个寡言少语的孩子,和谁也不正经说话。"我说,"但不管怎样,真理惠这个时候没回家,使得秋川笙子像是相当纠结。父亲还没回来,一个人不知如何是好。"

免色又在电话另一端沉默一阵子。他如此一再失语,据我所知,极其少见。

"这方面可有什么我能够做的事?"他终于开口这样问我。

"有个紧急请求,马上来这边是可能的吗?"

"去府上?"

"是的,有件事与此相关,想商量一下。"

免色略一停顿,旋即说道:"明白了。这就过去。"

"那边不是有什么要紧事吧?"

"没要紧到那个程度,总有办法可想。"说着,免色轻咳一声,感觉上可能觑了眼时钟。"我想十五分钟左右可以到那边。"

放下听筒,我做外出准备。穿上毛衣,拿出皮夹克,把大手电筒放在旁边。然后坐在沙发上等免色的捷豹开来。

46　坚固的高墙让人变得无力

免色来到是十一点二十分。听得捷豹引擎声，我当即穿上皮夹克走到门外，等免色关引擎从车上下来。免色穿厚些的藏青色冲锋衣、黑色紧身牛仔裤。脖子围着薄些的围巾，鞋是皮革面运动鞋。丰厚的白发在夜幕下也很耀眼。

"想马上去看看树林中那个洞的情况，可以吗？"

"当然可以。"免色说，"不过那个洞同秋川真理惠的失踪可有什么关系？"

"那还不清楚。只是，刚才就很有一种不祥之感，一种有什么可能和那个洞连带发生的预感。"

免色再没多问什么。"明白了，一起去看看好了！"

免色打开捷豹后备厢，从中取出一个手提灯似的东西。而后关上后备厢，和我一起朝杂木林走去。星月皆无的黑夜，风也没有。

"深更半夜还把你叫来，实在对不起！"我说，"但我觉得去看那个洞，还是得把你请来一起去才好。万一有什么，一个人应付不来。"

他伸出手，从夹克上面嘭嘭轻拍我的胳膊，像是在鼓励我。"这个一点儿关系都没有，请别介意。凡是我能做的，尽力就是。"

为了不让树根拦在脚上，我们一边用手电筒和手提灯照着脚下一边小心迈步。唯独我们的鞋底踩落叶的声音传来耳畔，夜间杂木林此外没有任何声响。周围有一种令人窒息般的气氛，仿佛各种活物隐身屏息,一动不动监视我们。夜半时分深重的黑暗催生出这样的错觉。不知情的人看了我们这副样子,没准以为是外出盗墓的一对搭档。

"有一点想问问你。"免色说。

"哪一点呢?"

"你为什么认为秋川真理惠不见了这件事和那个洞之间,有什么关联性呢?"

我说前不久和她一起看过那个洞。她在我告诉之前就已经知道那个洞的存在。这一带是她的游乐场,周围发生的事没有她不知道的。于是我把真理惠说的那句话告诉了免色。她说,那个场所原封不动就好了,那个洞是不应该打开的。

"面对那个洞,她好像感觉到一种特殊的什么。"我说,"怎么说好呢……大概是心灵感应的东西。"

"而且有兴致?"免色问。

"有兴致。她对那个洞怀有戒心,同时好像给它的形状样式紧紧吸引住了。所以作为我才十分担心她身上和那个洞连动发生什么。说不定从洞里出不来了。"

免色就此想了想说:"这点你对她姑母说了?就是对秋川笙子?"

"没有,还什么也没说。如果说起这个,势必从洞说起,因为什么缘由打开那个洞的?你为什么参与其中?一来要说很久,二来我所感觉到的不一定能传达完整。"

"而且只能让她格外担心。"

"尤其是如果警察介入,事情就更加麻烦。假如他们对那个洞来了兴致……"

免色看我的脸:"警察已经联系了?"

"我跟她说话的时候她还没跟警察联系。不过现在估计已经报警了，毕竟都这个时刻了。"

免色点了几下头："是啊，那怕是理所当然。十三岁女孩快半夜还没回家，去哪里也不知道，作为家人不可能不报警。"

不过看样子，免色似乎不怎么欢迎警察介入。从他的声调里可以听出这种意味。

"关于这个洞，尽可能限于你我两人好了，好像最好还是不要外传。那恐怕只能惹来麻烦。"免色说。我也同意。

何况还有骑士团长问题。倘不明言从中出来的作为骑士团长的理念的存在，要想对别人解释洞的特殊性几乎是不可能的。而果真那样，如免色所说大概只能使事情变得更加麻烦（再说即使挑明骑士团长的存在，又有谁肯信呢？无非招致自家神志被人怀疑）。

我们来到小庙跟前，绕到后面。被挖掘车履带狠狠碾压的芒草丛现在仍一片狼藉。从那上面踩过后，前面就是那个洞。我们首先擎灯照那盖子。盖子上排列着镇石。我目测其排列。尽管微乎其微，但确有动过的痕迹。日前我和真理惠打开盖再关好后，有谁移石开盖又盖上了盖子，石头似乎有意尽可能和上次摆得一样——哪怕一点点差异都休想瞒过我的眼睛。

"有谁挪过石头打开盖子的痕迹。"我说。

免色往我脸上瞥了一眼。

"那是秋川真理惠吗？"

我说："这——是不是呢？不过别人一般不会来这里，况且除了我们知道这个洞的，也就是她。或许这种可能性大。"

当然骑士团长也知道这个洞的存在，毕竟他是从中出来的。但他终究是理念，本是无形存在，不可能为了进入里面而特意挪动镇石。

接下去，我们挪开盖上的石头，把盖在洞口的厚板全部掀开。

直径约两米的圆洞再次豁然现出。看上去显得比上次看的时候大了，也更黑了。不过这也想必同样是暗夜带来的错觉。

我和免色蹲在地面用手电筒和手提灯往洞里探照。但里面没有人影，什么影也没有。唯有一如往常的石头高墙围着的筒形无人空间。但有一点和以前不同——梯子消失了。挪开石堆的园艺业者好意留下的折叠式金属梯子无影无踪。最后看的时候还靠墙立着来着。

"梯子去哪里了呢？"我说。

梯子马上找到了，躺在那边未被履带碾碎的芒草丛中。有谁拿出梯子扔在了那里。东西不重，拿走无需多大力气。我们搬回梯子，按原样靠墙立好。

"我下去看看。"免色说，"说不定发现什么。"

"不要紧吗？"

"呃，我嘛，不用担心。上次也下过一次了。"

说罢，免色无所谓似的一只手提着手提灯，顺梯下到里面。

"对了，隔开东西柏林的墙的高度可知道？"免色边下梯子边问我。

"不知道。"

"三米。"免色往上看着我说，"根据位置有所不同，但总的说来那是标准高度。比这洞高一点点。那东西大致持续一百五十公里。我也见过实物，在柏林分割为东西两个的时期。那可真是让人不忍的场景。"

免色下到洞底，用手提灯照来照去。同时继续对地面的我述说。

"墙本来是为保护人建造的，为了保护人不受外敌和风雨的侵袭。但它有时候也用于关押人。坚固的高墙让关在里面的人变得无力，在视觉上、精神上。以此为目的建造的墙也是有的。"

如此说完，免色好一会儿缄口不语，举起手提灯检查周围石壁和洞底所有角落。俨然考察金字塔最里端石室的考古学家，一丝不苟。手提灯的光度很强，比手电筒照出的面积大得多。而后他好像在洞底找到了什么，跪下细看那里的东西。但从上面看不出那是什么。免色什么也没说。大概找到的东西很小很小。他站起身，把那个什么包在手帕里揣进冲锋衣衣袋。随即把手提灯举在头顶，仰脸看着地上的我。

"这就上去。"他说。

"找到什么了？"我问。

免色没有回答，开始小心翼翼地爬梯子。每爬一步，身体的重量都使梯子发出钝钝的吱呀声。我一边用手电照着一边注视他返回地面。看他的一举一动，他平时功能性锻炼和调整全身肌肉这点就一目了然。身体没有多余的动作，只在有效使用必要的肌肉。上到地面，他一度大大伸直身体，而后仔细拍去裤子上沾的土，虽说沾的土不很多。

免色喘了一口气说："实际下到里边，觉得墙壁高度很有压迫感，让人生出某种无力感来。同一种类的墙壁前不久我在巴勒斯坦看见来着。以色列修建的八米多高的混凝土墙。墙头拉着通有高压电流的铁线，差不多绵延五百公里。想必以色列人认为三米无论如何高度不够，但一般说来有三米高，作为墙壁就够用的了。"

他把手提灯放在地上，灯光把我们的脚下照得一片明亮。

"那么说来，东京拘留所单人房的墙也将近三米高。"免色说，"什么原因不知道，房间墙非常高。日复一日眼睛看到的东西，只有三米高的呆板板的墙，其他可看的什么也没有。自不用说，墙上没有挂画什么的。纯粹的墙壁。简直就像自己待在洞底似的。"

我默默听着。

"过去有些时日了，我有一次因故被关在东京拘留所一段时间。关于这个，记得还没有对你说吧？"

"嗯，还没听得。"我说。他大约进过拘留所的事从人妻女友那里听说了，但我当然没说这个。

"作为我，不愿意你从别处听说这件事。如你所知，传闻这东西往往把事实歪曲得妙趣横生，所以我想从我口中直接告知事实。并不是多么开心的事。不过也算顺便吧，现在就在这里讲也可以的吗？"

"当然可以，请，请讲好了！"我说。

免色稍一停顿后讲了起来。"不是我辩解，我没有任何亏心的地方。过去我涉足很多行业，可以说背负种种风险活过来的。但我绝对不蠢，加上天生谨小慎微的性格，所以同法律相抵触那样的事决不染指。那条线我是经常留意的。但当时偶然同我联手的搭档不慎做出了缺乏考虑的事，以致触了霉头。自那以来，大凡同人联手的工作我一律回避，力争以自己一个人的责任活下去。"

"检察院拿出的罪状是什么呢？"

"企业内部股票交易和逃税漏税，所谓经济犯。虽然最终以无罪胜出，但被提起公诉了。检察官的审讯非同儿戏，在拘留所关了很长时间。找各种各样的理由一次又一次延长拘留期限。每当进入被墙围着的场所，至今都有怀旧之感——便是关了那么长时间。刚才也说了，应受法律惩罚的失误我这方面一个也没有，这是再明白不过的事实。问题是，检察院已经写好了起诉脚本，脚本上我被牢牢编排为有罪。而他们又不想改写。官僚系统就是这样的东西。一旦把什么定下了，变更几乎是无从谈起。如果回溯，势必有哪里的某人负起责任。由于这个缘故，我被长期收押在东京拘留所的单人房里。"

"多长时间呢？"

"四百三十五天。"免色若无其事地说，"这一数字一辈子都不会忘掉。"

狭窄单人房中的四百三十五天乃是长得可怕的漫长期间，这点我也不难想象。

"以前你被长期关进过哪里的狭小场所吗？"免色问我。

我说没有。自从被关进搬家卡车的货厢以来，我就有相当严重的幽闭恐惧倾向。电梯都不敢进。假如置身于那种状况，神经当即崩溃。

免色说："我在那里学得了忍耐狭小场所的战术，天天那样训练自己。在那里期间，学会了几种外语：西班牙语、土耳其语、汉语。这是因为，单人房里能放在手头的书的数量有限，而辞典不在此限。所以拘留期间是学外语再好不过的机会。所幸我是得天独厚具有精神集中力的人，学外语时间里得以把墙的存在忘得一干二净。无论什么事都必有好的一面。"

哪怕云层再黑再厚，背面也银光闪闪。

免色继续道："但直到最后都害怕的是地震和火灾。无论来大地震还是发生火灾，都没办法马上逃生，毕竟被关在牢房里。一想到要在这狭小空间里被挤瘪压碎或活活烧死，有时就怕得透不过气。那种恐怖怎么都没能克服，尤其半夜醒来的时候。"

"可还是熬过来了，是吧？"

免色点头："正是。不能在那帮家伙面前认输，不能被体制挤瘪压碎！只要在对方准备的文件上姑且签名，我就能离开牢房回归普通世界。问题是一旦签名就完了，就等于承认自己压根儿没干的勾当。我促使自己认为这是上天赋予自己的重大考验。"

"上次你一个人在这暗洞里待了一个小时，那时候想当时的事了吧？"

"是的。我需要时不时返回原点，返回成就现在的我的场所。因为人这东西对舒服环境一下子就适应了。"

特异人物！我再次心悦诚服。一般人有了某种残酷遭遇，难道不是想尽快忘掉了事的吗？

随后，免色忽然想起似的把手插进冲锋衣衣袋，掏出包着什么的手帕。

"刚才在洞底找到了这个。"说着，打开手帕，从中拿起一个小东西。

小小的塑料实物。我接过用手电筒照。带一条黑色细绳吊带的全长一厘米半左右的涂成黑白两色的企鹅玩偶。女生书包或手机上常拴的那种小玩意儿。没脏，看上去还是崭新的。

"上次我下到洞底时没这样的东西，这点不会错。"免色说。

"那么，就是后来有谁下洞丢在这里的了？"

"是不是呢？估计是手机上拴的饰物。而且吊带没断，恐怕是自己解下来的。所以，相比丢下的，有意留下来的可能性会不会更大呢？"

"下到洞底把这个特意留下？"

"或者从上面扔下去的也不一定。"

"可是，到底为了什么？"我问。

免色摇头，仿佛说不明白。"或者是谁把它作为护身符什么的留在这里也有可能。当然只不过是我的想象……"

"秋川真理惠？"

"恐怕是。除了她没有可能接近这个洞的人。"

"把手机饰物作为护身符留下走了？"

免色再次摇头："不明白。不过十三岁少女是会想到好多事情的。不是吗？"

我又一次看自己手中这个小塑料企鹅。那么说来再看，未尝不像某种护身符。那上面似乎漾出一种天真意味。

"到底谁提起梯子拿到那里去的呢？为了什么目的？"我问。

免色摇头，表示无从判断。

我说："反正回家就给秋川笙子打个电话，确认一下这个企鹅饰物是不是真理惠的东西吧！问她应该会清楚的。"

"那个暂且你拿着好了。"免色说。我点头把这饰物揣进裤袋。

我们仍让梯子竖在石壁上，重新把盖子盖在洞口，木板摆上镇石。为了慎重，我再次把石头的配置刻入脑海。然后沿杂木林小路往回走。看表，时钟已转过零点。往回走的路上我们没有说话。两人都用手里的光亮照着脚下，默默移动脚步，各自开动脑筋想来想去。

到了房前，免色打开捷豹的大后备厢，把手提灯放回那里。随即像是终于解除紧张似的身靠关闭的后备厢，抬头望一会儿天空——一无所见的黑暗的天空。

"去府上打扰片刻不碍事的吗？"免色对我说，"回家也好像镇静不下来。"

"当然不碍事，请进屋好了！我也好像一时睡不着。"

但免色仍以那样的姿势一动不动，似乎沉思什么。

我说："说是说不大好，可我总觉得秋川真理惠身上有什么不好的事发生。而且就在这附近哪里。"

"但不是那个洞。"

"好像。"

"比如发生的是怎么不好的事呢？"免色问。

"那不清楚。可是有一种预感，似乎有什么危害向她接近。"

"而且是在附近哪里？"

"是的。"我说，"是在这附近。梯子被从洞里拉上来就让我非常放心不下——谁把它拉上来故意藏在芒草丛里的呢？所意味的到底是怎么一回事呢？"

免色直起身，再次轻轻用手碰我的胳膊，说道："是啊，我也完全琢磨不透。可再在这里担忧也没个结果，反正先进屋吧！"

47　今天可是星期五？

回家脱去皮夹克，我马上给秋川笙子打电话。铃响第三遍接起。

"后来有什么明白了吗？"我问。

"没有，还什么也不明白，什么联系也没有。"她说。语声是人把握不好呼吸节奏时发出的那种声音。

"已经跟警察联系了？"

"不，还没有。不知道为什么，心想还是等一等再跟警察联系。总觉得马上就会一晃儿回来似的……"

我把洞底找见的企鹅饰物的形状向她说了一遍。没有提及找见的原委，只问秋川真理惠有没有那样的饰物带在身上。

"真理惠手机是拴了个饰物。记得好像是企鹅。……噢，对了，的确是企鹅，不会错。一个小小的塑料企鹅，买甜甜圈时附送的赠品。不知为什么，那孩子很是珍惜，作为护身符……"

"那么她外出总是带着手机的了？"

"嗯。一般倒是关机，但带着还是带着的。即使不接不理，但有事也偶尔自己打过来。"秋川笙子说。隔了几秒补充一句："那个饰物莫不是在哪里见到了？"

我无法回答。如果实话实说，势必把树林那个洞的事告诉她。而若警察参与进来，还必须对他们也加以同样说明——说得他们能够理解——及至说到在那里发现了秋川真理惠的持有物，那么警察们很可能要仔细查验那个洞，或者搜索整片树林也不一定。我们难免要接受刨根问底的询问，免色的老账被翻出来也未可知。我不认为那么做会有用处。如免色所说，只能使事情变麻烦。

"掉在我家画室里了。"我说。说谎固然不情愿，但真话说不得。"清扫时发现的，心想说不定是真理惠的。"

"我想那是真理惠的东西，不会错。"少女的姑母说，"那么，怎么办好呢？到底还是应当跟警察联系吗？"

"和你哥哥，也就是真理惠的父亲联系上了？"

"没有，还没联系上。"她难以启齿似的说，"现在在哪里也不知道，原本就是不太准时回家的人。"

似乎有很多复杂情况，但眼下不是追究那种事的时候，最好还是先报警吧！我对她简单说道，时间已经过了半夜，日期也变了，在哪里遭遇事故的可能性也不是不能设想。她说这就跟警察联系。

"对了，真理惠的手机还没有回应吗？"

"嗯，打好几次了，怎么也打不通。好像关机了，或者电池用完了，不是这个就是那个。"

"真理惠今早说上学去，往下就去向不明了。是这样的吧？"

"是的。"姑母说。

"那么就是说，现在大概还身穿初中校服对吧？"

"嗯，应该穿着校服。深蓝色西服上衣白衬衫，深蓝色毛料背心，及膝格子裙，白色长筒袜，黑色平口鞋。肩挎塑革书包。书包是学校指定的，上面有校徽和名字。大衣还没穿。"

"我想另外还带有装画材的包……"

"那个平时放在学校的保管柜里，学校上美术课要用。星期五从学校带去您教的绘画班，不从家里带去。"

那是她来绘画班时的常规打扮。深蓝色西服上衣和白衬衫、苏格兰格子裙、塑革挎包、装有画材的白色帆布包。那样子我清楚记得。

"另外什么也没带的吧？"

"嗯，没带。所以不会往远处去。"

"有什么请随时来电话，什么时间都没关系，别客气。"我说。

秋川笙子说好的。

我挂断电话。

免色一直站在旁边听我们通话。我放下听筒，他终于在那里脱下冲锋衣。里面穿的是黑色V领毛衣。

"那个企鹅饰物到底是真理惠的东西？"免色说。

"好像是。"

"这就是说，什么时候不知道，恐怕她一个人进那个洞里了，而且把自己的宝贝护身符企鹅饰物留在了那里——事情总好像这个样子的。"

"也就是说把那东西作为护身符什么的留下了，是吧？"

"估计是。"

"不过这饰物作为护身符到底能护什么呢？或者要保护谁？"

免色摇头道："那我不知道。但这个企鹅是她作为护身符带在身上的东西。既然把这个特意解开留下来，那么应该是有明确意图的。人不会轻易让宝贵的护身符离开自己。"

"莫不是另有比自己还宝贵的、应该保护的对象？"

"比方说？"免色说。

两人都想不出相应的答案。

我们就势闭口有顷。时针缓慢而坚定地刻录着时间，每一刻都把世界往前推进一点点。窗外横亘着漆黑的夜，那里没有仿佛在动的东西。

这时我忽然想起骑士团长关于铃的去向说过的话："何况那本来

也不是我的持有物，莫如说共有一个场。不管怎样，消失自有消失的理由。"

共有一个场的东西？

我开口道："说不定不是秋川真理惠把这个塑料企鹅留在洞里的。那个洞会不会是和别的场所连着的呢？与其说是封闭场所，倒不如说类似通道那样的存在，并且把很多东西叫来自己这里。"

把浮现在脑袋里的实际说出口来，听起来想法相当愚蠢。骑士团长或许可以直接接受我的想法，但在这个世界很难。

深沉的静默降临房间。

"从那个洞底究竟能通去哪里呢？"不久，免色自己问自己似的说，"你也知道，我日前下到那个洞底一个人坐了一个小时，在彻头彻尾的黑暗中，没有灯具没有梯子，只是在静默中深深聚敛意识，真心想把肉体存在消灭掉，而仅仅成为意绪那一存在。那一来，我就能够穿过石墙去任何地方。在拘留所单人房时也经常做同样的尝试。但归根结底哪里也没去成。那始终是被坚固石墙围着的无处可逃的空间。"

那个洞没准是选择对象的，我蓦然心想。从那个洞中出来的骑士团长来到我的跟前。作为寄宿地他选择了我。秋川真理惠也许又被那个洞选中了。而免色未被选中——由于某种缘故。

我说："不管怎样，刚才我们也说了，我想还是不把那个洞的事告诉警察为好，至少眼下阶段还不是告诉的时机。可是，如果隐瞒这个饰物是在洞底发现的，那么明显是藏匿证据。假如因为什么而真相大白，我们会不会处于尴尬立场呢？"

免色就此思索片刻，而后果断地说道："关于这点，两人守口如瓶好了！别无他法。你就说在这里的画室发现的，一口咬定！"

"可能该有个人去秋川笙子那里才是。"我说，"她一个人在家，心慌意乱，不知如何是好，没了主意。真理惠的父亲还没联系上。是不是需要有个人撑她一把？"

免色以一本正经的神情想了一会儿，摇头道："但我现在不能去那边。我不处于那样的立场，她哥哥说不定什么时候回来，而我又和他没见过面，万一……"

免色就此打住，陷入沉默。

对此我也什么都没说。

免色一边用指尖轻轻敲着沙发扶手，一边久久独自思考什么。思考当中，脸颊微微泛红。

"就这样让我在你家待些时候可以吗？"免色随后问我，"秋川女士那边说不定有联系进来……"

"只管待着好了！"我说，"我也很难马上睡得着，随便待着就是。住下也一点儿都没关系的，我来准备铺盖。"

"可能会麻烦你的。"免色说。

"咖啡如何？"我问。

"求之不得。"免色说。

我去厨房磨豆，调咖啡机。咖啡做好后，端来客厅。两人喝着。

"差不多该生炉子了！"我说。到了后半夜，房间比刚才冷多了。已经进入十二月，生炉子也没什么可奇怪。

我把事先堆在客厅角落的木柴投入炉中，用纸和火柴点燃。木柴好像早已干透，火马上在整个炉膛蔓延开来。住来这里后使用火炉是第一次，本来担心烟囱的换气是不是顺畅（雨田政彦倒是说炉子随时可用，但不实际用是不晓得的。有时甚至有鸟做巢把烟囱堵住）。结果烟直通其上。我和免色把椅子搬到炉前烘烤身体。

"炉火是好东西。"免色说。

我想劝他喝威士忌，而又转念作罢。看来今晚还是不沾酒为好，往下说不定还要开车。我们坐在炉前，一边看摇曳燃烧的火苗，一边听音乐。免色挑了贝多芬的小提琴奏鸣曲唱片放在唱机转盘上。乔治·库伦坎普夫①的小提琴和威尔海姆·肯普夫②的钢琴，正是初冬看着炉火听的理想音乐。只是，想到可能在哪里孤零零冷得发抖的秋川真理惠，心情就没办法真正镇静下来。

三十分钟后秋川笙子来了电话。说哥哥秋川良信刚才总算回家了，由他给警察打了电话，警官这就要前来问情况（不管怎么说，秋川家是富裕的当地原有大户人家。考虑到绑架的可能性，警察想必马上赶来）。真理惠还没联系上，打手机还是没有回应。大凡能想到的地方——尽管数量不是很多——都打电话问了，但真理惠仍全然下落不明。

"但愿真理惠安然无恙。"我说。还说有什么进展希望随时打电话过来。说罢放下电话。

之后我们又坐在火炉前听古典音乐。理查德·施特劳斯的双簧管协奏曲。这也是免色从唱片架上选中的。听这曲子是第一次。我们几乎不开口，一边听音乐看炉火苗，一边沉浸在各自的思绪中。

时针转过一点半时，我陡然困得不行，睁眼睛渐渐困难起来。我一向习惯早睡早起的生活，熬夜熬不来。

"您请睡好了！"免色看着我说，"秋川女士那边说不定有什么联系过来，我再在这里坐一会儿。我不怎么需要睡眠，不睡并不觉

---

① 乔治·库伦坎普夫（Georg Kulenkampff，1898—1948），德国小提琴大师，是德国小提琴演奏学派重要传人威廉·黑斯的嫡传弟子。1916年起担任不来梅爱乐乐团首席小提琴手。二战期间因其犹太血统而被纳粹德国驱逐出境，移居瑞士。一生以演奏德奥作曲家的作品为主，演奏得最出色的作品是贝多芬的《D大调小提琴协奏曲》。

② 威尔海姆·肯普夫（Wilhelm Kempff，1895—1991），德国著名钢琴家和作曲家。1917年两次获得门德尔松大奖，成为闻名世界的演奏家。他的弹奏以严谨含蓄、温暖由衷为特色，擅长演奏贝多芬的钢琴作品。

得难受。过去就这样。所以对我请别介意。火炉的火不让它灭了,这么一个人听着音乐看火就是。不碍事吧?"

我说当然不碍事。又从厨房外面的仓房檐下抱来一捆柴摞在炉前。加上这捆,火保持到天亮应该毫无问题。

"抱歉,让我睡一会儿。"我对免色说。

"请慢慢睡吧!"他说,"轮班睡好了。我大概天亮时分睡一点点。那时就在沙发上睡,毛毯什么的能借用一下?"

我把雨田政彦用的那条毛毯和轻型羽绒被、枕头拿来,在沙发上铺好。免色道谢。

"要是可以,威士忌是有的……"我慎重地问。

免色断然摇头:"不,看样子今晚最好不喝酒,不知道会有什么。"

"肚子饿了,厨房冰箱里的东西请随便吃就是。没有了不得的东西,无非奶酪和椒盐饼干什么的。"

"谢谢!"

我把他留在客厅退回自己房间。换上睡衣,钻进被窝,关掉床头灯赶紧睡觉。然而怎么也睡不着。困得要死,而脑袋里却有小飞虫高速振翅盘旋那样的感触,横竖无法入睡。这种情形偶尔是有的。无奈之下,我打开灯爬起。

"怎么样?不能顺利入睡吧?"骑士团长问。

我环视房间,窗台那里坐着骑士团长。身上是一如往常的白色装束,脚上是式样奇特的尖头鞋,腰佩一把袖珍剑。头发整齐束起。样子依然同雨田具彦画中被刺杀的骑士团长一模一样。

"睡不成啊!"我说。

"因为发生了很多事。"骑士团长说,"人嘛,都很难心安理得地入睡。"

"见到你可是久违了啊!"我说。

"以前也说过,久违也好暌违也好,理念都理解不好。"

"不过真是正好,有件事想问你。"

"什么事啊?"

"秋川真理惠今天早上开始下落不明,大家都在寻找。她究竟去了哪里呢?"

骑士团长侧头沉思片刻,而后缓缓开口了:"众所周知,人间界是由时间、空间、盖然性三种要素规定的。理念之为理念,必须独立于三种要素中的任何一种。故而,我不能同它们发生联系。"

"你所说的让我一知半解,总之是不知道去向的吧?"

骑士团长对此没有反应。

"还是说知道而不能告诉呢?"

骑士团长显出为难的神情,眯细眼睛。"并非我回避责任,但理念也有般般样样的制约。"

我伸直腰,定定注视骑士团长。

"知道吗?我不能不救秋川真理惠。她应该是在哪里求助。哪里不知道,大概是误入轻易出不来的地方。我有那样的感觉。问题是去哪里、怎么办才好呢?现在摸不着头脑。不过这回她的失踪,我认为杂木林那个洞以某种形式介入其中。说是不能说得头头是道,可我心中有数。而你长期被关在那个洞里。至于为什么被关在那种地方,情由我不知道。但反正是我和免色先生使用重型机械挪开沉重的石堆打开洞口,把你放到外面。是吧?因此你现在才能在时间和空间中任意移动,或隐形或显形随心所欲。我和女友的性爱也看得尽情尽兴。事情是这样的吧?"

"噢,大体正确无误。"

"那么,怎样才能救出秋川真理惠,不敢叫你具体告知救出方法。因为理念世界似乎有林林总总的制约,不敢强求。可是给一两个提示什么的总还是可以的吧？考虑到诸般情由，这个程度的善意有也无妨的吧？"

骑士团长深深叹了口气。

"仅仅迂回暗示是可以的。毕竟不是要求我立即结束种族清洗啦制止全球暖化啦拯救非洲大象啦那类高大上的东西。作为我，是想让可能关在狭小黑暗空间里的十三岁少女重返普通世界的。仅此而已。"

骑士团长久久一动不动地抱臂沉思。看上去他心中有某种困惑。

"好！"他说，"既然话讲到那个地步，也怕是奈何不得的，给诸君一个提示好了！但是，其结果可能要出若干牺牲，那也不要紧吗？"

"什么牺牲呢？"

"那还无可奉告。但牺牲怕是难以避免的。比喻性说来，血是必须流的。是那样的。至于那是怎样的牺牲，日后迟早明白。或许有谁必须舍身亦未可知。"

"那也不要紧，请给予提示！"

"好！"骑士团长说，"今天可是星期五？"

我看一眼床头钟："嗯，今天仍是星期五。不，不不，已经是星期六了。"

"星期六上午，亦即今日中午之前，将有一个电话打给诸君。"骑士团长说，"而且有谁找诸君做什么。无论有什么情况，诸君都不得拒绝！明白？"

我将他说的机械性重复一遍："今天上午有电话打来，谁要找我做什么，不能拒绝。"

"所言正确。"骑士团长说，"这是我能给诸君的唯一提示。不妨说，这是区别'公共话语'与'私人话语'的一条底线。"

  作为最后一句话说罢，骑士团长缓缓遁形。意识到时，窗台上已没了他的形体。

  关掉床头灯，这回睡意较快来临。脑袋里高速振翅盘旋的什么已经敛羽歇息。入睡前想了火炉前的免色。想必他要把火守到早上，独自思考什么。至于早上到来之前一直思考什么，我当然不知道。不可思议的人物。不过自不待言，即使他也活在时间、空间和盖然性的束缚之中，一如世界上其他所有人。只要我们活着，就无法逃脱那一限制。可以说，我们无一例外地活在上下四方围着的硬墙之中。大概。

  今天上午有电话打来，谁要找我做什么，不能拒绝。我在脑袋里再度机械性重复骑士团长的话。而后睡了。

48　西班牙人不晓得爱尔兰海湾航行方法

醒来时五点过了，四周还一片黑暗。我把对襟毛衣披在睡衣外面，去客厅看情况。免色在沙发上睡了。虽然火炉的火熄了，但可能直到刚才他仍看火的关系，房间还很暖和。堆上去的木柴减少很多。免色身盖羽绒被躺着，睡得十分安静，睡息全然没有，就连睡法也端端正正。甚至房间里的空气似乎也在屏息敛气以免妨碍他的睡眠。

我就那样让他睡着，去厨房做咖啡，吐司也烤了。而后坐在厨房椅子上，嚼着涂了黄油的吐司喝咖啡，读没读完的书。关于西班牙"无敌舰队"的书。伊丽莎白女王同腓力二世之间展开的赌以国运的激战。为什么我这个时候非读关于十六世纪下半叶英国海湾海战的书不可呢？虽然理由我不大清楚，但读起来饶有兴味，让人读得相当专心。在雨田具彦书架上找的旧书。

作为一般性定论，认为战术失误的无敌舰队在海战中大败于英格兰舰队，世界的历史因之大大改变了流程。但实际上西班牙军所受损失的大部分不是来自正面交锋（双方大炮固然激烈对射，但炮弹几乎都未命中目标），而是来自海难。习惯于地中海风平浪静海面的西班牙人，不晓得在海难频发的爱尔兰海湾巧妙航行的方法，以致很多舰船触礁沉没。

我在餐桌前喝了两杯黑咖啡，边喝边追索西班牙海军可怜命运的时间里，东方天空缓缓泛白——星期六的清晨。

今天上午有电话打来，谁要找诸君做什么，不能拒绝。

我在脑袋里重复骑士团长的话。而后觑一眼电话机。它在保持沉默。电话恐怕是要打来的，骑士团长不说谎。我唯有静等电话铃响。

我惦记秋川真理惠。很想给她姑母打电话问她的安危，但还太早。打电话至少要等到七点左右为好。况且如果真理惠有了下落，她肯定往这里打来电话，因为知道我放心不下。没有联系，即意味着没有进展。于是我坐在餐厅椅子上继续读关于无敌舰队的书。读累了，就一味盯视电话机。但电话机依然固守沉默。

七点多我给秋川笙子打电话。她马上接起，简直就像在静等电话铃响。

"还是什么联系也没有，仍然下落不明。"她劈头一句。想必几乎（或完全）没睡，声音里渗出疲惫。

"警察出动了吗？"我问。

"嗯，昨天夜里两位警察来我家，谈了。递给照片，介绍穿的服装……不是离家出走或夜里外出玩耍的孩子这点也说了。估计信息已发往各处，开始搜索了。眼下当然请对方不要公开搜查……"

"但成果还没出现，是吧？"

"呃，眼下什么线索也没有。警察们倒是热心搜索……"

我安慰她，让她有什么马上打电话过来。她说一定。

免色已经醒来，正在卫生间花时间洗脸，用我准备的客用牙刷刷牙。之后坐在餐厅桌子我的对面喝热乎乎的黑咖啡。我劝他吃烤吐司，他说不要。估计是睡在沙发上的关系，他的丰厚的白发较平时多少有些紊乱，但那终究是同平时相比而言那个程度。出现在我面前的，仍是那位镇定自若、衣着考究的免色。

我把秋川笙子在电话中说的原原本本告诉了免色。

"这终归是我的直觉,"免色听后说道,"关于本次事件,警察好像起不了多大作用。"

"何以见得?"

"秋川真理惠不是普通女孩,这和普通十几岁少女失踪多少有所不同。也不是所谓绑架。因此,警察采用的那种常规方法,恐怕很难找到她。"

对此我没有特别表示什么。不过或许如他所说。我们面对的,好比只是函数多多而几乎没给具体数字的方程式。而重要的是尽可能找出多一些的数字,多一个也好。

"不再去那个洞看看?"我说,"说不定有什么变化。"

"走吧!"免色应道。

别的也没有可干的事,是我们之间共通的默契。不在房间当中秋川笙子可能会打电话来,或者骑士团长说的"邀请电话"打来也未可知。不过应该还不至于这么快,我有这样模模糊糊的预感。

我们穿上外衣走到外面。一个十分晴朗的早晨。昨天夜里布满天空的阴云被西南风吹得荡然无存。那里的天空高得出奇,无限通透。仰脸径直看天,感觉就像倒看透明的泉底似的。很远很远的远处传来一长列火车在铁路上行驶的单调声响。偶尔有这样的日子。由于空气的清澄程度和风向的作用,平时听不见的遥远的声音会分外清晰地传来耳畔。今早便是这样的清晨。

我们沿杂木林中的小路在无言中走到有小庙的地方,站在洞前。洞盖和昨晚一模一样,上面摆的镇石位置也没变化。两人挪开盖子一看,梯子仍靠墙立着,洞里也谁都没有。免色这回没说要下洞底看。因为在明亮的阳光下洞底一览无余,同昨夜两样的地方完全没有。在光朗的白天看的洞同夜间看的洞看上去像是两个洞,根本感觉不出不安稳的气息。

而后我们把厚木板重新盖回洞口,把镇石摆在上面,穿过杂木林回来。房前停车廊并列停着免色一尘不染沉默寡言的银色捷豹和我的风尘仆仆低眉垂眼的丰田卡罗拉。

"我差不多该撤回去了。"免色站在捷豹前说,"在这里安营扎寨,眼下也起不了多大作用,只能给你添麻烦。撤回可以的?"

"当然可以,回家好好休息吧!有什么马上跟你联系。"

"今天是星期六吧?"免色问。

"是的,今天星期六。"

免色点头,从冲锋衣衣袋里掏出车钥匙看了一会儿,仿佛在想什么。或许很难下决心。我等他想完。

免色终于开口了:"有件事还是对你说了好。"

我靠着卡罗拉车门,等他说下去。

免色说:"纯属个人性质的事,怎么办好相当举棋不定,但作为基本礼仪,我想还是最好告诉你一声,招致不必要的误解不合适……就是,我和秋川笙子,怎么说好呢,已是相当亲密的关系。"

"说的可是男女关系?"我单刀直入。

"是那么回事。"免色略一沉吟说道,脸颊似乎微微泛红。"进展速度你可能认为够快的……"

"速度我想不成问题。"

"说的是。"免色承认,"的确如你所说,问题不是速度。"

"问题是……"我欲言又止。

"问题是动机。是这样的吧?"

我默然。但他当然明白,我的沉默意味着 Yes。

免色说:"希望你能理解,我并不是一开始就处心积虑往那个方面推进的,而仅仅是顺水推舟。自己都没清醒意识到时,就已经成了这样子。也许不能让你轻易相信……"

我叹了口气,坦率地说:"我理解的是,如果你一开始就那么谋划,那一定是再简单不过的事。这么说并不是挖苦……"

"你说的应该不错。"免色说,"这我承认。说简单也好什么也好,也许不是多么难的事。但实际不是那样。"

"就是说,对秋川笙子一见钟情,单纯坠入情网了?"

免色为难似的约略噘起嘴唇。"坠入情网?实不相瞒,不能那么断言。我最后坠入情网——我想大约是那样的——是很久很久以前的事了。以致如今已想不起那是怎么样的东西了。但是,作为一个男人为作为女性的她所强烈打动是准确无误的事实。"

"即使抽除秋川真理惠的存在?"

"那是有难度的假说,毕竟最初的相见是以真理惠为动机的。可另一方面,就算没有真理惠的存在,我恐怕也还是要为她动心。"

会不会呢?像免色这样怀有深邃复杂意识的男人,会为秋川笙子那一类型总的说来别无忧虑型的女性所强烈打动吗?但我什么也没能说。因为人的心理活动是无法预测的,尤其有性方面的因素参与的时候。

"明白了。"我说,"总之坦诚相告,值得感谢!归根结底,坦诚再好不过,我想。"

"我也但愿如此。"

"说实话,秋川真理惠已经晓得了,晓得你和笙子进入了那种关系。而且找我商量来了,几天前。"

听得免色多少显出吃惊的样子。

"直觉敏锐的孩子!"他说,"本以为完全没有露出那样的蛛丝马迹。"

"直觉非常敏锐。不过她是从姑母的言行中察觉的,不是因为你。"

秋川笙子固然是能在一定程度上控制感情和有良好教养的知识女性,但并不具有坚实的面具。无需说,这点免色也明白。

免色说："那么，你……认为真理惠觉察此事同这次失踪之间可有什么联系？"

我摇头："那还不知道。我所能说的只有一点：你最好和笙子两人好好谈一下。真理惠不见了使得她现在非常狼狈，焦虑不安，想必需要你的帮助和鼓励。相当痛切地。"

"明白了，回到家马上和她联系。"

如此说罢，免色又一个人陷入沉思。

"老实讲，"他叹息一声说，"我想我仍然不是坠入情网，和那个有所不同，我好像本来就不适合那种情况。只是我自己也不大明白，不明白如果没有真理惠这一存在，会不会为笙子那么动心。在那里很难划出一条线来。"

我默然。

免色继续道："不过这也不是事先处心积虑的结果。这点能请你相信吗？"

"免色先生，"我说，"什么原因我自己也无法解释，但我认为你基本上是一个诚实的人。"

"谢谢！"说着，免色隐约露出一丝微笑。虽是相当勉强的微笑，但看得出他也并非完全不高兴。

"再让我诚实一点好吗？"

"当然。"

"我时不时觉得自己是纯粹的无。"免色透露机密似的说。淡淡的微笑再次返回他的嘴角。

"无？"

"空壳人！这么说听起来或许甚是傲慢——迄今为止，我一直认为自己是个相当聪明能干的人。直觉出色，也有判断力和决断力，体力也得天独厚。觉得无论着手做什么都不会失手。实际上想得到的东西也全都到手了。当然东京拘留所那次是个明显的失败，但那是极少数例外。年轻时候,以为自己无所不能,将来能成为一个近乎十全十美的人,能到达足以俯视整个世界那样的高度。然而五十过后站在镜前浑身上下打量自己,在镜子里发现的只是个空壳人,是无。是 T·S·艾略特(Thomas Stearns Eliot)所说空心人。"

我不知说什么好,沉默不语。

"我过往的人生说不定全是错的,有时我会这么想。说不定做法在哪里出了问题。说不定做的全是无意义的事。正因如此,上次也说了,我看见你时常感到羡慕。"

"例如羡慕什么?"我问。

"你具有足够的能力希求得到很难得到的东西。而我在自己的人生中只能希求一旦希求即能到手的东西。"

他大概说的是秋川真理惠。秋川真理惠正是他"希求也没到手的东西"。可是就此说什么在我是做不到的。

免色慢慢钻入自己的车中,特意开窗向我致以一礼,发动引擎离去。目送他的车最后消失后我折回家中。时针八点已过。

电话铃响是上午十点多。打来的是雨田政彦。

"事情突如其来,"雨田说,"这就去伊豆见我父亲。如果可以,不一起去?日前你不是说想见我父亲的吗?"

明天上午有电话打来,谁要找诸君做什么,不能拒绝!

"嗯,不要紧,我想能去。拉我去!"我说。

"现在刚上东名高速路,是从港北停车场服务站打电话。估计一个小时后能赶到那边。在那里捎上你直接去伊豆高原。"

"临时决定去的?"

"啊,疗养所打来电话,情况好像不大好,要过去看看。正好今天也没什么事。"

"我一起去合适的?那么重要的时刻,我又不是家人……"

48 西班牙人不晓得爱尔兰海湾航行方法

"无所谓，不必介意。除了我也没有亲戚去看，人多热闹才好。"说罢，雨田挂断电话。

放下听筒，我环顾房间，以为哪里会有骑士团长。但没见到骑士团长的形影，他似乎只留下预言就消失去了哪里，恐怕正作为理念而在没有时间、空间和盖然性的领域往来徘徊。不过上午果然有电话打来，有什么找我了。到现在为止，他的预言是中了的。在秋川真理惠依然下落不明当中离开家固然放心不下，但别无他法。骑士团长指示："无论有什么情况，都不得拒绝！"秋川笙子的事姑且交给免色好了，他有那份责任。

我坐在客厅安乐椅上，一边等待雨田政彦到来，一边接着看关于无敌舰队的书。抛弃海湾触礁的舰船，九死一生爬上爱尔兰海岸的西班牙人，几乎都落在当地民众手里被其杀害。沿岸居住的贫苦人为了抢夺他们携带的东西而一齐杀死了士兵和水手。西班牙人本来期待同属天主教教徒的爱尔兰人会救助自己，然而事与愿违。同宗教连带感相比，饥饿问题迫切得多。在英格兰登陆后，载有用来收买英国权势人物的大量军需资金的船也在海湾无谓地葬身鱼腹。财宝下落无人知晓。

雨田政彦开的旧版黑色沃尔沃停在门前时已近十一点。我一边思索沉入深海海底的大量西班牙金银财宝，一边穿上皮夹克走到门外。

雨田选择的路线是从箱根收费高速公路进入伊豆环山游览公路，再从天城高原往伊豆高原下行。他说，因为周末下行路拥堵，所以这条路线最快。然而路上还是被游客的车堵得厉害。一来红叶时节还未过去，二来很多周末司机不习惯跑山路，以致比预想的耗掉很多时间。

"你父亲情况不那么好？"我问。

"总之怕是来日无多。"雨田用平淡的语声说,"痛快说来,只是时间问题。已接近所谓老衰状态。吃东西已经不顺利了,可能很快不知什么时候引起误咽性肺炎。但是,本人决意拒绝流食或打点滴什么的。一句话,若不能自己进食了就静静等死。已在意识清醒的时候通过律师作成文件形式,也有本人签名。因此,延长生命措施一概不要。什么时候离世都不奇怪。"

"所以就总是处于应急状态。"

"正是。"

"不得了啊!"

"啊,一个人死去是件大事,抱怨不得的。"

旧版沃尔沃还附带盒式磁带放唱机,一堆磁带堆在那里。雨田也不看内容,随手摸起一盒插了进去。一盒收录八十年代走红歌曲的磁带。杜兰杜兰乐队(Duran Duran)[①]啦,休伊·刘易斯[②]啦,等等。转到 ABC 乐队[③]的《爱的表情》(*The Look of Love*)[④]的时候我对雨田说道:"这辆车中好像停止进化了。"

"我不喜欢 CD 那样的东西,光闪闪太新潮了,挂在房檐驱赶乌鸦或许正合适,但不是用来听音乐的。声音尖厉刺耳,混音不够自然,不分 A 面 B 面也没意思。想听磁带音乐还得坐这辆车。新车没

[①] 80 年代风靡大西洋两岸的超级乐队。1978 年成军于英国伯明翰,音乐巧妙融合了后庞克和迪斯科的流行乐风,加之乐队成员俊俏的外貌和风格化的音乐录影带,令他们成为媒体宠儿,以当时乐坛的头号偶像之姿,移居新浪漫派掌门人的宝座。

[②] 休伊·刘易斯(Huey Lewis, 1950—),美国著名歌手,担任"休伊·刘易斯和新闻"乐队的主唱和口琴演奏,并为乐队创作了大量歌曲。乐队 1985 年为电影《回到未来》(*Back to the Future*)所作的歌曲《爱的力量》(*The Power of Love*)在美国成为冠军单曲。

[③] 1980 年成立于英国的流行乐队。

[④] 英国 ABC 乐队在 1982 年推出的单曲,曾经拿下英国单曲榜第四名。

有盒式磁带机。因此弄得大家目瞪口呆。但奈何不得。从广播中选录的音乐磁带家里多得不得了，不想作废。"

"不过，这辈子再不想听 ABC 乐队的《爱的表情》了。"

雨田以诧异的神情看着我说："不是好音乐？"

我们一边谈论八十年代 FM 电台播放的各种音乐，一边在箱根山中穿行。每次拐弯富士山都莽苍苍近在眼前。

"奇特的父子！"我说，"父亲只听 LP 唱片，儿子执着于盒式磁带。"

"就落伍这点来说，你也半斤八两。或者不如说更落后于时代。你连手机都没有吧？互联网基本不上的吧？手机我还是不离身的，有什么不明白的，马上用谷歌查。在公司甚至用苹果电脑搞设计。我在社会方面先进得多。"

乐曲在这里变成贝蒂·希金斯①的《基拉戈》(*Key Largo*)②。作为社会方面先进之人，这可是十分耐人寻味的选曲。

"最近可和谁交往？"我换个话题问雨田。

"女人？"

"当然。"

雨田稍微耸了下肩。"不能说多么顺利，依然如故。何况最近我发觉一件奇妙的事，以致好多事情越来越不顺畅了。"

"奇妙的事？"

"跟你说，女人的脸是左右不一样的。这点知道的？"

"人的脸天生就不是左右对称的。"我说，"乳房也好睾丸也

---

① 贝蒂·希金斯（Bertie Higgins, 1944— ），美国歌手和词曲作者，是德国著名作家、诗人、剧作家歌德的曾曾孙。擅长演唱反映热带生活和爱情的歌曲。
② 这首歌是贝蒂·希金斯于 1981 年创作完成并于 1982 年推出的一首单曲，曾登上美国公告牌百强单曲榜并成为十大浪漫民谣之一。

好，形状大小都有区别。大凡画画的人，这点儿事谁都知道。人的相貌形体是左右非对称的——正因如此，也才有意思。"

雨田盯着前方路面，目不斜视地摇了几下头。"那点儿事当然我也是知道的。但现在我说的，和这个多少有所不同。较之相貌形体，不同的更是人格性质的。"

我等他继续下文。

"大约两个月前的事了，我拍了自己交往的女子的照片。用数码相机，从正面拍面部特写，在工作用的电脑上大大投射出来。不知为什么，从正中间分开了，看见的是脸的一半。右边的一半消除后看左半边，左边的一半消除后看右半边……大致感觉知道吧？"

"知道。"

"结果发觉，细看之下，那个女子，右半边和左半边看上去好像两个人。电影《蝙蝠侠》（*Batman*）有个左右脸截然不同的坏家伙吧？叫双面人来着？"

"那部电影没看。"我说。

"看看好，妙趣横生。反正发觉这点之后，我有点儿怕了。接着——本来多此一举——只用右侧和左侧分别试着合成一张脸。把脸一分为二，让一半反转。这么着，只用右侧做成一张脸，又只用左侧做成一张脸。用电脑做，这种名堂易如反掌，结果，电脑里出现的是只能认为人格完全不同的两个女子，吓我一跳。总之，一个女子里边其实潜伏着两个女子。可这么考虑过？"

"没有。"我说。

"那以后我用几个女子的脸做同一实验。搜集从正面拍摄的照片，用电脑同样左右分别合成。结果明确得知，尽管多少有别，但女人基本全都左右脸不一样。而一旦发觉这点，对女人整个都糊涂起来。比如即使做爱，也不晓得自己现在怀中的对象是右侧的她还是左侧的她。如果自己现在同右侧的她做爱，那么左侧的她在哪里做什么想什么呢？假如那是左侧，那么右侧的她现在在哪里、想的是什么呢？这么考虑起来，事情就变得非常麻烦。这个你能明白？"

"不很明白。但事情变得麻烦这点可以理解。"

"麻烦的哟，实际上。"

"男人的脸试了？"我问。

"试了。但男人的脸没怎么发生同样情形。发生根本性变化的大体仅限于女人的脸。"

"是不是最好去精神医生或心理咨询师那里谈一次啊？"我说。

雨田叹了口气。"本来我一直认为自己是个相当普通的人来着。"

"那说不定是危险思想。"

"认为自己是普通人的想法？"

"将自己说成普通人的人，是不可信任的。——司各特·菲茨杰拉德哪本小说里这样写道。"

雨田就此思索片刻。"那意思可是说'纵然凡庸，也无可替代'？"

"那样的说法或可成立。"

雨田握着方向盘沉默下来。稍后说道："这且不说，反正你不也大致尝试一下？"

"如你所知，我长期画肖像画。所以在人脸的结构方面，我想还是熟悉的。说是专家怕也未尝不可。尽管如此，也从未想过人脸的右侧和左侧在人格上有什么差异。"

"可你画的几乎都是男人的肖像吧？"

确如雨田所说。迄今我从未受托画女性肖像画。为什么不知道，反正我画的肖像画全都是男的。唯一的例外是秋川真理惠，但她与其说是女性，莫如说接近孩子。况且作品尚未完成。

"男女有别,天地之差。"雨田说。

"有一点想问,"我说,"你说差不多所有女性脸的左侧和右侧所反映的人格都不一样……"

"不一样,这是推导出的结论。"

"那么,你有时会不会喜欢脸的某一侧超过另一侧?或者更不喜欢脸的某一侧呢?"

雨田就此沉思良久,而后说道:"不不,不至于那样。更喜欢哪一侧,或更不喜欢哪一侧,不是那个层次的事。也不是说哪一侧是光明侧哪一侧是阴暗侧,或者哪一侧更漂亮哪一侧更不漂亮。问题只是左右不同而已。而左右不同这一事实本身使得我困惑,有时让我感到害怕。"

"你那样子,在我的耳朵听来似乎是一种强迫神经症。"我说。

"在我的耳朵听来也是。"雨田说,"自己说,自己听起来那样。不过嘛,真是那样的哟!你自己试一次好了!"

我说试一次。可我没打算试那玩意儿。没试都这么一大堆麻烦事,我可不愿意再找麻烦。

往下我们谈雨田具彦,关于维也纳时期的雨田具彦。

"父亲说他听过理查德·施特劳斯指挥的贝多芬交响曲。"雨田说,"交响乐团是维也纳爱乐乐团,当然。演奏美妙绝伦。这是从父亲口中直接听来的。维也纳时期为数极少的插曲之一。"

"关于维也纳生活此外还听过什么?"

"全是无所谓的东西。吃的东西,酒,加上音乐。毕竟父亲喜欢音乐。除此之外什么也没说。绘画和政治话题完全没有出现,女人也没出现。"

雨田就势沉默片刻。随后继续下文。

"或许该有人写父亲的传记。肯定会写成一本有趣的书。可是,实际上我父亲的传记谁也写不来。因为个人信息那样的东西几乎荡然无存。父亲不交朋友,家人也扔在一旁不管,只是,只是一个人闷在山上作画。勉强有交往的不外乎熟悉的画商。几乎和谁也不说话,信也一封不写。所以,想写传记也写不来,可写的材料简直是零。与其说一生大部分是空白,不如说几乎全是空白更接近事实。就像空洞比实体多得多的奶酪。"

"身后留下来只有作品。"

"是啊,作品以外几乎什么也没留下。恐怕这正是父亲所希望的。"

"你也是剩下来的作品之一。"我说。

"我?"雨田惊讶地看我。但马上将视线拉回前方路面。"那倒也是,那么说的确是那样。这个我是父亲留下来的一件作品,只是效果不大好。"

"但无可替代。"

"完全正确。纵然凡庸,也无可替代。"雨田说,"我时不时心想,你是雨田具彦的儿子岂不更好!那一来,很多事情也许就顺顺利利。"

"算了算了!"我笑道,"雨田具彦儿子的角色谁都演不来!"

"或许。"雨田说,"可你不是精神上相当好地继承下来了?同我比,你恐怕更具备那样的资格——这是我纯粹的真实感受。"

给他那么一说,我蓦然想起《刺杀骑士团长》的画来。莫非那幅画是我从雨田具彦那里继承下来的?莫非是他把我领去那间阁楼、让我看见那幅画的?他通过那幅画向我寻求什么呢?

车内音响传出狄波拉·哈利[①]的《*French Kissin' In The USA*》[②]。

[①] 狄波拉·哈利(Deborah Harry, 1945—),美国说唱歌手,演员,Blondie 乐队主唱。

[②] 狄波拉·哈利的代表性歌曲。

作为我们对话的背景音乐相当不伦不类。

"父亲是雨田具彦,肯定是很不好受的吧?"我断然问道。

雨田说:"关于这个,我在人生的某个阶段就彻底灰心丧气了,所以不像大家想的那么不好受。我本来也是想把绘画作为职业的,但我和父亲相比,才气格局简直天上地下。既然差得那么悬殊,也就不那么在意了。我感到不好受的,不是父亲作为有名的画家,而是作为一个活生生的人直到最后也没有对我这个儿子推心置腹。类似信息传达那样的事一件也没做。"

"他对你也没说真心话?"

"只言片语。给了你一半DNA,别的没有给你的,往后自己想办法去!就是这么一种感觉。问题是,人和人的关系并不仅仅是DNA,对吧?倒不是说要他当我的人生领路人,没指望到那个程度。但作为父子对话什么的也该多少有一点才是。自己经历过怎样的事情啦,怀有怎样的情思活过来的啦,也该告诉告诉我的嘛,哪怕一星半点也好!"

我默默听着他的话。

等待偏长信号灯的时候,他摘下雷朋(Ray-Ban)深色太阳镜,用手帕擦拭,侧过脸对我说:"依我的印象,父亲是隐藏着某种个人的沉重秘密,正要自己一个人揣着它缓缓退出这个世界。内心深处有个像是牢不可破的保险柜的东西,那里收纳着几个秘密。他给保险柜上了锁,钥匙扔了或者藏在了哪里,藏在自己也想不起是哪里的地方。"

一九三八年的维也纳发生了什么?那作为无人知晓的谜团埋葬在了黑暗之中。但《刺杀骑士团长》这幅画说不定会成为"隐藏的钥匙"这一念头倏然涌上脑海。恐怕正因如此,他才在人生最后关头化为生灵来山上确认那幅画。不是吗?

我扭过脖子看后排座,觉得那里有可能孤零零坐着骑士团长。

但后排座谁也没有。

"怎么了?"雨田跟踪我的视线问。

"没怎么。"我说。

信号灯变绿,他踩下油门。

49 充满和它数量相同的死

途中雨田说想解手,把车停在路旁家庭餐馆。我们被领到靠窗桌旁,要了咖啡。正值中午,我加了烤牛排三明治。雨田也要了同样的。而后雨田起身去卫生间。他离席时间里,我怅然打量玻璃窗外。停车场车一辆接一辆。大部分是全家出行。停车场里小面包车的数量显眼,看上去哪一辆都大同小异,仿佛装有不怎么好吃的饼干的铁罐。人们从停车场前面的观光台用小数码相机或手机拍摄正面赫然入目的富士山。也许出于愚蠢的偏见,对于人们用手机拍照这一行为,我无论如何也看不惯。而用照相机打电话这一行为,就更让我看不顺眼。

我正半看不看地看那幅场景,一辆白色斯巴鲁"森林人"从路面开进停车场。虽然我对车的种类不那么熟(而且斯巴鲁"森林人"绝不是外形有特征的车),但还是一眼就看出那是和"白色斯巴鲁男子"开的同一种车。那辆车一边寻找空位,一边在混杂的停车场通道慢慢行进,找到一个空位后迅速把车头插了进去。安在后车门的轮胎套上分明写着"SUBARU FORESTER"大大的标识。看样子和我在宫城县海滨小镇看见的是同一型号。车牌固然看不清,但越看越像是和今春在那座港口小镇目睹的同样的车。不仅车型相同,而且完全像是同一辆车。

我的视觉记忆异乎寻常地准确且持续长久。那辆车的脏污状态和一点点个性特征都酷似我记忆中的那辆车。我感觉自己像要透不过气,凝眸盯视有谁从车上下来。但当时不巧有一辆旅游大巴开进停车场,挡住了我的视线。由于车多拥挤,大巴怎么也前进不得。我离席走到店外。绕过进退维谷的旅游大巴,往白色斯巴鲁停车的那边走去。但车上谁也没有,开车的人已下车去了哪里。也许进餐馆里了,或者去观光台照相了也有可能。我站在那里小心四下环视,但"白色斯巴鲁男子"哪里也找不见。当然,未必是那个人开车……

我查看车牌号,到底是宫城车牌。而且后保险杠上贴有四鳍旗鱼贴纸。和我当时看的是同一辆车。确凿无误。那个男子来这里了。我有一种脊背冻僵之感。我想找到他,想再看一次他的脸,想确认他的肖像画未得完成的缘由。我有可能看漏了他身上的什么。反正我已把车牌号码烙入脑际。或许有什么用,或许没什么用。

我在停车场转了好一阵子找那个像他的人。观光台也去了。但没找到"白色斯巴鲁男子"——那个掺杂白发的短头发、晒得相当厉害的中年男子。高个头,上次看时他身穿显得疲惫不堪的黑皮夹克、头戴印有 YONEX 标识的高尔夫球帽。当时我把他那张脸简单速写在便笺本上给坐在对面座的年轻女子看。她佩服道"画得相当好"。

确认外面没有像他的男子后,我走进家庭餐馆扫视一圈。但哪里也不见他的形象。餐馆里几乎满员。雨田已返回座位喝咖啡。三明治还没端来。

"跑去哪里了?"雨田问我。

"往窗外一看,好像看见一个认识的人,就去外面找。"

"找到了?"

"不,没找到,可能看错人了。"我说。

往下我的眼睛一刻也没有从停车场那辆白色斯巴鲁"森林人"离开,以为开车的人说不定回来。可是,即使他回到车上,我到底又能做什么呢？去他那里搭话不成？就说今年春天在宫城县海滨小镇见你两次。他也许说是吗，可我不记得你了。估计要这样说。

你为什么尾随我呢？我问。你说的什么啊，我哪里尾随你了！他回答。你我素不相识，何苦非尾随你不可呢？交谈就此结束。

反正开车人没有折回斯巴鲁。那辆敦敦实实的白色轿车在停车场默不作声地等待主人回来。我和雨田吃完三明治喝完咖啡，他还是没有出现。

"好了，走吧！没多少时间了。"雨田看一眼手表对我说，说罢拿起桌子上的太阳镜。

我们起身付账走到外面。随即钻进沃尔沃，离开混杂的停车场。作为我，本想留在那里等"白色斯巴鲁男子"回来，但相比之下，现在去看雨田的父亲是优先事项。无论有什么情况都不能拒绝，骑士团长叮嘱道。

如此这般，唯有"白色斯巴鲁男子"又在我面前出现一次这一事实留了下来。他知道我在这里，试图向我炫示他自己也在这里的事实。我能理解他的意图。他赶来这里不纯属偶然。旅游大巴在前面挡住他的身影，当然也不是偶然。

去雨田具彦入住的机构，要从伊豆环山游览公路下来在曲曲弯弯的漫长山路上行驶一阵子。有新开发的别墅区，有时髦的咖啡馆，有木屋民宿，有当地产蔬菜直销站，有面向游客的小博物馆。这时间里我伴随着道路拐弯，一边紧握车门上的把手，一边思索"白色斯巴鲁男子"。有什么在阻挠他的肖像画的完成。我可能没能找到一个完成那幅画所必需的要素，就好像弄丢了拼图游戏中一个重要的拼块。而这是从未有过的事。我要画谁的肖像画时，所需部件事先就搜集齐全。而事关《白色斯巴鲁男子》却未能做到。恐怕是"白色斯巴鲁男子"本人在加以阻挠。他出于某种理由不希望或者坚决拒绝自己被画进画里。

沃尔沃在某个地点偏离路面,开进大大敞开的铁门里边。门上只有一块小小的招牌,若非相当注意,入口很容易看漏。想必这个机构没有感觉出将自身存在向社会广而告之的必要。门旁有个身穿制服的警备员用的小隔间,政彦在这里告以自己的姓名和会见对象的姓名。警备员给哪里打电话核对身份。车直接开进去后,当即进入蓊郁的树林。树木几乎全是高大的常绿树,投下的树影显得甚是寒凉。沿着平整漂亮的柏油坡路上行不久,进入宽大的停车廊。停车廊是圆形的,中间修有圆形花坛。如缓坡一样隆起的花坛围有大朵甘蓝花,正中央开有色彩鲜艳的红花。一切都修剪得整整齐齐。

雨田开进圆形停车廊里端的客用停车场,刹车停下。停车场已经停有两辆车,一辆本田白色小面包,一辆深蓝奥迪轿车,两辆都是熠熠生辉的新车。停在二者之间,旧版沃尔沃俨然年老的使役马。但雨田看上去对这个根本不以为意(相比之下,能用盒式磁带听"香蕉女郎"[Bananarama]①要紧得多)。从停车场可以俯视太平洋。海面沐浴着初冬的阳光闪着钝钝的光泽。其间有几艘中型渔船正在作业。海湾那边闪出不高的小岛,再往前可以看见真鹤半岛。时针指在一时四十五分。

我们下了车,朝建筑物入口走去。建筑物建成的时间似乎不很久,虽然整体上整洁漂亮,但终究是感觉不出多少个性的混凝土建筑。仅以设计角度观之,承担这座建筑物设计的建筑师的想象力似乎不甚活跃。或者委托人考虑到建筑物用途而要求尽可能设计得简洁保守亦未可知。大体是正方形三层建筑,均由直线构成。设计时大约只要有一根直尺即可。一楼部分多用玻璃,以期尽量给人以明

---

① 20世纪英国最佳女子三人演唱组合。80年代出道,经过成员变动,至今仍保持活泼热情、节奏感强烈的演唱风格,活跃于歌坛之上。

朗印象。也有斜向探出的木结构大阳台，上面摆着一打左右躺椅。但由于季节已然入冬，即使在这晴得让人心旷神怡的天气，也没看见有人出来日光浴。由玻璃墙——从地板直通天花板的玻璃墙围着的自助餐厅这部分，可以看见几个身影。五个或六个，似乎都是老年人。坐轮椅的也有两人。至于在做什么，看不明白。料想是在看挂在墙上的大电视屏幕。唯独没有人一起翻跟斗这点可以确认。

雨田从正门进去，同坐在接待台的年轻女性说着什么。一头乌黑秀发的和颜悦色的圆脸女子。身穿藏青色西式制服，胸前别着名牌。两人像是熟人，亲切地谈了好一会儿。我站在稍离开些的地方等两人谈完。大厅摆着硕大的花瓶，似乎是专家配置的争妍斗艳的插花烘托出华丽氛围。交谈告一段落后，雨田在桌上放的来访登记簿上用圆珠笔写上自己名字，觑一眼手表，记入现在时刻。然后离开桌子走来我这里。

"父亲情况总算像是稳定下来了。"雨田仍双手插在裤袋里说道，"早上开始一直不停地咳嗽，呼吸困难，担心直接导致肺炎，但稍前些时候平复下来，现在好像睡得正香。反正去房间看看吧！"

"我一起去也不碍事的？"

"还用说！"雨田道，"见见好了，不是专门为这个来的吗？"

我和他一起乘电梯上到三楼。走廊也同样简洁而保守。装饰严格控制在最低限度，只是走廊长长的白墙上勉强挂了几幅油画。哪一幅都是画着海岸风光的风景画。仿佛是同一画家从各个角度画的同一海岸各个部分的系列画。固然不能说多么够档次，但至少颜料用得淋漓尽致，何况其画风对于极简主义一边倒的建筑样式给予可与之抗衡的宝贵一击——我觉得不妨就此予以相应评价。地面铺的是光滑的漆布，我的鞋底踩上去发出很气派的"啾啾"声响。一位坐着轮椅的小个头白发老年妇女由男护士推着朝这边赶来。她大大睁着眼睛直视前方，和我们交相而过时也没往这边投以一瞥，仿佛决心看好前方空间一点飘浮的重要标记。

雨田具彦的房间是位于走廊尽头的宽敞的单人间。门上挂着名牌，但没写名字。估计是为了保护隐私。不管怎么说，雨田具彦是名人。房间有宾馆半套房那么大，除了床，还有一套不很大的待客家具。床前有折叠放着的轮椅。从东南朝向的大玻璃窗可以望见太平洋。无遮无拦，一览无余。倘是宾馆，仅仅如此景致就可以是收费高的房间。房间墙上没挂画。只挂着一面镜子，一个圆形时钟。茶几上摆着一个中等大小的花瓶，里面插着紫色切花。房间空气没有气味。没有年老病人味儿，没有药味儿，没有花味儿，没有晒窗帘味儿，大凡味儿都没有。索然无味！事关房间，这点实在让我惊异，以致我几乎怀疑自己嗅觉出了什么问题。如何才能把气味儿消除到如此地步呢？

雨田具彦在紧靠窗安放的床上熟睡，完全置此非凡景观于不顾。脸朝天花板，双目紧闭，长长的白眉毛宛如天然帷盖遮护着老了的眼睑。额头刻有很深的皱纹。被盖到脖子那里。至于是否呼吸，仅用眼睛看无法判断。即使呼吸，恐怕也是微乎其微的浅呼吸。

一眼即可看出，这位老人和前不久深夜时分来画室的谜团人物是同一人。那天夜里我在游移的月光中仅是一瞬间见得他的形象，但从脑袋的形状和白发的长短状态看，毫无疑问是雨田具彦其人。得知这点我也没有怎么惊诧。这点一开始就已明明白白。

"睡得相当沉。"雨田转向我说，"只能等他自然醒来。如果能醒来的话……"

"不过看样子症状暂且稳定下来不是很好吗？"我说。而后扫一眼墙上的钟。时针指向一时五十五分。我倏然想起免色。他给秋川笙子打电话了吗？事态可有什么进展？但此刻我必须把意识集中于雨田具彦的存在。

我和雨田对坐在待客沙发上,一边喝着在走廊自动售货机买的罐装咖啡,一边等待雨田具彦醒来。这时间里雨田讲柚的情况。她的妊娠反应现已告一段落,安稳下来,预产期大约是一月上半月,她的英俊男友也对孩子的诞生满怀期待。

"但问题是——是对于他的问题——柚好像没有同他结婚的打算。"雨田说。

"不结婚?"我一下子没能明白他说的意思。"就是说,柚要当单身母亲?"

"柚要把孩子生下来,但不想正式和他结婚,也不想同居。将来分享孩子监护权的打算也根本没有……事情总好像是这个样子。以致他相当苦闷。柚和你的离婚一旦成立,他准备马上和柚结婚来着,却被拒绝了。"

我试着想了一会儿。但越想脑袋越乱。

"费解啊!柚一直说不想要孩子。即使我说差不多该要孩子了,她也一口咬定还早。而如今却那么积极地想要孩子,这是为什么呢?"

"本来没打算怀孕,可一旦怀上了,这回就特想把孩子生下来——女性是会这样的!"

"不过柚一个人抚养孩子,现实中有太多不便。继续现在的工作也怕要变得困难。为什么不想和对方结婚呢?那本来不就是那个人的孩子吗?"

"为什么,那个人也不明白。他相信两人的关系一帆风顺,也为能当上孩子的父亲乐不可支。所以才苦闷不堪。找我商量,我也莫名其妙。"

"不能由你直接问问柚?"我问。

雨田显出为难的神色。"实不相瞒,这件事,我是打算尽可能不深度介入的。我喜欢柚,对方是职场同事,和你当然又是老朋友——举步维艰。越是介入越是不知所措。"

我默然。

"本以为你们是一对好夫妻,一直放心地看着来着……"雨田困窘似的说。

"这个上次也听你说了。"

"或许说了。"雨田说,"反正那是真心话。"

接下去我们默默看墙上的钟看了好一会儿,或看窗外铺陈的海。雨田具彦仍在床上仰卧着,纹丝不动地昏昏沉睡。由于实在太静止了,几乎让人担忧是不是还活着。可是,见得除我以外谁也不担忧,于是得知那怕是常态。

目睹雨田具彦睡姿当中,我试图在脑海中推出他年轻时留学维也纳的风姿。但当然想象不好。此刻此处我眼前出现的,是一位缓慢而确凿地向肉体消亡方向发展的满脸皱纹的银发老人。作为人出生的任何人都将无一例外地迟早遭遇死亡。而他现在正要迎来那一转折点。

"你没有跟柚联系的打算?"雨田问我。

我摇头道:"眼下没有。"

"我想你们两人不妨就各种事情谈一次。怎么说呢,促膝交谈……"

"我们已经通过律师正式办理了离婚手续。这是柚希求的。何况她马上要生别的男人的孩子。她同对方结婚也好不结也好,那终究是她的问题,事理上不是我可以说三道四的。各种事情?促膝交谈?到底有什么可谈的呢?"

"发生了什么?不想知道?"

我摇头:"不知也罢的事,不是多么想知道。我也不是没有受伤害。"

"当然。"雨田说。

但自己受伤害了还是没受,老实说,就连这个我不时也稀里糊涂。这是因为我没办法彻底弄明白自己是否真有受伤害的资格。自不消说,有资格也好没资格也好,人该受伤害的时候自然要受。

"那个人是我的同事。"雨田稍后说道,"一个认真的家伙,工作也过得去,性格也好。"

"而且一表人才。"

"嗯,长相好得非同一般,所以在女性当中有人气,理所当然。女人缘好得让我羡慕。不过这家伙向来有一种倾向让大家不能不感到费解。"

我默默听着雨田的话。

他继续道:"作为交往对象,他居然选择有些超出理解范围的女人。本来哪个都任他挑选,可是不知何故,他总是为莫名其妙的女人迷得神不守舍。啊,那当然不是柚。柚大概是他选择的第一个地道的女性。柚之前哪一个都一塌糊涂。为什么不知道……"

他追索记忆,轻轻摇头。

"几年前有一次已经发展到马上要结婚了。婚礼场所订了,请柬印了,新婚旅行要去斐济或哪里也定了。假请好了,飞机票也买了。不过嘛,结婚对象是个奇丑无比的女人。对我也介绍了,丑得一看就吓我一跳。当然,人不可貌相。但在我看来,性格也夸奖不来。却不知为什么,他来了个一往情深。反正实在太不般配了。周围人嘴上倒是没说,心里都那么想。不料,就要举行婚礼了,女的突如其来地拒绝结婚。就是说给女方逃婚了。幸还是不幸另当别论,总之搞得我目瞪口呆。"

"有什么理由的吧?"

"理由没问。太让人不忍了,不能再问了。不过他也怕是不知道对方的理由。那个女的只是逃之夭夭,不想和他结婚。估计是想到什么了。"

49 充满和它数量相同的死

"那么,你说这件事的要点是什么?"我问。

"要点嘛,"雨田说,"要点就是你和柚之间也许还有重归于好的可能性。当然我是说如果你愿意的话。"

"但是,柚正要生那个人的孩子。"

"那确实是一个问题。"

往下我们再次陷入沉默。

雨田具彦醒来时已近三点。他一下一下蠕动身体,大大呼吸一口,被在胸口那里一上一下。雨田站起走到床边,从上面窥看父亲的脸。父亲慢慢睁开眼睛,白色的长眉毛微微向上颤抖。

雨田拿起床头柜上的细口玻璃鸭嘴壶,用来润湿发干的嘴唇。又用纱布那样的东西揩去嘴角溢出的水。父亲继续要水时,就又往嘴里补充一点点。看来经常这样做,手势相当熟练。每次咽水,老人的喉结都大大地一上一下。见了,我也终于得以了解他还活着的事实。

"爸爸,"雨田指着我说,"这是接着住在小田原家里的家伙。也是画画的,使用爸爸的画室画画。我大学时代的同学,虽然不怎么乖巧,又给绝代佳人太太甩了,但作为画工非常不赖。"

至于父亲把雨田说的理解到什么程度,那无从知晓。但反正雨田具彦顺着儿子指尖朝我这边慢慢转过脸,两只眼睛好像是在看我。不过脸上完全没浮现出类似表情的表情。大概是在看什么,但那个什么对于他似乎姑且是不成意思的东西。而与此同时,我也感觉得出那仿佛蒙一层薄膜的眼球深处潜伏着足以令人惊愕的明晰的光。那光有可能是为了具有意义的什么小心藏入其中——我有这样的印象。

雨田对我说:"我说什么大概都不能理解了。但主治医生指示说,反正把所说的全都看作是对方能理解的东西自由地自然地说出就是了。什么明白什么不明白,毕竟谁都不知道。所以才这么极为正常地说话。也罢,作为我也还是这样来得轻松。你也说点什么,像平时说话那样说即可。"

"你好!很高兴见到你。"我说,并且报了姓名。"现在住在小田原山上的府上。"

雨田具彦似乎在看我的脸,但表情仍没出现变化。雨田对我做出动作,示意什么都行,只管说就是。

我说:"我画油画。长期专门画肖像画来着,但现在辞了那份工作,正在画自己喜欢的画。因不时有人预订,所以有时也画肖像画。想必是对画人的面部有兴趣。和政彦君从美大时代就开始交往。"

雨田具彦的眼睛仍在对着我。眼睛仍蒙有薄膜样的东西,看上去仿佛将生与死缓缓隔开的薄薄的花边窗帘。窗帘有好几层,里面的渐渐看不清了,最后将落下沉重的幕布。

"府上真好,"我说,"工作很有效率。但愿你别不高兴,唱片也随便听,因为政彦君说听也可以。完美的收藏。歌剧也常听。另外,前些日子我第一次爬上了阁楼。"

说到这里,他的眼睛看上去第一次一闪现出光芒。实在是微乎其微的光闪,若非十分注意,谁也不至于觉察。但我是在毫不懈怠地直视他的眼睛,所以不会看漏那一光闪。想必"阁楼"这两个字的语声刺激了他记忆的哪里。

"阁楼里好像住着一只猫头鹰。"我继续道,"夜里时不时有仿佛什么出入的窸窸窣窣的动静,就以为可能是老鼠,白天上去看了。一看,房梁上有一只猫头鹰正在睡觉。非常好看的鸟。通风孔铁丝网破了,使得猫头鹰可以从那里自由出入。对猫头鹰来说,阁楼是正合适的白天的隐秘住处。"

那对眼睛牢牢看着我,就好像渴望得到更多的信息。

49 充满和它数量相同的死

"有猫头鹰也不损害房子。"雨田插嘴说,"房子有猫头鹰住下来,也是好兆头。"

"猫头鹰好,但不光猫头鹰好,阁楼还是个极有意思的地方。"我补充一句。

雨田具彦仰面躺在床上,一动不动地盯视我。呼吸似乎再次变浅。眼球仍蒙有薄膜,但其深处潜在的秘密之光,我感觉好像比刚才更鲜明了。

我想再说几句阁楼,但因为他儿子政彦在旁边,不便提起那里发现的一件东西。政彦当然想知道那是什么东西。我和雨田具彦把话题悬在半空,互相定定搜寻对方的脸。

我小心翼翼斟酌语词:"那个阁楼不仅对猫头鹰,对画也是绝好的场所。就是说,是保管画的最佳场所,尤其适合保管因画材缘故容易变质的日本画。和地下室什么的不同,没有潮气,通风好,而且没有窗,不用担心日晒。当然风雨吹进来的担忧也是有的。所以,要想长期保存,就必须包得结结实实……"

"那么说来,我还一次都没查看过阁楼,"雨田说,"满是灰尘的地方我可吃不消的。"

我没把视线从雨田具彦脸上移开。雨田具彦也没把视线从我脸上移开。我感觉得出,他试图在脑袋里梳理思绪。猫头鹰、阁楼、画的保管……试图将这几个有记忆的单词含义连在一起。那对于此时此刻的他来说不是容易事,完全不是容易事,好比是蒙上眼睛钻出复杂迷宫的作业。可是他感觉将其连接起来对自己是很重要的,极其强烈的感觉。我静静注视他这孤独而艰辛的作业。

我想说杂木林中的小庙和庙后奇妙的洞——洞是由于怎样的原委打开的,洞是怎样的形状。但转念作罢。最好不要一下子拿出太多事情。他剩下的意识即使仅处理一件事都应是相当沉重的负担。而支撑所剩无多的能力的,只有那一条线。

547

"不再要点水了？"政彦拿起玻璃鸭嘴壶问父亲。但父亲对他的问话没有任何反应。看来儿子的话全然没有传入他的耳朵。政彦凑近些重问一次，还是没有反应。得知这点，政彦不再问了。父亲的眼睛已经不再有儿子的样子进入。

"看来父亲对你极有兴趣啊！"政彦感佩地对我说，"刚才就一直专心看你。好久都没对谁、或者说对什么有这么强的兴趣了。"

我默默看雨田具彦的眼睛。

"奇怪！我说什么都几乎不理不睬，却从刚才盯住你的脸再不移开。"

我不可能察觉不出政彦语气掺有几分羡慕的意味。他希求被父亲看，恐怕从小一直希求到现在。

"也许我身上有颜料味儿。"我说，"可能是那种味儿唤起了某种记忆。"

"真是那样的吧，怕是有那种可能性。那么说来，我已经好久好久没碰过真正的颜料了。"

他的语声已经没了阴影，返回平时快乐的雨田政彦。这时，床头柜上的政彦的小手机断续发出振颤音。

政彦猛然抬头："糟糕，忘关手机了。房间里禁止使用手机。我去外面接，离开一会儿没关系的？"

"没关系。"

政彦拿起手机，确认对方姓名，朝门口走去。又转头对我说："可能延长一会儿，我不在时候你随便跟我父亲说点什么！"

政彦一边对着手机小声说什么，一边走出房间，轻轻关上门。

这样，房间里只剩我和雨田具彦两人了。雨田具彦仍在静静盯视我。恐怕他在努力理解我。我多少有些胸闷，立起绕到他的床尾，走到东南向窗口。我把脸几乎贴在大扇玻璃窗上眺望外面浩瀚的太平洋。水平线冲顶一般朝天空逼去。我以眼睛把那条笔直的线从这端扫瞄到另一端。这般绵长美丽的直线,人无论用怎样的直尺也画不出来。并且,那条线下面的空间理应跃动着无数生命。这个世界充满无数生命,充满和它数量相同的死。

随后我蓦然感觉到什么,朝背后看去。于是得知,在这房间里的,不止雨田具彦和我两人。

"是的,不是仅仅诸君两人在这里。"骑士团长说。

50　那要求牺牲和考验

"对了，诸君在这里并非仅仅两人。"骑士团长说。

骑士团长坐在雨田政彦刚才坐的布面椅子上。一如往常的装束，一如往常的发型，一如往常的宝剑，一如往常的个头。我一声不响地定睛注视他的形体。

"诸君的朋友再过一会儿怕也不会回来。"骑士团长朝上竖起右手食指，"估计电话要花些时间。所以诸君只管放心地尽兴地和雨田具彦说话好了。想问的事情种种样样吧？回答能得到多少倒是个疑问。"

"你把政彦支开了？"

"何至于何至于。"骑士团长说，"诸君高看了我。我没有那样的能耐。而诸君和我不一样，在公司工作的人这个那个是很忙的，连个周末也无有。可怜！"

"你一直跟我一起来到这里？就是说，是一同乘那辆车来的？"

骑士团长摇头："不，无有同乘。从小田原到这里路程很长，我这人很快就晕车的。"

"可你反正到了这里。没得到邀请就……"

"不错，准确说来我是无有得到邀请，却又应求置身于此。应邀和应求的区别是极其微妙的。不过这且不论，总之求我的是雨田具彦。而且，我是因为想帮助诸君才置身于此的。"

"帮助？"

"当然！诸君多少有恩于我。诸君等把我从地下场所放了出来。这样，我才得以重新作为理念在这世间招摇过市，一如诸君近来所说。对此我想迟早予以报答。纵然理念，也并非不懂人情事理。"

人情事理？

"也罢，大体同一回事。"骑士团长似乎看出我的心思，"总而言之，诸君由衷希望弄清秋川真理惠的下落，让她返回此侧。这无有不对吧？"

我点头。无有不对。

"你知道她的下落吗？"

"知道的哟！刚刚见过不久。"

"见了？"

"还简短谈了几句。"

"那么，请告诉我她在哪里。"

"知道固然知道，但从我口中无可奉告。"

"告诉不得？"

"因为不具有告诉的资格。"

"可你刚刚说过正因为想帮助我才出现在这里的。"

"确实说了。"

"然而不能告知秋川真理惠的所在。是这样的吗？"

骑士团长摇头："告知不是我的职责，尽管心有不忍。"

"那么是谁的职责呢？"

骑士团长用右手食指笔直地指着我："诸君本身。诸君本身告知诸君。舍此，诸君无有得知秋川真理惠所在之处的途径。"

"我告知我本身？"我说，"可我根本不知道她在哪里的嘛！"

骑士团长叹了口气："诸君是知道的。只不过是自己不知道自己知道而已。"

"相当绕弯子啊,听起来。"

"并非绕弯子。诸君也很快即可了然,在不是这里的场所。"

这回轮到我叹气了。

"见告一点即可:秋川真理惠是被谁绑架了吗?还是自己误入哪里了呢?"

"那是找到她把她领回这个世界时诸君知道的事。"

"她处于危险状态吗?"

骑士团长摇头:"判断孰是危机孰不是危机是人的职责,不是理念的职责。不过,如果想把那个少女领回来,恐怕还是急速赶路为好。"

急速赶路?那是怎样的路呢?我久久看着骑士团长的脸。听起来一切都像谜语,如果那里有谜底的话。

"那么,现在你在这里到底想帮我什么呢?"

骑士团长说:"我这就可以把诸君送去诸君能见到诸君本身的场所。但这不是轻而易举的事,而势必伴随不少牺牲和严峻考验。具体说来,付出牺牲的是理念,接受考验的是诸君——这也可以的吗?"

我琢磨不透他想说什么。

"那么,我究竟具体做什么好呢?"

"简单,杀了我即可!"骑士团长说。

51 此其时也

"简单,杀了我即可!"骑士团长说。

"杀你?"我问。

"诸君模仿那幅《刺杀骑士团长》的画面,把我结果了就是。"

"你是说我用剑把你刺死?"

"是的,正巧我带着剑。以前也说了,这是砍下去就会出血的真正的剑。并非尺寸多么大的剑,但我也绝不是尺寸多么大。足矣足矣!"

我站在床尾,目不转睛地盯视骑士团长。想说什么,却找不到应该说出口的话语,只管默默伫立。雨田具彦也依然躺在床上纹丝不动,脸朝向骑士团长那边。至于骑士团长进没进入他的眼睛,则无由确认。骑士团长能够选择使之看见自己形体的对象。

我终于开口问道:"就是说,我通过用那把剑把你杀死而得知秋川真理惠的所在?"

"不,准确说来不是那样。诸君在这里把我杀死,把我消除。由此引起的一系列反应在结果上把诸君领往那个少女的所在之处。"

我力图理解这句话的含义。

"虽不清楚会是怎样的连锁反应,但事物能一如原来所料连锁起来吗?就算我杀了你,很多事情的发展也未必如愿以偿。而那一来,你的死可就是白死。"

骑士团长猛地扬起一侧眉梢看我。眉梢的扬起方式同电影《步步惊魂》（*Point Blank*）①中的李·马文（Lee Marvin）十分相像，酷极了。倒是很难设想骑士团长会看过《步步惊魂》……

他说："诸君所言极是。现实中事情未必连锁得那般巧妙。我所说的终不过是一种预测、一种推论，'或许'可能过多。不过清楚说来，此外别无他法，无有挑挑拣拣的余地。"

"假定我杀了你，那是意味之于我的你没了呢？还是意味着你从我面前永久消失了呢？"

"不错，之于诸君的我这个理念在那里气绝身亡。对于理念那是无数分之一的死。虽说如此，那也无疑是一个独立的死亡。"

"杀了一个理念，世界并不会因之有所改变吗？"

"啊，那还是要改变的。"说着，骑士团长又以李·马文风格陡然扬起一侧眉梢。"难道不是吗？设若抹除一个理念而世界也无有任何改变，那样的世界究竟有多大意义呢？那样的理念又有多大意义呢？"

"即使世界因之接受某种变更，你也还是认为我应该杀死你，是吧？"

"诸君把我从那个洞中放了出来。现在你必须把我杀死。否则环闭不上。打开的环一定要在哪里闭合。舍此无有选项。"

我向躺在床上的雨田具彦投去目光。他的视线似乎仍笔直地对着坐在椅子上的骑士团长那边。

"雨田先生能看见那里的你吗？"

"啊，应该逐渐看见了的。"骑士团长说，"我们的声音也会渐渐传入耳中，意思也将很快得以理解——他正在拼命集结剩在最后

---

① 拍摄于1967年的经典黑色动作片，动作巨星李·马文饰演一名黑道悍将，一头白发，眉眼之间尽显硬汉本色。出狱后，向陷害他的歹徒复仇。在动作片历史上堪称时代先驱。

的体力和智力。"

"他要在那幅《刺杀骑士团长》中画什么呢？"

"那不应该问我，而应该先直接问他本人吧！"骑士团长说，"毕竟难得面对作者。"

我返回刚才坐的椅子，同躺在床上的他面对面说道："雨田先生，我在阁楼里发现了你藏的画。一定是你藏的吧？看那严严实实的包装，你好像不愿意让谁看见那幅画。而我把画打开了。或许你心生不快，但好奇心是克制不住的。并且，在发现《刺杀骑士团长》这幅绝好的画作之后，眼睛就再也无法从画上移开了。画实在太妙了！理应成为你的代表作之一。而眼下知道那幅画的存在的，唯独我一个人。就连政彦君也没给看。此外只有秋川真理惠那个十三岁女孩见过那幅画。而她从昨天开始下落不明。"

骑士团长这时扬起手来制止我："最好先说到这里，让他休息休息。现在他有限的大脑，一下子进不去很多东西。"

我缄口观察片刻雨田具彦的表现。我无从判断我说的话能有多少进入他的意识。他的脸上依然没有浮现出任何表情。但细看眼睛深处，看得出那里有和刚才同样的光源。那是犹如掉入深水泉底的小而锋利的刃器的光闪。

我一字一句地继续缓缓说道："问题是，你是为了什么画那幅画的。那幅画同你过去画的一系列日本画相比，无论题材、构图还是画风都大不一样。我觉得那幅画好像含有某种深不可测的个人情思。那幅画到底意味着什么呢？谁把谁杀了呢？骑士团长到底是谁呢？杀人者唐璜是谁呢？还有，左下角从地下探出脸的满腮胡须的长脸奇妙男子究竟是什么呢？"

骑士团长再度扬手制止我。我闭住嘴巴。

"问话就此为止吧！"他说，"问话渗入此人的意识，恐怕还需要一些时间。"

"他能回答问话吗？还剩有足够的气力吗？"

骑士团长摇头："啊，回答不大可能了。此人已无有相应的余力。"

"那么，你为什么让我问这些呢？"

"诸君说出口的不是问话，诸君只是告诉他，告诉他诸君在阁楼发现了《刺杀骑士团长》那幅画，明确其存在的事实。这是第一阶段——必须从这里开始。"

"第二阶段是什么呢？"

"当然是诸君杀了我。此为第二阶段。"

"第三阶段有吗？"

"应该有，当然。"

"那到底是怎样的呢？"

"诸君还不明白的吧？"

"不明白啊！"

骑士团长说："我等在此重现那幅画寓意的核心，将'长面人'拽出亮相，领到这里、这个房间——诸君以此找回秋川真理惠。"

我一时无语，还是全然揣度不出自己究竟一脚踏入了怎样的世界。

"当然那并非易事。"骑士团长以郑重其事的语声说，"然而势在必行。为此，必须果断杀我。"

我等待我给予的信息充分渗入雨田具彦的意识，这需要时间。这时间里我有几个必须消除的疑问。

"关于那一事件，为什么雨田具彦在战争结束后的漫长岁月中始终绝口不提呢？尽管阻止他出声的已经不复存在……"

骑士团长说："他的恋人被纳粹残忍地杀害了，慢慢拷打杀害的。同伴们也无一逃生。他们的尝试彻底以徒劳告终。唯独他因为政治考量而勉强保住一条性命。这在他心里留下深重的创伤。而且他本身也被逮捕，被盖世太保拘留了两个月，受到严刑拷问。拷问是在不至于打死、不在身上留下伤痕的情况下小心翼翼而又绝对暴力性进行的。那是几致摧毁神经的施虐狂式拷问。实际他心中想必也有什么死掉了。事后严厉交待，使得他不对透露此事心存侥幸，强制遣返日本。"

"还有，在那前不久，雨田具彦的弟弟大概由于战争带来的精神创伤而年纪轻轻就自行中断了生命——是在南京攻城战之后退伍回国不久。是这样的吧？"

"是的。如此这般，雨田具彦在历史剧烈漩涡中连续失去了无比宝贵的人，自己也负心灵创伤。他因此怀有的愤怒和哀伤想必是极为深重的。那是无论如何也无法对抗世界巨大潮流的无力感、绝望感。其中也有单单自己活下来的内疚。正因如此，尽管已无人封口了，但他仍然只字不想谈在维也纳发生的事。不，是不能谈。"

我看雨田具彦的脸。脸上仍然没有浮现出任何表情。我们的交谈是否传入他的耳朵也无由知晓。

我说："而且，雨田先生在某个时间节点——哪个节点不知道——画了《刺杀骑士团长》，将全然无法诉诸语言的事物作为寓言赋以画的形式。那是他所能做的一切。一幅出类拔萃、遒劲有力的作品。"

"在那幅画中，他将自己未能实际达成的事项换一种形式即改头换面地实现了。把实际未发生的事作为应该发生的事。"

"可是归根结底，他没有把那幅完成的画对外公开，而是严严实实包好藏进阁楼。"我说，"尽管是如此彻底改变形式的寓意画，对于他那可是活生生真切切的事件。是这样的吧？"

"正是。那是纯粹从他活的灵魂中析离出来的东西。而某一天，诸君发现了那幅画。"

"就是说,我把那幅作品暴露在光天化日之下是一切变故的开端,是吧?是我打开环的吗?"

骑士团长一言不发,将两手的手心朝上展开。

此后不久,雨田具彦的脸上眼看着现出红晕。我和骑士团长目不转睛注视他表情的变化。就像同脸上重现血色相呼应似的,其眼球深处潜伏的神秘光点一点一点浮出表面,犹如长时间在深海作业的潜水员一边随着水压调整身体一边缓缓浮上水面。而且,一直蒙在眼球上的淡淡的薄膜开始进一步变淡。少顷,两眼整个睁开。出现在我面前的,已经不是日薄西山衰老干瘦的老人。那对眼睛涨满力争留在——纵使一瞬之间——这个世界的意志。

"他在集结余力。"骑士团长对我说,"他在想方设法挽回意识,哪怕多挽回一点点。可是,一旦意识返回,肉体痛苦也同时返回。他的身体正在分泌旨在消除肉体痛苦的特殊物质。只要有那种作用,就不会感觉出那么剧烈的痛苦,就能够静静停止呼吸。而意识返回,痛苦也随之返回。尽管如此,他仍然拼命挽回意识。这是因为,他有纵然承受肉体剧痛也必须在此时此地做的事情。"

像要证实骑士团长的说法似的,苦闷的表情在雨田具彦脸上逐渐扩展开来。他再次深感自己的身体已被衰老侵蚀,即将停止其功能。无论做什么都无由幸免。他的生命系统很快就要迎来最后期限。目睹这样的形象实在于心不忍。或许应该不做多余的事,而让他在意识混沌之中没有痛苦地安然咽下最后一口气。

"但这是雨田具彦本身选择的。"骑士团长仿佛看出我的心思,"诚然可怜,但无可奈何。"

"政彦不再回这里了?"我问骑士团长。

骑士团长微微摇头:"暂时还回不来。一个重要的工作电话打了进来,估计要说很久。"

现在，雨田具彦双眼大大睁开。仿佛缩进满是皱纹的眼窝深处的眼睛就好像一个人把身子探出窗外一样往前凸出。他的呼吸变得粗重得多、深沉得多，气息出入喉咙时的沙沙声几乎传来耳畔。而其视线则坚定不移地直盯盯落在骑士团长身上。毫无疑问，他看见了骑士团长，脸上浮现出不折不扣的惊愕表情。他还不能相信自己的眼睛所见，不能顺利接受自己画在画上的虚构人物实际出现在眼前这一事实。

"不，不然，"骑士团长读出我的心理，"雨田具彦现在看见的，和诸君看见的我的形象又有所不同。"

"他看到的你，同我看到的你的形象不一样？"

"总之我是理念，我的形象因场合、因看我的人不同而随意变化。"

"在雨田先生眼里，你呈现为怎样的形象呢？"

"那我也不知道。说起来，我不过是照出人心的镜子而已。"

"可出现在我面前的时候，你是有意选择这一形象的吧？选择骑士团长的形象。不是这样的吗？"

"准确说来，也并非是我选择那一形象的。原因与结果在那里相互交织。我通过选择骑士团长形象而启动一系列事物的运转。而与此同时，我选择骑士团长形象又是一系列事物的必然归结。遵循诸君所居世界的时间性讲述是极其艰难的事，但若一言以蔽之，那是事先既定之事。"

"如果理念是反映心的镜子，那么就是说雨田先生正在那里看自己想看的东西了？"

"正在看必须看的东西。"骑士团长换个说法，"或者通过目睹那个什么而正在感受切身痛楚也未可知。但他必须看那个，在其人生终了之际。"

我重新把眼睛转向雨田具彦的脸。我察觉，那里混杂着惊愕之念浮现出来的,乃是无比厌恶之情,以及不堪忍受的痛楚。那不仅仅是和意识一同返回的肉体痛苦。那里出现的,恐怕是他本身深深的精神苦闷。

骑士团长说:"他为了看准我的这副样子而拼命挤出最后的气力、挽回意识,全然置剧痛于不顾。他正要重返二十几岁的青年时代。"

雨田具彦的面部此刻已红通通一片,热血失而复来,干燥的薄嘴唇微微颤抖,呼吸变成急促的喘息。萎缩的长指正拼命抓着床单。

"好了,坚决把我杀死!在他的意识正这么连在一起的时刻。"骑士团长说,"越快越好!如此状态恐怕不会持续多久。"

骑士团长把腰上带的剑一下子抽出鞘来。长约二十厘米的剑身看上去甚是锋利。虽然短,但那无疑是夺人性命的武器。

"快,快用这个把我刺死!"骑士团长说,"在此重现与那幅《刺杀骑士团长》相同的场面。快,快快!无有闲工夫磨磨蹭蹭。"

我难以下定决心,交替看着骑士团长和雨田具彦的脸。我勉强看出的是,雨田具彦在极其强烈地需求什么,骑士团长的决心坚定无比。唯独我在两人之间犹豫不决。

我的耳朵听得猫头鹰的振翅声,听得夜半铃声。

一切在哪里连接在一起。

"是的,一切在哪里连接在一起。"骑士团长读出我的心思,"诸君不能从那连接中彻底逃离。好了好了,果断地把我杀死。无需感到良心的谴责。雨田具彦需求这个。雨田具彦将因诸君这样做而获得拯救。对于他应该发生的事此刻在此使之发生。此其时也,只有诸君才能让他的人生获得最后超度。"

我欠身离座,走向骑士团长坐的椅子那边,将他抽出的剑拿在手中。什么正确什么不正确,其判断我已无能为力。在缺失空间与时间的世界里,前后上下的感觉甚至都不存在。我这个人已不再是我这样的感觉就在那里。我与我自身两相乖离。

实际拿在手里,得知剑柄部分对于我的手实在太小了。为小人手握制作的迷你剑。纵然剑尖再锋利,握这么短的剑刺杀骑士团长也几乎是不可能的。这一事实让我多少舒了口气。

"这把剑对我太小了,用不好的。"我对骑士团长说。

"是吗,"骑士团长低低叹息一声,"那怕没办法。虽说离重现画面多少有些差距,可还是使用别的东西吧!"

"别的东西?"

骑士团长指着房间角落一个小箱子说:"拉开最上端的抽屉看看!"

我走到收纳箱跟前拉开最上端的抽屉。

"里面应该有一把处理鱼用的厨刀。"骑士团长说。

拉开一看,整齐叠着的几枚面巾上面分明放有一把厨刀。那是雨田政彦为处理鲷鱼带到我那里的厨刀。长约二十厘米的结结实实的刀刃仔细磨得很快。政彦过去就对工具很讲究。自不待言,保养得也好。

"快,用那个把我一下子捅死!"骑士团长说,"剑也好厨刀也好,什么都无所谓,反正要在此重现和那幅《刺杀骑士团长》中的同样的场面。速战速决是关键,无有多少时间。"

我拿起厨刀,刀如石制成一般沉甸甸的。刀刃在窗口射进来的明亮阳光下闪着冷冷的白光。雨田政彦带来的厨刀从我家中厨房消失后在这个房间的抽屉中静等我的到来。而且是政彦为父亲(在结果上)磨好刀刃的。看来我无法从这一命运中逃离出来。

我依然下不定决心。尽管如此,还是绕到坐在椅子上的骑士团长背后,重新把厨刀牢牢握在右手。雨田具彦兀自躺在床上睁大眼睛盯视这边,俨然正在目睹重大历史事件之人。嘴巴张开,闪出里面发黄的牙齿和泛白的舌头。舌头像要组织什么语词似的缓缓动着。然而世界不会听见那语词了。

"诸君绝非残暴之人。"骑士团长似乎是在讲给我听,"这点一清二楚。诸君的人品,生来就不是要杀人的。但是,为了救助宝贵对象,或为了重要目的,有时必须做有违意愿之事。而现在恰恰如此。快,快杀了我!我的身体这般矮小,而且不会反抗,无非理念而已。只消将那刀尖刺入心脏即可,举手之劳。"

骑士团长用小小的指尖指着自己心脏位置。想到心脏,不能不想起妹妹的心脏。我清晰记得妹妹在大学附属医院接受心脏手术时的事,记得那是何等艰难而微妙的手术。抢救一颗有问题的心脏是极其艰巨的作业,需要好几位专业医生和大量血液。而毁掉它则轻而易举。

骑士团长说:"啊,那种事再想也无济于事。为了找回秋川真理惠,诸君无论如何都要这样做,哪怕再不情愿!请相信我的话。抛弃心,关闭意识。但眼睛闭不得,要好好看着!"

我从骑士团长的背后挥起那把厨刀,却怎么也挥不下去。就算那对理念只不过是无数分之一的死,也不能改变我除掉自己眼前一个生命的事实。那岂不是和雨田继彦在南京由于年轻军官的命令而进行的杀人行径如出一辙?

"并非如出一辙。"骑士团长说,"这种场合是我主动希求的,我希求自己本身被杀死。那是为了再生的死。快,下决心把环闭合!"

我闭上眼睛,想起在宫城县的情人旅馆勒女子脖颈时的情形。当然那只是逢场作戏,是应女子的要求在不至于勒死的程度上轻勒她的脖子。可是归终我未能将那一行为持续得如她要求的那么久。再持续下去,说不定真会把她勒死。那时我在情人旅馆的床上刹那间在自己身上发现的,是一种从未体验过的深重的愤怒情感。它如同有血流入的泥沼在我胸间黑乎乎翻卷着巨大的漩涡，毫不含糊地朝真正的死逼近。

你小子在哪里干了什么，我可是一清二楚！那个男子说。

"快，快挥落那把厨刀！"骑士团长说，"诸君理应做得到。诸君杀的不是我，诸君此时此地杀的是邪恶的父亲。杀死邪恶的父亲，让大地吮吸他的血。"

邪恶的父亲？

之于我，邪恶的父亲到底是什么呢？

"之于诸君的邪恶父亲是谁？"骑士团长读取我的心理，"前不久你应该见过那个人，不是那样的吗？"

不能再把我画进画中，那个男子说，并且从黑暗的镜子中朝我笔直地伸出手指，指尖竟如刀尖一般锋利地直刺我的胸口。

疼痛袭来。与此同时，我条件反射地关闭了心扉。并且圆瞪双眼，摈除所有意念（一如《刺杀骑士团长》中的唐璜所为），将所有感情打入地宫，将表情彻底消除一空，一口气挥下厨刀。锋利的刀尖直刺骑士团长指着的小型心脏。有活着的肉体所具备的明显的手感。骑士团长本身丝毫没有抵抗的表示。两只小手的手指像要抓取虚空似的挣扎着，此外没有任何动作。但他寄寓的身体正拼出浑身力气，急欲从迫在眉睫的死中挣脱出来。骑士团长诚然是理念，但其肉体不是理念。那到底是理念借用的肉体，肉体无意顺从地接受死亡。肉体有肉体的逻辑。我必须竭尽全力压制其抵抗，彻底中断对方的呼吸。骑士团长说"杀死我"，然而现实中我杀的，是其他什么人的肉体。

我恨不得抛弃一切，直接从这房间中一逃了之。但我的耳边还回响着骑士团长的语声："为了找回秋川真理惠，诸君无论如何都要这样做，哪怕再不情愿！"

所以我将厨刀的刀身更深地插入骑士团长的心脏。事情不可能中途罢手。刀尖穿透他细弱的躯体，从后背捅出。他的白色衣裳染得红红一片。我握着刀柄的双手也给鲜血染红。但没有像《刺杀骑士团长》画面那样鲜血四溅。我促使自己认为这是幻象。我杀的不过是幻象罢了，这终究是象征性行为。

但我明白那不仅仅是幻象。或许那是象征性行为。然而我杀的绝不是什么幻象。我杀的百分之百是一个活生生的血肉之身。虽说是雨田具彦笔下生成的身高不过六十厘米的不大的虚拟之身，但其生命力意外顽强。我手中厨刀的刀尖刺破皮肤，捅断几根肋骨，穿透不大的心脏，直达身后的椅背。这不可能是什么幻象。

雨田具彦眼睛瞪得更大了，直视那里的场景——我刺杀骑士团长的场景。不，不然。刚才在这里被我刺杀的对象，对于他不是骑士团长。他目睹的到底是谁呢？是他在维也纳计划暗杀的纳粹高官？是在南京城内把日本刀递给弟弟令其砍掉三名中国俘虏脑袋的年轻少尉？还是催生这一切的更为本源性的邪恶的什么？我当然无由得知，不能从他脸上读取类似感情的东西。那时间里雨田具彦的嘴巴始终没有闭合，嘴唇也没有动。只有蜷曲的舌头企图为构筑什么话语持续做着徒劳的努力。

不久，在某个时点，气力从骑士团长的脖颈和胳膊上颓然退去，整个身体顿时失去张力，犹如断了线的手控偶人即将吐噜噜瘫倒在地。而他的心脏仍深深插着厨刀。房间中的所有一切都一动不动维持那一构图，持续良久。

最先出现反应的是雨田具彦。骑士团长失去意识瘫倒之后不久，这位老人也似乎再次耗尽了使得精神集中的气力，就像要说"该看的看清楚了"似的大大吐出一口气，随即闭上眼睛，宛如放下卷帘门一样缓缓地、重重地。唯独嘴巴还张着，但那里已经没有了肉乎乎的舌头，只有泛黄的牙齿如废弃房屋的院墙不规则地排列着。脸已不再浮现苦闷的表情，剧痛已然撤离。浮现在脸上的，是安然恬适的表情。看上去他得以重返昏睡那个平稳的世界、那个一无意识二无痛楚的世界。我为他感到欣慰。

这时我终于放松集中在手上的气力,将厨刀从骑士团长身上拔了出来。血从开裂的伤口汹涌喷出,同《刺杀骑士团长》的画面中雨田所描绘的毫无二致。拔出厨刀,骑士团长仿佛失去支撑,就势瘫痪在椅子上。眼睛猛然睁得大大的,嘴痛得急剧扭歪,两手十只小小的指头伸向虚空。他的生命已完全失去,血液在他脚下红黑红黑积成血泊。身体虽小,但流出的血量惊人之多。

如此这般,骑士团长——以骑士团长形体出现的理念——终于殒命。雨田具彦返回深沉的昏睡之中。说起此刻剩在这房间中有意识的存在,只有右手紧握沾满鲜血的雨田政彦那把厨刀竦立在骑士团长身边的这个我。传来我的耳边的,理应只有我本身粗重急促的呼吸。然而并非如此。我的耳朵听得另一种不安稳的动静。那是介于声音与气息之间的什么。侧耳倾听,骑士团长说,我顺从地侧起耳朵。

有什么在这房间里。有什么在那里动。我依然手握沾满血迹的锋利刃器,身姿未动,只是悄然转动眼珠朝那声音响起的那边看去。看清了,房间尽头角落有什么出现在眼角。

长面人在那里。

我通过刺杀骑士团长而把长面人拽到了这个世界。

52　头戴橙色尖帽的人

　　那里出现的，是和雨田具彦在《刺杀骑士团长》左下角画的同样的光景。"长面人"从房间角落开的洞口忽一下子探出脸来，一边用单手撑起方形盖子一边悄然打量房间情况。长长的头发乱糟糟的，满脸黑乎乎的胡子。脸如弯曲的茄瓜细细长长，下颚凹弯，眼睛异乎寻常地又圆又大，鼻子低矮扁平。不知何故，单单嘴唇如水果一般颜色鲜艳。身体不大，看上去像是整个均匀地缩小了尺寸，一如骑士团长看上去像是普通人身高的原样"立体缩小版"。

　　和《刺杀骑士团长》所画的长面人不同的，他面带惊愕表情怔怔盯视此刻已经沦为尸骸的骑士团长，难以相信自己眼睛似的微微张着嘴。我不知道他何时开始在那里摆出如此姿势的。由于我只顾察看雨田具彦的样子和制止骑士团长的苟延残喘，以致对房间角落这个人的存在浑然不觉。不过这奇妙的男子有可能无一遗漏地目击了事件的整个过程。为什么呢？因为这才是雨田具彦把它画进《刺杀骑士团长》的用意。

　　长面人一动不动地在"画面"一角保持同一姿势，活像被死死固定于构图之中。我试着轻轻动了一下身体。但是，我动也未使得长面人做出任何反应。他一只手顶起方盖，圆瞪双眼，以雨田具彦画中描绘的姿势凝视骑士团长，眨都不眨一下。

　　我一点点放松全身聚拢的力气，像要从既定构图中挣脱出来一样离开那个位置，蹑手蹑脚地往长面人那边走近。我单手提着血淋淋的厨刀，像猫一样放松脚步，悄悄、静悄悄地。不能让长面人直接缩回地下。骑士团长是为了救出秋川真理惠而主动舍身求死来重现《刺杀骑士团长》画面，将这长面人从地下拽出来的。不能让他白白牺牲。

问题是，如何对待这长面人才能得到关于秋川真理惠的消息呢？其路径我全然未能把握。长面人的存在与秋川真理惠的失踪有怎样的关联？长面人其人到底是谁、是什么？一切都处于迷雾之中。关于长面人，我从骑士团长那里获取的信息与其说是信息，莫如说接近谜语。但不管怎样，都必须留住长面人，更多的事只能下一步考虑。

长面人顶起的方盖，单边大约六十厘米长。盖子是用和房间地板相同的浅绿色漆布做成的。一旦关合，同地板的区别势必完全混淆。不仅如此，盖子本身都难免整个消失不见。

即使我走近，长面人也纹丝不动，俨然彻头彻尾固化在了那里。恰如被车前灯照出的猫在路面陷入僵挺状态。或者尽量稍微久一些固定和维持那幅画的构图乃是当场赋予长面人的使命也未可知。总之他这样一时陷入僵止状态对我是一种幸运。若不然，长面人发现我的临近而察觉自身危险，很可能当即逃回地下。而那个盖子一旦关闭，恐怕也再不会对外打开。

我悄悄绕到长面人背后，把厨刀放在旁边，迅速伸出双手抓住他的后领口。长面人身穿颜色黯淡的较为贴身的衣服，式样仿佛工装的粗陋服装。布料同骑士团长身上的高档服装截然有别，手感粗粗拉拉，到处打着补丁。

我一抓衣领，本来处于僵挺状态的长面人猛然回过神来，身体慌忙一甩，想要逃回洞中。但我紧抓衣领不放。无论如何不能让他逃掉。我拼出浑身力气，想把长面人的身体从洞中拉上地面。长面人拼死抵抗，双手抓着洞口边缘，支挺身体，拒绝被我拉上地面。力气意外之大,甚至要咬我的手。无奈之下,我把他的长脑袋狠狠磕在洞口一角。并利用反作用力又猛磕一次。这次磕得长面人昏迷过去,力气急速从身体消退。这么着,我总算把他从洞里拽到光照之中。

长面人个头略高于骑士团长。七十厘米或八十厘米,也就那个程度。他身上穿的,是农夫干农活时或男佣打扫庭院时穿的那种唯以实用为目的的衣服。硬撅撅的上衣,防寒裙裤般的长裤,腰间扎一条草绳样的带子。没穿鞋。大概平时打赤脚度日。脚底板又硬又厚,黑乎乎脏兮兮的。头发很长,看不出近来洗过梳过的痕迹。黑胡须差不多把脸庞遮去一半。没遮的部分面色苍白,看上去极不健康。浑身上下拿出哪一部位都显得不够洁净,但奇异的是没有体臭。

从其外观我推量得出,骑士团长恐怕属于当时的贵族人士,此人应是低贱的庶民。飞鸟时期的庶民大约是这等模样。不,或者"飞鸟时期的庶民大约是这等模样"终不过是雨田具彦想象的结果亦未可知。不过那类考证怎么都无所谓。此刻我必须在这里做的,是从这长相奇妙的男子口中套出有助于发现秋川真理惠的信息。

我把长面人脸朝下按倒,拉过旁边挂的浴衣带子把他的双手牢牢绑在背后。而后将他疲软的身体拖到房间正中。同身高相对应,体重倒没多重。中型犬那个程度。继而,我解下拢窗帘用的布带把他一条腿绑在床腿上。这样,即使意识清醒过来也已不可能逃进那个洞穴。

绑倒在地板、昏迷不醒当中全身沐浴午后明亮阳光的长面人,显得那般寒伧和可怜。由黑洞探出脸来目光炯炯地往这边打量时的那种令人不寒而栗的不祥之感已然从他身上消失。凑近细看也看不出他是居心不良的存在。脑袋也不显得多么好使。相貌显得反应迟钝规矩老实,而且好像胆小怕事。不是自己拿主意做判断,而是依照上面的指令乖乖做事之人。

雨田具彦依然躺在床上,静静闭合双眼,一动不动。是活着还是死了从外表上都全然判断不出。我把耳朵凑近他的嘴角，近得只有几厘米距离。侧耳倾听，尽管微乎其微，但可以听见仿佛遥远海鸣的呼吸声。还没有死，他只是安静地躺在昏睡的深底。得知这点，我约略放下心来。我不想让事情出现政彦的父亲在他离座之间咽气那一状态。雨田具彦侧身躺在那里，浮现出不妨说是同刚才判然有别的极为安详、满足的表情——眼看我在他自己面前刺杀了骑士团长（或之于他的应被杀死之人），似乎终于如愿以偿。

骑士团长仍以一如刚才的姿势沉缩在布面椅子之中。双目圆瞪，小小的舌头在微张的口中蜷作一团。心脏仍在出血，但势头减弱。拉了拉他的右手，已软绵绵没了力气。尽管肌肤仍多少留有体温，然而皮肤的触感已有了类似生分的东西——生命朝着非生命稳稳过渡当中荡漾的生分感。我很想扶正他的身体，纳入尺寸与身体相符的棺木中——小孩用的小棺木——让他静静地躺在小庙后面的洞里，今后再也不受任何人打扰。然而现在我能做的，只是把他的眼睑轻轻闭合。

我坐在椅子上，等待伸展在地板上的长面人意识恢复过来。窗外浩瀚的太平洋在阳光下闪闪发光炫目耀眼。一群渔船仍在作业。一架银色飞机光滑的机体闪闪烁烁地朝南面缓缓飞去。机尾探出长长天线的四桨机——从厚木基地起飞的海上自卫队对潜预警机。虽说是星期六的午后，但人们仍默默履行着各自的日常职责。而我在采光良好的高级老人养护机构的一室刚刚用厨刀刺杀了骑士团长，捆绑了从地下探出脸来的"长面人"，搜寻失踪了的十三岁美少女的下落。人形形色色①。

---

① 原文是"人さまさま"，是法国哲学家让·德·拉布吕耶尔（Jean de La Bruyère）的代表作《Les Caractères ou Les Moeurs de ce siècle》的日语译名，中文译为《品格论》或《人品论》。这是一部描写17世纪法国宫廷人士，深刻洞察人生的著作。

长面人怎么也不醒来。我看了几次手表。

如果雨田政彦此刻突然返回这里,目睹这一场景他到底会怎么想呢?骑士团长被刺杀了蜷缩在血泊中,被捆绑起来的长面人倒在地板上。双方都身高不足一米,身穿奇特的古代服装。还有,处于深度昏睡状态的雨田具彦口角漾出微乎其微的满意笑容(仿佛笑容),地板一角豁然开着一个方形黑洞——对于造成如此状况的来龙去脉,我该如何向政彦解释呢?

但政彦当然没回来。如骑士团长所说,他有工作上的要紧事,为此必须用手机和某个人打很长的电话。那是事先设定之事。所以不会有中途我被谁打扰一类事情发生。我坐在椅子上观察长面人的动静。脑袋磕在洞角,引起一时性脑震荡,如此而已。意识恢复不至于需要多长时间。往下额头难免鼓一个不大不小的包,但顶多也就那个程度。

不久,长面人苏醒过来。他在地板上蠕动身体,嘴里吐出几个莫名其妙的词语。而后眼睛慢慢睁开一条缝,如小孩看见可怕之物时那样——不想看,而又不能不看。

我当即从椅子上起身,跪在他的身旁。

"没时间了!"我向下看着他说,"请你告诉我秋川真理惠在哪里。告诉了,马上解开绳子放你回那里。"

我指了指房间一角突然敞开的洞。方形盖子仍被顶起扔在那里。我不知道自己说的话对方能否听懂。反正只能当作他能听懂试一试。

长面人什么也没说,只是急剧摇了几次脑袋。至于是表示什么都不知道,还是意味着我说的他没听懂,看成哪个都未尝不可。

"不告诉就杀了你。"我说,"看见我刺杀骑士团长了吧?杀一个杀两个是一回事。"

我把粘着血糊的厨刀刀刃一下子贴在长面人脏污的喉结上。我想到海上的渔夫们和飞行员们。我们是在履行各自的职责。而且这是我们必须做的事。当然没有真杀他的打算，但厨刀锋利的刀刃是真的。长面人吓得浑身瑟瑟发抖。

"且慢，"长面人以沙哑的声音说，"且等等！"

长面人用词无不奇妙，但声音通透。我把厨刀从他的喉结稍稍移开。

"秋川真理惠在哪里，你是知道的吧？"

"不，那个人我一无所知。绝非虚言。"

我定定注视长面人的眼睛，容易读取表情的大眼珠子。他说的确乎不像虚言。

"那么，你到底在这里干什么？"我问。

"看准业已发生之事并且记录下来是我的职责。故而在此细看，实非虚言。"

"看准？为了什么？"

"我只是奉命行事，更多的我不知晓。"

"你究竟算是什么？同是理念的一种？"

"不，我等不是什么理念，仅仅是隐喻。"

"隐喻？"

"是的，是简简单单的暗喻，仅仅是将东西与东西联结起来的东西。故而务请饶命！"

我的脑袋开始混乱。"假如你是隐喻，就即兴说个隐喻试试！能说什么的吧？"我说。

"我是根本不值一提的下等隐喻，上等隐喻说不来。"

"不是上等的也无所谓，说说看！"

长面人沉思良久。而后说道："他是非常显眼的男人，犹如在通勤人群中头戴橙色尖帽的人。"

的确不是多么上等的比喻。首先，甚至暗喻都不是。

"不是暗喻，是明喻。"我指出。

"对不住，重说。"长面人额头浮现出汗珠，"他宛如在通勤人群中头戴橙色尖帽一样活着。"

"那一来句子意思就不通了。还是没有成为合格的隐喻——什么自己是隐喻云云，很难让人相信。只能杀掉！"

长面人吓得嘴唇急剧颤抖不止。脸上的胡须诚然气派，但相比之下胆小如鼠。

"对不住，我还类似见习工。好玩儿的比喻想不出来，敬请饶恕。可我是货真价实的地地道道的隐喻。"

"你有命令你做事的上司什么的？"

"没有上司什么的。也许有，但从未见过。我的行动仅仅听命于事象与表达的关联性，类似随波逐流的笨拙的水母。故而请勿杀我，敬希饶命！"

"饶你也可以，"我依然把厨刀贴在对方的喉结上说道，"作为替代，能把我领到你来的那里吗？"

"不，这个万万使不得！"长面人一反常态地斩钉截铁，"我来这里所走的路是'隐喻通道'，路线因人而异，相同的通道一条没有。故而我不能为大人您带路。"

"就是说，我必须单独进入那条通道，必须找出我本身的通道。是这样的吧？"

长面人断然摇头："大人您进入隐喻通道，那实在太危险了。具有血肉之身的人进入那里，只要走错一条路，势必走到匪夷所思的地方。那里到处有双重隐喻藏而不见。"

"双重隐喻？"

长面人打了个寒颤。"双重隐喻潜伏在里面的黑暗中，绝对是地痞无赖、危险的物种。"

"不要紧。"我说，"我已经卷入匪夷所思的地界。时至现在，再多几个少几个匪夷所思,都无所谓了。我亲手杀了骑士团长,不能让他白白死掉。"

"没办法!那么就请让我给予一个忠告。"

"什么忠告呢?"

"最好带一种照明用具去,有的地方相当黑暗。另外,必定在哪里遇上河。尽管是隐喻,但水是实实在在的水。水流又急又凉又深。没有船过不了河。船在码头那里。"

我问:"在码头过河。往下如何?"

长面人一闪睁大眼睛,"过得河,前边还一直是因关联性而摇摆不定的世界。大人您只能以自己的眼睛小心看好。"

我走到雨田具彦躺着的床的枕边。不出所料,那里有一只手电筒。这类机构的房间必定配有手电筒以便灾害发生时使用。我试按一下开关,还很亮,电池没有耗尽。我把那只手电筒拿在手里,穿上椅背上搭的皮夹克,就要朝屋角洞口走去。

"有事相求,"长面人哀求似的说,"能把这带子解开吗?就这样留在这里,我可太伤脑筋了。"

"你如果是货真价实的隐喻,钻出绳套岂非不费吹灰之力?毕竟是概念啦观念啦那类玩意儿的一种,空间移动什么的总可以做到吧?"

"不,那是高抬我了。我不具备那般非同寻常的能力。能称为概念观念的,是上等隐喻的事。"

"头戴橙色尖帽那样的?"

长面人现出悲凄的神色:"请别奚落我,我也并非不受伤害的。"

我略一迟疑,归终决定解开捆绑长面人手脚的带子。捆得相当紧,解开费了些时间。听他说话,不像多么坏的家伙。虽说不晓得秋川真理惠的下落,但毕竟主动提供此外信息。即使还其手脚以自由，也不至于妨碍或损害我。再说也不能就这么捆着把他留在这里。若是被谁发现，事情难免愈发麻烦。他仍瘫坐在地板上，用小手喀哧喀哧搓着带有捆绑痕迹的手腕。之后手摸额头。看样子鼓了肿包。

"谢谢！这样就能够返回原来的世界。"

"先走无妨！"我指着房间角落的洞口说，"你可以先返回原来的世界。我随后去。"

"那么恕不客气，先行告辞。只是，最后请把这盖子盖好。不然可能有谁踩空掉下去。或者有人感兴趣进到里面亦未可知。那就成了我的责任。"

"明白，盖子保证最后盖好。"

长面人一溜小跑赶到洞口那里，脚伸到里面，只把脸的上半部分露在外面。大眼珠子贼溜溜闪着吓人的光亮，一如《刺杀骑士团长》画中的长面人。

"那么，多保重！"长面人对我说，"但愿找见那个什么什么人。是叫小径的吧？"

"不是小径。"说罢，后背倏然变凉，感觉喉咙深处干得像粘在一起似的，一时难以顺利发声。"不是小径，是秋川真理惠。关于小径你可知道什么？"

"不不，我什么也不知道。"长面人慌慌张张地说，"只不过那个名字刚才忽然闪出我这个笨拙的比喻性脑袋罢了。纯属错误，敬请饶恕！"

长面人随即消失在洞中，一如风吹烟散。

我手拿塑料手电筒当场怔怔站了好一会儿。小径？妹妹的名字为什么此刻出现在这里？莫非小径也和这一系列事件有什么关联不成？可我没余地就此深入思考。我把脚踏入洞中，打开手电筒。脚下很黑，似乎一直是徐缓的下坡路。说奇妙也够奇妙的。这是因为，这个房间在这座建筑物的三楼，地板下该是二楼才对。然而，即使用手电筒探照，也无法看到通道的前头。我全身下到洞中，伸手把方形盖子盖得严严实实。于是周围完全暗了下来。

在这无限黑暗之中，无法准确把握自身的五感，就好像肉体信息与意识信息之间的联系被彻底割断一样。这是十分奇妙的感觉。觉得自己早已不是自己了。然而我必须前进。

杀了我才能找到秋川真理惠。

骑士团长这样说道。他付出牺牲，我接受考验。反正有进无退。我把手电筒的光亮作为唯一朋友，双脚迈进"隐喻通道"的黑暗中。

53　也许是拨火棍

　　包拢我的黑暗是那般浓密，了无间隙。黑得简直就像具有一个意志。那里一道光也射不进来，一点光源也找不见，活像在光照射不到的深海底行走。只有手中手电筒黄色的光勉强把我和世界联结起来。通道始终是徐缓的斜坡。仿佛是在岩石中圆圆开凿出来的漂亮的圆筒，地面坚实牢固，大体平坦。顶很低，必须时刻弯腰才不至于碰头。地下的空气凉浸浸让皮肤发冷，但没有气味，一切都近乎奇妙地概无气味。这里，甚至空气都可能和地上的空气构成不同。

　　手中的手电筒的电池能用多长时间，我当然无法判断。现在它放射的光似乎一气流注，而若电池半途耗尽（当然迟早总要耗尽），我势必孤零零留在这密不见光的黑暗中。而且，如果长面人的话可信，那么这黑暗的某处还潜伏着危险的"双重隐喻"。

　　握有手电筒的我的手心紧张得渗出汗来。心脏发出迟钝而坚硬的声音。声音让我想到森林深处传来的不安稳的鼓声。"最好带一种照明用具去，有的地方相当黑暗。"长面人忠告我说。这就是说，这地下通道并非全都漆黑一团。我盼望四周多少亮一些，盼望顶部多少高一些。黑暗狭小的场所任何时候都勒紧我的神经。久而久之，呼吸就逐渐变得困难。

　　我尽量不去考虑狭小与黑暗。为此就必须考虑别的什么。我让奶酪吐司浮上脑海。为什么非奶酪吐司不可呢？我也不清楚。总之奶酪吐司的样子浮上我此时的脑海。盛在无花白瓷盘里的方形奶酪吐司。吐司烤得恰到好处，上面的奶酪也融化得赏心悦目。此刻正要拿入我的手中。旁边还有冒着热气的黑咖啡。犹如星月皆无的深更半夜一般黑乎乎的黑咖啡。我动情地想起早餐桌上摆好的这些物件。朝外敞开的窗，窗外高大的柳树，如特技师一样岌岌可危地立在柔软的柳枝上发出轻快叫声的鸟们。无论哪一样都位于距现在的我远不可测的地方。

接着我想起歌剧《玫瑰骑士》。我要喝着咖啡嚼着刚烤好的奶酪吐司听那支乐曲。英国迪卡（DECCA）①公司出品的漆黑漆黑的唱片。我把那沉甸甸的塑料片放在转盘上，慢慢放下唱针。乔治·索尔蒂指挥下的维也纳爱乐乐团。流畅而细腻的旋律。"即使一把扫帚，我也能用声音描述出来"——鼎峰时期的理查德·施特劳斯口吐狂言。不，那不是扫帚来着？有可能不是。没准是太阳伞，也许是拨火棍。是什么都无所谓。不过，究竟怎样才能用音乐把一把扫帚描述下来呢？例如热奶酪吐司、例如角质化的脚底板、例如明喻和暗喻的不同——对这些东西他果真能用音乐精确描述下来不成？

理查德·施特劳斯在战前的维也纳（德奥合并之前抑或之后？）指挥维也纳爱乐管弦乐团。那天演奏的曲目是贝多芬的交响曲。文静、优雅而又铿锵有力的第七交响曲。这部作品仿佛是夹在开朗外向的姐姐（第六）和腼腆美丽的妹妹（第八）之间诞生的。年轻时的雨田具彦坐在听众席上。身旁有美丽的姑娘，他大概恋着她。

我就维也纳街景浮想联翩。维也纳华尔兹、甜甜的萨赫（Sachertorte）巧克力蛋糕、建筑物顶端翻卷的红黑万字旗。

---

① 宝丽金集团所属的一家以录制歌剧而闻名于世的唱片公司，成立于1929年。

思维在黑暗中朝着意义缺失的方向——或许应说是没有方向性的方向——漫无边际地延伸开去。然而我无法控制其延伸方式。我的思维已然脱离我的掌控。在了无间隙的黑暗中把握自己的思考并非易事。思考化为神秘之树，将其枝条自由伸向黑暗之中（暗喻）。但不管怎样，我有必要为保有自我而不断思考什么——什么都无所谓的什么。舍此，势必由于紧张而陷入过度呼吸状态。

我一边围绕五花八门的事物胡思乱想，一边沿着笔直的坡路永无休止地下行。这是纯粹的直路，一无拐角二无分叉。无论怎么走，顶部高度也好黑暗程度也好空气质感也好倾斜角度也好都毫无变化。虽然时间感觉已基本消失，但既然下坡路绵延不断，那么理应来到了地下很深的地方。而无论多深，都终究不过是虚构之物罢了。不说别的，首先就不可能从建筑物的三层直接下到地下。就连黑暗也不过是虚构的。大凡这里有的，无一不是观念或比喻——我尽可能这样认为。尽管如此，紧紧包拢我的黑暗还是无处不在实实在在的黑暗，压迫我的深度也还是无处不在实实在在的深度。

由于一直弓腰行走，脖子和腰开始诉痛——就在这个时候，前方终于出现淡淡的光亮。舒缓的拐角有了几个，每拐过一角，周围光亮都略有增加。而且四周风景也好像可以分辨了，一如黎明的天空徐徐变亮。为了节约电池，我把手电筒关了。

虽说多少明亮些了，而那里气味和声音则依然没有。少时，黑暗狭窄的通道结束，我踏入几乎突然展开的空间中。仰望脑袋上方，那里没有天空。明显高出的地方仿佛有个类似乳白色天花板的东西，但究竟是什么看不清楚。四周被隐约浅淡的光照了出来。光甚是奇特，就好像无数萤火虫集合起来照亮世界。一来不再漆黑一团了，二来不弓腰也可以了，这让我好歹舒了口气。

离开通道，脚下是凹凸不平的岩石地带。没有道路那样的东西，唯独乱石遮蔽的荒野无边无际铺陈开去。长时间持续的下坡路

53 也许是拨火棍

就此终止，地面开始变为徐缓的上坡。我一边留意脚下，一边漫无目标地信步前行。看手表，时针已不表示任何意义。我当即领悟何以如此：我身上的其他东西在此也同样不具有任何实质性意义。钥匙扣、钱夹和驾驶证、若干零币、手帕，我带的东西无非这个程度，其中找不出任何可能对现在的我有所帮助的物品。

越走坡路越陡。很快就得四肢着地，完完全全成了攀爬架势。爬到顶端，或许可以四下瞭望。所以，尽管气喘吁吁，我也没有休息，只管在斜坡上攀爬不止。依然没有任何声音传来耳畔。我听到的，只有自己手脚发出的声音。就连这声音听起来也好像假的，不像真正的声音。放眼望去，那里一株树也没有，一棵草也不见，一只鸟也没飞，甚至风都没有吹来。说起动的东西，仅我而已。就好像时间停止了似的一切静止不动，万籁俱寂。

好不容易爬上山顶一看，不出所料，周围一带尽收眼底。只是，到处笼罩着一层白蒙蒙雾霭样的东西，无法如期待的那样看得那么远。我看明白的，至少在目力所及的范围内，那里似乎是全然没有生命迹象的不毛之地。岩石遍布粗糙不堪的荒野朝所有方向延展开去。依然看不见天空。只有乳白色的天花板（或看上去像是天花板的东西）整个压在头顶，恍惚成了因宇宙飞船故障而孤单单降落在无人的陌生行星上的宇航员。上面只有微乎其微的光和能够吸入的空气——仅此一点就该感谢才是。

侧耳倾听，似有某种微弱的声音传来。最初以为纯属错觉或自己身上产生的耳鸣什么的，但很快得知那是某种自然现象发生的连续性现实声响。总好像是水流声。说不定是长面人说的河流。不管怎样，反正我在这若明若暗的光亮中朝水声传来的方向一边当心脚下一边走下不规则的斜坡。

细听水声当中，我察觉喉咙干渴得火烧火燎。想来，很长时间里我光顾走路了，全然没有摄取水分。但想必紧张的关系，水什么的全然没有出现在脑海。而听得水流声,当即想喝水想得忍无可忍。话是这么说,可那河水——如果发出声音的真是河流的话——适于人饮用吗?一来可能是浑浊的泥水,二来水中没准含有某种危险物质和病原菌。或者是手掬不起来的单单作为隐喻的水亦未可知。姑且实际去看个究竟吧,别无选择。

随着步子的移动,水声听起来逐渐变大变清晰了。大约是汹涌穿过岩石地带的河流发出的声音。可是河什么样我还没有看到。大致估计着往声音响起的方向行走过程中,两侧地形渐次高耸,成了石壁架势,高达十米以上。一条路在如削石壁的夹击下出现了。路如长蛇一般随处拐来拐去曲曲弯弯,没办法望见前头。不是人工建的路,怕是大自然开凿出来的。其尽头似有河水流过。

我沿着石崖相拥的路勇往直前。这一带也同样,一株树也不长,一撮草也不生。具有生命的物体哪里都荡然无存。闪入眼帘的只有绵延不断的静默的岩石。没有润泽的单色世界。绝对像是画家中途失去兴趣而彻底放弃着色的风景画。我的脚步声也近乎无声。所有声音都好像被四周岩石吮吸一空。

路大体是平坦的,但不久变成拖拖拉拉的上坡路。花时间爬上顶端,来到有一排尖状岩石脊背的地方。从上面探出身,这才得以把河流状况收入视野。水声听起来比刚才清晰多了。

河看上去不很大。河面宽约五六米,也就那样。但流速相当快。多深不知道。点点处处跃起不规则的微波细浪——由此看来,水下大约是不规则地形。河笔直横穿岩石遍布的大地向前流去。我翻过岩石脊背,走下陡峭的岩石地,朝河边靠近。

目睹河水由右而左汹涌奔流的场景,我的心情多少得以镇静下来。至少有这么多水在实际移动,随着地形从某处奔向某处。在这此外别无任何动态的世界上、在这甚至风都没有的世界上,唯独河水在移动。而且把水声切切实实传向四面八方。是的,这里不是缺失动感的世界。这点让我略感释然。

到了河边，我先在岸边蹲下掬水在手。令人快意的凉水，就像是汇聚雪水的河流。看起来甚为清澈洁净。当然，仅仅目测是不晓得水是否安全的。里边或许混有某种肉眼看不见的致命物质。含有危害身体的细菌也不一定。

我嗅了嗅掬起的水味儿。没有气味（假如我没有失去嗅觉的话）。随即含在嘴里。水没有味道（假如我没有失去味觉的话）。我一狠心把水送入喉咙深处。我实在太渴了，无论带来怎样的后果都不能忍着不喝。实际喝了也是全然无味无感的水。所幸，无论是现实的水还是虚构的水，都充分滋润了我干渴的喉咙。

我用手往嘴里送了几次水，只管喝个痛快。我的喉咙渴得意外厉害。但是，用什么气味什么味道也没有的水滋润喉咙，实行起来感觉相当奇妙。口渴的时候咕嘟咕嘟喝冷水，我们会觉得比什么都好喝，浑身上下都贪婪地吸收它的味道。所有细胞欢呼雀跃，所有筋肉恢复生机。然而，这条河里的水全然没有唤起那种感觉的要素。口渴纯属物理性撤退消失。

反正尽兴喝水解除口渴之后，我起身重新四下打量。据长面人告诉我的，河边某处应有码头才是，去到那里船就会把我送到对岸。而到了对岸，就会在那里得到（大概）关于秋川真理惠下落的消息。可是，无论看上游还是看下游，哪里都没看到像是船的东西。务必设法找到。自己涉水过河委实过于危险。"水流又急又凉又深，没有船过不了河。"长面人说。问题是，从这里到底去哪里才能找到船呢？河的上游？还是下游？二者必择其一。

这时我想起免色的名字叫"涉"。"跋山涉水的涉"，他自我介绍。"为什么被取了这么个名字，原因我不知道。"往下他还这样说道："顺便说一句，我是左撇子。若叫我选择往右还是往左，我总是选择往左。"那是缺乏前后脉络的唐突的表达。何以突然说起这个，那时我未能完全理解。想必正因如此才清楚记得他的话。

未必是有多大含义的说法，很可能只是随口之言。但这里是（据长面人所说）由事象与表达的关联性构成的地方。我必须从正面认真对待这里显示的所有影射、所有偶然。我决定迎面往左前进。遵循无色的免色先生的下意识指教，顺着一无气味二无味道的水流向下走去——它也许暗示什么，也许什么也没暗示。

我一边顺流前行，一边思考这水里可能有什么栖息。大概什么也不会栖息吧？当然没有明证。不过这条河里也同样感觉不出类似生命气息的东西。不说别的，在这一无气味二无味道的水中到底能有怎样的生物栖息呢？而且，这条河看上去过于将其意识强烈集中于"自己是河、是持续流动之物"这一点上。它确实取以"河"这一形象，但并非超出河这一存在方式的东西——就连一条小树枝一枚草叶都没在河面漂流。唯有大量的水在地表单纯移动不止。

周围依然笼罩着茫茫雾霭那样的东西。具有绵柔手感的雾霭。我就像钻过白色花边窗帘一样在这茫无头绪的棉花般的雾霭中移步前行。未几，胃中觉出刚才喝的河水的存在。并非令人不悦的凶多吉少之感，却也不是沁人心脾的愉悦感。乃是一种模棱两可无法确切把握实体的中立性感触。仿佛通过将此水摄入体内，自己成了具有和以前不同结构的存在——便是有这样一种莫名其妙的感觉。莫非喝这河水致使自己的体质变得同此地相适应了不成？

但不知何故，我没有对这一状况怀有多少危机感。恐怕没有大事，我大体感到乐观。并没有足以为之乐观的具体根据。不过迄今为止，看上去事情基本还是顺利的。平安穿过了狭窄漆黑的通道，一无地图二无指南针地横跨岩石遍布的荒野，还找到了这条河，用河水解了口渴，也没有遭遇据说黑暗中潜伏的危险的双重隐喻。也许纯属幸运。或者事情如此运行是事先定下的也有可能。不管怎样，如此下去，前面的事也应该一帆风顺，我这样想道，至少努力这样想。

很快,雾霭前方有什么影影绰绰浮现出来。不是天然物,是由直线构成的人工做的什么。临近一看,得知像是码头。不大的木结构栈桥朝河面伸出。我心想,往左走到底是对的。在这关联性世界,或许一切都依照自己采取的行动赋以形态亦未可知。看来是免色给我的下意识的暗示把我平安无事地领来这里。

透过淡淡的雾霭,望见码头上站着一个男子。身材高大。在目睹小个子的骑士团长和长面人之后,此人在我眼里宛如巨人一般。他靠在栈桥前端一个深色机械装置(仿佛)上站着,好像正在深思熟虑什么一动不动。就在他的脚下,河水急剧翻卷着泡沫冲刷不止。他是我在此地遇上的第一人,或者以人形出现的什么。我小心翼翼地缓缓朝那边接近。

"你好!"我从能清楚看见他体貌的近处,透过雾纱一咬牙打了声招呼。没有回音。他兀自站在那里,只约略改变一下姿势。黑色剪影在雾气中微微摇颤。也许没有听清。语声大概被水声抵消了。或者此地空气不堪传送语声也不一定。

"你好!"我又靠近一些再次招呼道,用比刚才更大的音量。但对方仍沉默不语。听见的唯有不间断的水声。也可能话听不懂。

"听见了,话也懂了。"对方应道,似乎读出了我的心思。语声同其高大的身材相应,深厚低沉。其中没有抑扬顿挫,听不出任何感情,一如河水不含有任何气味和味道。

54　永远是非常长的时间

　　站在我跟前的高个男子没有脸。当然不是没有头。他脖子上面像一般人那样长着头，但头上没有脸。应该有脸的地方唯有空白，仿佛乳白色轻烟的空白。他的语声是从空白中发出的，听起来就好像从深洞尽头传出的风声。

　　对方身穿色调灰暗的防雨风衣那样的东西，风衣下端很长，几乎长及踝骨。下面探出长靴的尖头。风衣扣全都扣着，一直扣到喉结，俨然防备风暴袭来的装束。

　　我什么也没再说，当场伫立不动。我的口中出不来话语。稍离开些看去，既像是白色斯巴鲁"森林人"车上的男子，又像是深夜来访家中画室的雨田具彦，还像是《刺杀骑士团长》中挥起长剑刺杀骑士团长的年轻男子。三人都身材高大。可是近前细看，得知谁也不是，单单是"无面人"。他戴着宽檐黑帽，拉得很低，帽檐将乳白色空白遮掉一半。

　　"听见了，话也懂了。"他重复道。当然嘴唇不动，没有嘴唇。

　　"这里是河码头吗？"我问。

　　"不错。"无面人说，"这里是码头，能过河的只此一处。"

　　"我必须去河对岸。"

　　"没有不去的人。"

　　"这里有很多人来吗？"

　　他没有回答。我的问话被吸入空白。没有休止符的沉默。

"河对岸有什么呢?"我问。由于笼罩着白色河雾样的东西,河对岸还是不能看清。

无面人从空白中盯视我的脸。而后说道:"河对岸有什么,那因人而异,取决于人对那里有求于什么。"

"我在寻找秋川真理惠那个女孩的下落。"

"那就是你有求于河对岸的,是吧?"

"那就是我有求于河对岸的。为此来到这里。"

"你是怎么找到这里的入口的呢?"

"我在伊豆高原一座高龄者疗养机构的一室用厨刀刺杀了以骑士团长形体出现的理念,是两相自愿基础上的刺杀。结果招来了长面人,让他打开通往地下的洞口。"

无面人好一会儿一言不发,空白面孔直定定对着我。我琢磨不透我说的意思他能否理解。

"出血了吧?"

"很多很多。"我回答。

"可是实实在在的血?"

"看上去是。"

"看一下手!"

我看自己的双手。但手上已没有血迹。大概刚才掬河水喝时被冲洗掉了。本来沾了很多很多血来着。

"也罢,就用这里的船把你送去河对岸好了!"无面人说,"但为此有一个条件。"

我等他说出条件。

"你必须向我支付相应的代价。这是规定。"

"如果不能支付代价就去不了对岸,是这个意思吗?"

"是的。只能永远留在河这边。这条河,水很凉,流速快,底很深。而且永远是非常长的时间。这可不是修辞。"

"可是我没带任何能支付给你的东西。"

他以沉静的语声说:"把你衣服口袋装的东西全部掏出来看看!"

我把装在夹克和裤子口袋里的东西统统掏了出来。钱夹里有不足两万日元的现金,信用卡和借记卡各一枚,驾驶证、加油站的优惠券。钥匙扣上有三把钥匙。另有浅奶油色手帕,有一支一次性圆珠笔。还有五六枚零币。只这些。当然手电筒是有的。

无面人摇头道:"可怜,那点儿东西当不了摆渡钱。钱在这里毫无意义。此外没有身上带的东西了?"

此外什么也没带。左手腕倒是戴着一块廉价手表,但时间在这里不具任何价值。

"如果有纸,可以画你的肖像画。说起此外我随身带的,不外乎画画技能。"

无面人笑了——我想应该是笑——空白里面隐约传来类似欢快回响的声音。

"我根本无脸。无脸的人的肖像画怎么能画出来呢?无也能画成画?怎么画?"

"我是专家。"我说,"没有脸也能画肖像画。"

无面人的肖像画能否画出,自己完全没有自信。但试一试的价值应该是有的。

"能画成怎样的肖像画,作为我也极有兴趣。"无面人说,"遗憾的是,这里没有纸。"

我目光落在脚下。或许能用棍子在地上画。但脚下地面是坚硬岩石地。我摇头。

"这果真是你身上带的一切?"

我再次把所有口袋仔细搜寻一遍。皮夹克口袋里再没装什么了,空空如也。不过我发觉裤袋深处有个很小的东西。那个塑料企鹅饰物！免色在洞底找到给我的。连着一条细绳吊带。秋川真理惠作为护身符拴在手机上的。不知何故掉在洞底。

"把手里的东西给我看看。"无面人说。

我摊开手，让他看企鹅饰物。

无面人以空白眼睛定定注视。

"这个可以。"他说，"就以这个为代价吧！"

我判断不出把这个给他是否合适。不管怎么说，这是秋川真理惠所珍惜的护身符，不是我的持有物。随便给谁可以吗？给了，秋川真理惠身上会不会有什么不妙的事情发生？

可是我别无选择。如果不把这个给无面人，我就不能去河对岸。而若不去河对岸，就不能锁定秋川真理惠的去向。骑士团长的死也白死了。

"把这个作为摆渡费给你。"我一咬牙说道，"请把我送到河对岸。"

无面人点头："可能总有一天我会找你画我的肖像画。果真那样，届时就把这企鹅玩偶还给你。"

他打头跳上系在木栈桥前端的小船。较之船，样子更像是扁平的糕点箱，棱角分明。是用看似相当结实的厚木板做的，狭长，全长不足两米。估计一次运不了几个人。船底正中间那里竖着一根粗柱，顶端拴有一个直径约十厘米显得甚是结实的铁环，一条粗绳从环中穿过。粗绳几乎不打弯地直挺挺从此岸拉到彼岸。看情形，船是顺着粗绳往来以免被湍急的河水冲走。船似乎用了很久了。没有发动机那样的东西，橹也没有，只一个木箱浮在水面。

我跟在他后面跳上船来。船底铺着平木板，我弓身坐在上面。无面人靠着正中间的粗柱站定，像等待什么似的闭目缄口。我也什么都没说。静默之中过去了几分钟，而后船仿佛下定决心，开始缓缓前行。虽然无法判断是以什么动力驱使的，但反正我们在无言中缓缓向对岸驶去。引擎声也好其他任何种类的机械声也好，概无所闻。传来耳畔的只有不断撞击船舷的河水声。船大体以差不多和行人同样的速度前进。船因水势摇晃甚而倾斜，但由于穿过铁环的粗绳的作用，不至于被水冲走。确如无面人所说，人不坐船是基本不可能过河的。无面人即使船大大摇摆也若无其事地静静靠在立柱上。

"到了对岸，就会明白秋川真理惠在哪里吗？"我在河中间一带问他。

无面人说："我的职责是把你送到对岸。让你穿过无与有的间隙是我的工作。再往下的事不是我的分内事。"

不久，"砰"一声，船轻轻撞到对岸的栈桥码头，停了下来。船停了，无面人也还是久久保持那个姿势不动，仿佛靠着粗立柱在脑袋里核实什么。之后大大吐了一口空白的气，下船上到码头。我也随后下船。无论码头还是那上面的绞盘似的机械装置，样式都和出发那个地方一模一样，以致我觉得是不是又转回刚才那里了。但当我离开码头脚踏地面时当即知道那是错觉。这里是对岸之地，不是粗粗拉拉的岩石地带，而成了普通地面。

"由此往前，你必须一个人前行了。"无面人告诉我。

"即使方向路线都不知道？"

"不需要那类东西。"他从乳白色的虚无中低声说道，"河水已经喝了吧？只要你行动，关联性自会相伴而生——这里就是那样的场所。"

如此言毕，无面人调整一下宽檐黑帽，转身折回小船。他上去后，船和来时一样顺着粗绳缓缓返回对岸，活像训练有素的活物。这么着，船和无面人融为一体消失在雾霭中。

我离开码头，姑且决定走往下游。恐怕不从河边离开为好。这样也可以在口渴时喝到河水。走了几步回头一看，码头已然隐没在白茫茫的雾霭深处，简直就像那东西一开始就不存在似的。

随着朝下游行进，河面逐渐宽了，水流也眼看着变得平稳起来。浪花不复再现，水流声现在也几乎听不见了。我想，在水流这般平稳的地方建码头多好，何苦非横渡水流湍急的河段不可！就算距离稍长一些，也还是这样过河轻松得多。但是，大概这个世界有这个世界的原理和想法。或者如此水流平稳地方反而潜伏更多的危险也未可知。

我试着把手插进裤袋。但那里已经没有了企鹅饰物。弄没了护身符（我恐怕永远失去了它）不能不让我感到不安。没准我的选择是错的。除了把它交给无面人还能有什么选择余地呢？但愿秋川真理惠即使远离护身符也能平安无事——眼下的我除了祈愿一无所能。

我一只手拿着从雨田具彦床头借来的手电筒，一边当心脚下一边在河边地带前行。手电筒的开关照样关着。四周虽然不那么亮了，但还不至于需要手电筒光。脚下完全看得见，四五米开外也能充分纳入视野。河水紧挨我的左侧静静地缓缓地流淌。对岸照样扑朔迷离，偶尔一闪可见而已。

行进之间，道路样的东西在我的前面逐渐形成。虽然不是明明白白的路，但显然像在发挥作为路的功能。隐约感觉过去也似乎有人走过这里。而且，这条路好像正一点点偏离河流。我停在一处犹豫：应该就这样顺流下行还是应该沿着类似路的东西离河而去呢？

思考有顷，我选择离河沿路前进。因我觉得这条路会把我领去哪里。只要你行动，关联性自会相伴而生，无面的摆渡人说。这条路也可能同是关联性之一。我决定按照自然的暗示（或类似暗示的什么）行动。

离河越来越远，路也越来越变成上坡。不觉之间，水声听不见了。我以一定的步调沿着几近直线的慢坡路行走。雾霭已经散尽，而光依然模糊不清、单调浅淡，无法看见远处。我在这样的光亮中有条不紊地呼吸，一边留意脚下一边迈步。

走了多久呢？时间感早已丧失，方向感荡然无存。也有一直边走边想事这个原因。我不能不想的事太多了。但实际上又只能想得支离破碎。打算想某件事的时候，马上有别的念头冒出脑海。新的念头好比大鱼吃小鱼将此前的念头整个吞噬进去。如此这般，思考总是朝着不应有的方向突飞猛进。最后彻底糊涂起来，不知自己现在到底在想什么？打算想什么？

由于意识如此混乱，注意力就彻底分散了，险些和它发生不折不扣的正面冲突。但这时我碰巧绊上什么几乎跌倒，好歹站直身体，在此止住脚步，扬起低伏的脸。皮肤感觉得出周围空气有了急剧变化。我猛然清醒过来，发现一个仿佛巨形块体的东西在眼前黑魆魆拔地而起，迫在眉睫。我屏住呼吸，瞠目结舌，刹那间不知如何是好。这是什么？花了好些时间才明白那是森林。原本见不到一草一木的地方竟赫然出现几须仰望的森林，不能不让人吃惊。

然而确是森林无疑。树木纵横交错，葳蕤繁茂，密不透风，里面郁郁葱葱。不，较之森林，大约说"树海"更为接近。我站在它跟前侧耳倾听，久久一无所闻。没有风摇树枝的动静，听不见鸟的叫声。什么声音都没传来耳畔。彻头彻尾的静默。

踏入森林让我感到本能的惧怯。树木长势过于茂密，里面的黑暗仿佛深不可测。不晓得森林规模多大，不知道路通向哪里。或者路到处分岔让人迷路亦未可知。万一迷失其间，脱身出来恐怕远非易事。可是，除了断然进入其中别无选择。我走来的路已被直接吸入林中（恰如铁路被吸入隧道）。而且既已至此，现已不可能再返回河边。何况返回也不能确保那里仍有河。总之，我是沿这条路一门心思走过来的,哪怕再有什么也有进无退。

我决意把脚踏入昏暗的森林之中。至于现在是天明时分还是中午抑或傍晚,仅凭光亮无以判断。能判断的,只是这仿佛薄暮的淡淡光亮无论过去多久都一成不变。或者这个世界根本不存在时间这个东西也有可能。如此程度的光亮没准永远持续下去,既无天明又无日暮。

森林中确实昏暗。头顶严严实实覆盖不知几多层树枝。不过不能打手电筒。一来眼睛逐渐习惯昏暗,迈步的脚下总可以看清,二来不想浪费电池。我一边尽量什么也不想,一边顺着林中暗道一味行走不止。因我觉得一旦想什么,那一念头就可能把我带去某个更暗的地方。路始终是徐缓的上坡路。行走之间传来耳边的唯独自己的脚步声。而脚步声也好像走着走着被抽走了一些,静悄悄小了起来。但愿不要口渴。离河应该相当远了。就算口渴,也不可能折回喝水。

走多长时间了呢?森林无休无止,怎么走也几乎看不出风景有变化。亮度也始终如一。自己足音以外的任何声音都传不来耳边。空气照样没有气味。树木重重叠叠在小路两侧构成墙壁。除了壁,眼中别无所见。这森林里没有活物栖息不成?想必没有。纵目四周,无鸟,无虫。

尽管如此,却有一种自己始终被什么注视的感觉,感觉分外鲜活真切。似乎有几只眼睛从昏暗中透过树木厚墙的缝隙注视、监视我的一举一动。我的肌肤像感受镜头集约光束一样火辣辣感受着那些锐利的视线。他们要看清我在这里想干什么。这里是他们的领土,我是孤独的入侵者。但我并未实际看到那些目光。可能纯属我的错觉。恐惧和疑心在昏暗中制造出几多虚构的眼睛。

另一方面,秋川真理惠说她隔一条山谷在皮肤上切切实实感受到了通过双筒望远镜发送的免色的视线。她得以知晓自己被谁日常性观察着。而且她的感觉是正确的,那视线绝非虚构之物。

尽管这样,我还是决定将倾注在自己身上的那些视线视为莫须有之物。那里没什么眼睛,那不外乎自己的恐惧心理制造出的错觉。这样认为是必要的。总之我必须最后穿出这片庞大的森林(尽管不知其多大)。尽最大限度保持清醒头脑。

所幸一条岔路也没有。所以不必为何去何从而困惑,不会误入不知去向的迷途,也没有带尖刺的树枝挡住去路。只管沿一条小路持续前行即可。

这条路走多久了呢?估计时间非常之长(虽说时间在这里几乎不具任何意义)。但我几乎没觉出疲劳。相对于觉出疲劳,我的神经大概太亢奋、太紧张了。而当两腿到底开始变重的时候,觉得前方远远闪出小小的光源。宛如萤火虫的黄色小点。但不是萤火虫。光点只有一个,不摇曳,亦不闪烁。看来像是固定于一处的人工之光。随着步子的前移,光变得更大了更亮了——尽管微乎其微——不错,我正朝着什么接近。

至于那是善的还是恶的,则无由知晓。是帮助我的呢?还是伤害我的呢?而无论哪一种,我都不具有所谓选项。善的也罢恶的也罢,那光是什么,我都只能实际亲眼看个究竟。倘若讨厌,一开始就不该来这种地方。我朝着光源一步步移动脚步。

不久,森林突然终结。两侧树墙尽皆消失。蓦然回神,已经来到仿佛开阔的广场的场所——终于钻出了森林!广场地面平坦,呈漂亮的半月形,在这里终于得以看见头上的天空。类似薄暮的光再次照亮我的四周。广场前面是拔地而起的悬崖峭壁,那上面开着一个洞,而我刚才目睹的黄光,是从那洞窟的黑暗中漫出来的。

背靠蓊郁的树海,迎面悬崖高耸(绝无可能攀登),那里有个洞口。我再度仰面看天,环顾四周。此外没有像路的路,我能采取的行动只有把脚踏入洞中。踏入之前我做了几次深呼吸,尽量重建意识。前进产生关联性,无面人这么说。我正在无与有的缝隙中穿行。我只能完全相信他的话,毅然决然委身其间。

我小心翼翼踏入那个洞中。随即,我想到一件事:以前也进过这个洞。洞的形状有印象,空气也熟悉。继而记忆倏然复苏。富士风洞!小时候放暑假由年轻的舅舅领着,和妹妹小径一起进过的洞。而且,路一个人吐噜噜钻进其中狭小的横洞,半天都不返回。那时间里一阵不安朝我袭来,担心妹妹就那样消失去了哪里,担心被地下漆黑的迷宫永远吸纳进去。

永远是非常长的时间,无面人说。

我在洞中朝着黄光漫来的那边一步一挪。尽可能放轻脚步、抑制胸口亢奋的跳动。转过岩壁拐角,我得以目睹那个光源。原来是旧矿灯。过去的矿工在坑道使用的那种带黑色铁边的老式矿灯。矿灯中点着一支粗蜡烛,吊在岩壁上钉的粗钉子上。

"矿灯"两个字似乎听过。它同大约雨田具彦参与的抵抗纳粹的维也纳学生地下组织的名称有关①。各种事情迅速连在一起。

矿灯下站着一个女子。最初所以没有察觉,是因为她个头太小了。身高不足六十厘米,黑发漂亮地扎在头顶,身穿白色古代衣裳。一看就知是高档衣裳。她也同样是从《刺杀骑士团长》画中穿出来的人物——那个把手捂在嘴角、以惧怯眼神目击骑士团长被刺杀现场的年轻美女。以莫扎特歌剧《唐璜》的角色而言,即唐娜·安娜,被唐璜杀害的骑士团长的女儿。

矿灯光照下的她的黑影被鲜明放大照在身后的岩壁上,摇曳不定。

"等着您呢!"小个头唐娜·安娜对我说。

---

① 维也纳学生地下抵抗组织的名称为新烛光(坎德拉),日语为カンデラ,同此处意为矿灯的カンテラ发音相仿。

55　那是明显违反原理的事

"等着您呢！"唐娜·安娜对我说。身体固然小，但语声清脆。

这时我已大体失去了对什么吃惊的感觉。甚至觉得她在此等我莫如说是理所当然的结果。容貌美丽的女性。有自然率真的优雅，语声听得出坚贞不屈的韵味。尽管身高不足六十厘米，但她似乎具有让男人心仪的特殊的什么。

"从这里开始由我带路。"她对我说，"拿起那盏矿灯可好？"

我顺从地摘下墙上挂的矿灯。谁挂的不知道，但那矿灯挂在她手够不到的高处。矿灯顶端连有铁环，可以用来挂钉，或拎在手里移动。

"等我到来？"我问。

"是的，"她说，"在这里等好久了。"

莫非她也同是隐喻的一种？但我总觉得不宜对她问得这般直截了当。

"您是住在这个地方的吗？"

"这个地方？"她以诧异的神色反问，"不，我只是在这里等你。说这个地方我也不大懂。"

我再没继续问什么。她是唐娜·安娜，在此等我到来。

她身上是和骑士团长身上同样的白色装束，怕是丝绸的。好几层丝绸作为上衣重重叠叠，下面是肥肥大大的长裤样的东西。体形从外面看不出来，不过总好像是紧绷苗条的身段。脚上是用什么皮革做的小黑鞋。

"好了，走吧！"唐娜·安娜对我说，"没有时间余地。路时时刻刻变窄。请跟在我后面，提着矿灯！"

我把矿灯举在她头顶，照着四周跟在她后面。唐娜·安娜以熟练快速的步伐朝洞窟深处走去。蜡烛火苗随着步伐晃动，周围岩壁细微的阴影如活的马赛克镶嵌图案翩翩起舞。

"这里看上去好像我曾经去过的富士风洞。"我说，"实际上是的吧？"

"这里的一切都是好像的东西。"唐娜·安娜也不回头，似乎对着前面的黑暗说道。

"就是说不是真的？"

"真的是什么，谁也不知道。"她说得很干脆，"目力所及，归终都是关联性的产物。这里的光是影的比喻，这里的影是光的比喻。我想您是知道的。"

我不认为我能正确理解其含义，但我没再问下去。一切都将沦为象征性哲学议论。

越往里走，洞越慢慢变窄。洞顶也低了，必须约略弓腰才行，一如富士风洞那次。不久，唐娜·安娜止步停下，回过头以一对小黑眼睛直直地向上看我。

"我能在前面带路的，到此为止。由此往前必须由您率先前进，我跟您走到半路——那也只是到某个地点为止。再往前您只能一人独行。"

由此往前？说得我歪头不解。这是因为，无论怎么看洞都在此终止了。前头矗立着黑乎乎的岩壁，别无其他。我用矿灯四下探照，但洞还是到此为止。

"从这里好像哪里也去不成了。"我说。

"请仔细看，左边角落那里应该有个横洞入口。"唐娜·安娜说。

我再次用矿灯光往洞左边角落照了照。探身靠近细看,果然大岩石后面藏有一个看似阴影的凹窝。我从岩石与洞壁之间挤过身子,查看这个凹窝。确实像是横洞入口。同在富士风洞路钻入的横洞十分相似,但较之稍微大一些。据我的记忆,小妹那时钻入的是更小的横洞。

我回头看唐娜·安娜。

"您必须进到里面去。"这位身高六十厘米左右的美丽女性说。

我一边搜寻字眼一边注视唐娜·安娜的美貌。在矿灯黄光的照射下,她拉长的身影在墙上晃来晃去。

她说:"我知道您向来对黑暗狭小的地方怀有强烈的恐惧心理。进入那种地方,就没办法正常呼吸。对吧?但即使那样,您也必须决心进到里面。若不然,您就不能得到您希求的东西。"

"这横洞通向哪里呢?"

"我也不知道。前途由您本身、您的意志决定。"

"可我的意志里也含有恐惧。"我说,"这让我担心。我的那种恐惧感说不定会扭曲事物,把我带去错误方向……"

"恕我重复,决定道路的是您本身。尤其是,您已经选择了您应走的道路。您已经付出巨大的牺牲来到这个世界,坐船过了那条河。无法后退。"

我重新打量横洞的入口。想到自己这就要钻进这又窄又暗的洞中,身体一阵收缩。然而这是我非做不可的事。如她所说,已经后退不得。我把矿灯放在地上,从衣袋掏出手电筒。不能带矿灯进这狭窄的横洞。

"要相信自己。"唐娜·安娜以低微而通透的语声说,"喝那条河的水了吧?"

"嗯,渴得忍无可忍。"

"那就好。"唐娜·安娜说，"那条河流淌于有无之间。而且，出色的隐喻会让所有事物中隐含的可能性的河流浮现出来。犹如优秀的诗人会在一种光景中鲜明地演示出另一种新光景。不言而喻，最好的隐喻即是最好的诗。您不能把眼睛从另一种新光景上移开。"

我想，雨田具彦画的《刺杀骑士团长》可能就是"另一种新光景"。那幅画大概如同优秀诗人所做的那样化为最好的隐喻，在这世界上确立另一种新的现实。

我打开手电筒，检查光亮。光的亮度没有恍惚感，看来电池还能用一阵子。我决定脱去皮夹克留下。不可能穿这种硬撅撅的衣服进这狭小的洞穴。我身上现在是一件薄薄的毛衣，一条蓝色牛仔裤。洞里既不很冷，又不太热。

之后，我下定决心，弯腰弓背，几乎四肢着地将上半身爬入洞中。洞的周围由岩石构成，但表面溜滑溜滑，就好像经年累月被流水冲洗过一样，几乎没有棱角。这么着，尽管狭窄，但往前爬起来并没有想的那么困难。手碰上去，岩石约略发凉，似乎微含潮气。我用手电筒光照着前面，像虫子一般缓缓爬向前去。我猜想这洞说不定曾经作为水渠发挥过功能。

洞高六十厘米或七十厘米，横宽不足一米。只能匍匐前进。有的地方稍窄，有的地方略宽，这黑暗的天然管道——我感觉——便是这样绵延不绝。时而横向拐弯，时而上坡下坡。所幸没有大的落差。不过，假如这洞果真发挥过作为地下水渠的功能，那么此时此处忽然涌进大量的水也并非不可能——这样的念头倏然浮上脑海。想到自己没准在这狭窄的黑洞中淹死，当即怕得手脚麻痹，动弹不得。

我想返回来时的路。可是在这狭小的洞中根本不可能转换方向。不知不觉之间，通道似乎一点点变窄了。将爬来的距离朝后退回也好像不大可能。恐惧感把我整个包围起来。我被完完全全钉在了这里。进不得,也退不得。浑身所有细胞都渴求新鲜空气,急促喘息不止。我彻底孤独无力,被所有的光弃置不理。

"别停,直接前进!"唐娜·安娜以清晰的声音说。至于那是幻听还是她真的在我身后发声,我无从判断。

"身体不动了。"我朝着应该在我身后的她好歹挤出声音,"呼吸也困难了。"

"把心牢牢收住,"唐娜·安娜说,"不能让心乱动。心一旦摇摆不定,就要成为双重隐喻的饵料。"

"双重隐喻是什么?"我问。

"您应该已经知道。"

"我知道?"

"因为就在您身上。"唐娜·安娜说,"就在您身上捕捉之于您的正确情思,一个接一个大吃大嚼,吃得肥肥大大。那就是双重隐喻,很早就已住在您体内深重的黑暗中。"

我恍然大悟:白色斯巴鲁男子!我并不情愿,却又不能不那样想。估计是他促使我勒女子脖颈的,以此让我窥看我本身心间的黑暗深渊。并且出现在我大凡所到之处,让我想起那黑暗的存在。恐怕那就是真相。

你小子在哪里干了什么,我可是一清二楚!他如此告诉我。他当然无所不知。因为他就存在于我自身之中。

我的心处于黑暗的混乱中。我闭上眼睛,力图将心锁定在一个地方。我咬紧牙关。可是怎样才能将心锁定在一个地方呢?说到底,心在哪里呢?我依序搜寻自己的全身。然而没发现心。我的心究竟在哪里?

"心在记忆中,以意象为营养活着。"女子语声说道。但那不是唐娜·安娜的语声。那是小路的声音,死于十二岁的妹妹的声音。

"在记忆中寻找!"令人怀念的声音说,"找具体的什么,手能触到的什么。"

"路?"我问。

没有回音。

"路,你在哪里?"

仍无回音。

我在黑暗中探寻记忆,像用手在一个大大的旧百宝囊里摸索那样。但我的记忆似乎成了空壳。记忆是怎样一个东西?就连这个也想不起来了。

"熄掉光亮,且听风声!"路说。

我关掉手电筒,照她说的倾听风的声音。却什么也没听到。勉强听到的,只有自己心脏的跳动。我的心脏如被强风扇动的纱窗一样发出慌乱的声响。

"且听风声!"路重复道。

我屏息敛气,再次聚精会神侧耳倾听。这次得以听到像被心跳声遮掩般的微弱的空气呜呜声。呜呜声时高时低,仿佛远方某处在刮风。继而,我感觉脸面有微乎其微的气流,似乎前方有空气进来。而且那空气里含有气味。毫不含糊的气味,湿土的气味。那是我踏进隐喻之地以来第一次嗅得的像是气味的气味。这条横洞通向哪里,通向某个有气味的场所,亦即现实世界。

"好了,往前动!"这回唐娜·安娜开口了,"时间所剩无多。"

我仍关着手电筒,在黑暗中往前爬去。一边爬行,一边尽量把哪里吹来的真正的空气多一些吸入胸间。

"路?"我再次呼唤。

还是没有回音。

我拼命摸索记忆口袋。那时路和我养猫来着。一只脑袋好使的黑色公猫。名字叫"子安"(何以给它取这样的名字,原因记不得了)。她放学回来路上捡的小弃猫,把它养大。但某个时候那只猫不见了。我们日复一日在附近所有场所找来找去。我们给那么多人看"子安"的照片。然而猫到底没有找到。

我一边回想那只黑猫一边在窄洞中爬行。我是和妹妹一起在这洞中爬着找黑猫——我尽量这样想道,想在前方黑暗中找到丢失的黑猫的身影,想听它的叫声。黑猫是十分具体的东西,能够用手触摸。我得以真切想起那只猫的毛的手感、体温、掌球的硬度、喉咙呼噜噜的响声。

"对了,这就好。"路说,"继续想下去!"

你小子在哪里干了什么,我可是一清二楚!白色斯巴鲁男子忽然对我说道。他身穿皮夹克,头戴尤尼克斯高尔夫帽。他的声音被海风吹哑了。被这声音乘虚一击,我胆怯起来。

我拼命地继续想猫,努力把风带来的些微土气味儿吸入肺腑。我觉得那气味有熟悉感。那是前不久在哪里吸过的气味。而在哪里却怎么也想不起来。我到底在哪里嗅到这种气味呢?想也想不起来的时间里,记忆再次开始变得淡薄起来。

用这个勒我的脖子!女子说。桃色舌头从唇间闪烁可见。枕头下准备好了浴衣带。她的黑色阴毛湿漉漉的,如被雨打湿的草丛。

"在心中推出让人怀念的东西,什么都行,"路以迫切的语声说,"快,快快!"

我想再次思考那只黑猫。然而"子安"的样子已无法想起,怎么也浮不上脑海。或许在我稍微考虑其他事当中,猫的形象被黑暗吞噬一尽。必须赶紧推出别的什么。黑暗中有一种不快的触感,洞似乎一点点变窄。这个洞说不定是活的动的。时间所剩无多,唐娜·安娜说。腋下流出一道冷汗。

"快,快想起什么!"路从背后对我说,"想能用手触摸的东西,想能即刻画成画的东西。"

我像溺水之人紧紧抓住救生圈那样想起标致205。我手握方向盘从东北向北海道一路旅行。想那辆旧的小型法国车。恍若隔世，但那四缸粗俗的引擎声仍清晰烙在我的耳畔。将车挡从二挡挂到三挡时那生硬的牵强感也无法忘怀。一个半月之间那辆车是我的伙计、唯一的朋友。现在倒是已沦为废铁……

尽管如此，洞也好像在确确实实变窄。即使爬行，洞顶也开始碰头了。我要打开手电筒。

"不要光亮！"唐娜·安娜说。

"没有光亮看不见前面嘛！"

"不能看！"她说，"不能用眼睛看！"

"洞一个劲儿变窄。这样下去，身体要被夹住动弹不得。"

没有回音。

"再也前进不得了，"我说，"怎么办？"

还是没有回音。

唐娜·安娜的语声也好，路的语声也好，都已一无所闻。她们好像都不在了。这里有的只是深深的静默。

洞越来越窄，身体前移越来越难。惶恐朝我袭来。手脚麻痹似的动弹不得，吸气也难以为继。你已经被关进小棺木，有声音在我耳边低语，你前进不了也后退不得，将被永远埋在这里，将在这谁的手也够不到的又黑又窄的场所被所有人弃置不理。

这时，背后有什么凑近的动静——某个扁平的什么在黑暗中往我这边爬来。不是唐娜·安娜，不是路。那不是人。我听得沙沙作响的足音，感觉出不规则的喘息。当它离我背后很近之时，不再动了。沉默的几分钟过去。似乎正在屏住呼吸窥看什么。而后一种滑溜溜冰凉凉的什么触碰我裸露的踝骨。像是长长的触手。一种无法形容的惶恐爬上我的脊背。

这就是双重隐喻？是栖息在我体内暗处的东西？

"你小子在哪里干了什么？我可是一清二楚！"

已经什么也想不起来了。黑猫也好、标致 205 也好、骑士团长也好，一切都无影无踪。我的记忆再次沦为一片空白。

我什么也不想，只想逃离那触手而勉强向前挪动身体。洞更窄了，身体几乎动弹不得。我想把身体挤进明显比自己身体窄小的空间。但那不可能做到。无需细想，那显然有违原理，物理上无由发生。

尽管这样，我还是硬把自己的身体拧了进去。如唐娜·安娜所说，这是我已然选择的路，选择他路已无从谈起。骑士团长不得不为此死去，我亲手刺杀了他，将他不大的身体沉入血泊，不能让他的死徒死无益。那具有冰冷触手的什么试图从背后把我纳入其手中。

我竭尽全力往前爬行。毛衣刮在四周岩壁上，似乎到处开线绽裂。我从身体所有关节释放气力，以俨然表演脱绳而逃的艺人的姿势在狭窄的洞中勉勉强强向前钻行，速度慢得像青虫，只能这么慢。我的身体被巨大的老虎钳夹在无比狭窄的洞中。全身上下所有的骨骼和肌肉都大放悲鸣。莫名其妙的冰冷触手已经吱溜溜爬上我的脚踝。想必很快就要把在漆黑漆黑的黑暗中全然动弹不得的我的全身准确无误地掩埋一尽。我将不再是我。

我抛弃所有理性，全力以赴地将身体捅向更为狭窄的空间。身体痛得剧烈呻吟不止。但无论如何也必须往前移动。哪怕全身关节尽皆脱落，哪怕再痛不可耐！毕竟这里的一切都是关联性的产物，绝对性东西概不存在。痛也是一种隐喻。触手也是隐喻的一种。一切都是相对的东西。光即是影，影即是光——只能相信。不是吗？

狭窄的洞突然结束。我的肉体简直就像拥堵的草堆被强劲的水流冲出排水管一样抛向空荡荡的空间。连思考何以如此的时间也没有就毫无防备地跌落下去。我想起码有两米来高。所幸落下的地方不是坚硬的岩石地，而是比较柔软的泥土地。我挺身缩颈，让双肩下敛，以防脑袋磕地。几乎条件反射地采取柔道中的防守姿势。肩和腰撞得相当厉害，但痛感几乎没有。

周围被黑暗笼罩。手电筒没了。大概跌落当中从手中滑掉了。我在黑暗中一动不动地四肢趴地。一无所见，一无所思。此刻的我勉强得知的，唯独身体关节的痛渐渐明显起来。钻洞时受伤的全身骨骼和肌肉一齐叫苦。

不错，我总算从那狭窄的横洞中钻了出来，这点终于有了切实感受。脚踝上仍真切留有那种令人不寒而栗的触手的触感。不管那是什么，我都由衷感谢自己得以把它甩开。

那么，现在我在哪里？

没有风，但有气味。我在吹入横洞的风中微微嗅到的那一气味现在把我重重围在中间。至于那是什么气味，仍然想不起来。但不管怎样，这里是异常安静的场所，无任何声音传来耳畔。

当务之急是找手电筒。我用手仔仔细细摸索四周地面。依然四肢着地，一点点扩大半径。土有些微潮气。我担心在漆黑漆黑的黑暗中手碰到什么让人惧怵的东西。但地面连一颗小石子也没掉下。只有平平的——平得就好像有人好好平整过——地面。

手电筒滚落在距我跌落位置一米左右的地方。我的手好歹摸到了。将这塑料手电筒重新拿在手里恐怕是我迄今为止的人生中发生的最值得庆贺的事之一。

打开手电筒前，我闭目重复了几次深呼吸，好比花时间慢慢解开乱作一团的结。这当中呼吸终于平稳下来，心跳也基本趋于正常，肌肉也返回了平日感觉。我再一次大大吸入口气，缓缓吐出后打开手电筒。黄色光柱倏然划向黑暗。但好半天我都没能看清周围光景。眼睛彻底习惯深重的黑暗了，直接见光，脑袋深处有不堪忍受的痛感。

一只手捂着眼睛，慢慢睁开一条缝，从手指间隙窥看周围状况。看上去，我像是位于圆形房间之中。场所不很大，四下围着墙壁。人工石墙。我往上照去。头上有房顶。不，不是房顶，是圆盖样的东西。哪里也没有光射下。

少时，直觉击中了我：这里是杂木林中小庙后面的那个洞。我是钻过唐娜·安娜所在洞窟的横洞跌落在石室底部的，置身于现实世界中的现实洞中。为什么不知道，反正就是这样。就是说，我回归出发点。可是为什么一条光线也没泻进来呢？堵在洞口的是几块厚木板。板与板之间多少是有空隙的，应该有光从空隙中透过才是。然而黑暗如此完整，为什么？

我一筹莫展。

但我反正此刻在的地方是小庙后面打开的石室底部，这毫无疑问。我嗅到的，正是那个洞的气味。这点我为什么一直没能想起呢？我用手电筒光缓缓地小心四下探照。应该靠墙竖立的金属梯子不见了。可能有人又把它提起拿去了哪里，致使我被关在这洞底无法脱身。

而且，奇异的是——大概是奇异的——不管怎么找都没能在周围石墙上找出像是横洞出口的东西。我钻过狭窄的横洞跌落在这个洞底，一如婴儿在空中出生下降。然而哪里也没找见横洞的洞口。就好像我被噗一声吐到外面后嘴巴赶紧闭得严丝合缝一样。

手电筒光不久照出了地面上的一个东西。有印象的东西。原来是骑士团长在这洞底摇响的古铃。我半夜听见铃声，得知杂木林中有这个洞。铃声是一切的发端。后来我把那个铃放在画室板架上，却不知何时它从板架上消失了。我把它拿在手上，借手电筒光仔细端详。带有旧木柄。没错，肯定是那个铃。

我不明所以地一再看铃看个没完。它是被谁拿来这洞底的呢？

噢，铃以自身之力返回这里也有可能。骑士团长说铃和他共有一个场。共有一个场——那到底意味着什么呢？但我的脑袋太疲惫了，很难思考事物的原理。况且我的周围一根也找不到足以凭依的逻辑立柱。

我坐在地上，背靠石墙，关掉手电筒。下一步怎么办？怎样才能从这个洞出去？这才是我要首先思考的。思考无需光亮。再说我必须最大限度减少手电筒电池的消耗。

那么，如何是好？

56　似有若干必须填埋的空白

莫名其妙的事不一而足。但此时最让我伤脑筋的，是洞里一丝光线也没射进来。一定是谁把洞口用什么堵得死死的——谁何苦非做这种事不可？

我在心里祈祷，但愿那个谁（无论谁）没在盖上摞好多块沉重的大石头弄成原来的石堆样子，以致把洞口封得严严实实。倘若那样，从这黑暗脱身的可能性就成了零。

忽有所觉，我打开手电筒看手表：时针指在四时三十二分。秒针好端端旋转着刻录时间。时间似在稳稳流逝。至少这里有时间存在，是按一定方向规规矩矩流动的世界。

不过说到底时间是什么？我这么叩问自己。我们以钟表指针权宜性计算时间的经过。可那果真是妥帖的吗？时间实际上是那样有条不紊地朝一定方向流逝的吗？我们在这方面没有什么莫大的误会吗？

我关掉手电筒，在重新降临的绝对黑暗中喟然长叹。算了，不想时间了。空间也别再想，再想也找不到归宿，无非徒耗神经而已。必须考虑某种更为具体的、眼睛看得见手摸得着的事物。

于是我考虑柚。不错，她是眼睛看得见手摸得着的事物之一（我是说假如给我这样的机会的话）。眼下她处于怀孕期间。来年一月将有孩子——以不是我而是哪里一个男人为父亲的孩子——出生。与我无关的事情在远离的场所稳稳推进。一个同我没有关联的新的生命即将在这个世界登台亮相。而且这方面她对我无任何要求。可是，她为什么无意同对方结婚呢？不明其故。如果她打算当单身母亲，那么难免要从现在工作的建筑事务所退职。私人小事务所，不至于有给产妇长期休假的余地。

但无论怎么考虑也得不出令人信服的答案。我在黑暗中全然无可奈何。这黑暗让我已有的无力感变本加厉。

假如能从这洞底出去，我下决心见见柚。她移情别恋、唐突弃我而去当然让人心负重伤，并且相应恼怒（倒是花了很长时间自己才意识到此间恼怒）。可我毕竟不能永远怀着这样的心情活下去。见一次柚，当面好好谈谈。向她本人确认眼下在想什么，追求什么。趁还为时未晚……我这样下定决心。下定决心之后，心情多少畅快起来。如果她希望我们成为朋友，那也无妨，未必完全不可能。只要能上到地面，应该能在那里找到某种类似道理的什么。

之后我睡了过去。要进横洞时把皮夹克脱掉留下了（我的那件皮夹克今后究竟将在哪里走怎样的命运路线呢？），身体渐渐感到发冷。身上只是半袖T恤外穿一件薄毛衣。而毛衣又由于爬着穿过窄洞而漏洞百出惨不忍睹。况且我已从隐喻世界回归现实世界。换言之，回归具有正常时间与气温的地方。尽管如此，较之冷，困意还是占了上风。我瘫坐地面，背靠坚硬的石墙，不知不觉睡了过去。那是没有梦境没有韬晦的纯而又纯的睡眠，好比沉入爱尔兰海湾深海底的西班牙黄金，孤独，谁都鞭长莫及。

睁眼醒来时，我仍在黑暗中。黑得那般深重，在脸前竖起手指也全然不见。因为如此之黑，所以睡与醒的界线也无从分辨。从哪里开始是睡的世界，由何处发端是醒的世界，自己在哪一侧或哪一侧都不在，基本摸不着头脑。我从哪里拽出记忆口袋，活像数金币那样逐一抻出若干事项。想起养过的黑猫，想起标致205，想起免色的白色豪宅，想起《玫瑰骑士》唱片，想起企鹅饰物。我得以一个个明确记起这一切。不要紧，我的心还没有被双重隐喻吃掉。不过是置身于深沉的黑暗中使自己分辨不出睡与醒的区别而已。

我拿起手电筒，打开后用一只手挡住光，用指间透出的光看手表的表盘。表针指向一时十八分。上次看时指在四时三十二分。这就是说，我在这里以这种不自然的姿势睡了九个小时之多？这是难以设想的事。果真如此，身体该更加诉痛才是。相比之下，莫如认为时间在我不知不觉当中倒退了三小时更为合理。不过不能确定。由于始终置身于高密度黑暗之中，以致时间感彻底失常亦未可知。

不管怎样，寒冷比睡前更切实了。而且开始尿急，几乎忍无可忍。无奈之下，我去洞底边缘往地上倾泻。时间不短。尿立刻被地面吸收了。有一股轻微的氨气味儿，但这也很快消失。尿急问题消除后，随之而来的是空腹感。看来我的身体正缓慢而确凿地适应现实世界。在那隐喻之河喝的水的作用或许正在退出身体。

我再次痛感必须争分夺秒脱离这里。否则，势必不久饿死在这洞底。不供应水分和营养，人的血肉之身便无以维持生命。此乃这个现实世界最基本的规律之一。而这里既无水又无食物。有的只是空气（尽管盖子堵得严严实实，但感觉有空气从哪里微微进入）。空气、爱、理想都很重要，但单靠这个活不下去。

我从地面站起，试了试能否设法从光秃秃的石墙攀爬出去。但不出所料，终归枉费心机。墙高固然差一点不足三米，而要攀登没有任何突起物的垂直墙壁，若非具有特异功能之人，基本不可能。纵使能攀登上去，也有盖堵在洞口。而要顶开盖，就要有结结实实的抓手或踏脚处。

我重新坐回地面。往下我能做的，只剩下一件事：摇铃，如骑士团长那样。但骑士团长与我之间有个很大不同——骑士团长是理念，我是活生生的人。理念即使什么也不吃也不会感到饥饿，可我会。理念不会饿死,可饿死我则相当简单。骑士团长能不屈不挠地持续摇铃百年之久(他不具有时间观念),可我不吃不喝持续摇铃期间充其量三天或四天。再往下,估计摇那么轻的铃的力气都将荡然无存。

然而我还是在黑暗中不断摇铃。因为此外我一无所能。当然可以拼命喊救命。问题是洞外是空无人影的杂木林。若非有极特殊情况,人不会踏入作为雨田家私有地的杂木林。况且现在洞口被什么东西堵得死死的,无论怎么大声喊叫,声音怕也很难传入谁的耳朵。徒然使得嗓音沙哑、喉咙更渴而已。既然这样,还是摇铃为好。

何况,此铃声音的传播方式好像不同一般。估计是具有特殊功效的铃。在物理上声音绝不算大,但深夜时分我可以从远离的家中床上清晰听得铃的声音。而且唯独铃响时间里那喧闹的秋虫叫声才戛然而止,简直像被严禁鸣叫。

于是,我背靠石墙不断摇铃。轻轻左右摇摆手腕,尽可能把心清空摇铃。摇一阵子,休息一会儿,再摇。如骑士团长曾经做的那样。无心状态绝不难做到。倾听铃声时间里,心情自然而然平和下来,不必非想什么不可。在光亮中摇响的铃声和在黑暗中摇响的铃声,听起来截然不同。想必实际上也截然不同吧。而且,摇铃时间里,尽管被孤零零闷在这没有出口的深重黑暗之中,但不那么感到恐惧了,担忧也感觉不出了。甚至饥寒交迫之感也好像忘了。追索逻辑路径的必要性也几乎不再让人放在心上。不言而喻,这对我而言甚是求之不得。

摇铃摇累了,就靠在石墙上小睡过去。每次睁眼醒来我都打手电筒查看手表时间,而每次都得知时针所指时刻乱七八糟。当然,乱七八糟的可能不是时针,而是我——应该是我。不过那怎么都无所谓了。我在黑暗中晃动手腕万念皆空地摇铃。累了就酣睡一场,醒来再摇。如此周而复始无尽无休。周而复始之中意识迅速稀释下去。

洞底几乎不闻任何声音。无论鸟鸣还是风声,一无所闻。为什么呢?为什么一无所闻呢?这里应当是现实世界,我已回归腹饿尿急的现实世界。而现实世界本应充满种种声音才对。

过去多长时间了呢?我稀里糊涂。手表再也不看了。时间和我似乎彼此已无法顺利找到接点。而且,日期和星期较之时刻什么的更加超越理解范围。因为这里既无白天又无夜晚。如此一来二去,黑暗中就连自己肉体是否存在都变得让人费解了。不仅时间,甚至自己同自己肉体的接点也很难顺利找到。这意味着什么呢?我理解不了。或者莫如说就连想理解的心情都已消失不见。别无他法,我只管摇铃不止。一直摇到手腕差不多没了感觉。

仿佛永远的时间过去之后(或者像海岸波浪一样奔腾而来汹涌而去之后),并且空腹感变得不堪忍耐的时候,头上终于有什么声音传来。似乎是谁掀动剥离世界一角的声音。但在我的耳里无论如何也听不出是现实声音。毕竟谁都休想把世界的一角剥离开来。假如真把世界剥离了,那么继之而来的究竟会是什么呢?新的世界接踵而至?或者永无休止的"无"打上门来?倒也怎么都不碍事,怎么都彼此彼此。

我在黑暗中静静闭目合眼,等待世界被剥离完毕。然而怎么等世界也未被剥离,单单声音在我头上越来越大。听来总好像是现实声响。是现实物体在某种作用下物理性发出的声响。我断然睁开眼睛仰视头顶,同时用手电筒往洞顶照去。做什么不知道,反正有谁在洞的上面弄出很大的声音——"哗啦哗啦",刺耳,匪夷所思。

那是企图加害于我的声音呢?还是有助于我的声音呢?我判断不来。反正,作为我只能老老实实坐在洞里摇铃静观事态的进展。

不久，一条细长而扁平的光线从作为盖子使用的厚板的间隙射入洞中。它像断头台上一把锋利的宽刃刀切硕大的果冻一般纵向切开黑暗，刹那间直达洞底。刀尖就在我的脚踝上。我把铃放在地面，双手捂脸以免眼睛受伤。

接着，堵在洞口的盖板被挪开一块，似有更多的阳光被带来洞底。即使双目闭合用手心紧紧捂脸，眼前的黑暗变白变亮也还是能够感知的。随之，新的空气从头上缓缓降临。清凉凉的新鲜空气。空气中有初冬气味。令人怀念的气味。小时候每年最初把围脖围在脖子上的清晨触感在脑海里复苏过来。柔软的羊毛肤感。

有谁从洞的上面叫我的名字——大约是我的名字。我终于想起自己是有名字的。想来，我已经在名字不具任何意义的世界里滞留了很久很久。

那个谁的声音是免色涉的声音——想到这点让我花了好些时间。我像回应那个声音似的发出很大声音。但声音未能成为话语。我只是狂喊乱叫证明自己还活着。至于自己的声音是否足以振颤这里的空气，我固然没有信心，但那声音的确传进了我的耳朵——作为假设性动物奇妙而粗野的呐喊。

"不要紧吗？"免色招呼我。

"免色先生？"我问。

"是的，我是免色。"免色说，"没受伤吗？"

"我想没受伤。"我说，声音终于镇静下来。"大概。"我补充道。

"什么时候开始在那里的呢？"

"不清楚。发觉时已经在这里了。"

"放下梯子能够从那里爬上来吗？"

"我想能够。"我说。大概。

"请稍等等。这就放梯子下去。"

他从哪里拿来梯子的时间里,我慢慢让眼睛适应阳光。完全睁眼睛尚不可能,但已无需双手捂脸了。幸好阳光不是多么强烈。白天诚然是白天,而天空想必有阴云。或是薄暮时分也未可知。未几,响起金属梯放下的动静。

"请再给我一点儿时间,"我说,"以免弄伤眼睛。眼睛还没太适应光亮。"

"当然,请慢慢适应好了!"

"不过这里怎么这么黑呢?一线光也没射进来。"

"两天前我往这盖子上整个蒙了一块塑料布。因为有谁挪过盖子的痕迹,就从家里拿来厚塑料布,在地面打了金属桩用绳子系紧,不让盖子轻易拿开。毕竟哪里的小孩子不慎掉下去就危险了。那时当然仔细查看了洞里有没有人。怎么看都一个人也没有。"

原来如此,我明白了,原来盖上给免色蒙上塑料布了,所以洞底一团漆黑。这话讲得通。

"后来没有塑料布被掀过的痕迹,仍是蒙上时候的样子。这样,你到底是怎么进去的呢?让人费解。"免色说。

"我也不解。"我说,"意识到时就在这里了。"

我没办法多解释,也没解释的打算。

"我下到那里好吗?"免色说。

"不,你留在上面,我上去。"

不久,可以稍微睁开眼睛了。尽管眼睛深处还旋转着几个莫名其妙的图形,但意识功能好像没问题了。我看准梯子靠墙竖立的位置,把脚往梯子上蹬去,但很难用上力,感觉好像已经不是自己的脚。于是花时间一边小心确认立脚点,一边一格一格登上金属梯。随着接近地面,空气更加新鲜起来。此刻已有鸟的鸣啭传入耳中。

手刚搭在地面,免色就牢牢抓住我的手腕,把我拉了上来。他意外地有力,一种让人放心委身的力。我由衷感谢他的力。随即就势瘫倒似的仰卧在地。天空隐约可见。不出所料，天空覆盖着灰云。时间还不清楚。有一种小小的硬雨点打在脸颊和额头的感觉。我慢慢品味这种不规则的质感。过去未曾觉察，原来雨是具有何等令人欣喜之感的东西啊！何等生机蓬勃的东西啊！纵是初冬冷雨！

"肚子相当饿，口也渴，还冷得要命，像冻僵了似的。"我说。这是我能说出的一切。牙齿格格作响。

他搂着我的肩沿杂木林中的路缓缓移步。我调整不好步子，任凭免色拽着。免色的膂力比看上去强得多。肯定天天用自家运动器材锻炼来着。

"房子钥匙有吗？"免色问。

"房门右侧有花盆，钥匙在那下面，大概。"我只能说大概。能够言之凿凿的事这个世界上一件也没有。我仍然冷得发抖。牙齿打颤，自己的话自己都听不大明白。

"真理惠好像偏午时平安回家来了。"免色说，"真是太好了，我也放下心来。大约一个小时前秋川笙子跟我联系的。往你家也打了几次电话，但一直没人接。我就有些担心，来这里看看。结果杂木林里面微微传来那铃声，于是心有所觉，就把塑料布掀开了。"

我们穿过杂木林，来到平坦地方。免色那辆银色捷豹一如往常静静停在门前。依然一尘不染。

"为什么那辆车总这么漂亮呢？"我问免色。或许是不合时宜的提问，但我以前就想问来着。

"这个——是为什么呢？"免色兴味索然地说，"没有特别要做的事的时候，就自己洗车，边边角角都不放过。还有，每个月有专业人士上门给打一次蜡。当然，注意放在车库里以免风吹雨淋。如此而已……"

如此而已。听了，我那辆半年来任凭风吹雨淋的卡罗拉想必大失所望。弄不好，气绝身亡都有可能。

免色从花盆下拿出钥匙打开房门。

"对了,今天星期几呢?"我问。

"今天?今天星期二。"

"星期二?真是星期二?"

为了慎重,免色梳理记忆。"昨天星期一,是倒瓶罐垃圾的日子,今天毫无疑问星期二。"

我去雨田具彦房间是星期六,过去了三天。即使是三星期、三个月甚至三年,那也决不奇怪。但反正过去的是三天。我将这点嵌入脑袋。而后用手掌蹭了蹭下巴。那里并没有生出三天量胡须的证据。下巴光溜溜的,近乎奇迹。为什么呢?

免色先把我领进浴室,让我用热水淋浴,换衣服。身上的衣服满是泥巴,满是破洞。我团成一团扔进垃圾箱。全身上下蹭得红一块紫一块,但创伤什么的没有发现。至少没出血。

之后把我领进餐厅,让我坐在餐厅椅子上先一点一点慢慢喝水。我花时间把一大瓶矿泉水喝空。我喝水当中,他在电冰箱里找出几个苹果给我削皮。削得非常快,训练有素。我以欣赏的心情怔怔看着他的这项作业。削完皮盛在盘子里的苹果真叫优雅美观。

我吃了三四个苹果。苹果居然这么好吃,吃得我心生感动,由衷感谢兴之所至造出苹果这种水果的造物主。吃罢苹果,他不知从哪里翻出椒盐饼干盒给我。我吃了。略带潮气,然而这也是全世界顶好吃的饼干。我吃的过程中他烧水泡了红茶,还往里加了蜂蜜。我喝了好几杯。红茶和蜂蜜由内而外温暖我的身体。

电冰箱中没有多少食材。唯独鸡蛋存了不少。

"煎蛋卷想吃吗?"免色问。

"如果有。"我说。总之我要用什么把整个胃填满。

免色从冰箱里取出四个鸡蛋,往碗里打了,用筷子急速搅拌后加入牛奶、盐和胡椒,又用筷子转圈搅拌。手势熟练。继而打开煤气，将小平底锅加热后薄薄洒上黄油。从抽屉中找出锅铲，灵巧地做成煎蛋卷。

一如所料，免色煎蛋卷的做法无可挑剔，即使直接上电视烹调节目都绰绰有余。若目睹他的煎蛋卷做法，全国的主妇们肯定叹为观止。事关——或者应说即使关乎——煎蛋卷的做法，也可谓潇洒至极、十全十美，而且细腻高效，看得我五体投地。片刻，煎蛋卷移入盘中，连同番茄酱一起端来我的面前。

煎蛋卷美妙得足以让我不由得想写生。然而我毫不犹豫地往那上面扎进餐叉，神速送入口中。不仅美观，而且堪称至味。

"煎蛋卷无与伦比！"我说。

免色笑道："谬奖谬奖！曾经做得比这还好。"

那到底会是怎么个好法呢？没准生出彩翼从东京飞去大阪——倘有两个小时的话。

我吃罢煎蛋卷，他收拾盘子。这么着，我的辘辘饥肠似乎终于安顿下来。免色隔着餐桌在我对面坐下。

"说一会儿话可以吗？"他问我。

"当然可以。"我说。

"不累吗？"

"累也许累，但还是要畅谈才好。"

免色点头："这几天，似乎有几个必须填补的空白。"

若是能够填补的空白的话，我想。

"其实星期日来府上了。"免色说，"怎么打电话都没人接，有点儿放心不下，就来看看情况。那是下午一点左右……"

我点头。那时我在别的什么场所。

免色说："按门铃，雨田具彦先生的公子出来了。是叫政彦的吧？"

"是的，雨田政彦，老朋友。是这里的主人，有钥匙，我不在也能进来。"

"怎么说呢……他对你非常担忧。说星期六下午两人去他父亲雨田具彦先生入住的护理机构时,你忽然从他父亲的房间消失不见了。"

我默默点头。

"政彦君因为工作电话离开的时候,你一下子无影无踪。护理机构在伊豆高原山上,走到最近的火车站也很花时间,却又看不出叫过出租车。还有,接待的人也好保安员也好都没看见你离开。往你家里打电话也没人接,所以,雨田君担心起来,特意赶来这里。他是真的担忧你怎么样了,怕你身上发生什么不妙的事……"

我叹了口气:"政彦那边由我另外向他解释。在他父亲紧要关头,额外添了麻烦。那么,雨田具彦先生情况如何呢?"

"好像前不久开始几乎处于昏睡状态。意识没有恢复。公子在护理机构附近住了下来,回东京途中来这里看情况的。"

"看来打个电话为好!"我点头道。

"是啊!"免色双手放在桌面上说,"但是,既然要和政彦君联系,那么就需要就你这三天在哪里做什么了相应做出合情合理的解释,包括是怎样从护理机构消失的。只说蓦然觉察到时已经返回这里,对方怕是理解不了的。"

"想必。"我说,"可您怎么样呢?免色先生?您能理解我的话吗?"

免色不无顾虑地蹙起眉头,静静沉思有顷。而后开口道:"我这人一向是进行逻辑性思考的,那么训练过来的。但坦率地说,关于小庙后面那个洞,不知为什么,就没办法那么遵循逻辑了。那个洞里无论发生什么都不奇怪——我总是有这样一种感觉。尤其一个人在那洞底度过一个小时之后,这种心情就更加强烈。那不单单是洞。可是,对没有体验过那个洞的人,基本不大可能让他理解这样的感觉。"

我默然。找不出应该说出口的合适话语。

"还是只能一口咬定什么也不记得这一说法吧!"免色说,"能让对方相信到何种程度自是不得而知,但此外怕是别无他法。"

我点头。大概此外别无他法。

免色说:"人生中会有好几件不能很好解释的事,也会有好几件不应该解释的事。尤其在一旦解释就会彻底失去某种至关重要东西的情况下。"

"你也是有这样的经历的吧?"

"当然有。"说着,免色微微一笑,"有几次。"

我把没喝完的红茶喝了下去。

我问:"那么秋川真理惠没有受伤什么的?"

"浑身是泥。好像受了点儿轻伤,没什么了不得的,也就像是跌倒擦破皮那个程度。和你的情形一样。"

和我一样?"这几天她在哪里干什么了?"

免色现出窘色。"那方面的情况我一无所知。只是听说稍前一会儿真理惠回家来了,浑身是泥,受了轻伤。如此而已。笙子也还心情混乱,很难在电话中详细说明。等事情稍微安顿下来,最好由你直接问笙子,我想。或者问真理惠本人,如果可能的话。"

我点头说:"是啊,这样好。"

"是不是最好睡上一觉?"

经免色这么一说,这才觉察自己困得不行。在洞中睡得那么深沉(应该是睡了的),不料却困得这般忍无可忍。

"是啊,恐怕多少睡一会儿好。"我呆呆地看着餐桌上叠放的免色那端正的双手手背说道。

"好好休息吧,这再好不过。此外有什么我能做的事情吗?"

我摇头道:"现在想不起什么。谢谢!"

"那么我就回去了。有什么请别客气，只管联系！我想我会一直在家。"说罢，免色从餐厅椅子上慢慢站了起来。"不过找到真理惠太好了。能把你救上来也太好了。说实话，这段时间我也没怎么睡觉，也想回家睡一会儿。"

他回去了。一如往常传来车门关合的沉稳声响，以及深沉的引擎声。确认声音远去消失之后，我脱衣上床。头挨枕头稍一考虑古铃之时（这么说来，铃和手电筒还放在那个洞底）就坠入了深睡之中。

57　我迟早要做的事

睁眼醒来时两点十五分。我依然置身于深重的黑暗中。一瞬间袭来错觉，以为自己还在洞底。但马上察觉并非如此。洞底完全的黑暗和地上夜晚的黑暗，二者质感不同。地上，即使黑得再深也多少含带光的感觉，同所有的光都被遮蔽的黑暗不一样。现在是夜间二时十五分，太阳恰好位于地球的背面。仅此而已。

打开床头灯，下床走去厨房，用玻璃杯喝了几杯冷水。四下寂然。近乎过分的静寂。侧耳倾听，不闻任何声响。风也没有吹来。到冬天了，虫也不叫。夜鸟声亦不闻，铃声亦未入耳。这么说来，最初听得那铃声也正值此刻，是最容易发生非同寻常之事的时刻。

好像再也睡不成了。睡意彻底遁去。我在睡衣外面披一件毛衣，走去画室。我意识到回家后还一次也没迈进画室。画室里的几幅画怎么样了呢？不免让人牵挂。尤其《刺杀骑士团长》。听免色说，我不在时候雨田政彦到这里来了。说不定他进画室看到了那幅画。不用说，他一眼就会看出画是他父亲的作品。不过我把那幅画蒙上了——因为有所顾虑，从墙上摘下用漂白布包了起来。政彦若不打开，就不至于看见。

我进入画室，按下墙上的电灯开关。画室里仍静悄悄阒无声息。当然谁也没有。没有骑士团长，没有雨田具彦。房间里有的仅我一人。

《刺杀骑士团长》依旧蒙着置于地板上。没有被谁碰过的迹象。

固然没有明证，但那里有未被任何人碰过的气氛。掀开，下面就有《刺杀骑士团长》，和此前所见毫无二致。上面有骑士团长，有刺杀他的唐璜，有在旁边屏息敛气的侍从莱波雷洛，有手捂嘴角瞠目结舌的美丽的唐娜·安娜，还有画面左下角从地面那个方洞中探出脸来的令人悚然的"长面人"。

说实话，我在心间一角是暗暗感到害怕的。怕自己采取的一系列行为可能使得画中若干事态有所改变——例如"长面人"探出脸的地洞盖子已经关上，因而长面人会不会从画面消失；再如骑士团长不是被长剑而是被厨刀刺杀。但左看右看也没看出画面有任何变化。长面人一如既往顶开地洞的盖子将其形状奇特的脸探出地面，用贼溜溜的眼睛四下打量。骑士团长被锋利的长剑刺穿心脏，鲜血四溅。画仍作为构图完美的往常那幅绘画作品存在于此。我欣赏片刻，把画重新蒙上漂白布。

...

接下去我端详自己没画完的两幅油画。两幅都在画架上并排而立。一幅是横长的《杂木林中的洞》，另一幅是纵长的《秋川真理惠的肖像》。我专心致志地交替对比这两幅画。两幅都是最后看时的样子，丝毫未变。一幅已经完成，另一幅等待最后加工。

之后，我把反过来靠墙立着的《白色斯巴鲁男子》正过来，坐在地板上再次打量。"白色斯巴鲁男子"从莫名颜料的块体中目不转睛看着这边。尽管其形象尚未具体描绘，但我清楚看见他潜伏其中。他躲在用刮刀厚厚涂抹的颜料背后，以夜鸟般咄咄逼人的眼睛直定定逼视我。他的脸绝对没有表情。而且他拒绝画的完成——拒绝自己原形毕露。他不愿意自己被从黑暗中拉到光天化日之下。

尽管这样，我迟早还是要把他的形象牢牢实实画在那里，把他从黑暗中拉出亮相，而无论对方反抗多么激烈。现在或许勉强，但迟早非了结不可。

接着，我又把视线移回《秋川真理惠的肖像》。这幅画已经画到不再需要她作绘画模特的地步。往下只要做一系列技术性加工，即达完成之域。有可能成为我迄今所画的画中最让我踌躇满志的作品。至少那里应有秋川真理惠这个十三岁美丽少女的倩影跃然纸上。我有足够的自负。然而我未必让这幅作品完成。为了保护她的什么，我不得不将这幅画止于未完成状态。我明白这点。

必须尽快处理的事有几件。一件是给秋川笙子打电话以便从她口中听得真理惠回家的前前后后。再一件事是给柚打电话，告诉她我想见她畅谈一次。我已经在那漆黑的洞底下了务必如此的决心。时机已经到来。另外，当然还得给雨田政彦打电话。我为什么从伊豆高原的护理机构突然消失、这三天何以去向不明——需要就此做出解释（至于成为、能成为怎样的解释，我自是心中无数）。

不言而喻，不能在这个黎明时分给他们打电话，要等多少常规些的时刻到来才行。那一时刻——倘时间正常运转的话——不久即将到来。我用锅热牛奶喝了，嚼着饼干眼望玻璃窗外。窗外黑暗漫无边际。不见星星的黑暗。到天明还有些时间。一年中夜间最长的季节。

先做什么好呢？我琢磨不出。最地道的是重新上床睡觉。可我已经不困了。没心思看书，也没情绪做事。该做的事一件也想不起来。于是决定姑且洗澡。往浴缸里放水。等水满时我躺在沙发上怅怅地眼望天花板。

我何苦非钻进那个地下世界不可呢？为了进入那个世界我不得不亲手刺杀骑士团长。他成为牺牲品丢了性命，我因之在黑暗世界接受若干考验。其中当然必有理由。地下世界有真真切切的危险，有实实在在的恐怖。那里无论发生多么离奇的事都无足为奇。情况似乎是，我通过千方百计钻过那个世界，通过经历那一程序，而将秋川真理惠从哪里解放出来。至少秋川真理惠已平安返回家中，如骑士团长预言的那样。但我未能在自己在地下世界的体验同秋川真理惠的返回之间找出具体的平行关系。

那条河的水或许具有某种重要意义。说不定由于喝了那条河里的水而导致自己体内有什么发生了变异。逻辑上很难解释，但我的身体怀有毋庸置疑的切实感受。由于接受那一变异，我才得以穿过物理上无论如何都不至于穿过的狭窄横洞而到另一端来。而且，在我克服根深蒂固的对密闭场所的恐惧之际，唐娜·安娜和妹妹路给我以引导和鼓励。不，唐娜·安娜和路有可能是统一体。她是唐娜·安娜，同时又是路。或许她们保护我免受黑暗力量的侵害，同时保护了秋川真理惠的人身安全。

可是说到底，秋川真理惠被幽禁在哪里了呢？问题首先是她果真被幽禁在哪里了吗？我把企鹅护身符给了（倒是不能不给）摆渡人"无面人"这点给她身上带来了不好影响不成？或者相反，那个饰物以某种形式起到了保护秋川真理惠人身的作用？

疑问数量有增无减。

前因后果或许能从终于现身的秋川真理惠口中多少得到澄清。作为我只能静等。不，事实以后也可能在扑朔迷离之中不了了之。秋川真理惠全然记不得自己身上发生了什么也未可知。或者就算记得也不向任何人透露——说不定她已如此下了决心（一如我本人）。

不管怎样，我都有必要在这现实世界再见一次秋川真理惠，两人单独好好谈谈，有必要就这几天当中各自身上发生的事交换信息。如果可能的话。

但是，这里果真是现实世界吗？

我重新观望自己周围的世界。这里有我熟识的东西。窗口吹来的风有一如往常的气味，四下传来听惯了的声响。

可是，乍看上去是现实世界，而实际未必是。可能仅仅是我自以为是的现实世界罢了。我也许进入伊豆高原的洞，穿过地下世界,三天后从错误的出口出到小田原郊外的山上——我返回的世界和我离开的是同一世界的保证哪里都不存在。

我从沙发欠身立起,脱衣泡进浴缸,再次用香皂认真清洗全身每一个边角。头发也仔细洗了。刷牙,用棉棒清耳,剪指甲。胡须也刮了(尽管没长多长)。内衣再次更新。穿上刚刚熨烫过的白色棉质衬衫、带裤线的黄褐色卡其裤。我要尽可能彬彬有礼地面对现实世界。但天还没亮。窗外一片漆黑,黑得让我觉得没准早晨永远不来了。

但不久晨光来临。我新做了咖啡,烤了吐司,涂上黄油吃了。电冰箱里食品差不多没有了。只有两个鸡蛋、过期的牛奶和一点点蔬菜。今天必须去买了,我想。

在厨房洗咖啡杯和碟子的时间里,发觉好些日子没见年长的人妻女友了。多久没见面了呢?不看日记想不起准确日期。反正相当久了。近来我身边连续发生种种事情——若干始料未及的非同一般的名堂——以致此前没能意识到她许久没联系了。

什么缘故呢?以前至少每星期打来两次电话:"怎么样,还好?"然而我无法跟她联系。她没把手机号码告诉我,我又不用电子邮件。所以,即使想见,也只能等她来电话。

不料早上九点刚过,正当我怅然想她时,女友打来了电话。

"有件事要说。"她开门见山。

"可以哟,说就是。"

我手拿听筒,靠着厨房餐柜说。刚才遮蔽天空的厚云开始一点点断裂,初冬的太阳从裂缝中战战兢兢探出脸来。看来天气正在恢复。然而她说的似乎不是多么让人欢欣鼓舞的那一类。

"我想最好不要再见你了。"她说,"倒是遗憾。"

至于她是不是真的遗憾,光听声调无从判断。她的语声明显缺乏起伏感。

"这里有几个理由。"

"几个理由。"我鹦鹉学舌。

"首先一个是丈夫开始多少怀疑我了,好像感觉出了某种苗头。"

"苗头?"我重复她的说法。

"到了这个地步,女人总是要出现相应的苗头的。比以前更注意化妆啦服装啦什么的。还有改换香水啦用心减肥啦什么的。虽然自以为很小心,不把这些表现出来,但是……"

"确实。"

"况且不说别的,这种事不可能永远继续下去。"

"这种事?"我重复道。

"就是说事情没有将来,没有解决办法。"

的确如她所说。我们的关系无论怎么看都是"没有将来"的,都是"没有解决办法"的。长此以往风险过大。我这方面倒没什么可损失的,但她那边有大体完好的家庭,有上私立女子学校的两个十几岁女儿。

"还有一件,"她继续道,"女儿出了棘手问题,大的那个。"

大女儿。如果我记忆无误,那么应该是成绩好、乖乖听父母的话、几乎从未闹出问题的老实少女。

"出了问题?"

"早上醒来也不下床。"

"不下床了?"

"喂喂,别鹦鹉学舌似的重复我的话好不好?"

"对不起,"我道歉。"可那是怎么回事呢?不从床上下来?"

"就是这样的嘛!大约两个星期前开始,死活也不愿意下床,学校也不去。一整天穿着睡衣赖在床上。谁和她搭话也不应声,饭端到床上也几乎不动。"

"没找心理咨询师那样的人商量?"

"当然找了。"她说"跟学校的心理咨询师商量了,可完全不起作用。"

我就此思索。但我能说的,什么也没有。说到底,我见都没见过那个女孩。

"这样,我想再不能见你了。"她说。

"必须在家照料她?"

"也有这个原因,但不光这个。"

她没再说什么。对她的苦衷我大体明白。她害怕了,作为母亲也对自己的行为感觉出了责任。

"非常遗憾。"我说。

"我想我比你还要感到遗憾。"

或许,我想。

"最后想说一点,"她说,她短促地深叹一声。

"那点是什么呢?"

"我想你会成为很好的画家。就是说,比现在还要好。"

"谢谢!"我说,"深受鼓舞。"

"再见!"

"保重!"我说。

放下电话,我去客厅躺在沙发上,边仰望天花板边想她。想来,尽管见面这么频繁,却一次都没想过画她的肖像画。不知何故,没能产生那样的心情。素描倒是画了几幅。用 2B 铅笔画在小素描簿上,几乎一笔画成。大多是淫秽不堪的她的裸体画。大大张开腿出示隐秘处的样子也有。还有画性交当中的。虽是简单的线条画,但都十分逼真,而且绝对淫秽。她对那样的画乐不可支。

"你这人啊,画这种淫秽画真是得心应手!漫不经心,一挥而就,却又色情得不得了!"

"玩玩罢了!"我说。

那些画,随画随手扔了。一来怕谁看见,二来毕竟不好保存那样的东西。但偷偷留下一两幅恐怕还是应该的,作为向自己本身证明她实有其人的物件。

我从沙发上缓缓立起。一天刚刚开始。往下我有好几个必须说话的对象。

58 好像在听火星上美丽运河的故事

我给秋川笙子打电话,时针已转过上午九点半,在世间几乎所有人都已开始日常生活的时刻。但没人接电话。几次呼叫后,切换为录音电话:现在无法接电话,有事请在嘀一声后留下信息……我没留信息。估计她正忙于处理有关侄女突然失踪和返回的种种事情。隔一会又打几次,都没人拿起听筒。

接下去我打算给柚打电话。但我不想在她上班时间打去公司,转念作罢。还是等到午休好了。倘若顺利,也许能聊上几句,又不是必须长篇大论的要紧事。具体说来无非是说近期想见一面,问她能见吗。回答 Yes 或 No 足矣。若是 Yes,决定日期、时刻和场所。倘为 No,一曲终了。

之后——尽管很不情愿——给雨田政彦打电话。政彦当即接起。听得我的语声,他对着听筒深深、深深一声叹息。"那么说,现在在家?"

在家,我说。

"稍后打过去可以?"

我说可以。十五分钟后电话打了过来,似乎是在楼顶平台或哪里用手机打的。

"到底一直在哪里来着?"他以少有的严厉声音说,"什么也没说就从护理机构房间一下子没影了,去哪里也不知道。我可是特意跑去小田原家看来着!"

"做了件对不起的事。"我说。

"什么时候回来的?"

"昨天傍晚。"

"从星期六下午到星期二傍晚,到底在哪里游逛了?"

"实不相瞒,那时间里在哪里干什么了,记忆荡然无存。"我说谎道。

"你是说什么都不记得,而一回神就回到自己家了?"

"正是。"

"莫名其妙。那可是一本正经说的?"

"此外无法解释。"

"可那玩意儿在我耳里多少像是谎言。"

"电影啦小说里不是常有的吗?"

"饶了我吧!在电视上看电影和电视剧什么的,一说到记忆丧失,我就马上关掉——剧本写得也太马虎了!"

"记忆丧失,希区柯克也采用过的。"

"《爱德华大夫》(*Spellbound*)?那东西在希区柯克电影里是二流货色。"政彦说,"那么真事是怎么回事?"

"发生了什么,眼下自己也不清楚,许多支离破碎的东西没办法完好拼接起来。再等等,记忆也可能一点点失而复得。届时我想是可以解释清楚的。但现在不成。对不起,请再稍微等等!"

政彦思考片刻,无奈地说道:"明白了。眼下权作记忆丧失好了。不过毒品啦酒精啦精神疾患啦品行不端的女人啦外星人绑架啦那类东西不包括在里边吧?"

"不包括。有违法律和社会伦理的事也不包括。"

"社会伦理什么的无所谓。"政彦说,"但有一点见告可好?"

"哪一点呢?"

"星期六下午你是怎么脱离伊豆高原那家机构的?那里出入警

戒严着呢！毕竟入住者有不少名人，对个人信息外泄十分警惕。入口处有传达接待人员，保安公司的保安员二十四小时监视大门，监控摄像头也在运行。可你居然在光天化日之下没被任何人发现，监控摄像头也什么都没拍摄到的情况下从那里陡然一溜了之。怎么回事？"

"有条隐秘通道。"我说。

"隐秘通道？"

"能够神不知鬼不觉溜出去的通道。"

"可你是怎么知道有那玩意儿的？去那里不都是第一次的吗？"

"你父亲告诉的。或许应该说是暗示的。反正是间接性的。"

"父亲？"政彦说，"不晓得你说的意思。父亲的脑袋眼下几乎跟煮熟的花椰菜没什么两样！"

"这也是说不清楚的一点。"

"没办法啊！"政彦叹口气说，"对方若是一般人，我肯定气恼：喂，开什么玩笑！但因为是你，好像只能算了。一句话，一个要画一辈子油画的混小子，笔走偏锋之流！"

"谢谢！"我表示感谢。"对了，你父亲情况怎样？"

"星期六接完电话回房间一看，你无影无踪，父亲昏昏沉沉，没有醒的动静，呼吸也微乎其微。我到底惶恐起来。到底发生了什么？我倒不认为你会做什么，但毕竟是那种地方，被那么认为也是奈何不得的。"

"我觉得很对不起。"我说。这是我的真实心情。而与此同时又不由得舒了口气：被刺杀的骑士团长的尸体和地板上的血泊没有留下。

"理应觉得对不起。这样，我就在附近一家小旅馆订了房间陪护。后来好像呼吸也稳定了，病情好歹有所好转，我才在第二天下午返回东京。工作也成堆了嘛！周末还要去陪护。"

"够受的啊，你也。"

"有什么办法！上次也说了，一个人死去是一场大规模作业。最够受的，不管怎么说都是本人。抱怨不得的。"

"要是有什么能帮忙的就好了。"我说。

"能帮忙的事一件也没有，"政彦说，"只要别添乱子就谢天谢地了……啊，对了对了，回东京途中因为担心你就去那边看看，当时那位免色先生来了，开一辆绝妙银色捷豹的风流倜傥的银发绅士。"

"唔，事后见到免色先生了。他也说你在家，和你说话来着。"

"只是在门口说了几句，倒像是十分有趣的人物。"

"非常有趣的人物。"我小心纠正。

"人是做什么的？"

"什么也没做。钱绰绰有余，用不着工作。好像在网上搞股票和外汇交易。不过据说那终究是出于兴趣，或者兼带经济效益的消磨时间。"

"听起来真是美妙！"政彦佩服地说，"好像在听火星上的美丽运河故事。在那里，火星人一边用黄金桨划船头尖尖细细的小船，一边从耳孔吸蜂蜜烟。光是听都让人心里暖洋洋的……对了，我日前留下的厨刀可找到了？"

"抱歉，没找到。"我说，"不知去了哪里。买把新的还你。"

"不，不必操那个心。想必和你一样，去了哪里弄得个记忆丧失。很快归来的。"

"大概。"我说。那把厨刀没有留在雨田具彦房间。一如骑士团长的尸体和血泊，消失去了什么地方。如政彦所说，有可能很快归来。

交谈就此完了。约好最近再次见面，我们放下电话。

之后我开着满是灰尘的卡罗拉,下山去购物中心购物。走进超市混在附近主妇之间买东西。上午的主妇们表情都好像不怎么开心。估计她们的生活没有发生富有刺激性的故事。在隐喻国度坐船过河那样的事大概也没有。

肉、鱼、青菜、牛奶、豆腐,只管把眼睛看到的一个接一个扔进购物车中。然后在收银台前排队付款。因为告以自带购物袋不要塑料袋而省了五日元。而后顺路去廉价酒专门店,买了一箱二十四罐札幌罐装啤酒。回家整理好买来的东西放进电冰箱。该冷冻的包上保鲜膜冷冻了。啤酒先冰镇六罐。接着用大锅烧开水,焯芦笋和西兰花做沙拉用。煮蛋也准备了几个。总之如此这般还算顺利地把时间打发掉了。时间还多少有剩,也考虑学兔色洗车,但想到洗了反正也马上就满是灰尘,兴趣顿时消失。还是继续站在厨房煮青菜有益。

时针略略转过十二点时,我给柚工作的建筑事务所打电话。本来打算稍微过几天等心情安稳下来后再和她交谈,但我很想把自己在那黑洞里下的决心尽快告诉她,哪怕快一天也好。否则,说不定有什么会改变我的心情。可是想到这就要和柚说话,也许心理作用,觉得电话听筒分外沉重。电话是声音开朗的年轻女性接起的,我告以自己姓名,我说想和柚说话。

"您是她先生吗?"对方开朗地问。

是的,我说。准确说来应该已经不再是她的丈夫,却又不可能在电话中一一解释这种事。

"请稍候!"

候了相当长时间。但因为没什么事,就倚着厨房操作台耳贴听筒,静等柚出来。一只大乌鸦紧贴窗旁扑棱翅膀横飞过去。鲜艳的漆黑翅膀在阳光下闪烁其辉。

"喂喂！"柚开口了。

我们相互简单寒暄。前不久刚刚离婚的夫妻如何寒暄才好，保持怎样的距离对话合适，我完全心中无数。所以姑且限于尽可能简单的常规性寒暄。还好？还好。你呢？我们说出口的三言两语犹如盛夏的阵雨，转眼之间即被干燥的现实地面吮吸进去。

"想见你一次，好好面对面说各种各样的事。"我一咬牙说道。

"各种各样的事？哪种哪样的事？"柚问道。没有料到她会这么问（为什么没料到呢？），我一时语塞。各种各样的事？到底哪种哪样的事呢？

"具体内容还没有考虑好……"我约略嗫嚅地说道。

"可你是想说各种各样的事的吧？"

"是的。回想起来，还什么都没正经说就成了这个样子。"

她想了一会，说道："跟你说，我怀孕了。见面是不碍事的，可肚子开始鼓胀了，见了可别吃惊。"

"知道的。从政彦那里听说了。政彦说你托他转告我。"

"是那样的。"

"肚子的事我不大明白。但是，如果不添麻烦的话，肯见一次，我会很高兴。"

"等一下可好？"她说。

我等她。她大概拿出手册，翻页查看日程安排。这时间里我努力让自己想起 The Go-Go's① 唱什么歌来着。很难认为乐队有雨田政彦鼓吹的那么出色。或者他是对的，而我的世界观是扭曲的也未可知。

---

① 美国女子摇滚乐队。1978 年成立于美国洛杉矶，作为第一支完全由女性组成的纯原创乐队而被载入史册。首张专辑曾占据 Billboard 专辑排行榜首位长达六周。

"下星期一傍晚空着。"柚说。

我在脑袋里计算。今天星期三。下星期一即星期三的五天之后,是免色将空瓶空罐拿去垃圾收集站的日子,我不用去绘画班上课的日子。无需一一翻阅手册,我没有任何安排进来。不过免色到底以怎样的穿着去倒垃圾呢?

"星期一傍晚我没问题。"我说,"哪里都可以,几点都可以,只要指定时间地点,赶去就是。"

她说出新宿御苑前地铁站附近一家咖啡馆的名字。撩人情思的名字。那家咖啡馆位于她的职场附近,我们还以夫妻一起生活的时候在那里碰头了几次——在她下班后两人要去哪里吃饭的时候。离那里不远有一家不大的牡蛎酒吧,以较为便宜的价格提供新鲜牡蛎。她喜欢一边喝彻底冰镇的沙布利(Chablisien)白葡萄酒,一边洒好多辣根吃小些的牡蛎。那家牡蛎酒吧还在同一场所?

"六点多在那里碰头可以的?"

我说没问题。

"我想应该不至于晚到。"

"晚到也没关系,等就是。"

那好,到时见!她说。然后放下电话。

我静静看了好一会儿手里的听筒。往下我要见柚,见很快要生下其他男人孩子的分手后的妻。见面地点和时间也定了。不存在任何问题。至于自己做的是否正确,我却没有充分的自信。听筒依然让我感觉重得不得了,活像石器时期做的电话听筒。

但是,完全正确的事、完全不正确的事,果真存在于这个世界吗?我们生存的这个世界,降雨或百分之三十,或百分之七十。纵使真实大概也是如此。或百分之三十真实,或百分之七十真实。这点上乌鸦足够开心。对乌鸦们来说,或下雨或不下雨,非此即彼。

百分比那玩意儿从未掠过它们的脑际。

同柚说过话之后,我好一阵子什么也做不成了。我坐在餐厅椅子上,主要看着时针度过了大约一个小时。下星期一我将见柚,并且和她说"各种各样的事"。两人见面是三月以来的第一次。那是三月间一个静悄悄下雨的凉飕飕的星期日午后。而今她已怀孕七个月。这是很大变化。另一方面,我则是一如既往的我。虽然几天前喝了隐喻世界的水,渡过将无与有隔开的河,但我自己也不大清楚自己身上有什么变了还是什么也没变。

随后我拿起听筒再次往秋川笙子家打电话。但还是没人接起,只切换为录音电话。我转念作罢,在客厅沙发弓身坐下。打完几个电话,接下去再没有应该做的事了。时隔许久进画室画画的心情固然有,但想不出画什么好。

我把布鲁斯·斯普林斯汀的《河流》(*The River*)①放在唱机转盘上,歪在沙发上闭目听了一会儿音乐。听完第一张唱片的 A 面,反过来听 B 面。我再次感到布鲁斯·斯普林斯汀的《河流》是应该这样听的音乐。A 面的《独立日》(*Independence Day*)转完,我双手拿唱片反过来,小心翼翼把唱针落在 B 面开头部分。《饥渴的心》(*Hungry Heart*)流淌出来。假如这样的事做不到,那么《河流》这张专辑的价值究竟在哪里呢?若允许我说一下极为私人性意见,那就不是用 CD 连续听的专辑。《橡胶灵魂》(*Rubber Soul*)②也好

---

① 布鲁斯·斯普林斯汀于 1980 年 10 月 17 日发行的第 5 张专辑,内含 2 张唱片。
② 英国摇滚乐队披头士的第 6 张录音室专辑,发行于 1965 年 12 月 3 日。这张专辑象征着披头士乐队的成熟,被认为是乐队在音乐艺术上的一次转折点和飞跃。

《宠物之声》（*Pet Sounds*）①也好也都同样。听优秀音乐，自有应听的样式、应听的姿势。

不管怎样，这专辑中东大街乐队（E Street Band）②的演奏近乎完美无缺，乐队鼓舞歌手，歌手鼓舞乐队。我一时忘记现实中种种样样的烦恼，倾听音乐的每一个细部。

听完第一张 LP 唱片，我提起唱针，心想是不是最好也给免色打个电话。昨天把我从洞中救出以来还没说过话。却不知何故上不来情绪。对于免色我偶尔会产生这样的心情。大体是很有趣的人物，但时不时让人觉得实在懒得见他或和他说话。个中差异相当大。为什么不晓得，反正现在没心绪听他的语声。

我终归没给免色打电话。往后推推吧！一天才刚刚开始。随即把《河流》的第二张 LP 唱片放在转盘上。但当我正躺在沙发上听《凯迪拉克农场》（*Cadillac Ranch*）的时候（"我们大家迟早要在凯迪拉克农场碰头"），电话铃响了。我从唱片上提起唱针，去餐厅接电话。猜想是免色。不料打来电话的是秋川笙子。

"没准今早您几次打来电话，是吧？"她首先这样问道。

我说打了几次电话。"昨天从免色先生那里听说真理惠回来了，心想怎么样了……"

"嗯，真理惠的确平安回家来了，昨天偏午时的事。想告诉您一声，就往府上打了几次电话。您好像不在。于是跟免色先生联系。您去哪里了呢？"

"嗯，有件事无论如何必须处理，就跑出去很远。昨天傍晚刚回来。想打电话，但那地方没电话，我又没有手机。"我说。这倒不

---

① 美国流行乐团"沙滩男孩"发行于 1966 年的一张专辑，被广泛认为是西方流行乐史上最具影响力的专辑之一。
② 美国摇滚乐队，自 1972 年以来一直是著名摇滚歌手布鲁斯·斯普林斯汀的主要伴奏乐队。乐队于 2014 年入选摇滚名人堂。

是纯属说谎。

"真理惠一个人昨天偏午时分带着浑身泥巴回家来了。幸好没受什么大伤。"

"失踪时间里,她到底在哪里了呢?"

"这还不清楚。"她极力压低嗓音说,简直像怕谁听见似的。"至于发生了什么,真理惠不肯说。因为请求警察搜索了,所以警察也来家里这个那个问那孩子,可她什么也不回答,一味沉默不语。这样,警察也没办法,说等过些时候心情镇定下来后再来问情况。毕竟回到家里了,人身安全得到了保证。反正无论我问也好她父亲问也好都不回答。您也知道,那孩子有顽固的地方。"

"但浑身是泥对吧?"

"嗯,浑身是泥。穿的校服也磨破了,手脚有轻度擦伤什么的。倒不是要去医院治疗那样的伤……"

和我的情形一模一样,我想。浑身是泥,衣服磨破。莫非真理惠也是钻过和我钻过的同样狭小的横洞返回这个世界的?

"一句话也不说?"我问。

"嗯,回到家以后一句话都没出口。别说话语,声都没出一声,简直就像舌头被谁偷走了似的。"

"精神因为什么受了严重打击,以致开不了口或失语了——不会是这种情况?"

"不,我想不是的。相比之下,我感觉好像自己下决心不开口、坚决沉默到底。这种事以前也有过几次,比如因为什么非常生气的时候等等。这孩子,一旦那么下定决心,就横竖贯彻到底。"

"犯罪性什么的没有吧?"我问。"例如给谁绑架啦监禁什么的?"

"那也不清楚,毕竟本人只字不吐。准备等稍微安顿下来后由警察问一下情况。"秋川笙子说,"所以有个冒昧的请求……"

"什么事呢？"

"如果可能，您能见一下真理惠和她说说话吗？只两个人。我觉得那孩子身上好像有只有对您才交心的部分。所以，若是当您的面，有可能把情况说个明白。"

我仍右手握着听筒就此思索。和秋川真理惠两人单独到底怎么说、说到什么地步好呢？全然没有念头浮现出来。我怀有自身谜团，她怀有自身谜团（大概）。把一个谜团和另一个谜团拿来重合在一起，会有某种答案浮现出来吗？但我当然不能不见她。有几件事不能不说。

"好，见面聊聊好了！"我说，"那么，我去哪里拜访呢？"

"不不，像以往那样我们登门拜访。我想还是这样好。当然我是说如果老师您方便的话……"

"方便。"我说，"我这边没什么特殊安排。请随便过来，什么时候都行。"

"现在就过去也不碍事吗？今天暂且让她请假不上学。当然我是说如果真理惠答应去的话……"

"请您转告她：你可以什么也不说，我有几件想说的事。"

"明白了，一定如实转告。给您添了太多的麻烦。"说罢，那位美丽的姑母静静放下电话。

二十分钟后电话铃再次响了。秋川笙子。

"今天下午三点左右登门拜访。"她说，"真理惠也答应了。说是答应，其实也就微微点一下头。"

我说三点恭候。

"谢谢！"她说，"到底发生了什么？往下如何是好？什么都不明白，一筹莫展。"

我也想说同样的话，但没说。那应该不是她所期待的应答。

"我会尽力而为。能不能顺利倒是没有把握。"我说。然后挂断电话。

放下听筒后我悄然环顾四周——看会不会哪里有骑士团长出现。但哪里也没有他的形体。我有些想念骑士团长。想念他那形体,他那别具一格的说话方式。然而我可能再也不会见到他了。我亲手刺穿那颗小小的心脏杀害了他,使用雨田政彦拿来这里的锋利的厨刀,为了把秋川真理惠从哪里解救出来。我必须知道那个场所是哪里!

59 在死把两人分开之前

秋川真理惠到来之前，我再次观看差一点就该完成的她的肖像画，得以在脑海中鲜明地推出完成时将呈现为怎样的画面。然而不可能让画面完成。诚然遗憾，但迫不得已。至于为什么不能画完这幅肖像画，我还无法准确解释，逻辑性推论更是无从谈起。只是单单觉得非那样做不可。不过其缘由总有一天会清楚的。总之我是以含有巨大危险的存在作为对象的，必须时刻注意才行。

而后我出到阳台，坐在躺椅上漫然眼望对面的免色白色豪宅。免除颜色的满头银发的潇洒的免色。"只是在门口说了几句，倒像是个有趣的人物。"政彦说。"非常有趣的人物。"我小心纠正。非常非常有趣的人物，此刻我又一次纠正。

快三点时，看惯了的蓝色丰田普锐斯爬上坡道，在房前以往那个位置停下。引擎关闭，驾驶位车门打开，秋川笙子下来。双膝合拢，身体迅速旋转，优雅有致。稍隔片刻，秋川真理惠从副驾驶位下来，以不耐烦的懒洋洋的动作。早上密布的阴云不知被风吹去了哪里，剩下的是初冬毅然决然的无限蓝天。含带寒凉的山风不规则地摇颤两位女性柔软的秀发。秋川真理惠把落在额前的头发厌恶地用手撩开。

真理惠罕见地穿着半身裙。长度及膝的藏青色毛料裙子。下面是色调发暗的蓝色连裤袜。上身是白衬衫套一件 V 领羊绒衫。毛衣颜色是深葡萄色。鞋是焦褐色乐福鞋。以这副打扮出现的她，看上去像是在上流家庭被小心呵护着长大、极为理所当然的健全而美丽的少女。看不出有离奇古怪的地方。只是，胸部仍几乎不见隆起。

秋川笙子今天下面穿的是浅灰色贴身长裤，仔细擦过的黑色低跟鞋。上面是长些的白色对襟毛衣，腰间系一条皮带。毫不含糊的胸部隆起，即使从对襟毛衣上也显得轮廓分明。手拎一个黑色漆皮小包——女性是总要把什么东西拿在手里的。至于里面装的什么，自是揣度不出。真理惠手上什么也没拿。因为没有平时揣手的裤袋，所以显得有些百无聊赖。

年轻的姑母和少女侄女。固然有年龄之差和成熟程度之别，但哪一位都是美丽女性。我从窗帘空隙观察她们的风姿举止。两人并肩而行，感觉世界多少增加了亮色，好比圣诞节和新年总是联翩而至。

门铃响了，我打开门。秋川笙子向我郑重寒暄。我把两人让到里面。真理惠嘴唇闭成一条直线，依然只字不吐，好像被谁把上下嘴唇缝得结结实实。意志坚强的少女。一旦决定，决不后撤。

我一如往常将两人领进客厅。秋川笙子开始说冗长的道歉话：这次的事添了诸多麻烦……我打断了。没有进行社交性对话的时间余裕。

"如果可以，就让我和真理惠小姐两人单独待一会儿好吗？"我单刀直入，"我想这样好些。大约两小时后请来这里接她。这样没什么的吗？"

"嗯，当然。"年轻的姑母不无困惑地说，"如果小惠觉得没什么，我当然没什么。"

真理惠微乎其微地点了下头，意思是说没什么。

秋川笙子觑一眼小小的银色手表。

"五点前再来这里。那时间里在家里待命，有什么事请打电话。"

有什么事打电话，我说。

秋川笙子好像心里有什么事，手抓黑漆皮小包在那里默然站了一会儿。而后转念似的叹了口气，莞尔一笑，向门口走去，发动普锐斯引擎（声音没听清楚，估计发动了），车消失在坡路那边。这样，剩下来的，只秋川真理惠和我两人。

少女坐在沙发上，嘴唇闭成一条线，一动不动看着自己的膝头。连裤袜包裹的双膝紧紧靠在一起。带褶的白衬衫熨烫得十分整洁。

深深的沉默持续良久。后来我开口道："喂，你什么都不说也可以。如果想沉默，只管沉默就是。所以用不着那么紧张。我一个人说，你只要听着就行。好吗？"

真理惠扬脸看我。但什么也没说。未点头，也没摇头，只是定定看我。脸上没有浮现出任何感情。看她的脸，我觉得仿佛在看大大的白亮亮的冬月。大概她把自己的心一时弄成了月亮——弄成飘浮在空中的坚硬的岩石块体。

"首先有件事要你帮忙。"我说，"来画室可好？"

我从椅子立起走进画室，俄顷，少女也从沙发起身跟我进来。画室中凉瓦瓦的。我首先打开石油炉。拉开窗帘，但见明亮的午后阳光把山坡照得焕然在目。画架上放着尚未画好的她的肖像画。几近完成。真理惠一闪瞥一眼画，随即像看见不该看的东西，立刻移开视线。

我在地板上弯腰弓身，剥开包着雨田具彦《刺杀骑士团长》的布，把画挂在墙上。然后让秋川真理惠坐在木凳上，从正面直视画幅。

"这幅画以前看过吧？"

真理惠略略点头。

"这幅画的名字叫'刺杀骑士团长'，至少包装纸上的标签是这样写的。雨田具彦先生画的画。什么时候画的不知道，但艺术性极高。构图超群绝伦，技法炉火纯青。尤其是一个个人物的画法活灵活现，有很强的感染力。"

说到这里，我略一停顿，等待我的话在真理惠的意识上落下脚来。而后继续下文。

"可是这幅画过去一直藏在这座房子的阁楼里，用纸包着以免别人看见。想必因为年长日久，上面落满了灰尘。但我碰巧发现了，拿下来放在这里。作者以外见到这幅画的，恐怕只你我两人。你的姑母第一天也应该看见了这幅画，但不知为什么，似乎完全没引起她的兴趣。至于雨田具彦为什么把这画藏在阁楼里，原因不清楚。这么出色的画、在他的作品中也属于杰作行列的作品，为什么故意不给人看呢？"

真理惠一言不发，坐在凳上以认真的眼神静静凝视《刺杀骑士团长》。

我说："而我发现这幅画以后，就像这是什么信号似的，开始不断发生五花八门的事、各种不可思议的事。首先是免色这一人物积极向我接近——就是住在山谷对面的免色先生。你去过他家的吧？"

真理惠微微点头。

"其次，我打开了杂木林小庙后头那个奇特的洞。深更半夜传来铃声，循声找去，结果找到那个洞。或者莫如说，铃声好像是从好多块摞在一起的大石头下传出来的。用手绝不可能把石头挪走。过大，过重。于是免色先生叫来园艺业者，使用重型机械挪开石头。至于免色先生何苦非要特意费这样的麻烦不可，我不太明白，现在也不明白。但反正免色先生费了那么多麻烦和钱款把石堆整个挪开。这么着，那个洞出现了，直径接近两米的圆洞，石块砌得非常细致的圆形石室。那东西是谁为了什么建造的，完全一个谜。当然现在你也知道了那个洞的情况。是吧？"

真理惠点头。

"打开洞，从中出来的就是骑士团长，和这画上的是同一个人。"

我去画前指着那里画的骑士团长形象。真理惠目不转睛地看着，但表情没有变化。

"长相和这一模一样，服装一模一样。只是，身高不出六十厘米，非常矮小。说话方式多少与众不同。不过除了我，别人好像看不见他的模样。他自称是理念，说他被关在那个洞里来着。就是说，是我和免色先生把他从洞中解放出来的。关于理念你可知道什么？"

她摇头。

"所谓理念，总之就是观念。但并不是所有观念都叫理念。例如爱本身恐怕就不是理念。可是促使爱得以成立的无疑是理念，没有理念，爱就不可能存在。但说起这个，话就没完了。老实讲，我也不明白正确的定义那样的东西。反正理念是观念，观念不具形体。纯属抽象的东西。这样，人的眼睛就看不见，因此这个理念就姑且采取这画中的骑士团长形象，即借而用之出现在我的面前。到这里是明白的吧？"

"大体明白。"真理惠第一次开口道，"上次见过那个人。"

"见过？"我吃了一惊，迎面看着真理惠。半天说不出话来。旋即猛然想起骑士团长在伊豆高原疗养所对我说的话：稍前一会儿见过，简短说了几句。

"你见过骑士团长？"

真理惠点头。

"什么时候？在哪儿？"

"在免色的家。"她说。

"他对你说什么了?"

真理惠再度笔直地合拢嘴唇,意思仿佛是现在不想再多说。我放弃从她口中打探什么的念头。

"从这幅画中,此外也出来了好几个人。"我说,"画面左下角那里,有个满腮胡子的面目奇特的男子吧?就这个!"

这么说罢,我指着长面人。

"我暂且把这家伙叫'长面人',反正奇形怪状。大小也是紧缩版,身高七十厘米左右。他也同样从画上钻出来出现在我的面前。他和画上一样顶起盖子打开洞口,把我从那里领进地下王国。话虽这么说,其实是我粗暴地硬让他领我进去的……"

真理惠久久注视长面人长相。但还是什么也没说。

我继续道:"接下去,我步行穿过暗幽幽的地下王国,翻过山丘,渡过湍急的河流,而且碰上了这里这个年轻漂亮的女性。就是她!我按照莫扎特歌剧《唐璜》的角色,称她为唐娜·安娜。个子同样矮小。她把我带进洞窟中的横洞,而且和死去的妹妹一起鼓励和帮助我钻过那里。假如没有她们,我不可能钻过那个横洞,说不定就那样被闷在地下王国出不来了。还有,没准(当然不过是我的推测)唐娜·安娜是年轻的雨田具彦在维也纳留学时候的恋人。差不多七十年前她被作为政治犯处死了。"

真理惠目视画上的唐娜·安娜。真理惠的目光仍如冬日白月缺乏表情。

或者唐娜·安娜是被金环胡蜂蜇死的秋川真理惠的母亲亦未可知。也许是她想保护真理惠。也许唐娜·安娜同时表现为各种各样的形象。但我当然没有说出口。

"另外,这里还有一个男子。"说着,我把面朝里放在地板上的另一幅画正了过来,靠墙立定,没画完的"白色斯巴鲁男子"的肖像画。一般看来,看到的只是仅以三色颜料涂抹的画面。然而那厚厚的颜料后面画有白色斯巴鲁男子的面目。我能看见其面目。但别人看不见。

"这幅画以前也看了吧?"

秋川不声不响地大大点了下头。

"你说这幅画已经完成了,就这样好了。"

真理惠再次点头。

"这里描绘的,或者这里往下必须描绘的,是被称为'白色斯巴鲁男子'的人物。他是我在宫城县一座海滨小镇碰上的,碰上两次。碰得别有意味,神秘兮兮。我不知道他是怎样一个人,名字也不知道。可我当时打定主意:非画他的肖像画不可。主意异常坚定。于是我回想他的样子画了起来,却横竖不能画完。所以就这样涂满颜料放着。"

真理惠的嘴唇依然闭成一条直线。

而后真理惠摇了摇头。

"那人到底可怕。"真理惠说。

"那人?"我追逐她的视线。真理惠盯视我画的《白色斯巴鲁男子》。

"你是说这幅画?这个白色斯巴鲁男子?"

真理惠断然点头。尽管惧怯,但看上去她的视线没有从画上移开。

"你看见那个人的面目了?"

真理惠点头:"看见他在涂抹的颜料里。他站在那里看我,戴着黑帽子。"

我把那幅画从地板上提起,重新背过去。

"你看见了这幅画中的白色斯巴鲁男子,看见一般人可能看不见的存在,"我说,"但最好别再继续看他了。想必你没有必要看他。"

真理惠点头表示同意。

"至于'白色斯巴鲁男子'是不是真的存在于这个世界上，这点在我也不清楚。或者只是谁、是什么一时借用他的形体也不一定，一如理念借用骑士团长的形体。也可能仅仅是我在他身上看见了我自身的投影。不过，在真正的黑暗中，那不纯属投影。那是具有切实触感的活生生的什么。那个世界的人以'双重隐喻'这个名字称呼它。我想迟早完成那幅画。但现在还过早，现在还过于危险。这个世界上，有的东西是不能简单拉到光亮之下的。不过，我或者……"

真理惠什么也不说，一动不动看着我。我没办法顺利说下去。

"……反正在很多人的帮助下，我得以横穿那个地下王国，钻出窄小又黑的横洞，总算回到这个现实世界。而且，大体与此同时，你也平行地从哪里解放出来返回。很难设想这种机缘是单纯的偶然。从星期五开始你在哪里差不多消失了四天。我也从星期六开始三天消失去了哪里。两人都在星期二返回。这两件事肯定在哪里连在一起。而且，骑士团长发挥了不妨说是类似接缝的作用。但他已不在这个世界。他完成任务后去了哪里。往下只能由我和你两人关闭这个环。我说的你肯相信？"

真理惠点头。

"这就是我现在在这里想说的话。为此促成你我两人单独留下来。"

真理惠定定看着我的脸。我说："即使实话实说，我想也不可能让谁理解。恐怕只能被认为脑袋出了问题。毕竟是逻辑讲不通的偏离现实的事。可我想你肯定能接受。而且，既然要说这个，就必须让对方看这幅《刺杀骑士团长》。不然说法就不能成立。不过，作为我，是不想给除你以外的任何人看这幅画的。"

真理惠默默看着我，眸子似乎多少有生命的光闪去而复来。

"这是雨田具彦先生投入精魂画的画，那里聚结着他种种样样的深邃情思。他是流着自己的血、削着自己的肉画这幅画的。恐怕是一生只能画这一次的那一类画。这是他为自己本身、并且为已不在这个世界的人们所画的画。也就是说，是安魂画，是为了净化已然流出的大量鲜血的作品。"

"安魂？"

"为了安顿灵魂、医治创伤的作品。因此，世间无聊的批评和赞赏或者经济报酬，对于他是毫无意义的东西。莫如说是不可以有的东西。这幅画被画出来并且存在于这个世界的某处——仅仅这点就足够了，即使被纸包起来藏在阁楼而不为任何人看见！我想珍惜他的这一心情。"

深重的沉默持续有顷。

"你从很早就常来这一带玩，沿着秘密通道。是吧？"

秋川真理惠点头。

"那时可见过雨田具彦？"

"样子看见过，但没见面说话，只是偷偷躲起来从远处看的，看那位老爷爷画画的样子。毕竟我是擅自侵入这里的。"

我点头。我可以使那光景在眼前历历浮现出来。真理惠躲在树丛阴里悄悄窥看画室，雨田具彦坐在木凳上心无旁骛挥笔不止，可能有谁观看自己这样的念头根本不会掠过他的脑海。

"老师刚才说有希望我帮忙的事。"

"是的是的，有件事希望你帮忙。"我说，"想把这两幅画好好包起来藏进阁楼，以免被人看见。《刺杀骑士团长》和《白色斯巴鲁男子》——我们已经不再需要这两幅画了。如果可能，想请你帮忙做这件事。"

真理惠默默点头。说实话，我不想一个人做这件事。不仅需要别人帮忙做，而且需要一个目击者和见证人，需要一个能够分享秘密的守口如瓶的人。

　　从厨房拿来纸绳和美工刀。我和真理惠两人把《刺杀骑士团长》包得牢牢实实。用原来的褐色牛皮纸仔细包好，扎上纸绳。上面又罩上白布，再从外面扎上绳子。扎得死死的，以免别人轻易打开。《白色斯巴鲁男子》因为颜料还没干好，就简单包一下作罢。而后抱着它们进入客卧的壁橱。我爬上梯凳打开天棚盖（想来，和长面人顶开的方形盖十分相似），上到阁楼。阁楼空气凉瓦瓦的，但凉得莫如说让人惬意。真理惠从下面递画，我接过来。先接过《刺杀骑士团长》，其次接过《白色斯巴鲁男子》，将这两幅画靠墙并立。

　　这时我忽有所觉。发觉阁楼里有的，不仅我一个，还有谁。我不由得屏住呼吸。有谁在这里。但那是猫头鹰，和最初上来时看见的大概是同一只猫头鹰。这只夜鸟在上次那根梁上同样悄然歇息，我凑近也好像不以为意，这也一如上次。

　　"喂，来这里看啊！"我低声招呼下面的真理惠，"给你看极好看的东西。别弄出动静，轻轻上来！"

　　她以疑惑的神情爬上梯凳，从天花板开口处爬上阁楼，我双手把她拉上来。阁楼地板薄薄积了一层白灰，新毛料裙子应该沾脏了，但她满不在乎。我坐在那里，指着猫头鹰蹲着的那根梁叫她看。真理惠跪在我身旁如醉如痴地看那光景。鸟的样子非常动人，俨然长翅膀的猫。

　　"这只猫头鹰是一直住在这里的。"我小声对她说，"夜里去树林找东西吃，到了早上就回到这里休息。那里有个出入口。"

　　我把铁丝网破了的通风孔指给她看。真理惠点头。她浅浅的静静的呼吸声传来我的耳畔。

　　我们就那样一声不响地定定注视猫头鹰。猫头鹰不怎么把我们放在心上，在那里深思熟虑似的静静休息身体。我们在沉默中分享这个家。作为白天活动者和夜间活动者，各享一半这里的意识领域。

真理惠的小手握着我的手，她的头搭在我的肩上。我轻轻回握了一下。我和妹妹路也曾这样一起度过很长时间。我们是要好的兄妹，总是能够自然而然地息息相通，直到死把两人分开。

我得知紧张从真理惠身上退去。她体内拘板僵挺的东西一点点松缓下来。我抚摸她搭在我肩上的头。流线型柔软的秀发。手碰到她脸颊时，知道她正在落泪，如同心脏溢出的血一样温暖的泪。我以那样的姿势抱了她一会儿。这个少女是需要流泪的。但她未能顺利哭出，大概很久以前就这样了。我和猫头鹰不声不响地注视她这副样子。

午后的阳光从铁丝网破了口的通风孔斜射进来。我们的周围唯有静默和白色灰尘。仿佛从远古运送来的静默和尘埃。风声也听不见。猫头鹰在梁上于无言中保持森林的睿智。那睿智也是从遥远的古代继承下来的。

秋川真理惠久久吞声哭泣。能从身体细微的震颤得知她哭泣不止。我温柔地不断抚摸她的头发，仿佛在时间的长河中逆流而上。

60　如果那个人有相当长的手

"我在免色家来着，这四天一直。"秋川真理惠说。流过一阵子泪，她终于能开口了。

我和她在画室里。真理惠坐在绘画用的圆凳上，裙裾探出的双膝紧紧合拢。我靠窗框站着。她的腿非常漂亮，即使从厚连裤袜上面也看得出来。再长大一些，那双腿想必要吸引许多男人的视线。届时胸也会在某种程度上鼓胀起来。但眼下，她还不过是在人生入口徘徊的一个情绪不稳定的少女。

"在免色先生家？"我问，"不大明白啊，多少详细说说可好？"

"我去免色家，是因为我必须多了解他一些。不说别的，那个人为什么每天晚上用双筒望远镜窥看我家呢？想知道缘由。我想他正是为了这个买的那座大房子，为了看山谷对面的我们家。可为什么非这样做不可呢？我怎么也理解不了。毕竟实在太不一般了！那里应该有什么很深的缘由，我想。"

"所以去免色家访问了？"

真理惠摇头："不是去访问，是溜进去的，偷偷地。可是出不来了。"

"溜进去的？"

"是的，像小偷那样。本来没有那样做的打算。"

星期五上午的课上完后，她从后门溜出学校。如果早上不打招呼就不上学，学校马上就跟家里联系。但若午休后偷偷溜出来不上下午课，就不会往家里打电话。什么原因不知道，反正就是这样一种状况。因为以前一次也没这么做过，所以即使事后老师提醒，也总可以搪塞过去。她乘大巴回到家附近，但没有回家，而是爬上自己家对面的山，来到免色家跟前。

真理惠原本没有悄悄潜入这座豪宅的打算，那样的念头即使稍纵即逝也未从脑海掠过。话虽这么说，但也没打算按门铃正式申请会面——没有任何计划。她只是像铁皮被强力磁石吸引一样被这白色豪宅吸引了过去。即使从院墙外往里看，也不可能解开关于免色的谜。这点心知肚明。可是她无论如何也抑制不住好奇心，脚自行往那边拐了过去。

到房前要爬相当长的坡路。回头看去，山与山之间的海面碧波粼粼，炫目耀眼。房子四边围着很高的院墙，入口有电动式坚不可摧的大门，两侧安有防盗用监控摄像头。门柱上贴有保安公司的警示标志。轻易近前不得。她藏在大门附近的树丛里，查看一会儿情况。但房子里也好周围也好完全不见动静。没有人出入，里面也没有什么声响传出。

她在那里空落落消磨了三十分钟时间，正想放弃往回走时，一辆客货两用车缓缓爬上坡来——送货公司的小型运输车。车在门前停下，门开了，手拿写字夹板一身制服的年轻男子从中下来。他走到门前按门柱上的铃，用对讲机同里面一个人简短讲了几句。少时，大木门慢慢朝里侧打开，男子赶紧上车，开车进入门内。

没有细想的余地。车刚一进去，她当即跳出树丛，以最快速度跑进正在关闭的大门。虽是极限时机，但好歹在门关闭前顺利跑了进去。有可能被监控摄像头摄入，不过没有被当场盘问。相比之下，她更怕狗。院内说不定放养看家狗。往里跑时这点想都没想。进院关门后，她才猛然想到。这么大的房子，院子里放养道伯曼犬或德国狼狗也没什么奇怪。若有大型狗，那可麻烦透了。她对付不了狗。但庆幸的是狗没来,叫声也没听到。上次来这里时也好像没有提到狗。

她躲在院内灌木丛里四下查看。喉咙深处干得沙沙作响。我像小偷一样潜入这户人家。侵入私宅——我无疑在做违法的事。摄像头的图像势必成为确凿证据。

自己采取的行动是否合适？事到现在已经没了自信。瞧见送货公司的车驶入门内,她几乎条件反射地奔了进去。至于那将带来怎样的后果,根本没有一一考虑的余地。机不可失,只此一个机会——她是怀此一念瞬时发起行动的。比之条分缕析,身体抢先而动。却不知何故,没有涌起悔意。

在灌木丛躲了不久,送货公司的客货两用车沿坡道爬来。门扇重新缓缓朝里打开,车驶到外面。若要退出,唯有此时——在门尚未彻底关闭之间一冲而出。那样,就可以返回原来的安全世界,不会成为犯罪者。然而她没那样做。她只管躲在灌木阴里,静静咬着嘴唇从院内注视门扇缓缓关合。

此后等了十分钟。她用手腕上戴的卡西欧小号 G-SHOCK 准确计测十分钟,然后从灌木丛背后里出来。为了不让摄像头轻易摄取,她弓腰缩背,快步走下通往房门口的徐缓的坡路。时间到了两点半。

被免色看见时如何是好呢？她就此思索。不过,果真那样,她也有总可以设法当场敷衍过去的自信。免色对她似乎抱有某种深度关心（或类似关心的情感）。自己一个人来这里玩,正巧门开了,就直接进来了——一定要有游戏感。只要做出淘气孩子的表情这么一说,免色必信无疑。那个人是想相信什么的,应该对我所说的照信不误。她所不能判断的,是那种"深度关心"是如何得以形成的——那对于她是善的还是恶的。

走下拐弯后的坡路时,房门出现了。门旁有铃。当然不能按铃。她绕了个大弯子躲开门前圆形停车廊，一边在这里那里的树下和灌木丛里隐蔽身体，一边沿着房子混凝土山墙顺时针方向前行。房门旁有可以停两辆车的车库。车库卷闸门落着。再前行几步，距主房不远的地方有一座民舍样别致的建筑，似乎是独立的客人用房。其对面有网球场。见到带网球场的人家对她是第一次。免色在这里到底和谁打网球呢？不过看上去这网球场好像很久没有使用了。没有拉网，红沙土上有很多落叶，划出的白线也完全褪色了。

房子朝山一侧的窗口不大，全都严严实实落着百叶窗。所以没办法从窗口窥看房子里面。里面依然不闻任何声响。狗的叫声也听不到。唯独偶尔传来高树枝头鸟的鸣啭。前行片刻，房子后面另有一座车库，也是可容两辆车的面积。看样子是后来增建的，以便保管更多车辆。

房子后头是利用山坡修建的足够大的日本风格庭园。有台阶，配有大块石头，步行道在其间如穿针引线一样连绵不断。杜鹃花丛同样修剪得整齐美观，色调明亮的松树在头顶伸过枝桠。前面还个凉亭样的东西。凉亭里放着活动靠背椅式的躺椅，以便在那里休息看书。也摆着咖啡桌。点点处处有石灯笼，有庭园灯。

真理惠随后绕房一周来到山谷这边。房子朝山谷一侧是宽大的阳台。上次来这里时她上了阳台。免色从那里观察她家。站在阳台的一瞬间她就明白了——可以真切感受那种迹象。

真理惠凝眸往自己家那边望去。她家就在一谷之隔的对面——往空中伸出手（假如那人有相当长的手的话），几乎可以触及。从这边看去，她家无遮无拦，一览无余。她家盖房子时，山谷这一侧还一座房子也没有。建筑规章多少放松而山谷这边开始建房是相当晚近的事（话虽这么说，可也是十多年前的事了）。所以，她住的房子完全没有考虑防备山谷这边的视线，几近全方位开放。倘若使用高性能望远镜、双筒望远镜，那么房内情况想必历历在目。即使她的房间窗口，只要有意，也会看得相当清楚。她当然是谨小慎微的少女。所以换衣服等时候一定注意拉上窗帘。但不能说完全没有疏忽。免色迄今看到的究竟是怎样的场景呢？

她沿着斜坡石阶往下走。下到有书房的下一阶时，那阶的窗口全都紧紧落着百叶窗，里面无法窥看。所以她下到更下面的一阶。这阶面对的主要是杂物间。有洗衣房，有熨衣服用的房间，有大约是住家用人用的房间。另一侧是相当大的健身房，排列着五六台锻炼肌肉的器械。这里和网球场不同，看上去利用得相当频繁。哪一台都擦得干干净净，像上了油似的。还吊着拳击用的大沙袋。从这一阶侧面这边看去，似乎不像其余台阶的侧面警戒得那么森严。许多窗口都没拉窗帘，从外面可以整个看见里面。尽管如此，所有的门和玻璃窗都从内侧牢牢锁着，无法进入。门上同样贴着保安公司的警示标志——目的在于让小偷死心塌地。硬要开门，保安公司就会收到警报。

房子相当大。这么大的空间孤零零只一个人住，她实在难以置信。此人的生活必定孤独无疑。房子用钢筋混凝土建造得牢不可破，使用所有装置严加封锁。大型犬诚然没有看见（或者不太喜欢狗也有可能），但为防止入侵使用了大凡能搞到的所有防护手段。

那么，往下怎么办呢？她完全心中无数。家中无法进入，又不能出到院外。免色此时此刻肯定在家——他按开关开门，收取送货上门的物品。除他以外没有住在这房子里的人。除了每星期上门一次的专业保洁人员，原则上家中无他人进入。上次来此访问时免色这么说过。

既然没进入屋内的手段，就需要物色此外藏身的场所。在房子四周转来转去，说不定什么时候被他发现。东瞧西找时间里，发现房后庭园角落有个用于存放物资的小屋样的房子。门没有上锁，里面放有庭园里干活用的器具和软管，堆着一袋袋肥料。她走了进去，在肥料袋上弓身坐下。场所当然谈不上多么舒心惬意，但只要老实待在这里，就不至于被摄像头摄进去，也不至于有人来这里查看情况。如此过程中肯定有什么动静，只有静待时机。

尽管处境进退不得，然而莫如说她切身感受到一种健康的激情。这天早上淋浴后裸体站在镜前，发觉乳房约略鼓出了一点点。估计这点也多少引发了激情。当然这也许纯属错觉——渴望那样的心情导致的自作多情亦未可知。不过，即使从各种角度相当公平地审视，即使用手触摸，她也还是感觉那里生出迄今未有过的柔软的隆起。乳头还很小很小（同令人想到橄榄核的姑母的无法相比），但那里荡漾着类似萌芽的征兆。

她一边琢磨胸部小小的隆起，一边在这物资小屋里消磨时间。她在脑海中想象那隆起日新月异的状态——有一对丰满隆起的乳房的日子该会是怎样一种心情呢？她想象自己戴上姑母戴的那种地地道道的乳罩时的情形。不过那还是相当久远的事情吧！毕竟月经今春才刚刚开始。

她感到有点儿口渴，但还能忍耐一会儿。她觑一眼厚墩墩的手表。G-SHOCK 指在刚过 3:05 的位置。今天是周五，绘画班上课的日子，而她一开始就没打算去。装有画材的包也没带。不过，倘若晚饭前不能赶回家，姑母肯定要担心的。要考虑事后相应辩解才行。

可能多少睡了一会儿。在这样的场所、这种状况下自己居然能睡过去——尽管时间很短很短——对此她怎么都不能相信。大概是在不知不觉之间睡过去的。很短，也就十分钟或十五分钟吧。没准更短。可是睡得相当深。猛然睁眼醒来时，意识已被割断。自己此刻在哪里？正在做什么？一时浑浑噩噩。那时自己好像做了个乱七八糟的梦，梦涉及丰满的乳房和奶油巧克力。口中满是口水。而后她陡然想起：自己溜进免色家，正在院中物资小屋里藏身不动。

是什么声响把她惊醒的。那是持续性机械声响。准确些说来，是正在开车库门的声响。门旁车库的卷闸门咣啷咣啷卷了上去。估计免色要开车去哪里。她赶紧走出物资小屋，蹑手蹑脚向房前走去。卷闸完全卷了上去，马达停了。接着响起车的引擎声，银色捷豹首先把鼻子缓缓探了出来。驾驶位上坐着免色。驾驶席位窗玻璃落了下来，雪白的头发在午后阳光下熠熠生辉。真理惠从灌木丛阴里打量免色的样子。

假如免色往右边灌木丛转过脸，说不定一闪瞥见躲在那里的真理惠——灌木丛过小，不足以充分遮掩身体。但免色一直脸朝正前方。他手握方向盘，显出正认真思索什么的神情。捷豹直接向前行驶，拐过车道的拐角不见了。车库的金属卷闸门通过遥控操作开始缓缓下落。她从灌木丛阴里一跃而出，让身体迅速滑进几乎关合的卷闸空隙，像电影《夺宝奇兵》（*Raiders of the Lost Ark*）里印第安纳·琼斯（Indiana Jones）做的那样。而且是瞬间条件反射式行动。钻进车库，肯定能从那里进入里面——这种类似灵机一动的能力她是具备的。车库的传感器感到了什么，略一迟疑，但卷闸重新开始下落，很快落得严丝合缝。

车库中还放着一辆车。带有米色车篷式样潇洒的深蓝色跑车，日前姑母看得出神的车。她对车没有兴致，当时几乎不屑一顾。鼻子长得出奇，同样带有捷豹标志。价格昂贵这点，即使不具有汽车知识的真理惠也不难想象。恐怕又是件宝贝。

车库尽头有通往住房的门。战战兢兢一拧门拉手，得知门没锁。她舒了口气。至少白天从车库通往住房的门是不锁的。不过免色毕竟是小心慎重之人，所以她没有期待到这个程度。想必他有什么要紧事要思考的吧。只能说自己幸运。

她从门口把脚迈进住房里面。鞋怎么办？迟疑之余，最后决定脱下拿在手中。不能留在这里。房内静悄悄没有一点声息，似乎所有什物都大气不敢出。她确信：在免色去了哪里的现在，这个家中没有任何人。此刻这座房子里有的仅我一个。往下一段时间，去哪里、做什么都是我的自由。

上次来这里时，免色领她大致看了家中情形。当时的事清楚记得。房子的结构大体装在脑袋里。她首先去了占一楼大半的大客厅。从那里可以上到宽大的阳台。阳台带有大大的玻璃拉门。拉不拉开这玻璃门呢？她犹豫了一阵子。免色离开时说不定按下报警装置开关。果真如此，拉开玻璃门那一瞬间铃就会响起。保安公司的报警灯随之闪烁，公司首先往这里打电话确认情况。届时就必须把密码告诉对方。真理惠手拎黑色乐福鞋犹豫不决。

不过免色未必按下报警装置开关——真理惠得出这样的结论。既然车库里面的门没锁，那么不至于想出远门，不外乎去附近购物了。真理惠一咬牙拉下玻璃门的保险锁，从里面打开。姑且等候片刻。铃没响，保安公司的电话也没打来。她如释重负（万一保安公司的人开车赶来，那可就不是开句玩笑能了结的），走上阳台。把鞋放在地上，取出套在塑料罩子里的大型双筒望远镜。双筒望远镜在她手里过大，于是把阳台栏杆当作台架试了试，但不如意。四下环顾，发现仿佛双筒望远镜专用架样的东西靠墙立着。类似照相机三脚架，颜色是和双筒望远镜同样的模模糊糊的橄榄绿，可以把双筒望远镜用螺丝固定在那上面。她把双筒望远镜固定在那个专用架上，坐在旁边金属矮凳上，从那里往双筒望远镜里窥看，于是得以轻松确保视野。从对面看不见这边的人影。想必免色总是这样观望山谷对面。

她家内部的情形清晰得令人吃惊。通过镜头看去，视野中的所有光景都比实况更加鲜明、更加逼真地赫然浮现出来。双筒望远镜想必具备使之成为可能的特殊光学功能。面对山谷的几个房间因为没拉窗帘,包括细部在内,看上去一切都那般真切。甚至茶几上放的花瓶和杂志都了然在目。现在姑母应该在家。但哪里也没有她的身影。

从隔着较远距离的地方细看自家内部,感觉很有些不可思议。心情简直就像自己已经死了过去(缘由不清楚,回过神时,不觉之间成了死者中的一员),从那个世界观望自己曾经住过的房子。尽管那是长期属于自己的场所,但已没有自己的住处。本来是再熟悉不过的亲密场所,却已失去重返那里的可能性——便是这样一种奇妙的乖离感。

接下去她看自己的房间。房间窗口面对这边,但拉着窗帘,拉得严严实实。看惯了的带花纹的橙色窗帘。橙色已经晒得褪了不少。窗帘里面看不见。但若到了晚上打开灯,里面的人影或许看得影影绰绰。而究竟能看到什么程度,晚间不实际来这里用双筒望远镜看看是不晓得的。真理惠缓缓旋转双筒望远镜。姑母应该在家中哪个地方,然而哪里也找不见她。可能在里面的厨房准备晚饭。或者在自己房间休息也不一定。总之家中那一部分从这边看不见。

我想马上返回那个家。这样的心情在她身上一发不可遏止。她想返回那里坐在早已坐惯了的餐厅椅子上,用平时用的茶杯喝热红茶,想呆呆看着姑母站在厨房里做饭的情景——如果可能,那该是多么美妙啊!她这样想道。自己居然有一天怀念那个家,迄今为止哪怕作为一闪之念都不曾有过。她一向认为自己的家空空荡荡、丑陋不堪。在那样的家里生活简直忍无可忍。恨不得马上长大离开家,一个人住在适合自己口味的居室里。不料此时此刻从隔一道山谷的对面通过双筒望远镜鲜明的镜头观望自家内部,想回那个家的愿望竟是这般迫不及待。不管怎么说那都是我的场所,是保护我的场所。

这时,类似嗡嗡轻叫的声音在耳畔响起。她把眼睛从双筒望远镜离开。随即看见什么黑东西在空中飞舞。蜂！长形大蜂，大概是金环胡蜂。把她母亲蜇死的攻击性野蜂，有非常锐利的针。真理吓得慌忙跑进房间，紧紧关上玻璃门，锁上。金环胡蜂往下也像是要牵制她似的在玻璃门外盘旋了一阵子，甚至撞了几次玻璃。后来勉强作罢飞去了哪里。真理惠终于放下心来。呼吸仍然急促，胸口怦怦直跳。金环胡蜂是她在这个世界上最怕的东西之一。金环胡蜂是何等可怕，她从父亲那里听了好多次，图鉴上也确认好多次它的形体。不知不觉之间她也开始怀有一种恐惧——说不定自己和母亲同样迟早被金环胡蜂蜇死。自己有可能从母亲身上承袭了同样对蜂毒过敏的体质。即使迟早总有一死，那也应该是很久很久以后的事才对。拥有丰满的乳房和坚挺的乳头是怎么一回事——哪怕一次也好，她想体味那种心情。而若在那之前给蜂蜇死，无论如何也太惨了。

看来暂且不要到外面去为好，真理惠心想。凶狠的野蜂肯定还在这周围盘旋。而且好像已经把她锁定为个人目标。于是她放弃外出念头，决定更仔细地把房子里面查看一遍。

她首先在大客厅里看了一圈。这个房间同上次看时差不多毫无二致。大大的施坦威大钢琴。钢琴上面摆着几本乐谱。巴赫的创意曲、莫扎特的奏鸣曲、肖邦的小品之类。技法上好像不是多有难度的乐曲。不过能弹到这个程度还是相当了得的。这点事儿真理惠也晓得。以前她也学过钢琴（长进不很大。因为比之钢琴更为绘画所吸引）。

带有大理石台面的咖啡桌上摆着几本书。没看完的书。书页间夹着书签。哲学书一本、历史书一本，另有小说两本（其中一本是英语书）。哪本的书名她都不曾见过，作者名字也不曾听过。轻轻翻动书页，都不是能引起她兴趣的内容。这家的主人阅读晦涩书籍、爱好古典音乐。而且抽时间使用高性能双筒望远镜偷偷窥看山谷对面的她家。

他单单是个变态不成？还是其中有某种说得通的理由或目的什么的呢？他对姑母有兴趣？还是对我？抑或双方（那种事情是可能的吗）？

其次，她决定查验楼下房间。下楼先去他的书房。书房里挂有他的肖像画。真理惠站在房间正中，看画看了好一会儿。画上次也看过（为了看这幅画而来这里的）。但重新细看，她渐渐感觉免色就好像实际在这房间里。于是她不再看画，眼睛尽可能不往那边看，转而检查他桌子上的每一件东西。有"苹果"高性能台式电脑，但她没开。她知道肯定层层设防，自己不可能突破。桌面此外没放很多东西。有每日一翻的日程表，但上面几乎什么也没写，只是点点处处标有莫名其妙的记号和数字。估计真正的日程被输入电脑，为几种电器所共有。无需说，应被周密施以保险措施。免色是异常谨慎的人物，绝不至于轻易留下痕迹。

此外，桌面上放的只有哪里的书房桌子上都有的普普通通的文具——铅笔哪一支都几乎是同样长度，头上尖尖的，甚是好看。回形针按规格分得很细。纯白便笺静等被写上什么。数字坐钟分秒不差地记录时间。总之一切都近乎恐怖地井然有序。假如不是人工精巧制作的人，真理惠心想，免色这个人笃定有某种不正常的地方。

桌子抽屉当然全部上锁。理所当然。他不可能不锁抽屉。除此之外，书房里没有什么值得看的东西。齐刷刷排列着书的书架也好，CD架也好，看上去极为高档的最新音响装置也好，都几乎没有引起她的注意。那些仅仅显示他的嗜好倾向罢了。无助于了解他这个人，不会同他（大概）怀有的秘密发生关联。

离开书房后，真理惠沿着幽暗的长走廊前行。几个房间开着门，每扇门都没锁。上次到这里来时没能看到那些房间。免色领她们看的，只是一楼客厅、楼下书房、餐厅和厨房（她用了一楼客用卫生间）。真理惠一个接一个打开那些未知房间。第一个是免色的卧室。即所谓主卧室，极大。带有衣帽间和浴室。有大双人床，床整理得非常整齐，上面搭着苏格兰花格床罩。没有住在家里的用人，可能是免色自己整理床铺。果真这样，也没什么可惊讶的。深棕色无花睡衣在枕边叠得中规中矩。卧室墙上挂有几幅小版画，似乎是出自同一作者之手的系列作品。床头也放有没看完的书。此人到处看书，无所不至。窗口面对山谷，但窗口不很大，落着百叶窗。

拉开衣帽间的门，宽敞的空间满满一排衣服。成套西服少，几乎全是夹克和单件头轻便西装，领带数量也不多。想必没多大必要做正式打扮。衬衫无论哪一件都像刚刚从洗衣店返回似的套着塑料衣套。许多皮鞋和运动鞋摆在板架上。稍离开些的地方排列着厚度各所不一的风衣。此人用心收集够品味的衣服，精心保养。直接上服装杂志都可以。衣服数量既不过多，又不太少。一切都适可而止。

衣柜抽屉装满袜子、手帕、内裤、内衣。哪一件都叠得一道皱纹也没有，整理得赏心悦目。收有牛仔裤、Polo衫和运动衫的抽屉也有。有个专门放毛衣的大抽屉，聚集着五颜六色的漂亮毛衣，都是单色。然而，哪一个抽屉都没有任何足以破解免色秘密的物品。所有一切都那么完美整洁，井井有条。地板一尘不染，墙上挂的画一律端端正正。

关于免色，真理惠能明确理解的事实只有一项，那就是"无论如何都不可能和此人一起生活"。普通活人基本不可能做到这个地步。自己的姑母也是相当喜欢拾掇的人，但不可能做得如此完美。

下一个房间似乎是客卧。备有一张整理好的双人床。靠窗有写字桌和写字椅。还有个小电视。不过看情形看不出有客人实际住过的痕迹和氛围。总的说来，像是永远弃置不用的房间。免色这个人大概不怎么欢迎客人。只不过是为了某种非常场合（想象不出那是怎样的场合）而大致确保一间客卧罢了。

相邻房间差不多算是贮藏室。家具一件也没放。铺着绿色地毯的地板上撂着十来个纸壳箱。从重量看，里面装的似乎是书。所贴标签用圆珠笔记着类似记号的字样。而且哪一箱都用胶带封得一丝不苟。真理惠猜想大概是工作方面的文件。这些箱子里说不定藏有什么重大秘密。但那大约是与己无关的他的商务秘密。

哪一个房间都没锁，哪一个房间窗口都朝向山谷，同样严严实实落着百叶窗。在这里寻求灿烂阳光和美好景观的人，眼下似乎一个也没有。房间幽暗，一种被弃置的气味。

第四个房间最让她感兴趣。房间本身并不多么让人兴味盎然。房间里同样几乎没放家具，只有一把餐椅和一张平庸无奇的小木桌。墙壁整个裸露，一幅画也没挂，空空荡荡。无任何装饰性东西，看来是平时不用的空房。可是当她试着拉开衣帽间的门一看，那里排列着女性时装。量不是很大。但一个普通成年女性在这里生活几天所需衣服大体一应俱全。想必有个定期来此居住的女性，是那个人用的常备衣服。她不由得皱起眉头。姑母知道免色有这样的女性吗？

但她马上发觉自己的想法错了。挂在衣架上的一排衣服哪一件都是过去款式。无论连衣裙、半身裙还是衬衫，虽然都是名牌、都很时尚，看上去都甚为昂贵，但当下时代应该没有穿这类衣服的女性。真理惠对时装固然知之不详，不过这个程度的情况她还是明白的。恐怕是自己出生前那个时代流行的衣服。而且哪一件衣服都沾满防虫剂味儿，估计长期挂在这里没动。但想必因为保管得好，看不到虫蚀痕迹。不仅如此，还好像按季节适度加湿除湿，颜色都没变。长裙尺码是5，身高怕是一百五十厘米上下。以半身裙号码看，体型相当曼妙。鞋号是23厘米。

几个抽屉里装有内衣、袜子、睡衣。全都装在塑料袋里以防落灰。她从袋里取出几件内衣看。乳罩号码为65C。真理惠根据罩杯形状想象女子的乳房形状。恐怕比姑母略小（当然乳头形状想象不出）。里面的内衣哪一件都优雅有品位，或者约略朝性感方向倾斜，大约是经济上有余裕的成年女性考虑到同怀有好感的男性有肌肤之亲时的状况而在专卖店购买的高档内衣。细腻的丝绸和蕾丝，都要求温水手洗。不是在院子割草时穿的那种。而且无一不渗透了防虫剂味儿。她小心翼翼叠好，按原样放回塑料袋，关上立柜抽屉。

这些衣服是免色曾经——十五年前或二十年前——亲密交往的女性穿在身上的衣服。这是少女终于得出的结论。因了某种缘故，那位穿5码衣服、23厘米鞋和戴65C乳罩的女性将这些有品位的衣物整套留下而再未归来。可她为什么留下这般奢侈的衣服呢？如果因为什么分手了，那么一般说来是会拿走的。自不待言，真理惠不解其故。不管怎样，免色十分用心保管对方留下的为数不多的衣服，一如莱茵河的女儿们无比小心地守护传说中的黄金。而且，他可能不时来这房间细看这些衣服或拿在手里，按季节更换防虫剂（他不至于委托别人做这件事）。

那位女子如今在哪里做什么呢？可能成了别人的太太。得病或遭遇事故去世了也未可知。但他至今仍在追寻她的面影（真理惠当然不知道那位女性即她本人的母亲。这个我也想不出必须将这一事实告知她的理由。具有告知资格的恐怕唯有免色）。

真理惠陷入沉思。莫非应因此对免色先生怀有好感才是？因了他在漫长岁月中对一个女性持续怀有如此深切的怀念之情？还是应该多少感到惧怵呢？因了他居然如此完好地保管那个女性的衣服？

想到这里时，车库卷闸卷起的声响突然传来耳畔。免色回来了!由于注意力集中在衣服上,未能觉察开门车进来的动静。务必尽快逃离这里。务必躲在哪里一个安全地方。这当口儿她猛然想到一个事实、一个极其重大的事实。旋即惶恐感把她整个擒住。

　　　　·······

　　鞋放在阳台地板上了!双筒望远镜也从罩里拿出就那样安在三脚架上。看见金环胡蜂吓得她什么也顾不得了,只管逃进客厅,一切都原封不动留在那里。如果免色出到阳台看见了(迟早总要看见),马上就会觉察自己不在时有人闯入家中。看见黑色乐福鞋的尺码,一眼即可看出是少女的鞋。免色脑袋好使。想到那是真理惠的鞋无需多少时间。想必他要把家中无一遗漏地转圈搜遍,肯定轻而易举找出藏在这里的自己。

　　没有时间允许自己这就跑去阳台收鞋并把双筒望远镜复原。那样做,途中必同免色撞个满怀。怎么办好?她无计可施。呼吸不畅,心跳加快,四肢不听使唤。

　　车的引擎停息,继而响起卷闸下落的声响。免色很快就会进入家中。到底如何是好?到底怎么办……她的脑袋一片空白,兀自坐在地板上闭起眼睛,双手捂脸。

　　"在此静静不动可也!"有人说。

　　她以为是幻听,但不是幻听。一狠心睁眼一看,眼前有一位身高六十厘米左右的老人。他一屁股坐在矮柜上。花白头发在头顶扎起,身穿古色古香的白色衣裳,腰间佩一把不大的剑。理所当然,一开始她认为是幻觉。由于陷入强烈的惶恐状态,致使自己看见了实际根本不存在的存在。

　　"不,我不是什么幻觉。"老人以低沉而清晰的语声说,"我的名字叫骑士团长,我救你来了。"

61 必须成为有勇气的聪明女孩

"我不是什么幻觉。"骑士团长重复道。"至于我是不是实有其人自是众说纷纭,但反正不是幻觉。而且我是来这里帮助诸君的。难道诸君不是在寻求帮助吗?"

听起来"诸君"指的像是自己,真理惠推测。她点了下头。说话方式诚然相当奇妙,但确如此人所说,自己当然正在寻求帮助。

"现在才去阳台取鞋是不成的。"骑士团长说,"双筒望远镜也死心塌地为好。不过无需担心,我会竭尽全力不让免色到阳台上去,至少在一段时间内。可是,一旦日落天黑,那就无可奈何了。周围黑下来,他势必到阳台上去,用双筒望远镜看山谷对面诸君家情形。那是每天的习惯。在那之前必须把问题化解掉。我说的能够理解吧?"

真理惠只管点头。总还是可以理解的。

"诸君在这衣帽间里躲些时候。"骑士团长说,"屏住呼吸,一动不动。此外别无良策。合适时机到了由我告知。告知前不得离开这里。哪怕再有什么也不得出声。明白?"

真理惠再次点头。我在做梦不成?还是说此人是妖精或什么呢?

"我不是梦,也不是妖精。"骑士团长看透她的心思,"我是所谓理念,本来就不具形体。但若那样,诸君眼睛看不见,势必有所不便,故而暂且取诸骑士团长形体。"

理念、骑士团长……真理惠不出声地在脑袋里重复道。此人能读取我的心理信息。继而她恍然大悟：此人是在雨田具彦家里看到的横长日本画中描绘的人物。他肯定从那画上直接走了下来。正因如此，身体也才小。

骑士团长说："是的是的，我是借用那画上的人物形象。骑士团长——那意味着什么，我也不清不楚。但眼下我被以此名字称呼。在此静静等待。时机到了，我来接你。无需害怕，这里的衣服会保护诸君。"

衣服会保护我？不大理解他说的意思。但这一疑问没有得到回应。下一瞬间，骑士团长就从她面前消失不见了，犹如水蒸气被吸入空中。

真理惠在衣帽间中屏息敛气。按骑士团长的吩咐尽量不动、不出声。免色回来了，进入家中。像是购物回来，传来抱几个纸袋的沙沙声。换穿室内鞋的他轻柔的脚步声从她藏身的房间前面缓缓通过时，她险些窒息。

衣帽间的门是百叶窗式的，向下倾斜的空隙有一点点光线透进来。不是多么亮的光。随着傍晚临近，房间会越来越暗。从百叶门的空隙只能瞧见铺着地毯的地板。衣帽间狭小，充满防虫剂的刺鼻味儿。而且四周被墙围着，根本无处可逃。无处可逃这点比什么都让少女害怕。

时机到了，我来接你。骑士团长说。她只能言听计从静静等待。另外，他还说"衣服会保护诸君"。大概指的是这里的衣服。不知哪里的陌生女性大约在我出生前穿的旧衣服。衣服为什么会保护我的人身安全呢？她伸出手，触摸眼前的花格连衣裙裙裾。粉红色的裙料软软的，指感柔和。她轻轻攥了好一会儿。手碰得衣服，不知为什么，心情好像多少松弛下来。

如果想穿，说不定我也能穿这连衣裙，真理惠思忖。那位女性和我的身高应该差不多少。5码，即使我穿也不奇怪。当然胸部尚未隆起，那个部位要想想办法才行。但若有意，或者因故必须那样，我也能换穿这里的衣服。这么一想，胸口不明所以地怦怦直跳。

时间流逝。房间一点点增加暗度。黄昏一刻刻临近。她觑一眼手表，暗得看不清字。她按下按钮照亮表盘，时近4:30。应是薄暮时分。现在天短得厉害。天黑下来，免色就要到阳台上去，立马就会发觉有谁闯入家中。必须在那之前去阳台处理好鞋和双筒望远镜。

真理惠在心惊肉跳当中等待骑士团长来接自己。然而骑士团长怎么等也不出现。事情未必如愿以偿。免色不一定给他以可乘之机。何况，骑士团长这个人物——抑或理念——具备怎样的实际能力？可以信赖到什么程度？她都心中无数。但现在除了指望骑士团长别无他法。真理惠坐在衣帽间地板上，双手抱膝，从门缝间注视地板铺的地毯，不时伸手轻捏一下连衣裙的底裾，仿佛那对她是不可或缺的救生索。

房间暗度明显增加的时候，走廊再次响起脚步声。仍是缓慢的轻柔脚步声。声音来到她躲藏的房间前面时，陡然停了下来，就好像嗅到了某种气味。少顷，响起开门声。这房间的门！毫无疑问。心脏冻僵，就要停止跳动。是谁（想必是免色。此外这家中不可能有任何人）把脚迈入房间，随手缓缓关门，咔嚓一声。房间里有那个人，百分之百！那个人也和她一样大气不敢出，侧起耳朵，试探动静。她心里明白。他没有开房间的灯，在幽暗的房间中凝眸细看。为什么不开灯呢？一般说来不是要先开灯的吗？她不解其故。

真理惠从百叶门的空隙瞪视地板。若有谁朝这里走近，可以看见其脚尖。还什么也没看见。然而这房间里有人的明显气息。男人的气息。而且那个男人——估计是免色（除了免色，又有谁会在这座房子里面呢）——似乎在幽暗中目不转睛盯视衣帽间的门。他在那里感觉出了什么，感觉出衣帽间里正在发生与平日不同的什么。此人接下去要做的，就是打开这衣帽间的门！舍此不可能有别的选项。这扇门当然没锁，打开无非伸手之劳——只要伸手把拉手往他那边一拉即可。

他的脚步声朝这边走来。汹涌的恐惧感钳住了真理惠全身，腋下冷汗淌成一条线。我是不该来这种地方的，本应乖乖留在家里才是，留在对面山上那个令人想念的自己的家。这里有某种可怕的存在，那是容不得自己随便靠近的。这里有某种意识运行。想必金环胡蜂也是那种意识的一部分。而那个什么此刻即将把手伸向自己。从百叶门空隙已可看见脚尖，那是大约穿着褐色皮革室内鞋的脚。但因为过于黑暗，此外一无所见。

真理惠本能地伸出手，狠命抓紧挂在那里的连衣裙裾。5码花纹连衣裙。她在心中祈愿：救我！请保护我！

来人在对开的衣帽间门前久久伫立，什么声响也没发出，甚至呼吸也听不见。俨然石头雕像凝然不动，只是定定观察情况。沉重的静默和不断加深的黑暗。在地上蜷作一团的她的身体微微颤抖不止。牙齿和牙齿相碰，咯咯低声作响。真理惠闭目合眼，恨不得把耳朵塞住、把念头整个甩去哪里。但没有那样，她感到不能那样做。无论多么恐惧，都不能让恐惧控制自己！不能陷入麻木状态！不能丧失思考！于是，她瞠目侧耳，一边盯视那脚尖，一边扑上去似的紧紧握住粉色连衣裙那柔软的质地。

她坚信衣服会保护自己。这里的衣服是自己的同伴。5码、23厘米、65C的一套衣服会拥揽一样保护我、将我的存在变成透明之物。我不在这里。我不在这里。

不知道过去了多长时间。在这里，时间不是均一的，甚至不是有序的。然而还是像有一定的时间过去了。对方在某一时刻要伸手打开衣帽间的门。真理惠已感觉到了那种明确气息。她已做好心理准备。门一开，男子就会看见她；她也会看见男子。她不知道往下将发生什么，也猜测不出。**这个男子可能不是免色**——这一念头刹那间浮上她的脑际。**那么他是谁？**

但最终男子没有开门。犹豫片刻缩回手，直接从门前离开。为什么他在最后一瞬间转念作罢了呢？真理惠无由得知。大概是有什么制止他那样做。随即，他打开房间门，走到走廊，把门关上。房间重新处于无人状态，毫无疑问。这不是什么计谋。这房间里只有自己一人。她坚信不疑。真理惠终于闭上眼睛，大大呼出全身积存的空气。

心脏仍在刻录急速的律动。警钟已经敲响——小说势必这样表达，尽管她不晓得警钟是怎样的东西。正可谓千钧一发。但有什么最后的最后保护了我。话虽这么说，可这场所实在危机四伏。有谁在这房间中觉出了我的气息，绝对！不能总在这里躲藏下去。这次总算有惊无险，但往下未必一直这样。

她仍在等待。房间愈发黑暗。而她在此静等，只能保持沉默，忍受不安与恐惧。骑士团长绝不至于把她忘掉不管。真理惠相信他的话。或者莫如说除了信赖那个说话方式奇妙的小个子人物，她别无选项。

蓦然回神，骑士团长出现在这里。

"诸君这就离开这里，"骑士团长以耳语般的声音说，"现在正是时候。快，快站起来！"

真理惠犹豫不决，仍瘫坐在地上，没办法顺利直腰立起。一旦离开衣帽间，新的恐惧感就朝她袭来。除此以外的世界说不定有更可怕的事在等待自己。

"免色君现在正在淋浴。"骑士团长说,"如你所见,他是个爱干净的人,在浴室的时间分外长,但也不可能永远待在那里。机会只有此时。快,尽快!"

真理惠拼出所有力气,好歹从地上站起,向外推开衣帽间的门。房间黑暗无人。离开前她回头看了看,目光再次落在那里挂的衣服上。吸入空气,嗅防虫剂的气味。目睹那些衣服,有可能这是最后一次。不知为什么,她觉得那些衣服对于她是那样切近,那样撩人情思。

"快,快点儿!"骑士团长招呼道,"无有多少时间了。出到走廊左拐!"

真理惠挎起挎包,开门来到外面,沿走廊左拐。她跑上楼梯进入客厅,穿过宽敞的地板打开面对阳台的玻璃门。或许金环胡蜂还在附近,也可能因为天空全黑了而停止活动。不,蜂们未必把天黑当一回事。问题是没有时间考虑那么多。一上阳台,她赶紧拧螺丝把双筒望远镜从三脚架上卸下,装入原来的塑料盒。又把三脚架折起按原样靠墙立定。紧张得手指不听使唤,以致花的时间意外地长。而后拾起放在地上的黑色乐福鞋。骑士团长坐在凳上看着她的一举一动。金环胡蜂哪里也没有,真理惠因之舒了口气。

"这回可以了。"骑士团长点头道。"关上玻璃门,进入里面,然后下到走廊,从楼梯往下走两层。"

往下走两层?那一来势必更要进入房子深处。我不是必须逃离这里的吗?

"这就逃离是不成的。"骑士团长看出她的心思,摇着头说,"出口已紧紧关闭,诸君只能在这里面躲一些时候。在这个地方,听我指挥为好。"

真理惠只能相信骑士团长的话。于是离开客厅,蹑手蹑脚沿楼梯往下走两层。

下完楼梯即是地下二层，那里有用人用的房间，隔壁是洗衣房，再隔壁是贮藏室。尽头是排列着运动器材的健身房。骑士团长把用人房指给她看。

"诸君在这个房间藏一阵子。"骑士团长说，"免色基本不至于到这里来。每天要下到这里洗一次衣服、做一次运动，但眼睛不会连用人房都不放过。所以，只要在这里老实待着，一般不会被发现。房间里有洗手间，有电冰箱。贮藏室贮存了足够多的地震应急用矿泉水和食品，不会挨饿。诸君可以在此较为放心地度日。"

度日？真理惠手提乐福鞋吃惊地问道（当然没有出声）。度日？就是说，莫不是我要好几天留在这里？

"固然令人不忍，但诸君不能马上离开这里。"骑士团长摇动小脑袋说，"这里戒备森严，在诸多意义上被牢牢监控——这点我也无能为力。理念被赋予的能力是有限的，遗憾。"

"要留多久呢？"真理惠压低嗓音询问，"得快些回家才行，不然姑母要担心的。很可能以去向不明为由跟警察联系。那一来就非常麻烦。"

骑士团长摇头道："诚然遗憾，但我无可奈何。只能在此静静等待。"

"免色先生是危险人物吗？"

"这是难以解释的问题。"说着，骑士团长显出甚是为难的神情。"免色君本身并不是邪恶的人。相反，不妨说是具有非凡能力的正派人物，身上甚至不难窥见高洁的品格。但与此同时，他心中有个类似特殊空间的场所，而那在结果上具有招引非同寻常的东西、危险的东西的可能性。这会是个问题。"

这意味怎么回事，真理惠当然不能理解。非同寻常的东西？

她问："刚才在衣帽间站着不动的人，是免色先生吗？"

"那既是免色君，同时又不是免色君。"

"免色先生本人觉察到了吗？"

"有可能。"骑士团长说，"有可能。但他对此也奈何不得。"

危险的、非同寻常的东西？或许她所见到的金环胡蜂也是其中一个形式，真理惠想。

"完全正确。金环胡蜂最好多多注意。那毕竟是绝对致命的生物。"骑士团长读出她的心理动向。

"致命？"

"就是说有可能置人于死地。"骑士团长解释，"现在诸君只能老老实实待在这里。马上去外面会很麻烦。"

"致命。"真理惠在心中重复。这个说法有凶多吉少之感。

真理惠打开用人房进去。这里的空间比免色卧室的衣帽间还多少宽敞一些。附带简易厨房，有电冰箱和电炉，有小微波炉，有水龙头和洗碗槽。另有小浴室，有床。床是裸露的，但壁橱里备有毛毯、棉被和枕头。还有能够简单进餐的一套简易桌椅。椅子只一把。面对山谷有个小窗。从窗帘缝隙可以看见整条山谷。

"如果不想被任何人发现，就得在这儿老老实实别动，尽量不要弄出动静。"骑士团长说，"听明白了？"

真理惠点头。

"诸君是有勇气的女孩。"骑士团长说，"有勇无谋的地方并非没有，但反正有勇气。而这基本是正确的。只要待在这里，就必须多多注意，万万不可掉以轻心。这个地方不是一般场所。麻烦家伙在此徘徊。"

"徘徊？"

"意思就是到处走来走去。"

真理惠点头。至于这里如何不是"一般场所"，到底是什么样的麻烦家伙在此徘徊，她很想就此多了解一些，但轻易发问不得。不清不楚的事太多了，不知该从哪里着手。

"我也许不能再来这里了。"骑士团长透露秘密似的说,"往下我有此外必须去的地方,有此外必须做的事情,那是非常重要的事情。因此,虽然抱歉之至,但往下不大可能帮你了。下一步只能以自己的努力设法脱身出去。"

"可是,怎么样才能以我一个人的努力离开这里呢?"

骑士团长眯细眼睛看着真理惠:"好好侧耳倾听,好好凝眸细看,尽最大限度让心变得敏锐起来。此外别无路径。时机到了,诸君自会知晓。噢,现在正当其时。诸君是有勇气的聪明女孩。只要不马虎大意,自然心领神会。"

真理惠点头。我必须是有勇气的聪明女孩。

"打起精神来!"骑士团长鼓励似的说。而后忽然想起,补充一句:"无需担心,诸君的胸部很快就会大起来的。"

"大到 65C 那个程度?"

骑士团长困窘似的摇头:"么么问也没用。我毕竟仅是一介理念而已。对于妇人的内衣尺码不具有丰富知识。反正要比现在大得多这点无有问题。不必担心,时间会解决一切。对于有形之物,时间是伟大的。时间不会总有,但只要有,就会卓有成效。所以,尽管满怀期待就是!"

"谢谢!"真理惠致谢。这无疑是一则好消息。而她是那么需要能给自己带来勇气的消息,哪怕一则也好。

而后,骑士团长倏然消失,仍像水蒸气被吸入空中一样。他从眼前消失后,周围的静默更加深重了。想到可能再也不会见到骑士团长了,不禁有些怅惘。我再也没有可以依赖的了。真理惠躺在没有铺盖的裸板床上,盯视天花板。天花板较低,贴着白色石膏板。正中间有荧光灯。但她当然没有开灯,灯是开不得的。

必须在这里待多久呢?差不多到晚饭时间了。七点半前不回家,姑母想必给绘画班打电话。那一来就要知道我今天没去上课。

想到这点，真理惠胸口作痛。姑母肯定十分担心，思忖我身上到底发生什么了呢？非想办法告诉姑母自己平安无事不可。随后她意识到上衣口袋里有手机，但一直关着。

真理惠从衣袋里掏出手机，按下电源开关。显示屏显出"电池电量不足"字样。电池电量显示完全空白，继而显示屏内容消失。她已有很长时间忘记充电（日常生活中她几乎不需要手机，对这一电子产品不怀有多大的好意和兴趣）。即使电池耗空也没什么奇怪，抱怨不得。

她深叹一口气。至少应不时充电才对，毕竟不知道会有什么事发生。可是到了现在再说这个也没用了。她把断气的手机揣回外衣口袋。而又忽有所觉，重新掏了出来。平时一直拴着的企鹅饰物不见了。那是她用买甜甜圈攒的积分作为赠品领得的，一直作为护身符带着。估计细绳断了。可是到底掉在哪里了呢？她想不起线索。毕竟很少从衣袋掏出手机。

没了小小的护身符，让她感到不安。但想了一会儿作罢。企鹅护身符说不定不小心丢在哪里了。反正有衣帽间的衣服取而代之，作为新护身符帮助了我。还有，那位说话方式奇妙的小个头骑士团长把我领来这里——自己仍被什么小心呵护，别再为那个护身符的不见而想来想去了。

说起她身上此外带的东西，不外乎钱夹、手帕、零币钱包、家门钥匙、剩一半的薄荷口香糖。挎包里装着笔类、本子和几本教科书。有用的东西一样也没找到。

真理惠悄悄走出用人房检查贮藏室中的东西。如骑士团长所说，这里存有足够量的地震应急食品。小田原山间一带地壳比较坚实，震灾应该没有多少。一九二三年关东大地震时尽管小田原市区受灾很严重，但这一带比较轻微（上小学时作为暑假研究课题，她曾调查过关东大地震时小田原周边受灾状况）。问题是，地震发生后很难马上弄到食物和水,尤其在这样的山顶上。于是免色没有懈怠,为此贮存了这两样东西——此人实在小心谨慎。

她从贮藏室取出矿泉水两瓶、椒盐饼干一包,巧克力一板,拿回房间。拿出这点儿数量,想必不会被发觉。哪怕免色再细心,也不至于连矿泉水的数量都一一过数。她所以拿矿泉水过来,是因为想尽可能不用自来水。不知水龙头发出怎样的声响。骑士团长交待说尽量不要弄出动静。务必注意才行。

真理惠进入房间后,把门从里面锁了。当然,无论怎么锁也没用,免色会有这门的钥匙。但多少可以赢得一点时间,至少让人约略宽心。

虽然没有食欲,但她还是试着嚼了几块饼干,喝了水。普普通通的椒盐饼干,普普通通的水。出于慎重确认日期,两样都在保质期内。不要紧,在这里不会挨饿。

外面已经黑尽。真理惠把窗帘拉开一条小缝,往山谷对面看去。那里可以看见自己的家。没有双筒望远镜,房子里面看不见。但看得见几个房间已经开灯了。凝眸细看,人影也好像看得出。那里有姑母。由于我到了平日那个时刻也没回家,她必然心慌意乱。从哪里能打个电话呢?肯定哪里有电话机。"我平安无事,不用担心"——只简短讲这么一句挂断即可。速战速决,免色也不会发觉。但是,无论这个房间里面还是旁边任何地方,都没见到电话机。

夜间能不能趁着黑暗脱离这里呢?在哪里找到梯子,翻墙即是外面。记得在院子里的物资小屋见到折叠梯来着。但她想起骑士团长的话:这里警备森严,在诸多意义上被牢牢监控。而且说"警备森严"时,他应该不仅仅是说保安公司的报警系统。

还是相信骑士团长的话好了,真理惠想道。这里不是一般场所,是很多东西徘徊的地方。我务必小心谨慎,必须有很强的忍耐力，不宜轻举妄动。她决定按骑士团长的吩咐，在这里留一些时候，老老实实查看情况，等待时机到来。

时机到了，诸君自会知晓。现在正当其时。诸君是有勇气的聪明女孩，自然心领神会。

是的，我必须成为有勇气的聪明女孩。而且要好好活下去，要看到胸部变大。

她躺在裸板床上这样思量。周围迅速暗了下来，更深的黑暗即将来临。

62 那带有深奥迷宫般的情趣

时间同她的意绪无关，循其自身原理推移。她在小房间躺在裸板床上，注视时间以蹒跚的脚步在她眼前行进、通过的情形。因为此外无所事事。如果能看什么书就好了，她想。然而手头没书。纵使有，也不能开灯。只好摸黑一动不动。她在贮藏室中发现了手电筒和备用电池，但那也尽可能不用。

不久夜深了，她睡了。在陌生场所睡过去让人不放心。如果可能，很想一直睁眼熬着。但在某个时候实在困得忍无可忍，眼睛再也睁不开了。裸板床毕竟寒凉，于是从壁橱里拽出毛毯和棉被，把自己紧紧包得像瑞士卷一样，闭上眼睛。没有暖气设备，又不能开空调**（这里插入关于时间移行的我个人的注释。免色大概在真理惠沉睡当中离开赶到我这里，住在我家而翌日早晨回去的。因而免色那天夜里没在自己家。家里应该没有人，但真理惠不知道这点）**。

半夜醒来一次去卫生间，但这时也没冲水。白天倒也罢了，在夜深人静时分冲水，被听见声音的可能性大。不用说，免色是个慎之又慎细致入微的人，一点点变化都可能觉察。不能冒这样的危险。

这时看表，时针即将指向凌晨两点。星期六凌晨两点。星期五已经过去。从窗帘缝往隔一条山谷的自己家那边望去，客厅仍灯火通明。由于半夜过了我也没回家，人们——其实家里应只有父亲和姑母——肯定睡不着。真理惠感觉自己做了坏事。甚至对父亲也有愧疚之感（这是极为鲜乎其有的事）。自己不该胡闹到如此地步。原本无此打算，但在兴之所至顺水推舟过程中闹出了这样的后果。

无论多么后悔，不管多么自责，也不可能飞越山谷返回家中。她的身体和乌鸦不同。也不能像骑士团长那样任意消失或出现在哪里。她不过是个被封闭在仍处于发育阶段的身体中、行动自由受到时间和空间严格制约的笨拙存在而已。就连乳房也几乎没有膨胀，宛如没发好的圆面包。

四下漆黑，孤苦伶仃。秋川真理惠当然害怕。同时不能不痛感自己软弱无力，心想若是骑士团长在旁边就好了。自己有很多事想问他，对于提问能否回答固然不知道，但至少能够和谁说说话。他的说话方式作为现代日语的确相当奇妙，而理解大意并无障碍。问题是，骑士团长有可能再也不会出现在她面前了。"往下我有此外必须去的地方，有此外必须做的事情。"——骑士团长告诉她。真理惠为此感到寂寞。

窗外传来夜鸟深沉的叫声。估计是猫头鹰或猫耳鸟。它们埋伏在幽暗的森林中启动智谋。我也必须不甘落后地调动智谋。必须成为有勇气的聪明女孩。然而困意再次袭来，眼睛再也睁不开了。她重新裹起毛毯和棉被，倒在床上闭起眼睛。梦也没做的深度睡眠。又一次醒来时，夜空已慢慢放亮。时针转过六点半。

世界迎来星期六的曙光。

真理惠在用人房里静静送走了星期六一天。作为代用早餐，又嚼了椒盐饼干，吃了几块巧克力，喝了矿泉水。然后走出房间悄悄溜去健身房，从堆积如山的日语版《国家地理》（*National Geographic*）中拿了几册过期的快速返回（免色似乎一边踩单车或踩踏步机一边看这些杂志，到处有汗渍），反复看了好几遍。上面有西伯利亚狼的生息状况、月有圆缺的神奥、爱斯基摩人的生活以及年年缩小的亚马孙热带雨林等方面的报道。真理惠平时根本不看这种报道，但也是因为此外没有东西可看，就熟读这些杂志，读得几乎背了下来。照片也细细看了，险些看出洞洞。

杂志看累了，就不时躺下小睡。然后从窗帘缝隙看山谷对面自己的家。这里有那双筒望远镜就好了，她想，就能详细观察自家的内部，能看见人的活动就好了。她想返回挂着橙色窗帘的自己的房间，想泡进热乎乎的浴缸仔细清洗身体每个地方，换上新衣服，然后同自己养的猫一起钻进温暖的被窝。

上午九点多，传来有谁缓缓下楼走来的声音。穿室内鞋的男人的脚步声。大概是免色。走路方式有特征。她想从门扇锁孔往外看，但门没有锁孔。她身体僵硬，蜷缩在房间角落的地板上一动不动。万一这扇门打开，就无处可逃了。免色不至于窥看这个房间，骑士团长说了。只能相信他的话。可是无需说，谁也不知道会发生什么。毕竟这个世界根本不存在百分之百确定无误的事。她大气不敢出，在脑海里推出衣帽间里的衣服，祈祷什么也别发生。喉咙里干得沙沙作响。

免色似乎把要洗的衣服拎来了。大概每天早上这一时刻洗一天分量的衣服。他把要洗的衣物投进洗衣机，加入洗衣液，转动旋钮设定模式，按下启动开关。熟练的操作。真理惠倾听这一系列声音。那些声音清晰得令人吃惊。随即，洗衣机的滚筒开始缓缓旋转。这些操作完成后，他转去健身房区域，开始用健身器材做运动。洗衣机运转当中做运动似乎是他每天早晨的常规安排。一边做运动一边听古典音乐。安装在天花板的音箱中传来巴洛克风格音乐，或巴赫或亨德尔或维瓦尔第，大体这类音乐。真理惠对古典音乐不很详细，就连巴赫、亨德尔和维瓦尔第都区分不开。

她听着洗衣机的机械声、运动器械发出的有规则的声响、巴赫或亨德尔或维瓦尔第的音乐送走了大约一个小时。心神不定的一个小时。或许免色不至于发觉杂志堆中少了几册《国家地理》以及贮藏室里约略减少了瓶装矿泉水、盒装椒盐饼干和巧克力。毕竟相比于总体数量可谓微乎其微的变化。可是会发生什么，那种事谁都不晓得。马虎不得，不可粗心大意。

不久，洗衣机伴随很大的蜂鸣声停了下来。免色以徐缓的步伐赶来洗衣房，从洗衣机里取出洗完的衣物，转到烘干机，按下开关。烘干机的滚筒开始出声旋转。确认后，免色缓缓爬上楼梯。晨练时间似乎就此终了。接下去大概要花时间淋浴。

真理惠闭上眼睛，放下心来大大舒了口气。一个小时后免色恐怕还要来这里，来取回烘干的衣物。但最危险的时刻已经过去，她觉得。他没有觉察我潜藏在这个房间，没有觉出我的气息。这让她放下心来。

那么，在那衣帽间门前的到底是谁呢？那既是免色君又不是免色君，骑士团长说。那究竟是什么意思呢？她没能吃透他话里的含义。对于我那过于费解。但反正那个谁显然知道她在衣帽间里（或有人在里面）。至少明确感觉出了那种气息。但是，那个谁出于某种理由没能打开衣帽间的门。那究竟是怎样的理由呢？果真是那里一排美丽的过时衣服保护了我？

真想听骑士团长解释得更详细些。可是骑士团长不知去了哪里。能给我以解释的对象哪里都已没有。

这天，星期六一整天，免色好像一步也没出家门。据她所知，没听见车库卷闸响，没听见汽车引擎发动的声响。他来楼下取出烘干的衣物，拿着慢慢上楼。仅此而已。没有人来访这个位于路尽头的山顶之家。无论送货公司还是快递挂号信都没上门。门铃始终闷声不响。电话铃声听得两次。来自远处的微弱声音，但她得以捕入耳中。第一次铃响第二遍、第二次铃响第三遍时听筒被拿起（因此得知免色在家中某处）。市里的垃圾收集车一边播放《安妮·萝莉》一边慢速爬上坡路，继而慢速离去（星期六是普通垃圾收集日）。此外不闻任何声籁，家中大体一片岑寂。

星期六中午过去，下午来到，傍晚临近(**关于时间经过，这里再次加入我的注释：真理惠在那小房间屏息敛气之间，我在伊豆高原的疗养机构的房间里刺杀了骑士团长，抓住从地下探出脸的"长面人"，下到地底世界**)。但她没能找到逃离这里的时机。为了逃离这里，她必须极有耐性地等待"那个时机"，骑士团长告诉她。"时机到了，诸君自会知晓。噢，现在正当其时。"他说。

可是那个时机左等右盼也不来。真理惠渐渐等累了。老老实实等待什么不大适合她的性格。莫非我要永远在这种地方屏息敛气等待下去？

薄暮时分免色开始练钢琴。客厅窗扇好像开了，声音传到她躲藏的场所。大约是莫扎特的奏鸣曲，长调奏鸣曲。记得钢琴上面放着乐谱。他大致弹罢舒缓的乐章，反复练习若干部分。调整指法，直到自己满意。有的部分指法难度大、声音难以均匀发出——他似乎听出来了。莫扎特的奏鸣曲，一般说来大多绝不难弹。但若想弹得得心应手，就往往带有深邃迷宫般的情趣。而免色这个人并不讨厌把脚断然踏入那样的迷宫。真理惠侧耳倾听他在那迷宫中不屈不挠地不断往返的脚步。练琴持续了一个小时。之后传来关闭大钢琴盖的"啪哒"声响。她能够从中听取焦躁意味，但并非多么强烈的焦躁，乃是适度而优雅的焦躁。免色氏即使仅仅一个人（即使本人认为仅仅一个人）在这大房子里，也不会忘记克制。

往下是一如昨日的反复。太阳落了，四周黑了，乌鸦们叫着回山归巢。山谷对面能看见的几户人家逐渐闪出灯光。秋川家的灯光过了半夜仍未熄掉。从灯光中可以窥知人们为她担忧的气氛。至少真理惠有这样的感觉。她为此感到难受——对于为自己牵肠挂断的人，自己竟一无所能。

几乎成为对比的是,同样在山谷对面的雨田具彦的家(即这个我住的房子)完全看不到灯光,似乎那里已经没有人居住。天黑后也一点灯光都不见,全然感受不到里边有人住的氛围。奇怪!真理惠歪头沉思。老师到底去哪里了呢?老师知道我从自家消失了吗?

到了深夜某一时刻,真理惠又困得不行。汹涌的睡魔席卷而来。她穿着校服外衣,裹起毛毯和棉被,哆嗦着睡了过去。如果猫在这里,就可以多少用来取暖,睡前她蓦然想道。不知为什么,她在家养的母猫几乎从不出声,只是喉咙咕噜咕噜响。因此可以和猫一起悄然藏在这里。可是不用说,没有猫。她彻头彻尾孤身一个。关在漆黑漆黑的小屋子里,哪里也逃不出去。

星期日夜间过去了。真理惠醒来时,房间里还有些暗。手表时针即将指向六点。看来天越来越短。外面下雨,不出声的安谧的冬雨。由于树枝有水滴滴落,总算得知是在下雨。房间空气又冷又潮。要是有毛衣就好了,真理惠想。毛料校服外衣下面穿的,只有针织薄背心和棉布衬衫。衬衫下是半袖T恤,是针对温暖白天的打扮。真想有一件毛衣。

她想起那个房间的衣帽间里有毛衣。看上去很暖和的米色羊绒衫。但愿能上楼取来!把它穿在外衣下面会相当暖和。问题是,离开这里爬楼梯上楼实在过于危险,尤其那个房间,只能以现在身上穿的忍耐。当然并非忍耐不住的寒冷,并非置身于爱斯摩基人生活的严寒地带。这里是小田原市郊,刚刚进入十二月。

但冬天下雨的早晨,寒气砭人肌肤,险些冷彻骨髓。她闭目回想夏威夷。还小的时候,曾经跟姑母和姑母的女同学一起去夏威夷游玩。在怀基基(Waikiki)海滩租了冲浪板冲浪,累了就歪在白色沙滩上晒日光浴。非常暖和,一切都温馨平和,让人心旷神怡。椰子树叶在很高很高的地方随着信风簌簌摇曳。白云被吹去海湾那边。她一边观望着一边喝冰柠檬汽水。太凉了,喝得太阳穴一下下作痛。那时的事,就连细节她也能栩栩如生地回忆起来。什么时候能再去一次那样的地方呢?若能成行,付出什么代价都在所不惜,真理惠心想。

九点多再次响起室内鞋声,免色下楼来了。按下洗衣机开关,古典音乐响起(这回大概是勃拉姆斯的交响乐),做器械运动,大约持续一个小时。同一程序的周而复始。只是所听音乐不同,其他毫厘不爽。这家的主人毫无疑问是循规蹈矩之人。洗好的衣物从洗衣机转到烘干机,一小时后取回。之后免色再不会下楼。他对用人房似乎毫无兴致(这里再次加入我的注释:免色那天午后到我家来了,碰巧见到来看情况的雨田政彦并简短交谈。却不知何故,这时真理惠也没发觉他不在家)。

他按习惯中规中矩行动这点,对真理惠比什么都难得——她也可以依其习惯做心理准备和安排行动。最消耗神经的,是接连发生始料未及的事。她把免色的生活模式记在心里,让自己与之同化。他差不多哪儿也不去(至少在她知道的限度内哪儿也不去)。在书房工作,自己洗衣服,自己做饭,傍晚在客厅面对施坦威练钢琴。时有电话打来,但不多,一天顶多几个。看来他不怎么喜欢电话那个东西。想必工作上必要的联系——那是怎样的程度自是不得而知——是通过书房电脑进行的。

免色基本自己清扫房间,但也请专业保洁公司的人每星期上门一次。记得上次来时听他本人口中这么说过。他决不讨厌清扫。免色说这和做饭是同一回事,可以用来调节心情。但只他一个人清扫这么大的房子,实际上是不大可能的,所以无论如何都要借助专业力量。保洁公司的人来的时候,他离家半天。那是星期几呢?若是那天转来,说不定自己可以顺利逃离这里。估计好几个人手拿清扫工具开车进入院内,那当中门应该开闭几次。加上免色不在家一段时间，从这大宅院里溜走绝非难事。除此以外，我恐怕不会有脱离这里的机会。

然而没有保洁公司的人上门的动静。星期一和星期日同样平安度过。免色弹的莫扎特一天比一天趋于精确，作为音乐已经成为更有整体感的东西。此人慎之又慎，而且不屈不挠。目标一旦设定，就朝那里勇往直前。不能不让人敬佩。可是，即便他弹的莫扎特成为没有破绽的一气呵成的东西，而作为音乐又能在多大程度上让人听起来心旷神怡呢？真理惠一边倾听从楼上传来的音乐，一边在心里打问号。

她靠椒盐饼干、巧克力和矿泉水苟延残喘。有果仁的能量棒也吃了，金枪鱼罐头也吃了一点。哪里也没有牙刷，就巧用手指和矿泉水刷牙。健身房里堆的日语版《国家地理》一页页看下去。关于孟加拉地区的食人虎、马达加斯加的珍稀猿猴、科罗拉多大峡谷的地形变迁、西伯利亚的天然气开采状况、南极企鹅们的平均寿命、阿富汗高原游牧民的生活、新几内亚腹地年轻人必须通过的严酷仪式，她获得了许多知识。关于艾滋病和埃博拉出血热的基础知识也掌握了。这些关于大自然的杂学说不定什么时候用得上。或者毫无用处也未可知。但不管怎样，此外没有能到手的书。她饿虎扑食一般继续翻看过期的日语版《国家地理》。

她还时不时把手伸进T恤下面确认乳房膨胀的程度。但它偏偏不肯变大。甚至觉得反而比以前小了。接着，她考虑月经。计算之下，距下一次经期还有十天左右。因为哪里也没有月经用品（地震应急贮藏物品中，卫生纸倒是有，但卫生巾和卫生棉条没能发现。想必女性存在没有纳入这家主人的考虑范围）。如果在此隐身期间来了月经，怕是多少有些麻烦。不过，在那之前总可以逃离这里，大概。不至于在这里待十天之久。

星期二上午快十点时保洁公司的车终于开来了。从车上卸清扫工具的女性们的喧闹声从前院那边传来。这天早上，免色一没洗衣服二没做健身运动，楼也根本没下。真理惠因之有所期待（既然免色改变日常习惯，那么必有相应的明确原因），结果到底如她所料。保洁公司的大型面包车一到，免色就开着捷豹与之擦肩而过，好像去了哪里。

她赶紧收拾用人房，把空水瓶、饼干包装纸收起塞进垃圾袋，放在容易被看见的地方，保洁公司的人应该会处理的。毛毯和棉被按原样整齐叠好放进壁橱。把有人在这里生活几天的痕迹消除得一干二净，小心翼翼地。然后把挎包挎在肩上，蹑手蹑脚上楼。为了避免保洁人员看见，她窥伺时机悄然穿过走廊。想到那个房间，胸口怦怦直跳。与此同时，对衣帽间里的衣服感到恋恋不舍。她很想再次好好看看那些衣服，也想用手抚摸。可惜没有足够的时间。事不宜迟。

她在没人发现的情况下顺利来到房门外，沿着拐弯的坡路向上跑去。不出所料，入口大门一直大敞四开，没有为作业人员出入而一次次开门关门。她以满不在乎的神情从那里出到外面的路面。

穿过大门时她忽然心想：我这么轻而易举地离开这个场所真的合适吗？难道这里不该有某种非同一般的东西吗？例如《国家地理》里出现的新几内亚部落年轻人被迫通过的伴随剧痛的仪式？那种东西作为记号难道不是必不可少的吗？不过这样的念头仅仅从她脑际一闪而过罢了。相比之下，得以从中逃离的解放感占了压倒性优势。

天空阴沉沉的。低垂的乌云看样子马上就要有冷雨落下。但她还是仰望天空大大做了好几次深呼吸，心情幸福得无边无际，简直就像在怀基基海滩仰望随风摇曳的椰子树时一样。自己是自由的，可以迈动双腿去任何地方，再也没必要在黑暗中蜷缩成一团瑟瑟发抖。自己活着——仅此一点就足以庆幸和乐不可支。尽管是短短四天时间,但目力所及,外面的世界看上去是那样鲜活水灵。一草一木都生机蓬勃,充满活力。风的气味让她胸间亢奋不已。

但毕竟不能总在这里磨磨蹭蹭。免色说不定想起忘拿什么东西而折身回来,必须尽快离开这里。为了被谁看见也不至于觉得奇怪,她尽可能拉平校服上的皱纹(她穿着校服裹着被睡了好几天),双手理了理头发,以若无其事不慌不忙的神情快步下山。

下山后,真理惠往隔着一条山谷路的对面山上爬去。但她没回自己家,而先往我家赶来。她有自己的小算盘。但我家一个人也没有,怎么按门铃也没有回音。

真理惠转念走进房后的杂木林,走到小庙后面的洞前。但洞口已经严严实实遮上绿色塑料布。此前是没有的。塑料布用绳子牢牢系在地面打的几根木桩上,而且上面排列着镇石,无法轻易窥看里面。不觉之间,有谁——不知是谁——堵上了洞口。大概怕开着洞不管会有危险。她站在洞前,好一会儿侧耳细听。但里面什么声音也没传出**(我的注释:从没有铃声传出这点来看,当时我还没有赶到洞底。或者不巧睡着了也不一定)**。

冷雨点三三两两飘零下来。得回家了,她想,家人想必正在担忧。可是,回到家势必向大家解释这四天自己在哪里了。不能如实交代潜入免色家在那里藏身来着。如实交代会闹得天翻地覆。自己下落不明一事大概已经报警了。倘若警察知道非法侵入了免色家,我必受某种惩罚。

这么着,她就想出一种解释:自己不慎掉进这个洞里了,四天无法从中出来。而老师——即这个我——碰巧发现她在那里,把自己救了出来。她编好这样的脚本,期待我帮腔统一口径。然而当时我不在家,洞又被塑料布封上而轻易出入不得。因此,她编造的脚本成了无法实现的东西(倘她如愿以偿,我就必须向警察说明甚至搬来重型机械特意打开洞的理由。那有可能带来相当尴尬的事态)。

往下她能想到的，不外乎伪装记忆丧失之类。此外别无可行办法。四天时间里自己身上发生的事全不记得，记忆空空如也。蓦然回神，孤身一人待在山中——只能如此一口咬定。这种涉及记忆丧失的电视剧，以前在电视上看过。至于人们能否接受这样的辩词，她并没有把握。家人也好警察也好，势必这个那个详细盘问。领去精神科医生那里也未可知。但只能一口咬定什么也不记得。要把头发弄得凌乱不堪，手脚沾满泥巴，浑身上下擦伤累累，让人看上去显然一直在山里来着——只能这样尽力表演到底。

而且她实施了。即使好意说来也不能说演技多么高明，但此外别无选择。

以上是秋川真理惠向我挑明的事实真相。正当她从头到尾全部讲完的时候，秋川笙子折了回来——她开的丰田普锐斯停在门前的声响传来耳畔。

"实际发生在你身上的事，最好守口如瓶，最好不要对除我以外的任何人讲，作为我和你之间的秘密好了！"我对真理惠说。

"当然，"真理惠说，"当然对谁都绝对不讲。何况，即使讲也不可能让人相信。"

"我相信。"

"这样，环关闭了？"

"不知道，"我说，"大概还没完全关闭。不过往下总有办法可想。真正危险的部分已经过去，我想。"

"致命部分？"

我点头："是的，致命部分。"

真理惠定定注视了我十秒钟，用很小的声音说："骑士团长真有。"

"不错，骑士团长真有。"我说。而且我亲手刺杀了骑士团长，真真正正。但当然不能说出口。

真理惠明显点了一下头。她必定永远保守这个秘密。那将成为唯独她和我之间的重大秘密。

保护真理惠免受那个什么之害的衣帽间中那套衣服，是她去世的母亲单身时代穿用的这一事实，如果可能，我很想告诉她。但我没能把这点告诉真理惠。我没有那样的权利。骑士团长应该也没有这个权利。手中有这个权利的，这个世界上恐怕只免色一个人。而免色基本不至于行使这个权利。

我们将分别抱着不能挑明的秘密活着。

63　但事情不是你想的那个样子

我和秋川真理惠共有一个秘密。那恐怕是这个世界上唯独我们两人共有的重大秘密。我把自己在地下世界所体验的一五一十讲给了她听，她把自己在免色家中体验的一切原原本本讲给了我听。我们还把《刺杀骑士团长》和《白色斯巴鲁男子》两幅画牢牢包好藏进雨田具彦家的阁楼——知道此事的，这个世界上仅仅我们两人。当然猫头鹰知道。但猫头鹰什么也不说，在沉默中将秘密吞进肚去，如此而已。

真理惠时不时来我家玩（她瞒着姑母，通过秘密通道偷偷来的）。我们脸对脸地沿着时间序列巨细无遗地仔细探讨，力图在这两个同时进行的体验之间找出某个同类项。

本来担心秋川笙子会不会对真理惠失踪的四天和我"去远处旅行"的三天两相一致这点怀有什么疑念，但那东西似乎全然没浮现在她的脑海。而且无需说，警察也没关注这一事实。他们不晓得"秘密通道"的存在，我所住的房子不外乎"同一山梁的另一侧"而已。我未被视为"附近的人"，因而警察没来我这里听取情况。看来秋川笙子没有把她当我的绘画模特一事讲给警察。大概她不认为这是所需信息。假如警察把真理惠去向不明的时间同我不见踪影的时间重合起来，我有可能被置于不无微妙的立场。

我终究未能完成秋川真理惠的肖像画。因为几近完成状态，所以只要最后加工一下即可。但我害怕画完成时可能出现的事态。一旦使之完成，免色必然千方百计把画弄到手。无论免色怎么表示，我都可想而知。而作为我，不想把秋川真理惠的肖像画交到免色手里。不能把画送进他的"神殿"。那里有可能含有危险的东西。这样，画最后无果而终。但真理惠非常中意这幅画（她说"画恰如其分地表现了我现在的想法"），提出如果可能，想把画留在自己手头。我高兴地把这幅未完成的肖像画献给了她（三幅素描也一并如约附上）。她说画未完成反倒好。

"画未完成，就像我本身永远处于未完成状态，岂不很妙？"真理惠说。

"拥有完成的人生的人哪里都没有的。所有人都是永未完成的存在。"

"免色先生也是？"真理惠问，"那个人看上去好像早已完成了……"

"即使免色先生怕也未完成。"我说。

免色根本算不上已完成的人，这是我的看法。唯其如此，他才每天夜晚用高性能双筒望远镜向山谷对面持续寻求秋川真理惠的身姿。他不能不那样做。他通过怀有这个秘密而巧妙调控这个世界中自己这一存在的平衡。对于免色来说，那恐怕类似走钢丝的杂技演员手中的长杆。

真理惠当然知道免色用双筒望远镜观察自己家的内部。但这件事她没有向（除我以外的）任何人挑明，对姑母也没有明说。免色为什么必须那样做的原因，她至今也不明了。尽管不明了，但她已没有了刨根问底的心情。她只是再也不想拉开自己房间的窗帘而已。晒得褪色的橙色窗帘总是拉得严严的。夜里换衣服的时候，总是注意关掉房间里的灯。至于家中除此以外的部分，即使被日常性偷窥，她也不怎么介意。莫如说意识到自己被观察反倒以此为乐。

或者单单自己知道此事这点对真理惠别有意味亦未可知。

据真理惠的说法，秋川笙子同免色的交往似乎持续下来。每星期她开车去免色家一两次。每次都好像有性关系（真理惠加以委婉表达）。虽然姑母不告诉去哪里，但真理惠当然对姑母的去处心知肚明。回家时年轻姑母脸上比平时血色好了。不管怎样，不管免色心中存在怎样一种特殊空间——真理惠都没有手段阻止秋川笙子同免色持续交往。只能任凭两人随意走两人的路。真理惠所希望的，是两人的关系的发展尽可能别把自己卷进去，让自己得以保持独立于那个漩涡的位置。

但那怕是有难度的——这是我的看法——早早晚晚、多多少少，真理惠必然会在自己也意识不到的时间里被卷入漩涡之中，从相距较远的周边很快向不折不扣的中心接近。免色应该是在把真理惠放在心里的基础上推进同秋川笙子的关系的。说到底，有此企图也好没有也好，反正他都不能不那样做。那也才成其为他这个人。况且，纵然无此打算，在结果上撮合两人的也是我。他和秋川笙子最初是在这个家中见面的。那是免色所追求的。在把自己追求的东西搞到手这方面，免色无论如何都是老手。

往下免色打算如何处理衣帽间里一系列5码的连衣裙和皮鞋呢？真理惠无由得知。但她猜想那些往日恋人的衣服恐怕将永远珍藏和保管在那里或其他什么地方。无论他同秋川笙子以后发展成怎样的关系，免色都不可能把那些衣服扔掉或烧掉。这是因为，那一系列衣服已经成了他精神的一部分。那是理应被祭祀在他的"神殿"的物品之一。

我不再去小田原站前的绘画班教绘画了。对学校主办者解释说："对不起，差不多要集中精力搞自己的创作。"他勉强接受了我的解释，说："你作为老师得到的评价可是非常好……"而且那好像并不完全是溢美之词。我郑重地道谢。我在绘画班教到那年年底，那期间他找到了替代我的新老师——六十五六岁的原高中美术教师。女老师，长着一对俨然大象的眼睛，性格看上去不错。

免色不时往我这里打来电话。倒也不是有什么事，我们只是一般性闲聊。每次他问小庙后面的洞有无变化，我都回答没什么变化。实际也没有变化，依然被绿塑料布盖得严严实实。散步路上我时不时去看看情况，塑料布没有被谁掀过的痕迹，镇石也原样压着。而且，这个洞再也没有发生费解的事和可疑的事。深更半夜没有铃声传来，骑士团长（以及此外任何对象）也没现身。只有那个洞无声无息存在于杂木林中。被重型机械履带活活碾倒的芒草也渐渐恢复生机，洞的周围正重新被芒草丛遮蔽。

免色以为我下落不明期间一直在洞里来着。至于我是如何进入那里的，对他也没有解释。但我身在洞底是毫不含糊的事实，无法否定。所以他没有把我的失踪同秋川真理惠的失踪联系起来。对他来说，两起事件终究是一种巧合。

关于免色是否以某种形式觉察谁在他家中悄悄躲藏了四天，我慎重地试探过。但全然看不出那样的迹象。免色根本没注意到有过那种名堂。这样看来，站在"不开之厅"衣帽间前面的，恐怕就不是他本人。那么，到底是谁呢？

电话固然打来，但免色再未一晃儿来访。估计把秋川笙子搞到手使得他感觉不到继续和我进行个人交往的必要性了。或者对我这个人的好奇心已然失去亦未可知。也可能二者兼而有之。不过对于我是怎么都无所谓的事（再也听不到捷豹 V8 引擎排气声这点倒是时而让我觉得寂寞）。

话虽这么说，从不时打来电话这点来看（来电话时间总是晚间八点之前），免色似乎还需要同我之间维持某种联系。或许，向我明言秋川真理惠可能是他亲生女儿这个秘密多少让他心有不安。但我不认为他会担心我可能在哪里将此事透露给谁——秋川笙子或真理惠。他当然知道我嘴牢。这个程度的识人眼力他是有的。可是，将如此隐秘的个人秘密如实告诉别人——无论对象是谁——这点，非常不像是免色所为。原因想必在于，哪怕他再是意志坚强之人，始终一个人怀抱秘密也可能感到疲惫。抑或，当时的他是那么切实需要我的协助也不一定。而我看上去是较为有益无害的存在。

不过，他一开始就有意利用我也好，无意也好，无论怎样我都必须始终感谢免色——把我从那个洞中救出来的，不管怎么说都是他。假如他不赶来，不放下梯子把我拉上地面，我很可能在那黑洞中坐以待毙。我们在某种意义上是互相帮助的。这样，借贷也许可以归零。

我把将未完成的《秋川真理惠的肖像》送给真理惠一事告诉了免色，他什么也没说，只点了点头。委托画那幅画的诚然是免色，但他恐怕已不那么需要那幅画了。也许认为未完成的画没有意思。抑或别有所想也有可能。

说完此事几天后我自己把《杂木林中的洞》简单镶框送给了免色。我把画放在卡罗拉货厢中拿去免色家（这是我和免色最后一次实际见面）。

"这是对承蒙救命的谢意。如果愿意，敬请笑纳。"我说。

他好像对这幅画十分中意（我自己也认为作为画的效果绝对不差），希望我务必接受礼金，我坚决谢绝了。我已从他手上领取了过多的报酬，不打算再接受什么了。我不想让自己同免色之间产生更多的借贷关系。我们现在不过是隔一条狭谷而居的普通邻人罢了。如果可能，想一直保持这种关系。

在我被免色从洞中救出的那个星期的星期六，雨田具彦呼出了最后一口气。自星期四开始连续三天昏睡当中心脏停止了跳动。如机车开到终点站缓缓停止转动一样静静地、极为自然地。政彦一直陪在身边。父亲谢世后，他往我这里打来电话。

"死法非常安详。"他说，"我死时也想那么静静地死去。嘴角甚至浮出类似微笑的表情。"

"微笑？"我反问道。

"准确说来也许不是微笑，不过反正类似微笑，在我眼里。"

我斟酌语句说道："去世当然令人遗憾，但令尊得以安稳离世，那也许是好事。"

"前半星期还多少清醒来着，好像没有特别想留下的话。活到九十几岁，又活得那么随心所欲，肯定没什么可留恋的。"政彦说。

不，留恋的事是有的。他心里深深怀有极其沉重的什么。但那具体是什么，只有他才知晓。而时至如今，已经谁都永远无从知晓了。

政彦说："往下可能要忙一段时间。父亲大体是名人，过世了要有很多事。我这儿子作为继承人，必须全盘接受。等多少安顿下来再慢慢聊。"

我对他特意告知他父亲的去世表示感谢，放下电话。

雨田具彦的死，似乎给家中带来了更为深沉的静默。呃，这怕也是理所当然。毕竟这里是雨田具彦度过漫长岁月的家。我和这静默共同度过数日。那是浓密而又不给人不快之感的静默，是和哪里也不连接的所谓纯粹的岑寂。总之一系列事件在此画上句号——便是这样一种感触。那是这里存在的重大事件大致出现尾声之后到来的那类静寂。

雨田具彦死后大约过了两个星期后的一个夜晚，秋川真理惠像小心翼翼的猫一样悄然来访。和我聊一会儿回去了。时间不很长。

家人监视的目光严厉起来，她不能像以前那样随便离家了。

"胸好像慢慢大了起来。"她说，"所以最近跟姑母一起去买胸罩了。有第一次用的人用的。知道？"

我说不知道。看她的胸，从绿色的设得兰毛衣外面看不出多大的隆起。

"差别还不明显。"我说。

"只有一点点衬垫。毕竟突如其来地鼓胀起来，大家马上就知道塞什么东西了，是吧？所以从最薄的开始，渐渐地一点一点地加大。说耍小聪明也好什么也好……"

四天时间在哪儿？她被女警察细细盘问。女警察总的说来待她是和颜悦色的，但也有几次让她相当害怕。不管怎样，真理惠一口咬定除了在山里转来转去什么都不记得，半路上迷路了，脑袋一片空白。书包里总是装有巧克力和矿泉水，料想送到嘴里来着。更多的一句也没说。嘴巴闭得像防火保险箱一般坚牢。这本来就是她的拿手好戏。得知似乎不是以勒索赎金为目的的绑架事件，接下去被领去警察指定的医院检查身体受伤情况。他们想知道的是她是否遭受性暴力。清楚无此迹象之后，警察失去了职业兴趣。不过是十几岁女孩几天不回家在外边游游逛逛罢了，在社会上不是什么稀奇事。

她把当时穿的衣服全部处理了。藏青色校服外套也好格纹裙子也好白衬衫也好针织背心也好乐福鞋也好，统统一扫而光。重新买了一套新的，以便让心情焕然一新。而后像什么事也没发生一样继续一如往日的生活。但绘画班不再去了（不管怎么说，她也不再是适合上儿童班的年龄了）。她把我画的她的肖像画（未完成的）挂在自己房间。

至于真理惠日后将成长为怎样的女性，我想象不好。这个年代的女孩，无论身心，转眼之间就判若两人。几年后碰上，说不定认不出谁是谁了。因此,我很高兴能够以一种形式将十三岁的秋川真理惠的肖像(尽管半途而废)存留下来。毕竟这个现实世界根本没有永远原模原样存续的东西。

我给以前为之工作的东京那位代理人打去电话,说自己想再开始做画肖像画的工作。他为我的申请感到欣喜,因为他们总是需要功力扎实的画家。

"不过,你说过再也不画营业用的肖像画了,是吧?"他说。

"想法有所改变。"我说。但没有解释如何改变的。对方也没再细问。

往下一段时间,我打算什么都不想,只想自动地使用自己的手。我要一幅接一幅批量生产通常"营业用"的肖像画。这一作业还将给我带来经济上的稳定。至于这样的生活能持续到什么时候,我本身也不清楚。前景无从预测。但反正这是我眼下想做的事——忘我地驱使熟练技法,不把任何多余因素招来自己身上;不同理念啦隐喻啦什么的打交道;不卷入住在山谷对面那位富裕的谜团人物啰啰嗦嗦的个人语境;不把隐秘的名画暴露于光天化日之下,不在结果上被拽进狭小黑暗的地下横洞,这是眼下的我最为求之不得的。

我和柚见面谈了。在她公司附近那家咖啡馆喝着咖啡和巴黎水谈的。她的肚子没有我想象的那么大。

"没有和对方结婚的打算?"我劈头问道。

她摇头道:"现阶段没有。"

"为什么?"

"只是觉得不那样做为好。"

"可孩子是打算生的吧?"

她略略点一下头。"当然。已无退路。"

"现在和那个人一起生活？"

"没有一起生活。你离开后一直一个人过。"

"为什么？"

"首先是，我还没有和你离婚。"

"可我前些日子已经在寄来的离婚协议书上签名盖章了，因此我想离婚当然已告成立……"

柚默然沉思片刻，而后开口道："说实话，离婚协议书还没有提交。不知为什么，上不来那样的心情，就那样放着。所以从法律角度说，我和你还一直风平浪静处于夫妻状态。而且，无论离婚还是不离婚，生下的孩子在法律上都是你的孩子。当然，你在这方面不必负任何责任……"

听得我一头雾水。"可是，你即将生下来的，是那个人的孩子吧？从生物学上说。"

柚闭着嘴巴目不转睛看我，然后说："事情不那么简单。"

"怎么个不简单？"

"怎么说好呢，我还不能具有他是孩子的父亲的明确自信。"

这回轮到我定定注视她了："你是说是谁让你怀孕的，你不知道？"

她点头，表示不知道。

"但事情不是你想的那个样子。我并没有不加区分地跟哪个男人都上床。一个时期只和一个人有性关系。因此从某个时候开始跟你也不做那种事了，是吧？"

我点头。

"倒是觉得对你不起。"

我再次点头。

柚说："而且我和那个人之间也小心翼翼地避孕来着，没打算要孩子。你也了解，在这件事上我属于非常小心那类性格。不料意识到时已经怀孕了，完完全全地。"

"怎么小心也有失败的时候吧！"

她再次摇头。"要是有那种情况，女人总会有感觉的，有直觉那样的东西起作用。男人不明白那样的感觉，我想。"

我当然不明白。

"反正你即将生孩子。"我说。

柚点头。

"可你一直不愿意要孩子，至少和我之间。"

她说："嗯，我是一直不想要孩子，和你之间也好和谁之间也好。"

"问题是，你现在正要主动地把父亲是谁都不能确定的孩子送到这个人世。如果你有意，本可以趁早打掉……"

"当然也那么想过，也困惑来着。"

"但没那么做。"

"最近我开始这么想，"柚说，"我活着的时候固然是我的人生，但这期间发生的几乎所有一切都可能是在与我无关的场所被擅自决定、擅自推进的。就是说，看上去我好像具有自由意志什么的如此活着，然而归根结底，重要事项我本人也许什么都没选择。就连我的怀孕，恐怕也是那种表现之一。"

我一声不响地听她讲述。

"这么说，听起来好像是常有的宿命论，可我确实是这么感觉的，非常直率、非常真切地。并且这么想，既然这样，那么无论发生什么我也一个人把孩子生下养大好了，看看往下会发生什么好了！我觉得这似乎是非常重要的事。"

"有一件事想问你。"我说。

"什么事？"

"简单一问。只回答 Yes 或 No 即可,我什么都不再多说。"

"好的,问好了。"

"再次回到你这里来可以吗?"

她约略蹙起眉头,定定看了一会儿我的脸。"就是说,你想和我重新作为夫妻一起生活?"

"如果可能的话。"

"可以啊!"柚以文静的语声并不迟疑地说,"你还是我的丈夫,你的房间仍是你离开时的样子。想回来随时可以回来。"

"和交往中的对象,关系还继续?"我问。

柚静静摇头:"不,关系已经终止。"

"为什么?"

"首先一点,我不想把出生的孩子的监护权给他。"

我默然。

"听我这么说,他好像很受打击。啊,那怕也是理所当然……"说着,她双手在脸颊上蹭了几下。

"就是说若是我就无妨?"

她把双手置于桌面,再次目不转睛盯视我的脸。

"你莫不是有点儿变样了?脸形什么的?"

"脸形变没变不大清楚,但我学得了几点。"

"我也可能学得了几点。"

我拿杯在手,把剩的咖啡一饮而尽,说道:"父亲去世后,政彦这个那个也好像忙得够呛,等种种事情安顿下来要花一段时间。等他告一段落,大约过了年不久,我想就能整理东西离开那个家返回广尾的公寓——我这么做,你那边也不碍事的?"

她久久、久久地看着我,就像在看久违的令人怀念的风景。然后伸出手,轻轻放在桌面上我的手上。

"如果可能,我是想和你重归于好的。"柚说,"其实我一直这么考虑。"

"我也考虑这个来着。"

"能不能顺利我倒不大清楚……"

"我也不大清楚,但试一试的价值总是有的。"

"我不久会生下父亲不确切的孩子,要抚养孩子。这也不介意的吗?"

"我不介意。"我说,"而且,说这种话可能会让你觉得我脑袋有问题,说不定我是你要生的孩子的潜在性父亲。我有这个直觉。说不定是我的情念从远离的地方让你怀孕的。作为一种观念,通过特殊渠道。"

"作为一种观念?"

"就是作为一种假说。"

柚就此思索片刻,而后说道:"如果真是那样,我想那可是十分精彩的假说。"

"确切无疑的事,这个世界上根本就不存在。"我说,"不过至少我还能相信什么。"

她微微一笑。这天我们的交谈就此结束。她坐地铁回家,我开着风尘仆仆的卡罗拉返回山顶住处。

64　作为恩宠的一种形态

我回到妻的身边重新共同生活。几年过后的三月十一日，东日本一带发生大地震。我坐在电视机前，目睹从岩手县到宫城县沿海城镇接二连三毁掉的实况。那里是我曾经开着老旧的标致205漫无目标地盘桓之地。那些城镇之一，应该是我碰见那个"白色斯巴鲁男子"的小镇。但我在电视画面上见到的，是被巨型怪物般的海啸浪头席卷而过几近分崩离析的几个小镇的废墟。维系我同曾经路过的那座小镇的东西，已经荡然无存。由于我连那座小镇的名称都没记得，因此全然无法确认那里所受震灾是多大程度、变成了什么样子。

我完全无能为力，连续几天只是瞠目结舌地看着电视画面。无法从电视前离开，很想从中找到同自己的记忆相连的场景，哪怕一个也好。否则，就觉得自己心中某个贵重积蓄有可能被运往某个遥远的陌生地方，直接消失不见。我恨不得马上开车赶去那里，亲眼确认那里还有什么剩下。可那当然无从谈起。干线道路支离破碎体无完肤，村镇孤立无援。电力也好燃气也好自来水也好，所有生活来源都被连根拔除，毁于一旦。而其南边的福岛县（我留下呜呼哀哉的标致那一带），沿海几座核电站陷入堆芯熔化状态，根本靠近不得。

在那些地方东游西转的时候，我决不幸福。孤苦伶仃，肝肠寸断。我在多种意义上已然失却。尽管如此，我依然旅行不止，置身于许多陌生人中间,穿过他们谋生度日的诸般实相。而且,较之我当时所考虑的,那或许具有远为重要的意义。我在途中——很多场合是下意识之间——抛弃了若干事物,拾起了若干事物。通过那些场所之后,我成为较以前多少有所不同的人。

我想到藏在小田原家中阁楼里的《白色斯巴鲁男子》那幅画。那个男子——是现实中的人也罢什么也罢——现在也还在那座小镇上生活吗?还有,和我共度奇妙一夜的瘦削女子仍在那里吗?他们得以幸运地逃过地震与海啸而活下来了吗?那座小镇上的情人旅馆和家庭餐馆到底怎么样了?

每到傍晚五点,我就去保育园接小孩。那是每天的习惯(妻重回建筑事务所工作)。保育园距住处成人步行十分钟左右。我拉着女儿的手,慢慢步行回家。若不下雨,路上就顺便去小公园在长凳上休息,看在那里散步的附近的狗们。女儿要养小型犬,但我住的公寓楼禁养宠物。因此,她只能在公园看狗来勉强满足自己。时不时也可以触摸老实的小狗。

女儿名字叫"室"。柚取的名。预产期临近时在梦中看见了这个名字。她一个人待在宽大的日式房间,房间面对宽大漂亮的庭园。里面有一张古色古香的文几,文几上放有一张白纸,纸上只写有一个"室"字——用黑墨写得又大又鲜明。谁写的不知道,反正字很气派。便是这样一个梦。醒来时她能历历记起,断言那就是即将出生的孩子的名字。我当然没有异议。不管怎么说,那是她要生的孩子。说不定写那个字的是雨田具彦,我蓦然心想。但只是想想而已。说到底,不过是梦里的事。

出生的孩子是女孩这点让我高兴。由于和妹妹小路共同度过儿童时代的关系,身边有个小女孩总好像能让我心里安然。那对我是再自然不过的事。那个孩子带着毋庸置疑的名字降临这个世界,对于我也可喜可贺。不管怎么说，名字都是重要的东西。

回到家后，室和我一起看电视新闻。我尽量不给她看海啸袭来的场面。因为对于幼小的孩子刺激过于强烈。海啸图像一出现，我就赶紧伸手挡住她的眼睛。

"为什么？"室问。

"你最好别看，还太早。"

"那可是真的？"

"是的，发生在远处的真事。但并不是发生的真事你都非看不可。"

室对我说的话一个人想了一会儿。但她当然不能理解那是怎么回事。她理解不了海啸和地震那样的事件，理解不了死亡具有的意义。反正我用手把她的眼睛遮得严严的，不让她看海啸图像。理解什么和看什么，那又是两回事。

一次我在电视画面一角一闪看见、或者觉得看见了"白色斯巴鲁男子"。摄像机拍摄被海啸巨浪冲到内陆小山头并弃置在那里的大型渔船，船旁边站着那个男子，以再也不能发挥作用的大象和驯象师般的姿态。但图像马上被切换成别的，以致我无法确定那是否真是"白色斯巴鲁男子"。但那身穿黑皮夹克、头戴带有尤尼克斯标识黑帽的高大身姿，在我眼里只能看作"白色斯巴鲁男子"。

然而他的样子再未出现在画面上。目睹他的身姿只是一瞬之间。摄影机立即切换角度。

我一边看地震新闻，一边继续画用来维持日常生计的"营业用"肖像画。不假思索，面对画布半自动地持续驱动手。这是我寻求的生活。也是别人寻求于我的。这项工作给我带来了稳定收入。那也是我所必需的。我有要养活的家人。

东北地震两个月后，我曾经住的小田原房子失火烧掉了。那是雨田具彦送走半生的山顶之家。政彦打电话告诉我的。我搬走后长期没有人住，一直空着。政彦为房子的管理相当操心，而他的担忧恰恰成为现实，火灾发生了。五月连休结束那天黎明时起的火，消防车接到报警飞驰而来，但那时那座木结构旧房子已经差不多烧塌了（狭窄弯曲的陡坡路使得大型消防车驶入变得极为困难）。也是因为头一天夜里下了雨，幸好没有蔓延到附近山林。消防署调查了，但起火原因归终不了了之。也许因为漏电，或有纵火嫌疑也未可知。

听得失火消息，首先浮上我脑海的是《刺杀骑士团长》——那幅画想必也和房子一起烧掉了，还有我画的《白色斯巴鲁男子》，连同大量唱片收藏。阁楼里的那只猫头鹰可安全逃生了？

《刺杀骑士团长》画作毫无疑问是雨田具彦留下的巅峰佳作之一。它毁于火灾，对于日本美术界应是惨痛损失。曾经目睹那幅画的人为数极少（其中包括我和秋川真理惠。秋川笙子也见过——尽管只是一瞥——当然还有作者雨田具彦。此外大概一个人也没有了），那般贵重的未发表的画被火灾的火焰吞噬，从这个世界永远消失了。我对此不能不感到负有责任。难道它不应该作为"雨田具彦隐秘的杰作"公之于世吗？但我没那么做，而将画重新包好放回阁楼。那幅无与伦比的画想必已化为灰烬（我把画中人物的形象逐一细画在素描簿上了。关于《刺杀骑士团长》这幅作品，留给后世的，事到如今仅此而已）。想到这里，我这个勉强算是画画的，为之深感痛心。毕竟是那般出类拔萃的作品！我所做的，很可能是对于艺术的背信弃义的行为。

但同时我又思忖，那或许是必须失去的作品亦未可知。在我眼里，那幅画实在是过强、过深地倾注了雨田具彦的魂灵。作为画作诚然无比优秀，但同时又具有招惹什么的能量。不妨称之为"危险能量"。事实上，我也是因为发现那幅画而打开了一个环。把那样的东西暴露在光天化日之下和公众眼前，未必是合适的行为。至少作者雨田具彦本人也是这样感觉的吧？唯其如此，他才没有把这幅画毅然公之于世，而深深藏在阁楼里。不是吗？果真如此，那么就等于我尊重了雨田具彦的意愿。不管怎样，画已消失在火焰中，谁也无法让时间卷土重来。

对于《白色斯巴鲁男子》的失去，我并未感到多么惋惜。迟早我还要向那幅肖像画重新发起挑战。但为此我必须把自己锻造成更坚定的人、更有格局的画家。当我再度产生"想画自己的画"的心情时，我将以截然不同的形式、从截然不同的角度重画"白色斯巴鲁男子"的肖像。那有可能成为之于我的《刺杀骑士团长》。而且，如果那样的情形实际出现了，那恐怕意味着我从雨田具彦身上继承了宝贵遗产。

秋川真理惠在火灾发生后马上给我打来电话，我们就烧毁的房子交谈了半个小时。她打心眼里珍惜那座古旧的小房子。或者珍惜那座房子包含的场景，珍惜那样的风景植根于其生活的日日夜夜。那里也包括曾几何时的雨田具彦的身影。她见到的画家总是一个人闷在画室里专注于画的创作。她见过玻璃窗里面的他的身姿。那一场景的永远失去让真理惠由衷感到悲伤。她感到的悲伤我也能与之共有。因为那个家——尽管居住期间不足八个月——对于我也具有相当深远的意义。

电话交谈的最后，真理惠告诉我自己的胸比以前大了很多很多。那时她已是高二学生或高二那个年龄了。离开那里以来我一次也没同她见过面，只是时不时在电话中聊聊。这是因为我没有多少心绪旧地重游，也没有非办不可的事。电话总是她打来的。

"虽然体积还不够充分，但毕竟变大了。"真理惠像偷偷泄密似的说。我花了一会儿时间才明白过来原来她是在说自己胸部的大小。

"如骑士团长预言的那样。"她说。

那太好了,我说。本想问她有男朋友没有,又转念作罢。

姑母秋川笙子现在也继续和免色氏交往。她在某个时候向真理惠坦言自己和免色氏交往的事。说两人是处于非常亲密的关系,说不定很快结婚。

"要是真那样了,你也和我们一起生活?"姑母问她。

真理惠做出充耳不闻的样子,一如平时。

"那么,你可有和免色先生一起生活的打算?"我难免有些在意,这样试探真理惠。

"我想没有。"她说。随后补充一句:"不过说不清楚的啊!"

说不清楚?

"我的理解是,你对免色先生那个家没有多么好的记忆……"我不无犹豫地问。

"可那还是我小时发生的事,总觉得像是很久很久以前的事了。再说,无论如何也不能设想和父亲两人生活。"

很久很久以前的事?

对于我可是恍若昨日。我这么一说,真理惠没特别说什么。也许她希望把那座大房子里发生的一系列怪事彻底忘掉。或者实际已经忘了也不一定。抑或,随着年龄的增长,她有可能对免色这个人开始有了不少兴趣——没准在他身上感觉出了特殊东西,感觉出了其血脉中共同流淌的什么。

"免色先生家那个衣帽间里的衣服怎么样了呢?这让我极有兴趣。"真理惠说。

"那个房间把你吸引住了?"

"因为那是保护过我的衣服。"她说,"不过也还说不清楚。上了大学,也许在外面哪里一个人生活。"

那怕是不错，我说。

"对了，小庙后面的洞怎么样了？"我问。

"还那样。"真理惠说，"火灾过后，一直盖着绿塑料布没动。一来二去，上面落满了树叶，就连那里有那样一个洞可能都没人知道了。"

那个洞底应该还放着那个古铃，连同从雨田具彦房间借来的塑料手电筒。

"骑士团长没再看见？"我问。

"那以来一次也没见到。现在想来，真有骑士团长这点都好像很难相信。"

"骑士团长真有的哟！"我说，"相信为好。"

不过我心想真理惠很可能会一点点忘记那样的事。她即将迎来十七八岁，人生将迅速成为复杂忙乱的东西，找不出理会什么理念啦隐喻啦那类莫名其妙东西的余地。

时而考虑那个企鹅饰物到底怎么样了。我用它代替过河费给了负责摆渡的无面人。为了过那条水流湍急的河，不能不那样做。我不能不祈愿那个小小的企鹅至今仍从哪里——大概在有无之间往返当中——保佑着她。

我仍不知道室是谁的孩子。如果正式做 DNA 检验，应该可以明白。但我不想知道那种检验结果。或许迟早有一天我会因为什么得以知道——她是以谁为父亲的孩子，真相大白那一天有可能到来。然而，那样的"真相"又有多大意义呢？室在法律上正式是我的孩子，我深深疼爱着这个小小的女儿，珍惜和她在一起的时光。至于她生物学上的父亲是谁或不是谁，对于我怎么都无所谓。那是不值一提的琐事，并不意味着将有什么因此发生变更。

我一个人在东北从一座城镇往另一座城镇移动之间，循着梦境而同熟睡中的柚交合了。我潜入她的梦中，结果使得她受孕而在九个月多一点点之后生出了孩子——我宁愿这样设想（虽然终究不过是我自己一个人悄悄地）。这孩子的父亲是作为理念的我、或作为隐喻的我。一如骑士团长来找我，唐娜·安娜在黑暗中引导我，我在另一世界让柚受孕。

不过我不会像免色那样。秋川真理惠可能是自己的孩子或者不是——他在这两种可能性的平衡之上构筑自己的人生。他把两种可能性放在天平上，力图从其永无休止的微妙起伏中寻觅自己的存在意义。但我没必要挑战那种麻麻烦烦的（至少很难说是自然的）企图。因为我具有相信的力量。因为我能够由衷相信：无论进入多么狭窄黑暗的场所、无论置身于何等荒凉的旷野，都会有什么把我领去哪里。这是我在小田原近郊山顶那座独门独院的房子里居住期间通过若干非同寻常的体验学得的。

《刺杀骑士团长》由于不明火灾而永远失去了。但那幅绝好的艺术作品至今仍实际存在于我的心间。骑士团长、唐娜·安娜、长面人——我能够让他们的音容笑貌历历如昨地浮现在眼前。那般具体，那般真切，几乎伸手可触。每次想到他们，我就像眼望连绵落在贮水池无边水面的雨时那样，心情得以变得无比安谧。在我的心中，这场雨永远不会止息。

想必我将和他们共同度过此后的人生。室，我小小的女儿是他们交到我手里的礼物——作为恩宠的一种形态。我总有这样的感觉。

"骑士团长真有的哟！"我在甜甜沉睡的室的身旁对她说，"你相信为好。"

(第2部终)

村上春树年谱

1949 年
1 月 12 日出生于日本关西京都市伏见区,为国语教师村上千秋、村上美幸夫妇的长子。出生不久,家迁至兵库县西宫市夙川。

1955 年　6 岁
入西宫市立香枦园小学就读。

1961 年　12 岁
入芦屋市立精道初级中学就读。

1964 年　15 岁
入兵库县立神户高级中学就读。

1968 年　19 岁
到东京,入早稻田大学第一文学部戏剧专业就读,入住和敬塾。

1971 年　22 岁
以学生身份与高桥阳子结婚。

1974 年　25 岁
开办爵士乐酒吧"Peter Cat"。

1975 年　26 岁
大学毕业。毕业论文题目是《美国电影中的旅行思想》。

1979 年　30 岁
处女作长篇小说《且听风吟》出版,获第 22 届群像新人文学奖。

1980年　31岁

长篇小说《1973年的弹子球》出版，入围第83届芥川奖和第2届野间文艺新人奖。

1981年　32岁

转让酒吧，专业从事创作。移居千叶县船桥市。与村上龙的对谈集《慢慢走，别跑》和第一部翻译作品菲茨杰拉德的《我的迷失都市》出版。

1982年　33岁

长篇小说《寻羊冒险记》出版，获第4届野间文艺新人奖。

1983年　34岁

曾赴希腊旅行。短篇集《去中国的小船》《遇到百分之百的女孩》、插图短篇集《象厂喜剧》出版。

1984年　35岁

曾赴美国旅行。短篇集《萤》、随笔集《村上朝日堂》出版。

1985年　36岁

长篇小说《世界尽头与冷酷仙境》、短篇集《旋转木马鏖战记》、绘本《羊男的圣诞节》、与川本三郎合作的随笔集《电影冒险记》出版。《世界尽头与冷酷仙境》获第21届谷崎润一郎奖。

1986年　37岁

移居神奈川县大矶町，赴意大利、希腊旅行。短篇集《再袭面包店》、随笔集《村上朝日堂的卷土重来》、插图随笔集《朗格汉岛的午后》出版。

1987年　38岁

从希腊回国。随笔集《日出国的工厂》、长篇小说《挪威的森林》出版。

1988 年　39 岁

曾赴伦敦、意大利、希腊、土耳其旅行。长篇小说《舞！舞！舞！》出版。

1989 年　40 岁

曾赴希腊、德国、奥地利旅行，回国后赴纽约。随笔集《村上朝日堂 嗨嗬！》出版。

1990 年　41 岁

回国。短篇集《电视人》、《村上春树全作品　1979—1989》前4卷、游记《远方的鼓声》《雨天炎天》出版。

1991 年　42 岁

赴美国普林斯顿大学任客座研究员。

《村上春树全作品　1979—1989》后4卷出版。

1992 年　43 岁

长篇小说《国境以南 太阳以西》出版。

1993 年　44 岁

赴美国塔夫茨大学任职。

1994 年　45 岁

曾赴中国、蒙古旅行。随笔集《终究悲哀的外国语》、长篇小说《奇鸟行状录》第1、2部出版。

1995 年　46 岁

从美国回国。《奇鸟行状录》第3部出版。

1996 年　47 岁

在东京采访地铁沙林毒气事件受害者。随笔集《村上朝日堂日记·旋涡猫的找法》、短篇集《列克星敦的幽灵》、对谈集《村上春树,去见河合隼雄》出版。《奇鸟行状录》获第 47 届读卖文学奖。

1997 年　48 岁

东京地铁沙林毒气事件受害者采访集《地下》、随笔集《村上朝日堂是如何锻造的》、文学评论集《为了年轻读者的短篇小说导读》、插图传记集《爵士乐群英谱》出版。

1998 年　49 岁

旅行记《边境　近境》、漫画集《毛茸茸》、《地下》的续篇《地下 2　应许之地》出版。

1999 年　50 岁

曾赴北欧旅行。长篇小说《斯普特尼克恋人》出版。《地下 2　应许之地》获第 2 届桑原武夫奖。

2000 年　51 岁

短篇集《神的孩子全跳舞》出版。

2001 年　52 岁

插图传记集《爵士乐群英谱 2》、随笔集《村上广播》、插图随笔集《轻飘飘》出版。

2002 年　53 岁

长篇小说《海边的卡夫卡》、插图游记《如果我们的语言是威士忌》出版。

2003 年　54 岁

E-mail 通讯集《少年卡夫卡》出版。

2004年　55岁

长篇小说《天黑以后》出版。

2005年　56岁

短篇集《神的孩子全跳舞》、插图小说《图书馆奇谭》、随笔集《没有意义就没有摇摆》出版。

2006年　57岁

短篇集《东京奇谭集》出版。获弗朗茨·卡夫卡奖、弗兰克·奥康纳国际短篇小说奖、世界奇幻奖。

2007年　58岁

获2006年度朝日奖、第1届早稻田大学坪内逍遥大奖。随笔集《当我谈跑步时我谈些什么》、插图小说集《村上歌谣》出版。

2008年　59岁

获普林斯顿大学名誉博士称号。

2009年　60岁

长篇小说《1Q84》第1、2部出版。

2010年　61岁

长篇小说《1Q84》第3部出版。

2011年　62岁

《村上春树杂文集》、与小泽征尔合著的《与小泽征尔共度的午后音乐时光》出版。

2012年　63岁

《与小泽征尔共度的午后音乐时光》获第11届小林秀雄奖。

2013年　64岁

长篇小说《没有色彩的多崎作和他的巡礼之年》出版。

2014 年 65 岁

4 月，短篇集《没有女人的男人们》出版。

5 月，美国塔夫茨大学授予名誉博士称号。

2015 年 66 岁

9 月，随笔集《我的职业是小说家》出版。

2016 年 67 岁

4 月，与柴田元幸合著的"村上柴田翻译堂"系列出版。

10 月，在丹麦欧登赛获安徒生文学奖。

2017 年 68 岁

2 月，长篇小说《刺杀骑士团长》（第 1 部显形理念篇、第 2 部流变隐喻篇）出版。

4 月，与川上未映子共著的《猫头鹰在黄昏起飞》出版。

2019 年 70 岁

3 月，文库本《刺杀骑士团长》（第 1 部显形理念篇上/下）出版。

4 月，文库本《刺杀骑士团长》（第 2 部流变隐喻篇上/下）出版。

2020 年 71 岁

4 月，随笔《弃猫》出版。

6 月，随笔集《村上 T》出版。

7 月，短篇集《第一人称单数》出版。

2021 年 72 岁

6 月，《怀旧美好的古典乐唱片》出版。

2022 年 73 岁

12 月，《怀旧美好的古典乐唱片 2》出版。

2023 年 74 岁

4 月，长篇小说《城及其不确定的墙》出版。

《刺杀骑士团长》音乐列表

第1部　显形理念篇

1. Mozart/Don Giovanni
2. Sheryl Crow
3. I Musici，Mendelssohn/Octet in E‐flat major，Op. 20
4. Modern Jazz Quartet
5. The Rolling Stones
6. Puccini/Turandot
7. Puccini/La Bohème
8. Debussy
9. Beethoven/String Quartet
10. Schubert/String Quartet
11. Claudio Abbado
12. James Levine
13. 小澤征爾
14. Lorin Maazel
15. Georges Prêtre
16. Sir Georg Solti，Vienna Philharmonic，Régine Crespin，Yvonne Minton，Richard Strauss/Der Rosenkavalier
17. Herbert von Karajan
18. Erich Kleiber
19. Wiener Konzerthaus Streicherquartett，Schubert /The String Quartet No. 15
20. Tchaikovsky
21. Rachmaninov
22. Sibelius
23. Vivaldi
24. Ravel
25. Bach
26. Brahms
27. Schumann

28. George Szell, Rafael Druian
29. Thelonious Monk/Monk's Music
30. Coleman Hawkins
31. John Coltrane
32. Annie Laurie
33. The Beatles/The Fool On The Hill
34. John Lenon
35. Paul McCartney
36. Maurizio Pollini
37. Schubert/String Quartet No. 13
38. Verdi/Ernani

第 2 部 流变隐喻篇

1. Charles Mingus
2. Ray Brown
3. Sir Georg Solti, Vienna Philharmonic, Régine Crespin, Yvonne Minton, Richard Strauss/Der Rosenkavalier
4. Chopin
5. Debussy
6. Richard Strauss
7. Billie Holiday
8. Clifford Brown
9. Bob Dylan/Nashville Skyline
10. The Doors/Alabama Song
11. Bruce Spingsteen/The River
12. Roberta Flach & Donny Hathaway/For All We Know
13. Georg Kulenkampff, Wilhelm Kempff, Beethoven/Violin Sonata
14. Richart Strauss/Oboe Concerto
15. Duran Duran
16. Huey Lewis
17. ABC/The Look Of Love
18. Bertie Higgins/Key Largo

19. Richard Strauss, Vienna Philharmonic, Beethoven/Symphony No. 7
20. Deborah Harry/French Kissin In The USA
21. Viennese Waltz
22. Bruce Springsteen/Independence Day
23. Bruce Springsteen/Hungry Heart
24. The Beatles/Rubber Soul
25. The Beach Boys/Pet Sounds
26. Bruce Springsteen/Cadillac Ranch
27. Bach/Invention
28. Mozart/Piano Sonata
29. Händel
30. Vivaldi
31. Annie Laurie
32. Brahms/Symphony